I0761785

MISS DOLITTLES GEHEIMNIS

BAND 1-3

MOLLY FITZ

KATZENGEHEIMNISSE

Übersetzung ins Deutsche: Ursula Mirwald
Korrektorat Deutsch: Gerd Schäfer
Cover-Designer: T.M. Franklin

Katzengeheimnisse
PO Box 873543
Wasilla, AK 99687

ÜBER DIESES BUCH

Skurriler Humor? Kleinstadtverbrechen? Eine sprechende Katze? All das erwartet Sie in dieser Serie!

Seit Angie Russo nach einem beinahe tödlichen Zusammenstoß mit einer Kaffeemaschine wieder das Bewusstsein erlangt hat, ist sie in der Lage, mit einem äußerst verwöhnten Kater namens Octavius sprechen und, was noch schlimmer ist – sie kann sogar verstehen, was er ihr antwortet.

Octocat, wie sie ihn der Einfachheit halber nennt, ist fest davon überzeugt, dass seine Besitzerin umgebracht wurde und sie die Einzige ist, die helfen kann, den Mörder zur Strecke zu bringen. Und das ist nur das erste von vielen wunderbar schrägen Abenteuern, die sie gemeinsam bestehen müssen. Ergänzen Sie das Ganze noch um einen kleinen Terrier, der vom Mord an Herrchen und Frauchen traumatisiert ist, sowie um zwei blutrünstige Sphynx-

Katzen, die stets in Reimen sprechen, setzen Sie Ihre Sherlock Holmes-Mütze auf … und die Spurensuche kann beginnen!

Wenn Sie Katzendetektive und skurrilen Humor lieben, sollten Sie sich diese USA-Today-Bestsellerserie nicht entgehen lassen und Ihre Chance nutzen, die ersten drei Bücher in einer speziellen Box-Sammlung in einem Rutsch lesen zu können … Viel Spaß dabei!

ANMERKUNG DER AUTORIN

Hallo. Danke, dass du dieses Buch gekauft hast. Wenn du ebenfalls ein großer Fan von spannenden, schrägen Tierkrimis bist, sollten wir unbedingt Freunde werden.

Wie wäre es, wenn du direkt einmal meine Facebook-Seite besuchst, die ich speziell für meine treuen deutschen Leser eingerichtet habe? Hier der Link dazu: **Facebook.-com/Katzengeheimnisse**

Oder melde dich für meinen Newsletter an und sichere dir als Abonnent gratis ein digitales Geschenkpaket, einschließlich einer exklusiven Kurzgeschichte über Octocat: **Katzengeheimnisse.com/Abonnieren**

Ich bin sicher, wir werden eine Menge Spaß miteinander haben. Also schnell umblättern ...

Wir sehen uns dann auf der nächsten Seite.

MOLLY

KOMMISSAR KATERCHEN

Ich war eine ganz normale Mittzwanzigerin mit sieben Hochschulabschlüssen, aber noch keinerlei Vorstellung davon, was ich mit meinem Leben anfangen wollte. Das heißt, bis ich gestorben bin ... Naja, beinahe jedenfalls.

Als ob eine Nahtoderfahrung aufgrund einer defekten alten Kaffeemaschine nicht schon peinlich genug wäre, wachte ich auch noch auf und musste feststellen, dass ich plötzlich mit Tieren sprechen konnte, oder vielmehr mit einem ganz bestimmten Tier: einem Kater.

Sein voller Name lautet Octavius Maxwell Ricardo Edmund Frederick Fulton, aber da der viel zu lang ist, als dass ihn sich irgendjemand auch nur ansatzweise merken könnte, nenne ich ihn schlicht und einfach Octocat. Er redet so schnell, dass man ihn manchmal fast nicht versteht, aber anscheinend will er mir sagen, dass seine verstorbene Besitzerin keineswegs eines natürlichen Todes gestorben ist, wie alle annehmen.

Tja, anscheinend bleibt mir keine Wahl – offensichtlich ist es meine Bestimmung, als Blueberry Bays erste Tierflüsterer-Privatdetektivin in die Geschichte einzugehen. Meine Arbeit als Rechtsanwaltsgehilfin im Büro von Fulton, Thompson und Partner dient nur noch dazu, den äußeren Schein zu wahren.

Ich frage mich nur eines: *Wieso hat das bei Dr. Dolittle alles so einfach ausgesehen?*

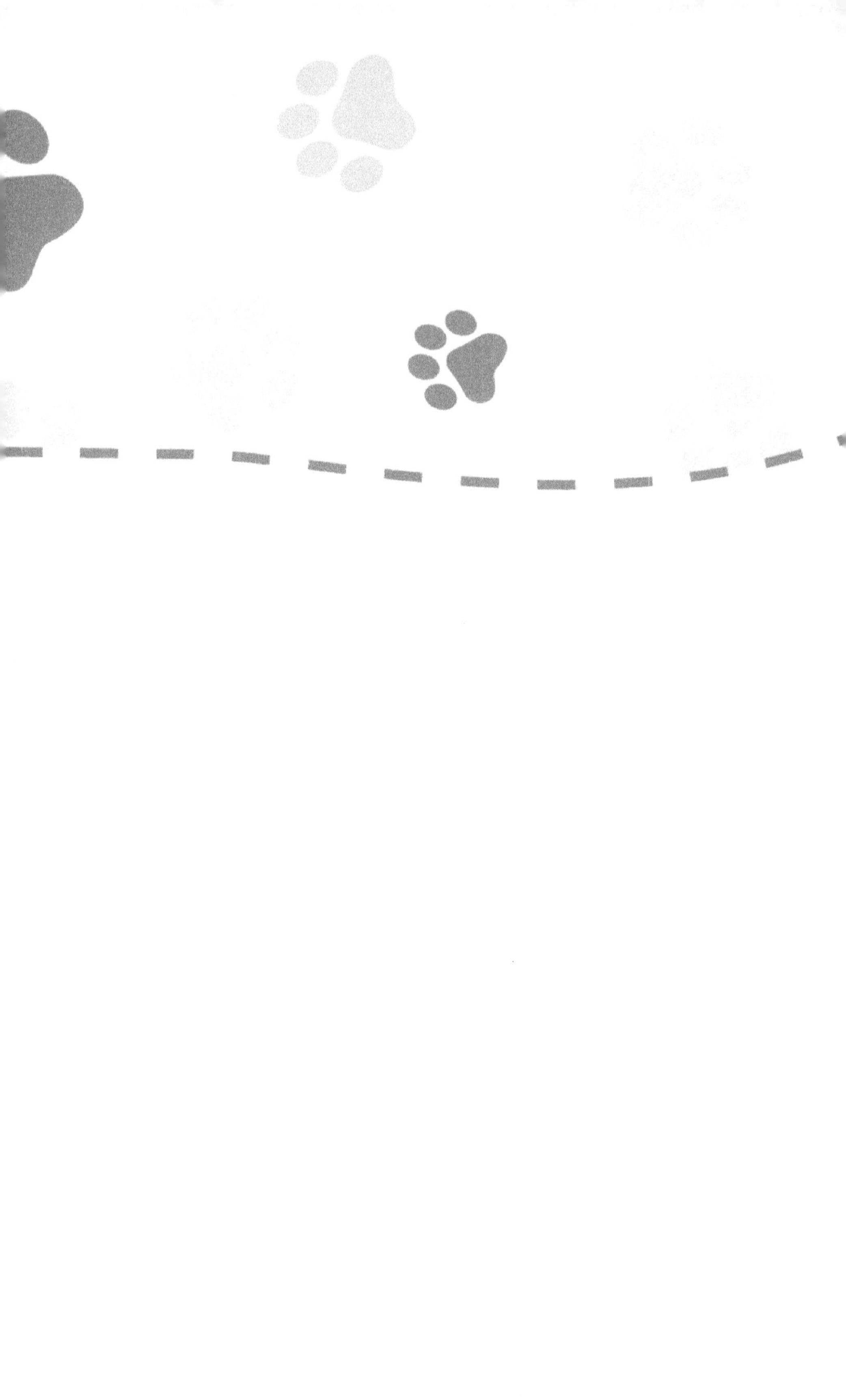

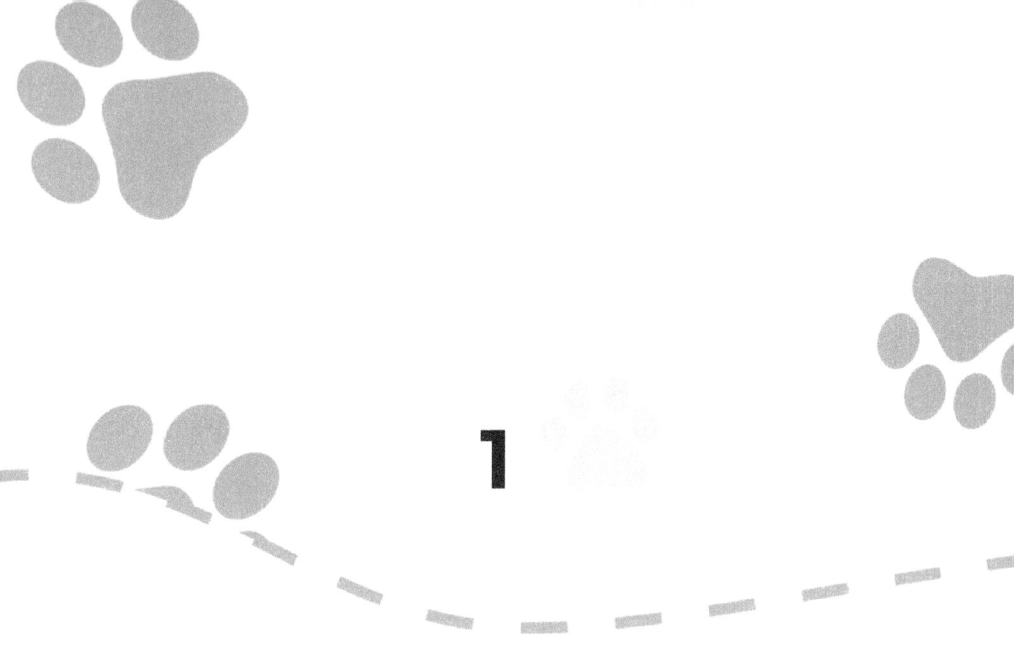

1

Das Erste, was ihr über mich wissen solltet, ist, dass ich Anwälte hasse. Das Zweite ist, dass ich für sie arbeite.

So war das natürlich nie geplant, ganz und gar nicht.

Eigentlich wollte ich eine große Berühmtheit werden und Blueberry Bay endgültig den Rücken kehren, ohne mich auch nur noch ein einziges Mal umzudrehen. Das Problem war nur, dass man Talent braucht, um ein Star zu werden – und genau daran haperte es bei mir. Zumindest habe ich meines bisher nicht entdecken können.

Noch nicht.

Als die Zeitarbeitsfirma mich als neue Rechtsanwaltsgehilfin bei Fulton, Thomson & Partner einsetzen wollte, hätte ich beinahe abgelehnt. Dann jedoch fiel mir gerade noch rechtzeitig ein, dass man ja wohl oder übel auch Miete bezahlen musste.

Und so kam es, dass ich jetzt hier sitze und tue, was getan werden muss, während ich meinen holprigen Weg in Richtung Ruhm fortsetze, indem ich ein mögliches Talent nach dem anderen auszuschließen versuche. Immerhin, wenn ich das lange genug durchziehe, finde ich vielleicht doch noch meine wahre Bestimmung. Wer weiß? Ich könnte die weltbeste Hip-Hop-Jodlerin werden – allerdings habe ich das schon probiert und bin es definitiv nicht.

Es ist schon okay, ehrlich. Ich genieße die Reise, obwohl ich wirklich nichts dagegen hätte, wenn mein Ziel endlich in Sicht käme.

Hallo, mein Name ist Angie Russo, und eines Tages wird euch mein Name von sämtlichen Leuchtreklamen entgegen prangen.

Meine Großmutter war zu ihrer Zeit eine gefeierte Broadway-Schauspielerin. Zumindest, bis sie sich auf dem Höhepunkt ihrer Karriere dazu entschied aufzuhören und sich nach Glendale, Maine, zurückzuziehen, um sich dort nur noch ihrer Familie zu widmen.

Bevor du fragst – nein, ich kann weder singen noch tanzen oder schauspielern, aber Oma hat mir stets versichert, dass Star-Potenzial in mir schlummert, genau wie in ihr und in meiner Mutter.

Ach ja, vermutlich kennst du meine Mutter? Sie moderiert die Nachrichten auf Kanal Sieben, und mein Vater ist zuständig für die Sportreportagen. Da sie, wie man sehen kann, richtige Karrieretypen sind, war es hauptsächlich meine Großmutter, die mich großzog – und das war ganz in meinem Sinne.

Wenn es nach mir ginge, würde ich sogar noch immer bei ihr wohnen, wenn sie mich nicht liebevoll aus dem Nest geschubst und mir zu verstehen gegeben hätte, es wäre an der Zeit, flügge zu werden.

Das war ziemlich genau vor einem Jahr und passierte, kurz nachdem ich mir meinen siebten Hochschulabschluss in Folge am Blueberry Bay-College geholt hatte. Ja, ich habe es immer geliebt zu lernen und brauchte auch stets etwas, womit sich mein Hirn beschäftigen konnte.

Wenigstens hat Gott mir einen Gefallen getan, indem er mich klug machte, auch wenn meine einzigartigen Talente noch etwas schwer auffindbar sind. Einer meiner Abschlüsse war tatsächlich in Rechtswissenschaften und Justizverwaltung, was jetzt vielleicht für jemanden, der Anwälte so sehr hasst wie ich, seltsam klingen mag.

Aber diese Story hebe ich mir für ein anderes Mal auf ...

Hier geht es darum, wie es dazu kam, dass ich fast gestorben wäre, und das ist eine richtig gute Geschichte.

Mein Tag begann mit einem Schnüffeltest an meinen beiden Blazern, um zu entscheiden, welcher für eine Testamentseröffnung in der Kanzlei noch annehmbar genug wäre. Beide rochen leicht nach Schweiß, was bedeutete, dass ich mir, egal welchen ich auch nahm, einen Vortrag von meinen Vorgesetzten würde anhören müssen. Anderseits hatte ich wahrscheinlich auch genau das verdient, weil ich den Gang zur Reinigung immer wieder vor mir herschob.

Nachdem ich meinem Kleiderschrank eine Deo-Dusche verpasst hatte, die bei mir einen heftigen Hustenanfall auslöste, zog ich die pinke Jacke vom Bügel und schlüpfte hinein. Eine schwarze, gepunktete Bluse und eine elastische Leggings rundeten das Outfit perfekt ab. Da ich am Morgen keine Zeit mehr gehabt hatte, mir die Haare zu waschen, zog ich das verstrubbelte Durcheinander einfach zu einem unordentlichen Dutt zusammen und betonte die Pracht mit einer süßen Haarspange, die ich mir Anfang der Woche im Ein-Dollar-Shop mitgenommen hatte.

Und bevor du fragst ...

Nein, ich hatte keine Zeit, zur Reinigung zu gehen und ja, für meinen geliebten Ein-Dollar-Shop finde ich immer Zeit.

An diesem speziellen Morgen allerdings schaffte ich weder das eine noch das andere. Genau genommen hatte ich so viel Zeit damit vergeudet, mich mit der Wahl des Blazers herumzuquälen, dass ich jetzt schon viel zu spät dran war. Erschwerend hinzu kam noch, dass ich kein Morgenmensch bin und wenn man dann auch noch zu einem Job hetzen muss, den man nicht mal mag ...

Ich ahnte beinahe, wie schlimm der Tag noch enden würde.

Ungeduscht, hungrig und ohne Kaffee rannte ich zur Tür hinaus, in der Hoffnung, wenigstens an diesem Tag auf dem Weg zur Arbeit eine grüne Welle zu erwischen. Leider wurde ich nicht mal zwei Straßen weiter von dem längsten Zug aller Zeiten ausgebremst. Da die Bahngleise entlang der einzigen Hauptstraße unseres Küstenstädtchens verlaufen und es absolut keine Möglichkeit gibt, die Firma über Schleichwege zu erreichen, blieb mir nichts anderes übrig, als mich geschlagene fünfzehn Minuten hinter wütend hupenden Autos einzureihen.

Als ich endlich in der Firma ankam und als Letzte hineinhetzte, blieben bis zum Beginn der Testamentseröffnung weniger als zehn Minuten Zeit und meine Hoffnung, mich unentdeckt reinschleichen zu können, erfüllte sich ebenfalls nicht.

„Russo!“, brüllte Mr. Thompson, noch bevor ich die Tür hinter mir überhaupt schließen konnte. Denkt euch einfach einen alten, weißhaarigen Knacker in Mokassins und mit einem Krawattenschal, und schon habt ihr eine ziemlich gute Vorstellung davon, wie Mr. Thompson aussah und ein noch besseres Bild, wie er sich verhielt. Er war ein fantastischer Anwalt, aber kein besonders sympathischer Chef.

Eine dicke, fleischige Ader pulsierte an seiner Schläfe und aus irgendeinem Grund konnte ich nicht aufhören, sie anzustarren. Mit zittrigem Finger und finsterem Blick deutete er auf mich. „Zu spät und gekleidet, als würden Sie zu einer Party nach dem Motto der 80er-Jahre gehen, anstatt an einer Testamentseröffnung teilzunehmen. Nein, so funktioniert das heute nicht. Los, fragen Sie Peters, ob sie Ihnen einen Blazer leihen kann."

Nur mit der Kraft von tausend Bodybuildern schaffte ich es, nicht die Augen zu verdrehen und mich auf die Suche nach der einzigen weiblichen Partnerin der Firma zu machen.

Aufgrund unseres identischen Geschlechts wurden wir oft miteinander eingeteilt, aber Bethany Peters und ich hätten unterschiedlicher nicht sein können. Sie war blond und hübsch und *wirkte* zuckersüß – war aber in Wahrheit der größte Hai von allen. Das muss man wohl auch sein, um sich in einer Männerwelt behaupten zu können.

Aber was wusste ich denn schon?

Ich war lediglich eine bessere Sekretärin, die nicht mal hier sein wollte.

Sobald ich Bethanys Büro betrat, rümpfte sie die Nase und ich hielt mir die meine zu. Bethany war besessen von ätherischen Ölen und verkaufte sie sogar bei diesen kitschigen Online-Partys, zu denen sie uns in schöner Regelmäßigkeit einlud. Obwohl ich zu dieser Zeit erst ein paar Monate in der Firma war, besaß ich schon mehr Lavendel-Badezusätze, als ich jemals im Leben aufbrauchen konnte.

Heute roch es in ihrem Büro nach Wacholder und Zitrone – definitiv keine ihrer besseren Kombinationen. Trotzdem hoffte ich aufrichtig, dass diese Mischung zur Wiederherstellung der Frauenpower, die sie zu brauen versuchte, bei ihr funktionieren würde.

„Lass mich raten", sagte sie in diesem nasalen, herablassenden

Ton, den sie immer dann benutzte, wenn sie mit mir oder einem der anderen Angestellten ohne Jurastudium sprach. „Fulton hat dich geschickt, damit du dir eine Jacke von mir ausleihst."

Ich setzte mein süßestes Lächeln auf. „Eigentlich war es Thompson." Ihr dürft mich gerne als aufsässig bezeichnen, aber ich liebe es einfach, ihr zu widersprechen, wenn sich mir schon mal die Chance dazu bietet, vor allem an einem Tag, der so schlecht anfing wie dieser. Das war beinahe wie ein kleines Geschenk.

„Kannst du dir nicht endlich mal ein paar angemessenere Kleidungsstücke zulegen, damit du dir nicht immer in letzter Minute meine leihen musst?" Sie seufzte tief auf und latschte dann mit locker schwingenden Armen und großen, übertriebenen Schritten zur anderen Seite ihres Büros hinüber. Dabei sah sie aus wie ein adretter, blonder Gorilla, aber ich beschloss, diesen speziellen Vergleich für mich zu behalten.

„Thompson ... Fulton ... beide sind heute knapp davor durchzudrehen", vertraute sie mir an. „Offenbar war die Verstorbene irgendwie mit Fulton verwandt."

„Woher weißt du das?" Erstaunt riss ich die Augen auf. Das war also der Grund dafür, warum jeder an diesem Morgen einen Mordswirbel verursachte.

„Zunächst einmal lautet ihr Nachname ebenfalls Fulton." Sie tippte sich an die Schläfe, um meine Aufmerksamkeit auf ihre überlegene Gehirnleistung zu lenken.

Als Antwort darauf schlug ich mir gegen die Stirn und bedachte sie mit einer hässlichen Grimasse. Jetzt führten wir uns beide wie Bürogorillas auf, und was für ein schönes Paar wir doch abgaben!

Dann reichte Bethany mir kichernd den langweiligsten, marineblauen Blazer, den Gott je auf diese grüne Erde geschickt hatte.

„Bitte versuch, dich zumindest während der Testamentseröffnung zusammenzureißen, okay?“

Ich nickte und schlüpfte hinein. Er kniff unter den Achseln, aber mir war klar, dass ich mich besser nicht beschweren sollte. „Danke“, murmelte ich und flüchtete aus ihrem Büro, bevor sie mich noch einmal daran erinnern konnte, dass der Kleiderkreisel oder die Heilsarmee die geeigneten Orte für mich wären, um etwas innerhalb meines Budgets zu finden.

„Ich an deiner Stelle würde noch die komische Spange rausnehmen!“, schrie sie mir hinterher.

Mist, es war so knapp.

Da Bethany aber dazu neigte, sich wie ein Hund mit seinem Knochen aufzuführen, sobald sie sich an etwas festbiss, entfernte ich widerwillig mein süßes, kleines Accessoire und nahm dabei ein paar herausgerupfte Strähnen in Kauf, die sich darin verfangen hatten. Als Nächstes widmete ich mich dem Dutt. Schnell kämmte ich mir mit den Fingern durchs Haar, um es in eine halbwegs präsentable Frisur zu verwandeln. Hoffentlich reichten meine Bemühungen aus, um alle zufrieden zu stellen.

„Angie, sind Sie das?“, rief Mr. Fulton, der ranghöchste Partner der Kanzlei, aus dem Konferenzraum zu mir herüber. Aus welchem Grund auch immer ... Thompson benutzt stets unsere Nachnamen, während Fulton uns beim Vornamen ansprach. Vielleicht war das ihre Art, guter Anwalt, schlechter Anwalt zu spielen, oder aber es gefiel ihnen einfach nur, uns auf Trab halten.

Ich setzte mein gewinnendstes Lächeln auf, denn schließlich hatte der Typ ja gerade eben erst ein Familienmitglied verloren. „Guten Morgen, Chef. Benötigen Sie etwas?“

Sein Blick verweilte kurz auf meinem Gesicht, bevor er sich räusperte und auf die verstaubte, alte Kaffeemaschine in der Ecke des Raumes deutete. „Wir werden jede Menge Koffein brauchen, um das zu überstehen, und da sie heute Morgen etwas spät dran waren, befürchte ich, uns bleibt keine Zeit mehr, um etwas aus der Espressobar zu besorgen. Sie werden wohl oder übel auf das alte Gerät zurückgreifen müssen. Und bitte, so stark wie nur irgend möglich."

„Mach ich!" Wir hatten die hauseigene Kaffeemaschine noch nie wirklich benutzt und eigentlich nur noch für Koffein-Notfälle der Alarmstufe Rot behalten. Die Tatsache, dass wir sie gerade jetzt brauchten, war definitiv kein gutes Zeichen.

Ich persönlich hatte sie eigentlich noch nie verwendet. Das einzige Mal, als sich mir fast die Gelegenheit dazu geboten hätte, platzte ein Praktikant mit einem Tablett von Starbucks ins Büro und ersparte mir die Aktion. Allerdings sollte es nicht allzu schwer sein, dieses antike Teil zu bedienen; immerhin nenne ich ja sieben Hochschulabschlüsse mein Eigen.

Während ich noch mit dem Filter hantierte, der sich aus irgendeinem Grund weigerte, sich in die entsprechenden Schiene einhaken zu lassen, kamen bereits Mr. Thompson, Bethany und ein paar weitere Mitarbeiter herein. Normalerweise waren bei einer Testamentsverlesung immer ein oder zwei Anwälte anwesend, aber für diese schienen sie alle Register zu ziehen.

Was war der Grund dafür? Weil die Verstorbene mit einem unserer Partner verwandt war, oder steckte da noch mehr dahinter? Meine Neugier war geweckt.

Als ich so in meiner Ecke vor mich hin werkelte, bekam ich ein paar Fetzen der Diskussion mit, die sich am Tisch des Konferenzraums abspielte. Im Allgemeinen waren die täglichen Gespräche in der Firma ziemlich trocken, heute jedoch versprach es, interessant zu werden.

„Zugegeben, es ist eine etwas ungewöhnliche Situation", ergriff Thompson das Wort, und Fulton entgegnete kurz darauf:

„Angesichts der Auflagen erwarte ich, dass einer der Zuwendungsempfänger Einspruch erheben wird."

Ein weiterer Partner, Brad, stellte einen Kassettenrekorder auf – noch so ein uraltes Relikt, das in unserem Büro sein tristes Dasein fristete – und Bethany wühlte in einem Berg von Unterlagen.

Als der Filter endlich in seiner gewünschten Position einrastete, entfuhr mir ein triumphierender Laut, was mir einen scharfen Blick meiner Kollegen einbrachte. „Ich bin gleich zurück", versprach ich und eilte mit der leeren Kaffeekanne an der stetig wachsenden Teilnehmermenge vorbei.

Eine schöne, blonde Frau in einem Cardigan-Kostüm und der dazu passenden rosa Perlenkette hielt mich auf, noch bevor ich den Wasserhahn erreicht hatte.

„Angie, was bin ich froh, dass du ebenfalls hier bist!" Diane Fulton – Mr. Fultons Frau – schüttelte den Kopf und zog die sorgfältig gezupften Brauen hoch. „Hast du die gestrige Episode gesehen?"

Auch wenn Diane sich wie ein blaublütiger Snob kleidete, war sie doch die coolste Person inmitten aller Anwesenden. Sie und ich hatten das gleiche Faible für gewisse Realityshows, die wir stets dann ausführlich diskutierten, wenn sie im Büro vorbeikam, um ihrem Mann zur Mittagszeit einen Besuch abzustatten.

Mit weit aufgerissenen Augen wartete sie auf meine Antwort. Es war gut möglich, dass ich zu spät zur Arbeit erschien, aber eine unserer Shows hatte ich noch nie verpasst.

„Ich konnte es kaum glauben, dass sie Trace abgeschoben haben", antwortete ich mit einem tragischen Seufzer, während ich den Hahn aufdrehte und Wasser in die Kanne laufen ließ. „Hoffentlich bekommt er trotz allem noch seinen Plattenvertrag."

„Lass uns später darüber reden", sagte sie und zog erneut die Augenbrauen hoch. „Ich muss jetzt leider ..." Sie deutete mit dem Kinn in Richtung Konferenzraum.

Sie tat mir so leid. „Ich habe es schon gehört. Mein aufrichtiges Beileid. Du, äh, standest ihr sehr nahe?"

Sie starrte mich kurz an, als hätte sie die Frage nicht gehört. Ihre baumelnden Ohrringe waren so lang, dass sie gegen ihre Wangen schlugen, als sie den Kopf schüttelte. „Ethel war Richards Großtante. Sie war sehr alt und schon lange Zeit krank. Ich glaube, wir haben alle damit gerechnet, dass sie eher früher als später gehen muss."

„Trotzdem ist es Scheiße", entgegnete ich.

Diane lächelte mich höflich an und zog sich dann zurück.

Ganz ehrlich? Das Beste, was mir dazu einfiel, war, *Das ist Scheiße?* Nur gut, dass ich nicht auch noch einen Abschluss in Psychologie vorzuweisen hatte. Aber vielleicht wäre es gar keine so schlechte Idee, nochmals die Schulbank zu drücken, denn schließlich habe ich mich dort immer am wohlsten gefühlt. Einzig aus diesem Grund habe ich so viele Qualifikationen vorzuweisen.

Mit einer vollen Kanne Wasser und der entsprechenden Menge an Kaffeepulver bewaffnet, machte ich mich wieder auf den Weg. Letzteres war bereits im vergangenen Jahr abgelaufen, roch aber Gott sei Dank noch recht frisch. Während meiner sehr kurzen Abwesenheit hatte sich der Konferenzsaal mit noch mehr Leuten gefüllt. Die Fultons schienen eine große Familie zu sein. Entweder das oder Großtante Ethel war eine wohlhabende – und vermutlich großzügige – Frau gewesen.

Mr. Fulton blickte mich mit einer fragend hochgezogenen Augenbraue an.

„Fast fertig“, versicherte ich ihm und eilte an all den Anwesenden vorbei in meine ruhige, kleine Kaffeeecke.

So schnell ich konnte, füllte ich den Tank mit dem frischen Wasser, schaufelte etwas von dem Pulver in den Filter und drückte den großen roten Knopf, um den Brühvorgang zu starten.

Nichts tat sich.

Also drückte ich noch erneut ... und noch einmal ... und noch weitere dreizehn Male, jedoch ohne Erfolg.

„Es wäre sicher hilfreich, wenn du den Stecker anschließen würdest“, brüllte Bethany quer durch den Raum, dermaßen laut, dass alle es hören konnten und sich über meine offensichtliche Inkompetenz amüsierten.

O Mann, wie peinlich.

Ich tastete mich um die Maschine herum, bis ich das Kabel fand. Noch immer lachten alle Anwesenden, als ich den Stecker in die nächstgelegene Dose schob.

Zuerst spürte ich nur ein paar sanfte Nadelstiche in den Fingerkuppen, dann jedoch ein schmerzhaftes Brennen im ganzen Körper. Etwa zwei Millisekunden lang war ich mir meiner Umgebung überbewusst – jedes Geruchs, jedes Geräusches, jedes Gefühls, sogar dessen, wie die Luft in dem Raum schmeckte. Dann verwandelten sich die einzelnen Lacher in ein kollektives Keuchen, das das Zimmer erfüllte.

Es folgte ein scharfes Zischen, dann war alles wie weggeblasen und ich sackte bewusstlos zu Boden.

2

Als ich wieder zu mir kam, lag ich auf dem Boden des Konferenzraums. Komisch, ich konnte mich gar nicht daran erinnern, ohnmächtig geworden zu sein, und doch war dem offensichtlich so.

Mein Herz pochte mit einer Million Schlägen pro Stunde, aber der restliche Teil meines Körpers fühlte sich benommen und kribbelig an. Ich versuchte, meine Arme zu bewegen, aber sie schienen sich damit begnügen zu wollen, ausgestreckt links und rechts von mir zu verharren. Nach und nach begannen meine Sinne, wieder zu funktionieren.

Dann ein Knall!

Mrs. Fultons Schrei war das erste, was ich hörte; so allmählich jedoch drang auch das Murmeln der übrigen Anwesenden wieder zu mir durch. Einige Stimmen erkannte ich, andere hingegen waren mir völlig fremd.

Bethany sagte: „Es wird wirklich Zeit, dass wir dieses alte Ding rausschmeißen."

Mr. Fulton ignorierte sie und kam auf mich zugeeilt. „Angie … Angie …“ Seine panische Stimme kam immer näher, bis er sich direkt neben mir zu befinden schien. „Geht es Ihnen gut?“

Unterdessen murmelte Mr. Thompson etwas über Haftpflicht und Berufsunfallversicherung – eben genau die Dinge, die jeder, der ihn kannte, in einer solchen Situation von ihm erwartet hätte.

Während ich noch versuchte, mich an das zu erinnern, was geschehen war, spürte ich plötzlich ein unerwartetes Gewicht auf meiner Brust, das mir das Atmen erschwerte. Ein aufdringlicher Geruch von Thunfisch stieg mir in die Nase und brachte mich zum Husten.

Eine Stimme, die ich noch nie zuvor gehört hatte, schwebte über mir. „Na, was sagt man denn dazu? Diese Person scheint mehr als nur ein Leben zu haben. Lasst sie in Ruhe, Leute, sie muss sich erst mal erholen.“

„Oh, sie atmet!“, rief Diane erleichtert aus.

„Natürlich tut sie das, Liebling“, antwortete ihr Mann und die Panik in seiner Stimme wich einer gewissen Erleichterung. „Sie hustet sogar.“

„Und ich dachte doch tatsächlich, die Autofahrt würde sich nicht lohnen“, meldete sich derselbe Unbekannte erneut zu Wort und kicherte unfreundlich. „Diese Aktion war ungelogen das Highlight meiner kompletten Woche.“

Endlich schaffte ich es, meine Lider zu öffnen und blickte direkt in ein Paar glänzender, bernsteinfarbener Augen, die mich aus nur wenigen Zentimetern Entfernung anstarrten. Moment mal … Warum war da eine Katze im Konferenzraum, und wieso saß die ausgerechnet auf mir? Ich kämpfte darum, mich aufzurichten, aber meine Glieder waren nach wie vor zu schwer, um sie allein heben zu können.

„Ach, Süße." Schon wieder diese anzügliche Stimme „Wenn du jetzt schon erwartest, wieder laufen zu können, wärst du besser auf deinen Füßen gelandet."

Ich stöhnte laut auf. Zwar spürte ich die geschäftige Aktivität um mich herum, aber das Einzige, was ich sah, war dieses verdammte Katzenvieh, das mich mehr oder weniger bedrängte.

„Was ist passiert?", fragte ich und begann erneut zu husten.

„Ich glaube, die Kaffeemaschine hat dir einen Stromschlag verpasst, als du sie einstecken wolltest", erklärte Diane. Ihre zittrige Stimme verriet, dass sie geweint hatte und ich fühlte mich richtig schlecht, sie durch meine Ungeschicklichkeit dazu gebracht zu haben.

„O Gott. Diese hier ist sogar noch blöder als die, auf der ich sitze. Ich freue mich jetzt schon darauf, bei ihr leben zu dürfen, während der Rest der Familie sich überlegt, wie sie mich loswerden können. Schade eigentlich. Sie erkennen Erhabenheit nicht mal dann, wenn sie ihnen direkt ins Gesicht starrt."

Ich stöhnte erneut auf und versuchte, den Kopf zu heben, um mir einen besseren Überblick über den Raum zu verschaffen. „Wer spricht da?", verlangte ich zu wissen.

„Ich bin es, Angie", entgegnete Mrs. Fulton und drückte mir beruhigend die Hand. „Du hast gefragt, was passiert ist, und ich habe dir von der Kaffeemaschine erzählt."

„Nein, ich meine den Kerl, der uns gerade beide als dumm bezeichnet hat." Könnte ich mich doch nur hinsetzen, um an dieser nervigen Katze vorbeizuschauen denn sie versperrte mir komplett die Sicht. Natürlich hatte ich jede Menge Fragen, wie so ein kleines, altes Gerät es schaffen konnte, mir dermaßen eine vor den Latz zu knallen, dass ich sogar bewusstlos wurde. Dennoch lastet das

Bedürfnis, den unbekannten Sprecher zu identifizieren, noch viel schwerer auf mir.

Erneut vernahm ich ganz in meiner Nähe ein grausames Kichern. „Ich habe dich dumm genannt, weil du es eben bist. Ehrlich währt am längsten, die Wahrheit wird dich frei machen, blablabla – und all der andere Unsinn, den ihr Menschen so gerne von euch gebt."

Wenn ich es nicht besser wüsste, hätte ich schwören können, dass diese seltsame, melodische Stimme zu der Katze gehörte. O Mann, ich musste mir bei dem Sturz ganz schön heftig den Kopf gestoßen haben.

Das Tier lehnte sich so weit zu mir herab, dass seine Schnurrhaare mein Gesicht kitzelten. Seine beunruhigend großen Augen bewegten sich hektisch von einer Seite zur anderen, als würde es sich an eine Art Beute heranpirschen. Ich konnte nur hoffen, dass nicht ich sein Ziel war, denn ich war ja gerade erst der Kaffeemaschine entkommen. Sollte es heute noch irgendetwas oder irgendwer auf mich abgesehen haben, hätte derjenige leichtes Spiel.

„Hast du … hast du wirklich verstanden, was ich gesagt habe?", fragte die Stimme erneut, und wieder klang es so, als ob es die Katze wäre, die zu mir spräche. Hatte sie etwa einen winzigen Menschen verschluckt oder so was in der Art? Nichts von all dem machte Sinn.

„Allerdings, ich kann dich hören und finde, du bist ziemlich gemein", antwortete ich grollend und versuchte dabei, Haltung zu bewahren, was angesichts meiner misslichen, liegenden Position gar nicht so einfach war.

„Angie, mit wem redest du da?", fragte Diane und klang unsicher und genauso beunruhigt, wie ich mich fühlte.

„Ich bin mir nicht sicher, wer es ist, aber er beschimpft mich in einer Tour." Schnell schloss ich die Augen und öffnete sie dann langsam wieder.

Die Katze schien zu lächeln, allerdings nicht gerade freundlich, und ich fragte mich noch einmal, ob sie mich für leichte Beute hielt. Verdammt, genau das war ja auch meine Einschätzung.

„Niemand beschimpft Sie", beharrte Mr. Fulton. „Wir wollen alle nur sicherstellen, dass es Ihnen gut geht."

Die Katze lächelte erneut, dieses Mal noch breiter. „So, so, ich habe dich also beleidigt, du großer Tölpel!"

„Dieses Vieh hat mich gerade als großen Tölpel bezeichnet! Können Sie es tatsächlich nicht hören?" Ich blinzelte ein halbes Dutzend Mal und kniff mich selbst, was aber auch nichts brachte.

„Russo, Sie sollten den restlichen Tag frei nehmen und sich in der Notaufnahme durchchecken lassen", befahl Mr. Thompson von irgendwo in der Nähe der Tür, nachdem er sich lautstark geräuspert hatte.

„Wow, du kannst mich wahrhaftig verstehen." Und schon wieder dieses Stimme. „Hallo, übrigens, ich bin Octavius Maxwell Ricardo Edmund Frederick Fulton, und ich hätte einige Forderungen."

So allmählich fiel es mir schwer, all den unterschiedlichen Gesprächen zu folgen. Ich wusste, dass die Partner sich sowohl über mich wie auch über sich selbst Sorgen machten, aber nach wie vor konnte ich den geheimnisvollen Sprecher weder identifizieren noch herausfinden, was er eigentlich von mir wollte. „Octavius Maxwell ... wer?"

„Liebes, sprichst du von der Katze?", fragte Mrs. Fulton und scheuchte den getigerten Kater von meiner Brust. Meine gequetschten Lungen dankten es ihr und sofort fühlte ich mich stärker.

In ihrer niedlichsten Babystimme nahm sie ihn hoch und gurrte:

„Versuchst du, unserer Angie zu helfen, damit es ihr wieder gut geht? Du bist so ein süßes, kleines Fellknäuel."

Der Kater drehte sich zu mir um und seine Augen wurden zu schmalen Schlitzen. *„Hiiiiilf miiiiiir."*

Beflügelt von dem Bedürfnis herauszufinden, was zum Teufel hier vor sich ging, schaffte ich es endlich, mich aufzusetzen und im Raum umzusehen.

„Oh, sehr gut. Jetzt, da Sie sich wieder bewegen können, wird Peters Sie ins Krankenhaus bringen", ordnete Thompson an.

Bethany seufzte, erwiderte aber nichts darauf.

„Warte!" Der getigerte Kater trabte zu mir herüber, kaum dass Diane ihn wieder auf dem Boden abgesetzt hatte. „Was ist mit meinen Forderungen?"

Entgeistert starrte ich ihn an. Es war einfach unmöglich ...

Er zuckte mit dem Schwanz und stieß ein leises, kehliges Knurren aus. „Ich weiß jetzt, dass du mich verstehen kannst. Wie wäre es also, wenn du dich ausnahmsweise mal höflich verhalten und ebenfalls etwas zu dem Gespräch beitragen würdest?"

„Was willst du von mir?" Obwohl ich mich bemühte zu flüstern, bekam jeder im Büro mit, wie diese verrückte Tusse mit einer Katze sprach, die sie gerade erst kennengelernt hatte.

„Meine Besitzerin wurde ermordet und ich brauche dich. Du musst mir helfen, es zu beweisen. Außerdem – und das ist nicht minder wichtig – bin ich seit Stunden, wenn nicht sogar Jahren, nicht mehr gefüttert worden." Er legte die Ohren an und riss die Augen weit auf, was so niedlich aussah, dass ich ihn trotz seines unmöglichen Benehmens zu mögen begann.

Dann jedoch traf mich der erste Teil seines Satzes wie der Blitz und ich keuchte auf. *„Ermordet?"*

Bethany zappelte nervös herum und packte mich am Arm.

„Okay, bringen wir dich ins Krankenhaus. Halluzinationen sind gar kein gutes Zeichen."

„Aber …", wandte ich ein, klappte jedoch den Mund schnell wieder zu, als ich erkannte, dass es keinen einzigen vernünftigen oder gültigen Grund gab, mich zu widersetzen.

„Ermordet!", brüllte der Kater mir noch dramatisch hinterher. „Sie wurde getötet, noch bevor ihre Zeit abgelaufen war. Und da jetzt klar ist, dass du mich hören kannst, wirst du mir bei der Aufklärung des Falls helfen, damit ihr die Gerechtigkeit widerfährt, die sie verdient hat. Es ist das Mindeste, was ich tun kann, um ihr für all die Jahre zu danken, die sie damit verbracht hat, mich zu füttern und meine Kissen so anzuordnen, wie ich es mochte. Und hast du auch verstanden, was ich über eine vernünftige Mahlzeit gesagt habe?"

Bethany und ich waren schon fast im Flur, was bedeutete, dass dies meine letzte Chance war, mit dem Tier sprechen zu können. Aller Voraussicht nach würden wir uns nie wiedersehen. Natürlich wusste ich, dass es völlig verrückt war anzunehmen, dass auch nur der kleinste Teil von dem, was hier geschah, real war. Trotzdem konnte ich die Tatsache nicht ignorieren, dass der sprechende Kater meine Unterstützung benötigte.

„Ich möchte gerne helfen!", brüllte ich zurück ins Zimmer, kurz bevor die Tür sich hinter uns schloss.

„Nein, du *brauchst* Hilfe", knurrte Bethany und klang dabei fast noch animalischer als vorhin das Katzenvieh. „Tausend Dank, übrigens. Es war das erste Mal, dass ich in so etwas Wichtiges für die Firma mit einbezogen wurde, und Dank deiner kleinen Szene werde ich das jetzt versäumen."

Das tat fast genauso weh wie der Stromschlag der Kaffeemaschine. „Du glaubst doch nicht ernsthaft, dass ich mir absichtlich einen elektrischen Schlag habe verpassen lassen, nur um dich zu sabotieren, oder?“

Sie seufzte und rieb sich den Nasenrücken. „Nein, tut mir leid. Ich weiß ja, dass es nicht deine Schuld war. Es ist nur so, dass ich doppelt so hart arbeiten muss, um voranzukommen, da ich die einzige weibliche Mitarbeiterin bin, und alle versuchen stets, mich irgendwie klein zu halten, anstatt mich als vollwertige Partnerin zu akzeptieren.“

„Naja, zumindest bist du nicht nur irgendeine bessere Sekretärin.“ Ich konnte es kaum fassen, dass Bethany sich über *ihre* Probleme beklagte, wo ich doch gerade ein paar Minuten zuvor eine Nahtoderfahrung durchmachen musste ...

Doch, konnte ich eigentlich schon; so war sie eben.

Am Parkplatz angekommen, half sie mir auf den Beifahrersitz ihres Autos, eines neueren Lexus-Modells, was mir verdeutlichte, dass es ihr wahrscheinlich nicht ganz so schlecht ging, wie sie jeden glauben machen wollte. Trotzdem fühlte ich mich schuldig, weil ich sie um ihre große Chance gebracht hatte; also sagte ich: „Wenn du mich fragst, ich finde, du bist die Klügste von allen.“

Sie lachte, während sie ihren Sicherheitsgurt anlegte und den Rückspiegel justierte. „Klüger noch als Thompson und Fulton?“

Ich nickte, und bei dieser Bewegung wurde mir schwindlig. „Ganz besonders als Thompson und Fulton.“

Wir tauschten einen verschwörerischen Blick; dann stieß sie rückwärts aus der Parklücke heraus und steuerte auf die Hauptstraße zu. Hoffentlich kamen heute keine weiteren Züge mehr hier durch, denn trotz unseres soeben geknüpften zarten Bandes der Schwesternschaft war ich mir nicht sicher, wie lange wir es auf so engem Raum miteinander aushalten würden.

„Danke, dass du mich fährst, wo ich doch weiß, dass du es

eigentlich nicht wolltest. Du musst auch nicht auf mich warten. Lass mich einfach vor der Klinik raus; wenn ich fertig bin, rufe ich meine Großmutter an, damit sie mich abholt."

„So hatte ich das eigentlich auch geplant. Wenn ich mich beeile, schaffe ich zumindest noch einen Teil der Testamentseröffnung." Sie tippte sich an die Schläfe, um mir erneut ihre überlegene Denkleistung zu demonstrieren.

Und damit waren wir wieder zurück in der Normalität.

Allerdings, was mich betraf, war ich mir da noch nicht so ganz sicher ...

3

Ich schwang meine Beine über den Rand eines mobilen Krankenhausbettes, während der Arzt der Notaufnahme mir direkt ins Gesicht lachte.

„Eine alte Kaffeemaschine hat Ihnen einen Stromschlag verpasst? Soll das ein Witz sein?“ Welche Art von Empfang in der Klinik ich auch immer erwartet hätte – so etwas jedenfalls nicht.

Ich verschränkte die Arme vor der Brust und drehte mich weg, um nicht ständig seinen unangemessen amüsierten Gesichtsausdruck sehen zu müssen. „Ich verstehe nicht, was daran so lustig ist.“

Endlich wurde er ernst und seine Finger spielten fahrig mit einem Stift. Stirnrunzelnd studierte er mich und hakte nochmals nach: „Und das hat dazu geführt, dass Sie das Bewusstsein verloren haben?“

„*Ja.*“ Das hatten wir doch alles schon.

„Haben Sie sich beim Fallen den Kopf gestoßen?“

„Ich glaube nicht.” Es gab immer noch vieles in Bezug auf

meinem Unfall, was ich nicht so recht begreifen konnte, aber zumindest fühlte ich mich körperlich gut.

Der Arzt steckte den Stift zurück in seine Tasche und schaute mir intensiv in die Augen, bevor er erklärte: „Meiner Meinung nach sind Sie in Ordnung. Ich gebe Ihnen trotzdem eine Dosis Tylenol in der normalen Stärke mit, falls aufgrund des Aufpralls auf den Boden im Nachhinein doch noch Schmerzen auftreten sollten."

Er zögerte einen Moment, schüttelte dann den Kopf und lächelte mich schief an. „Trotzdem ist es seltsam – aufgrund der elektrischen Spannung hätte das Gerät Ihnen nur einen leichten Schlag versetzen dürfen. Es überrascht mich, dass Sie so eine starke Reaktion gezeigt haben."

Womit wir wieder beim Anfang wären ... Ich musste hier raus, bevor er noch sein gesamtes Personal zusammentrommelte, um ihnen den Freak zu zeigen, den er in der Notaufnahme ausgestellt hatte.

„Tja, dann vielen Dank auch", murmelte ich.

Er kniff die Augen zusammen. „O ja, *danke* ist das richtige Wort. Seien Sie froh, dass Sie weder Verbrennungen erlitten noch eine Gehirnerschütterung davongetragen haben. Aber immerhin haben Sie es damit geschafft, einen Tag frei zu bekommen, oder?" Der Typ besaß doch tatsächlich die Dreistigkeit, mir zuzuzwinkern, bevor er sich schmunzelnd zum Gehen wandte.

„Glauben Sie etwa, ich habe das mit Absicht gemacht?", brülle ich ihm noch hinterher und bemühe mich, meine Frustration in den Griff zu bekommen. *Was für ein Trottel!*

Als ich mir sicher sein konnte, dass er nicht nochmals zurückkam, schickte ich Großmutter eine kurze Nachricht und sammelte dann meine Sachen ein, um draußen auf sie zu warten. Während der ganzen Zeit, in der ich dort saß, sah ich keine einzige Person die

Klinik durch die Glastüren betreten oder verlassen. Auch wenn Blueberry Bay nicht zu den am dichtesten besiedelten Gegenden zählte, hätte ich hier doch etwas mehr Publikumsverkehr erwartet. Auf der anderen Seite war es auch ganz gut, dass dieser Clown von einem Arzt keine wirklich kranken Menschen zu versorgen hatte.

Unruhig lief ich an der Bordsteinkante entlang und versuchte verzweifelt, mich an jedes Detail dieses Morgens zu erinnern. So unfreundlich der Doktor auch gewesen sein mochte, in einem Punkt hatte er nicht ganz unrecht: Ich wäre beinahe durch die Hände einer alten Kaffeemaschine gestorben und als ich wieder aufwachte, konnte ich mit Tieren reden.

Als Kind hatte ich den Film mit Eddie Murphy in der Rolle des unglücklichen Dr. Dolittle geliebt, wie er seinen tierischen Patienten, dank seiner einzigartigen Fähigkeit, mit ihnen sprechen zu können, wie kein anderer helfen konnte. Damals stellte ich mir immer vor, wie cool es wäre, wenn man Tiere verstehen und sich mit ihnen unterhalten könnte.

Und jetzt, wo ich mit der Realität konfrontiert wurde?

Erschreckte es mich zu Tode.

Ein starker Windstoß wirbelte Blätter auf und lenkte meine Aufmerksamkeit auf den Parkplatz, wo zwei Möwen mit Schnäbeln und Krallen um eine Fast-Food-Hamburgerverpackung kämpften, in deren Mitte ein Stück Käse zu kleben schien.

Eine von ihnen streckte die Flügel zur Seite aus und kreischte wie verrückt, während die andere schimpfend auf die Füße ihres Gegners einhackte. Ihr Kampf nahm neue, ungeahnte Ausmaße an, als sie schreiend um das Papier herumtanzten und sich gegenseitig anpickten, und bei mir kündigten sich die Anfänge einer üblen Migräne an.

„Oh, wollt ihr nicht endlich mal still sein!“, brüllte ich sie an.

Selbst wenn die Vögel mich verstehen konnten, waren sie offensichtlich zu beschäftigt mit ihrem spontanen Gefecht, als dass sie mir Aufmerksamkeit schenken wollten.

Moment mal – konnten sie mich denn verstehen? Wären sie in der Lage, sich mit mir zu unterhalten, so wie vorhin die Katze im Büro?

Auf Zehenspitzen schlich ich mich an sie heran, dankbar dafür, dass ich gerade die einzige Person auf dem verlassenen Parkplatz zu sein schien, denn natürlich war mir klar, wie verrückt das in diesem Moment rüberkommen musste. Aber egal, diese kleine Verrücktheit war noch der geringste Preis, den ich zu zahlen gewillt war, um herauszufinden, was mit mir nicht stimmte.

Also räusperte ich mich und sprach die beiden Vögel an. „Entschuldigt bitte mal."

Eine der Möwen krächzte und schnappte nach der anderen, aber keine von ihnen beachtete mich.

„Entschuldigung", rief ich etwas lauter und trat noch ein paar Schritte näher.

Während eine der beiden sich umdrehte und mich musterte, nutzte die andere die Gelegenheit, sich das Papier zu schnappen und damit das Weite zu suchen. Ihre Gegnerin verfolgte sie und gleich darauf waren die beiden erneut in ein Tauziehen verwickelt, wobei die umkämpfte Verpackung knisterte und knitterte.

Ich rannte hinter ihnen her und brüllte aus Leibeskräften *„Entschuldigung!"*

Schließlich hatte ich beider Aufmerksamkeit, obwohl sie den begehrten Preis nicht losließen.

Als ich mir endlich sicher sein konnte, dass sie mir zuhörten, unterbreitete ich ihnen ein Angebot, von dem ich wusste, dass sie es nicht ablehnen konnten. Ich grinste sie breit an und sagte: „Ich habe tonnenweise leckeres Essen – Burger, Pommes, Eiswaffeln ... All das gehört euch, wenn ihr mir nur eine einzige Frage beantwortet: *Könnt ihr mich verstehen?*"

Eine der Möwen neigte den Kopf, als ob sie darüber nachdenken müsste. Die andere nutzte die kleine Ablenkung, riss das Papier an sich und flog endgültig davon.

„Das tut mir jetzt wirklich leid", entschuldigte ich mich bei dem Verlierer, „aber ich kann dir mehr und besseres Essen besorgen, das nicht aus dem Müll kommt. Was meinst du?"

Bevor er mir antworten konnte, rollte ein rubinrotes Sportcoupé heran, hielt direkt neben mir an und verschreckte auch ihn ein für alle Mal.

Großmutter rollte das Fenster ihres neuen Lieblingsspielzeugs herunter und stieß einen Pfiff aus. „Spring rein, Liebling!"

„Vielen Dank, dass du mich abholst." Ich rutschte auf den glatten Ledersitz und zog mir den Sicherheitsgurt über meine Brust.

Sie ließ das Auto im Leerlauf und musterte mich wortlos durch ihre Katzenaugen-Sonnenbrille. Ein bunt gemusterter Seidenschal bedecke ihr blaugraues Haar, und dazu trug sie Handschuhe in exakt dem gleichen Rotton wie die Karosserie. Ohne Zweifel, sie hatte Stil. Selbst nachdem sie dem Rampenlicht des Broadway den Rücken zugekehrt hatte, zog sie, wann immer sich ihr die Gelegenheit bot, ihre Show ab.

Ich zuckte mit den Achseln. „Was? Es geht mir gut."

Auf ihrer Stirn bildeten sich noch weitere Falten. „Deine Textnachricht war recht vage. Was ist passiert?"

„Nur ein leichter Stromschlag. Es geht schon wieder."

Bei diesen Worten zog sie eine Augenbraue hoch. „Warum dann das Krankenhaus?"

Ich zuckte erneut mit den Achseln. „Du weißt doch, wie die

Leute in der Kanzlei sind. Sie wollen in puncto Haftung kein Risiko eingehen.“

Sie schüttelte nur den Kopf und trat dann so hart auf das Gaspedal, dass es uns beide in die Sitze zurückdrückte. „Also, wohin?“

Ich musste diese Katze wiedersehen, da sie als einzige die Antworten zu haben schien, nach denen es mich verlangte. Wenn ich Glück hatte, würde sich all das als ein böser Traum herausstellen. So oder so brauchte ich Gewissheit – Großmutter allerdings sollte nichts davon erfahren, zumindest solange nicht, bis ich eine plausible Erklärung dafür gefunden hatte, was mir passiert war.

„Zurück ins Büro bitte“, antwortete ich und fingerte nervös an meinem Sicherheitsgurt herum.

Sie stieß einen genervten kleinen Seufzer aus. „Ach, komm schon, kannst du nicht mal den Tag freinehmen? Du bist bereits entschuldigt, also schwänze doch einfach. Wir könnten an den Strand fahren oder ins Kino in die Nachmittagsvorstellung gehen. Was hältst du davon, Liebes?”

Ah, schwänzen. Das war schon immer eine ihrer Lieblingsaktionen gewesen. Einige meiner besten Kindheitserinnerungen haben damit zu tun, dass sie mich einfach aus der zweiten Unterrichtsstunde herausholte, um gemeinsam ein verrücktes, schlecht durchdachtes Abenteuer zu erleben. Je älter ich allerdings wurde, desto seltener wurden solche Tage. Genau genommen gab es keinen einzigen mehr, seit ich in meine eigene Wohnung gezogen bin.

Bitte denkt nicht falsch von mir. Ich vermisste meine Oma schrecklich und enttäuschte sie auch jetzt nur ungern, aber ... mir blieb keine andere Wahl. „Das klingt großartig, aber ich muss mein Auto abholen, sonst habe ich morgen ein richtiges Problem. Vielleicht könnten wir gemeinsam Abend essen?“ Ich schenkte ihr das breiteste Lächeln, das ich zustande brachte.

Sie jedoch stöhnte nur auf und bog scharf nach rechts ab. „Dieser neue Job hat dich verändert."

Wenn sie wüsste ...

* * *

Trotz ihrer Einwände brachte Großmutter mich brav zurück zur Firma. Seit meinem Weggang war kaum mehr als eine Stunde vergangen und die meisten Leute waren noch anwesend und diskutierten die überraschenden Wendungen im Falle Ethel Fultons Testaments. Konnte einer von ihnen tatsächlich der Mörder sein?

Die Antwort darauf kannte nur mein neuer Katzenfreund und von daher war es auch so wichtig, dass ich ihn ohne weitere Verzögerungen oder Unterbrechungen fand.

Ich entdeckte Bethany im Gespräch mit anderen Mitarbeitern und ging schnurstracks auf sie zu, um sie zu bitten, mich über das zu informieren, was ich verpasst hatte.

„Ist das zu glauben, dass sie dieser Katze so viel hinterlassen hat? Was soll die denn mit all dem Geld anstellen?", murmelte jemand, den ich nicht kannte, und nahm einen großen Schluck aus seinem To-Go-Kaffeebecher.

Die Frau neben ihm nickte bestätigend. „Es war wie ein Schlag ins Gesicht."

Wer waren diese beiden? Womöglich die Mörder? Ich bemühte mich, sie nicht zu sehr anzustarren, während ich mir ihr Äußeres einzuprägen versuchte.

Wie aus dem Nichts stand plötzlich Diane vor mir und zog mich in eine riesige, schwammige Umarmung. „Gott sei Dank, dass es dir gut geht. Wir haben uns alle solche Sorgen gemacht!"

„Um mich auszuschalten, braucht es schon mehr als eine

wütende Kaffeemaschine. Ich bin aus hartem Holz geschnitzt." Demonstrativ klopfte ich mir auf die Brust, um ihr meine Robustheit zu demonstrieren.

Sosehr ich meine Gespräche mit Diane auch genoss, war ich doch nur aus einem einzigen Grund zurückgekommen – um diesen Kater zu finden. Ich musste mir etwas einfallen lassen, wie ich mich nach ihm erkundigen konnte, ohne dass jemand Verdacht schöpfte.

„Ähm, ist bei der Testamentseröffnung alles glattgegangen?", fragte ich betont harmlos und hoffte, sie würde den Köder schlucken.

Mrs. Fulton senkte ihre Stimme zu einem Flüstern herab und drückte sich nahe an mich heran. „Ja, aber einige der Verwandten sind über ihren Anteil ziemlich verärgert. Du weißt doch, wie so was immer abläuft."

„Zumindest hat sie nicht ihr gesamtes Vermögen der Katze überschrieben." Ich versuchte, es beiläufig klingen zu lassen, obwohl ich ja bereits mitbekommen hatte, dass die teure Verstorbene genau das getan hatte.

„Nun, nicht alles, aber schon eine ganze Menge. Das ist auch der Grund, warum das Tier dabei war, weißt du. Sie verlangte, dass alle Begünstigten anwesend zu sein hätten, und da der Kater einer der Haupterben war, tja ..."

Ich war geschockt – dieses Mal nicht aufgrund eines Stromschlags, sondern es war echte, ehrliche Überraschung über die unerwartete Nachricht. „Soll das ein Witz sein?"

Diane schüttelte den Kopf und schnitt eine Grimasse. „Keiner kann behaupten, dass Tantchen Fulton ihren Kater nicht geliebt hat."

„Was passiert mit ihm, jetzt, wo sie nicht mehr da ist?"

Leider hatte gerade in diesem Moment Mr. Fulton mich bemerkt und durchquerte das Büro, um sich uns anzuschließen. „Schon wieder zurück, Angie? Wollten Sie nicht wenigstens den Rest des Tages freinehmen?“

Mist. Ich war so nah dran, die gewünschten Antworten aus seiner Frau herauszukitzeln. Jetzt musste ich einen Weg finden, um die Diskussion erneut auf die Katze zu lenken, ohne dass es auffiel. Mr. Fulton war ein intelligentes Kerlchen, der regelmäßig sämtliche Top-Anwälte der Region vor Gericht schlug. Und so jemanden sollte ich überlisten können?

Einen Versuch war es zumindest wert.

Ich schluckte hart und setzte das gleiche berühmt-berüchtigte Lächeln auf, das mir damals schon zu diesem Job verholfen hatte. „Es geht mir gut. Ich werde wahrscheinlich früher gehen, wollte aber nochmals kurz vorbeischauen, um mein Auto zu holen und Sie wissen zu lassen, dass alles in bester Ordnung ist.“

„Großartig. Dann sehen wir uns morgen. Schlafen Sie sich aus, wenn Sie glauben, dass könnte Ihnen guttun.“ Er klopfte mir auf die Schulter und blickte demonstrativ zur Tür. Offensichtlich wollte er mich loswerden, aber ich konnte nicht gehen, ohne vorher noch einmal mit diesem Kater gesprochen zu haben, insbesondere, wenn es sich tatsächlich um Mord handelte. Hoffentlich würde mein Chef mir später einmal für meine Hartnäckigkeit in dieser Angelegenheit dankbar sein.

Also blieb ich einfach stehen und verschränkte die Arme. „Ehrlich gesagt habe ich mich gefragt, ob die Katze noch da ist. Sie schien ziemlich beunruhigt zu sein und ich wollte sie wissen lassen, dass mit mir alles okay ist.“

Die Eheleute tauschten einen besorgten Blick.

„Schon gut, Liebes, Wir werden es ihr ausrichten“, entgegnete Diane freundlich.

Ich hasste es zu lügen, aber besondere Zeiten ...

„Es wäre gut möglich, dass das nicht reicht“, stürzte ich mich kopfüber in meine Lüge. „Ich habe damals am Blueberry Bay-College einen Kurs über Tierpsychologie belegt und bin überzeugt, es würde ihr helfen, wenn sie sich persönlich von meinem Wohlbefinden überzeugen könnte. Ansonsten, äh, könnten Verhaltensstörungen aufgrund sublimierter Angst auftreten.“

Mrs. Fulton starrte mich in verwirrtem Entsetzen an. „O nein, das wollen wir auf keinen Fall.”

Mr. Fulton kicherte. „Du sagst es, Liebling, vor allem, weil sie auf absehbare Zeit bei uns wohnen wird. Da wäre es nicht gerade prickelnd, wenn der alte Octavius seine sublimierte Angst an unseren neuen Vorhängen auslässt.“

Und da war sie – eine weitere, goldene Gelegenheit, eine, die ich nicht ungenutzt lassen würde.

„Wissen Sie, wahrscheinlich ist er bereits verstört und höchstwahrscheinlich auch deprimiert. Seine Besitzerin ist gestorben und er wurde aus seinem gewohnten Umfeld herausgerissen.“

„So habe ich das noch gar nicht gesehen.” Diane zog besorgt die Augenbrauen hoch. „Können Katzen tatsächlich Depressionen bekommen?“

Gleich hatte ich sie soweit ...

Ich nickte bekräftigend und grub meine Klauen noch tiefer in sie hinein. „Auf jeden Fall, und da man ihnen kaum Antidepressiva geben kann, brauchen sie jemanden, der die Zeichen erkennt und sie natürlich behandelt.“

„Was also schlagen Sie vor?“, fragte Mr. Fulton. Leider verriet sein Ausdruck nicht, was in ihm vorging.

Achselzuckend versuchte ich, mich desinteressiert zu geben. „Ich weiß, ich bin nur eine Rechtsanwaltsgehilfin, aber ich habe diesen Kurs absolviert und hatte schon immer ein Händchen für Tiere, insbesondere für Katzen. Da Sie gerade so viel um die Ohren haben, was die Familie und den Nachlass anbelangt, sollte ich sie Ihnen vielleicht für ein paar Tage abnehmen. Damit hätten Sie den Kopf frei für andere Dinge und ich könnte ihr helfen, ihre Depressionen zu überwinden, wenn Sie das möchten."

Sie tauschten einen Blick, den ich nicht wirklich zu deuten vermochte, nahm aber an, dass es die Art von Kommunikation war, die sich entwickelte, wenn man mehr als dreißig Jahre verheiratet war.

Diane war es, die schließlich für beide antwortete. „Das wäre natürlich eine große Hilfe für uns, aber bist du dir sicher?"

Mit einem breiten, beschwichtigenden Grinsen antwortete ich: „Es wäre mir eine Freude."

Ja, eine Freude – und hoffentlich stattdessen *nicht* meine Beerdigung.

4

Nachdem mir die Fultons ihren Segen gegeben hatten, betrat ich das Büro des Seniorpartners und entdeckte den Kater sofort. Wie eine Art Bond-Bösewicht thronte er mitten auf dem ledernen Schreibtischstuhl. Beinahe hätte ich erwartet, er würde die kleine, flauschige Katze rauskehren, die man nur zu gerne streichelte, wurde aber eines Besseren belehrt, als er zu sprechen begann.

„Hat ja lange genug gedauert", murrte er und leckte demonstrativ seine Pfote. Trotz allem, was ich durchgestanden hatte, um es zu ihm zurückzuschaffen, machte er sich nicht einmal die Mühe, mich anzuschauen. Obwohl ich ihn gerade mal fünf Minuten kannte, war mir bereits jetzt klar, dass er ein Idiot war.

Hätte ich mich an diesem Tag nur mit dem Problem sprechender Tiere auseinandersetzen müssen, wäre ich wahrscheinlich gleich wieder gegangen, aber da war leider noch mehr: Jemand war ermordet worden – und noch dazu eine süße, alte Dame.

„Ich habe mich wirklich beeilt", zischte ich ihn an und fragte mich, wie ihm diese kleine Dosis seiner eigenen Medizin wohl gefiel. „Es ist ja nicht so, als ob du irgendwo anders hinmüsstest."

Er schnaubte und faselte etwas über einen vollen Terminkalender und wichtige Routinen, aber ich bekam nicht alles mit, was er sagte, weil er unglaublich schnell sprach.

Wie dem auch sei ... da stand ich nun also und unterhielt mich mit einer Katze auf eine Art und Weise, die wir beide verstanden – größtenteils jedenfalls. Wenn ich schon verrückt war, dann war ich wenigstens konsequent darin. Nun, da sich meine Fähigkeiten, mit Tieren sprechen zu können, bestätigt hatten, war es an der Zeit, mir seinen unmöglich langen Namen einzuprägen. „Wie heißt du gleich noch mal?"

Er rollte seine bernsteinfarbenen Augen und erhob sich majestätisch. „Hast du nicht aufgepasst? Ich bin Octavius Maxwell Ricardo Edmund Frederick Fulton."

Kein Wunder, dass er so schnell redete, war es doch die einzige Möglichkeit, diesen Namen auszuspucken, ohne zu riskieren, dass sein Gegenüber dabei einschlief. Ich probierte es aus und hoffte, dass, wenn ich ihn richtig aussprach, ihn das vielleicht etwas milder stimmen würde. „Octavius Maxwell Richard ..."

„Ricardo Edmund Frederick Fulton", korrigierte er mich. „Komm schon, das kann doch nicht so schwer sein."

Er sprang vom Stuhl, kam auf mich zu, und seine schlangenartigen Augen funkelten irritiert. Anscheinend war es jetzt auch noch meine Schuld, dass er diesen lächerlichen langen Namen hatte. Wie auch immer, ich weigerte mich, mich von einer Kreatur einschüchtern zu lassen, die ich leicht zehn zu eins überragte.

„Ich bin Angie. Tausend Dank übrigens, dass du gefragt hast."

Er blieb abrupt stehen und kräuselte die Nase. „Klingt ziemlich langweilig und nichtssagend."

„Tut mir wirklich leid, dich enttäuschen zu müssen“, fuhr ich ihn an und fragte mich dabei, ob ich wohl die Katzensprache oder er die der Menschen imitierte.

Zum ersten Mal, seit ich ihn getroffen hatte, nahm seine Stimme einen freundlicheren Ton an. Er seufzte und sagte: „Wir können eben nicht alle Octavius Maxwell Ricardo Edmund Frederick Fulton, der Erste, sein.“

„Moment mal, hast du da gerade was hinzugefügt, um ihn noch länger zu machen? So funktioniert das nicht. Selbst wenn ich mir diesen Rattenschwanz merken könnte, habe ich keine Lust, ihn jedes Mal komplett aufsagen zu müssen, wenn ich was von dir will.“

„Wie auch immer.“ Er schaute mich aus weit aufgerissenen Augen an und gähnte. Was für ein nerviges Vieh! Hoffentlich würde er, wenn ich ihn in seine Schranken verwies, anfangen, mich als gleichwertig zu behandeln, anstatt in mir nichts weiter als einen inkompetenten Diener zu sehen.

„Da du jetzt vorläufig mir gehörst, kürze ich deinen Namen auf … auf … *hmm* …“

„Schön zu erkennen, dass dein Geist genauso scharf ist wie dein Name.“ Er bedachte mich mit einem maunzenden Lachen, das ich geflissentlich ignorierte.

„Halt den Mund, Octavius … Oktagon … Oktopus … Octocat! Das ist es! Von nun an werde ich dich Octocat nennen.“ Ich war wahnsinnig stolz auf mich, dass mir dieser niedliche Spitzname für ihn eingefallen war, der perfekt zu ihm passte. Nicht einmal sein schlechtes Benehmen konnte meine gute Laune trüben.

„Octo … Cat“, höhnte er und tigerte zwischen uns auf und ab. „Das glaube ich eher nicht.”

„Nun, dein Vorname ist Octavius und du hast insgesamt acht davon, von daher …“

Genervt stampfte er auf den Boden auf und drehte sich im Kreis. „Auf keinen Fall! Ich heiße Octavius Maxwell Ric …"

„Halt die Klappe! Möchtest du lieber Octopussy gerufen werden? Überhaupt kein Problem für mich."

Gerade als er ansetzte, etwas darauf zu erwidern, unterbrach das knarrende Geräusch der sich öffnenden Tür unser Gespräch.

Dianes Kopf tauchte auf, gefolgt von dem Rest ihrer Person. „Alles in Ordnung bei euch? Ich meinte, Stimmen gehört zu haben."

Ich richtete mich auf, klopfte mir die Hose ab und bedachte meine Freundin mit einem einnehmenden Lächeln, um ihr zu demonstrieren, dass ich nicht verrückt war. „Alles in bester Ordnung. Ich habe mich nur gerade vorgestellt und ihn wissen lassen, dass er die nächsten paar Tage bei mir wohnen wird."

Sie blickte verstohlen zu Octocat hinüber, der sich just in diesem Moment auf den Hintern plumpsen ließ und anfing, die Tatzen zu lecken. „Du sprichst mit der Katze?", fragte sie, obwohl es nicht wirklich wie eine Frage klang.

Ich hielt ihrem Blick stand, um ihr zu zeigen, dass mir das nicht peinlich war, obgleich das Gegenteil der Fall war. „Selbstverständlich. Es hilft ihnen dabei, eine emotionale Bindung zu mir aufzubauen, die selbst für die kurze Zeit, in der wir zusammenleben werden, enorm wichtig ist."

Erneut wanderten ihre Augen zwischen ihm und mir hin und her, dann jedoch zuckte sie mit den Achseln. „Naja, wie auch immer, ich habe gerade seine persönlichen Habseligkeiten aus dem Auto geholt. Sicher, dass es kein Problem für dich ist, ihn uns für ein paar Tage abzunehmen?"

Stirnrunzelnd fügte sie noch hinzu: „Ich befürchte, er ist nicht gerade einfach zu handhaben."

„Absolut sicher. Danke für seine Sachen. Ich glaube, ich sollte

uns beide jetzt lieber nach Hause bringen, damit wir uns aneinander gewöhnen können. Was für ein Tag, nicht wahr?“ Mit einem nervösen Lachen schob ich sie zur Tür hinaus. Dann schnalzte ich mit der Zunge und klopfte mir seitlich auf den Oberschenkel, um ihn zu mir zu rufen: „Hier, Miezekatze, komm her.“

Octocat trottete gehorsam zu mir herüber und murmelte mit zusammengebissenen Zähnen: „Wenn du mich noch ein einziges Mal *Miezekatze* nennst, kotze ich dir in die Schuhe, während du schläfst.“

„Also, bis bald!“, rief ich Diane hinterher und raffte seine Sachen zusammen, die sie am Haupteingang des Büro aufgestapelt hatte.

Sobald wir beide sicher in meinem Auto saßen, überhäufte er mich mit einer Litanei von, wie ich annahm, katzenspezifischen Schimpfwörtern.

„Hör auf damit“, schimpfte ich. „Hat deine Mutter dir keine Manieren beigebracht?“

Er hielt inne und warf mir einen derartig höhnischen Blick zu, dass ich tatsächlich zurückwich. „Jetzt beleidigst du auch noch meine Mutter? Lass dir gesagt sein, sie tat ihr Bestes, um sieben Kätzchen durchzubringen, wo sie doch nur sechs Brustwarzen hatte, um alle zu füttern.“

Ich erschauderte und legte den Rückwärtsgang ein. „Vielen Dank für dieses anschauliche Bild.”

Umgehend stieß Octocat ein markerschütterndes Jaulen aus und sprang mit ausgefahrenen Krallen auf meinen Schoß. „Bei meinen Schnurrhaaren! Wir werden sterben“, schrie er. „Ich bin noch viel zu jung dafür, zu schön und zudem viel zu wichtig.“

„Ach, sieh mal einer an, hast du Angst?“, säuselte ich und in diesem Moment war er mir beinahe sympathisch, obwohl sich seine Krallen tief in meinen Oberschenkel gruben. „Das ist ja niedlich.“

„Ich bin nicht niedlich“, stieß er hervor. „Bring mich sofort in Sicherheit, dann werde ich mir eine angemessene Strafe für dich überlegen.“

Ich lachte nur, schaltete das Radio an und ließ mich von den neuesten Top-Vierzig-Hits berieseln, die auch gleichzeitig diverse Beschwerden über meinen Fahrstil übertönten.

Trotz des unnötigen Dramas schafften wir es in einer angemessenen Zeit zu mir nach Hause, aber jetzt tauchte schon das nächste Problem auf. Ich liebte meine winzige Zwei-Zimmer-Mietwohnung mit der großen Veranda und hohen Eichen im Vorgarten; mein neuer Mitbewohner hingegen ...

„Wohin hast du mich gebracht?“, verlangte er zu wissen und weigerte sich vehement auszusteigen, so sehr ich auch bettelte.

„Das ist mein Zuhause und du wirst ebenfalls für ein paar Tage hier leben“, erklärte ich, obwohl meine Geduld mittlerweile so dünn war wie ein Engelshaar.

Er rümpfte seine verwöhnte, rosa Nase. „Auf keinen Fall! Das ist ja nicht mal eine Bruchbude. Es entspricht in keiner Weise den Standards, die ich gewohnt bin.“

Meine erste Eingebung war, auf der Stelle umzudrehen, wieder ins Büro zu fahren und ihn den Fultons zurückzubringen. Stattdessen machte ich nur eine tiefe, sarkastische Verbeugung und murmelte: „Wie bedauerlich, Eure Königliche Hoheit. Das ist leider alles, was ich mir leisten kann. Außerdem bist du nichts weiter als eine gewöhnliche, getigerte Katze mit schlechtem Benehmen und lächerlichen Erwartungen an das Leben.“

Er zischte und versuchte doch tatsächlich, mir mit seiner Pfote eine zu wischen, aber glücklicherweise gelang es mir, meinen Arm zurückzuziehen, bevor er mich verletzen konnte.

„Nichts weiter als eine getigerte Katze!“, schrie er und bedachte mich mit einer weiteren Tirade von Kätzchenflüchen. „Wie kannst du es wagen? Lass dir gesagt sein, dass ich von großmütterlicher Seite aus eine Maine-Coon bin."

So langsam ging mir all das gehörig auf die Nerven. Warum musste jede noch so winzige Kleinigkeit in einem Kampf ausarten?

Also ließ ich mich auf die Knie nieder, um ihm Auge in Auge gegenüberzustehen, auch wenn ich mich damit in Anbetracht seines Temperaments, kombiniert mit seinen scharfen Krallen, einem ziemlichen Risiko aussetzte.

„Willst du jetzt, dass ich dir bei der Lösung dieses Mordes helfe oder nicht? So wie ich das sehe, bin ich die einzige Person auf der ganzen Welt, die das kann. Wenn du allerdings möchtest, dass ich das tue, solltest du dich ein wenig zusammenreißen und mich netter behandeln."

Wir starrten einander an, aber ich weigerte mich, zuerst wegzuschauen. Da ich regelmäßig mit größenwahnsinnigen Anwälten zu tun hatte, sollte ich es doch auch schaffen, diese kleine, launische Katze in den Griff zu kriegen.

Schließlich streckte Octocat sich, gähnte, sprang aus dem Auto und trabte an mir vorbei zu meiner Haustür.

„Wirst du mich nun endlich hineinlassen, oder was?", jaulte er von meiner Veranda zu mir herüber und zuckte ungeduldig mit dem Schwanz.

Nun, zumindest war das schon mal ein kleiner Fortschritt.

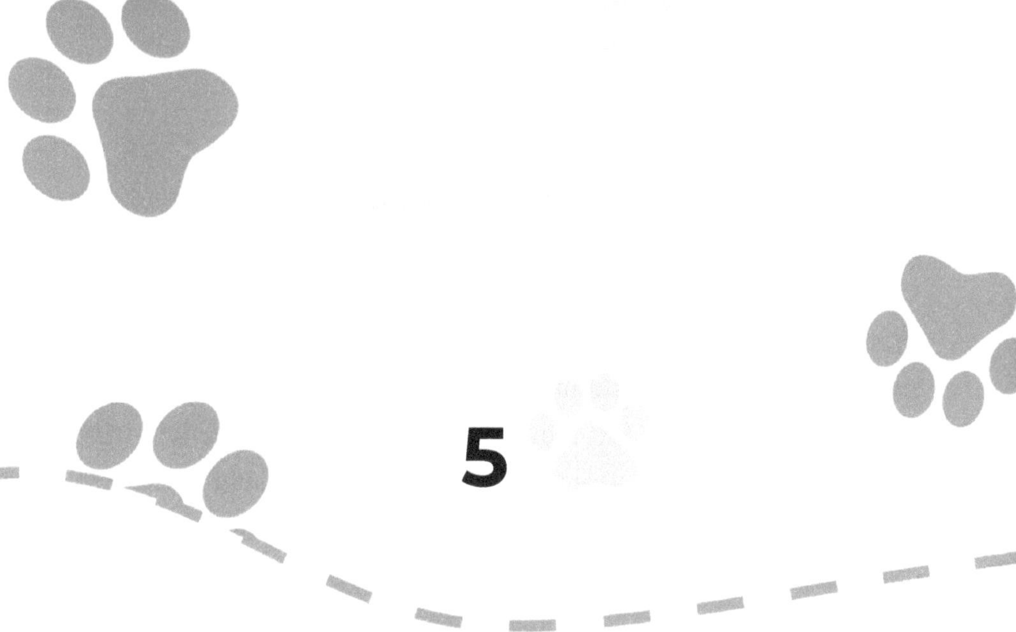

5

Drinnen angekommen, schlenderte Octocat auf direktem Weg hinüber zu meinem gepolsterten Lieblingssessel und machte es sich darauf bequem. Die Proteste von gerade eben schienen vergessen. Am Zustand meiner Hose ließ sich bereits erkennen, dass er ziemlich stark haarte – mein armer, cremefarbener Stuhl hatte gegen sein braunschwarzes Fell nicht die geringste Chance.

Trotz alledem war er ein Gast, und Großmutter hatte hart daran gearbeitet, mir Manieren beizubringen.

„Kann ich dir etwas zu trinken anbieten?", fragte ich zögernd und betrat die Küche.

Er hob den Kopf und stieß ein zufriedenes Schnurren aus, worüber ich genauso schockiert war, als wenn ihm ein zweiter Schwanz gewachsen wäre. „Hast du Evian?", fragte er höflich und überkreuzte seine Vorderpfoten.

„Ich habe Leitungswasser und ..." Ich warf einen Blick in den

Kühlschrank und runzelte angesichts der wenig katzenfreundlichen Optionen die Stirn. „Diät-Cola und Apfelsaft."

Das Schnurren hörte abrupt auf und Octocat legte seine Pfötchen wieder nebeneinander ab. „Dann passe ich für den Moment, erwarte aber, dass du baldmöglichst in den Laden gehst und die notwendigen Vorräte für meinen Aufenthalt besorgst. Ich trinke ausschließlich Evian-Wasser und esse nur ausgefallene Leckereien. Und wohlgemerkt, nicht irgendeine Geschmacksrichtung. Es muss schon Fisch sein, und zwar der in den kleinen Metalldosen und nicht aus irgendeinem Plastikbehälter. Sei versichert, ich schmecke den Unterschied."

Ich konnte nicht anders, als über die Dreistigkeit dieser Forderung zu lachen. „Das ist alles?"

„Natürlich nicht, aber irgendwo müssen wir ja anfangen." Er blickte mich finster an und weigerte sich, den Humor der Lage zu erkennen.

Da wir gerade nicht wirklich weiterkamen, holte ich nur für mich eine Dose Cola und kehrte ins Wohnzimmer zurück. Mit einem tiefen Seufzer ließ ich mich auf die Couch fallen. Wenn Octocat es auf die melodramatische Tour haben wollte – bitte sehr.

Seine bernsteinfarbenen Augen schienen mich zu durchbohren, er weigerte sich wegzusehen und dieser verdammte Schwanz begann wieder, wie wild zu zucken. Es grenzte schon beinahe an ein Wunder, dass man ihm keine Manieren beigebracht hatte, angesichts der Umstände, unter denen er bis vor zwei Tagen gelebt hatte.

Ich räusperte mich, er jedoch starrte mich unverwandt an. Erwartete er etwa, dass ich …? *O du meine Güte!*

„Ich muss jetzt aber nicht sofort einkaufen gehen, oder?", fuhr ich ihn an, setzte mich aufrecht hin und starrte zurück.

Er zuckte mit den Schultern, als hätte er noch gar nicht großartig darüber nachgedacht, obwohl wir beide wussten, dass dem genau so war. „Na ja, schön wäre es schon."

„Heute Morgen konntest du von nichts anderem als dem Mord an Ethel Fulton reden, und jetzt ist es dir plötzlich wichtiger, dass ich dir eine bestimmte Wassermarke besorge, anstatt mit der Klärung des Mordes zu beginnen?"

Einen kurzen Moment lang schien er zu überlegen. „Ich hätte nie gedacht, dass ich jemals so tief sinken würde, aber sei's drum – bring mir das Leitungswasser."

„Ernsthaft jetzt?" Obwohl das die Antwort war, die ich hören wollte, rechnete ich fest damit, dass er innerhalb von Sekunden seine Meinung wieder ändern und mir zu verstehen geben würde, dass das nur ein Scherz war und ich zu dumm wäre, ihn als solchen zu erkennen.

„Manchmal müssen wir für diejenigen, die wir lieben, Opfer bringen. Dieses ist für Ethel." Er nickte ernst, obwohl wir gerade über eines der banalsten Themen sprachen, das man sich vorstellen konnte.

„Du leidgeprüfte Kreatur."

Offensichtlich schockiert riss er die Augen auf. „Dieser Zustand dürfte nicht allzu lange andauern. Sobald ich dir alles erzählt habe, sollte der Fall auch für dich eindeutig sein."

„Perfekt", entgegnete ich und begab mich erneut in die Küche. Dort ließ ich das Wasser aus dem Hahn einige Sekunden lang laufen, um sicherzustellen, dass es für meine verwöhnte, neue Bekanntschaft die perfekte Temperatur hatte. „Dann schieß mal los und sag mir, was du weißt."

Octocat jedoch wartete, bis ich zurückgekehrt war und die Schale auf dem Couchtisch vor ihm abgestellt hatte. Er hüpfte hinüber und schnüffelte zögerlich daran.

„Die ist weder von Lenox noch aus Kristall, und noch nicht mal aus Edelstahl.“ Angewidert wandte er den Kopf zur Seite und verdrehte seinen Körper zu einem seltsam versnobten Knäuel aus Fell und Gliedmaßen. „Was ist das? Kann man bedenkenlos daraus trinken?“

„Es ist eine normale Schüssel aus dem Ein-Dollar-Laden und völlig in Ordnung. Ich esse die ganze Zeit daraus.“ Nachdrücklich schob ich das Teil zu ihm hinüber und er machte vor Schreck einen Satz rückwärts.

„Das ist ja wohl kaum ein überzeugendes Argument.“ Er beäugte mich von Kopf bis Fuß und zuckte dann mit seinen kleinen Kätzchenschultern, bevor er sich umdrehte und auf meinen Sessel zurücksprang. „Irgendwie bin ich plötzlich gar nicht mehr so durstig“, erklärte er gähnend.

Anstatt auf seinen Snobismus einzugehen, öffnete ich meine Dose und trank einen großen Schluck. Die Kohlensäure half allerdings nicht wirklich, um meine angespannten Nerven zu beruhigen.

„Wollen wir jetzt endlich über die ganze Sache reden?“, drängte Octocat und klopfte ungeduldig mit dem Schwanz. Obwohl er es gewesen war, der die Verzögerungen verursacht hatte, war jetzt anscheinend mein Getränk daran schuld, dass wir beide mit unserem Job als Amateurdetektive in Verzug geraten waren.

So sehr ich es auch hasste, als Übeltäter hingestellt zu werden, war es doch einfacher, seine Unverschämtheiten zu schlucken, als ständig wegen jeder Kleinigkeit einen Streit vom Zaun zu brechen. Je früher wir den Mörder identifizierten und vor Gericht bringen konnten, desto eher durfte ich wieder zu meinem normalen, katzenfreien Leben zurückkehren.

Also atmete ich tief ein, versuchte, mich zu sammeln und fragte: „Wieso glaubst du, Ethel Fulton wurde ermordet?“

„Ich *glaube* es nicht, ich *weiß* es, weil ich es selbst mit angesehen habe." Demonstrativ riss er seine bernsteinfarbenen Augen auf. Vielleicht würde die ganze Sache doch nicht so schwierig werden wie erwartet.

„Oh, das ist ja großartig. Wer also war der Mörder?" Ich lehnte mich nach vorne, bereit für die große Enthüllung.

„Keine Ahnung."

Schön tief durchatmen! „Aber du hast doch gesagt, du hättest alles beobachtet?"

„Das habe ich."

„Wie kannst du dann nicht wissen, wer es getan hat?"

„Es war definitiv ein Mensch", sagte er und zog selbstbewusst seine Schnurrhaare hoch.

„Ach, tatsächlich? Mehr hast du nicht zu bieten?" Das Sofa ächzte protestierend, als ich mich mit aller Gewalt in die Polster warf und die Hände hinter dem Nacken verschränkte, um mich davon abzuhalten, Octocat zu erwürgen. „War es ein Mann oder eine Frau? Jung oder alt? Ein Fremder oder jemand, den sie kannte?"

Er gähnte. „Erwartest du wirklich, dass ich mich daran noch erinnere?"

„Ist das dein Ernst?" Jetzt schrie zur Abwechslung ich mal ihn an.

„Was? Ist doch nicht meine Schuld, dass alle Menschen gleich aussehen."

Tiefe, beruhigende Yoga-Atemzüge. „Also, du hast beobachtet, wie ein Mensch sie umgebracht hat, weißt aber nicht, wer es war."

„Ja, das habe ich dir doch gerade eben zu erklären versucht. Hörst du mir überhaupt zu?"

Meine nächsten Worte wählte ich mit Bedacht, obwohl eigentlich er derjenige war, der mich für einen Idioten hielt. „Hast du dann vielleicht irgendeine Idee, wie dieser Mensch sie umgebracht haben könnte? Soviel ich weiß, starb sie eines natürlichen Todes."

„Nein, ihre Zeit war noch nicht gekommen. Da hat definitiv jemand nachgeholfen."

Ich wartete darauf, dass er weiterredete, aber er fing einfach an, sich zu putzen.

„Hallo? Wir sind hier mitten in einem wichtigen Gespräch. Könntest du bitte mal fünf Minuten mit dem Geschlecke aufhören, damit wir uns auf die Fakten konzentrieren können?"

Octocat stieß ein kleines Schnauben aus, kam meiner Bitte jedoch nach. „Schon wieder muss ich ein Opfer bringen. Ich kann nur hoffen, dass Ethel von dort oben auf mich herabschaut, damit meine guten Taten nicht unbemerkt bleiben."

„Ich bin sicher, dass sie im Himmel ist, auf uns herunterblickt und denkt: *Wow, was hatte ich doch für eine tolle Katze*. Kannst du mir jetzt bitte die ganze Geschichte von Anfang bis Ende erzählen? *Die über den Mord*", fügte ich schnell hinzu, da ich nicht schon wieder etwas über die sechs Nippel seiner Mutter hören wollte.

Er nickte gnädig und richtete sich auf. Was folgte, war eine dramatische Nacherzählung des besagten Abends, die eines Oscars würdig gewesen wäre, wenn ihn denn außer mir jemand verstehen könnte.

„Lass mich dir die Szene bildlich darstellen." Er hob die Pfote und beschrieb damit einen Bogen. „Es geschah vor zwei Nächten. Das Wetter war mild und gerade fing das Licht am Himmel an zu verblassen. Ethel hatte mehrere andere Menschen eingeladen, um mit ihr am Tisch zu essen. Sie hatte alles selbst zubereitet; daran erinnere ich mich noch ganz genau, weil es Lachs gab und sie mir ebenfalls einen kleinen Teller davon hinstellte. Ich freue mich, berichten zu dürfen, dass der Fisch perfekt auf den Punkt gegart war, zart, aber nicht trocken, und die Portion ebenfalls eine angemessene Größe hatte. Ethel wusste immer ganz genau, was ich brauchte."

„Könntest du dich bitte auf die Fakten konzentrieren", stieß ich zwischen zusammengebissenen Zähnen hervor. „Zurück zum Mord, wenn es dir nichts ausmacht."

Zwar grinste er spöttisch, enthielt sich jedoch jeglichen Kommentars. „Jeder konnte sich mehr als satt essen, dann gingen alle nach Hause. Als Ethel sich fürs Bett fertig machte, legte sie ihre Hand auf die Brust und ließ mich wissen, dass sie sich nicht wohl fühlte. Dann begab sie sich zur Ruhe und schlief ein. Sie wachte nicht wieder auf."

„Das klingt beinahe so, als hätte sie einen Herzinfarkt gehabt. Wie kommst du darauf, dass sie ermordet wurde?" Ich streckte die Hand aus, um ihm einen versöhnlichen Klaps auf den Kopf zu geben, aber er schlug sie weg.

„Ethel hatte ein sehr starkes Herz", betonte er, „das hat sie mir nach jedem Arztbesuch versichert." Er veränderte seine Stimme – jetzt klang sie hoch und kratzig – und beugte sich nach vorne, so als wolle er sein verstorbenes Frauchen imitieren. *„Der Doc hat gemeint, dass mit meinem Herz alles in Ordnung ist und ich noch ewig leben werde.* Tatsächlich war sie gerade in dieser Woche erst in der Klinik gewesen und man hatte ihr das erneut bestätigt."

Da ich nicht wusste, wie ich es taktvoll ausdrücken sollte, platzte ich einfach geradewegs damit heraus. „Schon klar, aber sie war alt. Da kann es schon mal schnell gehen, dass der Körper aufgibt."

Octocat schüttelte entschieden den Kopf, und als er mich wieder ansah, schielte er. „Gut möglich, aber bei Ethel lag der Fall anders. Nach dem Abendessen roch sie irgendwie komisch."

Ich schürzte die Lippen, während ich über seine Worte nachdachte. Ganz offensichtlich hatte er seine Besitzerin geliebt, aber je länger er redete, desto mehr klang es für mich, als ob sie eines natürlichen Todes gestorben und nicht Opfer eines geheimen Mordplans geworden wäre. Wie aber sollte ich ihm das beibringen?

Nach einem kurzen Moment des Zögerns entschied ich mich, meine Gedanken laut auszusprechen: „Ich habe gehört, dass Katzen manchmal ahnen, wenn ein Mensch stirbt. Ihr beide seid euch sehr nahegestanden – vielleicht hast du es einfach nur gespürt?"

Wieder dieses manische Kopfschütteln. „Nein, sie wurde definitiv ermordet. Der gleiche seltsame Geruch haftete auch am Abendessen und dem Tee."

„Versuchst du mir zu sagen, dass sie vergiftet wurde? Wie bitte sollte das möglich sein? Du hast mir doch äußerst detailliert geschildert, wie du den Fisch ebenfalls probiert hast ... und dir geht es gut."

„Mich hat sie vor Ankunft der Gäste gefüttert. Ich denke, jemand hat sich an dem Mahl zu schaffen gemacht, nachdem ich die Küche verlassen hatte, um ein Schläfchen zu halten."

Ich zog eine Augenbraue hoch und fragte: „Warum sind dann die anderen Gäste nicht gestorben?"

„Weil dieser Jemand gezielt sie töten wollte, nehme ich mal an." Er richtete seinen Blick auf den Stuhl vor sich und zum ersten Mal entdeckte ich so etwas wie Trauer in seinen Augen. „Ich verstehe es einfach nicht. Sie war der netteste Mensch, den es gab. Wer würde sie töten wollen?"

„Ich hatte gehofft, du wüsstest die Antwort auf diese Frage." Erneut musste ich mich daran erinnern, dass er nicht gestreichelt werden wollte – zumindest nicht von mir. Also umklammerte ich mit beiden Händen mein Getränk und nahm einen weiteren Schluck, bevor ich ihm einen Vorschlag unterbreitete: „Sie hatte eine Menge Geld. Vielleicht wollte sich jemand vorzeitig sein Erbe schnappen?“

Sein Kopf schnellte wieder nach oben und er sah mich prüfend an. „Du glaubst also, dass jemand aus der Familie sie getötet hat?“

Ich zuckte mit den Achseln. „Ich bin immer noch nicht ganz davon überzeugt, dass sie ermordet wurde.“

„Nun, dann werde ich es dir wohl oder übel zeigen müssen.“ Innerhalb einer Sekunde war er auf die Füße und von seinem Sessel heruntergesprungen.

„Mir zeigen? Wie meinst du das?“, fragte ich und erhob mich ebenfalls.

„Gehen wir zu mir nach Hause und schauen uns um. Ich garantiere dir, dass wir dort den Beweis finden, den du brauchst, um meinen Worten Glauben zu schenken.“

6

Es grenzte schon beinahe an ein kleines Wunder, dass Octocat seine Heimatadresse kannte. Er und Ethel hatten auf der gegenüberliegenden Seite der Stadt in der Nähe der Bucht gewohnt – genau wie alle anderen wohlhabenden Leute um Glendale herum.

Eine private Auffahrt führte etwa einen halbe Kilometer durch den Wald, bevor ein stattliches, weitläufiges Haus im Kolonialstil vor uns auftauchte, dessen riesige Erkerfenster aufs Meer gerichtet waren.

Angesichts dieser unerwarteten Pracht fiel mir die Kinnlade herunter „Hier lebst du?"

„Erst Sicherheit, dann reden", flüsterte Octocat und grub seine Krallen tiefer in meine Oberschenkel, während ich das letzte Stück der Auffahrt hinter mich brachte und vor dem Bauwerk zum Stehen kam, das mehr an einen Palast als an ein tatsächliches Zuhause erinnerte.

Anstatt direkt davor zu parken, fuhr ich um das Anwesen

herum. So offensichtlich wollten wir unseren Besuch nun auch wieder nicht machen. Kaum hatte ich die Autotür geöffnet, sprang er heraus und lief in einer Zickzacklinie auf das Haus zu.

„Warte!", rief ich ihm hinterher und nutzte diese weitere Gelegenheit, um mich umzusehen. „Wollen wir da wirklich einfach so hineinspazieren?"

„Selbstverständlich, immerhin ist das hier mein Heim."

„Ja, aber ist es nicht verschlossen?" Trotz all meiner Abschlüsse und zufälligen Kenntnisse hatte ich mir nie die Zeit genommen, mich mit dem Schlosserhandwerk zu beschäftigen. Das sollte ich unbedingt noch auf meine Liste für spätere Studien setzen, obwohl uns das im Moment natürlich auch nicht weiterhalf.

„*Psst.* Nur für Menschen. Pass auf." Mit diesen Worten lief er die Verandastufen hinauf und blieb vor einer kleinen Hundeklappe stehen, die sich beinahe perfekt in die Steinwand des Hauses einfügte. Während er wartete, schob sich die Platte zur Seite und gewährte ihm Einlass, was keinen Zweifel daran ließ, dass seine kleine Haustür mehr gekostet haben musste als meine gesamte Monats- oder vielleicht sogar Jahresmiete.

Ich rannte ihm hinterher, ließ mich auf Hände und Knie fallen und spähte hinein. Zwar schloss sich die Klappe direkt vor meiner Nase, öffnete sich aber einige Sekunden später erneut und Octocat kam mit einem großen Lächeln auf seiner kleinen Schnauze wieder herausgetrottet. „Es tut gut, wieder zu Hause zu sein."

„Nun, du solltest dich besser nicht daran gewöhnen. Wir sind nur hier, um nach Hinweisen zu suchen."

„Worauf wartest du dann noch? Komm herein." Wieder verschwand er durch seinen privaten Eingang und dieses Mal war ich nahe genug dran, um ein kleines Licht an seinem Halsband aufblinken zu sehen, bevor sich die Tür öffnete. Wirklich nobel.

Er drehte sich um und blickte mich an. „Kommst du nicht mit?"

„Da gibt es nur leider ein kleines Problem." Ich streckte meine Hand nach ihm aus. „Ich passe da nicht durch."

Genervt schüttelte er den Kopf und hob verärgert eine Pfote vors Gesicht. „Dann nimm dir den Schlüssel. Er befindet sich dort unter dem glänzenden Felsbrocken. Und beeil dich endlich!"

Stöhnend kämpfte ich mich wieder auf die Füße und begann, die Veranda und die angrenzenden Blumenbeete nach dem besagten glänzenden Stein abzusuchen. Obwohl ich Octocat erst heute Vormittag kennengelernt hatte, wusste ich bereits, dass ich ihn besser nicht um Hilfe oder um weitere Erklärungen bitten sollte. Glaubt mir, ihr habt nie wirklich gelebt, bevor ihr nicht von einer Katze herablassend behandelt wurdet, obwohl ich diese Erfahrung nicht unbedingt empfehlen würde.

Was mich betraf, hatte ich leider keine andere Wahl, zumindest nicht, bis ich entweder den Mord aufgeklärt oder bewiesen hatte, dass alles mit rechten Dingen zuging, wovon ich stark ausging.

Octocat kam erneut herausgetrabt und fuhr mir mit der Pfote über die Wade, wobei er sich nicht mal die Mühe machte, seine Krallen einzufahren. „Du suchst am falschen Ort", teilte er mir mit gelangweiltem Gesichtsausdruck mit.

Ich starrte zuerst auf ihn herab und überprüfte dann mein Bein auf frische Blutstriemen.

Mein tierischer Begleiter drehte sich im Kreis, hüpfte dann von der Veranda und begann, an der Ecke zu scharren, wo Gebäude und Treppe aufeinandertrafen. Dort befand sich die Reihe von Fußpfadlichtern, von denen trotz der einsetzenden Dämmerung keines beleuchtet war.

Ich ging ihm hinterher und zog den ersten Strahler aus dem Boden. Tatsächlich war darunter in der Erde ein kleiner, silberner

Schlüssel vergraben. „Gutes Versteck", lobte ich und bückte mich, um das Teil aus seinem Grab zu befreien.

„Ja, Ethel war ebenso klug wie liebenswert", sagte Octocat mit einer Ehrfurcht, die ich nie an ihm vermutet hätte. „Sie war wirklich der beste Mensch, den man sich vorstellen kann. Wirklich zu schade, dass du nie die Gelegenheit hattest, sie kennenzulernen."

Ich wollte ihm gerade sagen, wie süß ich diese Aussage fand, als er hinzufügte: „Du hättest so Einiges von ihr lernen können."

„In Ordnung", knurrte ich verärgert und wandte mich wieder der Treppe zu, „Lass uns schauen, dass wir mit unseren Ermittlungen vorwärtskommen."

Der Schlüssel glitt problemlos ins Schloss und nur Augenblicke später betrat ich die majestätische Eingangshalle und wusste überhaupt nicht, wo ich zuerst hinschauen sollte. Also stieß ich erst einmal einen überraschten Pfiff aus und flüsterte: „Mein Gott, das Haus ist riesig."

Er seufzte. „Ja, absolut perfekt, nicht wahr?"

In respektvollem Schweigen standen wir nebeneinander, während ich all die teuren Möbel und das Ambiente auf mich wirken ließ. Selbst die Leuchten sahen aus, als stammten sie aus einem Schloss aus dem siebzehnten Jahrhundert. Wenn ich nicht schon vorher ein schlechtes Gewissen gehabt hätte, weil ich in das Haus einer toten Frau einbrach, dann spätestens jetzt, als wir inmitten all dieser unbezahlbaren Besitztümer herumschnüffelten.

Octocat bog entschieden nach rechts ab, und ich folgte ihm. Kurze Zeit später landeten wir in der Küche. Anerkennend beäugte ich die wunderschönen weißen Eichenmöbel; alles an diesem Ort erwies sich als überlebensgroß. Die riesige Kochinsel in der Mitte des Raumes hatte die Maße eines King-Size-Bettes und der Edelstahlkühlschrank schien mindestens doppelt so groß zu sein wie der in meiner winzigen Wohnung.

„Einfach der Hammer", murmelte ich, unfähig, meinen Blick von dem abzuwenden, was gerade zu meinen persönlichen Küchentraum geworden war. „Da das Essen in diesem Raum zubereitet wurde, sollten wir zuerst hier nach Beweisen für eine Vergiftung suchen."

Nur mit Mühe riss ich mich von dem Anblick los und konzentrierte mich wieder auf ihn. Wenigstens schien er nichts dagegen zu haben, dass ich es bedächtig anging, was mir eine weitere Gelegenheit bot, sein ehemaliges Zuhause zu bewundern, im Gegenteil: er sah erfreut aus. „Hmm-hmm. Da haben wir ja mein Evian."

Ich folgte seinem Blick in Richtung Speisekammer, wo sich im untersten Regal Dutzende von Flaschen seines bevorzugten Trinkwassers stapelten. „Hat das wirklich Priorität?"

„Allerdings, und jetzt beeil dich. Ich bin am Verdursten." Damit ließ er sich auf den Boden plumpsen und wartete.

Ich verdrehte die Augen, befolgte aber trotzdem brav seine Anweisung. Nachdem ich ihm die gewünschte Menge in die vorgeschriebene Schüssel gefüllt hatte, ging ich zurück in die Speisekammer und holte mehrere Flaschen Wasser und ein paar Dutzend Dosen seines speziellen Katzenfutters, damit wir unsere gemeinsame Zeit überstehen würden. So musste ich zumindest kein kleines Vermögen für seine Verköstigung ausgeben.

Er schleckte genüsslich die Schale aus und leckte sich dann als Zugabe auch noch die Mundwinkel. „Das war genau das, was ich jetzt gebraucht habe. Vielen Dank."

Ich widerstand dem Drang, ungeduldig mit dem Fuß zu klopfen, was das menschliche Äquivalent zu all dem Schwanzzucken zu sein schien. „Jetzt, wo du erfrischt und rehydriert bist, kannst du mich ja vielleicht herumführen und mir vor Ort zeigen, was du in der Nacht des Mordes gesehen hast."

„Selbstverständlich." Mit langsamen, schleichenden Schritten durchquerte er die Küche, sprang dann auf die Arbeitsplatte und winkte mich an die Spüle heran, die bis zum Rand mit schmutzigem Geschirr gefüllt war.

„Das ist ekelhaft, aber ich tue es für Ethel", sagte er seufzend, schloss die Augen und steckte seine Nase mitten in das Chaos.

Eine Weile wühlte er darin herum und behauptete schließlich: „Dieser hier ist es!"

Ich verrenkte mir schier den Hals, konnte aber nicht erkennen, worauf er zeigte. „Welcher?"

„Ich deute mit meiner Nase darauf", kam die gedämpfte Antwort zurück. „Bitte beeil dich, es ist nicht gerade der angenehmste Geruch."

Einen nach dem anderen zog ich schmutzige Teller aus dem Becken. Auf jedem klebten unterschiedliche Reste von Lachshaut, Reiskörnern oder Butter, aber ich hatte schon viel Schlimmeres erlebt als ein paar Tage altes, benutztes Geschirr. Mich störte diese Aktivität nicht annähernd so sehr wie den verwöhnten Kater.

„Erledigt. Das ist der besagte Teller", rief er, kam wieder aus der Spüle heraus und leckte sofort über seine Pfote. „Riech mal daran."

Ich tat, wie mir geheißen, konnte aber nur den schwachen Geruch von verdorbenem Fisch wahrnehmen.

Octocat fuhr sich mit der Pfote kurz über den Kopf und setze seine Säuberungsaktion fort. „Und jetzt schnupper Mal an einem der anderen und du wirst sehen, was ich meine", wies er mich an.

Auch dieser Anordnung leistete ich widerspruchslos Folge und stellte sicher, dass ich einen extra tiefen Atemzug nahm, konnte aber keinen Unterschied feststellen. „Was sollte ich denn sonst noch riechen, außer dem Lachs?"

„Erinnerst du dich, dass ich dir von dem merkwürdigen Geruch erzählt habe?" Er wartete ab, bis ich zustimmend nickte und verriet mir dann: „Der haftete nur an Ethels Teller."

„Und bei diesem hier handelt es sich um ihren Teller?", fragte ich und hielt ihm nochmals den ersten unter die Nase.

Vor Ekel verzog er das Gesicht. „Definitiv."

„Und was genau soll ich jetzt hier tun? Ich rieche keinen Unterschied und wüsste auch nicht, wie ich es anstellen sollte, ein Forensik-Team darauf anzusetzen."

„Sag ihnen einfach das, was ich dir gesagt habe."

„Na klar. Ich erkläre ihnen, die Katze ist der Meinung ... Das kommt mit Sicherheit gut an."

„Ich verstehe, was du meinst." Er hörte auf zu sich zu putzen und blickte sich in der Küche um. „Außer der Unordnung vom Abendessen sieht alles normal aus. Öffne doch mal den Mülleimer und lass uns nachsehen, ob wir darin Gift finden."

Ich tat, wie mir geheißen und trat auf das kleine Pedal, um den Deckel zu heben, damit wir beide hineinschauen konnten.

„Leer", sagte ich und schüttelte den Kopf. „So allmählich sieht es danach aus, als wäre sie gar nicht umgebracht worden."

„Oder aber der Täter war klug genug, die Beweise verschwinden zu lassen. Immerhin haben wir das Beweismittel aus der Spüle. Es ist nicht meine Schuld, dass deine unzureichend ausgebildete, menschliche Nase nicht aufnehmen kann, was sich direkt vor ihr befindet."

Auch wenn ich es ungern zugab – er hatte recht. „Na schön. Wo könnten wir sonst noch nach Hinweisen suchen?"

Er schüttelte hochmütig den Kopf und zuckte dazu passend mit dem Schwanz. „Sag mir erst, ob du mir das mit dem Mord abnimmst."

„Wie bitte? Warum ist das wichtig?" Ich warf ihm den dominantesten Blick zu, den ich zustande brachte. Zwar glaubte ich nicht, dass es bei Katzen, so wie bei Hunden, Alphatiere gab, aber so allmählich war es an der Zeit, ihm zu zeigen, wer hier das Sagen hatte.

Sein Knurren unterbrach meine Gedankengänge. „Wenn wir zusammenarbeiten werden, muss ich einfach wissen, ob du mir vertraust und bereit bist, alles zu tun, was nötig ist, damit Ethel Gerechtigkeit widerfährt."

Ich verdrehte die Augen, murmelte jedoch: „Gut, ich glaube dir."

„Versuch das nächste Mal, ein wenig überzeugender zu klingen", grinste er spöttisch, sprang dann von der Theke, schüttelte seinen kleinen Katzenhintern und stolzierte davon. „Da du die beste Option zu sein scheinst, die ich habe, werde ich wohl oder übel mit dir vorliebnehmen müssen. Also komm schon, lass mich dir unser Schlafzimmer zeigen."

Während ich ihm zurück in die Eingangshalle und die große Treppe hinauf folgte, fragte ich mich, ob ich tatsächlich an diese Mordtheorie glaubte. Ich hatte die Beweise zwar weder sehen noch riechen können, kannte Octocat mittlerweile aber gut genug, um zu wissen, dass er seine Zeit nicht mit falschen Behauptungen verschwenden würde.

Ob es nun viel Sinn machte oder nicht, er war überzeugt, Ethels Leben hatte ein unnatürliches Ende gefunden – und obwohl es mich weit mehr als nur ein bisschen verrückt aussehen ließ, glaubte ich ihm.

7

Es war schon merkwürdig, in einem Raum zu stehen, in dem weniger als achtundvierzig Stunden zuvor jemand gestorben war. Sogar die Luft in Ethel Fultons Schlafzimmer fühlte sich irgendwie weniger sauerstoffhaltig an, als hätte sie noch versucht, jedes verfügbare bisschen Luft einzusaugen, bevor sie ihren letzten Atemzug tat. Bei diesem lieblichen Gedanken erschauderte ich und schlang die Arme um meinen Oberkörper.

Octocat hüpfte aufs Bett und kratzte an der Decke. „Hier ist es passiert. Dies hier war mein Kissen, und sie schlief auf der dem Badezimmer zugewandten Seite. Normalerweise stand sie mehrmals Mal pro Nacht auf, um ihre Wasserschüssel zu verschmutzen. Ihr Menschen seid schon ein ekelhafter Haufen, aber weil ich Ethel so sehr geliebt habe, konnte ich über ihre Verfehlungen hinwegsehen."

„Worauf bitte willst du hinaus?", fragte ich seufzend und er zog die Lippen hoch, enthielt sich jedoch jeglichen Kommentars. „In dieser Nacht wachte sie überhaupt nicht auf. Es war das erste Zeichen dafür, dass etwas definitiv nicht stimmte."

Umständlich näherte ich mich der Schlafstätte, wollte mich allerdings weder hinsetzen noch sie berühren. „Ich dachte, der merkwürdige Geruch des Essens war das erste Zeichen."

Mein Begleiter schnüffelte weiter alles ab, als ob er etwas Bestimmtes suchen würde. „Da hatte ich es zum ersten Mal vermutet, aber als sie dann kein einziges Mal aufstand, wusste ich es mit Sicherheit."

Ich gab Octocat einen ungestörten Moment, um die Untersuchung des Bettes abzuschließen. Als er sich auf seinem Kopfkissen niederließ, sagte ich: „Okay, also auch wenn sie hier gestorben ist, glaube ich nicht, dass er direkt etwas mit dem Mord zu tun hat. Unten waren sechs Essteller. Nehmen wir mal an, einer war der von Ethel – kannst du dich daran erinnern, wer die anderen fünf Gäste waren?"

„Ich könnte sie möglicherweise identifizieren, wenn ich sie wiedersehe, aber eher am Geruch als am Aussehen."

Das hatte ich befürchtet, aber sein überlegener Geruchssinn nutzte mir wenig. Die einzige Person, die ich je anhand ihrer Duftnote bestimmen könnte, wäre Bethany aus der Firma – und das auch nur aufgrund ihrer Besessenheit, was die Verwendung von ätherischen Ölen anbelangte. Doch dann kam mir eine zündende Idee. „War einer von ihnen heute Morgen bei der Testamentseröffnung dabei?"

Er gähnte und streckte seine Pfoten in einer Art schlanker Yoga-Pose von sich. „Ja, alle waren da", erklärte er.

Plötzlich erschien die Lösung dieses Falls nicht nur möglich, sondern sogar wahrscheinlich. Bemüht darum, ihn durch meinen plötzlichen Ausbruch von Ungeduld nicht zu verschrecken, fragte ich beinahe beiläufig: „Aber du weißt nicht, wer von ihnen Ethel umgebracht hat?"

„Nein. Als ich sie heute Morgen sah, haftete keinem von ihnen dieser komische Geruch von der Dinnerparty an", entgegnete er stirnrunzelnd.

„Und du erinnerst dich auch nicht mehr an ihre Namen?"

Er schüttelte den Kopf.

Ich vergaß meine ursprüngliche Abneigung, seufzte und ließ mich neben ihm auf die Matratze sinken, wobei ich spürte, wie mir der ganze Wind aus meinen neu aufgestellten Segeln genommen wurde. „Da mindestens zwanzig Leute anwesend waren, haben wir durchaus ein paar Verdächtige."

Er seufzte ebenfalls. „Ja, es sieht ganz danach aus."

Plötzlich wurde mir wieder bewusst, dass ich genau auf der Stelle saß, an der die alte Frau Fulton nicht einmal zwei volle Tage zuvor ihr Leben ausgehaucht hatte, und ich erschauderte. „Vielleicht sollten wir versuchen ..."

„Pst, sei still!", fuhr Octocat mich an und sprang auf. Seine Ohren drehten sich wie kleine Satellitenschüsseln, die versuchten, den besten Empfang zu finden. „Gerade ist jemand ins Haus gekommen."

Mein Magen plumpste an meinen Füßen vorbei und geradewegs durch die Bodendielen. *„Was?"*

Er lauschte erneut. „Ja, es ist definitiv jemand hier."

Bei meinem Glück bestimmt der Mörder, der zurückgekommen war, um den Tatort von allen verbliebenen Beweisen zu säubern – Beweise, die ich zu dumm gewesen war zu finden. Jetzt wären sie für immer verschwunden und die arme Ethel Fulton müsste ungerächt ihre Reise ins Jenseits antreten. Ganz zu schweigen davon, dass der Mörder, wenn er uns fand, wieder zuschlagen könnte – denn natürlich standen wir ihm direkt im Weg.

„Wir müssen von hier verschwinden“, murmelte ich tonlos und hoffte, Octocat könne Lippen lesen.

Er sprang auf den Boden und trabte durch die Schlafzimmertür hinaus, die ich dummerweise weit offenstehen gelassen hatte.

Eine gefühlte Ewigkeit war kein Laut zu hören und ich wartete nur darauf, dass der Eindringling den Weg meines glücklosen Kumpels kreuzte. Würde er die Gefahr erkennen? Und wenn ja, würde er einen Weg finden, mich darauf aufmerksam zu machen?

Weitere Minuten vergingen, ohne dass er oder jemand anderes auftauchte; also nahm ich all meinen Mut zusammen und schlich auf Zehenspitzen durch den Flur in Richtung der großen Treppe. Ich musste es nur diese Stufen hinunter- und zur Tür hinausschaffen, dann brauchte ich diesen Ort nie wieder zu betreten.

Obwohl mir der leise Abstieg ausgesprochen gut gelang, geschah dies auf Kosten einer zügigen Flucht.

Ungefähr auf halbem Weg tauchte eine schattenhafte Gestalt im Foyer auf und hielt inne, als sie mich bemerkte.

Von all den Dingen, die ich hätte tun können, entschied ich mich für die dümmste überhaupt – ich blieb wie festgefroren stehen.

„Wer ist da?“, fragte die Gestalt. Die Stimme gehörte eindeutig zu einer Frau, wodurch ich mich ein wenig entspannte. Wahrscheinlich würde ich es kaum schaffen, mich gegen einen ausgewachsenen Mann zur Wehr zu setzen, aber bei einer Größe von gut eins siebzig sollte ich es mit den meisten weiblichen Wesen aufnehmen können – es sei denn, sie hatten eine Waffe.

Ich ... Ich bin ...“ Wie in aller Welt sollte ich mein unerlaubtes Eindringen erklären? Die Wahrheit über die sprechende Katze und unsere Mordermittlung wäre schlimmer als so ziemlich jede Lüge, aber ich war auch viel zu verängstigt, als dass mir auf der Stelle etwas Plausibles eingefallen wäre.

Glücklicherweise wählte Octocat genau diesen Moment, um durch seine elektronische Katzentür hereinzukommen und die Treppe hinaufzurennen, um sich mir anzuschließen. „Sag ihr, dass du nach meinem Essen, meinem Körbchen und all den anderen Vorräten suchst“, befahl er.

Das war eine großartige Idee, und zumindest teilweise wahr.

„Ich passe ein paar Tage auf die Katze auf und bin hergekommen, um ihre persönlichen Sachen abzuholen. Und w-wer sind Sie?“, fragte ich kühn und tat so, als hätte ich alles Recht der Welt, hier zu sein.

Sie trat zurück und betätigte einen Schalter, der den Kronleuchter über uns erhellte und uns beide in grelles Licht tauchte. „Offensichtlich gehören Sie nicht zur näheren Familie, sonst würden sie das nicht fragen. Warum also sagen Sie mir nicht, wer *Sie* sind?“

„Sie blufft nur“, flüsterte der Kater an meiner Seite. „Sie hat genauso viel Angst wie du und schüttet wie verrückt jede Menge menschlicher Stresshormone aus.“

„Ich arbeite für Mr. Fulton.“ Langsam ging ich weiter, den Blick fest auf die Person gerichtet. „Sollte ich ihm ausrichten, dass Sie hier waren?“

„Der war gut“, jubelte Octocat hinter mir.

Die Frau fluchte leise auf. Tiefe Tränensäcke unter ihren Augen verrieten mir, dass sie seit Nächten nicht mehr gut geschlafen hatte und die Art und Weise, wie sie ihren Mund zu einem Strich zusammenpresste, zeigte mir, dass sie sich ertappt fühlte.

„Nein, das würde ihm sicher nicht passen“, murmelte sie, warf einen Blick über ihre Schulter und wandte sich dann wieder mir zu. „Bitte glauben Sie mir, ich habe nichts an mich genommen. Ich wollte nur kurz Tante Ethels Sachen durchsehen, um sicherzustellen, dass ich bei der Aufteilung des Erbes nicht übervorteilt werde. Außerdem bin ich schon wieder so gut wie weg, also ist nichts passiert." Kapitulierend hob sie die Hände und wartete darauf, dass ich endgültig zu ihr nach unten kam.

„Ich denke, dass ich Mr. Fulton nichts von diesem Zwischenfall erzählen muss, aber wir sollten jetzt beide besser gehen und hinter uns abschließen", sagte ich, wesentlich mutiger, als ich mich eigentlich fühlte.

„Selbstverständlich." Sie wich langsam zurück, wobei sie mich die ganze Zeit im Auge behielt, tastete dann nach dem Knauf hinter ihrem Rücken und schwang die Haustür so heftig auf, dass diese gegen die Wand knallte. Wenn ich vorher nicht schon misstrauisch war, stellte ich spätestens jetzt ihre Motive in Frage.

„Wir sehen uns", sagte die Frau und spähte ein letztes Mal durch die Tür, bevor sie die Veranda hinunterhuschte.

Ich beobachtete, wie sie in ein altes Auto einstieg, sich hinters Steuer setzte und ununterbrochen vor sich hinmurmelte. Auch wenn sie jetzt weg war, bedeutete das noch lange nicht, dass sie – oder andere – jederzeit wieder hier aufkreuzen konnten. Von daher sollten auch wir schnellstens verschwinden, aber zuerst musste ich noch Octocats Sachen aus der Küche holen.

Er folgte mir mit zügigen Schritten. „Das hast du toll gemacht", lobte er mich. „So allmählich glaube ich, dass du doch die Richtige für diesen Job sein könntest."

„Na so was, vielen Dank aber auch", entgegnete ich, während ich mir so viel von dem Evian und den Katzenfutterdosen in die Arme lud, wie ich nur irgendwie tragen konnte. „Würde es dir etwas ausmachen, mir den Rücken freizuhalten, während ich hiermit beschäftigt bin? Nur für den Fall, dass sie versucht, sich erneut anzuschleichen, um mich abzustechen?"

Octocat sprang auf den Tresen und riss die Augen auf. „O nein, sie ist nicht der Mörder."

„Wie kannst du dir da so sicher sein?", murmelte ich und kämpfte mit meiner unausgeglichenen Last. „War sie in jener Nacht nicht da?"

„Doch, war sie, aber sie ist nicht clever genug, um eine solche Tat zu begehen, geschweige denn, sie zu vertuschen. Das musst du mir glauben. Sie ist Ethels Nichte und zweifellos der dümmste Mensch, dem ich je begegnet bin. Solch einen Schachzug hätte sie sich nie ausdenken können."

„Das klingt ja beinahe so, als ob du den Mörder bewundern würdest", flüsterte ich, während wir die Küche verließen. Da ich nicht mit Sicherheit wusste, ob der ungebetene Besucher schon gegangen war oder nicht doch noch irgendwo herumlungerte, wollte ich mich schnellstmöglich aus dem Staub zu machen.

Mein Begleiter gab einen zischenden Laut von sich. „Nein, ich bin genauso höllisch wütend wie ein Mensch ohne sein Handy, aber ich weiß, dass sie zu so was nicht in der Lage wäre. Damit bleiben aber noch vier weitere Gäste übrig, die es hätten tun können."

Die Vordertür stand nach wie vor weit offen, aber das Auto der Frau in der Auffahrt war verschwunden. Gott sei Dank, denn ich war nicht bereit für weiteren Smalltalk, auch wenn Octocat mich beinahe überzeugt hatte, dass er nicht mit meinem eigenen Mord enden würde.

„Aber du weißt nicht, wer die anderen Gäste waren? Vorhin hast du doch noch gesagt, du könntest keinem ein Gesicht oder eine Stimme zuordnen, aber Ethels Nichte hast du komischerweise sofort erkannt."

Er seufzte, als wäre er derjenige, der es hier mit einem Idioten zu tun hätte. „Das hängt mit meinem Geruchsgedächtnis zusammen. Ohne das passen manche Details leider nicht zusammen."

„So etwas Bescheuertes habe ich noch nie zuvor gehört." Vorsichtig setzte ich einen Fuß vor den anderen, während wir uns unseren Weg über den unebenen Boden zur Rückseite des Hauses bahnten, wo mein Auto in der Nähe eines kleinen Wäldchens hinter hohen Bäumen versteckt parkte.

„Und mit wie vielen Katzen hast du bereits tiefgründige Gespräche geführt, bevor du mich getroffen hast, wenn ich fragen darf?"

Damit hatte er zweifellos recht. „Eins zu Null für dich, aber diese kleine Exkursion hat uns keinen Schritt weitergebracht. Was also schlägst du als Nächstes vor?"

Wir erreichten den Wagen und ich stellte meine Ladung Dosen und Flaschen auf den Boden, damit ich den Kofferraum öffnen und alles darin verstauen konnte.

„Es war definitiv *nicht* nichts." Octocat sprang auf das Verdeck und schaute auf mich herab, als wäre ich ein Bauer und er der König. „Zumindest haben wir mein Essen und mein Wasser bekommen, oder?"

Kopfschüttelnd und zugleich kichernd knallte ich den Kofferraumdeckel zu. Wir hatten uns der Gefahr gestellt, waren jedoch noch immer meilenweit davon entfernt, unser Mordrätsel zu lösen. Aber zumindest hatten wir Evian!

8

Am nächsten Morgen wurde ich zu früher Stunde durch einen durchdringenden Schrei geweckt. Da es noch stockdunkel im Zimmer war, tastete ich nach meinem Telefon, das mir als behelfsmäßige Taschenlampe diente.

„O Mann, du hast mich geblendet!“, brüllte Octocat und sprang mit einem großen Satz vom Bett hinunter auf den Boden, um dem Lichtstrahl zu entkommen.

Ich bemühte mich um eine sitzende Stellung, aber meine Glieder waren noch schwer vom Schlaf. „Was hat das zu bedeuten? Was ist passiert?“

Er wandte mir sein Gesicht zu und riss die Augen auf, damit seine Pupillen sich an das grelle Licht der Taschenlampe gewöhnen konnten. „Es ist Zeit fürs Frühstück“, informierte er mich.

Ein kurzer Blick auf mein Handy zeigte mir, dass es gerade mal fünf Uhr war. Bis zu der Zeit, zu der ich normalerweise an einem Arbeitstag aufzustehen pflegte, also noch mehr als zwei volle Stunden.

„Auf keinen Fall, vergiss es“, stöhnte ich und zog mir die Decke über den Kopf. „Verschwinde.“

Wieder ertönte dieser schreckliche Schrei, der mir Schauer über den Rücken jagte und sich direkt in meine Hirnwindungen grub

„Bist du das?“ zischte ich ihn an.

Er zischte zurück, bemühte sich jedoch um einen Tonfall in normaler Lautstärke. „Es ist Zeit fürs Frühstück“, wiederholte er. „Wenn ich die Dose selbst öffnen könnte, würde ich das tun, aber leider besitze ich diese Fähigkeit nicht. Also, Süße, steh auf und benutze diese deine Finger dazu, wofür Gott sie dir gegeben hat.“

„Also gut, aber ich hasse dich“, jammerte ich, während ich meine Beine über den Rand des Bettes schwang. Er hatte mich tatsächlich so weit gebracht, was aber noch lange nicht bedeutete, dass ich mich beeilen würde.

Er rannte voraus und drehte mehrere Kreise, während er darauf wartete, dass ich ihn einholte. „Dieses Gefühl beruht auf Gegenseitigkeit, zumindest, bis ich gefrühstückt habe.“

„Und ich meinen ersten Kaffee hatte“, erwiderte ich und erschauderte, als ich mich an den gestrigen Vorfall mit der Kaffeemaschine im Büro erinnerte. Vielleicht würde ich zukünftig auf Tee umsteigen.

In der Küche angekommen, knallte ich meinem verwöhnten Mitbewohner seine Lieblings-Lachspastete auf einen Teller und stellte diesen vor ihm auf dem Boden ab. „*Bon Appétit*“, murmelte ich und schlurfte dann zurück in mein Schlafzimmer.

Ich hatte mich kaum richtig hingelegt, als Octocat ebenfalls wieder da war, nach meinen Füßen schnappte und knurrte: „O nein, du kannst jetzt nicht wieder ins Bett gehen. Es ist morgen, und ich muss frühstücken.“

„Ich habe dir gerade dein Futter hingestellt! Verschwinde und lass mich in Ruhe.“ Dann ließ ich mich zurück in die Kissen sinken und drehte mich auf die Seite, um nicht ständig in sein forderndes Kätzchengesicht schauen zu müssen.

„Ist das so schwer zu verstehen?“, entgegnete er seufzend und seine Schnurrhaare zuckten wütend. „Ich kann nicht essen, wenn du nicht neben mir stehst, mir zusiehst und mir sagst, was für eine gute Katze ich bin.“

„Aber du bist keine gute Katze“, murmelte ich. Im Moment war er so ziemlich das schlimmste Katzenvieh der Welt. Immerhin hatte mich noch nie zuvor jemand zu dieser unchristlichen Zeit aus dem Schlaf gerissen.

„Ethel hat mich beim Essen immer gestreichelt und mit mir gesprochen. Meinst du nicht, du könntest …?“ Er ließ den Satz unvollendet, und wider besseren Wissens drehte ich mich um und blickte ihm direkt in seine riesigen, flehenden Augen.

„Also gut!“, stieß ich zwischen zusammengebissenen Zähnen hervor, „aber morgen wachen wir nach meinem Zeitplan auf.“

Er erwiderte nichts darauf, sondern ging mir mit hoch aufgerichtetem Schwanz und schwingenden Hüften voraus in die Küche, was ziemlich aufgesetzt aussah.

„Oh, großer und allmächtiger Octocat, du bist so eine gute Miezekatze“, sagte ich und verdrehte die Augen, während er seinen ersten, zaghaften Bissen von diesem übelriechenden Frühstück zu sich nahm.

„Hey, was habe ich dir gesagt, als du mich das letzte Mal *Miezekatze* nanntest?“, murrte er zwischen den Bissen. „Die andere Sache allerdings gefällt mir ausnehmend gut.“

„Welche? *Octocat?*“ Ich bedachte ihn mit einem misstrauischen Blick. Das war eine Überraschung, wenn man bedenkt, wie hartnäckig er bis jetzt auf seinen lächerlich langen Namen bestanden hatte.

„Das ist eine davon“, bestätigte er schmatzend, während er sich erneut über sein Katzenfutter hermachte.

„Der Name passt definitiv zu dir.”

„Und er lässt mich hip und modern erscheinen.“

„O ja, der perfekte Name für einen coolen Kater wie dich.“ Vielleicht war es an der Zeit, dem armen Kerl einen neuen Slang beizubringen. Immerhin hatte er sein gesamtes aktuelles Vokabular von einer achtzigjährigen Frau übernommen.

Nachdem er sein Essen beendet hatte, goss ich etwas Evian in eine Schüssel und stellte sie vor ihn hin. Er leckte sie genüsslich leer und begann dann mit dem ersten seiner vielen täglichen Körperpflegerituale.

„Da ich nun schon mal auf bin, werde ich mich wohl ebenfalls fertig machen”, informierte ich ihn und dankte meinem Herrgott dafür, dass er mir nicht auch noch ins Bad folgte. So konnte ich zumindest ohne weiteres Drama in Ruhe duschen.

Das heiße Wasser prickelte auf meiner Haut und erweckte langsam meine Lebensgeister, und nachdem ich ebenfalls frisch und sauber war, war ich auch gleich viel besser gelaunt.

„Freut mich zu sehen, dass du endlich aufgewacht bist“, sagte Octocat und nickte zustimmend. „Wann müssen wir los ins Büro?“

„Wir? Nein, nein, nein – auf keinen Fall. Wie bitte sollte ich es begründen, dass ich dich mitbringe?“

„Aber ich war gestern doch ebenfalls da“, argumentierte er und verzog die Lippen zu einem beinahe kindlichen Schmollmund.

„Da fand ja auch die Testamentseröffnung statt.“

„Dann verlest das Testament einfach noch mal. Außerdem kann

ich, wenn ich mich dort aufhalte, dabei helfen, den Mörder zu entlarven."

Ich verschränkte die Arme vor der Brust und starrte zu ihm hinunter, ohne zu blinzeln. „Du kommst *nicht* mit!"

Er jedoch war bereits an der Tür und rief mir in singendem Tonfall zu: „Tja, Pech, dass du mich nicht aufhalten kannst."

Was für ein Miststück. Es war typisch für ihn, dass er stets im Mittelpunkt des Geschehens stehen wollte. Für eine Katze war er extrem kontaktfreudig. Wenn ich also eine Möglichkeit finden wollte, ihn zu Hause zu lassen, musste ich mir etwas Wichtiges für ihn einfallen lassen, das er nur von hier aus erledigen konnte – oder zumindest etwas, das ihn glauben ließ, es sei wichtig.

Was war das gleich noch mal für ein Sprichwort über Katzen und Neugier? Ich musste mich einfach darauf verlassen, dass es zumindest teilweise zutraf.

„Ich gehe nur deshalb zur Arbeit, weil ich keine andere Wahl habe", teilte ich ihm mit. „Du jedoch schon. Und es wäre viel besser, wenn du hierbleiben und in unserem Fall recherchieren würdest."

Er zuckte mit dem Schwanz und blickte interessiert drein. Ein Punkt für klischeehafte, alte Sprüche. „Oh? Und woran genau hattest du da so gedacht?"

Wenn ich zu lange überlegte, würde er mich durchschauen. Also sprach ich das Erste aus, was mir in den Sinn kam. „Nachforschung. Im Internet."

„Ich kann aber nicht tippen", entgegnete er finster. „Und lesen ebenso wenig."

„Du kannst nicht lesen?" Keine Ahnung, warum mich das überraschte, denn die meisten Katzen konnten ja nicht mal sprechen. Vielleicht hatte ich einfach angenommen, dass Octocat alle diese

Dinge beherrschte, weil ich in ihm meinem eigenen, kleinen Katzensuperhelden sah.

Er verließ die Tür und kam zurück zu mir ins Wohnzimmer. „Bis ich dich traf, hatte ich nicht mal eine Ahnung, dass die Menschen über ein so komplexes System der Kommunikation verfügen.“, erklärte er. „Eure unterschiedlichen Laute bedeuten alle komplett unterschiedliche Dinge. Ich nahm stets an, es ginge nur um Emotionen, aber ihr scheint tatsächlich den verschiedenen Objekten und Konzepten Geräusche zuzuordnen. Irgendwie faszinierend.“

„Das kann ich dir nur zurückgeben.” Es überraschte mich stets aufs Neue, dass er in uns nichts anderes als Tiere zu sehen schien, und seiner Meinung nach waren Katzen sowieso die intellektuell überlegene Spezies auf diesem Planeten, was einfach nur lachhaft war. Ob sich die Menschheit ebenfalls täuschte, was ihren Stellenwert im Reich der Tiere anging? Das machte mich auf jeden Fall nachdenklich, ebenso wie eine weitere Sache, die mich wirklich interessierte. „Du sprichst also nicht Englisch?“

Verwirrt zuckte er mit den Schnurrhaaren. „Was ist Englisch? Euer Wort für Mensch? Weil nein, ich spreche nicht menschlich. Du benutzt die Katzensprache.“

„Ganz bestimmt nicht.” Zumindest war ich mir relativ sicher, dass ich keine Abfolge von Miau-, Schnurr- und Knurrgeräuschen von mir gab.

„Und doch verstehen wir uns irgendwie.“ Ich fand diese Diskussion über die Feinheiten unserer Kommunikation ungeheuer interessant, Octocat jedoch blicke ziemlich gelangweilt drein. Vielleicht war es genau diese Neugier, die am Ende auch dem Menschen zum Verhängnis werden würde?

Kameradschaftliches Schweigen machte sich breit, während wir beide darüber nachgrübelten, der eine mehr, der andere weniger.

Endlich sagte ich: „Ich nehme an, das ist ein weiteres Rätsel, das es zu lösen gilt, aber natürlich erst, nachdem wir das vorrangige Mordmysterium aufgeklärt haben."

„Das hat nichts mit einem Rätsel zu tun", entgegnete er und seine Augen funkelten wissend. „Es ist schlichtweg Magie."

„Magie?" Bei dieser Vorstellung lachte ich auf. „Du glaubst an Magie?"

„Du etwa nicht?", fragte er und sah dabei wahrhaft überrascht aus.

Was mochte es sonst noch alles geben, das wir Menschen nicht über den Rest der Welt wussten? Bestimmt so viel mehr, als wir uns träumen ließen. Darüber würde ich mir später irgendwann noch weitere Gedanken machen; im Moment musste ich mich darauf konzentrieren, ihn abzulenken, damit ich mich ohne ihn ins Büro schleichen konnte.

„Okay, erst mal zu dem, was du für mich tun kannst" sagte ich und griff nach der Fernbedienung, die auf dem Couchtisch lag. „Ich lasse den Fernseher für dich an, damit du lernst, die Menschensprache zu lesen."

„Äh ... warum?"

„Damit du mich bei meinen Recherchen unterstützen kannst, natürlich."

„Bist du dann ebenfalls gewillt, dich mit der Katzensprache zu befassen?", schoss er zurück.

„Klar, du kannst mir ein paar Begriffe beibringen, wenn ich von der Arbeit zurück bin." Zwar hatte ich seinem Vorschlag in erster Linie deshalb zugestimmt, um einem weiteren Streit aus dem Weg zu gehen, musste aber trotzdem zugeben, dass mich die Vorstellung, mehr über eine so außergewöhnliche Kommunikationsmethode zu erfahren, durchaus reizte.

Auf Knopfdruck erwachte das Gerät flackernd zum Leben und sofort wanderten unsere Augen zum Bildschirm. Nachdem ich ein wenig durch die Sender gezappt hatte, entschied ich mich für einen der Kinderkanäle, auf dem ein kleines Mädchen mit karamellfarbener Haut und ihr Affe direkt mit den Zuschauern sprachen. Ich drückte eine Reihe von Tasten und fand schließlich die Option, mit der man die Untertitel aktivieren konnte.

Octocat miaute aufgeregt und schien von dem Film direkt angetan zu sein. Einige Minuten lang leistete ich ihm noch Gesellschaft und beobachtete ihn; dann jedoch schaffte ich es, genau wie geplant, unbemerkt hinauszuschlüpfen.

Heute würde ich schrecklich früh im Büro aufschlagen, was aber durchaus von Vorteil sein konnte. Nach und nach begann in meinem Kopf, ein Plan heranzureifen.

Ja, heute würde ein produktiver Tag werden, was die Aufklärung des Mordes an Ethel Fulton anbelangte. Wenn sich meine Erwartungen erfüllten, hätte ich den Übeltäter aufgespürt, noch bevor ich am Abend nach Hause zurückkehrte.

9

Auf dem Weg ins Büro hielt ich kurz beim örtlichen Café an und besorgte für sämtliche Partner und Mitarbeiter Milchkaffee. Auch wenn ich es mir nicht wirklich leisten konnte, brauchte ich eine Ausrede, um mit allen zu sprechen und zu sehen, was ich über die Testamentseröffnung und Ethel Fultons angebliche Todesursache in Erfahrung bringen konnte.

So sehr Großmutter sich auch wünschte, dass ich ein vollwertiger Erwachsener werde, so sprang sie doch glücklicherweise immer wieder ein, wenn ich mal die Miete nicht bezahlen konnte. Normalerweise ging mein kümmerliches Gehalt für Bücher, College-Kurse oder Online-Webinare drauf, aber gerade war ich mir ziemlich sicher, dass Octocats und mein Geheimnis mir in den kommenden Tagen kaum Zeit für irgendwelche Lernaktivitäten oder sonstige Freizeitbeschäftigungen lassen würde.

Ich hatte schon genug Kriminalromane gelesen, um zu wissen, dass es ein gutes Stück Arbeit war, einen Mörder zu identifizieren.

Sicherlich, in der realen Welt erwiesen sich viele Ermittlungen als klarer und transparenter als im Buch, aber ich bezweifelte, dass das bei Ethels Fall ebenso sein würde. Immerhin basierten all meine Beweise nur auf Hörensagen ... *auf den Aussagen einer Katze.*

Und obwohl ich ihm glaubte, konnte ich nicht genau seine Worte benutzen, um mich anderen gegenüber zu rechtfertigen. Octocat hatte mir zwar gerade genug geliefert, um seine Behauptungen über den Mord zu legitimieren, aber bei weitem nicht genug, um jemanden direkt auf diesen Verdacht hin anzusprechen.

All das bedeutete, dass ich mich zwanglos und gesprächig geben musste, während ich versuchte, aus meinem Chef und meinen Mitarbeitern Informationen herauszukitzeln. Die überraschende Kaffeelieferung war da schon mal ein guter Schritt in die richtige Richtung, aber ich müsste mich auf meinen Verstand verlassen, um etwas von tatsächlichem Wert in Erfahrung zu bringen.

O Mann, ich hatte definitiv viel Arbeit vor mir, aber Dank meines unsanften Erwachens an diesem Morgen war ich bereits eine volle Stunde vor meinem üblichen Arbeitsbeginn in der Firma. Auf dem Parkplatz standen nur zwei weitere Fahrzeuge – die von Mr. Fulton und Bethany. So viel zu all den extra Kaffees, die ich gekauft hatte. Ich konnte nur hoffen, dass ich sie später heimlich in der Mikrowelle aufwärmen könnte, ohne dass es jemandem auffiel.

Bemüht, mir meine Enttäuschung nicht anmerken zu lassen, schwebte ich mit meinem übergroßen Tablett in Händen und einem strahlenden Lächeln im Gesicht ins Büro hinein.

„Guten Morgen“, zwitscherte ich und ging an der Rezeption vorbei, wo ich normalerweise saß, um die Besucher und Kunden zu begrüßen.

Zurück kam nichts als Stille.

„Hallo?“, rief ich, weil ich ja wusste, dass jemand da war. Ich hatte die Autos gesehen. Also ging in den Flur hinunter in Richtung Mr. Fultons Büro und schaltete dabei die Deckenbeleuchtung an.

„Mr. Fulton?“

Ruckartig öffnete sich die Tür und ich machte einen Satz rückwärts. Gott sei Dank schüttete ich mir dabei nicht die heißen Getränke über den Ausschnitt, denn sonst hätte ich mich den zweiten Tag in Folge mit einer bösen Arbeitsverletzung im Krankenhaus melden können.

Nachdem ich mein Gleichgewicht wiedergefunden hatte, schaute ich zu meinem Boss auf. Der arme Mann war kaum wiederzuerkennen. Er sah merkwürdig zerzaust aus; sein normalerweise gut gebügeltes Hemd war zerknittert, die Krawatte saß schief und sein Blick war auf den Boden gerichtet, was bedeutete, dass er einen zusätzlichen Moment brauchte, um zu realisieren, dass ich direkt vor ihm stand.

„Guten Morgen, Chef“, sagte ich vorsichtig. „Ist ... ist alles in Ordnung?“

Endlich erwiderte er meinen Blick und setzte ein höfliches Lächeln auf, das ich sofort durchschaute. „O ja, ja, alles bestens. Ist dieser Kaffee für mich?“

Nachdem ich ihm einen Becher gereicht hatte, zog er sich in sein Büro zurück und schlug die Tür hinter sich zu, ohne auch nur ein *Vielen Dank*, einen *Schönen guten Morgen* oder ein *Was bin ich froh, dass Sie gestern nicht aufgrund der defekten Kaffeemaschine gestorben sind* von sich zu geben.

Seltsam. Mehr als seltsam.

Ich zuckte mit den Schultern und machte mich als Nächstes auf den Weg zu Bethanys Büro. Das Zimmer war dunkel und ruhig, obwohl ich hätte schwören können, auch ihr Auto auf dem Parkplatz gesehen zu haben. Vielleicht hatte ich wirklich den Verstand verloren, oder aber es waren alle anderen, die verrückt geworden waren.

So oder so, irgendwie konnte ich mich des merkwürdigen Gefühls nicht erwehren, beobachtet zu werden. Wusste der Mörder bereits, dass ich ihm auf der Spur war, oder drohte eine andere dunkle Gefahr?

Gefahr, *also bitte*. Ich wurde schon langsam paranoid.

Es war nach wie vor mein schlichtes, altes, langweiliges Büro, nur heute eben ein bisschen früher am Tag, und Mr. Fulton hatte gerade eine Verwandte verloren sowie einen komplizierten Nachlass zu verwalten – kein Wunder, dass er da ein wenig neben sich stand.

Was Bethany betraf, so flüchtete sie gerne mal nach draußen, um frische Luft zu schnappen, was auch durchaus Sinn machte, da in ihrem Büro permanent ein chemischer Nebel aufgrund des übereifrigen Gebrauchs ätherischer Öle waberte. Bestimmt lief sie gerade im Hof herum, was für mich die perfekte Gelegenheit war, mit ihr unter vier Augen zu sprechen, bevor die anderen eintrafen.

Nachdem ich mich also selbst davon überzeugt hatte, dass ich sicher war, stellte ich das Tablett auf meinen Schreibtisch ab, nahm zwei der Becher an mich – einen für sie sowie einen für mich – und begab mich wieder nach draußen. Ich drehte eine Runde um das ganze Gebäude, entdeckte aber nichts weiter als ein verschlagen dreinblickendes Eichhörnchen, das mich misstrauisch anstarrte.

Wo könnte sie hingegangen sein?

Ich lief zum Parkplatz zurück und warf ich einen Blick in ihr Auto, das jedoch ebenfalls leer war. Als ich mich umdrehte, sah ich etwas Graues aufblitzen, das gerade hinter dem Haus verschwand.

„Bethany?“, rief ich und rannte hinterher, aber wieder war niemand zu sehen.

Schließlich gab ich auf, ging wieder hinein und fand sie neben meinem Schreibtisch auf mich wartend. „Wie hast du …?

„Was?“, fragte sie und fummelte ewig an einem der Becher herum, bis sie ihn schließlich herauszog und unbeholfen in die Hand nahm. „Ich war die ganze Zeit über hier“, entgegnete sie achselzuckend, nachdem ich meinen Satz nicht beendete. Wenn das der Wahrheit entsprach, konnte es nur bedeuten, dass sie zusammen mit Mr. Fulton in dessen Büro war. Ihres war definitiv leer gewesen, und alle anderen an diesem frühen Morgen noch verschlossen.

Aber warum diese Heimlichtuerei?

War ich auf ein weiteres Geheimnis gestoßen?

Nein, Mr. Fulton würde nie eine Affäre haben, nicht in einer Million Jahren, und schon gleich gar nicht mit dieser harten und unverschämten Tusse, die so das komplette Gegenteil seiner Frau war. Dank Octocat war schlicht und einfach meine Fantasie mit mir durchgegangen.

Es wurde Zeit, dass ich mit den Spekulationen über meine Kollegen aufhörte und stattdessen anfing, Informationen über den Mord an Ethel zu sammeln. Da Bethany bereits ein wenig gestresst wirkte, würden ihr heute möglicherweise Dinge herausrutschen, die sie mir normalerweise verschwieg.

Ich musste es einfach versuchen.

„Nun …“, begann ich, stellte einen der beiden Kaffees, die ich noch immer in Händen hielt, ab und trank einen kleinen Schluck von dem anderen. „Gestern war verrückt, was?“

Sie zuckte zusammen, als hätte sie sich gerade erst wieder an meine Anwesenheit erinnert, wandte sich dann jedoch mit einem schlangenhaften Ausdruck mir zu. „Absolut verrückt“, stimmte sie zu.

„Hast du dadurch, dass du mich ins Krankenhaus bringen musstest, viel verpasst?“

„O nein, ich denke nicht. Als ich zurückkam, waren sie gerade erst bei dem Part angekommen, der die Katze betraf.“ Sie strich sich ihr helles blondes Haar hinters Ohr und lächelte mich versöhnlich an.

„Ich habe gehört, dass Ethel einen Großteil ihres Vermögens Oct ... ich meine, ihrem Kater ... hinterlassen hat. Das hat bestimmt für ziemlichen Aufruhr gesorgt.“

Sie ließ sich auf unser Gespräch ein und wurde immer lockerer, je mehr wir tratschten. „Wie würdest du dich denn fühlen, wenn man dir wegen einer gewöhnlichen Hauskatze dein Erbe verweigert?“

„Ich glaube, es ist eine Rassekatze, zum Teil Maine Coon“, erwiderte ich und fragte mich, warum ich eigentlich das Bedürfnis verspürte, eine Katze zu verteidigen, die ich noch keine vierundzwanzig Stunden kannte und eigentlich nicht einmal besonders mochte. Bethany hatte recht; ich wusste noch immer nicht, wie viel Octocat tatsächlich geerbt hatte, aber dem Haus nach zu urteilen, das wir gestern besucht hatten, musste es ein hübsches Sümmchen sein.

„Wie auch immer“, entgegnete sie stirnrunzelnd. „Ich kann mir nicht vorstellen, dass man die Frau nach dieser Aktion in guter Erinnerung behalten wird. Die Familie jedenfalls definitiv nicht.“

„Mochten sie sie denn vorher?“, fragte ich mich laut und versuchte, mein reges Interesse an ihrer Antwort nicht zu offensichtlich zu zeigen. Endlich kamen wir zum Kern der Sache.

Bethany zuckte erneut die Schultern. „Wer weiß?”

Als sie sich um Gehen wandte, platzte ich mit dem Erstbesten heraus, das mir in den Sinn kam. „Weißt du, wie sie gestorben ist?“, brüllte ich ihr praktisch hinterher. „Wäre es möglich, dass jemand aus der Verwandtschaft nachgeholfen hat, um früher an sein Erbe zu kommen?“

Sie blieb wie festgefroren stehen und ein paar peinliche Sekunden vergingen, bevor sie lauthals in Gelächter ausbrach. „Allen Ernstes, Angie? Es scheint, du schaust zu viel fern. Jeden Tag sterben Menschen, und die wenigsten werden ermordet.“

Ich zwang mich ebenfalls zu einem Kichern. „Natürlich, da hast du völlig recht. Ich habe gestern noch ewig gelesen und bin heute extrem früh aufgewacht wegen dieser Katze. Anscheinend ist mein Gehirn noch ein wenig umnebelt.“

Dieser Teil meiner Ausführung schien ihr Interesse geweckt zu haben. „Stimmt ja, die Katze. Du hast sie mitgenommen, nicht wahr?“

„Ja, ich wollte der Familie in dieser schwierigen Zeit helfen, und das schien mir der einfachste Weg zu sein.“

Mit langsamen, betonten Schritten kam sie wieder auf mich zu und senkte die Stimme zu einem heiseren Flüstern: „Du solltest froh sein, dass diese Vorstellung eines Mordes nur in deinem Kopf existiert, denn wer die Katze hat, bekommt auch das Geld. Wenn sie noch recht viel länger bei dir bleibt, könntest du die Nächste auf der Liste des Killers sein.“

Eine Eiseskälte kroch von meinen Fingerspitzen bis hinauf in mein Herz und die kleinen Härchen in meinem Nacken stellten sich alarmiert auf. Gerade wollte ich fragen, was sie damit anzudeuten versuchte, als sie erneut in Gelächter ausbrach.

„Du hättest dein Gesicht sehen sollen“, krähte sie, machte auf dem Absatz kehrt und schlenderte zurück zu ihrem Büro, während ihr Lachen noch nachhallte. Und ich blieb verunsichert und mit meinem fast noch vollen Tablett mit Kaffee zurück.

Wenn ich es nicht besser wüsste, könnte ich schwören, Bethany hätte versucht, mich zu provozieren – oder zu warnen. Wusste sie mehr als ich? Könnte sie zumindest eine Teilschuld an dem Vorfall tragen?

Schlagartig fühlte ich mich doch nicht mehr so sicher …

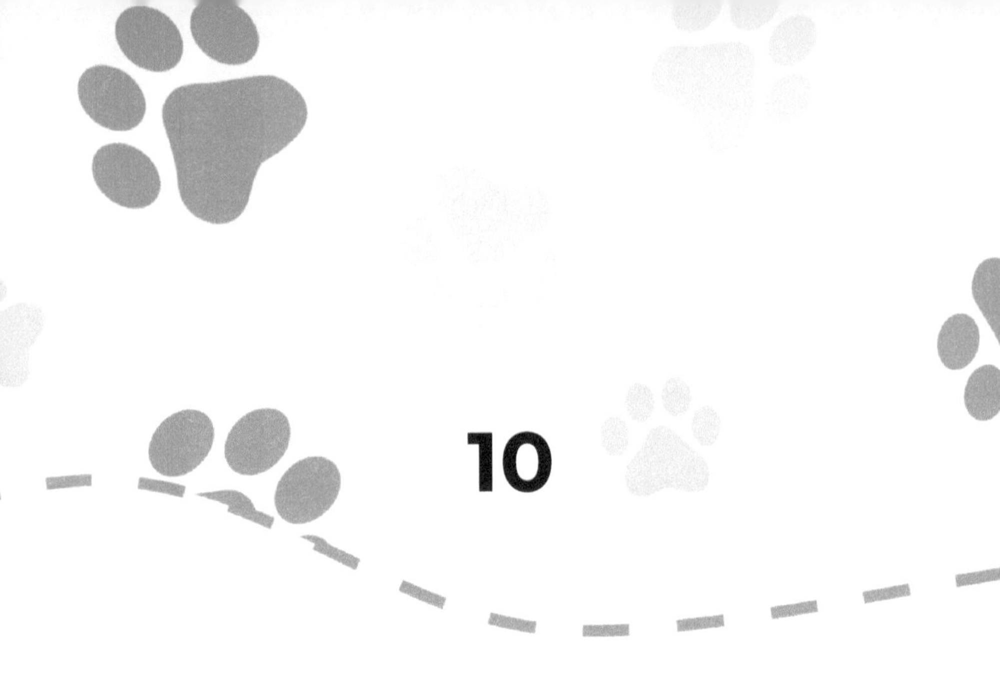

10

Etwa eine halbe Stunde später begannen auch die übrigen Anwälte einzutrudeln. Zu diesem Zeitpunkt hatte ich längst entschieden, dass ich nie wieder zu früh kommen würde. Mr. Thompson schickte mich nach seinem Erscheinen erneut zum Kaffee holen, aber dieses Mal gab er mir zumindest Bargeld mit, sodass ich nicht noch einmal selbst dafür aufkommen musste.

Als ich mit dem Tablett mit frischen, heißen Getränken in der Hand zurückkehrte, fand ich Diane Fulton in dem kleinen Wartebereich sitzend, eine Zeitschrift auf den überkreuzten Beinen.

„Oh, da bist du, Angie", sagte sie und schenkte mir ein verbittertes Lächeln. „Guten Morgen."

„Guten Morgen", antwortete ich zögerlich und verlagerte mein Gewicht von einem Fuß auf den anderen. Normalerweise liebte ich Dianes Besuche, heute jedoch machte mich ihre Anwesenheit angesichts des seltsamen Verhaltens ihres Mannes und meines Verdachts einer möglichen Affäre irgendwie nervös.

Trotzdem setzte ich ein riesiges, falsches Lächeln auf. „Kann ich dir irgendwie helfen?“

Die Hände in ihrem Schoß zitterten und sie bemühte sich vergebens, die starken Emotionen zu verbergen, die in ihr zu wüten schienen. „Eigentlich bin ich nur kurz vorbeigekommen, um nach meinem Mann zu sehen, aber offensichtlich ist er nicht da. Ich dachte mir, ich warte einfach, bis du zurückkommst – möglicherweise kannst du mir ja sagen, wo ich ihn finde.“

„Tut mir leid, nein. Wenn er nicht in seinem Büro ist, habe ich keine Ahnung, wo er hingegangen sein könnte.“ Kurz zögerte ich, fragte dann jedoch: „Ist alles in Ordnung?“

Diane strich ihr normalerweise tadellos frisiertes Haar hinter die Ohren und schluckte hart, und erst da fiel mir auf, wie anders auch sie aussah. Statt ihren üblichen trendigen Designerblusen und Röcken trug sie ein altes T-Shirt, das zudem noch einen großen Fleck quer über der Brust aufwies. Kombiniert hatte sie diese Monstrosität mit einer Trainingshose und ordinären Flip-Flops, von denen ich niemals vermutet hätte, dass sie sie überhaupt besitzt, geschweige denn, jemals in der Öffentlichkeit tragen würde.

Entschlossen stellte ich den Kaffee auf einem der Beistelltische ab und beugte mich zu ihr hinunter, da sie nun sichtlich mit den Tränen zu kämpfen hatte. „Du kannst mit mir über alles reden“, gurrte ich und fragte mich, ob ich ihr besser ein Taschentuch anbieten oder sie einfach in den Arm nehmen sollte.

„Es geht um Richard“, gestand sie unter Schluchzen. „Er ist gestern Abend nicht nach Hause gekommen und reagiert weder auf meine Anrufe noch auf meine Nachrichten. Ich weiß nicht mehr, was ich tun soll.”

Ich musste wieder an diesen Morgen denken. Noch nie zuvor

hatte ich meinen Chef in einer derartigen Verfassung erlebt und Diane bestimmt ebenso wenig, darauf würde ich wetten.

„Weißt du was", schlug ich vor und hoffte, ich würde das nicht noch bereuen, „Ich ruf dich an, sobald er wieder auftaucht."

Sie riss die Augen auf und die zurückgehaltenen Tränen funkelten plötzlich vor Freude. „Oh, würdest du das wirklich tun? Das wäre mir eine enorme Hilfe."

„Selbstverständlich." Eigentlich verspürte ich wenig Lust, mich auch noch in ihr häusliches Drama einzumischen, konnte aber die Freundin in ihrer Stunde der Not doch nicht einfach allein lassen.

„Er hat sich schon die ganze letzte Woche über so seltsam verhalten", fuhr Diane fort, nachdem sie sich ein Taschentuch geschnappt und ausgiebig die Nase geputzt hatte. „Wir sind jetzt beinahe dreißig Jahre verheiratet, aber mit einem Mal benimmt er sich wie ein Fremder."

Da ich nicht wusste, was ich darauf entgegnen sollte, tätschelte ich ihr beruhigend die Schulter und lächelte sie beschwichtigend an. „Na, ich bin mir sicher, alles wird wieder gut. Er macht wegen des Todes seiner Tante wahrscheinlich gerade eine schwere Zeit durch, habe ich recht?"

Sie nickte. „Von der ganzen Familie habe ich Ethel immer am liebsten gemocht. Ich wünschte nur, wir hätten während ihrer letzten Tage mehr Zeit mit ihr verbracht. Irgendwie haben wir alle erwartet, sie würde ewig leben. Es war so ein Schock."

Nur zu gerne hätte ich sie nach der Dinnerparty gefragt, aber womit hätte ich diese Information rechtfertigen können? Stattdessen sagte ich nur: „Mein Beileid zu eurem Verlust."

Sie schnüffelte ein letztes Mal, steckte das gebrauchte Taschentuch in ihre Handtasche und rief aus: „Ach du meine Güte, jetzt halte ich dich auch noch von deiner Arbeit ab." Sie warf die Zeitschrift zurück auf den Couchtisch und stand auf, wobei sie erfolglos versuchte, ihr Outfit zu glätten. Dann lachte sie sarkastisch auf. „Ich bin das reinste Wrack. Vielleicht sollte ich mir einen Besuch im Beautysalon gönnen."

„Für mich klingt das nach einer perfekten Idee."

„Du versprichst, mich anzurufen, sobald er auftaucht?"

„Versprochen!" Zumindest das konnte ich tun. Aber den Mord aufklären? So allmählich begann ich, mir ernsthafte Sorgen zu machen, welche weiteren unappetitlichen Geheimnisse ich noch aufdecken würde, wenn ich weitergrub.

Diane nickte, blickte sich kurz im Büro um und überraschte mich dann, indem sie mich in die Arme zog. „Vielen Dank, Angie. Du hast ja keine Ahnung, wie sehr du mir geholfen hast."

Weniger als eine Minute später war sie verschwunden und ich verwirrter denn je.

Kurz darauf tauchte unser jüngster Mitarbeiter, Derek, aus dem Büro auf, das er sich mit Brad, einem anderen unserer blaublütigen, hochnäsigen Anwaltsanwärter teilte, und eilte schnurstracks auf den Kaffee zu. „Cool, danke", sagte er, schnappte sich zwei der Becher, machte auf dem Absatz kehrt und ging zurück an seinen Schreibtisch.

Ich folgte ihm und ließ mich auf der Ecke des Tisches nieder, sodass keiner der beiden Männer mich ignorieren konnte. „Ihr wart doch gestern bei der Testamentseröffnung dabei, oder?"

Derek trank einen großen Schluck von seinem Kaffee. „Ich leider nicht, aber Brad war anwesend." Allzu glücklich schien er darüber nicht zu sein, aber ich hatte jetzt wirklich keine Zeit, mich mit seinen gekränkten Gefühlen auseinanderzusetzen, wo es noch so viel mehr über die Fultons herauszufinden galt.

Also blickte ich zu Brad hinüber und bemühte mich, ausschließlich Interesse an dem Fall zu zeigen und ihn nicht zu einem Flirt zu ermutigen. „Mir sind die verrücktesten Sachen zu Ohren gekommen. Was genau ist denn passiert?"

Er drehte sich in seinem Stuhl zu mir herum, ein selbstgefälliges Grinsen im Gesicht. „Na ja, da war diese heiße Sekretärin, die einen Stromschlag abbekam und ins Krankenhaus gebracht werden musste."

Mein bisheriges Ich – das sich nicht auf die Detektivarbeit konzentrieren musste – hätte ihm entweder eine Ohrfeige verpasst, wohl wissend, dass es dafür seinen Job verlieren könnte oder wäre hinausgestürmt, ohne ihn auch nur eines weiteren Blicks zu würdigen. Brad hatte mich ein- oder zweimal, vielleicht sogar ein paar Dutzend Male, um ein Date gebeten, und jedes Mal hatte ich Nein gesagt. Ich würde immer wieder ablehnen, soviel war sicher.

Hinzu kam, dass er mich regelmäßig als Sekretärin der Firma bezeichnete, was mich so richtig ärgerte. Immerhin war ich Rechtsanwaltsfachgehilfin und daran änderte sich auch nichts, nur weil ich zufällig an den meisten Tagen Kaffee für alle besorgte. Außerdem war ich mir ziemlich sicher, dass er sein Jurastudium nur aufgrund von Beziehungen seines Vaters abgeschlossen hatte, wohingegen ich alles, was ich beruflich vorweisen konnte – was zugegebenermaßen nicht viel war – aus eigener Kraft erreicht hatte.

Also biss ich die Zähne zusammen und zwang mich zu einem Lächeln. „Danach, meine ich?" So unangenehm ich Brad auch fand, zumindest konnte ich mich darauf verlassen, dass er stets versuchte, mich zu beeindrucken. Er besaß eine wesentlich lockere Zunge als die meisten der anderen, eher wortkargen Anwälte, und genau darauf setzte ich in diesem Moment.

Er räusperte sich, rückte seine Krawatte zurecht, streckte den Rücken durch und verriet mir: „Die Alte hat fast alles ihrer Katze hinterlassen. Und eine Dame verlor völlig die Fassung, als sie das hörte."

Oha, jetzt kamen wir der Sache endlich näher!

„Welche Dame?", fragte ich und zog neugierig eine Augenbraue in die Höhe.

Er verzog das Gesicht zu einer Grimasse. „Sie war klein, hatte graue Haare und war ziemlich altmodisch gekleidet. Wenn ich es richtig verstanden habe, war sie die Nichte?"

Das klang verdammt nach der Person, der Octocat und ich am Abend zuvor in Ethels Haus begegnet waren. „Was hat sie dann getan, als sie das herausfand?"

„Sie fing an, all diese Obszönitäten herauszubrüllen, wies darauf hin, wie sehr sie sich all die Jahre um Ethel gekümmert hätte, während diese Katze nie etwas anderes tat, als ein paar Mäuse zu fangen und in eine Kiste zu kacken. Von daher war sie der Meinung, das Geld würde *ihr* zustehen."

Ich lachte und beschloss, mir diese Beleidigung aus zweiter Hand einzuprägen, um sie später an Octocat weiterzugeben. „Was haben die anderen dazu gesagt?"

„Im Grunde nur, sie solle sich abregen. Danach setzte sie sich schnell wieder hin und hielt die Klappe, aber sobald alles vorbei war, ist sie, so schnell wie ihre Füße sie tragen konnten, davongeeilt."

Ich lachte und versuchte mein Bestes, um mir dieses Fiasko bildlich vorstellen. „Klingt, als hätte ich eine ziemlich gute Show verpasst."

Geschwind sprang Brad auf und öffnete in einer fließenden Bewegung seinen Kragen. Seiner Meinung nach sah das bestimmt sexy aus, ich jedoch fand es nur lächerlich grotesk. „Ich kann dir gerne bei einem gemeinsamen Abendessen eine Zusammenfassung der Ereignisse geben."

Gähnend schüttelte ich den Kopf. „Vielen Dank, aber ich muss leider passen."

Trotz seines offensichtlich verletzten Egos zuckte er nur mit den Schultern und so allmählich glaubte ich, dass er über abgefahrene Heilkräfte verfügte, wie etwa Wolverine oder das Cheerleader-Mädchen aus *Heroes*. Keiner der Schläge, die er einstecken musste, schien ihm wirklich was anhaben zu können.

„Bis später, Jungs", verabschiedete ich mich mit einem höflichen Nicken in Dereks Richtung, den ich schon immer viel mehr gemocht hatte als Brad. Andererseits mochte ich jeden im Büro lieber als diesen aufgeblasenen Typen, außer vielleicht Bethany. Diese zwei belegten auf der Liste meiner Lieblingskollegen die letzten Plätze.

Vielleicht, wenn sie keine Affäre mit Mr. Fulton hätte, könnte sie doch ihn als möglichen Verehrer in Betracht ziehen. Das wäre einerseits genial, um ihn von mir abzulenken, konnte andererseits aber auch in einem Alptraum ausarten, wenn die beiden sich zusammentaten.

Als ich zurück zur Anmeldung kam, musste ich feststellen, dass, während ich mit den beiden Jungs über die gestrige Testamentseröffnung geplaudert hatte, sämtliche To-Go-Becher verschwunden waren. Das bedeutete entweder, dass jemand besonders gierig war oder Mr. Fulton sich tatsächlich noch irgendwo hier herumtrieb und sich bewusst vor seiner Frau versteckt hatte.

Ich atmete tief ein und entschloss mich, in sein Büro zu gehen. Niemand reagierte auf mein Klopfen, aber da die Tür nur angelehnt war, schob ich mich vorsichtig hinein. Klar wusste ich, dass es falsch war zu schnüffeln, aber es war ebenso falsch zu morden – und ich musste zumindest versuchen, den Schuldigen zur Rechenschaft zu ziehen.

Nach den heutigen, denkwürdigen Begegnungen, zuerst mit meinem Boss und dann mit seiner Frau, erhärtete sich mein Verdacht, dass an den Händen dieses ansonsten so freundlichen Mannes Blut kleben könnte, was den Einbruch in sein Büro natürlich noch riskanter machte.

Ich bewegte mich langsam durch den Raum, bereit, beim ersten Anzeichen von Gefahr – oder Mr. Fultons Rückkehr – zu flüchten. Auf den ersten Blick erschien alles normal. Dann jedoch bemerkte ich einen Streifen von leuchtendem Lila, der aus einem Haufen unter seinem Schreibtisch hervorspitzte. Ich schob den Stuhl zurück und beugte mich hinunter, um ihn mir genauer anzuschauen.

Das Teil stellte sich als spitzenbesetzter Seiden-BH heraus, viel schicker als alles, was ich jemals tragen würde und viel zu sexy für Diane. Konnte das bedeuten …?

Eigentlich wollte ich nicht das Schlimmste über meinen Chef denken, aber da ich ihn bereits des Mordes verdächtigte, war ein Ehebruch im Vergleich dazu nicht allzu weit hergeholt.

So einfach es auch wäre, die ganze Sache auf den offensichtlichsten und unmittelbaren Verdächtigen zu schieben, fiel es mir doch schwer, mir meinen Lieblingsboss als Mörder einer liebenswürdigen, alten Katzendame vorzustellen.

Es machte einfach keinen Sinn. Er schien immer so ein netter Kerl zu sein, sogar oder insbesondere für einen Anwalt. War all das nur Show gewesen, um uns einzulullen und von seiner Schuld abzulenken?

Aber warum dann gerade jetzt?

Warum sollte er seine Tante umbringen? War es ein eiskalter, kalkulierter Schlag gewesen oder eher ein spontaner Akt? Eigentlich musste es doch von langer Hand geplant sein, wenn man jemandem Gift ins Essen mischte. Wenn er diese schreckliche Sache wirklich verübt – sie bewusst und vorsätzlich ausgeführt hatte – warum war er dann gerade jetzt so angespannt?

Ich konnte mir einfach keinen Reim darauf machen, eines jedoch war sicher: So schnell wie möglich raus hier, bevor man mich mit diesem neu gefundenen Beweisstück auf frischer Tat ertappte. Sicher, wofür genau es ein Beweis war, blieb abzuwarten, aber die Wahrheit würde eh bald genug ans Licht kommen, und wenn ich es erzwingen musste.

11

Mr. Fulton tauchte auch den restlichen Tag nicht mehr auf, was meinen Verdacht nur noch weiter erhärtete. Kurz vor Ende meines Dienstes rief Diane an, um sich nach dem Stand der Dinge zu erkundigen und es tat mir wahnsinnig leid, sie aufgrund von Mangel an Neuigkeiten enttäuschen zu müssen.

Auf dem Heimweg kurbelte ich mein Autofenster herunter und ließ mir die kühle Meeresbrise um die Nase wehen. Es war so was von angenehm, zur Abwechslung mal in Ruhe fahren zu können, ohne dass sich Krallen in meinen Oberschenkel bohrten. Apropos Krallen – ich konnte nur hoffen, dass Octocat während meiner Abwesenheit nichts angestellt hatte.

Ein paar Minuten später bog ich in den gekiesten Parkplatz vor meiner Mietwohnung ein, atmete noch mal so viel frische Luft wie möglich ein und betrat in Erwartung des Schlimmsten meine Wohnung.

Octocat kam direkt an die Tür und begrüßte mich, indem er sich an meinem Hosenbein rieb und mit seinem Schwanz hin und her schlug. „Du warst Ewigkeiten weg!"

Kurz war ich versucht, mich zum ihm hinunterzubeugen, um ihn zu streicheln, wollte ihm aber nicht gleich nach meiner Rückkehr die Laune verderben. „Nur ein wenig länger als sonst, wenn ich von neun bis fünf arbeite, also keine Ewigkeit", erklärte ich.

„Neun bis fünf? Klingt für mich wie eine Gefängnisstrafe." Das kam meinem Alltag schon ziemlich nahe.

„Ja, damit hast du nicht mal so unrecht", gab ich zu und seufzte müde auf.

„Warum tust du dir das dann überhaupt an?" Er setzte sich hin und studierte mich interessiert, dieses Mal, ohne zu zischen, mit dem Schwanz zu zucken oder seinem Unmut auf andere Art und Weise Luft zu machen. Hatte mir jemand während meiner Abwesenheit womöglich einen Wechselbalg untergejubelt? Das war definitiv nicht mehr der mürrische Kater, den ich kennen und hassen gelernt hatte.

Als Erklärung rieb ich Zeigefinger und Daumen aneinander. „Ausschließlich wegen der Kohle, Baby. Was ist eigentlich mit dir los? Sag bloß, du hast mich vermisst?" Eigentlich wollte ich nicht riskieren, dass er sich wieder in eine gestreifte Version von Grumpy Cat verwandelte, aber ich musste es einfach wissen.

Er zuckte nur mit den Schultern. „Ich bevorzuge es, wenn du in meiner Nähe bist, für den Fall, dass ich frisches Evian brauche oder Hilfe bei einem besonders kniffligen Fellknoten."

Seine Erklärung brachte mich zum Lachen. „Gott sei Dank hast du es überlebt."

Er grinste wie ein Honigkuchenpferd, fuhr dann jedoch streng fort, „Apropos, es ist Zeit für mein Abendessen."

Salutierend schlug ich die Hacken zusammen und begab mich in die Küche. Nachdem ich ihm ein frisches Stück Pastete hingestellt und seine Tasse mit Evian gefüllt hatte, lobte ich ihn, was für ein guter Kater er sei, so wie er es mir am Morgen aufgetragen hatte.

Nach Beendigung seiner Mahlzeit sprang er auf die Theke und sagte: „Gut gemacht. Du darfst mich jetzt streicheln."

„Ähm, okay." Es fühlte sich seltsam intim an, mit den Fingern durch sein braunschwarzes Fell zu fahren und ihn vom Scheitel bis zum Ansatz seines Schwanzes zu liebkosen. Und noch seltsamer war das Schnurren, das er daraufhin von sich gab.

„Das reicht", meinte er nach einer kurzen Weile. „Ich weiß, dass du das schon lange tun wolltest und – *hey* – du hast es dir wirklich verdient. Aber jetzt hör bitte wieder auf damit, sonst muss ich dich beißen."

Ich riss meine Hand schneller weg als man *Junge, Junge* sagen konnte und sprach es sicherheitshalber auch noch mal laut aus.

Octocat sprang zurück auf den Boden und führte mich in das Wohnzimmer, wo noch immer der Kinderkanal lief, den ich ihm heute früh eingestellt hatte. „Hast du heute viel gelernt?", erkundigte ich mich schmunzelnd.

Er gähnte und nickte. „Zwischen diversen Nickerchen, ja."

„Willst du mich gar nicht fragen, wie mein Tag war?" Ich konnte es kaum erwarten, seine Gedanken zu Mr. Fulton zu hören sowie zu der Tatsache, dass er verschwunden zu sein schien.

„Auf die Idee bin ich noch gar nicht gekommen", gab er zu und gähnte erneut. „Außerdem gibt es noch so viel mehr über meinen zu berichten."

„Okay, Entschuldigung. Bitte, leg los." Ich setzte mich auf die Couch und forderte ihn auf, mir von den vielen, unterschiedlichen Begebenheiten zu erzählen, die seinen Tag angefüllt hatten. Das war das Mindeste, was ich tun konnte, nachdem er es wider Erwarten geschafft hatte, nicht alle meine Besitztümer in einer Art irrationalem Wutanfall zu zerstören.

Er sprang auf den Couchtisch, lief aufgeregt hin und her und berichtete in einer unglaublichen Geschwindigkeit von seinen Erlebnissen. „Zuerst wachte ich hungrig auf, wie das so oft der Fall ist. Es dauerte eine Weile, bis ich dich aus dem Bett locken konnte und sogar noch länger, bis ich dir beigebracht hatte, wie du mir mein Morgenmahl richtig servierst. Alles in allem würde ich dir für diese Anstrengung eine Drei geben – durchschnittlich, aber nichts Besonderes."

„Na klasse. Können wir diesen Part bitte überspringen?", bat ich irritiert. Noch nie zuvor hatte ich jemanden getroffen, bei dem die Stimmung so schnell kippte wie bei diesem Kater. In einem Moment begrüßte er mich schon fast liebevoll an der Tür, und im nächsten beleidigte er mich. Diese Inkonsistenz schien ein Grundzug seines Charakters zu sein. Zumindest konnte ich dadurch sicher sein, dass er mir immer genau das sagte, was ihm gerade im Kopf herumging. Das hatte auch etwas für sich, vor allem, wenn es darum ging, einen mysteriösen Mord aufzuklären.

Octocat nahm seine Wanderung wieder auf und glich die Redegeschwindigkeit seinen schnellen Schritten an. „Nachdem du weg warst, habe ich dem Cartoon-Mädchen dabei zugesehen, wie sie mit Hilfe der Gegenstände in ihrem Rucksack Rätsel gelöst hat. Wir sollten uns ebenfalls solch einen Rucksack zulegen, der bei unserem Fall durchaus hilfreich sein könnte. Oh, und eine Landkarte."

Ich schmunzelte, was anscheinend die falsche Reaktion auf seinen Vorschlag war.

„Das war absolut ernst gemeint", sagte er und seine bernsteinfarbenen Augen bohrten sich in meine blauen. „Ich habe auch so einiges über Ananas unter dem Meer und andere Merkwürdigkeiten der menschlichen Welt erfahren. Jetzt verstehe ich eure Sprache schon viel besser, eure Spezies jedoch noch weniger. Wieso habt ihr Sendungen über einen Meeresschwamm und seine Hausschnecke? Warum konzentriert ihr euch nicht lieber auf eure eigene oder zumindest auf eine überlegene Gattung Lebewesen, wie etwa den *Felis catus?*"

„Diese Frage kann ich dir leider auch nicht beantworten. Menschen tun ständig seltsame Dinge, wie einen Mord begehen oder eine Affäre anfangen. Du wirst nicht glauben, was ich heute im Büro herausgefunden habe."

„Oh, ich bin sicher, ich werde es glauben. Ihr Menschen seid ziemlich vorhersehbar", informierte er mich, ließ seinen Hintern auf den Couchtisch plumpsen und zuckte unheilvoll mit dem Schwanz. „Aber zuerst muss ich dir noch vom Rest meines Tages erzählen."

Noch mehr? Wie viel mehr konnte sich denn bitte noch ereignet haben?

Ich war nicht wirklich scharf auf die Zusammenfassung sämtlicher Zeichentrickfilme, die er sich den Tag über reingezogen hatte, vor allem nicht, wenn es bedeutendere Dinge zu besprechen gab. Dennoch schien es ihm wichtig zu sein, dass ich ihm meine ungeteilte Aufmerksamkeit schenkte; also lehnte ich mich in die Sofakissen zurück und deutete ihm an fortzufahren.

„Zuerst habe ich versucht, auf der Rückenlehne der Couch ein Nickerchen zu machen, aber für meinen Geschmack war sie zu klumpig. Nachdem ich die Räumlichkeiten durchforstet hatte, fand ich die perfekte Stelle, wo die Sonne auf den Teppich schien und ihn wunderbar erwärmte. Dort habe ich ungefähr eine Stunde lang vor mich hingedöst, bis die Schatten länger und der Fleck somit unbefriedigend wurde."

Er schien darauf zu warten, dass ich etwas sagte, also stieß ich ein *Natürlich* hervor.

Zufrieden fuhr er fort: „Dann begab ich mich in dein Schlafzimmer und entdeckte eine nette Decke, aus der ich mir so was wie eine Höhle baute. Leider konnte ich, als ich erwacht war und mir ein Fellknäuel die Luftröhre verstopfte, nicht mehr rechtzeitig nach unten springen. Du solltest also noch eine Ladung Wäsche waschen, bevor du dich heute Nacht zur Ruhe begibst."

Dieser blöde Kater hatte auf meine Tagesdecke gekotzt? *Widerlich.* Zumindest hatte er es mir gebeichtet, anstatt es mich selbst entdecken zu lassen. Zum Glück geschahen noch kleine Wunder.

„Als du nach Hause kamst, hast du mich gefüttert, und dieses Mal hast du dich schon wesentlich besser angestellt. Dafür sollte ich dir eine Eins minus geben. Jetzt sind wir hier, und wie sich der Rest des Abends entwickelt, bleibt abzuwarten."

„Klingt nach einem verdammt anstrengenden Tag", fasste ich sarkastisch zusammen.

Er zwinkerte mir zu, schien jedoch den Humor nicht zu verstehen. „Ja, aber alles in allem nicht schlecht, in Anbetracht ..."

Kurz überlegte ich, ob ich ihn fragen sollte, was er damit meinte, entschied dann aber, mich lieber nicht auf ein weiteres, ellenlanges Gespräch über die Feinheiten des täglichen Katzenlebens einzulassen. Immerhin mussten wir auch noch besprechen, worüber ich im Büro gestolpert war. „Darf ich dir jetzt von meinem Tag erzählen?"

„Es dürfte schwer sein, meinen zu toppen, aber bitte sehr – versuch es."

Für mich klang das so, als ob er sich tatsächlich bei mir wohlfühlte, und aus irgendeinem Grund schwoll mein Herz an vor Stolz. Vielleicht sehnte ich mich, ähnlich wie Brad, nach Zuneigung von jemandem, der nicht so ohne weiteres dazu bereit war, diese zu geben. Octocats Freundlichkeit fühlte sich an wie eine Belohnung, die ich mir für gutes Betragen verdient hatte, und ich saugte sie regelrecht auf.

Ohne zu sehr ins Detail zu gehen – ich wusste ja, wie schnell er das Interesse verlieren konnte – rekapitulierte ich die Ereignisse meines Tages und endete mit dem lila BH, den ich in Mr. Fultons Büro entdeckt hatte.

Er schüttelte nur den Kopf. „Und die Menschen denken doch tatsächlich, wir sind es, die kastriert werden müssten. Immerhin machen wir nur Kätzchen und keinen Ärger."

Da konnte ich ihm nur zustimmen. „Überrascht es dich, dass Mr. Fulton eine Affäre haben könnte?"

„Nicht wirklich, aber ich kenne ihn nicht sehr gut und was es mit menschlichen Ehen auf sich hat, verstehe ich sowieso nicht. Diese winzigen Bänder, die ihr an euren Fingern tragt, die sind doch wie ein Microchip, oder? Du kannst versuchen wegzulaufen, aber sie werden dich immer wieder finden und zurück nach Hause bringen. Frustrierend."

„So in etwa", stimmte ich zu und bemühte mich, mein Lächeln zu verbergen. „Glaubst du, dass er derjenige sein könnte, der Ethel vergiftet hat?"

Octocat dachte lange darüber nach. „Er ist derjenige mit den grauen Haaren und der extra Polsterung, nicht wahr?"

Mr. Fulton war fit und schlank und hatte fast noch komplett braunes Haar. Irgendetwas passte da nicht zusammen. „Redest du von der Frau, die wir gestern bei dir zu Hause gesehen haben?"

„Ja! Das war Mr. Fulton, oder?"

„Äh, nein, das war Ethels Nichte. Kannst du Männer und Frauen wirklich nicht auseinanderhalten?"

„Ich habe dir doch bereits erklärt, dass alle Menschen für mich gleich aussehen. Kannst du denn auf den ersten Blick erkennen, ob eine Katze männlich oder weiblich ist?“

Okay, damit hatte er natürlich recht, also beschloss ich, ihm ein wenig Zeit zum Nachdenken zu lassen.

Während er überlegte, klopfte er mit dem Schwanz und sagte dann: „Ich nehme nicht an, dass du beschreiben kannst, wie dieser Mr. Fulton riecht? Das würde die Sache für mich ungemein erleichtern.“

„Äh, nein, nicht wirklich.“ Ich schüttelte den Kopf, um das Bild vor meinem inneren Auge zu löschen, wie ich versuchte, heimlich an meinem Chef zu schnüffeln.

Er zuckte mit den Schultern und begann mit seiner gewohnten Säuberung. Ich wiederum ließ mich in die Kissen sinken und seufzte, etwas, was ich in letzter Zeit ziemlich häufig zu tun pflegte. „Dann ist schätzungsweise nichts von dem, was ich dir sagen kann, von Wert, weil du nicht einmal weißt, von wem ich rede. Wie in aller Welt sollen wir diese Sache aufklären, wenn wir nicht einmal richtig miteinander kommunizieren können?“

Es kam mir wie eine grausame Fügung des Schicksals vor, dass ich irgendwie die Fähigkeit erlangt hatte, mit Tieren zu sprechen, diese Gabe jedoch nicht nutzen konnte, um tatsächlich etwas zu erreichen. Irgendjemand da oben musste sich gerade über uns beide kaputtlachen.

„Du könntest mich mit ins Büro nehmen“, forderte Octocat mich mit einem verschmitzten Grinsen heraus.

„Kommt überhaupt nicht in Frage und ich habe dir auch schon erklärt, warum nicht.” Noch immer hatte ich keine Ahnung, warum er unbedingt mit in die Firma kommen wollte, aber das war ein Punkt, bei dem ich nicht gewillt war nachzugeben.

Er sah gelangweilt aus, als er vorschlug: „Okay, wie wäre es dann morgen auf der Trauerfeier?"

Ruckartig fuhr ich hoch. „Eine Trauerfeier? So was wie dieses Ding, das vor einer Beerdigung stattfindet?"

„So habe ich das zumindest verstanden. Die Menschen haben gestern darüber diskutiert, in der Zeit, wo du weg warst, bis du wiedergekommen bist." Er meinte bestimmt, während ich im Krankenhaus war. Anscheinend hatte es niemanden sonderlich berührt, dass ich dem Tod nahe war, nicht mal meinen neuen Freund, die sprechende Katze. Zwar versuchte ich, meine verletzten Gefühle nicht zu zeigen, aber herrje ... Man sollte doch denken, dass zumindest irgendjemand sich nach dieser Aktion Sorgen um mich gemacht hätte.

„Ich weiß noch nicht wie", sagte ich und zwang mich, mich wieder auf die Sache zu konzentrieren, „aber ja. Irgendetwas werde ich mir einfallen lassen, um dich dorthin mitzunehmen. Da der Killer jemand war, den Ethel gut genug gekannt haben musste, um ihn zum Abendessen einzuladen, wird dieser Typ mit Sicherheit auch an der Totenfeier teilnehmen. Und wir beide ebenfalls."

„Ich hatte gehofft, dass du das sagen würdest", erwiderte er augenzwinkernd. „Wenn du mich jetzt bitte entschuldigen würdest? Ich müsste mal dem Katzenklo einen Besuch abstatten."

12

Am nächsten Tag schlich ich mich zeitig aus der Arbeit nach Hause, damit Octocat und ich uns auf die Trauerfeier vorbereiten konnten, die am frühen Abend stattfinden sollte. Mr. Fulton war an diesem Tag überhaupt nicht aufgetaucht, was es mir ziemlich schwer machte, weitere Nachforschungen über seine Mittel und Motive anzustellen. Je länger er jedoch wegblieb, desto misstrauischer wurde ich.

So oder so würde ich einen Weg finden müssen, um mehr in Erfahrung zu bringen. Vielleicht könnte ich mich zu ihm nach Hause einladen, unter dem Vorwand, Diane besuchen zu wollen. Möglicherweise würde aber auch die Trauerfeier alles aufdecken, was ich wissen musste. Ich hoffte auf Letzteres.

Das Wissen, dass ein Mörder frei herumlief – und dass es sich dabei höchstwahrscheinlich um jemanden handelt, den ich persönlich kannte – hatte mir die letzten zwei Tage den Schlaf geraubt. Wenn man dann noch die frühmorgendlichen Weckrufe von

Octocat hinzunahm, könnt ihr euch sicher vorstellen, dass ich mittlerweile einem Zombie glich.

Bis wir genug Beweise gesammelt hatten, um zur Polizei gehen zu können, musste ich einfach viel, viel mehr Kaffee trinken – eine weitere Ironie des Schicksals, wenn man bedenkt, dass ich meine Fähigkeit, mit Tieren zu sprechen, überhaupt erst dadurch erlangt hatte. Allerdings versuchte ich, mich nicht zu sehr mit meiner Nahtoderfahrung zu beschäftigen. Ethel Fultons Tod hatte jetzt Vorrang.

Auf dem Nachhauseweg hielt ich noch schnell beim örtlichen Second-Hand-Laden an, um mir ein passendes Traueroutfit zu besorgen. Ich fand auch eine übergroße Umhängetasche, die mir für den abendlichen Einsatz perfekt erschien. Obwohl deren hellbraunes und schwarzes Korbdesign ein wenig nach Sommer, Sonne und Strand aussah, würde sie Octocats pelzigen Körper perfekt verbergen und es mir so ermöglichen, ihn unbemerkt in das Bestattungsinstitut hinein und auch wieder dort hinauszuschmuggeln.

„Das Teil stinkt", beschwerte er sich und zuckte mit dem Schwanz, als ich ihm kurze Zeit später meine Idee präsentierte.

Obwohl ich beinahe damit gerechnet hatte, dass ich meinem verwöhnten Katzenfreund diese gebrauchte Tasche nicht leicht würde verkaufen können, runzelte ich enttäuscht die Stirn. „Wenn dir nichts Besseres einfällt, befürchte ich, dass wir unseren Plan vergessen können."

„Ich wurde zur Testamentseröffnung eingeladen; warum nicht auch zur Trauerfeier?" Seine Oberlippe zitterte und er stieß ein klägliches, schwaches, wimmerndes Geräusch aus. Das erweckte mein Mitleid, auch wenn es nichts schaden konnte, wenn sein Ego mal ein paar Schrammen abbekam.

„Tja, ich habe die Regeln nicht gemacht", erklärte ich. „Es ist zwar eine öffentliche Veranstaltung, was bedeutet, dass so ziemlich jeder willkommen ist, aber trotzdem befürchte ich, dass sie uns beide rausschmeißen könnten, wenn sie dich erblicken. Das ist nun mal eine normale, menschliche Reaktion, wenn eine Katze an einem öffentlichen Ort auftaucht, zudem noch eine, die aufgrund einer ganz simplen Autofahrt komplett neben sich steht."

Jetzt hatte ich ihn wütend gemacht, aber immerhin besser als traurig, fand ich.

„Du hast doch selbst gesagt, ich hätte mich schon gebessert", erinnerte er mich knurrend.

Stimmt, das hatte ich ihm vorgestern auf dem Heimweg von Ethels Anwesen bestätigt, aber es war nur eine höfliche, kleine Lüge gewesen, um ihn aufzubauen.

„Ja, das ist richtig", bestätigte ich, war allerdings nicht bereit, ihm jetzt auch noch die Feinheiten menschlicher Umgangsformen zu erklären, da uns die Zeit davonlief.

Also ließ ich ihn erst mal schmollen und zog mir mein neu erworbenes Outfit an. Ob es nun sarkastisch gemeint war oder nicht – Bethany hatte absolut recht damit, dass der Kleiderkreisel eine großartige Adresse war, um Sachen innerhalb meines Budgets zu finden. Das neue, schwarze Kleid reichte bis knapp unters Knie und konnte sowohl auf einer Cocktail-Party wie auch zu einer Beerdigung getragen werden.

„Lass uns gehen", sagte ich, eilte zurück ins Wohnzimmer und deutete auf den geflochtenen Korb.

Octocat riss entsetzt die Augen auf. „Ich muss doch nicht gleich da hinein, oder? Kann ich nicht wenigstens warten, bis wir in der Leichenhalle angekommen sind?"

„Auf keinen Fall! Ich will kein Risiko eingehen." Mit diesen

Worten stützte ich eine Hand in die Hüfte; mit der anderen hielt ich die Tasche auf. „Rein mit dir!"

Zwar zischte und knurrte er, gab aber dann doch klein bei.

„Braves Kätzchen", lobte ich ihn.

Erneut zischte es aus dem Beutel zu mir herauf. „Ich habe dich gewarnt, was diese Bezeichnung anbelangt."

„Ja, schon gut", murmelte ich, zog die Haustür hinter mir zu und schloss ab. „Aber immerhin hast du auch schon auf mein Bett gekotzt, also dachte ich, ich dürfte mich dafür revanchieren."

„Da hast du falsch gedacht", entgegnete er, streckte seinen Kopf aus der Tasche heraus und schaute mich finster an.

Lachend stellte ich seinen provisorischen Träger auf den Boden des Beifahrersitzes und fuhr los. Ein- oder zweimal versuchte er, aus der Tasche in den sicheren Hafen meines Schoßes zu flüchten, aber jedes Mal gelang es mir, ihn zurück in sein Versteck zu drücken.

„Ich hasse dich abgrundtief", knurrte er, nachdem wir endlich angekommen waren.

„Psst", warnte ich ihn. „Niemand darf wissen, dass du hier bist."

Glücklicherweise ermöglichte ihm die Webart der Tasche ein wenig Überblick, ohne dass man ihn selbst darin erahnen konnte. So sehr ich den Mörder auch dingfest machen wollte, fand ich auch, dass Octocat es verdient hatte, Ethel die letzte Ehre zu erweisen. Immerhin war sie ihm sein ganzes Leben lang eine treue Begleiterin gewesen und ich wusste, wie sehr er sie vermisste.

„Denk immer an unseren Plan", murmelte ich, ohne meine Lippen zu bewegen. Womöglich lag mein über all die Jahre verborgenes Talent ja in der Bauchrednerei – damit sollte ich mich auf jeden Fall später noch genauer befassen.

„Wenn du jemanden siehst – oder, ähm, riechst –, der auf der Abendparty war", fuhr ich fort, „fahr mit deinen Krallen durch den Stoff und tippe mir auf den Arm. Und vergiss nicht, dass dies das einzige Mal ist, dass ich dir die Erlaubnis gebe, mich zu kratzen."

„Gebongt. Jetzt aber lass uns bitte dies hier hinter uns bringen. Das Teil stinkt widerlich." Er war nicht der Einzige, der lieber zu Hause sein wollte, aber anscheinend musste ich jetzt für uns beide stark sein.

Ich hievte die Tasche weiter auf meine Schulter und schritt mit einer Zuversicht vorwärts, die niemand bei jemandem, der heimlich eine sprechende Katze in seiner Tasche versteckt hielt, vermutet hätte. Kaum waren wir eingetreten, starrte mich bereits die erste vertraute, faltige Visage an und ich bekam Gänsehaut, vor allem nach dem, was Brad mir über ihren Wutanfall bei der Testamentseröffnung erzählt hatte.

„Sie kenne ich doch", sagte ich und ging auf sie zu. „Wie war noch mal gleich Ihr Name?"

Sie schaute sich verstohlen um und murmelte: „Anne Fulton".

Genau in diesem Moment bohrte Octocat seine Krallen in das weiche Fleisch unter meinem Arm.

„Autsch", rief ich aus, fing mich dann jedoch schnell wieder, kicherte nervös und sagte: „Ich meinte – Sie kannten Ethel?"

„Sie war meine Tante", entgegnete Anne und bestätigte damit das, was ich bereits wusste.

„Mein herzliches Beileid zu Ihrem Verlust", sagte ich, senkte den Kopf und machte mich schleunigst aus dem Staub. Das Letzte, was ich brauchte, war, den ganzen Abend diese seltsame, launische Einbrecherin an meiner Seite zu haben. Andererseits trafen all diese Dinge auf mich ebenfalls zu. Vielleicht hatten Anne und ich mehr gemeinsam, als ich zuzugeben bereit war.

Die Tasche lastete schwer auf meiner Schulter und brachte mich auf den Gedanken, dass mein tierischer Freund vielleicht von einer Diät profitieren könnte – oder ich von regelmäßigem Krafttraining.

Ohne Skrupel zwängten wir uns zwischen den Gästen hindurch und machten uns auf den Weg zum Sarg.

Dort lag Ethel Fulton auf einem Bett aus hellrosa Seide, ihre kurze Frisur zu einem perfekten Heiligenschein gelockt, ihr Make-up schwer, aber elegant. Zwar hatte ich sie zu Lebzeiten nicht gekannt, aber ihren toten Körper so zur Schau gestellt zu sehen, machte mich irgendwie traurig.

Octocat kratzte mich ein zweites Mal, und es tat verdammt weh. „Ja“, zischte ich leise, „Ethel war natürlich auch auf ihrer eigenen Dinner-Party, das ist mir schon klar.”

Er stieß ein leises Knurren aus und murmelte nur: „Gefahr von hinten“.

Ich drehte mich herum, widerstand dem Drang, meinen Arm auf kleine, blutige Striemen zu untersuchen und sah mich Diane gegenüber, die ein einfaches, schwarzes Etuikleid mit einem dezenten, dazu passenden Pillbox-Hut trug.

„Oh Angie“, rief sie und fiel mir so schnell um den Hals, dass mir beinahe die Tasche von der Schulter gerutscht wäre. „Was bin ich froh, ein freundliches Gesicht zu sehen.“

Eine gefühlte Ewigkeit klammerte sie sich an mir fest, schluchzte und erzählte von all den guten Zeiten, die sie mit Ethel erlebt hatte. „Als ich eine junge Braut war, nahm mich Ethel unter ihre Fittiche und brachte mir alles bei, was ich wissen musste, um ein gutes Heim zu führen und meinen Mann glücklich zu machen.“ Erneut brach sie in hysterischen Schluchzen aus. „Oh, du hast bestimmt gerade im Moment keinen Nerv für so etwas.“

„Na, na“, sagte ich, klopfte ihr beruhigend auf den Rücken und betete, sie würde endlich von mir ablassen.

Urplötzlich verkrampfte sie sich in meinen Armen und riss sich los, als hätte sie sich verbrannt – oder einen Stromschlag abgekommen.

Als ich mich ebenfalls umwandte, um nach der Ursache für ihr merkwürdiges Verhalten zu forschen, entdeckte ich am Eingang des Beerdigungsinstituts Mr. Fulton. Dicht neben ihm stand Bethany.

„Ich muss gehen", schluchzte Diane und flüchtete, noch bevor ich die Chance hatte, sie aufzuhalten.

Sofort flammten wieder die Visionen des purpurnen BHs in seinem Büro vor meinen Augen auf. Jetzt, da ich genauer darüber nachdachte, war ich mir sogar ziemlich sicher, dass er Bethanys Größe gehabt hatte. Angewidert beobachtete ich, wie unser Chef ihr die Hand auf den Rücken legte und sie in Richtung des offenen Sarges führte, wobei sie ihre Intimität für alle offen zur Schau stellten.

Oh, arme Diane!

Sie war gekommen, um sich von einer geliebten Verwandten zu verabschieden und ihr Mann stellte sie vor versammelter Mannschaft bloß.

Wartend blieb ich neben dem Sarg stehen und fragte mich, ob sie überhaupt versuchen würden, ihr Verhalten zu rechtfertigen. Octocat steckte seine Krallen durch das Geflecht des Beutels und grub diese winzigen Nagelspitzen erneut tief in mich hinein, um mich auf die Tatsache aufmerksam machte, dass Mr. Fulton in der Mordnacht tatsächlich anwesend war.

Damit hatten wir schon mal drei der fünf Gäste identifiziert. Anne hatte er bereits ausgeschlossen und Diane zu verdächtigen, stand für mich außer Frage. Damit beschränkte sich der Kreis der Verdächtigen auf genau drei Personen. Entweder Mr. Fulton oder einer der verbliebenen, mysteriösen Besucher hatte die Tat begangen – und es sah immer mehr danach aus, als ob er unser Mann wäre.

„Angie“, begrüßte er mich mit einem traurigen Lächeln und ließ von Bethanys Rücken ab, als er sich mir näherte. „Vielen Dank, dass Sie gekommen sind, um meiner Tante die letzte Ehre zu erweisen.“

Bethany nickte kurz, sagte aber nichts.

„Das war doch das Mindeste, was ich tun konnte“, sagte ich, ohne zu wissen, was ich damit eigentlich meinte.

Trotzdem wurden meine Worte anscheinend gut aufgenommen.

„Sie war so eine besondere Dame“, sagte Fulton mit einem Seufzer, „fast wie eine zweite Mutter. Es fällt mir wahnsinnig schwer zu akzeptieren, dass sie von uns gegangen ist.“

Seine Stimme brach, und Bethany tätschelte ihm tröstend den Arm, was mich nur noch wütender machte.

Als beide sich dem offenen Sarg zuwandten, entschuldigte ich mich eilig und ging davon, bevor ich noch etwas sagte, was uns allen hinterher leidtäte. Octocat tippte mich erneut an, während ich an den anderen Anwesenden vorbei zur Tür stürmte, aber es war mir egal, wen er mir zeigen wollte.

Ich hatte bereits alle Beweise, die ich brauchte, um zu wissen, dass Mr. Fulton sich mindestens zweier unverzeihlicher Verbrechen schuldig gemacht hatte.

13

Eine Hand auf meiner Schulter hielt mich zurück, noch bevor ich mir den Weg über den Parkplatz bahnen konnte. Ich wirbelte herum und sah mich Bethany gegenüber … ausgerechnet.

„Was willst du?“, knurrte ich sie an und machte mir nicht mal die Mühe, meine Abscheu zu verbergen.

Ihr feines, blondes Haar war vom Wind zerzaust und sie hatte die Lippen so fest aufeinandergepresst, dass man anstatt des Mundes nur noch einen Strich sah. Noch nie zuvor hatte ich sie so verwundbar – oder so feminin – erlebt. „Ich wollte nur sicherstellen, dass es dir gut geht. Du machtest da drinnen den Eindruck, als würde dir gleich schlecht werden. Hast du noch nie zuvor einen Toten gesehen?“

„Doch, das habe ich“, fauchte ich sie an. „Was ich allerdings noch nicht gesehen habe, ist, dass mein Chef seine Geliebte so öffentlich präsentiert, und das auch noch zum denkbar schlechtesten Zeitpunkt.“

Bethany schnappte nach Luft und machte einen Schritt rückwärts. „Geliebte? Du kannst doch unmöglich annehmen …“

„Was sollte ich denn sonst annehmen?”, verlangte ich zu wissen und hoffte, sie würde mir eine vernünftige Erklärung dafür liefern. Bis zu dieser kürzlichen Wendung der Ereignisse hatte ich wirklich gerne für Fulton, Thompson und Partner gearbeitet. Jetzt jedoch würde ich Fulton oder Bethany nie wieder gegenübertreten können, ohne nicht sofort an diesen schrecklichen lila BH denken zu müssen, oder an seine Hand auf ihrem Rücken und – *oh ja* – den Mord an einer süßen, alten Dame, die es definitiv nicht verdient hatte.

Bethany runzelte nur die Stirn und schüttelte den Kopf. „Eigentlich hätte ich angenommen, dass du mich mittlerweile besser kennen würdest, Angie.“ Sie sah beinahe so aus, als würde sie jeden Moment in Tränen ausbrechen. Wer war diese zerbrechliche Frau, die da vor mir stand, und warum war sie plötzlich so anders als der Büro-Hai, der jeden rücksichtslos zerfleischen würde, nur um weiterzukommen?

„Ich kenne dich überhaupt nicht, und Mr. Fulton anscheinend auch nicht sehr gut.” Verbittert lachte ich auf. „Ihr beide habt das wirklich gekonnt versteckt. Ich hatte nicht die geringste Ahnung, bis ich heute früher ins Büro kam und euch beide allein dort vorfand. Und dann war da noch dieser BH …“

„Ein BH?“, fragte Bethany laut, murmelte dann jedoch noch etwas vor sich hin, dass ich nicht richtig verstand. Vielleicht würde sie jetzt, wo sie erkannte, dass sie erwischt worden war, endlich mit der Wahrheit herausrücken.

Ich verschränke die Arme vor der Brust und blicke sie herausfordernd an. „Ganz genau, und zwar *dein*er.“

„Wow.“ Sie starrte mich an, ohne mit der Wimper zu zucken.

„Nur wow – mehr hast du nicht dazu zu sagen? Hast du allen Ernstes gedacht, niemand würde euch auf die Schliche kommen? Nur weil ich eine kleine Rechtsanwaltsgehilfin bin, bin ich nicht weniger intelligent als all ihr besserwisserischen Anwälte." Plötzlich brach mein gesamter Groll aus mir heraus und alles, was ich über Monate hinweg für mich behalten hatte, um eine positive Arbeitsatmosphäre zu gewährleisten, drängte an die Oberfläche. Allerdings war die Art und Weise, wie Bethany mich gerade beinahe schmerzerfüllt anstarrte, irgendwie ziemlich beunruhigend. Da würde ich mich im Moment fast lieber mit Brad und seinen unausstehlichen Anmachsprüchen auseinandersetzen.

Bethany trat frustriert gegen die Pflastersteine und als sie sie mich nach endlosen Sekunden erneut ansah, war ihr Blick kalt und unnachgiebig. „Ja, und nur weil du eine Frau bist, heißt das noch lange nicht, dass du nicht auch schrecklich sexistisch bist. Es ist eine Sache, wenn ich das von den Jungs zu hören bekomme, aber von dir? Das hätte ich nicht erwartet, Angie."

„Oh, komm mir jetzt bloß nicht mit dem ganzen *Ich bin nicht wütend, nur enttäuscht*-Gerede. Das musste ich mir in meiner Kindheit bereits gefühlt eine Million Male von meiner Großmutter anhören. Und schieb ja nicht die Schuld auf mich, wenn du diejenige bist, die mit einem verheirateten Mann herummacht – der zufälligerweise auch noch unser Chef ist."

Sie versteifte sich, als wolle sie sich gegen den Aufprall wappnen. „Ich habe keine Affäre mit Mr. Fulton", betonte sie mit Nachdruck.

„Na, ich weiß nicht", entgegnete ich achselzuckend, „Da drinnen habt ihr beide einen recht vertrauten Eindruck auf mich gemacht."

Sie warf einen zaghaften Blick über die Schulter. „Das war etwas anderes."

„Ja, klar", grinste ich und hob sarkastisch die Daumen hoch.

Normalerweise war ich keine streitsüchtige Person, aber aus irgendeinem Grund ging sie mir total auf die Nerven, besonders an solch einem Tag wie heute, wo die Trauerfeier stattfand und die Emotionen eh schon hochkochten.

„Ist es aber", beharrte sie mit zusammengebissenen Zähnen. „Du verstehst das nicht."

„Oh doch, ich verstehe das nur zu gut", brüllte ich sie an. Es gab nichts, was ich mehr hasste, als herablassend behandelt zu werden – nun, außer vielleicht Mord und Ehebruch.

„Nein, tust du nicht", schrie sie zurück und senkte ihre Stimme dann um einige Nuancen. „Und hör endlich auf, hier so eine Szene zu machen."

Was sie anscheinend nicht verstand, war, dass mich das nicht im Geringsten tangierte. Um Himmels willen, ich wurde von einer pensionierten Bühnenschauspielerin aufgezogen, da gehörten derartige Auftritte und Ausbrüche schon fast zum guten Ton – zumindest, solange wir uns dadurch nicht in Schwierigkeiten brachten.

Da Bethany sich anschickte, unseren kleinen Schlagabtausch zu beenden, beschloss ich, ihr die Millionen-Dollar-Frage zu stellen. „Hey, du warst diejenige, die mich vom Gehen abgehalten hat. Aber okay, dann sag mir doch bitte: Wenn ihr zwei keine Affäre habt, was läuft dann zwischen euch?"

Sie schlang die Arme um ihren Oberkörper, blickte zu Boden und murmelte: „Das kann ich dir nicht erzählen, zumindest jetzt noch nicht."

„Wie praktisch", entgegnete ich und schüttelte den Kopf.

Als sie nichts mehr darauf erwiderte, stürmte ich den Rest des Weges über den Parkplatz bis hin zu meinem Wagen und feuerte meine Tasche auf den Beifahrersitz, wobei ich für einen Moment vergaß, dass sich ja Octocat darin versteckt hielt. *Oh-oh.*

„Erlaube mal?“, brüllte er, nachdem er das gleiche schreckliche Geräusch von sich gegeben hatte, mit dem er mich am Morgen zu wecken pflegte. „Einige von uns versuchen, hier nicht unnötigerweise ihr Leben zu lassen.“

Trotz seiner Verärgerung schien er in Ordnung zu sein.

Aber ich? Ich war so aufgebracht, dass meine Hände zitterten und ich knallrot anlief. Ich brauchte dringend einen Moment, um mich zu sammeln, aber Octocat gefiel es offensichtlich nicht, ignoriert zu werden.

„He, hallo, ich rede mit dir!“, schrie er und schlug mit ausgefahrenen Krallen nach meinem Arm, was mich noch wütender machte.

„Kannst du nicht ein einziges Mal die Klappe halten?“, fuhr ich ihn an.

„Wow, welche Laus ist dir denn über die Leber gelaufen?“

„Das trifft es nicht mal annähernd“, sagte ich und schäumte noch immer vor Zorn über diese Konfrontation mit Bethany. Eigentlich wollte ich nur nach Hause, traute mir aber noch nicht zu, sicher zu fahren.

Meine getigerte Nervensäge legte ihre beiden Vorderpfoten auf mein Bein und begann, den Muskel zu kneten, während sie weitersprach. „Passt aber irgendwie. Jetzt, wo du diejenige bist, die mich da mit reingezogen hat, könntest du mich wenigstens ins Bild setzen. Was war das da gerade?“

„*Ich? Dich* mit hineinzogen? So habe ich das aber nicht in Erinnerung.“

„Sinnbildlich gesprochen.“ Er winkte herablassend mit der Pfote und setzte sich wieder auf seinen Sitz. „Wer damit begonnen hat, ist nicht wichtig. Was ich wissen möchte, ist, warum du dich so wegen einer Person aufgeregt hast, die in dieser Nacht nicht mal anwesend war. Hast du kein Interesse mehr daran, Ethels Mörder zu finden?“

Plötzlich floss der ganze Kampf aus mir heraus, als ob Octocat einen Hahn aufgedreht hätte. Ganz egal, wie sehr mir diese Affäre zusetzte – er musste sich zweifellos noch viel schlimmer fühlen, hatte er doch jemanden verloren, der ihm wichtig war. Und ich hatte nichts Besseres zu tun, als auf dieser Trauerfeier einen Affenzirkus zu veranstalten.

„Es tut mir leid", murmelte ich und fühlte mich wie der schlimmste Freund der Welt.

„Hey, ist schon okay. Menschen werden manchmal emotional." Er leckte müßig an seiner Pfote und fügte dann hinzu: „Okay, eher des Öfteren. Aber wir stehen das gemeinsam durch."

Seine Worte waren seltsam tröstend und genau das, was ich jetzt brauchte.

„Okay", sagte ich und atmete zittrig aus. „Okay."

Octocat nickte. „Wir müssen nochmals reingehen", drängte er, „denn wir haben noch nicht alle gefunden, die in jener Nacht beim Essen dabei waren."

„Ich glaube, ich weiß bereits, wer Ethel ermordet hat", gestand ich. „Alles deutet auf Mr. Fulton hin. Der Mann. Mein Chef", erklärte ich ihm, als ich bemerkte, dass er immer noch verwirrt dreinblickte.

Und dann schockierte mich mein tierischer Begleiter mit Worten der Weisheit und Tiefe.

„Pass auf," fing er an, „Er könnte sehr gut derjenige welcher sein, aber das wissen wir erst dann mit Sicherheit, wenn wir die anderen ausschließen können. Es ist so, wie wenn du manchmal denkst, dass Hühnerpastete deine Lieblingsspeise ist, dann aber am nächsten Tag die Lachs- und Garnelenmischung vorgesetzt bekommst, die dir noch viel besser schmeckt. Wenn du dann ein wenig darüber nachdenkst, fällt dir vielleicht auf, dass du vorher vielleicht einfach nur hungriger warst, was den minderwertigen Geschmack des Hühnchens extra lecker erscheinen ließ. Oder aber du dachtest irrtümlicherweise, dass Hühnchen nur deshalb dein Leibgericht wären, weil du all die anderen, wunderbaren Geschmacksrichtungen noch nicht probiert hattest. Kannst du mir folgen?“

Seltsamerweise tat ich das. „Dass Mr. Fulton unsere Lachs- und Garnelenmischung sein könnte, aber genauso gut nur die Hühnerpastete, was wir aber erst erkennen, wenn wir unsere Mahlzeit beendet haben?“

„Ganz genau.“ Seine Augen schienen vor Stolz zu glühen, was aber auch einfach an dem schwindenden Sonnenlicht liegen konnte. „Diese Mahlzeit hat gerade erst begonnen, also solltest du sicherstellen, dass du in deinem Bauch noch etwas Platz lässt.“

„Danke, Octocat. Das habe ich jetzt gebraucht.“

„Und vielleicht musst du danach kurz im Laden vorbeischauen und mir etwas Hühnerpastete besorgen. Ja, schon klar, normalerweise stehe ich nicht so auf Geflügel, aber gerade jetzt verspüre ich einen regelrechten Heißhunger danach.“

Ich kraulte ihn zwischen den Ohren. „Du bist ein guter Kater.”

„Und du ein wirklich guter Mensch, ja, das bist du“, erwiderte er in einem beinahe schon kleinkindhaften Ton, die uns beide lächeln ließ. „Also komm, lass uns wieder hineingehen und schauen, ob wir sonst noch etwas herausfinden können.“

14

Obwohl Octocat mich überreden konnte, nochmals in die Trauerhalle zurückzukehren, waren wir zu spät dran, um noch etwas Sinnvolles bewirken zu können. Die engste Familie und ihre Freunde waren bereits zu einer privaten Feier aufgebrochen, so dass sich nur noch einige entfernte Bekannte und diverse neugierige Sargglotzer im Raum tummelten.

Es war nicht weiter überraschend, dass Bethany ebenfalls verschwunden war, was meinen Verdacht nur noch verstärkte.

So gehörten er und ich zu den letzten, die zurückblieben, was ihm die Gelegenheit gab, heimlich den Kopf aus der Tasche zu stecken und sich von seinem Frauchen zu verabschieden.

„Oh, Ethel“, weinte er ohne eine Spur seiner üblichen, übertriebenen Theatralik. „Du warst mein Ein und Alles und wusstest es nicht mal. Klar, wir hatten gelegentlich unsere Meinungsverschiedenheiten, aber du warst wirklich das Beste, was mir je passieren konnte. Die Welt wird ohne dich nicht mehr so hell sein wie zuvor. Ich werde stets an dich denken, wenn ich Evian trinke oder mich auf einem sonnigen Fleckchen ausstrecke. Ich liebe dich und bin so glücklich, dass du mein Mensch warst."

Mir kamen beinahe die Tränen, während ich diesem herzzerreißenden Abschied lauschte. „Das war wunderschön", sagte ich zu ihm und suchte nach dem Päckchen Taschentücher, das ich vorhin noch eingesteckt hatte, aber leider vergebens.

„Ja", bestätigte er schnüffelnd, und seine Schnurrhaare zuckten.

„Übrigens", fuhr ich fort, während ich ihn vorsichtig wieder in die Tiefen der Tasche zurückschob, „Sie wusste, wie wichtig sie dir war."

„Wie kommst du darauf?", erklang seine gedämpfte Antwort.

„Ich weiß es einfach."

Danach fuhren wir nach Hause, mit einem kurzen Stopp beim Supermarkt, um frische Garnelen für unser Abendessen zu besorgen. Octocat hatte sich zusammengerissen, was mir weniger gut gelungen war; von daher hatte er sich diese besondere Leckerei mehr als verdient. Da ich mir nicht vorstellen konnte, solch ein Festmahl zuzubereiten, ohne mir selbst ebenfalls etwas davon zu gönnen, kaufte ich eine ausreichend große Menge, die für uns beide reichen sollte.

Mein getigerter Freund aß nicht so viel wie sonst, was mich irgendwie beunruhigte. „Alles okay mit dem Abendessen?", fragte ich und betrachtete misstrauisch den Bissen auf meiner Gabel. Spürte er womöglich etwas, das mir nicht auffiel? Kurzzeitig huschten meine Gedanken zurück zu dem Geruch des Geschirrs in Ethels Küche und meinem missglückten Versuch, Gift daran auszumachen.

Er seufzte. „Ich vermisse einfach Ethel."

„Natürlich tust du das, und es tut mir leid, dass du sie so sehen musstest."

„Es ist nur …“ Er schniefte und trommelte mit seinen Tatzen unruhig auf dem Tisch herum. „Es ist einfach so, dass ich dachte, wir würden für immer zusammenbleiben, und dann war sie plötzlich fort.“

„So läuft das manchmal im Leben“, gab ich zu, und obwohl ich dieses akute Gefühl von Verlust noch nie am eigenen Leib erfahren musste, hoffte ich, ihm trotz alledem Trost spenden zu können.

„Wenn du möchtest, könnte ich vielleicht ja …“ Ich zögerte, als etwas Neues und komplett Unerwartetes mich zu überrollen drohte.

„Ja?“, fragte er traurig, als ich meinen Satz nicht beendete.

„Möglicherweise, wenn all das hier ausgestanden ist … ich weiß nicht …“

Sprich es doch einfach aus!

„Könntest du dir vorstellen, dass ich dein neuer Mensch werde?“

Er riss überrascht die Augen auf und stieß ein grollendes Schnurren aus. „Das wäre schön“, entgegnete er. „Ich meine, zumindest viel besser, als mich wieder an jemand Neues gewöhnen zu müssen.“ Dann senkte er den Kopf und knabberte an der größten und saftigsten Garnele, die ich ihm vorgesetzt hatte und bemerkte nicht die Tränen, die mir aus den Augenwinkeln quollen.

Was sollte ich sagen?

Dieser widerspenstige Kater war mir in den letzten Tagen wirklich ans Herz gewachsen. Vielleicht war ich doch ein Katzenfreund.

* * *

Am nächsten Morgen wachte ich auf, noch bevor Octocat mich wecken konnte, und fühlte mich, kaum zu glauben, erfrischt und bereit, es mit dem Tag aufzunehmen. Es war eine so drastische Veränderung dem gegenüber, wie ich mich beim Zubettgehen gefühlt hatte, dass es nichts anderes bedeuten konnte, als dass irgendjemand dort oben mir ein Geschenk machen wollte.

Aber anstatt es in Frage zu stellen, beschloss ich, es einfach weiterzugeben.

„Ich habe etwas für dich“, sagte ich zu Octocat, nachdem er sein Frühstück beendet hatte.

„Hoffentlich nicht wieder so eine übelriechende Tasche“, beschwerte er sich, aber ich spürte seine Aufregung. Etwas an dem Zucken seines Schwanzes und der Keckheit, mit der er mir in Richtung Schlafzimmer folgte, ließ darauf schließen, dass er heute ebenso guter Laune zu sein schien wie ich. Vielleicht war es darauf zurückzuführen, dass wir gestern Abend bei unserem gemeinsamen Krabbenessen endlich zueinander gefunden hatten.

„Spring rauf“, forderte ich ihn auf, während ich auf dem Bett Platz nahm und in meinem Nachttisch herumwühlte.

Er gesellte sich zu mir, tapste über meinen Schoß und steckte seine Nase misstrauisch in die Schublade.

Als ich das Teil herauszog, nach dem ich gesucht hatte, machte er einen Satz rückwärts. „Was ist das denn?“, fragte er und atmete einige Male panisch ein und aus.

„Das ist mein iPad“, erklärte ich, drückte den Einschaltknopf, um den Bildschirm zum Leben zu erwecken und legte es dann zwischen uns aufs Bett. „Und jetzt gehört es dir.“

„Es glänzt wunderschön“, kommentierte er und beschnüffelte es zögerlich.

Ich nickte begeistert. „Ja, und ich denke, es wird dir gefallen, was man alles damit anstellen kann.“

„Oh?“ Jetzt hatte ich sein Interesse geweckt.

„Ich vermute mal, dass Ethel so etwas nicht hatte“, sagte ich und bemühte mich in höchsten Tönen, es ihm schmackhaft zu machen.

Er schüttelte den Kopf.

„Wir können darauf Apps für dich installieren, mit denen du spielen kannst, wenn dir langweilig ist, wie etwa ein virtuelles Aquarium oder eine Tastatur oder sogar das Radio ... Aber der Hauptgrund, warum ich es dir gebe, ist FaceTime."

„FaceTime?" Er lachte, nachdem er das Wort laut wiederholt hatte. „Was ist denn das für ein seltsamer Name?"

„Stimmt, aber da es iPhone bereits gab, mussten sie sich etwas anderes einfallen lassen, wie sie diese App benennen konnten. Schau." Ich zog mein Handy aus der Tasche und rief das Tablet über FaceTime an.

Octocat klopfte interessiert mit dem Schwanz, während er mich beobachtete, wie ich den Anruf annahm. „Oha", murmelte er ehrfürchtig, als mein Gesicht auf dem Bildschirm auftauchte, gefolgt von seinem eigenen, sobald ich das Telefon mit der Kamera auf ihn richtete.

„Cool, oder?", schwärmte ich. Ich liebte es genauso, anderen neue Dinge beizubringen, wie selbst etwas zu lernen.

„Was kann es sonst noch?", fragte er und drehte sich aufgeregt im Kreis, bevor er sich erneut vor dem Gerät niederließ.

„Ich weiß, dass du mich vermisst, während ich tagsüber im Büro bin, also dachte ich mir, wir könnten dieses System nutzen, um immer mal wieder kurz miteinander zu reden", erklärte ich mit einem einschmeichelnden Lächeln, nur für den Fall, dass er vorhatte, diesen Punkt zu bestreiten. Zu meiner Überraschung tat er das nicht.

Mein iPad war Teil von Großmutters Familiennetzwerk, während mein Telefon von Fulton, Thompson und Partner finanziert wurde, wodurch ich glücklicherweise zwei separate Nummern hatte. Bisher empfand ich das stets als lästig, aber jetzt, wo meine sprechende Katze eine eigene Leitung brauchte, war es ein großer Vorteil.

Ich saß etwa eine halbe Stunde mit ihm zusammen und brachte ihm bei, wie er das Gerät entsperren, auf die FaceTime-App klicken und mein Foto auswählen konnte, um die Verbindung zu mir aufzubauen. Dann rief auch ich ihn probeweise ein paar Mal an, damit er verstand, wie er mit der Pfote auf den Bildschirm tappen musste, um zu antworten.

Er meisterte sämtliche Schritte mit Bravour.

Wer sagte denn, dass Katzen nicht lernfähig wären?

Als ich los musste zur Arbeit, beschäftigte er sich bereits mit einer Koi-Fisch-App, die er ganz allein ausgewählt hatte. Zwar beherrschte er das Spiel nicht wirklich, aber es schien ihm Spaß zu machen, die Fische über den Bildschirm zu jagen.

Also überließ ich ihn sich selbst und ging in die Firma, um zu sehen, was ich heute sonst noch herausfinden konnte.

Wie sich herausstellte, war es nicht allzu viel. Mr. Thompson hatte Derek mit zum Gericht genommen, Bethany weigerte sich, auch nur ein einziges Wort mit mir zu sprechen und was Brad betraf, so zog ich es generell vor, ihm aus dem Weg zu gehen. Damit blieben nur ein paar unserer weniger gesprächigen Mitarbeiter, Mr. Fulton und ich übrig.

Mein Chef schien heute viel gelassener zu sein als zu Beginn der Woche und ich fragte mich, ob er und Diane sich wohl wieder versöhnt hatten. Außerdem hätte ich nur zu gerne gewusst, ob Bethany ihm von unserem hitzigen Wortwechsel gestern Abend auf dem Parkplatz erzählt hatte, aber selbst wenn, ließ er es sich nicht anmerken, dass ich ihn einer unappetitlichen Affäre bezichtigte.

Er näherte sich meinem Schreibtisch und räusperte sich. „Angie“, sprach er mich an, und seine Lippen waren zu einem festen Strich zusammengepresst, „Sie müssten heute ein ganz spezielles Projekt für mich erledigen."

Ich schaute von meiner Tastatur auf und nickte. „Klar. Was kann ich für Sie tun?"

Er klopfte mit den Fingern auf die Kante meines Schreibtisches und wir beobachteten beide seine Hand, während er weitersprach.

„Ich möchte, dass Sie nach Präzedenzfällen suchen, in denen Testamente angefochten wurden, weil die Garanten zum Zeitpunkt der Unterzeichnung unzurechnungsfähig waren. Welche Argumente hatten sie? Was geschah mit dem Nachlass, nachdem der ursprüngliche Letzte Wille verworfen wurde? Wie lange dauerte es in der Regel, bis diese Fälle geklärt waren?"

Er hielt inne, steckte beide Hände in die Hosentaschen und warf einen schnellen Blick über seine Schulter, bevor er fortfuhr.

„Aber vorher – könnten Sie, ähm, noch schnell eine Petition für mich durchsehen und sie dann per Kurier rausschicken? Ich würde sie gerne heute noch auf den Weg bringen."

„Ja, selbstverständlich", antwortete ich, ohne zu zögern.

Ein breites Lächeln überzog sein Gesicht. „Großartig. Das wäre mir eine große Hilfe. Ich schicke Ihnen den Antrag in Kürze per E-Mail." Mit diesen Worten machte er kehrt und ging sichtlich erleichtert zurück in sein Büro.

Es dauerte kaum eine Minute, bis das Dokument in meinem Posteingang auftauchte. Neugierig klickte ich darauf, um den Anhang herunterzuladen.

Es war ein Scheidungsantrag –

seine Scheidung von Diane.

15

Nachdem ich die Papiere kurz durchgegangen war, schlich ich mit auf die Toilette und rief Octocat an. Es brauchte zwei Versuche, bevor er antwortete, und als ich ihn endlich dran hatte, blieb der Bildschirm schwarz.

„Hallo?", rief ich und fragte mich, ob etwas mit der Verbindung nicht stimmte.

„Hallo", antwortete er, seine Stimme klang laut, klar und voller Stolz. „Ich habe es geschafft!"

Ich starrte auf das Display, hatte aber nach wie vor kein Bild von ihm. „Warum kann ich denn nicht sehen?"

„Keine Ahnung,", entgegnete er verwirrt, „ich sitze doch direkt auf dem Teil drauf!"

Okay, das erklärte alles. Ich würde ihn heute Abend nochmals sanft darauf hinweisen müssen, wie die Kamera funktionierte. Im Moment allerdings war ich viel zu aufgeregt angesichts der neuen Erkenntnisse, die ich mitzuteilen hatte und zog es daher vor, keine langwierige Diskussion über die richtige iPad-Nutzung für Katzen anzufangen.

Also senkte ich meine Stimme zu einem Flüstern, um ganz sicher zu gehen, dass niemand sonst im Gebäude mich hören konnte. „Mr. Fulton reicht die Scheidung ein, und außerdem lässt er mich einen Haufen alter Fälle recherchieren, die mit der Anfechtung von Testamenten zu tun haben. Ich glaube, er könnte doch unsere Garnelen-Lachs-Mischung sein."

„Was soll das denn bedeuten?", fragte Octocat ohne den geringsten Hauch von Ironie in seiner Stimme. Hatte er tatsächlich seine eigene Metapher vergessen?

„Gestern hast du doch ..." *Egal.* Darüber wollte ich jetzt nicht sprechen, nicht, wenn es viel wichtigere Dinge zu diskutieren galt. Nicht, wenn sich eh schon eine massive Migräne anzukündigen drohte.

„Sag mir einfach", begann ich, entschlossen, das Beste aus diesem Anruf zu machen, „was glaubst du, hat das zu bedeuten?"

Er ließ ein lautes und langes Gähnen vernehmen. „Du hast recht, dass ihn das schuldig erscheinen lässt. Mr. Fulton, *hmm* ... Wer war das gleich wieder?"

Ich seufzte und massierte mir die Schläfen. Die Migräne manifestierte sich. „Ich werde ihn dir auf der Beerdigung nochmals zeigen, okay?", bot ich an.

„Klar." Er gähnte erneut. „Und wann ist die gleich wieder?"

So allmählich begann ich, mir ernsthaft Sorgen um ihn zu machen. Es war, als hätte mein Kater über Nacht seinen kompletten Verstand verloren. „Hey, ähm, bist du okay?"

„Ich bin gerade erst von einem Nickerchen aufgewacht und stehe noch etwas neben mir", gestand er, „und je länger wir reden, desto wärmer wird dieses Ding. Das macht mich gleich wieder schläfrig.“

Das passiert, wenn man sich auf sein iPad setzt, dachte ich. „Okay, dann lasse ich dich jetzt in Ruhe. Genieße dein Schläfchen.“

„Oh, das werde ich“, versicherte er mir noch, kurz bevor ich den Anruf beendete.

Nun, das hatte nichts gebracht, außer vielleicht den Beweis, dass FaceTime mit etwas mehr Übung von Octocats Seite aus möglicherweise als Kommunikationsmittel zwischen uns funktionieren könnte.

Ich wusch mir die Hände und ging dann zurück ins Hauptbüro.

Mr. Fulton wartete direkt vor der Tür. „Sind Sie schon durch mit der Petition?“, fragte er nervös.

„Fast fertig”, versprach ich.

„Gut.“ Er nickte, runzelte aber nach wie vor die Stirn. „Und ich brauche auch die Ergebnisse Ihrer Nachforschung so schnell wie möglich.“

„Kommt sofort.“ Er sah aus, als wollte er noch etwas sagen, also blieb ich unbeholfen neben ihm stehen und wartete, bis er seine Gedanken gesammelt hatte.

Dabei betrachtete er mich nach wie vor stirnrunzelnd, was ich nicht persönlich zu nehmen versuchte. Obwohl ich dabei war, ihn des Mordes zu überführen, würde ich mich weiterhin professionell verhalten.

„Ich werde heute früher gehen und plane, den morgigen Tag wie auch den Montag freizunehmen, um persönliche Angelegenheiten zu regeln“, informierte er mich mit einem abweisenden Nicken.

Ging es um seine Geliebte? Ich verschluckte mich beinahe an seiner Wortwahl, schaffte es aber, mich zusammenzureißen und zu sagen: „Okay, ich lege alles andere auf Eis, bis ich das für Sie erledigt habe."

Endlich veränderte sich auch sein Gesichtsausdruck; die Verärgerung verschwand und machte etwas Neutralerem Platz. Zwar war es noch immer kein Lächeln, aber ging zumindest schon mal in diese Richtung. „Gut. „Vielen Dank, Angie. Dann bis nächste Woche."

Ich beobachtete, wie er in sein Büro zurückkehrte, die Tür hinter sich zuzog und abschloss. Was könnte er wohl da drinnen verstecken? Und wo wollte er über das lange Wochenende hin?

Kurz dachte ich darüber nach, Octocat erneut anzurufen, aber das arme Fellknäuel brauchte eindeutig seine Ruhe. Trotzdem wollte ich mit jemandem reden. Also ging ich ein großes Risiko ein und machte mich auf den Weg zu Bethanys Büro, in der Hoffnung, dass bereits genug Zeit vergangen war und sie sich wieder beruhigt hatte.

Vorsichtig klopfte ich an ihre Tür und wünschte, ich hätte etwas, dass ich ihr als Friedensgeschenk anbieten könnte. Für den Moment würde meine Entschuldigung genügen müssen.

„Bitte geh weg", rief sie, ohne mir zu öffnen.

„Es tut mir leid wegen gestern", flehte ich in das gebeizte Kirschbaumholz. „Ich hatte gehofft, dass wir darüber sprechen könnten."

Die Tür flog auf und vor mir stand meine immer noch deutlich erzürnte Kollegin. „Was gibt es da zu besprechen?", verlangte sie zu wissen, eine Hand in die Hüfte gestemmt und einen finsteren Ausdruck im Gesicht.

„Ich habe mir einfach Sorgen um dich gemacht und wollte nachfragen, ob du vielleicht reden möchtest." Das zumindest stimmte schon mal, und wenn sie mit einem Mörder verkehrte, sollte sie das unbedingt erfahren. So sehr mir Bethany auch manchmal auf die

Nerven ging, hatte ich sie doch lieber auf meiner Seite als gegen mich.

„Nein danke“, antwortete sie und versuchte, mir die Tür vor der Nase zuzuknallen.

Gerade noch rechtzeitig schaffte ich es, meinen Fuß dazwischenzuklemmen. „Bitte gib mir nur zwei Minuten“, bettelte ich.

„Also gut.“ Sie zog sich in die Sicherheit ihres Schreibtisches zurück und musterte mich mit stechendem Blick.

Ich schloss die Tür hinter mir und näherte mich langsam.

„Die Zeit läuft“, erinnerte sie mich und zeigte auf ihr Handgelenk, obwohl sie, seit ich sie kenne, noch nie eine Armbanduhr getragen hatte.

„Okay, ich weiß nicht, was zwischen dir und Mr. Fulton läuft, aber ich mache mir Sorgen um dich“, begann ich.

Sie stieß einen Seufzer aus, der so heftig war, dass er einige der Papiere auf ihrem Schreibtisch herumwirbelte. „Nicht schon wieder diese Leier.“

„Bethany, hör mir bitte zu. Ich habe Grund zu der Annahme, dass er gefährlich ist.“

Sie schüttelte den Kopf. „Das ist doch lächerlich! Mr. Fulton ist einer der ehrlichsten Menschen, die ich kenne.“

„Er hat sich für einige Tage freigenommen“, platzte ich heraus. Es war definitiv ein für ihn ungewöhnliches Verhalten. Normalerweise arbeitete er selbst die Wochenenden durch und mich interessierte einfach, was hinter diesem plötzlichen Sinneswandel steckte. „Weißt du warum?”

„Keine Ahnung – vielleicht trauert er? Warum kannst du den armen Mann nicht einfach in Ruhe lassen? Und mich bitte ebenfalls. Übrigens, deine Zeit ist um.“

„Wie? Aber wir haben doch noch gar nicht richtig miteinander gesprochen“, protestierte ich.

„Das ist mein Büro“, sagte sie, erhob sich von ihrem Stuhl und marschierte in Richtung Tür. „Ich entscheide, wer hier willkommen ist und wer nicht, und du bist es im Moment definitiv nicht.“

Ich gab mich geschlagen und folgte ihr. „Sei einfach vorsichtig, okay?“, bat ich sie und trat in den Flur hinaus.

„Klar, was auch immer“, entgegnete Bethany, zog eine Grimasse und legte zögernd die Hand auf den Knauf. Noch hatte sie mich nicht ausgeschlossen.

Dann biss sie sich auf die Unterlippe und musterte mich einen Moment lang intensiv, bevor sie vorschlug: „Ich denke, du solltest bezüglich dieses ominösen BHs, den du gestern erwähnt hast, mit Brad sprechen. Ich habe zufällig mitbekommen, wie er Derek gegenüber mit einer Eroberung nach Feierabend geprahlt hat, und – nun ja, ich bin mir sicher, dass er dir nur zu gerne den Rest erzählen wird.“

Mit diesen Worten schlug sie mir die Tür vor der Nase zu, dieses Mal allerdings etwas sanfter. Wir schienen Fortschritte zu machen. Ich entschied mich, ihren Rat zu befolgen und ging als Nächstes zu Brads Büro.

Leider war heute kein Derek anwesend, der als Puffer gedient hätte, denn normalerweise war er der Einzige, der Brad auch nur annähernd unter Kontrolle halten konnte. Dennoch brauchte ich Antworten, und zwar lieber früher als später.

„Was geht ab, Zuckerpüppchen?“, fragte er, als ich die Tür hinter mir schloss.

„Zuckerpüppchen? Ach tatsächlich?“ Ich schauderte. Erstens war dieser Kosename schon seit Jahrzehnten nicht mehr in, und zweitens für eine Bürobekanntschaft absolut ungeeignet.

„Wie? Gefiele es dir besser, wenn ich dich einfach nur Knackarsch nenne?“ Er starrte mit weit aufgerissenen Augen auf meinen Hintern, was anscheinend ein Kompliment sein sollte. *Widerlich.*

„Was ich möchte, ist, dass du mich bei meinem Namen nennst, und ausschließlich bei meinem Namen“, stieß ich hervor und riss mich zusammen, um ihm keine Ohrfeige zu verpassen – zumindest nicht, bevor ich das aus ihm herausgekitzelt hatte, weswegen ich gekommen war. „Ich heiße übrigens Angie.“

„Okay, Angie“, entgegnete er spitz und grinste mich an. „Was kann ich für dich tun?“

Ich beschloss, direkt auf den Punkt zu kommen, damit ich so wenig Zeit wie nötig allein mit diesem schmierigen Typen verbringen musste. „Was weißt du über den violetten Spitzen-BH, den ich gestern in Mr. Fultons Büro gefunden habe?“

Sein widerwärtiges Lächeln wurde noch breiter. „Du hast davon gehört, oder?“

„Ich habe ihn *gesehen* “, sagte ich und erschauderte erneut, er jedoch schmunzelte nur. „Komm schon, bloß kein Neid. Es ist genug Brad für euch alle da.“

„Also *war* es deiner“, entfuhr es mir.

„Nicht direkt meiner, aber …“ Er bedachte mich mit einem gruseligen Grinsen, während er nach den richtigen Worten suchte. „Der einer Freundin“, beendete er schließlich seinen Satz.

„Wenn er einer Freundin gehört, was hatte er dann in Mr. Fultons Büro zu suchen?“, verlangte ich zu wissen.

Er zuckte beiläufig mit den Schultern. „Meine Freundin hat möglicherweise angenommen, ich wäre hier der Juniorpartner.“

„Und warum sollte sie so etwas annehmen?“

Er seufzte und schüttelte den Kopf. „Komm schon, Angie. Muss ich noch deutlicher werden?"

Igitt, bloß nicht. „Weiß Mr. Fulton darüber Bescheid?"

Er räusperte sich. „Natürlich nicht. Denkst du, ich möchte suspendiert werden?"

„Nein, aber du hättest es verdient, wenn nicht sogar noch Schlimmeres", zischte ich und warf ihm einen letzten, vernichtenden Blick zu, bevor ich aus seinem Büro stürmte.

Endlich hatte die Firma einen mehr als guten Grund, Brad zu feuern, ganz egal wie einflussreich und angesehen sein Vater auch sein mochte. Brad war zweifellos der größte Widerling, dem ich je begegnet war. Man hätte ihn bereits vor Monaten wegen sexueller Belästigung rausschmeißen sollen, aber andererseits war es möglich, dass weder Thompson noch Fulton davon wussten, da sowohl Bethany wie auch ich sein ekelhaftes Verhalten toleriert hatten.

Damit war jetzt allerdings Schluss.

Ich stürmte geradewegs in Fultons Büro und vergaß sogar anzuklopfen.

Er telefonierte in einem rauen, flüsternden Ton. „Es ist mir absolut egal, was es kostet", knurrte er gerade. „Halten Sie es unter Verschluss, zumindest so lange, bis die Scheidung durch ist."

Als unsere Blicke sich trafen, verzerrte sich sein Gesicht kurzzeitig vor Wut, bevor es wieder einen neutralen Ausdruck annahm. Eigentlich hätte ich auf dem Absatz kehrt machen und davonlaufen sollen, aber ich war zu schockiert, als dass ich auch nur einen Muskel hätte bewegen können, so wie ein blödes Reh, das im Licht eines Scheinwerfers gefror.

„Wir sprechen später darüber", flüsterte er ins Telefon. Dann richtete er seine volle Aufmerksamkeit auf mich und setzte das unauthentischste Lächeln auf, das ich je in meinem Leben gesehen hatte. „Angie, sind Sie fertig mit meinem Gesuch?“

„Ja, ich bringe es Ihnen sofort“, log ich und floh aus seinem Büro, so schnell meine Füße mich tragen konnten.

Brads Entlassung würde noch einen Tag warten müssen; im Moment musste ich erst einmal dafür sorgen, dass nicht ich die Nächste auf der Abschussliste war. Zwar würde ich nur zu gerne meinen Job hinschmeißen, wenn ich dadurch meine Selbstachtung behalten würde.

16

Glücklicherweise verließ Mr. Fulton die Firma, kurz nachdem ich den Kurier bestellt hatte, was bedeutete, dass ich vorerst in Sicherheit war. Ich würde auf jeden Fall immer mal wieder über die Schulter schauen, bis er hinter Gittern saß.

Als ich Octocat von dem Anruf erzählte, den ich zufällig mitbekommen hatte, musste sogar er zugeben, dass niemand außer Mr. Fulton für den Mord an Ethel verantwortlich sein konnte.

„Und wenn er bereits einmal getötet hat, wird es für ihn ein Leichtes sein, es wieder zu tun“, fügte er hinzu.

Ich schlotterte vor Angst. „Du hast recht und ich bin mir ziemlich sicher, dass er weiß, dass *ich* weiß.“

„Anhand dessen, was du mir gesagt hast, trifft das wahrscheinlich zu.“ Liebevoll rieb er seinen Kopf an meinem Arm, aber das reichte nicht aus, um mich zu beruhigen. Plötzlich verwandelte sich jeder lauernde Schatten, jedes unerwartete Geräusch in eine

Warnung, dass mein Chef zurückkommen und mich töten könnte, weil ich im Grunde genommen zu gut in meinem Job war. Andererseits sollte ich nur über juristische Präzedenzfälle recherchieren und nicht nach Hinweisen in einem Mordfall suchen.

„Wir müssen weg von hier“, sagte ich, und Panik machte sich in mir breit.

Octocat schaute mich mit großen, bernsteinfarbenen Augen an und nickte verständnisvoll. „Wohin? In Ethels Haus?“

„Nein, verdammt!“, brüllte ich ihn an. „Wir fahren zu meiner Großmutter.“

Also packte ich auf die Schnelle seine Delikatessen, Evian und die frisch gereinigte Katzentoilette zusammen. Mittlerweile fühlte ich mich selbst in meinen eigenen vier Wänden irgendwie ausgeliefert.

„Vergiss mein iPad nicht“ erinnerte er mich und kratzte an der Tür des Schlafzimmers herum. Er schien weit weniger besorgt zu sein als ich. Vielleicht, weil er auf sieben Leben zurückgreifen konnte? Wie dem auch sei, er hatte nicht Mr. Fultons wütenden Gesichtsausdruck gesehen, als er mich dabei erwischte, wie ich sein Gespräch belauschte. Wenn Blicke töten könnten ...

Nein, wenn ich mich zu sehr auf meine Angst konzentrierte, wäre ich nicht in der Lage zu handeln und mich zu schützen. Im Moment galt es einzig und allein, uns hier rauszubringen. Sobald wir uns in Sicherheit befanden, konnten wir in Ruhe einen Plan ausarbeiten, wie wir unseren Fall am besten der örtlichen Polizeibehörde vortragen sollten. Vielleicht hätte Großmutter ja ein paar Ideen, wie man die Beweise am besten so verpackte, dass die Tatsache, dass es sich bei unserem Hauptinformanten um eine sprechende Katze handelte, verschleiert werden konnte.

Weniger als fünfzehn Minuten später tauchten Octocat und ich mit unseren Übernachtungstaschen vor ihrer Tür auf. Dem Himmel sei Dank für kleine Städte und kurze Anfahrtswege.

„Angie?“, fragte Großmutter und musterte erstaunt zuerst mich und dann den getigerten Kater an meiner Seite.

„Welch nette Überraschung“, rief sie dann aus, winkte uns hinein und umarmte mich liebevoll. Sie fragte nicht einmal nach der Katze, die ich mir seit unserem letzten Treffen zugelegt hatte. Umgehend machte sich das schlechte Gewissen in mir breit und ich beschloss, sie in Zukunft wieder öfters zu besuchen.

Sie führte uns zur Couch und Octocat sprang sofort auf ihren Schoß, wo er zufrieden zu schnurren begann.

„Ich mag sie“, verkündete er. „Sie erinnert mich an Ethel.“

„Er mag dich“, gab ich seine Worte an sie weiter.

„Ich ihn ebenfalls“, gurrte sie. „Gehört er dir?“ Sie war wie immer elegant gekleidet. Heute trug sie eine smaragdgrüne Bluse mit handgenähten Edelsteinen am Kragen, und sie stand ihr hervorragend. Ich schaute herunter auf meine Jeans und das T-Shirt, gegen die ich meine Arbeitskleidung gewechselt hatte und fühlte mich für diesen Besuch plötzlich irgendwie *underdressed*. Andererseits kam ich mir neben meiner eleganten und talentierten Großmutter stets minderwertig vor.

Ich schüttelte den Kopf und runzelte die Stirn. „*Nein.* Nun ja, vielleicht. Es ist eine recht lange Geschichte.“

„Ich habe Zeit. Also erzähl schon, was ist los?“ Sie fuhr fort, Octocat zu streicheln, während sie sich alles über den unerwarteten Terror an meinem Arbeitsplatz anhörte.

Sobald ich anfing zu reden, konnte ich einfach nicht mehr aufhören. Es tat so gut, all das bei jemandem abladen zu können, von dem ich wusste, dass er einem zuhörte. Ich klärte sie über alle Beweise gegen Mr. Fulton und die höchstwahrscheinlich falschen

Anschuldigungen gegen Bethany auf. Jetzt, wo ich in Ruhe darüber nachdachte, war mir klar, dass zumindest bei ihr eine Entschuldigung angebracht war – eine aufrichtige, die von Herzen kam.

„Für mich klingt all das so, als käme es direkt aus einem Off-Broadway-Drehbuch“, sagte Großmutter und traf es damit genau auf den Punkt. „Eine Sache gibt es allerdings, die ich nicht ganz verstehe: Wie seid ihr überhaupt darauf gekommen, dass es Mord gewesen sein könnte?“

Ich schaute Octocat fragend an.

„Du kannst es ihr ruhig sagen“, entgegnete er gleichmütig und verließ ihren Schoß, um es sich gleich darauf auf meinem gemütlich zu machen. „Und falls es dir hilft, darfst du mich gerne streicheln“, bot er selbstlos an.

„Danke“, murmelte ich.

„Danke wofür, Liebes?“, fragte Großmutter und lächelte leicht verwirrt.

Warum erzählte ich ihr nicht alles? Wenn ich ihr – der Frau, die mich großgezogen hat – nicht vertrauen konnte, dann gab es sowieso keine Hoffnung mehr für dieses Leben. Außerdem wäre es so eine Befreiung, wenn ich mein Geheimnis endlich mit einer anderen Person als nur mit Octocat teilen könnte.

Also atmete ich tief durch, fuhr mit den Fingern durch sein dickes Fell und bereitete mich auf die große Enthüllung vor. „Erinnerst du dich noch, als du mich neulich vom Krankenhaus abgeholt hast?“ War es tatsächlich erst Donnerstag, bei all dem, was sich in den letzten Tagen ereignet hatte? Meine ganze Welt war von einer Sekunde auf die andere aus den Fugen geraten.

Großmutter nickte. „Natürlich. Du hast gesagt, du hättest einen leichten Stromschlag abbekommen. War es etwa noch mehr als das?“, drängte sie und griff nach ihrer Gleitsichtbrille, um mich während unserer Unterhaltung genauer beobachten zu können.

„Es war ein elektrischer Schlag, dieser Teil zumindest ist wahr. Was ich dir allerdings verschwiegen habe …“ Ich biss mir auf die Lippe. Was würde ich tun, wenn sie mir nicht glaubte?

„Rede weiter“, ermutigte Octocat mich. „Sie kann damit umgehen.“

„Sprich weiter“, bat auch sie mich und auf ihrer zerfurchten Stirn erschienen noch mehr Sorgenfalten, während sie auf meine Antwort wartete. So sehr mich mein anstehendes Geständnis auch verunsicherte – jetzt musste ich es zu Ende bringen.

„Ich kann plötzlich mit Katzen sprechen.“ Endlich war es heraus.

Ihre Augen wanderten von mir zu dem Kater und wieder zurück. „Er kann sprechen?“, fragte sie, nachdem sie einige Sekunden über meine unglaubliche Enthüllung nachgedacht hatte.

„Ja, das kann er“, nickte ich begeistert. Bedeutete das, dass sie mir tatsächlich glaubte? „Er war es auch, der mir von dem Mord an Ethel erzählt hat. Sie war seine Besitzerin, und er hat alles beobachtet“, erklärte ich weiter.

„Es tut mir so leid, dass dein Frauchen auf diese Art und Weise sterben musste“, sprach sie Octocat an, klopfte auf ihren Schoß und lud in ein, wieder zu ihr zurückzukommen. „Gibt es etwas, was ich tun kann, um euch zu helfen?“

Und genau das hier war einer der vielen Gründe, warum ich sie so sehr liebte. Sie stellte meine verrückte Behauptung nicht in Frage, sondern glaubte einfach automatisch das, was ich ihr gebeichtet hatte. Jeder von uns braucht so jemanden wie sie in seinem Leben.

Erleichtert erkannte ich, dass ich das Richtige getan hatte, indem ich ihr mein Geheimnis anvertraute. „Hast du sie verstanden?“, frage ich meinen getigerten Freund.

„Ja, das habe ich“, bestätigte er, blickte sie an und sagte: „Vielen Dank für Ihre Anteilnahme.“

„Oh“, rief Großmutter verzückt, „Er spricht mit mir! Was hat dieses entzückende Kätzchen gesagt?“

Octocat strahlte vor reiner und unverfälschter Freude über das ganze Gesicht. Offenbar war es in Ordnung, dass sie ihn auf diese Weise vergötterte, was mir nach wie vor untersagt war.

„Er hat sich für deine Beileidsbekundung bedankt“, gab ich seine Worte weiter.

„Was für ein wohlerzogener kleiner Kerl du doch bist“, sagte sie und kraulte ihm den Rücken. Jetzt schien er auf Wolke sieben zu schweben und ich wollte den beiden diesen speziellen Augenblick nicht verderben, indem ich zur Sprache brachte, wie unhöflich er normalerweise war.

„Ich mache mir Sorgen, Oma“, gestand ich. „Ich bin mir fast sicher, dass Mr. Fulton seine Tante vergiftet hat, aber die Polizei wird mir die ganze Sache mit dem sprechenden, tierischen Informanten wahrscheinlich nicht so ohne weiteres abnehmen.“

„Damit könntest du recht haben”, stimmte sie mir zu und runzelte die Stirn.

„Aber was bedeutet das für uns?“, bettelte ich um ihre Antwort. „Ich kann nicht den Rest meines Lebens in Angst verbringen, bis er endlich gefasst wird, andererseits mit dem, was ich habe, auch nicht zur Polizei gehen. Selbst wenn ich meinen Job kündigen und wieder bei dir einziehen würde, wäre das noch keine Garantie für die Sicherheit von irgendjemandem. Und Ethels Tod würde ebenfalls nicht gerächt. Außerdem, was wäre, wenn Mr. Fulton plant, erneut zuzuschlagen?“

Großmutter und ich dachten stillschweigend über diese Aussichten nach, während Octocat angesichts ihrer Streicheleinheiten zufrieden vor sich hin schnurrte. Mir machte vor allem meine letzte Frage zu schaffen. Selbst wenn Mr. Fulton noch einmal töten würde, wäre dann wirklich ich der wahrscheinlichste Kandidat? Viel mehr Sinn würde es doch machen, wenn ...

„O du meine Güte, Diane!", schrie ich ob dieser plötzlichen Eingebung laut auf. „Sie ahnt nichts von alledem."

Natürlich! Zu der Tatsache, dass Mr. Fulton am Telefon erwähnt hatte, er wolle sein schmutziges Geheimnis bis nach der Scheidung für sich behalten, kam ein weiterer, simpler Fakt: Er hatte die Scheidung eingereicht. Damit war Diane Fulton klar diejenige, die am meisten in Gefahr war, sollte er erneut zuschlagen.

Seine Entscheidung, sich zu trennen, zeigte bereits, dass er für seine baldige Ex-Frau keinerlei Liebe mehr empfand. Was könnte passieren, wenn sie ihn im Zuge der Scheidung zu sehr bedrängte? Was, wenn sie die Nächste wäre? Sie hatte keine Ahnung, in welcher Gefahr sie schwebte ...

Ich sprang auf die Füße, verzweifelt entschlossen, umgehend zu meiner Freundin zu fahren und sicherzustellen, dass es ihr gut ging.

„Einen Moment, kleines Fräulein", sagte Großmutter, erhob sich ebenfalls und legte mir eine Hand auf die Schulter. „Ihr seid hierhergekommen, weil ihr Angst um eure Sicherheit hattet; von daher lasse ich dich jetzt unter keinen Umständen in die Höhle des Löwen stürmen. Unabhängig von der Quelle, aus der diese Informationen stammen, hast du Einiges gegen diesen Mann in der Hand – und meiner Meinung nach weiß er das auch. Das Letzte, was du jetzt tun solltest, ist, mit diesen Anschuldigungen bei ihm zu Hause aufzutauchen."

Unsere Blicke trafen sich. Sie sah mich flehend an, während ich, ohne zu blinzeln, vor mich hinstarrte. Das war meine Oma, die eine Person, die mich mehr liebte als alles andere auf der ganzen weiten Welt. Natürlich wollte sie immer nur das Beste für mich, aber ich konnte nicht tatenlos danebenstehen, wenn möglicherweise gerade das Todesurteil über eine Freundin gefällt wurde.

Also riss ich mich von ihr los. „Tut mir leid, aber ich habe keine Wahl“, rief ich und war schon auf dem Weg zur Tür hinaus.

17

Ich war überrascht, dass Großmutter nicht versuchte, mich aufzuhalten. Weit weniger überraschend war jedoch, dass Octocat anzunehmen schien, ich würde ihn mitnehmen. Ein brauner, unscharfer Fleck schoss an mir vorbei, während ich zu meinem Auto rannte.

„Packen wir's an", rief er mit einem entschlossenen Blick, den ich komisch gefunden hätte, wäre die Lage nicht so ernst gewesen.

„Du kommst *nicht* mit!", brüllte ich. Für so etwas hatte ich jetzt wahrhaftig keine Zeit. Was, wenn es für Diane bereits zu spät war? „Und jetzt geh mir aus dem Weg."

Seine Augen waren fest auf die Autotür gerichtet, während er darauf wartete, dass ich sie für ihn öffnete. „Okay, jetzt verstehe ich. Ich darf immer nur dann mitkommen, wenn *du* denkst, du könntest mich brauchen."

„Richtig erkannt", murrte ich, „und für das, was jetzt kommt, brauche ich dich definitiv nicht. Geh zurück zu Großmutter und warte, bis ich wiederkomme."

Sein Schwanz zuckte wild hin und her, während er mich verletzt ansah. „Manchmal bist du wirklich gemein, weißt du das?“

„Und du nervst wirklich die ganze Zeit“, schrie ich zurück, während ich ihn im Stillen anflehte, den Kampf aufzugeben. Das Letzte, was ich wollte, war, ihn auch noch in Gefahr zu bringen. Wider besseres Wissen hatte ich die kleine Nervensäge doch tatsächlich liebgewonnen.

„Wie auch immer“, knurrte er zurück und starrte mich an, und als ich schließlich die Autotür öffnete, hüpfte er trotz meiner konsequenten Einwände sofort hinein.

Also ich tat das Schlimmste, was ich mir vorstellen konnte: Ich packte ihn beim Genick und marschierte mit ihm schnurstracks zurück ins Haus.

„Lass mich los“, jammerte Octocat und versuchte vergeblich, sich aus meinem Griff zu befreien. „Dein Verhalten ist alles andere als in Ordnung!“

Ohne etwas darauf zu erwidern, warf ich ihn in den Flur und knallte die Tür zu, bevor er seine Orientierung wiederfand. So sehr ich meinen frechen Kumpel auch vermissen würde – das war die bessere Lösung. Außerdem könnte Diane, wenn ich ihn mitbrachte, vorschlagen, ihn bei ihr zu lassen. Diesen Gedanken, meinen neu gewonnenen Freund zu verlieren, konnte ich nicht ertragen, wusste aber auch, dass ich nicht stark genug sein würde abzulehnen, wenn sie mich darum bat.

Wie ich die erweiterte, nicht mordende Seite der Fulton-Familie davon überzeugen sollte, dass ich ihn gerne behalten würde – darüber würde ich mir zu einem späteren Zeitpunkt Gedanken machen. Im Moment musste ich erst mal Diane davor bewahren, ein ähnliches Schicksal wie Ethel zu erleiden.

Obwohl wir uns wahrscheinlich nicht mehr allzu oft sehen würden, in Anbetracht der Scheidung und der Wahrscheinlichkeit, dass ihr Ex irgendwann im Gefängnis landete, sorgte ich mich doch um sie und wollte sicherstellen, dass es ihr gut ging. Letzten Endes wünschte ich niemandem den Tod, nicht einmal Brad und vor allem nicht der armen Diane, die schon so viel durchgemacht hatte. Ich schuldete ihr einfach etwas aufgrund der kurzen, auf Reality-TV-basierenden Freundschaft, die sich in den letzten paar Monaten zwischen uns entwickelt hatte.

Bisher war ich zwar nur einmal bei den Fultons zu Hause gewesen, um über die Feiertage an einem Firmenessen teilzunehmen, erinnerte mich jedoch noch ganz genau an die Lage ihrer schicken Villa. Schließlich war Blueberry Bay kein sehr großer Bezirk, und unsere Stadt Glendale sogar noch wesentlich kleiner.

Kurz darauf hielt ich vor der weißen Fassade an, die durch einen dicht bepflanzten Vorgarten von neugierigen Blicken geschützt war, und stellte den Motor ab. Vielleicht wäre ein Anruf angebracht gewesen, um meine Ankunft zu avisieren, aber ich wollte nicht riskieren, dass Mr. Fulton herausfand, dass ich auf dem Weg hierher war. Zumindest nicht, bevor ich wenigstens die Möglichkeit hatte, Diane vor den Gefahren zu warnen, die direkt in ihrem eigenen, zerstörten Heim lauerten.

Wesentlich zuversichtlicher als ich mich tatsächlich fühlte, marschierte ich auf das Haus zu und drückte die Klinke herunter, ohne mich vorher durch Läuten anzukündigen. Da wir uns in einer Kleinstadt in Maine befanden, war die Tür natürlich unverschlossen. Also trat ich ein und konnte nur hoffen, dass ich noch nicht zu spät kam, um das Schlimmste zu verhindern.

Drinnen war es dunkel, da sich bereits die Dämmerung über das Land legte.

„Hallo? Diane?“, rief ich und tastete nach einem Lichtschalter, fand jedoch keinen.

Vorsichtig tapste ich in Richtung Wohnzimmer, drehte mich aber abrupt um, als ein paar Schritte hinter mir eine Bodendiele knarrte. Dort, im fahlen Licht des großen Erkerfensters, stand eine hochgewachsene, schattenhafte Gestalt, die Arme hoch über den Kopf gestreckt.

„Diane?“, fragte ich leise und betete, dass es meine Freundin sein möge und nicht ihr Mann. Allerdings blieb mir nicht allzu viel Zeit, um darüber zu rätseln, denn ...

KNALL!

Ein ungeheurer Schmerz durchzuckte meine Stirn und bevor ich Gelegenheit hatte herauszufinden, was da vor sich ging, sackte ich zu Boden und verlor das Bewusstsein.

* * *

Als ich wieder zu mir kam, schrie jeder Zentimeter meines Körpers vor Schmerz laut auf. Ich schaute nach links und erkannte ein massives Feuer, das weniger als dreißig Zentimeter von mir entfernt im Kamin loderte. Da ich verdammt nah dran lag, hatte meine Haut bereits begonnen, sich aufgrund der übermäßigen Hitze rot zu färben. Als ich mich bemühte, mich aus dessen Reichweite zu entfernen, fiel mir auf, dass ich an Händen und Füßen gefesselt war.

„Glaubst du allen Ernstes, du kannst einfach so bei jemandem einbrechen?“, sprach mein Geiselnehmer mich mit rauer Stimme an und trat ins Licht. Eigentlich hätte ich erwartet, Mr. Fulton vor mir zu sehen, aber nein – er war es nicht, sondern meine Freundin, Diane.

Sie hatte mich angegriffen? Was?

„Diane", keuchte ich, „ich bin's, Angie. Wir müssen hier weg."

„Ich weiß genau, wer du bist. Was ich nicht verstehe, ist, warum du es nicht einfach gut sein lassen konntest." Die Verachtung, als sie ihren Blick über mich wandern ließ, war so unverhohlen, dass ich die nette Frau, die ich immer als Freundin betrachtet hatte, kaum wiedererkannte.

Mein Kopf pulsierte vor Schmerzen und machte es mir schwer, klar zu denken. Warum verhielt sie sich so? Hatte Mr. Fulton sie in Bezug auf all die Geschehnisse angelogen? Dachte sie womöglich, ich sei an allem schuld?

Nichts von alledem passte zusammen.

„Ethel wurde ermordet!", brüllte ich sie an, auch wenn meine Stimme genauso schmerzte wie der restliche Körper. Aber das war mir in dem Moment egal. „Wir müssen es jemandem sagen."

Diane stöhnte und lief im Zimmer auf und ab, so als würde sie etwas suchen. „Sei still", warnte sie. Möglicherweise war alles nur eine Farce. Vielleicht hatte sie ebenfalls Angst und versuchte, Mr. Fulton davon zu überzeugen, dass sie auf seiner Seite war, damit er ihr nicht ebenfalls etwas antat.

„Binde mich los", flehte ich. „Es ist noch nicht zu spät. Wir könnten zur Polizei gehen und ..."

Sie eilte zurück an meine Seite und bückte sich, sodass wir uns beinahe auf Augenhöhe befanden. „Niemand geht hier zur Polizei", entgegnete sie in einem unheimlichen Flüsterton und verpasste mir eine saftige Ohrfeige.

Als dieser neue Schmerz mir in die Wange stach, erkannte ich endlich die Wahrheit, die direkt vor mir stand. Mr. Fulton hatte sich nichts zuschulden kommen lassen – weder den Mord noch diese Aktion hier.

„Du bist es die ganze Zeit über gewesen", fuhr ich sie an.

Ein bösartiges Grinsen machte sich auf ihrem Gesicht breit und sie verdrehte die Augen. „*Offensichtlich.* Tu doch nicht so, als ob du das nicht gewusst hättest. Ich dachte, ich höre nicht richtig, als du bei der Testamentseröffnung wieder zu dir kamst und von einem Mord gefaselt hast. Zwar hatte ich schon von Hellsehern gehört, aber nie im Leben vermutet, dass du eine von ihnen bist."

„Du glaubst, ich habe übersinnliche Kräfte?", zischte ich sie an. Alles tat mir weh, aber am meisten mein Herz. Wie naiv war ich doch gewesen, Diane blind zu vertrauen, nur weil wir die gleichen Fernsehsendungen mochten. Diese Nachlässigkeit konnte mich jetzt das Leben kosten.

„Welche Erklärung sollte es sonst dafür geben, dass du über den Mord an Ethel Bescheid wusstest? Zuerst dachte ich noch, du hättest dir vielleicht eine Art Scherz erlaubt und nur aus Versehen die Wahrheit ausgeplaudert, ohne überhaupt etwas zu wissen. Dann jedoch bist du immer wieder und überall aufgetaucht."

Ich schüttelte den Kopf und kämpfte vergeblich gegen meine Fesseln an. Irgendwie machte es ja Sinn, dass Diane dies vermutete, auch wenn meine Kräfte anderer Art waren, als sie annahm.

„Die Testamentseröffnung, Ethels Haus…", fuhr sie fort und versetzte mir einen Tritt, als sie bemerkte, wie ich versuchte, meine Füße zu befreien.

„Ja, schau nicht so schockiert. Natürlich hat mir Anne davon erzählt. Das Einzige, was ich mir nicht zusammenreimen konnte, war, warum du nicht zur Polizei gegangen bist, um mich anzuzeigen. Erst jetzt, wo du hier in mein Haus eingebrochen bist, wurde mir klar, dass du von Anfang an vorhattest, mich selbst zu überführen. Gute Arbeit, die du da geleistet hast." Sie stieß ein bösartiges Schurkenlachen aus, das in so krassem Widerspruch zu der Hausfrau mit Twin-Set und Perlenkette stand, die ich zu kennen geglaubt hatte.

„Aber warum? Warum solltest du Ethel töten?“, fragte ich erstickt. Einerseits interessierte mich die Antwort wirklich, andererseits musste ich sie am Reden halten, bis ich einen Weg gefunden hatte zu entkommen. Mir war mittlerweile klar, dass sie plante, mich nach unserem kleinen Gespräch zu töten. Diese Irre schien zu allem fähig.

Diane knurrte wie ein wildes Tier und fletschte die Zähne, was mir erneut einen Schauer über den Rücken jagte. „Hast du das nicht schon selbst herausgefunden, als du diesem Schürzenjäger von Ehemann heute geholfen hast, mir die Scheidungspapiere zukommen zu lassen?“

Ich keuchte auf, eine Reaktion, die ihr offensichtlich gefiel.

„Also hat er tatsächlich mit Bethany geschlafen!“, sagte ich, nach wie vor bemüht, das Gespräch im Gange zu halten. Bezüglich des Mörders hatte ich mich geirrt, aber was die Affäre anging, lag ich richtig. Ob der BH ihr nun gehörte oder nicht, sie war trotzdem schuldig.

„Mit ihr geschlafen?“ Diane kräuselte angewidert die Nase und erhob sich aus ihrer gebückten Position.

Plötzlich vibrierte das Handy in meiner Hosentasche, was mich auf eine Idee brachte. Wenn ich einen Weg finden könnte, um über FaceTime mit Octocat Kontakt aufzunehmen, könnte er Großmutter verständigen und diese die Polizei rufen. Ich musste Diane kurzzeitig ablenken, damit sie nicht mitbekam, wie ich in meine Tasche griff. So etwas mit gefesselten Händen zu bewerkstelligen, würde schwer werden, aber ich musste es zumindest versuchen.

„Hat er oder hat er nicht?“, frage ich neugierig.

„Das will ich doch nicht hoffen, angesichts der Tatsache, dass sie seine Tochter ist. Andererseits ist Richards uneheliches Kind im Moment das geringste meiner Probleme.“ Sie bewegte sich hektisch und murmelte etwas vor sich hin, bevor sie sich erneut mir zuwandte.

Wie hatte sie es nur geschafft, ihr wahres Ich so gut zu verbergen? Wie war es nur möglich, dass ich diese nette Hausfrauennummer nicht durchschaute? Hatte Mr. Fulton es erkannt? War das der Grund, warum er sie verlassen wollte? Ich hatte so viele Fragen, aber zuerst einmal musste ich weg von dieser verrückten Mörderin.

„Also wolltest du Ethels gesamtes Vermögen für dich“, sinnierte ich und konnte nur hoffen, sie damit zu einem weiteren Monolog über ihre Motive zu bewegen.

„Wer würde das Geld nicht haben wollen? Es war ja nicht so, als ob die alte Dame noch lange zu leben gehabt hätte. Ich habe ihr lediglich zu einem leichten Tod verholfen, der, wenn du mich fragst, weit besser war, als sie es verdient hatte.“

Während sie sprach, schob ich meine Hände vorsichtig unter meinen verlängerten Rücken. Glücklicherweise steckte mein Telefon in der dem Feuer abgewandten Hosentasche, sodass die Schatten meine Bewegungen verschleierten.

„Du bist doch schon reich“, murmelte ich, froh darüber, dass sie den Blick von mir abwandte.

Sie hatte ihre Wanderung wieder aufgenommen, schien hektisch nach etwas zu suchen und ich konnte nur beten, dass es keine Waffe war, die sie zu finden hoffte. Ich kann vielleicht schnell denken, glaubte aber nicht, dass in der Lage wäre, fix genug zu handeln, um einer direkt auf mich abgefeuerten Kugel auszuweichen, vor allem angesichts meiner aktuellen Kopfverletzung.

Verbittert lachte sie auf. „Als Mrs. Fulton vielleicht, aber was glaubst du wohl, was nach der Scheidung mit mir passieren wird?“

Anscheinend war dies eine rein rhetorische Frage, da sie weiterredete, ohne meine Antwort abzuwarten. „Ich hatte gehofft, mir bliebe mehr Zeit. Richard sollte der Alleinerbe seiner Tante sein und ich hätte die Hälfte davon abbekommen, wenn ich es geschafft hätte, ihn bis zu deren Ableben bei Laune zu halten. Aber irgendwann war ich es leid, ewig darauf zu warten, dass die alte Dame endlich den Löffel abgibt – also habe ich ein wenig nachgeholfen. Als wir dann herausfinden mussten, dass sie ihr Testament erst kürzlich geändert und alles dieser blöden Katze hinterlassen hat, konnte ich mein Pech kaum fassen."

Ich hielt meinen Blick fest auf Diane gerichtet, während meine Fingerspitzen in die Hosentasche glitten und langsam das Handy herauszogen. Sie fuhr fort mit einer Tirade über ihr armes, ungerechtes Leben, aber ich hörte nur gerade so weit zu, um hin und wieder eine kurze Antwort geben zu können und konzentrierte mich voll und ganz auf mein Telefon.

Zuerst drückte ich die Taste, um es zu entsperren – zum Glück hatte ich das Passwort deaktiviert –, klickte dann auf das FaceTime-Symbol und baute die Verbindung zu Octocat und meinem iPad auf.

Jetzt konnte ich nur noch beten, dass er nicht zu wütend war, um mir das Leben zu retten.

18

Der Anruf ging problemlos durch und Octocat antwortete nach nur wenigen Klingeltönen. Ich schwöre, ich war in meinem ganzen Leben noch nie so glücklich, jemandes Stimme zu hören.

„Lass mich raten", sagte er und klang beinahe gelangweilt, „du bist in Gefahr und brauchst die Katze, damit sie dein Leben rettet."

Ja, hätte ich am liebsten laut gebrüllt, aber damit Diane auf meine Aktion aufmerksam gemacht und mir ernsthafte Schwierigkeiten eingehandelt. Also musste ich einen Weg finden, sie weiterhin abzulenken, bis ihm etwas einfiel, wie er mich aus dieser misslichen Lage befreien konnte. Eigentlich unglaublich – jetzt hing mein Leben doch tatsächlich von einer sprechenden Katze mit schlechten Manieren ab, noch dazu einer, die ich kürzlich erst sehr, sehr wütend gemacht hatte.

Also bemühte ich mich, das Gespräch mit Diane am Laufen zu halten, aber sie schenkte mir kaum Beachtung, sondern durchstöberte sämtliche Schubladen und Behältnisse auf der Suche nach was auch immer. Ein paar Minuten später schien sie es gefunden zu haben, denn sie kam wieder auf mich zu, um es mir zu zeigen. Ich konnte nur beten, dass Octocat mich noch immer hörte.

Schnell tat ich so, als wolle ich mich gegen meine Fesseln wehren und schaffte es gerade noch, das Telefon außer Sichtweite zu bringen, indem ich es wieder unter meinen Rücken verschwinden ließ.

„Wenn ich du wäre, würde ich das lieber bleiben lassen", warnte sie mich und hielt das Objekt ihrer Suche in die Höhe, damit auch ich es sehen konnte. Es war ein alter Revolver, auf dessen glattem Metallkörper sich der Schein des Feuers spiegelte. Und obwohl mich die Angst packte, konnte ich meinen Blick nicht von ihm abwenden.

„Richtig kombiniert", grinste meine Geiselnehmerin mich an, „du wirst leider sterben."

Meine Gedanken kehrten zurück zu Octocat. Er war verstummt. Entweder war die Verbindung unterbrochen oder aber er hatte sich gelangweilt und beschlossen, das Warten zu beenden. Trotzdem musste ich meinen Plan weiter durchziehen und konnte nur hoffen, dass er da war und mich gemeinsam mit Großmutter hören konnte.

„Ich kann den Mund halten", flehte ich Diane an. „Keiner wird von mir erfahren, dass du Ethel ermordet hast. Du kannst einfach das Geld nehmen und verschwinden, oder ich gehe. Bitte – lass mich frei."

„O Angie", entgegnete sie mit gespieltem Mitleid, „hast du vergessen, wie gut ich dich kenne? Du kannst nicht mal für dich behalten, wer einen Gesangswettbewerb im Fernsehen gewonnen hat. Und da nimmst du allen Ernstes an, dass ich dir gerade in so einer Sache vertrauen würde?"

„Hast du vor, mich zu erschießen?", fragte ich mit vor Angst zitternder Stimme. Nur zu gerne würde ich vorgeben, dass das nur gespielt war, aber das wäre eine glatte Lüge. Ich hatte ja keine Ahnung, ob mein genialer Fluchtplan überhaupt aufgehen und ich diese schreckliche Situation überleben würde. Sollte das wider Erwarten der Fall sein, würde ich in Zukunft sicher viel weniger für selbstverständlich halten, wie etwa die Schuld oder Unschuld eines Menschen.

Diane versetzte mir einen heftigen Tritt gegen mein Bein und senkte die Waffe von meinem Kopf in Richtung Brust. „Das wäre Plan B", erwiderte sie kalt.

„Und was ist Plan A?", flüsterte ich, während mein Herz wie wild zu rasen begann.

„Du magst doch schwimmen, oder Angie?", fragte sie und trat erneut nach mir. „Ich habe mir überlegt, wir könnten doch am Deadman's Wharf ein schönes Nachtschwimmen veranstalten. Was hältst du davon?"

„Deadman's Wharf?", wiederholte ich so laut wie möglich. „Aber der Sog dort … ich könnte nie … ich würde …" Jetzt weinte ich haltlos.

„Ja, ich weiß." Eine Art kranke Vorfreude blitzte in ihren Augen auf, während sie mir die Fußfesseln löste. „Los, steh schon auf."

„Ich will aber nicht dort hin", jammerte ich. *Bitte, Octocat, bitte, mach, dass du das gehört hast und verstehst, was ich dir zu sagen versuche.*

„Tja, dein Pech, dass es nur darum geht, was ich möchte." Mit diesen Worten trat sie mich ein drittes Mal. „Beweg dich!"

Irgendwie musste ich einen Weg finden aufzustehen, ohne dass sie mein Telefon auf dem Boden hinter mir entdeckte. Also zog ich eine große Show ab, indem ich mich scheinbar schwerfällig auf die Füße kämpfte, dann vorwärts stolperte und sie dabei mit mir zu Fall brachte.

„Das wirst du noch bereuen“, knurrte sie, brach dann jedoch in ein gruseliges Lachen aus. „Glücklicherweise wird es nicht mehr allzu lange dauern, bis ich dich los bin.“

Sie zog mich mit sich hoch, bohre mir den Lauf der Pistole in die Rippen und führte mich nach draußen. So wie es aussah, waren wir auf dem Weg nach Deadman’s Wharf.

Blieb nur noch zu hoffen, dass wir nicht die Einzigen waren.

Obwohl wir Dianes großen Luxus-SUV nahmen, war die Fahrt ziemlich holprig und schmerzhaft. In nächster Zeit würde ich mich mit Sicherheit nicht mehr freiwillig und gefesselt auf den Boden eines Fahrzeugs begeben, vorausgesetzt, ich schaffte es überhaupt, diese Nacht zu überleben.

Dieses Miststück hatte mir, nachdem sie mich in den Wagen stieß, erneut die Knöchel fest zusammengebunden und mich während der ganzen Zeit über im Rückspiegel beobachtet. Selbst wenn ich die Kraft gehabt hätte, eine Flucht zu wagen, wäre es unter ihrem wachsamen Blick unmöglich gewesen, diese auch durchzuführen.

Als wir endlich am Deadman’s Wharf ankamen, hatte ich bereits kein Gefühl mehr in den Füßen, abgesehen von einem dermaßen schmerzhaften Kribbeln und einer sich immer weiter ausbreitenden Taubheit, sodass ich mir nicht mal mehr zutraute zu stehen, weil die sehr reale Gefahr bestand, jeden Moment umzukippen.

Diane parkte in der Nähe eines der abgedunkelten Gebäude, die den Kai säumten, und suchte prüfend das Gelände ab, bevor sie mich schließlich aus dem Auto hievte.

Der Wind peitschte heftig die Wellen hoch, als sie ihre Nägel in mein Handgelenk grub und mich in Richtung des nächstgelegenen Piers zu zerren versuchte, aber meine Knöchel waren immer noch so fest zusammengezerrt, dass ihr das nur mit Mühe gelang. Also zwang sie mich, kleine Hüpfer zu machen, was schon deshalb besonders schwierig war, weil meine Füße eingeschlafen waren und mein Gehirn vor lauter Angst verrücktspielte.

„Ich habe dich früher mal richtig gerne gemocht", murmelte sie, als wir nach einer gefühlten Ewigkeit die Mitte der Anlagestelle erreicht hatten. „Dich zu töten wird mir wesentlich schwerer fallen, als es bei Ethel der Fall war."

Wenigstens etwas. Sie hatte zwar noch immer vor, mich umzubringen, aber zumindest ein schlechtes Gewissen dabei.

„Du musst das nicht tun", sagte ich mühsam, bevor ich nach einem missglückten Hopser mit dem Gesicht voran auf die alten, verwitterten Planken krachte.

„Hör auf, so dramatisch zu sein", zischte Diane mir ins Ohr, griff unter meine Arme und zog mich unter beleidigt klingendem Ächzen und Stöhnen wieder in eine aufrechte Position. „Ich würde dir ja raten, es mal mit einer Diät zu versuchen, aber …", äußerte sie sich schnippisch und lachte dann doch tatsächlich auf.

„Spielst du jetzt auch noch auf meine Figur an?", stieß ich hervor. Meine Beine brannten wie Feuer und die neuen Wunden, dort, wo ich mit der Wange auf den Brettern aufgeschlagen war, taten ebenfalls verdammt weh. „Sicherlich fühlst du dich dadurch gleich viel weniger schuldig wegen des Mordes an mir."

Sie erwiderte nichts darauf, beschleunigte lediglich das Tempo in Richtung Ende des Piers.

Verzweifelt versuchte ich, einen Blick über die Schulter zu werfen, um zu sehen, ob Octocat und Großmutter meine Nachricht erhalten hatten und mir zu Hilfe geeilt kamen. Vielleicht war auch ein einsamer Hummerfischer unterwegs, seine Netze zu überprüfen. Möglicherweise käme ja gerade in diesem Moment zufällig ein Auto vorbei ...

Oder aber es kam niemand und ich würde tatsächlich sterben.

Bis zum Ende der Anlegestelle waren es nicht einmal mehr drei Meter. Es herrschte Flut und die Wellen brachen sich so heftig an der Mole, dass sie bis über den Rand schlugen und die Planken unter sich bedeckten. Ich war zwar eine gute Schwimmerin, da ich in der Nähe des Ozeans aufgewachsen war, aber mit gefesselten Händen und Füßen einer derartigen Gewalt des Wasser zu trotzen, war schier unmöglich.

Mir blieb nur noch eine letzte Chance, lebend aus dieser Situation herauszukommen, und es war an der Zeit, sie zu ergreifen. Ich holte tief Atem, duckte mich, setzte zum Sprung an und landete auf Dianes Fuß, wodurch es uns beide quer über den Steg schleuderte.

„Dafür wirst du bezahlen!", flüsterte sie und massierte sich den Kiefer an der Stelle, wo er auf den harten Brettern aufgeschlagen war. Eigentlich hatte ich damit gerechnet, dass sie lauthals schreien und fluchen würde, aber nichts davon geschah. Für einen kurzen Moment verharrten wir in unserer aktuellen Position und ich schaute mich erneut hektisch nach allen Seiten um, ob nicht doch jemand käme, um mich zu retten. *Octocat,* bettelte ich im Stillen, *Bitte, bitte, hilf mir!*

Dann allerdings realisierte ich, dass ich wahrscheinlich so oder so sterben würde und begann, lauthals zu schreien und mit aller verbliebenen Kraft zu beten, dass jemand in der Nähe sein möge, der es noch rechtzeitig zu mir schaffen möge. „Hilfe! Sie will mich umbringen."

Alles, was ich damit erreichte, war, dass Diane nur noch wütender und entschlossener wurde, es schnellstmöglich hinter sich zu bringen. Humpelnd schaffte sie es zurück auf die Füße. „Danke, dass du es mir so leicht gemacht hast, Angie“, stieß sie mit einem beinahe tierischen Knurren hervor, und ihre Augen glühten vor Wut.

Zwar hatten wir das Ende des Stegs noch nicht erreicht, aber anscheinend waren wir nahe genug dran. Sie trat mich wieder und wieder in die Rippen und zwang mich bis an den Rand.

„Nein, bitte, hör auf“, brüllte ich so laut wie möglich in die leere Nacht hinaus.

Zu meiner großen Überraschung hielt sie einen kurzen Moment inne und blickte, ohne den geringsten Anflug von Mitleid, von oben auf mich herab. „Du hattest die Chance, all das auf sich beruhen zu lassen, aber du musstest ja immer weiter in Dingen herumwühlen, die dich nichts angingen. Es ist nicht meine Schuld, sondern einzig und allein deine.“

Mit diesen Worten warf sie sich erneut auf mich und versetzte mir einen Stoß, der ausreichte, um mich direkt vom Pier in den unbarmherzigen Ozean unter mir stürzen zu lassen.

Ich nahm noch einen tiefen Atemzug, bevor ich auf das Wasser traf und die Dunkelheit der aufgewühlten Wellen über mir zusammenschlug.

Damit war zumindest diese Frage geklärt. Jetzt wusste ich es mit Sicherheit …

Ich würde sterben.

19

Zwei Nahtoderfahrungen innerhalb einer Woche mussten beinahe schon rekordverdächtig sein. Andererseits tickte die Zeit, und ich war mir nicht sicher, wie lange ich noch durchhalten würde. Nein, ich würde diesen Sog von Deadman's Wharf auf keinen Fall überleben; sein Name kam schließlich nicht von ungefähr.

Und selbst wenn sie es jemals schaffen sollten, meine Leiche zu bergen, wäre ich bei weitem nicht die erste Person, die sie aus diesem gefährlichen Abschnitt des Ozeans zogen.

Diane wäre bis dahin längst über alle Berge.

Ich schlug mit meinen gefesselten Armen und Beinen wie wild um mich, sank aber dadurch nur noch tiefer in mein nasses Grab. Das Salz des Meeres brannte in meinen frischen Wunden und eine neuerliche Welle des Schmerzes überrollte mich. Ich bemühte mich, den Atem anzuhalten, selbst als Panik mich zu überwältigen drohte, wusste ich doch, dass es bereits das erste Einatmen des Wassers wäre, das mich letztendlich töten würde.

Allerdings wusste ich auch, dass ich nicht sterben wollte.

Ganz egal, wie schlecht die Chancen auch stehen mochten, ich durfte nicht aufhören zu kämpfen. Also strampelte ich immer weiter und hoffte entgegen jede Vernunft, während die dunklen Tiefen mich zu verschlingen drohten.

Als mein Gehirn aufgrund des Sauerstoffmangels aufzugeben drohte, verschwanden auch die Schmerzen. Mein Körper fühlte sich leichter und wärmer an, fast so, als würde er zurück an die Oberfläche steigen. Wahrscheinlicher war jedoch, dass ich gestorben war, ohne den genauen Zeitpunkt meines Todes bemerkt zu haben, und dass Gott mich nun in den Himmel emporhob. Ich bildete mir sogar ein, ein Licht zu sehen, das mir direkt in die Augen leuchtete.

Und es tat weh.

Bedeutete das womöglich …

Ich war in Sicherheit?

Schließlich schnappte ich doch nach Luft, weil ich den Atem keine Sekunde länger anhalten konnte und spürte sofort wieder meinen Wunden. Schon erstaunlich, diese Fähigkeit des menschlichen Körpers, immer neue Wege einzuschlagen, um Schmerzen zuzulassen, selbst noch in den letzten Minuten vor dem Tod.

Ich hustete, spuckte und spie das irrtümlich eingeatmete Wasser in großen Stößen wieder aus. Ein eiskalter Schauer überlief mich, obwohl ich mich noch vor wenigen Sekunden so warm und friedlich gefühlt hatte. Auch wenn ich mich nach wie vor des Eindrucks nicht erwehren konnte, starke Gewichte zögen mich in die Tiefe, schaffte ich es irgendwie doch, meine Augen gerade lange genug zu öffnen, um zu bemerken, dass ich nicht mehr unter Wasser war.

Jemand zog mich hinauf auf den Pier, und eine weitere Person kletterte hinterher. War er derjenige, der mich an die Oberfläche zurückgebracht hatte?

Leider blieb mir keine Zeit, um ihre Identitäten herauszufinden, denn wieder wurde alles um mich herum dunkel und ich verlor das Bewusstsein.

Ja, *schon wieder.*

Damit hatte ich es allein in dieser Woche auf die stolze Zahl von drei Mal gebracht.

Das war bei weitem das Allerschlimmste.

* * *

Meine Kehle brannte und es fühlte sich an wie Lava, was ich da neben mich auf den Boden erbrach.

Großmutters Stimme war die erste, die ich in dem Durcheinander um mich herum wahrnahm. „Gut so, Liebling, raus mit dem ganzen Zeug."

Ich befolgte ihren Rat und hustete und spuckte, bis es nicht mehr ganz so schlimm weh tat. Als ich mich umsah, wer mich da wohl gerettet haben mochte, blickte ich direkt in ein paar bernsteinfarbene Augen, die in der Dunkelheit mitleidig funkelten.

Halt, nein, es lag kein Mitleid darin, sondern *pure Angst.*

Octocat zitterte am ganzen Körper, und das kam bestimmt nicht von der Feuchtigkeit seines Fells oder der kühlen Nachtluft. „Ich dachte schon, ich hätte dich jetzt auch noch verloren", stieß er zwischen diversen panischen Kätzchenatemzügen hervor.

„Ich bin okay", sagte ich und streckte die Hand aus, um ihn zu streicheln. Sie war sofort klatschnass und ich fragte mich, ob er mir wohl hinterhergesprungen sein mochte, obwohl er doch jegliches Wasser hasste, das nicht aus einer Evian-Flasche stammte.

Also fuhr ich fort, ihn zu liebkosen, bis er ruhiger wurde und sein grollendes Keuchen einem leisen, zufriedenen Schnurren wich.

„Diane Fulton“, stotterte ich dann, noch immer Wasser hustend. „Ist sie entkommen?“

Ein vertrautes Paar starker Arme hob mich in eine sitzende Position und legte mir eine glänzende, isolierte Decke über die Schultern. „Wir haben sie erwischt“, sagte der Polizist und lächelte mich beruhigend an. Da er genauso durchnässt war wie ich, nahm ich mal an, dass dies der mutige Mann war, der hineingesprungen war, um mich zu retten, bevor Deadman's Wharf mich für immer verschlingen konnte.

Großmutter erschien an meiner Seite, setzte sich auf die Planken und überkreuzte die Beine, so als wären wir auf einer Pyjamaparty und nicht auf einer Rettungsmission. „Das war clever von dir, dein iPad anzurufen“, sagte sie, darauf bedacht, sämtliche direkten Verweise auf Octocats Part bei dieser Aktion unerwähnt zu lassen. „Es war uns sogar möglich, Dianes Geständnis und ihre Absicht, dich umzubringen, aufzuzeichnen. Das iPad mussten wir natürlich der Polizei als Beweismittel übergeben“, verriet sie und massierte mir durch die Decke hindurch die Schultern. „Es war einfach nur schrecklich, all das mit anzuhören, und als dann auch noch die Verbindung abbrach ...“

Als ich mir die Ereignisse des heutigen Abends aus der Perspektive meiner armen Oma vorzustellen versuchte, zog sich mein Herz zusammen. Zum Glück war sie hart im Nehmen, und auch ich schien alles gut überstanden zu haben.

„Natürlich musst du mir jetzt ein neues iPad kaufen“, fügte Octocat hinzu und kuschelte sich unter der Decke an mich. „Und nach allem, was du mir heute Abend zugemutet hast, sollten es vielleicht sogar zwei von diesen Dingern werden.“

„Sie haben genau das Richtige getan“, schaltete sich jetzt auch einer der Beamten ein. „Ihr beherztes Denken und Handeln hat Ihrer Tochter das Leben gerettet."

„Nun, eigentlich ist sie meine Enkelin", kicherte Großmutter und zwirbelte kokett eine Haarlocke, während sie den Polizisten von oben bis unten musterte. Allerdings war der viel zu jung, um auf diesen Flirtversuch einzugehen. „Wie war noch mal gleich Ihr Name?"

Manche Dinge schienen sich nie zu ändern, und das war auch gut so.

„Polizeiobermeister Damon Bouchard, gnädige Frau." Er lächelte sie freundlich an, ich aber spürte, wie sie sich angesichts dieser höflichen Anrede versteifte. Ihre kleine Schwärmerei war genauso schnell vorbei, wie sie begonnen hatte, was ganz gut war, wenn man bedenkt, dass wir uns wirklich um genug anderes zu kümmern hatten.

„Sind Sie bereit, in den Krankenwagen zu steigen?", fragte in diesem Moment ein weiterer Beamter – dieses Mal eine Frau –, die über den Pier auf uns zukam.

„Darf ich meine Katze mitnehmen?"

Offizier Bouchard zuckte mit den Schultern und wandte sich Hilfesuchend an seine Kollegin. „Ich schätze mal, mit uns mitfahren kann sie schon, aber ins Krankenhaus darf sie leider nicht hinein."

„Aber ..." Ich zögerte. Nach allem, was wir gerade durchgemacht hatten, wollte ich mich so bald nicht wieder von ihm trennen.

„Ist schon okay, Liebes", mischte Großmutter sich ein und konzentrierte sich erneut auf mich. „Ich werde mich um ihn kümmern, bis du gesund genug bist, um nach Hause zu kommen."

„Könnten Sie mir noch einen Moment mit ihm allein geben?", wandte ich mich an die Beamten, wohl wissend, wie verrückt diese Bitte klang.

„Ähm, sicher“, antwortete Bouchard.

„Wir warten gleich dort drüben“, fügte die zweite Polizistin hinzu und deutete irgendwo nach rechts, aber ich schenkte ihr keine Beachtung.

„Du kannst ruhig dableiben, Oma“, sagte ich, als sie sich aufrichten und ebenfalls entfernen wollte.

Also ließ sie sich erneut neben mir nieder und schlang beide Arme um mich; dann warteten wir gemeinsam, bis wir uns sicher sein konnten, die nötige Privatsphäre zu haben.

„Danke, dass du mein Leben gerettet hast“, flüsterte ich in Richtung meiner Brust, wo Octocat sich nach wie vor eng an mich kuschelte. „Es tut mir leid, dass ich dich angeschnauzt habe, und ich entschuldige mich für all die Male, die ich unhöflich zu dir war oder dich nicht verstanden habe. Während dieser letzten Woche bist du zur wichtigsten Person in meinem Leben geworden ... naja, außer Oma, meine ich ...und ich bin so froh, dich in meinem Leben zu haben. Kannst du mir vergeben?“

Ein paar Sekunden lang herrschte angespanntes Schweigen, bevor Octocat sich schließlich aus der Wärme der Decke löste und sich vor mir auf dem Pier aufbaute. „Du bist ebenfalls mein bester Freund“, sagte er, rieb seinen Kopf an meiner Hand und schnurrte aufrichtig. „Aber solltest du mich noch einmal am Genick packen, bringe ich dich höchstpersönlich um und esse die Beweise auf.“

Ich brach in Gelächter aus und Großmutter fiel mit ein, obwohl sie nicht wirklich wusste, um was es ging.

„Danke, dass du Ethel gerächt hast“, sagte er, nachdem wir uns wieder beruhigt hatten. „Sie hätte dich gerngehabt, weißt du.“

Bei diesem Kompliment stiegen mir die Tränen in die Augen. *Bäh,* noch mehr Salzwasser war nicht das, was ich gerade brauchte.

Dennoch, wenn man bedachte, wie toll ihre Katze war, hätte ich sie jede Wette ebenfalls gemocht.

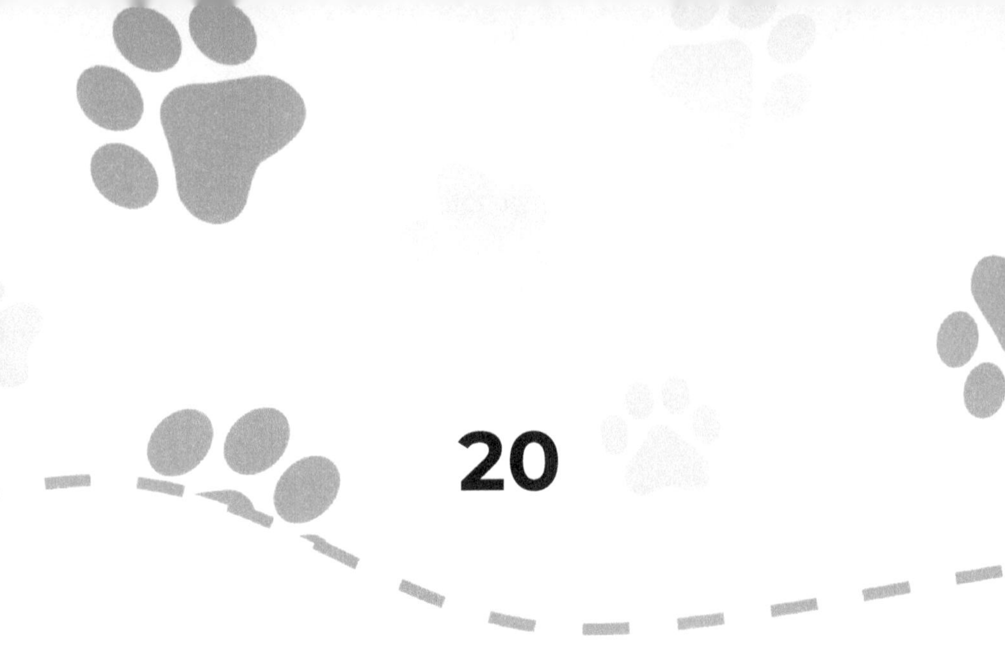

20

Ich fühlte mich gut – alles in allem –, aber das Krankenhaus bestand darauf, mich für mindestens vierundzwanzig Stunden da zu behalten, da ich noch immer in Gefahr war, meinem Beinahe-Ertrinken zu erliegen.

Als ein vertrautes Gesicht in meinem Zimmer auftauchte, stöhnte ich hörbar auf.

„So …“, sagte Dr. Arie Lewis, derselbe Arzt, der mich Anfang der Woche bereits in der Notaufnahme behandelt hatte, und bedachte mich mit einem widerlich breiten Grinsen. „Sie haben sich also entschieden, dieses Mal den Einsatz zu erhöhen, was? Das wahre Leben ist aber kein Actionfilm. Sie können nicht permanent Ihr Leben aufs Spiel setzen und erwarten, dass Sie das irgendwie überstehen.“

Ja, das war der gleiche Typ, der mir beim ersten Besuch schon das Gefühl gegeben hatte, ich wäre ein kompletter Idiot, weil ich mich von der Bürokaffeemaschine bewusstlos hatte schlagen lassen.

Es war erschütternd zu erkennen, dass sein Umgang mit Patienten sich seitdem keinen Deut gebessert hatte.

Sein Kopf schnellte in die Höhe und er ignorierte die Tatsache, dass ich weder auf seinen Gruß noch auf seinen Ratschlag reagiert hatte. „Ertrinken ist definitiv die eindrucksvollere Art, um das Bewusstsein zu verlieren. Dieses Mal haben Sie ganze Arbeit geleistet."

Hatte er mir gerade ein Kompliment über meine Methode der Selbstverstümmelung gemacht? Klar, weil ich das ja auch perfekt unter Kontrolle hatte. Kurz fragte ich mich, ob der nicht so gute Doc außerhalb seines Kliniklebens vielleicht jemand war, der den Nervenkitzel suchte. Er schien richtig aufgeregt, als er die Details meines Beinahe-Ertrinkens aufzählte.

„Lassen Sie mich doch bitte in Ruhe", brach ich schließlich flehend mein Schweigen. Hatte ich an diesem Tag nicht schon genug durchgemacht?

Immerhin wäre ich fast gestorben, verflucht noch mal!

Er warf mir einen vernichtenden Blick zu, bevor er kichernd mehr zu sich selbst sagte: „Nein, das geht leider nicht. Dieses Mal brauchen Sie viel mehr als nur normales Tylenol. Und ein kleines Lächeln würde Ihnen auch nichts schaden."

Hätte ich noch Kraft gehabt, wäre ich aus dem Bett gesprungen und hätte ihm eine verpasst, aber für heute hatte ich von Gewalt die Nase voll – auch wenn es den Anschein machte, als wäre dieser Arzt aus dem gleichen schäbigen Holz geschnitzt wie mein meistgehasster Kollege, Brad.

Vielleicht war es an der Zeit, sich mit einigen alternativmedizinischen Therapien zu beschäftigen – oder damit aufzuhören, sich jeden zweiten Tag bewusstlos schlagen zu lassen. Beides wäre eine Option.

„Ich schaue später nochmal vorbei“, verkündete Dr. Lewis nach einem kurzen Blick auf meine Vitalwerte, „Ach, übrigens, im Vorraum warten Besucher auf Sie. Soll ich sie hereinschicken?“

„Ja, bitte.“ Ich nickte aufgeregt und hoffte, Großmutter hätte doch noch einen Weg gefunden, um Octocat heimlich hereinzuschmuggeln. Zutrauen würde ich es ihr ja.

Leider war es nicht sie, die mich sehen wollte; wenige Minuten später trat Mr. Fulton ein, gefolgt von Bethany. Mein Chef trug einen riesigen rosa Teddybär, auf dem *Es ist ein Mädchen* stand, was mich zum Kichern brachte.

Aua. Das Lachen tat noch verdammt weh.

„Wie geht es dir?”, erkundigte sich Bethany und fuhr mit den Fingern den Rahmen am Fußende meines Bettes entlang. Ich hatte sie noch nie in anderen Kleidern als ihrem Büro-Outfit gesehen und fand ihren persönlichen Stil ziemlich cool. Sie trug eine rotgepunktete Hose mit einer weißen Button-down-Bluse, eine Kombination, die sowohl zu Großmutters wie auch meiner eigenen Garderobe perfekt gepasst hätte.

„In Anbetracht der Umstände, ganz okay.“ Ich lächelte, um ihr zu zeigen, dass es mir gut ging und dass es keine Missverständnisse zwischen uns gab.

„Es tut mir so leid, dass meine Frau Sie fast umgebracht hätte“, schaltete Mr. Fulton sich ein. Seine Aussage überraschte mich. Immerhin war ich erst seit wenigen Stunden im Krankenhaus. Von daher kam es mir seltsam vor, dass er und Bethany bereits über die Vorfälle im Bild waren.

„Wie haben Sie so schnell davon erfahren?“ Ich fragte mich, wie viel genau er darüber wusste, was zwischen mir und Diane vorgefallen war und ob man ihm bereits gesagt hatte, dass sie auch für den Tod seiner geliebten Tante verantwortlich war.

Er beeilte sich, mich aufzuklären. „Ich kam früher als geplant von meiner Reise nach Hause. Vor dem Haus entdeckte ich Ihr Auto, und die Tür stand weit offen. Kurze Zeit später tauchten Beamte auf und holten mich zum Verhör ab. Sagen wir es einfach so, sie haben mich über die schockierenden, außerplanmäßigen Aktivitäten meiner Frau aufgeklärt."

„Und du?", wandte ich mich an Bethany. Plötzlich erinnerte ich mich wieder daran, dass Diane zwischen zwei ihrer wahnsinnigen Tobsuchtsanfälle irgendetwas erwähnt hatte, dass sie seine Tochter sei. Ich hatte noch so viele Fragen dazu und hoffte, sie würden unaufgefordert damit anfangen, aber genau genommen ging es mich eigentlich nichts an.

Bethany warf ihrem Begleiter einen nervösen Blick zu. „Er rief mich auf dem Weg hierher an."

„Ist schon okay", beschwichtigte ich sie und schaffte es mal wieder nicht, cool zu bleiben. „Diane hat mir die Wahrheit gesagt, denke ich zumindest."

Ich wandte mich an Mr. Fulton. „Ist sie tatsächlich Ihre Tochter?"

„Ja", antworteten beide einstimmig und sahen mich mit ähnlichem Gesichtsausdruck an.

„Wieso hast du mir das nicht einfach gesagt?", fragte ich Bethany und erinnerte mich wieder an sie Szene, die ich ihr bei der Trauerfeier gemacht hatte. Natürlich fühlte ich mich deswegen jetzt ganz schrecklich.

„Ich wollte nicht, dass es bekannt wird", erklärte Mr. Fulton. „Diane war eh schon aufgeregt genug."

Ich blickte wieder zu ihr hinüber. „Wusstest du es die ganze Zeit über?"

„Nein, nicht von Anfang an. Zwar hatte ich so einen Verdacht, dass er mein auf mysteriöse Weise verschollener Vater sein könnte, als ich meine Stelle in der Firma antrat, aber wir haben es gerade erst durch einen DNA-Test verifizieren lassen. Trotzdem war das genau der Grund, warum ich mich überhaupt dort beworben hatte."

Mein Chef sah aus, als müsse er sich jeden Moment übergeben, während er erklärte: „Ich habe Diane anfangs, als wir gerade zusammenkommen waren, betrogen. Zwar nur ein einziges Mal, aber ..."

„Meine Mutter wurde prompt schwanger", ergänzte Bethany. „Ich hatte in den letzten Jahren einige seltsame ... nun ja, gesundheitliche Probleme und mich von daher erkundigt, welche Optionen es gäbe. Also hat meine Mutter schlussendlich klein beigegeben und mir mehr über meinen Vater erzählt."

„Oh." Mehr fiel mir im Moment nicht dazu ein. Für Diane war es natürlich scheiße, dass ihr damaliger Freund sie betrogen hatte. Sicher, sie waren zu dieser Zeit noch nicht verheiratet gewesen, aber immerhin zusammen. Man geht ja immer davon aus, dass einem der Partner treu ist – aber andererseits käme man auch nie auf die Idee, dass er oder sie versuchen könnte, jemanden zu ermorden, der einem wichtig ist.

„Wir dachten uns, da du Dank Diane bereits Teil des Familiendramas wurdest, hättest du es zumindest verdient, die ganze Geschichte zu erfahren", schniefte sie.

„Es tut mir so leid, Bethany. Ich war schrecklich zu dir." Plötzlich stürzte alles auf mich ein. Sie musste ohne Vater aufwachsen, hatte gesundheitliche Probleme, die sie nicht preisgeben wollte und erst kürzlich eine Tante verloren, die sie nie kennenlernen durfte.

„Ja, das hast du allerdings", entgegnete sie mit einem Stirnrunzeln, das sich jedoch schnell in ein Lächeln verwandelte. „Aber ich habe dich bei so vielen anderen Gelegenheiten ebenfalls mies behandelt, sodass wir jetzt eigentlich quitt sein dürften. Lass uns damit aufhören, uns gegenseitig runterzumachen und uns stattdessen lieber unterstützen, okay?“

„Gerne. Wir Mädels müssen doch zusammenhalten“, stimmte ich zu. „Übrigens, mir gefällt dein Outfit.“

Bei diesem Kompliment errötete sie.

„Nochmals, es tut mir so leid, dass meine Frau versucht hat, Sie umzubringen“, sagte Mr. Fulton mit schmerzverzerrter Miene. „Und mir ist nach wie vor schleierhaft, warum überhaupt. Können Sie sich das erklären?”

Beide blickten mich neugierig an.

Ich holte tief Luft, um mich zu sammeln und erklärte dann: „Sie dachte, ich hätte übernatürliche Kräfte und alles herausgefunden. Im Zuge dessen gestand sie mir, wie sie den Plan gefasst hatte, Ethel zu ermorden, um auf diese Weise im Falle einer Scheidung mehr Geld aus Ihnen herausholen zu können.“

Mr. Fulton seufzte und schüttelte den Kopf.

„Und, hast du?“, fragte Bethany leicht atemlos, während sie auf meine Antwort wartete.

Verwirrt verzog ich das Gesicht. „Ich habe was?“

„Übersinnliche Kräfte“, bohrte sie nach.

„Was?“, lachte ich nervös auf. Niemand außer Großmutter durfte jemals die Wahrheit über mich und Octocat erfahren. „Nein, natürlich nicht, sei nicht albern.”

Sie lachte ebenfalls. „Ich wollte nur prüfen, ob du nach dem massiven Sauerstoffverlust noch klar bei Verstand bist.“

Herr Fulton legte seiner Tochter eine Hand auf die Schulter. „Bethany, würdest du uns einen Moment allein lassen?“

„Klar, Ich werde draußen auf dich warten“, antwortete sie und lächelte mir noch einmal zu, bevor sie den Raum verließ und die Tür hinter sich zuzog.

Fulton schnappte ich einen Stuhl und zog ihn neben mein Bett. „Ich denke, es versteht sich von selbst, dass ich aus der Firma ausscheiden werde."

Zwar nickte ich, kapierte aber nicht, was das mit mir zu tun hatte.

„Ich werde diesen Vorfall tatsächlich als Gelegenheit nutzen, mich zurückzuziehen, meine Tochter kennenzulernen und zukünftig das Leben fernab der Arbeit zu genießen."

„Das ist eine großartige Idee." Obwohl ich mich für ihn freute, fiel es mir zunehmend schwerer, meine Begeisterung aufrechtzuerhalten. Aufgrund all der Erkenntnisse, die ich an diesem Tag gewonnen hatte, fühlte mein Gehirn sich bleischwer an und ich sehnte mich nach Ruhe.

„Ich hatte die ganze Zeit über nicht die geringste Ahnung, was Diane vorhatte und bedauere es außerordentlich, dass Sie da mit hineingezogen und verletzt wurden." Er griff in seine Jackentasche und zog sein Scheckbuch heraus. „Natürlich weiß ich, dass ich es nie wieder gutmachen kann, aber lassen Sie mich Ihnen zumindest irgendwie helfen. Währen einhunderttausend genug, damit Sie mir ... sagen wir mal so, vergeben könnten?"

Ich streckte meine Hand nach der seinen aus, konnte sie aber nicht erreichen. „Sie müssen mir kein Geld geben. Ich habe Ihnen schon längst verziehen."

„Bitte lassen Sie mich doch etwas tun. Dieses Geld und noch weit mehr sollte bei der Scheidung Diane zugesprochen werden, aber jetzt, wo sie wahrscheinlich den Rest ihres Lebens im Gefängnis verbringen wird, habe ich plötzlich so viel mehr, als ich je für mich brauchen werde." Er schien so traurig, so verzweifelt, dass er mir als Entschädigung ein kleines Vermögen zukommen lassen wollte, obwohl er selbst doch nie etwas Falsches getan hatte. Nun, zumindest nicht in den letzten dreißig Jahren.

„Ich brauche wirklich nichts“, entgegnete ich entschieden, bemerkte jedoch, kaum dass ich diese Worte ausgesprochen hatte, dass sie nicht ganz der Wahrheit entsprachen.

Mr. Fulton musste meine innerliche Zerrissenheit bemerkt haben, denn er bohrte weiter: „Ich sehe doch, dass Sie das tun. Wie wäre es mit hundertfünfzigtausend? Zweihunderttausend? Nennen Sie mir einfach eine Summe.“

Für einen winzigen Moment erlaubte ich mir die Vorstellung, wie mein Leben mit so viel Geld aussehen würde. Ich könnte aufhören zu arbeiten, eine beträchtliche Anzahlung für ein eigenes Haus leisten oder sogar ein paar Jahre frei nehmen, um die Welt zu bereisen.

Ich könnte alles tun, was mein kleines Herz begehrte,

Aber ehrlich gesagt gefiel mir mein Leben, egal wie glanzlos es einem Außenstehenden erscheinen mochte. Klar wollte ich eines Tages reich sein – *wer nicht?* –, aber ich wollte mein Glück auf meine eigene Art und Weise machen.

Dennoch gab es eine Sache, die ich mir tatsächlich wünschte und die nur er mir geben konnte.

„Eine Bitte hätte ich tatsächlich, wenn ich die vorbringen darf“, sagte ich und fuhr mir mit der Zunge über meine rissigen, trockenen Lippen.

Er richtete sich auf und ließ seinen Stift über dem Scheckbuch schweben. „Was immer Sie möchten. Nennen Sie Ihren Preis.“

„Hätten Sie etwas dagegen, wenn ich die Katze behalte?“, fragte ich und hielt in Erwartung seiner Antwort den Atem an.

Er klappte sein Büchlein zu und starrte mich verständnislos an. „Die Katze?“, fragte er verwirrt.

„Ja, Octavius Maxwell …“ Ich brach in Gelächter aus. „Sie wissen schon, Ethels Kater, auf den ich diese Woche aufgepasst habe.“

„Stimmt ja, der Kater!” Endlich blitzte Erkenntnis in seinen Augen auf. „Den habe ich ja bei allem, was in den letzten Tagen so passiert ist, komplett vergessen.“

Ich lächelte und wartete auf seine Entscheidung.

Diese kam mit einem Augenzwinkern, das ich nicht wirklich zuordnen konnte. „Natürlich kann er bei Ihnen bleiben. Sobald Sie sich zu Hause wieder eingelebt haben, lasse ich Ihnen all seine Sachen vorbeibringen.“

Mein Herz quoll über vor Freude darüber, dass ich das Tier behalten durfte, das ich bis vor kurzem noch als Fluch meiner Existenz betrachtet hatte, jetzt aber um nichts in der Welt mehr hergeben würde – nicht einmal für zweihunderttausend Dollar.

„Vielen, vielen Dank“, rief ich Mr. Fulton glückstrahlend hinterher, als dieser sich zum Gehen wandte.

Ich konnte es kaum erwarten, nach Hause zu kommen und Octocat die gute Nachricht zu überbringen.

* * *

Für die nächsten zwei Wochen wurde ich von der Arbeit freigestellt, um mich von meinem Martyrium erholen zu können. So verbrachten Octocat und ich die meiste Zeit damit, auf der Couch herumzulümmeln und im Fernsehen unsere Lieblingssendungen zu verfolgen. Wir entdeckten sogar eine Serie über einen Katzentrainer, die wir beide urkomisch fanden. Jedes Mal, wenn der *Experte* die Gefühle der Katze interpretierte, korrigierte Octocat ihn, und wir beide brachen in schallendes Gelächter aus.

Gleich in den ersten Tagen meines Zwangsurlaubs – ja, sie hatten mich wirklich dazu zwingen müssen – wurde per Kurier ein Päckchen angeliefert.

„Was ist das denn?“, rätselte ich, nachdem ich auf der gepunkteten Linie des Übergabescheins unterschrieben hatte.

Octocat zuckte nur mit den Schultern, trottete davon und überließ mich der mysteriösen Postsendung. Es war ein sehr dicker Umschlag.

„Was ist denn da drinnen?“ Irgendwann kam er doch zurück und setzte sich neben mich auf dem Tisch, während ich noch über den Inhalt des grübelte.

„Ich habe ehrlich gesagt keine Ahnung“, antwortete ich, während ich an den Verschlussklammern herumfummelte.

„Dann mach ihn doch endlich auf! Ich sterbe fast vor Neugier.“

Mir erging es nicht viel anders.

Nachdem ich ein Bündel mit Papieren herausgezogen hatte, überflog ich schnell die erste Seite und blätterte dann weiter, wobei ich bei jedem weiteren Abschnitt des juristischen Dokuments nur kurz die Überschriften las.

„Sag mal, Octocat“, murmelte ich, unfähig, meinen Blick abzuwenden, „wie war gleich noch mal dein vollständiger Name?“

„Octavius Maxwell Ricardo Edmund Frederick Fulton Russo“, sagte er, wobei er jede Silbe von seiner Sandpapierzunge abrollen ließ.

„Oha“, gurrte ich. „Du hast meinen Nachnamen hinzugefügt.“

„Natürlich habe ich das. Du bist jetzt immerhin mein Mensch“, erwiderte er mit einem liebenswerten Zucken seiner Schnurrhaare.

„Tja, aus rechtlichen Gründen wirst du Russo allerdings weglassen müssen.“

„Warum?“

Ich schob ihm die Papiere hinüber, obwohl er noch nicht sehr gut lesen konnte.

„Was steht da drinnen?“ Sein Schwanz zuckte vor Aufregung.

„Das sind die Dokumente über den Treuhandfonds, den Ethel in deinem Namen eingerichtet hat. Da du jetzt bei mir wohnst, bin ich dein offizieller Vormund und damit Garant deines Vermögens.“

Er gähnte. „Und das bedeutet?“

„Zwei Dinge“, sagte ich und ein riesiges Lächeln breitete sich auf meinem Gesicht aus. „Zum einen gehörst du jetzt von Rechts wegen mir. Und zweitens erhalten wir monatlich eine Summe von fünftausend Dollar, die dir den Lebensstil garantieren soll, den du gewohnt bist.“

Octocats Augen wurden groß vor Staunen.

„Endlich!“, rief er aus. „Wusste ich es doch, dass Ethel mich nicht vergessen würde. Dann lass uns doch gleich mal über die aktuelle Wohnsituation reden …“

TROUBLE MIT DEM TERRIER

Katzendetektiv trifft auf Hundezeugen ... Was sollte da schon schiefgehen?

Ich habe mich endlich mit der Tatsache abgefunden, dass ich mit Tieren sprechen kann, auch wenn das einzige Tier, das mir jemals antwortet, eine mürrische, getigerte Katze ist, die ich Octocat nenne. Noch weiß ich allerdings nicht wirklich, wie ich mein Geheimnis vor anderen verbergen kann ...

Jetzt hat einer der Mitarbeiter meiner Anwaltskanzlei dieses seltsame, neue Talent von mir entdeckt und besteht darauf, dass ich ihm helfe, damit sein Klient von einer doppelten Mordanklage freigesprochen wird. Octocat jedoch verspürt nicht die geringste Lust dazu, uns zu unterstützen.

. . .

Unsere einzige Hoffnung ruht jetzt auf einem verstörten Yorkie namens Yo-Yo, der noch nicht ganz kapiert hat, dass seine Besitzer tot sind. Werden wir einen Weg finden, Yo-Yo dazu zu bringen, uns bei der Aufklärung des Mordes zu helfen, ohne sein armes Hundeherz zu brechen?

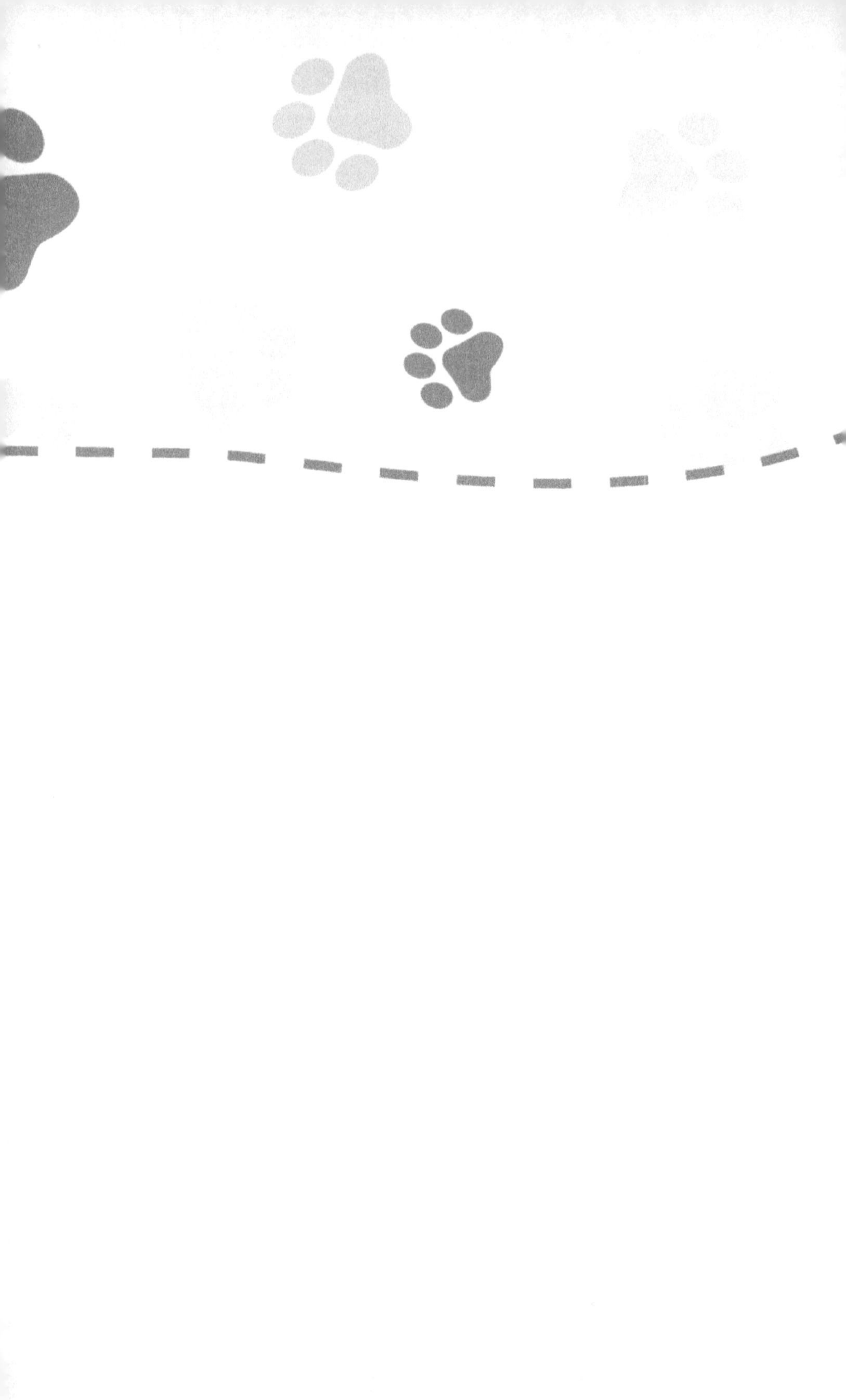

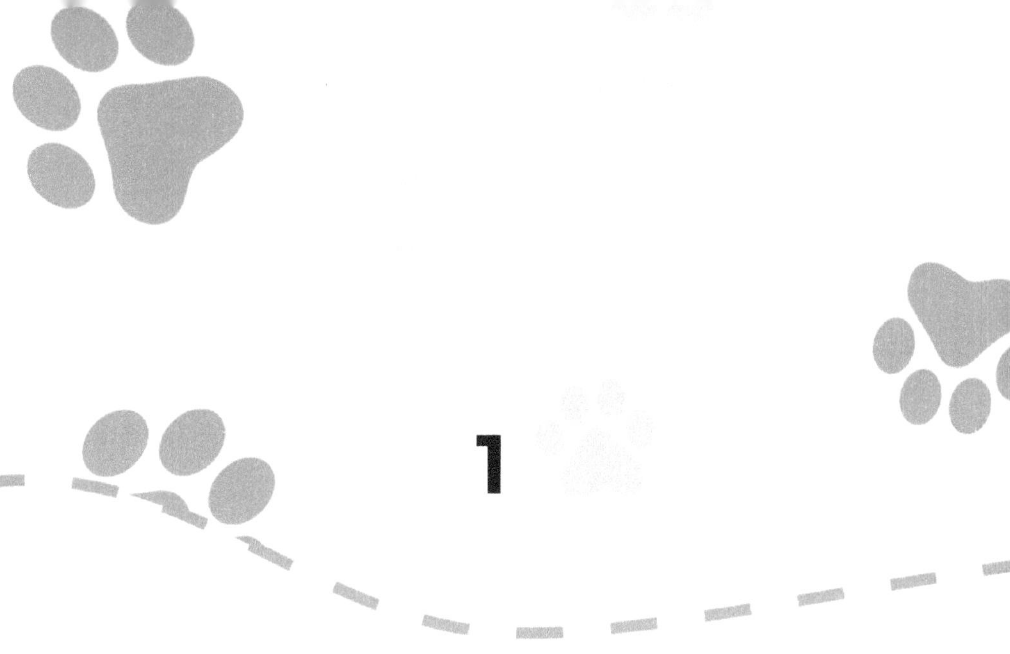

1

Hi, ich bin Angie Russo, und mein Haustier – ein Kater – kann sprechen. Nun ja, er spricht zwar nur mit mir, aber immerhin. Inzwischen sind schon wieder einige Monate vergangen, seit er zu mir kam, nachdem seine Besitzerin ermordet wurde. Sie war eine ganz liebe alte Dame, die von einem gierigen Mitglied ihrer eigenen Familie, das an ihr Erbe wollte, vergiftet wurde.

Seitdem versuchen Octocat und ich, uns an unser neues Leben in der Wohngemeinschaft

zu gewöhnen. Meistens ist er nett zu mir, zumindest, solange ich ihm pünktlich sein Frühstück serviere und ihn auf keinen Fall „Kätzchen" rufe. Das mag er überhaupt nicht! Er hat sogar gelernt, sein iPad zu benutzen und mich über FaceTime anzurufen, damit wir miteinander kommunizieren können, während ich im Büro bin.

Ganz recht – *sein* iPad.

Habe ich schon erwähnt, wie verwöhnt er ist?

Er hat nicht nur sein eigenes Tablet – und einen Treuhandfonds für seinen Unterhalt –, er besteht auch noch darauf, Evian–Mineralwasser frisch aus der Flasche zu trinken. Und zu essen gibt es ausschließlich ausgesuchte Lieblingsspeisen, die nur auf speziellem Geschirr und zu streng einzuhaltenden Zeiten serviert werden dürfen.

Ich muss zugeben, er hat sich in mein Herz geschlichen, etwas, das ich mir anfangs ehrlich

nicht hätte vorstellen können. Momentan mag ich sogar meinen Job als Rechtsanwaltsgehilfin bei Fulton, Thompson und Partner. Die Dinge und Tage waren ziemlich aufregend, seit die Fultons abrupt die Stadt verließen und unsere Firma ihren Seniorchef verlor.

Ein knallharter Konkurrenzkampf um seine Nachfolge ist entbrannt. Aber bis Mr. Thompson eine Entscheidung trifft, wen er befördert, sind wir schlichtweg „Thompson und Partner."

Jede Menge Kandidaten – sowohl von innerhalb der Firma wie auch von außerhalb – haben schon unser Büro durchlaufen, in der Hoffnung, den begehrten Top-Job in Blueberry Bays angesehenster Anwaltskanzlei zu ergattern, aber Thompson wollte oder konnte sich offenbar noch nicht festlegen.

Ich kann ihm das nicht verdenken. Ich jedenfalls möchte definitiv nicht in seiner Haut stecken.

Unsere Firma ist jetzt zumindest berühmt-berüchtigt, nach dem überraschenden Mordfall, in den einer ihrer Partner und seine Familie verwickelt waren. Jeder wollte natürlich wissen, was da passiert ist, aber Mr. Thompson ermahnte uns und machte uns deutlich, dass wir kein Recht hätten, die Sache mit irgendjemandem zu diskutieren.

In der Zwischenzeit hatte er für den Übergang einen neuen Partner eingestellt, der uns helfen soll, unser erhöhtes Arbeitspensum zu schaffen. Charles Longfellow, der Dritte (!), kam zu uns, auf Empfehlung und mit ausgezeichneten Referenzen, die nur noch durch sein Aussehen übertroffen werden.

Es ist schon eine ganze Weile her, dass ich mich in jemanden verguckt habe – aber mein Gott – bei Charlie hat es mich so richtig erwischt. Er hat dieses dicke, gelockte Haar, das ihm in perfektem Schwung in die Stirn fällt. Dazu ist er groß gewachsen – wie man sich vielleicht einen Basketballspieler auf der Highschool (aber nicht unbedingt auf der Uni) vorstellt, und man kann sich leicht in seinen dunkelgrünen Augen verlieren. Ich weiß das deshalb, weil es mir schon öfters passiert ist ...

Jawohl, sosehr ich normalerweise auch Bücher den Jungs vorziehe – wenn Charlie in der Nähe ist, schwebe ich auf Wolke sieben und werde nervös. Das ist wohl auch der Grund dafür, dass ich so einen kolossalen Fehler begangen habe ...

Jetzt werde ich mit meinem größten Geheimnis erpresst – der Tatsache, dass ich mit Tieren sprechen kann.

Was so schlimm daran ist? Dass es mir sogar gefällt!

Aber vielleicht sollte ich am Anfang beginnen, oder?

Ich versuche es einfach mal ...

Octocat rief mich kurz vor zwölf Uhr mittags über FaceTime an. Ich war natürlich im Büro, aber nachdem er genau wusste, dass er mich dort nur im Notfall kontaktieren durfte, entschied ich mich, das Gespräch anzunehmen, wofür ich meine Arbeit unterbrechen musste. Immerhin hatten schon fast alle das Büro verlassen, um sich zu einem frühen Mittagessen zu treffen. Also war ich mehr oder weniger allein im Gebäude.

„Was ist denn los?“, fragte ich, während ich meinen Blick über die Räumlichkeiten wandern ließ, nur um sicher zu sein, dass auch wirklich alle weg waren. Normalerweise ging ich für Telefonate mit Octocat extra auf die Toilette, aber dort hatte sich ein Juniorpartner vor seinem Weggang mindestens eine halbe Stunde lang verbarrikadiert, sodass dieser Ort für eine Weile bestimmt nicht angenehm für denjenigen war, der ihn als Nächsten aufsuchen musste.

„In meinem Evian-Wasser schwimmt eine Fliege“, beklagte sich mein Kater lautstark mit einem klagenden Miauen. Sein Gesicht sah völlig aufgelöst aus, als er es für mich extra nahe an die Kamera hielt.

„Oh, du armes Ding“, gurrte ich, während ich außerhalb seines Blickfeldes die Augen verdrehte. Octocat war eindeutig zu verwöhnt und schadete sich damit manchmal selbst. Aber andererseits erhielt ich immerhin monatlich fünftausend Dollar für seine Pflege, also durfte ich mich wohl nicht zu sehr beschweren?

„Genau was ich denke“, antwortete er mit einer Grimasse und einem leichten Seufzen. „Du musst sofort heimkommen, um diese Situation zu bereinigen.“

„Tut mir leid, das kann ich nicht. Ich bin im Büro“, erinnerte ich ihn mit einem ähnlich gequälten Seufzer, während ich träge durch meinen übervollen E-Mail-Posteingang scrollte.

Octocat knurrte, als er merkte, dass ich ihm nicht meine volle Aufmerksamkeit schenkte. „Ich dachte, du wolltest jetzt nur noch Teilzeit arbeiten?“

Weshalb musste ich einer Katze nur dauernd meine Lebensentscheidungen erklären? Er merkte sich ohnehin nur selten, was ich ihm sagte. Wir hatten exakt die gleiche Unterhaltung über meinen Job mindestens schon drei Mal geführt. Diese ständigen Wiederholungen würden daran auch nichts ändern.

Aber trotzdem war es wohl einfacher, alles nochmal zu erläutern, als wieder einen seiner kleinen Wutanfälle zu riskieren.

„Ja, auf dem Papier arbeite ich Teilzeit“, erklärte ich geduldig, „aber solange Mr. Thompson nicht endlich einen neuen Partner einstellt, muss ich Überstunden machen. Hier ist wirklich sehr viel los und leider kann ich deswegen jetzt nicht einfach kurz mal nach Hause kommen, nur um dir neues Evian in deine Schale einzugießen. Tut mir wirklich leid.“

Seine Augen zogen sich ärgerlich zusammen, in Vorbereitung auf einen kleinen Privatkrieg, nur um sich bei diesem lächerlichen Dialog durchzusetzen. „Aber bekommst du nicht eine wirklich anständige, monatliche Summe, um sicherzustellen, dass ich die reguläre, mir zustehende Behandlung erhalte? Ich bin es jedenfalls ganz bestimmt nicht gewohnt, dass in meinem Evian eine halbtote Fliege schwimmt!“

Und schon wieder war es einfacher nachzugeben, als weiter stundenlang zu diskutieren. „*In Gottes Namen*! Ich schicke dir Großmutter vorbei, damit sie dir frisches Wasser gibt. Bist du jetzt zufrieden?“

Er gähnte, was mich noch mehr ärgerte. „Nicht wirklich. Ich werde Tage brauchen, um mich von diesem Schockerlebnis zu erholen. Bitte stell sicher, dass Großmutter auch weiß, dass sie die eklige Tasse jetzt wegwerfen muss.“

„Du bist ein Kater“, presste ich zwischen zusammengepressten Zähnen hervor. „Du solltest ein gefährlicher Jäger sein, kein verwöhntes Baby. Weißt du, andere Katzen sind sogar ...“

„Angie?“ Eine tiefe, verträumte Stimme unterbrach unsere Unterhaltung.

Oh, nein, nein, und nochmals nein. Es sollte doch jeder das Haus verlassen haben!

Ich wirbelte auf meinem Stuhl herum und sah keinen Geringeren als Charles Longfellow, den Dritten, hinter mir stehen. Er glotzte über meine Schulter auf das Display meines Telefons und sah … Octocat.

„Oh, hallo Charles." Nervös drückte ich auf die Taste, um das Telefonat zu beenden, aber es war bereits zu spät. Er musste schon mehr als genug gehört und gesehen haben, um hinter mein Geheimnis zu kommen. Ich konnte bestenfalls darauf hoffen, dass er schlichtweg annahm, einer von uns – oder auch beide – wären verrückt geworden.

Immerhin war es schon mal ein gutes Zeichen, dass er mich anstarrte, als wäre mir ein zweiter Kopf gewachsen. Das wäre vermutlich leichter zu verstehen gewesen als das, was er tatsächlich beobachtet hatte.

„Alles okay mit dir?", fragte er schließlich und zog eine seiner dicken Augenbrauen hoch. Die Luft im Büro fing plötzlich an zu knistern und wurde so dünn, als wären wir auf den Gipfel des nächsten Gebirges gebeamt worden.

Ich nickte und wünschte mir inständig, er würde aufhören zu fragen und endlich wieder gehen. „Alles wunderbar. Danke", log ich und hoffte, ich hätte zumindest ein wenig von Großmutters Schauspieltalent geerbt. Allerdings sah es so aus, als ob sich mein Kollege von meinen kläglichen Versuchen, die Situation herunterzuspielen, nicht täuschen ließ.

Seine Stimme troff vor Sarkasmus, als er sagte „Bist du dir sicher? Denn es hörte sich ganz so an, als bräuchte deine Katze etwas Hilfe …" Und natürlich fügte er noch mit einem zuckersüßen Lächeln hinzu, dass sich über das ganze Gesicht erstreckte: „Mit Evian, stimmt doch, oder?"

Vor Schreck blieb mir der Mund offenstehen und ich brachte

angesichts des unglückseligen Moments von soeben, dessen Zeuge mein Schwarm geworden war, kein weiteres Wort heraus.

„Nun?", verlangte er zu wissen. „Hast du – oder hast du nicht – gerade mit deiner Katze gesprochen?"

Ich strich mir eine Haarsträhne hinters Ohr und schluckte schwer, bevor ich ihm eine Antwort gab. „Na ja, ich rufe ihn manchmal an, wenn ich weg bin. Er leidet unter Trennungsangst, von daher …" Ich lächelte so einschmeichelnd wie möglich an, aber es schien nicht zu wirken. Ich stand auf verlorenem Posten.

„Aber es hörte sich doch ganz so an, als würde er dir antworten." Charles schien sich sicher zu sein. „Als hättest du tatsächlich eine richtige Unterhaltung mit ihm geführt."

Ich blinzelte heftig, während ich stammelnd hervorstieß: „Was? Jetzt sei nicht albern! Natürlich kann ich nicht mit Tieren reden. Ich meine, wer kann das schon?"

„Du anscheinend", erwiderte er und blickte mich scharf an. Offensichtlich wollte er mich nicht vom Haken lassen, bevor ich nicht die Wahrheit aussprach und zugab, was ich unbedingt verheimlichen wollte.

Ich schluckte den dicken Kloß im Hals hinunter und fing dann lauthals zu lachen an. „*Erwischt!* Ich kann nicht glauben, dass du auf meinen kleinen Trick hereingefallen bist!"

Charles schob beide Hände in seine Jackentaschen und wippte auf den Fersen auf und ab, erwiderte jedoch nichts darauf.

Oh, du meine Güte. Warum blieb er denn stumm?

Mein Herz galoppierte wie ein wilder Hengst, und mein Lachen erstarb.

Charles studierte mich sekundenlang und mir gelang es einfach nicht, wegzuschauen. „Du kommst jetzt mit mir", meinte er schließlich.

„Was?“ Ich verschränkte die Arme trotzig vor der Brust. „Auf keinen Fall. Ich habe hier noch viel zu viel Arbeit.“

Er stützte sich mit den Handflächen auf meinem Schreibtisch ab und beugte sich vor, sodass unsere Gesichter nur wenige Zentimeter voneinander entfernt waren. Unter so ziemlich allen anderen Umständen hätte mich seine Annäherung gefreut.

So jedoch war ich einfach nur entsetzt.

„Oh doch – du kommst jetzt mit mir!“, wiederholte er mit einem teuflischen Grinsen.

„Es sei denn, du möchtest, dass ich jedem erzähle, was ich gesehen habe.“

Ich schluckte erneut. „Jedem?“

„Jedem“, bestätigte er, bevor er sich wieder zu voller Größe aufrichtete und seine Krawatte richtete.

Komplett durcheinander und unfähig, einen Ausweg zu sehen, stand ich auf, um mit ihm zu gehen.

„Sehr gut“, sagte er, während er mir die Tür aufhielt und mich per Handbewegung aufforderte, hindurchzugehen.

Ich drehte mich um und musterte ihn. „Wo wollen wir überhaupt hin?“

„Zu mir“, antwortete er kühl, als wir über den Parkplatz in Richtung seines Wagens liefen. Charles hatte mich noch nie zuvor irgendwohin eingeladen oder auch nur mitgenommen – und schon gar nicht in seine Wohnung. Dummerweise hatte ich das Gefühl, dass mir das, was mich dort erwartete, überhaupt nicht gefallen würde.

2

Etwa fünf Minuten, nachdem wir das Büro verlassen hatten, erreichten wir die Cliffside-Apartments. Ich war überrascht, dass er in solch einer einfachen Unterkunft lebte, obwohl es doch nicht weit von hier wesentlich schönere Wohnungen gab. Cliffside war normalerweise eher etwas für junge Studenten oder Leute, die sich gerade so durchschlugen.

Als Anwalt hätte Charles sich etwas wesentlich besseres leisten können, und auch Sichereres. Glendale hatte zwar keine große Kriminalitätsrate, aber wenn etwas passierte, dann geschah es in neun von zehn Fällen hier. Aber vielleicht wollte er als Strafverteidiger gerade deshalb in der Nähe seiner Klienten sein? Andererseits waren die meisten Delikte, mit denen wir es zu tun hatten, sogenannte „Weiße Kragen"- Fälle, also eher Wirtschaftskriminalität – keine Überfälle oder Ähnliches. Mit den fleckigen Teppichen und der abblätternden Farbe an den Fassaden fiel Cliffside wohl nicht in diese Kategorie.

Bedeutete die Tatsache, dass er hier wohnte, dass er gar nicht plante, länger in Blueberry Bay zu bleiben? War er nur auf der Durchreise, wie so viele andere, die in derartig heruntergekommenen Absteigen lebten?

Obwohl er mich jetzt anscheinend erpressen wollte, hoffte ich doch, dass er etwas länger hier leben würde. Trotz allem mochte ich ihn immer noch, und seine Gesellschaft war mir lieber als die der anderen Kollegen in der Firma. In letzter Zeit hatte ich zwar mit Bethany eine zaghafte Freundschaft geschlossen, aber wir fanden trotzdem nicht so recht zueinander. Wir kamen einfach aus zwei verschiedenen Welten.

Trotz seines vornehmen Namens waren Charles und ich vielleicht gar nicht so verschieden, wie man glauben könnte. Nein – auch ich war nicht arm aufgewachsen, aber Großmutter hatte mich Bescheidenheit gelehrt, auch wenn andere mich mit Verehrung und Lob überschütteten. Ihr Mantra war stets, dass die Bühne etwas für Stars war – während das richtige Leben für richtige Menschen sei.

Vielleicht hatte er eine ähnliche Erziehung genossen – obwohl Cliffside selbst für mich etwas zu sehr dem „richtigen Leben“ ähnelte.

Während der Fahrt hatte er nicht viel gesprochen und war auch jetzt noch schweigsam, als er mich die Stufen zum dritten Stock hinaufführte.

„Hier wären wir“, sagte er nur, während er den Schlüssel im Schloss umdrehte.

Ich zuckte mit den Schultern und folgte ihm hinein.

Sofort wurden wir von einem bellenden Hund begrüßt, der so

aufgeregt war, uns zu sehen, dass er direkt vor unseren Füßen auf den Boden pinkelte.

„Tut mir leid!“, fluchte Charles und griff nach einer Küchenrolle auf der Arbeitsplatte. „Manchmal überkommt ihn einfach die Freude.“

„Das kann man wohl sagen.“ Höflich tätschelte ich dem kleinen Kerl den Kopf, widerstand jedoch der Versuchung, ihn hochzunehmen. Schließlich war ich heute nicht in der Stimmung, mich anpinkeln zu lassen.

Etwas anderes kam mir ebenfalls seltsam vor: Obwohl Charles schon mindestens einen Monat bei uns war, sah ich mehr ungeöffnete Umzugsboxen herumstehen als Möbel oder persönliche Sachen. Wieso hatte er dann aber schon einen Hund? Und was machte der allein hier in der ganzen langen Zeit, die sein Herrchen bei Thompson verbringen musste?

Charles machte alles sauber, wusch sich die Hände und forderte mich auf, es mir auf dem großen Futon an der Wand des Wohnzimmers gemütlich zu machen.

„Wo sind denn deine ganzen Sachen?“, fragte ich, um eine Unterhaltung in Gang zu bringen. Als er sich schließlich neben mir auf dem zu kurzen Sofateil niederließ, war mir das fast schon unangenehm.

Er klopfte auf den Sitz neben sich, und der Terrier sprang ebenfalls herauf.

Dann zuckte er mit den Achseln, ohne im mindesten durch meine Frage verlegen zu werden. „Ich habe das meiste verkauft, bevor ich in den Osten gezogen bin, und hatte bisher noch nicht die Zeit, den Rest auszupacken.“

Das ergab Sinn. Er war über Kalifornien nach Maine gekommen

und soweit ich wusste, hatte er hier keine Familie. Warum irgendjemand scharf darauf sein konnte, das sonnige Kalifornien gegen eine Kleinstadt in Maine tauschen zu wollen, werde ich wohl nie verstehen – aber jedenfalls war ich froh, dass er hier war.

Der kleine Hund rannte glücklich im Kreis herum und sprang von Charles Schoß auf meinen, immer vor und zurück. Das arme Ding vermisste ganz offensichtlich die regelmäßige Aufmerksamkeit, die er brauchte.

„Wenn du so beschäftigt bist – warum hast du dann einen Hund? Das ist doch auch ihm gegenüber nicht fair." Ich wollte nicht anklagend klingen, wusste jedoch sehr genau von Octocat, dass Tiere es hassten, den ganzen Tag allein zu sein, während ihre Besitzer ihr Leben sonst wo führten. Kein Wunder, dass der Kleine im selben Moment, als Charles nach Hause kam, auf den Boden pinkelte.

„Nun, ich habe ihn noch nicht so lange", erklärte er mit einem Stirnrunzeln. „Und bevor du weiter redest ... ich weiß auch, dass ich keine Zeit habe für einen Hund. Darum geht es ja. Die Geschichte ist etwas lang, und deshalb habe ich dich gebeten mitzukommen."

Jetzt hatte mich natürlich die Neugier gepackt. Aber zuerst musste ich noch etwas klarstellen: „Du hast mich nicht gerade gebeten. Du hast mich gezwungen!"

Sein attraktives Gesicht verzog sich entschuldigend. „Tut mir leid. Wirklich – ganz ehrlich. Es ist nur so, dass ich nicht wusste, wie ich dich sonst dazu hätte bringen können mitzukommen. Und ich bin hier ein wenig verzweifelt." Zumindest schien er jetzt den Anstand zu haben, sich zu entschuldigen.

Ich nickte, obwohl ich noch keine Ahnung hatte, wovon er eigentlich sprach. Offensichtlich hatte *er* ebenfalls noch nicht verstanden, dass ich ihm überallhin gefolgt wäre, hätte er mich nur nett dazu aufgefordert.

Charles streichelte den grauen, silberglänzenden Rücken des Hündchens und begann mit seiner Geschichte. „Das ist Yo-Yo. Er gehört mir gar nicht, sondern ist mir zugelaufen."

Sofort schaltete mein Gehirn in den ‚Reparatur–Modus'. „Wie lang ist das her? Hast du einmal beim Tierheim angerufen? Ich bin sicher, irgendjemand vermisst ihn sehr und hofft auf seine Rückkehr."

Er schüttelte den Kopf, räusperte sich, schaute von mir zu Yo-Yo und meinte: „Nein. So einfach ist es nicht. Seine Besitzer sind tot."

Ich rückte ein wenig von ihm ab. „Wie bitte? Wie kannst du das denn überhaupt wissen, von einem Hund, den du zufällig gefunden hast?"

„Weil ich seine Adresse hier habe". Er zeigte auf das Halsband des Yorkies. „Und dass seine Besitzer tot sind, weiß ich sicher, weil ich die Person verteidige, die wegen Mordes an ihnen angeklagt ist."

Nun – jetzt war alles klarer. Ich sprang auf die Füße und war den Tränen nahe. „Ach nein, nicht doch. Ich will mich hier nicht als Richterin aufspielen, aber das hört sich alles völlig falsch an. Was glaubst du denn, damit zu erreichen, indem du diesen armen Hund als Geisel nimmst?"

Charles stand inzwischen auch und hielt Terrier mit einem Arm an seine Brust gedrückt. Den anderen streckte er nach mir aus, aber ich trat rasch zurück, bevor der Kontakt zustande kam. Das Letzte, was ich mir jetzt erlauben konnte, war, dass mich auch noch meine unzuverlässigen Hormone übermannten.

„Mein Klient hat Yo-Yos Besitzer nicht ermordet. Er ist unschuldig." Seine Augen bettelten mich an, ihm zu glauben.

„Ja, natürlich – das kennen wir ja. Aber weißt du was? Meistens sind sie es eben doch nicht." Ich überlegte einen Moment, ob ich mir das Hündchen einfach schnappen und mit ihm flüchten sollte.

Dieser arme kleine Kerl. Zuerst werden seine Besitzer umgebracht, und dann landete er auch noch ausgerechnet bei dem Mann, der den Mörder verteidigt!

„Nein, so ist es wirklich nicht“, wiederholte Charles mit Überzeugung. „*Ich weiß* mit Sicherheit, dass er es nicht war, aber alle Fakten sprechen nun einmal gegen ihn. Sieht nicht gut aus. Wie schon erwähnt, ich bin ziemlich verzweifelt. Als ich dann sah, wie du mit deiner Katze geredet hast, hatte ich einfach die Hoffnung, du könntest mir helfen, einen unschuldigen Mann vor dem Gefängnis zu retten. Und vielleicht auch noch dazu beitragen, den ehemaligen Herrchen von Yo-Yo zu Gerechtigkeit zu verhelfen.“

Ich wollte zunächst meine besondere Begabung verleugnen und sagte mir, dass ich ihm unter keinen Umständen helfen könnte. Aber Charles sah so leidend aus, und exakt in dem Moment sah mich auch noch Yo-Yo mit seinen kleinen, süßen Kulleraugen direkt an …

„*Also dann, von mir aus!*“, rief ich und sank zurück auf den Futon. „Schauen wir mal, was ich überhaupt machen kann“.

Erleichterung machte sich auf Charles‘ Gesicht breit, als er sich erneut neben mir niederließ. „Ich danke dir. Du bist mein Lebensretter!“

„Na ja – wie man es nimmt. Bis jetzt habe ich ja noch gar nichts getan“, murmelte ich. Die ganze Situation gefiel mir partout nicht.

„Die Tatsache, dass du bereit bist, es zumindest zu versuchen, zählt schon sehr viel.“ Und auf einmal war da etwas zwischen ihm und mir, zumindest für den Bruchteil einer Sekunde.

Liebe?

Begehren?

Oder dieses spezielle Verhältnis zwischen Erpresser und der erpressten Person?

Ich konnte es mir nicht erklären.

Er stand wieder auf und setzte Yo-Yo auf den Futon neben mich. Sofort sprang der Hund auf meinen Schoß und begann, mir das Gesicht zu lecken, während er wie wild mit dem Schwanz wedelte.

„Hey, Kleiner", sagte ich und wusste nicht recht, wie ich mich verhalten sollte. Das einzige Tier, mit dem ich mich jemals unterhalten hatte, war Octocat, und da war es der Kater gewesen, der damit anfing. Dies hier jetzt mit dem Hund fühlte sich einfach verrückt an, unnatürlich, und im Vergleich auch unangenehm. Dennoch, ich musste es einfach versuchen, um Charles und seinem Klienten zu helfen. Und natürlich auch für Yo-Yo.

„Ich habe gehört, du hast deine Herrchen verloren. Kannst du mir sagen, was da passiert ist?", fragte ich ihn mit eindringlicher Stimme.

Der Yorkie fuhr fort, mein Gesicht zu lecken, ohne ein Anzeichen dafür, dass er mich verstand. Deshalb nahm ich ihn hoch, setzte ihn auf den Boden und wollte sehen, ob ihm das half, sich zu konzentrieren.

„Was ist mit deinen Besitzern passiert?", fragte ich noch einmal. „Wurden sie ermordet?"

Er jedoch jaulte nur glücklich auf und sprang zurück neben mich auf den Futon. Anscheinend fand er, das wäre jetzt der richtige Moment, meine Hand in seinem schlabberigen Speichel zu baden.

„Was hat er gesagt?", fragte Charles neugierig. Seine Erwartungen machten diese ganze Aktion nicht einfacher. Ich habe es immer gehasst, Leuten nicht helfen zu können. Ja, selbst dann, wenn sie mich dafür erpressen mussten, schätze ich.

„Er hat gebellt", sagte ich deshalb nur.

„Schon klar – aber was hatte es zu bedeuten?"

„Ich habe keinen blassen Schimmer“, erwiderte ich ehrlich.

Sein Gesicht zeigte deutlich seine Enttäuschung. „Aber ich dachte, du könntest mit Tieren sprechen?“

„Ich rede mit meiner Katze – aber das war es auch schon.“

„Und wieso klappt das bei ihm nicht?“ Das war die Hunderttausend-Dollar-Frage. Ich hatte längst aufgehört, mich selbst für verrückt zu erklären wegen meiner Begabung, mit Octocat kommunizieren zu können. Bis heute war mir allerdings nicht klar, warum das so war und wie weit diese Fähigkeit reichen könnte.

Also hob ich die Handflächen und zuckte hilflos mit den Schultern. „Ich habe keine Ahnung, aber ich versuche es wirklich.“

„Streng dich noch mehr an“, trieb er mich an. „Es ist wirklich sehr, sehr wichtig.“

„Ich versuche es doch“, murmelte ich verbissen und wendete mich dann mit meiner freundlichsten Miene wieder Yo-Yo zu.

„Hey, du kleiner Kerl, wenn du mit mir reden würdest, wäre das eine große Hilfe. Vielleicht fängst du einfach damit an, mir zu erzählen, was du wirklich von dem Typen hältst, mit dem du jetzt hier lebst?“

Ich hob meinen Daumen in die Richtung von Charles und zog eine Grimasse, worauf Yo-Yo sich einen Zipfel meines Pullovers schnappte und daran zu zerren begann.

„Hey, stopp!“, schrie ich, aber er zog danach nur noch fester. Als ich es schließlich schaffte, mich loszureißen, war der Pulli so gut wie hinüber. Ich sprang auf die Füße, um zu verhindern, dass er noch mehr Teile von mir zerstören konnte, bevor wir hier fertig waren.

„Was hat er denn jetzt gesagt?“, fragte Charles, und Hoffnung glomm in seinen dunklen Augen auf.

„Er meinte, du hast das falsche Mädchen mitgebracht“, antwortete ich. „Und dass er meinen Pulli zwar mochte, aber trotzdem der Meinung ist, dass man ihn lieber schreddern sollte."

Charles war jetzt auch zum Scherzen zumute. „Genau wie seine Herrchen, was?"

Okay, jetzt fühlte ich mich schlecht, aber ich konnte ja nichts dafür, dass das mit der Konversation mit dem Yorkie nicht funktionierte. Ich hatte es wirklich ernsthaft versucht. Wir mussten irgendwie anders weiterkommen.

„Ich habe keine Ahnung, was oder ob er überhaupt etwas gesagt hat", erklärte ich Charles, in der Hoffnung, dass er mir diesmal glaubte. „Ich schätze mal, dass ich eben nicht mit Hunden reden kann."

„Aber mit Katzen schon?"

Wieder zuckte ich unverbindlich mit den Schultern, aber er interpretierte das anscheinend als Zustimmung.

„Großartig", erwiderte er, durchwühlte die Schubladen einer alten Kommode und zog eine lange, schwarze Leine heraus. „Komm Yo-Yo, wir machen einen Spaziergang", lockte er ihn mit hoher Stimme. Für einen kurzen Moment vergaß ich meine Irritation, aber wirklich nur kurz.

„Du willst jetzt mit ihm Gassi gehen? Ich jedenfalls muss zurück zum Büro", sagte ich auf dem Weg zur Tür. „Setz mich unterwegs ab, wenn du mit dem Hund woanders hinwillst."

„Tut mir leid – aber so geht das nicht", meinte Charles. Inzwischen rannte der Yorkie schon aufgeregt bellend durchs Apartment, um seine Begeisterung zu zeigen. „Du musst

mit uns kommen."

Ich kreuzte die Arme und blickte beide argwöhnisch an. „Wieso das denn?"

„Weil wir nämlich jetzt zu dir nach Hause gehen und mit deiner

Katze reden“, erklärte er, nahm Yo-Yo auf den Arm und klickte die Leine ein.

Zu *mir nach Hause*? Na großartig. Octocat würde das ganz sicher nicht gefallen.

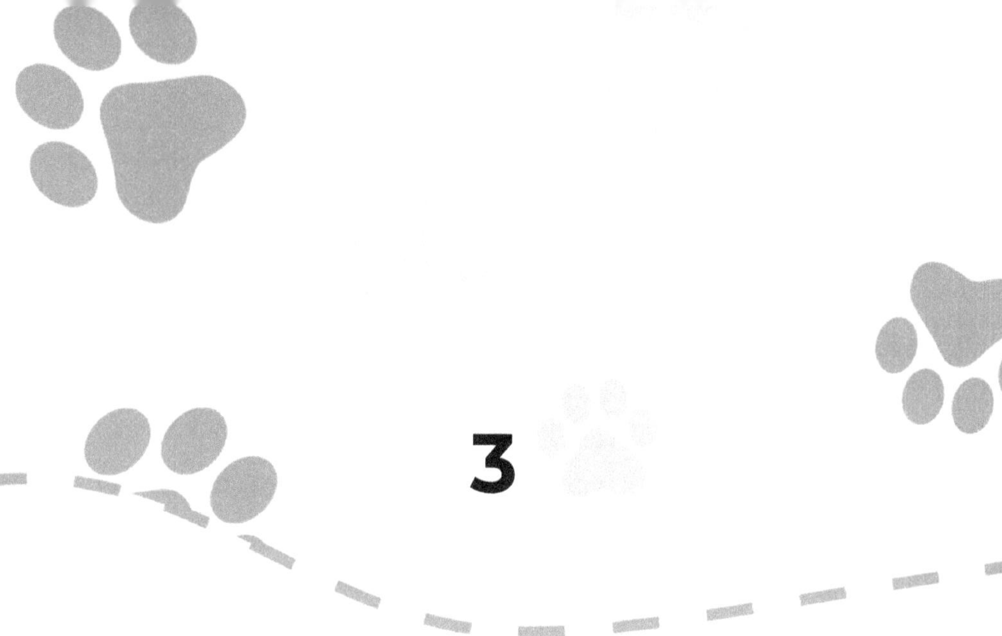

3

Es waren weniger als zwei Meilen zwischen Charles' Wohnblock und meiner Mietwohnung, was bedeutete, dass wir Ruck–Zuck dort ankamen.

Ich öffnete die Tür und fand Octocat mit einem entzückten Ausdruck im Gesicht auf mich wartend vor.

„Endlich!", rief er. Ich bin ja so durstig!" Allerdings schlug seine Stimmung rasch in Empörung um, als Yo-Yo ins Haus stürmte und ihm einen großen, dicken, feuchten Kuss auf die Nase drückte.

Charles zog die Leine zurück und nahm den Hund vorsichtshalber auf den Arm.

Octocat schüttelte sich wütend, während ihm etwas Speichel über sein Kinn und auf den Teppich tropfte. „Wie kannst du mir das antun? Habe ich heute etwa nicht schon genug gelitten? Zuerst eine Fliege, und jetzt noch ein ... ein *Hund*?" Er spuckte das letzte Wort aus, als wäre es das schrecklichste Fluchwort, das er kannte.

„Was sagt er?", wollte Charles interessiert wissen.

„Er ist wütend auf mich", gab ich zu. „Und auch alles andere als glücklich über Yo-Yos Auftauchen."

Octocat krümmte den Rücken und fauchte. „Das kannst du laut sagen", zischte er, bevor er auf den Küchentisch sprang.

„Warte mal eine Minute", flüsterte ich Charles zu, bevor ich mich zu meinem verärgerten Kater in die Küche begab.

Dieser setzte gerade zu einem gewaltigen Sprung auf die Arbeitsplatte an, wo er mit dem Schwanz wild hin und her wedelte. „Einfach unglaublich", schimpfte er weiter, ohne mich eines Blickes zu würdigen.

Ich wusste ja, dass das mein Fehler war, konnte mich aber auch schlecht den Wünschen von Charles widersetzen. Wenn irgendjemand anderes von meinen Fähigkeiten, mit Katzen zu sprechen, erfuhr, würde ich womöglich meinen Job verlieren. Außerdem würden mich alle verspotten und das konnte so weit führen, dass ich sogar das einzige Zuhause, das ich je kannte, aufgeben müsste, um irgendwo anders mit einem sauberen Ruf neu zu beginnen.

Von daher konnte ich nur hoffen, dass Octocat, nachdem ich eine Chance hatte, ihm die Lage zu erklären, auch Verständnis dafür aufbringen würde. Aber zuerst einmal musste ich einen Weg finden, um Charles zufriedenzustellen. Danach wäre hoffentlich die Schlinge um meinen Hals verschwunden und mein getigerter Freund durfte mich von mir aus wieder mit den üblichen Sachen terrorisieren.

Ich schnappte mir eine frische Flasche Evian und holte eine neue Porzellantasse aus dem Schrank. Die Tasse stammte aus dem Set, das wir von seinem verstorbenen Frauchen Ethel geerbt hatten und wurde ausschließlich dafür benutzt, Octocat seine täglichen Getränke zu reichen. Nachdem er sein frisches Wasser hatte, entfernte ich schnell noch die tote Fliege.

Er sprang mit einem Satz vom Tisch und entfernte sich in Richtung meines Schlafzimmers, ohne auch nur ein Wort des Dankes.

„Gern geschehen!“, rief ich ihm deshalb stirnrunzelnd hinterher. Heute konnte ich es anscheinend niemandem recht machen.

„Und was jetzt?“, fragte Charles, während er sich nach unten beugte, um Yo-Yo das Halsband und die Leine abzunehmen.

„Nein, warte noch“, rief ich, aber es war schon wieder zu spät. Der Yorkie rannte bellend sofort in mein Schlafzimmer. Als Reaktion drang eine Kakofonie aus Knurren, Zischen und Fauchen durch die ganze Wohnung. Eine Sekunde später erschien Octocat mit einem Schwanz, der so aufgebläht war, dass man ihn für einen Waschbären hätte halten können.

„Ich hasse dich!“, schrie er und raste, von dem Terrier verfolgt, durch die Zimmer.

„Nun halte den Hund doch auf!“, schrie ich Charles an, der einen Satz machte, um den wild gewordenen Kleinen einzufangen, freilich völlig umsonst.

„Hey, Yo-Yo!“, lockte ich, als wir alle wieder zurück in die Küche rannten. „Lust auf ein Leckerli?“

Der Yorkie stoppte sofort und trottete hinter mir her, während er ein paar fröhliche Kläffer von sich gab. Aus dem Kühlschrank griff ich mir eine Scheibe Fleisch, die ich ihm als Leckerbissen hinhielt.

„Nun, das war ja ein Erlebnis für sich“, sagte Charles mit einem erschöpften Lächeln.

„Ich an deiner Stelle würde nicht lachen“, erklärte ich ihm. „Jetzt wird es ewig dauern, bis meine Katze mir wieder vergibt.“

Er blickte mich nur völlig verständnislos an.

„Wenn er das nämlich nicht tut, wird er mir auch nicht helfen. Weißt du überhaupt irgendwas über Katzen?“, grummelte ich, ohne daran zu denken, dass ich selbst ein paar Monate vorher auch nichts über sie gewusst hatte.

Er sah ordentlich gequält aus, ließ den Kopf hängen und stöhnte lauf auf. „Tut mir leid. Was sollen wir denn jetzt machen?"

„*Wir* machen jetzt erst einmal gar nichts. *Du* gehst jetzt mit Yo-Yo vor die Tür und *ich* werde meinen Kater wohl auf Knien anflehen müssen, wieder mit mir zu reden."

Charles begann zu lächeln, aber hörte schnell wieder auf damit, als er erkannte, wie ernst es mir war.

„Na gut. Komm, Yo-Yo!", rief er, während er den kleinen Hund zur Tür zog.

„Und kommt ja nicht zurück, bevor ich dir Bescheid gebe und dir sage, dass die Luft wieder rein ist!", rief ich ihm hinterher.

„Darauf kannst du lange warten", zischte mir Octocat zu. „Das wird in diesem Leben nichts mehr." Keine Ahnung, aus welcher Ecke er sich jetzt wieder hervorwagte. „Wieso hast du mir das nur angetan?"

Ich versuchte zu erklären: „Tut mir doch furchtbar leid. Ich konnte nicht anders. Charles hat mich gezwungen."

Daraufhin wackelte er mit dem Schwanz, der schon fast wieder seine normale Größe erreicht hatte. „Du hast mich also wegen eines hübschen Gesichts einfach verkauft?", schrie er mich an. „Ich dachte, wir wären Freunde! Ich glaubte, wir seien eine Familie!"

Mein Herz zog sich zusammen. Normalerweise trafen mich seine dramatischen Allüren nicht wirklich, aber bei dieser Rüge war es anders. Das hatte ich nun davon, dass ich meinem Kater von meiner heimlichen Liebe im Büro erzählt hatte. Wenigstens war er inzwischen geübt darin, die Menschen auseinanderzuhalten. Bei vier von fünf Versuchen gelang es ihm, das Geschlecht richtig zu bestimmen. Klar, um mir zu helfen, einen Mörder zu identifizieren, würde es nicht reichen. Aber wenn es darum ging, zu erkennen, auf wen ich ein Auge geworfen hatte, schien das kein Problem zu sein.

„Es war keine Absicht", wiederholte ich. „Er hat uns beobachtet, als wir über FaceTime miteinander gesprochen haben", sagte ich nochmal. „Dann hat er mich gezwungen, ihm zu helfen. Ich wollte das ganz bestimmt nicht."

Octocat war immer noch sauer. „Also hat er dich benutzt! *Lüg doch einfach!* Mal ganz im Ernst, Angela: Wie schräg ist das denn?"

Er benutzte selten meinen Namen – und sogar noch seltener meinen Geburtsnamen. Schon daran konnte ich erkennen, dass ich in ernsthaften Schwierigkeiten steckte. Irgendjemand würde bestimmt morgen in seinen Schuhen Kotze entdecken – und ich hatte so eine Ahnung, dass ich diese Person sein würde.

„Schau", sagte ich in einem Versuch, vernünftig mit ihm zu reden: „Egal ob du das alles anders gemacht hättest – jetzt sind die Dinge nun mal so. Charles möchte, dass wir mit deiner Hilfe mit diesem Hund reden, um herauszufinden, wer seine Besitzer getötet hat. Er muss so viel wie möglich über den Mord in Erfahrung bringen, damit er jemanden verteidigen kann, der zu Unrecht als ihr Mörder angeklagt wurde.

Octocat nickte, behielt jedoch seinen kalten, abweisenden Blick bei. Er hatte in letzter Zeit eine Menge Wiederholungen der Serie *Law and Order* angeschaut, angeblich, um meinen Job besser zu verstehen. Und das kam uns jetzt wohl zugute. Offenbar hatte er schon genug aufgeschnappt, um das Rechtswesen zumindest in Grundzügen zu durchschauen. Er begann, Verständnis für die Situation zu zeigen – und das freute mich natürlich.

„Also gut, in Ordnung", lenkte er nach einer kurzen Denkpause ein. „Aber warum hast du nicht einfach selbst mit dem Köter geredet? Wieso musstest du mich in diesen Zirkus hineinziehen?"

„Weil es nicht anders ging“, jammerte ich und hoffte, dass er mir einmal im Leben einfach glauben würde. „Ich konnte Yo-Yo nicht verstehen, und umgekehrt war es wohl auch nicht anders.“

„Nochmal – warum hast du nicht einfach gelogen? Um Gottes willen, Angie, lass dir was einfallen, damit wir unser ruhiges Leben weiterleben können.“

Es war ein Trost zu wissen, dass meine Katze keine Probleme damit hatte zu lügen, um sich herauszuhalten. Mir fiel das nicht so leicht. Außerdem hatte ich ja bereits versucht, Charles etwas vorzumachen, leider vergeblich.

Zu dem Zeitpunkt machte ich mir ernsthafte Sorgen über die Folgen der unerlaubten Verlängerung meiner Mittagspause. Wie viel Zeit war wohl schon vergangen? Waren die Kollegen und Thompson nicht längst wieder im Büro und hatten mein Fehlen bemerkt?

„Ich werde ihn nicht anlügen“, sagte ich bestimmt und wählte damit den ehrenhaften Weg. „Schon gar nicht bei einer solchen Anklage. Was, wenn sein Klient wirklich unschuldig ist und für den Rest seines Lebens ins Gefängnis muss, nur weil ich gelogen habe? Das könnte ich mir nicht verzeihen. Nein – kommt nicht infrage.“

Octocat stöhnte und verdrehte die Augen, eine menschliche Geste, die er mir abgeschaut hatte. „Also was? Du brauchst mich zum Übersetzen, weil du die Hundesprache nicht beherrschst?“

„Ja, bitte, bitte.“ Ich schlug meine Hände zusammen. Mir war es egal, wenn ich mich erniedrigen musste. Octocat sah mich nur zu gern zu Kreuze kriechen.

Er nahm selbstbewusst Haltung an und bedachte mich mit einem hochnäsigen Blick. Dadurch fing er an zu schielen, sodass ich an mich halten musste, um nicht zu lachen. „Du musst wissen, dass die Hundesprache viel einfacher ist als die von uns Katzen. Ihre primitiven Gehirne können nicht anders. Nachdem du *mich* verstehst, solltest du eigentlich erst recht mit dem Dödel da draußen zurechtkommen."

„Du bist also bereit zu helfen?", hakte ich nach, innerlich betend, dass er verstand, wie wichtig das für mich war.

„Na gut, ich helfe dir", knurrte er großmütig, „aber dann bist du mir etwas schuldig. Und zwar etwas richtig Großes!"

Ich rannte zur Tür, um Charles und Yo-Yo hereinzulassen, bevor mein Kater es sich wieder anders überlegen konnte. „Halte ihn diesmal fest an der Leine", befahl ich Charles noch, als wir über die Schwelle zurück in die Wohnung gingen. „Noch besser wäre es, du nimmst ihn auf den Schoß."

Charles setzte sich auf meine Wohnzimmercouch und tat wie geheißen. „Und jetzt?", fragte er, als ich mich ebenfalls auf meinem Sessel niederließ.

„Also zuerst einmal versprichst du mir, dass du niemandem etwas von dem erzählst, was jetzt hier passiert."

Eifrig nickte er mit dem Kopf und stimmte freudig zu. „Kein Problem. Ich verspreche es."

Ich erwiderte sein Nicken. „Gut. Und jetzt denke daran, dass ich nicht wissen kann, ob das hier überhaupt funktioniert – aber das werden wir ja bald herausfinden."

Er wurde ganz still und sah mich durchdringend an. Ich hatte sogar das Gefühl, dass er sich ein wenig vor Octocat fürchtete. Geschah ihm ganz recht.

Ich drehte mich zu meinem Kater um und bat ihn: „Könntest du jetzt bitte Yo-Yo fragen, was mit seinen Besitzern passiert ist?"

Octocat sprang auf den Kaffeetisch und sah den Hund auf Charles Schoß direkt an, bevor er die Frage weitergab.

Yo-Yo gab ein freundliches, kurzes Bellen von sich und begann zu hecheln. Mein Kater übersetzte das wie folgt: „Er meint, seine Besitzer wären die nettesten Menschen der Welt. Der Typ, mit dem er jetzt zusammen sei, wäre auch nicht verkehrt – aber trotzdem vermisst er seine Leute und will heim."

„Das hat er wirklich alles gesagt?" Octocat hatte mindestens zehnmal so lange für die Übersetzung gebraucht als der Hund gesprochen hatte.

„Habe ich dir doch schon erklärt", meinte Octocat, während er sich kurz die Zeit nahm, seine Pfote zu lecken. „Die Hundesprache ist einfach unglaublich simpel. Wirklich gesagt hat er nur so etwas wie: gut, vermisse –; den Rest muss man sich eben zusammenreimen, um überhaupt zu begreifen, was sie sagen wollen. Und das ist extrem anstrengend."

„Was reden sie denn?" Charles beugte sich vor und war natürlich gespannt.

„Psst" Octocat und ich zischten ihn gleichzeitig an, um ihn zu ermahnen, still zu sein. Also ließ er sich zurück auf die Couch fallen und beobachtete uns nur ungläubig und voller Zweifel.

Ich wandte mich wieder an meinen Kater und fuhr fort: „Könntest du ihn bitte fragen, ob er dabei war, als seine Besitzer ermordet wurden?"

Als er die Frage weitergab, fing Yo-Yo an, schrille Schreie auszustoßen und wollte sich von Charles' Schoß losreißen.

„O mein Gott, was war das denn?", rief ich zur gleichen Zeit wie Charles fragte: „Was zum Henker ist jetzt passiert?"

Ich schaute Octocat an und wartete auf eine Erklärung.

Die Augen des Katers wurden groß, als er uns einweihte: „Er sagt, seine Besitzer seien nicht tot und wer auch immer das behauptet, erlaube sich einen ganz üblen Scherz mit ihm."

Es sah ganz danach aus, als könnte Charles von Yo-Yo keine

Hilfe für die Verteidigung seines Klienten erwarten. Eher konnte man glauben, dass der kleine Hund selbst zu Tode kommen würde, wenn wir ihn weiter befragten. Wie sollten wir an irgendwelche nützlichen Infos kommen, wenn er nicht einmal von den Morden wusste?

Eins war jedenfalls klar: Ich war nicht gewillt, das Herz dieses süßen kleinen Hündchens zu brechen.

4

Ich sah hilflos zu, wie Charles sich mit beiden Händen ratlos durchs Haar fuhr.

„Jetzt weiß ich auch nicht mehr weiter“, gab er mir mit einem tiefen Seufzer zu verstehen. „Ich war mir so sicher, dass dich das Schicksal geschickt hätte, um zu helfen, diesen Fall zu lösen.“

Ich lehnte mich nach vorne und legte ihm mitfühlend eine Hand auf sein Knie. Mehr von ihm konnte ich nicht erreichen, aber dieser kleine Kontakt genügte bereits, um mir einen Stromstoß durch den Körper zu jagen. „Vielleicht gibt es ja noch andere Möglichkeiten zu helfen. Zum Beispiel ist da noch eines, das ich nicht verstanden habe.“

Er hob den Kopf, um mich anzusehen. Auf seiner Stirn bildeten sich Falten, als er darauf wartete, was ich sagen wollte.

Ich hustete, um den Hals freizubekommen. „Ich meine, wenn du so sicher bist, dass dein Mandant unschuldig ist, warum brauchst du dann den Hund der Opfer, um seine Unschuld zu beweisen?“

Schon wieder fuhr er sich mit einer Hand durchs Haar, wobei

der Geruch von Seife und Kiefernadel-Haarwasser zu mir herüberwehte.

„Weil ihn alle anderen bereits vorverurteilt haben."

„Außer dir natürlich", sagte ich leise.

Er seufzte. „So sieht es wohl aus."

„Okay, also lass uns das noch einmal durchgehen. Erzähl mir mehr über den Mordfall und vor allem darüber, warum die anderen sich so sicher sind, dass dein Klient schuldig ist? Außerdem möchte ich natürlich wissen, wie du zu dem Hund gekommen bist."

Octocat machte es sich auf dem Stuhl neben mir bequem. „In der Tat. Das würde mich auch interessieren."

Wir warteten beide, bis mein Kollege sich aufraffen konnte, uns die Geschichte zu erzählen.

„Wenn er jetzt anfängt mit *Es war eine kalte, stürmische Nacht ...*, fang ich an, mich zu übergeben", meinte Octocat noch und gähnte ausgiebig.

„Sei doch mal still!", wies ich das ungeduldige Fellbündel an meiner Seite an und warf Charles einen entschuldigenden Blick zu. „Tut mir leid. Bitte, erzähl."

Der hob den Kopf und sah uns beide prüfend an. „Was hat der Kater gesagt?"

„Das willst du gar nicht wissen", stotterte ich. Dabei strich ich Octocat etwas kräftiger übers Fell als es ihm gefiel, aber er verstand meine stille Warnung.

Charles' Blick ruhte weiter auf Octocat, als er begann, von dem Verbrechen zu berichten.

„Die Opfer – ihre Namen waren Bill und Ruth Hayes – hatten ihr Haus zum Verkauf angeboten. Sie hatten bereits ein neues Heim gefunden und mussten nun das alte schnell loswerden. Deshalb war geplant, möglichst vielen interessierten Käufern eine Besichtigung in kurzer Zeit zu ermöglichen, und sie veranstalteten einen großen „Tag der offenen Tür“. Der Preis war gut, die Lage ebenfalls, sodass mindestens zwölf Paare sich das Haus schon angesehen hatten, als schließlich eines davon die Leichen der Besitzer im Schlafzimmerschrank im Obergeschoss fand.“

Ich ließ mir das erst einmal durch den Kopf gehen. „Okay. Viele Leute bedeutet viele mögliche Verdächtige. Warum hat man dann nur deinem Klienten die Sache angehängt?“

„Die Jungs, die den Tatort sicherten, fanden heraus, dass die Hayes schon gut zehn Stunden tot waren, bevor sie an diesem Morgen entdeckt wurden. Und der Hammer, mit dem sie erschlagen wurden, gehörte meinem Klienten. Außer seiner Schwester war er der Einzige mit Zugang zum Haus und er kannte auch den Code, um die Alarmanlage auszuschalten.“ Charles blickte grimmig drein, während er die Details erzählte. Je mehr er verriet, desto bekannter klang das plötzlich für mich. Ich hatte zwar in der Kanzlei nicht viel davon gehört, aber aus anderer Quelle …

„Warte mal – ist das nicht der Fall Brock Calhoun? Der war doch überall in den Medien?“ Ich war mir nicht sicher, ob Charles darüber im Bilde war, dass meine Mutter die Haupt-Nachrichtensprecherin unseres lokalen Senders war. Vielleicht war sie auch nicht ganz unschuldig daran, dass die Leute sich schon ihr Urteil über den Mörder gebildet hatten? Jedenfalls beschloss ich, ihn nicht mit der Nase darauf zu stoßen, sonst hätte er mich bestimmt nicht helfen lassen. Und Hilfe brauchte er nun einmal, soviel war klar.

Er nickte. „Er und seine Schwester waren für den Verkauf des Hauses engagiert worden. Und irgendjemand hat seinen Hammer benutzt, um die beiden Hayes brutal zu erschlagen.“

„Autsch. Das sieht wirklich nicht gut aus für deinen Klienten“, stieß ich durch die Zähne hervor und blickte auf Yo-Yo, der auf dem

Boden vor seinen Füßen schlummerte. Gott sei Dank konnte er unserer Unterhaltung jetzt nicht folgen. Niemand möchte sich vorstellen, dass geliebte Menschen so ein grausames Ende finden, und dieser spezielle Yorkie schien mit einer solch erschütternden Sache am wenigsten umgehen zu können.

Charles blickte ebenfalls auf ihn hinunter, bevor er mich wieder ansah. „Wie ich schon sagte, praktisch jeder ist der Meinung, er wäre schuldig, und jetzt übt auch noch die Gemeinde Druck aus. Er soll so schnell wie möglich zu einer harten Strafe verurteilt werden."

Ich bemühte mich, neutral zu bleiben: „Und wieso glaubst du so fest an seine Unschuld?"

„Zunächst einmal beruht die Beweislage ausschließlich auf Indizien. Dazu kommt, dass er in seiner Schulzeit viele Nachbarn verärgert hat. Sie mögen ihn bis heute nicht. Und dann ..." Er rang mit sich, überlegte, ob er den Satz überhaupt beenden sollte.

„Raus damit. Du kannst es mir ruhig sagen", ermunterte ich ihn mit einem beruhigenden Lächeln.

Er zuckte mit den Schultern. „Nun – der Rest ist mein Bauchgefühl. Wenn ich mit ihm rede, weiß ich einfach, dass er mich nicht anlügt."

Ich drückte noch einmal sein Knie, und grinste ihn an. „Ist Intuition etwas, das man inzwischen an der juristischen Fakultät lehrt?"

Mein Spaß wollte ihm kein Lächeln entlocken, und auch an Octocat war die Pointe vorbeigegangen: „Sollte das jetzt lustig sein? Wir müssen dir wohl mal ein Witzebuch kaufen."

Charles wirkte deprimiert. „Ich weiß, dass ich neu in der Stadt bin. Aber es wäre doch verrückt, wenn dieses pubertäre Verhalten von vor gut zehn Jahren diesen Mann jetzt noch Kopf und Kragen kosten würde. Und wenn er noch so oft seine Kumpels verprügelt hat – gewiss kein Ruhmesblatt, aber auch kein Kapitalverbrechen."

Ich nickte. Brock war mir auf der Schule ein Jahr voraus gewesen und ja, er war ein Idiot. Doch genau wie Charles konnte auch ich ihn mir nicht als Mörder vorstellen.

„Du hast gesagt, die Hayes wurden mit einem Hammer erschlagen, stimmt's? Das hört sich für mich sehr nach einem Verbrechen aufgrund von Hass an, also nach einem persönlichen Motiv. Welchen Grund konnte Brock denn gehabt haben, sie so erbarmungslos und brutal zu töten?"

Charles dachte wohl das Gleiche. „Genau darauf zielt meine Verteidigung ab. Bisher weiß niemand von einem Motiv. Selbst wenn wir ihm unterstellen, dass er die Gelegenheit zu diesem Verbrechen hatte, ergibt es einfach keinen Sinn. Warum sollte er so was tun?"

„Und bei der Polizei hilft auch niemand?" Ich erinnerte mich an mein Zusammentreffen mit dem Polizisten Bouchard und seinem Kollegen vor ein paar Monaten. Sie hatten, ohne zu zögern, mein Leben gerettet. Konnten dieselben Menschen einfach wegsehen, wenn Brock sie dringend brauchte?"

Er lachte bitter auf. „Wenn es nur das wäre. Nachdem sie ihn verhaftet hatten, haben sie sich nicht mehr um ihn gekümmert. Das ist wirklich schwer zu verdauen. Wie kann das Justizsystem funktionieren, wenn die Polizei ihren Job nicht macht?"

„Ja, ja, ja ...", mischte Octocat sich wieder ein und meinte mit einem verständnisvollen Klopfen seines Schwanzes: „Er lässt immer noch einen wichtigen Teil aus. Wie kam es denn nun, dass er diesen verdammten Köter bei sich aufnahm?"

„Wie passt Yo-Yo nun in die Geschichte? Wieso ist er bei dir?", übersetzte ich für Charles, während ich fortfuhr, den Kater beruhigend zu streicheln.

„Das ist der verrückte Teil. Er wurde seit dem Tag der Besichtigungen vermisst. Jeder nahm an, er wäre weggelaufen. Aber als ich etliche Tage später durch die Straßen der Nachbarschaft fuhr und nach irgendwelchen Hinweisen suchte, stand er friedlich auf der Veranda und wartete darauf, eingelassen zu werden."

Okay, das war seltsam, erklärte aber nicht, warum er ihn die ganze Zeit behalten hatte. „Und du dachtest, es wäre am besten, ihn zu stehlen?"

Etwas zu schnell fing er an, sich zu verteidigen, aber ich nahm ihm das nicht ab. „Nein, nein. Natürlich nicht."

„Und warum ist er dann immer noch bei dir?"

„Es war schon ziemlich spät an dem Tag und bereits dunkel. Deshalb entschied ich mich, ihn erst am nächsten Morgen ins Tierheim zu bringen. Leider erhielt ich schon sehr früh einen Anruf von Thompson, der wollte, dass ich direkt ins Büro komme, um mich schnellstens um diesen Fall zu kümmern. Also beschloss ich, die Sache mit Yo-Yo erst nach der Arbeit zu erledigen."

Dagegen konnte ich nichts sagen. Immerhin war Thompson ja auch mein Chef und ich wusste nur zu gut, wie anspruchsvoll er sein konnte. „Lass mich raten: Am Abend war es dann wieder zu spät?"

Charles nickte wieder heftig und zustimmend. „Genau so war es. Und je länger er bei mir blieb, desto mehr gewöhnten wir uns aneinander. Damit wurde es für mich auch emotional immer schwieriger, ihn einfach im Tierheim abzugeben. Das verstehst du doch? Ganz nebenbei hätte ich auch erklären müssen, warum ich jetzt erst mit ihm komme."

„Nun, er war ja nicht die ganze Zeit bei dir. Nur etwas weniger als eine Woche. Wo also steckte er vorher?“

„Überhaupt ist das ein völlig falscher Ansatz, sich einen Hund zuzulegen“, warf Octocat mit einem verächtlichen Schnauben ein. „Ich schätze mal, Angela, du musst aufhören diesen Kerl so anzuhimmeln. Am Schluss landest du noch bei einem Hundebesitzer. Nicht auszudenken ...“

Ich wurde rot und mir war das alles furchtbar peinlich, aber dann fiel mir wieder ein, dass Charles unsere Unterhaltung ja nicht verstehen konnte. Was für ein Glück!

„Alles in Ordnung?“, erkundigte der sich deshalb auch prompt. Seine Augen wanderten von mir zu Octocat und zurück.

In diesem Moment erwachte Yo-Yo von seinem Nickerchen. Nachdem er den Kater ein paar Schritte entfernt entdeckte, fing er wieder an, wie verrückt zu bellen, ganz so, als hätte er nie damit aufgehört.

„Na, ist der nicht reizend?“ Octocat wurde wieder sauer und suchte bei mir sichere Deckung. „Ich mag diesen Hund nicht. Und das gilt ebenso für deinen Freund.“

„Er ist nicht mein Freund“, verbesserte ich ihn schneller als ich nachdenken konnte.

Jetzt war Charles an der Reihe zu erröten. Das wurde ja immer besser ...

„Würdest du bitte aufhören, mich vor ihm zu blamieren?“, zischte ich meinem Kater zu.

Der jedoch lachte nur – ohne sich zu entschuldigen oder irgendetwas zurückzunehmen.

„Egal“, meinte Charles und versuchte den Terrier zu beruhigen. „Meinst du, du könntest helfen bei ...“ Mehr konnte ich nicht verstehen, weil Octocat gerade zu einer nervigen Hetzrede ansetzte.

„Charles“ ist als Name für den Kerl bei Weitem zu vornehm“, stellte er klar. „Das klingt eher nach einem Katzenliebhaber. Und ein solcher hätte mich nie und nimmer mit dem Köter gequält, so wie er es tat.“

„Behalte deine Kommentare bitte für dich“, bat ich ihn und wandte meine Aufmerksamkeit wieder meinem Besucher zu.

„Ich werde ihm einen neuen Namen geben. Einen, der besser zu ihm passt.“

„Großartig. Mach das und verrate es mir später“, murmelte ich meinem Kater zu. “Tut mir leid. Würdest du das nochmals wiederholen?“

„Sicher. Ich hoffe immer noch, dass du mir helfen kannst bei ...“

„Mal sehen. Was wären denn gute Spitznamen für Charles? Charlie, Karlchen? Vielleicht auch eher Karli, der Kotzbrocken ... haha. Schließlich hätte ich fast kotzen müssen wegen ihm und seinem Hund!“

Ich hatte es fast geschafft, Octocat zum Schweigen zu bringen – da fing er wieder an zu brüllen: „Ja! Das ist es! Kotzkarli! Das ist es! Kotzkarli, Kotzkarli ... Ja klar! Kotzkarli passt doch perfekt.“ Er konnte sich gar nicht mehr beruhigen vor lauter Schadenfreude und wiederholte es so laut und oft, wie seine kleinen Lungen das erlaubten und wollte gar nicht mehr aufhören mit seiner gemeinen Tirade. Gut nur, dass Charles ihn nicht verstand, aber der merkte natürlich trotzdem, dass irgendetwas im Busche war. „Was sollte das denn nun wieder? Ich habe noch nie erlebt, dass eine Katze so lange miaut?“

„*Es ist weiter nichts* – er fragt sich nur, ob du vielleicht einen Spitznamen hast, mit dem wir dich anreden könnten“, verteidigte ich meinen Kater. Aber so ganz falsch war meine Erklärung ja nun auch wieder nicht. Wenn ich die Wahrheit etwas verbog, konnte ich zumindest verhindern, dass Charles Gefühle verletzt wurden.

Schließlich lächelte dieser dann doch wieder. „Sicher. Mein Großvater war Charles. Mein Vater dann Charlie. Und als ich als Dritter dazukam, nannten sie mich Karli. Wenn du willst, kannst du das gerne auch tun, aber nur, wenn wir nicht im Büro sind. Ich meine, wenn dir das lieber ist."

Natürlich würden sie ihn Karli rufen, war ja klar.

Octocat dagegen machte sich fast in die (nicht vorhandene) Hose vor lauter Lachen.

5

Obwohl wir unterwegs noch ein paar Mal anhalten mussten, schafften Charles – nein, ich konnte ihn nicht Karli nennen – und ich es gerade noch rechtzeitig zurück ins Büro, bevor die anderen wieder zur Arbeit erschienen.

Mein Kollege verschwand für den Rest des Tages in seinem Büro, während ich ein paar Akten von früheren Fällen durchging, die vielleicht hier für seinen Fall auch relevant sein konnten. Vermutlich hatte er das aber auch schon getan. Inzwischen griff er ja nach jedem Strohhalm, einschließlich mir und meiner sprechenden Katze. Aber es fühlte sich trotzdem gut an zu wissen, dass ich etwas tat, um ihm bei seinem Prozess zu helfen.

Gegen Ende des Tages kam die Post, um den üblichen Stapel an Korrespondenz, Rechnungen und sogar Werbung abzuliefern. Nachdem ich alles aussortiert und die Werbung weggeworfen hatte, machte ich meine Runde, um die Briefe persönlich abzugeben.

Charles stöhnte, als ich ihm seine in das Büro brachte, das er sich mit Derek teilte. Zuvor hatte ein anderer Partner namens Brad an seinem Schreibtisch gesessen, aber den hatte man vor Monaten wegen seiner ständigen Weibergeschichten gefeuert.

„Vermutlich noch mehr Drohbriefe?", sagte Charles, als er die Absender der Umschläge überflog. „Na toll. Jetzt kommen die schon direkt aus Misty Harbor."

„Drohbriefe? Du machst Scherze." Ich setzte mich auf Dereks leeren Schreibtisch. Der hatte offenbar nach dem langen Mittagessen auch gleich noch einen frühen Feierabend angehängt. Wie auch immer, ich war dankbar, mit Charles allein zu sein. Ja – wegen der Sache von heute Morgen war ich ihm natürlich nicht mehr böse. Die Erpressung war vergessen. Vielleicht sollte ich meine Entscheidungen nicht so leichtfertig treffen. Und schon gar nicht so schnell wieder ändern, aber es war mir eben nicht möglich, auf jemanden, der eh am Boden lag, noch weiter einzuschlagen.

„Schön wäre es", begann er und riss den obersten Umschlag auf, um das Schreiben herauszunehmen. Seine Augen überflogen die Zeilen und er reichte den Brief an mich weiter. „So ähnlich sind alle, die zurzeit reinkommen."

Der kurze Brief war in der Schriftart Serif gehalten und natürlich anonym. *Du solltest dich schämen* war die wesentliche Botschaft, aber darüber hinaus beinhaltete er auch Drohungen, dafür zu sorgen, dass Charles seine Lizenz als zugelassener Anwalt verlieren würde.

„Das kann doch nicht wahr sein", sagte ich, während ich den Kopf schüttelte und ihm das Blatt zurückgab. „Diese Leute sind verrückt."

„Wenn der Hass auf mich schon so groß ist, kannst du dir vorstellen, wie schlimm es für Brock sein muss." Er knüllte das Papier zusammen, und warf es in den Abfall.

Ich begann zu verstehen, warum er diesem Klienten unbedingt

helfen wollte. So hatte ich meine Leute im Städtchen – und auch im Umkreis – noch nie erlebt. Erst einmal war es zu einer ähnlichen Szene gekommen. Damals traf es einen beliebten Footballspieler, der an Jugendliche Drogen verkauft hatte und erwischt wurde. Er verlor so ziemlich alles – den Platz auf dem College sowieso, und auch seine Titel wurden ihm nachträglich aberkannt.

Und damals ging es „nur" um Drogen.

Jetzt redeten wir über Mord, und die Dinge sahen definitiv nicht gut aus für Brock. Kleine Städte vergessen und verzeihen nichts, was bedeutete, dass selbst bei einem Freispruch sein Ruf für immer angeschlagen sein würde und er vermutlich die Region verlassen musste, um anderswo neu anzufangen.

Armer Kerl. Zumindest, wenn er es wirklich nicht gewesen war.

„Es kommt noch dicker", sagte Charles. „Gerade habe ich erfahren, dass die lokale Nachrichtenstation heute eine Sondersendung ausstrahlt zu dem Thema: *Brock Calhoun – ein Mörder in unserer Mitte.*"

Uff – man konnte meiner Mutter so etwas ohne weiteres zutrauen. Sie war immer auf der Suche nach Sensationen.

„Vielleicht kann ich dagegen etwas tun", meinte ich mit einer entschuldigenden Geste.

Aufgeregt drehte Charles sich zu mir um. „Na klar. Warum habe ich nicht zwei und zwei zusammengezählt? Dieser Sportreporter – Roman Russo – und du ... ihr seid verwandt, nicht wahr?"

„Ja", gab ich nun zu. „Das ist mein Vater. Und Laura Lee ist meine Mutter."

Sofort änderte sich seine Miene und er wurde abweisend. Normalerweise war meine Mutter sehr beliebt in Glendale, und überhaupt in unserer Region Blueberry Bay. Na ja, jedenfalls bei denen, die nicht gerade im Fokus ihrer journalistischen Aufklärungsarbeit standen.

Die meisten Leute brachten sie auch gar nicht mit uns in Verbindung, weil sie in der Öffentlichkeit absichtlich ihren Mädchennamen benutzte. Manchmal half es, Großmutters Connections zum Showgeschäft nutzen zu können. Es könnte ihrem Bekanntheitsgrad nur steigern, meinte sie zum Beispiel, wenn man sich schon mit einem berühmten Namen vorstellte.

Mit dieser Strategie hatte Mutter seit meiner Geburt tatsächlich schon einige Sprossen auf der Karriereleiter sehr erfolgreich zurückgelegt. In letzter Zeit langweilte sie sich aber wohl über den lokalen Tratsch, aus dem unsere Nachrichten in Glendale nun einmal zum großen Teil bestanden. Ich hatte zwar seit Wochen nicht mehr mit ihr gesprochen, war mir aber ziemlich sicher, dass sie in der Story um Brock Calhoun die Gelegenheit witterte, auch einmal auf nationaler Ebene groß herauszukommen. Schließlich konnte das auch einen besseren Job für sie und Vater nach sich ziehen.

„Lass mich mal mit ihr reden“, sagte ich mit einem Seufzer. „Vielleicht hört sie ja auf mich und hält sich etwas zurück.“

„Besser wäre, sie würde sich ganz raushalten!“, stöhnte Charles.

Ich nickte. „Schon gut. Ich werde jedenfalls versuchen, sie noch vor der Sendung heute Abend umzustimmen. Keine Ahnung, ob ich da eine Chance habe, aber den Versuch ist es sicherlich wert.“

„Danke.“ Charles setzte wieder seine nachdenkliche Miene auf und begann, Schriftstücke auf dem Schreibtisch zu sortieren. Offenbar war ich vorerst gnädig entlassen.

Schon halb durch die Tür rief er mich nochmal zurück. „Angie?“

„Ja?“ Ich drehte mich um, angenehm überrascht über das breite Lächeln, das er mir nun schenkte.

„Danke nochmal. Ganz ehrlich. Mir ist klar, dass ich dich hier nicht ganz freiwillig mit hineingezogen habe, aber ich bin wirklich froh über deine Hilfsbereitschaft."

„Schon in Ordnung. Kein Problem", versicherte ich ihm und grinste nun ebenfalls. Jawohl – dieses ganze Ding mit der Erpressung von heute Morgen war endgültig vom Tisch.

Er widmete sich wieder seinem Schriftkram und ich kehrte an meinen eigenen Platz in der Nähe des Eingangs zum Büro zurück. Sowie ich dort war, schrieb ich eine SMS an meine Mutter:

SOS. Wir müssen reden. So bald wie möglich. Angie.

Normalerweise zog ich es vor, in kompletten Sätzen mit Satzzeichen zu kommunizieren,

aber es ist ja bekannt, dass man mehr Aufmerksamkeit erreicht, wenn man Abkürzungen verwendet. Und völlig richtig – kaum hatte ich die Nachricht abgeschickt, kam auch schon eine Antwort.

„Was ist los?" Im Anhang fand sich ein Emoji, dessen Kopf explodierte und noch ein weiterer, der wohl einen Außerirdischen darstellen sollte. So richtig verstand ich nicht, was das mit meiner Nachricht zu tun hatte. Vielleicht war meine Mutter ja trotz ihres fortgeschrittenen Alters besser mit dem heutigen „Jugendsprech" vertraut, als ich jemals sein würde?

Jetzt galt es, sich zu konzentrieren, bevor ich meine nächste Nachricht schrieb. Ihre Aufmerksamkeit hatte ich immerhin, aber das wollte noch lange nicht heißen, dass ich sie auch umstimmen konnte. *Du musst die für heute Abend geplante Sendung über Brock Calhoun absagen!*

Es dauerte nicht einmal eine Minute, und meine Mutter war am Telefon. Ihre Stimme klang etwas panisch: „Wieso verlangst du das von mir? Dieser Report ist einer der Besten, den ich je verfasst habe." Und schon befand ich mich in Verteidigungsstellung ...

Ich rieb mir den Nasenrücken, während ich loslegte, was aber auch nicht half, die aufkommende Migräne zu verhindern. „Das bezweifele ich ja nicht, Mama, aber er war doch noch nicht einmal vor Gericht. Es ist einfach unfair, die Leute jetzt schon gegen ihn aufzustacheln, bevor er auch nur den Hauch einer Chance hatte, etwas zu seiner Verteidigung vorzubringen."

Bitte versteh mich ... Bitte versteh mich ... Bitte versteh mich doch ...

Es war schwierig, ihre Reaktion vorherzusehen. Als ich aufwuchs, hatten wir nicht diese enge Bindung, die sonst zwischen Mutter und Tochter üblich ist. Mir fehlte es zwar an nichts – auch weil sie dafür hart arbeitete –, aber es war Großmutter, der meine Gefühle gehörten. Zu ihr kam ich mit all meinen kleinen Geheimnissen, Sorgen und Nöten, wenn ich Trost brauchte. Auf Mamas Unterstützung war zwar ebenfalls Verlass, aber ihr eigenes Leben ging im Vergleich dazu einfach immer vor.

Das war wohl auch der Grund, dass ich noch nicht so selbständig war. Damit meine ich nicht nur die Sache mit der Familienplanung, sondern auch, dass ich beruflich noch etwas in der Luft hing, was meine Pläne betraf. Ich mochte es, mir alle Optionen offenzuhalten und niemandem außer mir – und vielleicht noch meinem Kater – Rechenschaft zu schulden. Dagegen konnte ich mir gar nicht recht vorstellen, wie meine Mutter mit dem Druck zurechtkam, der unweigerlich entstand, wenn ihre beruflichen Pflichten mit den häuslichen kollidierten. Und das erst recht, wenn beides eben nicht unter einen Hut zu bringen war. Wie jetzt bei meiner Bitte.

„Wir wissen doch alle, dass er es war", flüsterte sie ins Handy. „Und außerdem habe ich gehört, dass meine Sendung mit großem Interesse im gesamten Bundesstaat und vielleicht sogar darüber hinaus erwartet wird. Das kann ich mir doch nicht entgehen lassen."

Ich holte tief Luft, bevor ich zu einer Erklärung ansetzte.

„Mama, meine Firma verteidigt ihn und ich bin daher auch selbst mit dem Fall beschäftigt."

Sie brauchte eine Weile, um zu reagieren. Als sie es schließlich tat, klang sie unsicher. „Vielleicht können sie dich davon abziehen? Wir wissen doch beide, dass du deinen Job lange nicht so liebst wie ich meinen. Bitte, Angie, ich will dir nicht weh tun, aber siehst du nicht, dass es eine einmalige Gelegenheit für mich ist, aus dieser kleinbürgerlichen Nachrichtenerstattung rauszukommen?"

„Das ist mir schon klar und glaube mir, es fällt mir wirklich schwer, das von dir zu verlangen. Ich würde bestimmt nicht fragen, wenn es nicht so wichtig wäre."

„Wir haben es außerdem ja auch schon groß angekündigt", setzte sie nach und wurde mit jeder Silbe kleinlauter.

„Auch das weiß ich." Ich zermarterte mir das Hirn, um nach einer Lösung zu suchen, die für uns beide akzeptabel wäre. Schließlich kam mir eine Idee. „Ich sag dir was: Meinst du, du könntest das Ganze auf Freitag verschieben? Das würde uns Zeit verschaffen, zumindest bis dahin an dem Fall zu arbeiten, ohne das Damoklesschwert deines Berichts fürchten zu müssen. Vielleicht erhöht das ja sogar die Spannung auf deine Sendung?"

Mutter klang nicht recht überzeugt. Sie konnte nicht verbergen, dass sie sauer war. „Und was soll das bringen? Was passiert dann am Freitag? "

Ich lehnte mich aus dem Fenster, soweit es ging – war aber selbst überzeugt, dass diese Variante sowohl für sie wie auch mich gut war. Ich konnte mir meine Mutter am anderen Ende der Leitung gut vorstellen, wie sie nervös auf meinen Vorschlag wartete. Also sagte ich: „Entweder haben wir bis dahin unwiderlegbare Beweise für seine Unschuld. In diesem Fall bekommst du die exklusiven Rechte, unsere Geschichte zu veröffentlichen –

oder, falls nicht, werde ich nicht weiter versuchen, dich aufzuhalten."

Das Telefon blieb für eine beängstigende Weile stumm.

Schließlich meldete sie sich doch wieder zu Wort. „Liebling, bist du dir sicher? Das scheint dich richtig mitzunehmen?"

Ich schluckte meine Bedenken hinunter. Die Zeit zählte von jetzt an und lief unbarmherzig ab. „Ja, glaub mir, es ist besser so. Und wenn irgendjemand beim Sender dir Vorwürfe macht, schick ihn zu mir."

Sie lachte und ich spürte, wie der Stress, der sich zwischen uns aufgebaut hatte, von ihr abfiel. „Kann durchaus sein, dass ich das machen werde", seufzte sie. „Ich liebe dich, Angie, und wünsche dir viel Glück bei deinen Recherchen zum Mordfall." Damit war unser Gespräch beendet.

Ja – Glück würden Charles und ich wohl brauchen. Aber auch ein ganz bestimmtes Pärchen sprechender Tiere musste sich überwinden, uns auf eine neue Spur zu führen. Andernfalls konnten wir genauso gut hier und jetzt Brocks Schuldspruch unterschreiben. Wir hatten noch keinen vernünftigen Anhaltspunkt, seine Unschuld zu beweisen.

Ich schreckte auch nicht mehr davor zurück, Octocat mit einer Portion Shrimps zu bestechen, um ihn dazu zu bringen, sich nochmal mit Yo-Yo zu unterhalten. Meine Hoffnung war, dass seine Liebe zu dem Meeresgetier größer war als seine Abneigung gegen Hunde ... Also würde ich wohl nach Feierabend noch kurz beim Supermarkt vorbeischauen müssen.

6

Am nächsten Morgen erwachte ich mit einer schlimmen Vorahnung und Schmerzen in der Brust. Das Wissen um meine Verantwortung für Brocks Schicksal machte sich real körperlich bemerkbar. Es fiel mir sogar schwer zu atmen.

Ich wollte weder ihn noch Charles im Stich lassen. Und natürlich wollte ich auch den wahren Schuldigen ausfindig machen und überführen. Nicht zuletzt auch wegen Yo-Yo, der noch immer nicht akzeptiert hatte, dass seine Besitzer tot waren.

Obwohl ich mir geschworen hatte, nie wieder vor neun Uhr im Büro zu erscheinen, blieb mir keine Wahl. Sobald ich meine Gedanken gesammelt hatte, war ich auch schon unterwegs.

Wie erwartet, war Bethany zu dem Zeitpunkt die Einzige, die schon vor mir eintraf. Ich weiß bis heute nicht, warum sie darauf bestand, jeden Tag so früh zu kommen, aber immerhin schien sie sich zu freuen, mich zu sehen, als ich an ihre Tür klopfte und kurz Hallo sagte.

Der aufdringliche, ekelerregende Duft von Zitrusfrüchten,

kombiniert mit dem Aroma frisch gebrühten Kaffees, schlug mir entgegen, als ich in ihr Büro trat. Bethany selbst mochte ja in letzter Zeit etwas umgänglicher geworden sein, aber das änderte nichts an ihrem Faible für ätherische Öle. Na ja, jeder von uns hat seine kleinen Macken. Wer war ich denn, das zu verurteilen?

Und außerdem war sie in diesen Tagen so etwas wie meine persönliche Heldin.

Nachdem ich mir bei dieser blöden Kaffeemaschine einen Elektroschock durch einen Stromschlag geholt hatte, veranlasste sie eine gründliche Inspektion des Apparats. Ich hatte noch eine lange Zeit Angst vor dem Ding und sie half mir sehr, indem sie von da an die Bedienung der Maschine übernahm. Ich musste nicht einmal darum bitten – jeden Morgen bekam ich nun eine Tasse Kaffee von ihr serviert.

So kam es, dass sie zu einem meiner Lieblingskollegen aufstieg.

„Guten Morgen“, sagte sie mit einem hellwachen Lächeln auf ihrem hübschen Gesicht.

Vermutlich hatte sie schon vor meinem Eintreffen zwei oder drei Käffchen intus. Anders konnte man doch noch nicht so frisch ausschauen? „Du bist ja heute früh dran.“

„Allerdings“, meinte ich und winkte ihr zu. „Ich will versuchen, Charles bei seinem Brock Calhoun-Fall zu unterstützen.“

Bethany stand auf und ging hinüber zur Kaffeemaschine. Ich hätte sie küssen können dafür, aber übertreiben wollten wir das mit unserer Beziehung nun auch wieder nicht. Sie vermied normalerweise auch bei mir Umarmungen, ausgiebiges Händeschütteln und dergleichen. Ob das etwas damit zu tun hatte, dass ich die einzige weibliche Partnerin in unserer Firma war oder es einfach ihrer Persönlichkeit entsprach, weiß ich nicht. Wie auch immer, ich hütete mich, die Frau zu kritisieren, die mich an fünf Tagen der Woche durch Koffein am Leben hielt.

„Wenn du mich fragst", meinte sie, während sie frischen Kaffee aufbrühte, „mich hat es ja wirklich gewundert, dass Thompson so einen prominenten Fall nicht selbst übernimmt. Ganz ehrlich – wieso überlässt er den dem Neuen?"

Das konnte ich auch nicht beantworten. „Vielleicht sind alle anderen zurzeit zu beschäftigt. Wir haben in letzter Zeit viele neue Fälle übertragen bekommen."

Sie trat ein paar Schritte näher und senkte vertraulich die Stimme: „Das mag sein, aber –sag es bitte nicht weiter: Ich selbst hätte schon noch Zeit dafür gehabt. Und auch Derek und einige andere sind nicht dermaßen überlastet, dass man da nichts hätte machen können."

„Was willst du damit sagen?"

Bethany flüsterte verschwörerisch: „Ich meine, dass er den Fall ganz bewusst Charles übertragen hat. Vielleicht will er, dass dieser ihn verliert?"

„Wie kommst du denn darauf?" Kann ja sein, dass ich physisch schon anwesend war – aber bevor ich nicht meinen ersten Schuss Koffein hatte, reichte es einfach noch nicht für scharfe Schlüsse.

„Nun, denk doch mal nach. Charles ist brandneu in der Firma. Wenn er verliert – was bei so einem unmöglichen Fall wahrscheinlich ist –, wird es Thompson leichtfallen, ihm die Schuld daran zu geben. Danach kann er ihn entlassen, und die Firma behält ihre weiße Weste."

„Du meinst wie ein Bauernopfer?" Noch während ich das aussprach, wurde mir klar, dass sie völlig recht hatte. Mit solch hinterhältigen Tricks musste man bei unserem Seniorchef durchaus rechnen.

Ihre Augen fingen an zu funkeln, während sie weitersprach „Genau. Auf die Weise kann er sicherstellen, dass unsere neue Beliebtheit sich in Aufträgen niederschlägt, ohne befürchten zu müssen, dass unser gutes Image Kratzer abbekommt wegen eines Prozesses, der kaum zu gewinnen ist ..."

Das alles passte wunderbar ins Bild, aber was machte Thompson so sicher, dass sein Mitarbeiter keinen Freispruch erreichen konnte? Er warf sich dafür so ins Zeug, dass die Chance auf einen Erfolg beim Prozess durchaus gegeben war. Er konnte gewinnen. Also hakte ich nach:

„Aber was passiert, wenn er den Fall gewinnt?"

„Das wäre ja noch besser. Dann kann er sich brüsten, dass seine Kanzlei diesen schwierigen, schier unmöglichen Fall gelöst hat." Sie nahm die Tasse aus der Maschine und drückte sie mir direkt in die ausgestreckten Hände. „Wahrscheinlich erzählt er dann auch noch überall herum, dass er es war, der Charles' Talent schon auf der Uni erkannt hat. Unser Bekanntheitsgrad wird noch weiter steigen und Thompson kann seine Rücklagen für die Rente wieder etwas aufstocken."

„Das klingt allerdings schlüssig", murmelte ich und freute mich über den ersten Schluck aus meiner Tasse.

„Nicht wahr?", stimmte Bethany mir zu und kehrte zu ihrem Schreibtisch zurück. „Ich freue mich, dass du dem armen Kerl helfen willst. Das kann er wirklich gebrauchen."

Dann quatschten wir noch ein paar Minuten über ein paar alltägliche Sachen, aber im Hintergrund ging mir das, was sie mir anvertraut hatte, nicht aus dem Kopf. Ob Charles das auch schon überlegt hatte? Wusste er, dass sein Job auf dem Spiel stand? War er deshalb so verzweifelt an einem Sieg interessiert? Oder glaubte er wirklich an Brocks Unschuld?

Wie auch immer, man spielte ihm übel mit, wenn man ihn nur deshalb geholt hatte, um ihn bei der erstbesten Gelegenheit ins offene Messer laufen zu lassen. Ich musste alles tun, um an seiner Seite zu kämpfen. Und zwar nicht nur, weil ohne ihn das Leben im Büro wieder seinen traurigen, langweiligen Trott aufnehmen würde …

Sondern auch, weil es das einzig Richtige war.

* * *

Gegen neun Uhr war dann auch der Rest der Belegschaft eingetrudelt. Ich ließ Mr. Thompson etwas Zeit zum Eingewöhnen, bevor ich an seine Tür klopfte.

„Guten Morgen, Chef", begrüßte ich ihn mit einem breiten Lächeln. „Könnte ich Sie wohl kurz sprechen?"

Mein Boss sah kurz von seinem Computerbildschirm auf und schenkte mir dann seine Aufmerksamkeit. „Nur zu. Was gibt es?" Trotzdem merkte man an seiner Stimme, dass ihm die Unterbrechung nicht wirklich passte. Aber es half ja nichts. Ich musste ihn einweihen und seine Zustimmung einholen, auch wenn er gerade nicht bester Laune zu sein schien.

„Ich würde diese Woche gerne Mr. Longfellow bei seinen Recherchen im Calhoun-Fall unterstützen." Tapfer wartete ich auf seine Reaktion. Während Mr. Fulton, unser letzter Partner, seine Mitarbeiter immer mit Vornamen angesprochen hatte, benutzte Mr. Thompson immer das förmliche Sie und den Nachnamen. Schon das sorgte für mehr Distanz zwischen uns.

Jetzt nahm er die Hände von der Tastatur und endlich hatte ich das Gefühl, dass er mich wirklich wahrnahm. „Und warum? "

Glücklicherweise hatte ich mich gründlich auf diese Frage vorbereitet: „Mr.

Longfellow macht da einen hervorragenden Job, aber die öffentliche Meinung ist gegen ihn. Um genauer zu sein, meine Mutter – sie ist ja Reporterin bei unserem Sender. Wenn sie mir erlauben, an diesem Fall mitzuwirken, wird sie sich hoffentlich mit negativen Schlagzeilen noch etwas zurückhalten. In der Zeit könnten wir noch ungestört gemeinsam an der Verteidigung arbeiten. Möglich, dass das in diesem Fall den Unterschied zwischen Sieg und Niederlage für unsere Kanzlei bedeuten könnte."

Mein Chef studierte mich einen Moment lang, bevor er mir mit kurzem Nicken sein Einverständnis gab. „Das könnte funktionieren. Gut mitgedacht, Russo."

„Danke sehr, Sir." Jetzt hatte ich es eilig, aus dem Büro zu kommen und Charles die guten Nachrichten zu überbringen.

„Aber nächste Woche machen Sie trotzdem mit Ihren normalen Aufgaben weiter!", rief mir Thompson noch hinterher. Das störte mich schon deshalb nicht, weil ich ja meiner Mutter versprochen hatte, mich nur bis Freitag zu engagieren. Es hieß nun „entweder – oder."

Also rannte ich zu Charles und erwischte ihn gerade noch, als er das Büro verlassen wollte.

„So früh schon Feierabend?", fragte ich ihn und schaffte es kaum, meine Aufregung darüber, ihm helfen zu dürfen, zu verbergen.

„Nicht ganz. Ich treffe mich um zehn Uhr mit einem Klienten", informierte er mich, als wir gemeinsam Richtung Ausgang gingen.

„Wenn der zufällig Brock Calhoun heißt, bin ich ebenfalls dabei."

Er sah mich fragend an, und die gleichen Fältchen wie am Vortag machten sich erneut auf seiner Stirn breit.

„Thompson hat mich diese Woche als deine Assistentin eingeteilt“, erklärte ich mit einer „Daumen hoch“-Geste. „Also, dann lass uns mal gehen.“

Zwar wirkte er überrascht, widersprach aber nicht, und so folgte ich ihm zu seinem Auto und ließ mich auf dem Beifahrersitz nieder.

„Nachdem du jetzt anscheinend offiziell daran mitarbeitest, werde ich dir, wenn wir zurück im Büro sind, alles zeigen, was wir bis jetzt in der Hand haben.“ Inzwischen waren wir auf dem Weg zum Untersuchungsgefängnis, in dem Brock einsaß. Er biss sich auf die Lippen und wirkte zögerlich. Mit dem Rasieren nahm er es momentan wohl auch nicht so genau. Ich hoffte wirklich, dass meine Hilfe nicht zu spät kam und er sich nicht alles zu sehr zu Herzen nahm.

„Was meinst du damit?“, fragte ich nur und wollte eigentlich eher wissen, was ihn gerade scheinbar etwas aus der Bahn geworfen hatte.

Er warf mir einen raschen Blick zu, bevor er sich wieder auf den Verkehr konzentrierte.

„Ich muss dich warnen. Das Ganze ist ziemlich grausam. Die Fotos, meine ich jetzt. Traust du dir zu, die anzusehen? Es ist kein schöner Anblick.“

„Das halte ich schon aus“, gab ich zurück. In Wahrheit war ich mir dessen nicht wirklich sicher. Bis jetzt war mein Leben ziemlich unblutig verlaufen. In meinen Anfangsjahren hatte ich zwar auf dem College sogar einen medizinischen Kurs belegt, bei dem einem unter anderem beigebracht wurde, wie man Aderlässe handhabte, aber das war ja kein Vergleich. Erst vor ein paar Monaten hatte ich mit einem Fall zu tun gehabt, wo ein Killer fast eine Geisel umgebracht hätte, und das war mir ziemlich unter die Haut gegangen.

Das musste ich jetzt einfach aushalten. Für Charles, Yo-Yo, und natürlich Brock. Alle zählten auf mich.

„Vier Augen sehen mehr als zwei", erinnerte ich Charles, wobei ich mir die schlimmsten Dinge ausmalte.

Okay, es war an der Zeit, das Thema zu wechseln, bevor ich das große Zittern bekam.

„Weshalb sehen wir Brock heute?", versuchte ich abzulenken und cool zu wirken.

„Ganz normales Anwalt-Klienten-Zeugs", antwortete er unverbindlich. „Zum Beispiel kann ich euch beide bekannt machen und ihm berichten, wie du dich bereits für die verspätete Ausstrahlung seiner Geschichte im Fernsehen starkgemacht hast. Aber wirklich Neues kann ich ihm im Moment nicht bieten."

„Warum müssen wir dann überhaupt hin? Das könnte man doch auch telefonisch erledigen?"

Er stieß einen Seufzer aus und klammerte sich an das Lenkrad. „Ich hoffe eben, dass er uns noch etwas anbieten kann. Jedes Detail kann uns bei der Verteidigung helfen."

Jetzt kam der nächste Seufzer von mir. Erst einmal war ich gespannt, welchen Eindruck der Anklagte auf mich persönlich machen und ob mir dieser helfen würde, seine Schuld einzuordnen. Aber gleichzeitig hatte ich meine Zweifel, dass ihm nach all der Zeit in Haft plötzlich noch etwas einfallen könnte, was ihn vor weiteren Wochen im Gefängnis retten könnte. Charles gegenüber musste ich meine Bedenken nicht erwähnen. Ich war mir sicher, ihm ging es auch nicht anders.

Trotzdem war ich jetzt wohl diejenige, die noch am meisten Optimismus aufbringen musste und konnte. Das war auch gut so, sonst hätten wir beide nicht einmal selbst die Chance auf ein neutrales *„Im Zweifel für den Angeklagten"*.

Als wir am Staatsgefängnis ankamen, war ich überrascht, wie klein und unscheinbar das Gebäude von außen wirkte. Vielleicht hatte ich Wachtürme, Stacheldraht und schwer bewaffnete Scharfschützen erwartet – aber die Wirklichkeit war völlig anders. Das einfache Gebäude aus Beton glich eher einem Einkaufszentrum. Keineswegs entsprach es der üblichen Vorstellung einer Haftanstalt, hinter deren Mauern fast eintausend Leute einsaßen, die schwerer Verbrechen wie Mord und Drogenbesitz angeklagt waren.

„Meinst du, du schaffst das?", vergewisserte sich Charles und lenkte sein Fahrzeug auf den Besucherparkplatz.

„Mir geht es gut, keine Bange." Mit diesen Worten löste ich mit leicht feuchten Händen den Sicherheitsgurt. „Lass es uns hinter uns bringen."

Innen entsprach der Bau dann schon eher meinen Vorstellungen eines Hochsicherheitstraktes. Metalldetektoren, Wächter, die Zellen usw. Plötzlich fühlte ich mich auch absolut nicht mehr wohl in meiner Haut und folgte Charles wortlos zu einem der privaten Besprechungsräume, die für Treffen zwischen Anwälten und Klienten vorgesehen waren. Nach einigen Minuten brachte man Brock zu uns.

Seine Hände und Füße waren gefesselt, und die Farbe der beigen Uniform war verblichen. Sein Haar wirkte ungewaschen und ungepflegt und er sah insgesamt mutlos aus, mit dunklen Ringen unter den Augen.

Als er uns erblickte, versuchte er zumindest ein Lächeln und nickte höflich. Trotz seiner Körpergröße von mindestens einem Meter achtzig und bemerkenswerten Muskeln wirkte er irgendwie klein und gebeugt. Und dann spürte ich es – das gleiche Gefühl, weswegen ich Charles noch vor ein paar Tagen aufgezogen hatte: Schlagartig wurde mir klar, dass dieser Mann nicht hierhergehörte.

Peng!

Man nennt es wohl weibliche Intuition? Jedenfalls war ich mir sofort sicher, dass dieser Mann kein Mörder war.

Brock schaute mich erwartungsvoll an. Vielleicht wartete er darauf, dass ich mich vorstellte. Sein Lächeln war zurückhaltend und höflich – so verhielt sich kein Killer.

„Hallo, Brock, mein Name ist Angie und ich bin hier, um dir zu helfen, deine Unschuld zu beweisen."

7

Am meisten fürchtete ich, dass Brock uns keine neuen Anhaltspunkte für seine Verteidigung liefern konnte. Vermutlich lag es einzig an Charles, den Tieren und mir, hier zu einer neuen Sichtweise und Fakten zu kommen. So oder so – wir mussten die Wahrheit herausfinden. Und langsam hatte ich Angst vor dieser Verantwortung.

Das letzte Mal, als ich mich auf eine direkte Konfrontation mit einem Mörder eingelassen hatte, hätte das fast mein Ende bedeutet. Das musste ich jetzt jedoch verdrängen, nahm mir aber schon einmal vor, einige Therapiestunden zu buchen, wenn all das hier überstanden war.

Zurück im Büro übergab mir Charles einen dicken Ordner, der überquoll mit Berichten über den Fall. Auch die Schriften der Anklage waren dabei. Daraus war ersichtlich, weshalb man so fest an Brocks Schuld glaubte.

„Wow“, sagte ich und stieß einen kleinen Pfiff aus. „Die haben ja schon wahnsinnig viel Material gegen ihn zusammengetragen.“

Charles murrte und stimmte zu. „So könnte man sagen."

Die grausamen Aufnahmen vom Tatort sah ich nur kurz durch und legte sie dann gleich wieder weg. Es war offensichtlich, dass Ruth und der arme Bill keines sanften Todes gestorben waren. Die großen, karminroten Blutlachen rund um ihre Köpfe stellten meinen Magen auf eine harte Probe, Gott sei Dank erfolglos.

„Wer macht nur so etwas Schreckliches? Und noch wichtiger: warum?"

Charles kehrte kurz zu seinem eigenen Schreibtisch zurück und kam dann mit einem weiteren, jedoch sehr dünnen, Ordner wieder. „Das ist alles, was ich bisher herausfinden konnte."

„Oh." Darin fand ich Auszüge aus früheren Prozessen sowie ein paar Zeugenaussagen, die für den guten Charakter unseres Mandanten sprachen. Aber das war alles zu wenig. Die Sache sah wirklich nicht gut aus für uns. „Wer hat diese Angaben gemacht?", fragte ich und deutete auf die Zeugenaussagen.

Er nahm mir die paar Seiten aus der Hand und gab zu jeder eine kurze Erklärung ab. Dann bekam ich die Papiere zurück. „Seine Schwester, ein paar nette Kunden seiner kleinen Firma und eine alte Freundin."

„Hast du auch schon mit Leuten gesprochen, die die Hayes kannten?"

Er schüttelte den Kopf. „Nur mit Brock und seiner Schwester."

„Was weißt du über die Zeugen der Gegenseite?" Ich schnappte mir wieder den dicken Ordner und suchte nach deren protokollierten Aussagen.

Charles schien sich nicht dafür zu interessieren. Er zuckte wieder einmal nur mit den Schultern und meinte: „Die ziehen es vor, ihre Aussage erst im Prozess zu machen."

„Na prima", grummelte ich und atmete schwer aus. Anscheinend gab es hier niemand, der fair spielen wollte. Außer meinem Kollegen natürlich, und diese Tatsache war für uns nicht gerade hilfreich.

Charles wollte wohl auf direktem Weg zum Ziel kommen. Mir dagegen war bewusst, dass manchmal ein kleiner Umweg nötig war, um überhaupt dorthin zu gelangen. „Also gut. Hör mir mal zu. Wie wäre es denn, wenn diesen Leuten gar nicht bewusst wäre, dass sie mit uns reden?“ Ich konnte mir ein kleines Grinsen dabei nicht verkneifen.

Er verschränkte die Arme vor der Brust und schüttelte den Kopf. „Wie soll das gehen? Mich kennt doch jeder als Anwalt von Brock. Selbst wenn ich das wollte – es würde nicht funktionieren. Außerdem möchte ich nicht mit Tricks arbeiten. Ich will diesen Prozess mit einem klaren Freispruch für Brock gewinnen, ohne Hintertürchen. Wie es sich gehört.“

„Schon gut, schon gut. Vergiss, dass ich etwas gesagt habe!“, versicherte ich ihm schnell.

Die nächsten Stunden vertieften wir uns beide in die Aktenlage. Das diente auch der Vorbereitung auf das Kreuzverhör unserer Zeugen. Charles merkte nicht, dass ich mir dabei heimlich eine kleine Liste von Leuten anlegte, die ich vorhatte, außerhalb der Dienstzeit zu kontaktieren. Die kannten zwar ihn –, aber dass ich ebenfalls mitwirkte, wusste doch keiner.

Für gewöhnlich blieb ich als Anwaltsgehilfin den Klienten sowieso nicht so sehr im Gedächtnis.

Das konnte jetzt von Vorteil sein, um mehr über die Opfer zu erfahren und herauszufinden, wer ein Motiv gehabt haben könnte, sie zu töten. Ob das dann im Verfahren zur Sprache käme, hing wohl davon ab, ob ich den rauchenden Colt – oder in diesem speziellen Fall den blutigen Hammer – fand oder nicht.

* * *

„Bist du fertig, Oma?“, rief ich, als ich auftauchte, um sie auf unsere kleine Erkundungstour nach Feierabend mitzuschleifen. Es war noch nicht wirklich spät, weil ich ja schon sehr früh morgens im Büro begonnen hatte und daher jetzt auch zeitiger loskam. Das verschaffte uns die Zeit, erst noch bei dem früheren Arbeitgeber von Hayes vorbeizuschauen. Vielleicht hatte der ja noch einige Hinweise oder wusste von zwielichtigen Gestalten, die sich zu der Tatzeit in der Nähe seines Büros herumgetrieben hatten. Die Hoffnung stirbt bekanntlich zuletzt?

„Alles klar“, erwiderte sie in ihrem breiten Südstaaten-Akzent. „Lass uns loslegen.“

Habe ich schon erwähnt, dass sie früher ein großer Broadway-Star war? Selbst heute brachte sie ihr Talent als Schauspielerin noch gelegentlich in die Gemeinde ein. Das war ein weiterer, perfekter Grund, sie dabei zu haben.

Der verstorbene Mr. Hayes war zuletzt bei einer Firma namens Bayside Printing Company beschäftigt. Die meisten Aufträge dort betrafen den Druck von Werbematerial für viele der kleinen Unternehmen in ganz Blueberry Bay. Bei einer schnellen Suche im Internet hatte ich allerdings in Erfahrung bringen können, dass sie auch selbständigen Autoren und Verlagen bei der Veröffentlichung ihrer Bücher halfen. Damit hatten wir den perfekten Vorwand, um für ein Gespräch vorbeizuschauen.

Schon jahrelang hatte Großmutter jedem erzählt, dass sie gerne ein Buch schreiben wolle. Genauer gesagt, ihre Biografie. Sie hatte sogar schon einen Titel ausgewählt, aber das war es auch schon, denn zu Papier gebracht hatte sie noch keine einzige Zeile …

„*Vom Broadway nach Blueberry Bay* sollte es heißen. Untertitel:

Das Leben und die große Zeit der Dorothy Loretta Lee. „Ich garantiere Ihnen jetzt schon, dass Sie bis heute nichts Populäreres gedruckt haben“, versicherte sie dem Manager, während sie seine Hände gar nicht mehr loslassen wollte.

Ich schaute mir den unscheinbaren Mann in mittleren Jahren, der uns gegenübersaß, genau an. Sein Name war Weber, und mit der bereits ausgedünnten Haarpracht und dem gut gebügelten Hemd, das perfekt in seiner Hose steckte, machte er nicht gerade den Eindruck eines Mörders auf mich. Er lächelte Großmutter mit scheinbar echtem Interesse an, während sie schon einmal ein paar teils erfundene Kostproben aus ihrer Jugendzeit im Süden zum Besten gab.

„Das klingt ja wirklich faszinierend“, meinte er und versuchte sich an ihrem Dialekt.

Ich musste an mich halten, um nicht loszuprusten, als ich die beiden so reden hörte.

„Für ein konkretes Angebot müsste ich allerdings wissen, wie viele Exemplare Sie drucken lassen möchten“, meinte er und machte sich dabei wichtig an seinem Keyboard zu schaffen.

„Wunderbar“, erwiderte Großmutter und legte die Hände brav in den Schoß.

Immer noch lächelnd, klickte Mr. Weber auf seiner Tastatur herum und hielt nur ab und zu inne, um Fragen zu stellen, wie etwa, wie viele Seiten es werden würden, welches Format es sein sollte und ob sie cremefarbenes oder weißes Papier bevorzugte. Zum Abschluss wollte er noch wissen, ob eher ein Taschenbuch oder etwas mit festem Umschlag infrage käme.

Großmutter antwortete selbstbewusst auf alles, bis Mr. Weber offenbar zufrieden war. Ich begann schon zu glauben, dass es ihr mit diesem fiktiven Buch ernst war.

Nun, vielleicht konnte ich ihr ja später noch helfen, diesen Traum umzusetzen. Jetzt musste ich erst einmal die Gelegenheit ergreifen, unsere Untersuchung in die gewünschte Richtung zu lenken. Also hieß es, volle Konzentration aufzubringen.

“*Sagen Sie mal ...*“, fragte ich und zog jedes Wort in die Länge, „hat hier nicht auch der arme Bill Hayes gearbeitet, bevor er so tragisch ermordet wurde?“ Damit hatte ich sofort seine volle Aufmerksamkeit. Schon bei der Erwähnung des Namens Hayes lief sein Gesicht rot an, und auf seiner Stirn bildeten sich Schweißtropfen. „Das stimmt allerdings“, sagte er mit kaum verhülltem Ärger. „Niemand hat einen solchen Tod verdient, schon gar nicht Bill.“

„Das tut mir ja so leid“, ging auch Großmutter nun darauf ein und tätschelte tröstlich seine Hand.

Das schien seine Wirkung nicht zu verfehlen. „Bill war mein bester Angestellter. Ich war bereits entschlossen, ihm meine Nachfolge zu übertragen, weil ich nächstes Jahr in Rente gehen will“, erklärte er stirnrunzelnd. „Das hat sich ja nun leider erledigt.“

„So ein Jammer“, sagte Großmutter und insgeheim musste ich mir gratulieren, sie mitgenommen zu haben. „Ich kann sehen, wie schwer Sie arbeiten. Nach so vielen Jahren in der Firma haben Sie den Ruhestand ehrlich verdient.“

Traurig senkte er den Kopf. „Das war bei Bill genauso. Hier im Büro liebten ihn alle. Und bei den Kunden war es nicht anders. Oft kamen Klienten mit unmöglichen Vorstellungen, was die Fertigstellung ihrer Aufträge betraf. Er hat nie gezögert, freiwillig Überstunden bis in die Nacht zu schieben, um den Termin dennoch zu schaffen.“

„Das klingt, als wäre er unentbehrlich gewesen für die Firma“, mischte ich mich nun wieder ein, um nicht völlig von meiner Oma verdrängt zu werden.

Aber Mr. Weber hatte nur noch Augen für sie und meinte: „Ich verstehe es einfach nicht. Was hatte dieser Handwerker nur gegen Bill? Und dann sogar noch gegen seine Frau? Ich kann nur hoffen, dass man den Kerl für eine sehr, sehr lange Zeit, wegsperrt."

Mir wurde etwas mulmig, während sich Weber zu einem Lächeln zwang und uns einen Blick auf seinen Bildschirm gestattete.

„Wie auch immer", informierte er uns. „Wie Sie sehen können, müssen Sie mit Kosten zwischen 2.500 $ und 6.500 $ rechnen – je nach Größe Ihrer ersten Auflage."

Großmutter nickte zustimmend. „Was würden Sie empfeh ...?" Plötzlich hatte sie einen Hustenanfall, griff sich dramatisch ans Herz und konnte nicht weitersprechen.

Als sie sich wieder fing, fragte sie: „Verzeihung. Wäre es möglich, ein Glas Wasser zu bekommen? "

Er war schneller auf den Beinen, als ich es bei einem Mann seiner Statur für möglich gehalten hätte. „Aber selbstverständlich. Überhaupt kein Problem. Wenn Sie mich bitte kurz entschuldigen wollen. Ich bin sofort zurück."

Sowie er aus dem Büro geeilt war, fing Dorothy an, durch die Papiere auf seinem Schreibtisch zu wühlen und ein paar Fotos mit dem Handy zu schießen.

„Was machst du denn da?", flüsterte ich ihr zu.

Sie knipste weiter darauf los. „Na, was wohl – ich versuche etwas zu finden, das er uns nicht erzählt hat. Wenn er zurückkommt, frage ihn, ob du einmal die Toilette benutzen dürftest und schau dich dann im Eingangsbüro um."

Wow, meine alte Großmutter gab einen erstklassigen Privatdetektiv ab. Vielleicht sollte ich sie öfter bei mir einsetzen. Das war erst mein zweiter Fall, und beide Male war sie mir schon eine große

Hilfe gewesen. Ich war nicht wählerisch und würde Hilfe annehmen, egal woher ich sie kriegen konnte, aber natürlich nur, wenn ich meine liebe Oma dabei nicht in Gefahr brachte.

Als schwere Tritte die Rückkehr des Druckereibesitzers ankündigten, konnte Großmutter gerade noch rechtzeitig ihr Mobiltelefon in die Tasche zurückgleiten lassen. Mit breitem Lächeln und einem gesäuselten „Mein Held“ nahm sie das Wasserglas entgegen.

„Würden sie mich bitte auch kurz entschuldigen. Ich möchte nur kurz die Toilette benutzen.“

„Einmal links, dann die zweite Tür auf der rechten Seite“, erklärte Mr. Weber, ohne sich nach mir umzudrehen. Er war bereits Dorothy verfallen – wie so viele vor ihm. Mir war das nur recht. Es erleichterte meine Aufgabe beträchtlich.

„Danke sehr“, brachte ich noch heraus, und dann schloss ich auch schon die Tür hinter mir. Offensichtlich war meine Großmutter ein alter Fuchs in dem Geschäft, aber ich selbst war noch nicht so clever und hatte keine Ahnung, wo und was ich suchen sollte. Allerdings konnte ich mir nicht vorstellen, dass wichtige Unterlagen wie Sicherheitskopien hier einfach so herumlagen. Überhaupt war fraglich, ob so eine kleine Firma überhaupt Sicherheitskopien erstellte. Die hätten mir natürlich am besten geholfen.

Jetzt hätte ich mir gewünscht, Octocat ebenfalls dabei zu haben. Wo ich mich unbeholfen anstellte, war mein Kater ein Meister darin, seine Nase in die Angelegenheit anderer Leute zu stecken. Ja – *Schnüffler* konnte gut sein zweiter Vorname sein. Vielleicht war das sogar der Fall; bei all seinen Namen wäre es durchaus möglich, dass mir das nur noch nicht aufgefallen war. Was seine Begabung beim Spionieren anbelangte, stellte er sogar meine Großmutter in den Schatten. Vor allem aber zeigte er keinerlei Reue bei seinen Schandtaten. Vielleicht konnte ich das auch von ihm lernen?

Mal sehen ... Wenn ich Octocat wäre, wonach würde ich zuerst suchen?

Ich bekam keine Chance mehr, irgendwas zu suchen, denn ich musste feststellen, dass ich nicht mehr allein war in diesem Büro. Eine schlanke, große Dame am Empfangsschalter beobachtete mich bereits erwartungsvoll.

„Kann ich Ihnen helfen?“, fragte ich zögerlich. Ich konnte sie nicht gut ignorieren, ohne unhöflich zu wirken, hatte aber andererseits auch keine Ahnung, wie ich ihr hätte helfen können.

„Ist Mr. Weber im Haus?“, fragte sie, während sie eine rote Haarlocke hinters Ohr schob und mich freundlich anlächelte. „Ich hatte gehofft, meine Bestellung abholen zu können, bevor er den Laden für heute schließt.“

„Oh ja, sicher doch. Ich sage ihm gleich Bescheid.“ Schnell ging ich zurück, damit sie nicht misstrauisch wurde.

Ich konnte nur hoffen, dass Großmutter sich bei ihm besser angestellt hatte als ich hier draußen. Oder dass vielleicht ihre Fotos etwas zeigen würden, das sich als hilfreich erwies.

Ansonsten konnten wir die Bayside-Druckerei als Informationsquelle vergessen. Vielleicht hatten wir nur unsere wertvolle Zeit verschwendet.

Morgen war bereits Mittwoch, und wir noch keinen Schritt weiter. Ob wir morgen einen Hinweis auf den wahren Mörder fänden?

Ich hoffte es schwer.

8

Am nächsten Morgen erzählte ich Charles von unserem kleinen Ausflug zur Druckerei. Zumindest hatte sich bestätigt, dass Brock in Mr. Webers Augen ebenfalls schuldig war.

„Ich ahnte schon, dass du etwas im Schilde führst. Habt ihr irgendetwas herausgefunden?“, meinte er mit neugierigem Blick.

Ich weihte ihn in die kleinen Details ein, die wir in Erfahrung bringen konnten. Zum Beispiel, dass Bill in der Firma hoch angesehen und sogar für das kommende Jahr zur Beförderung vorgesehen war. Aber das war es dann auch schon. Auch auf den Fotos, die Großmutter gestern gemacht hatte, war entweder alles unscharf, oder sie zeigten nichts Brauchbares.

Gedankenverloren trommelte ich mit meinem Stift auf den Tisch und biss auf meine Unterlippe. „Bist du absolut sicher, dass keiner der Zeugen der Anklage bereit ist, vor dem Prozess mit uns zu reden?“

„Leider ja. Sie alle haben abgelehnt“, winkte Charles ab. „Das heißt, eine Ausnahme gibt es doch. Eine junge Frau, die ich aber partout nicht erreiche. Ich habe es schon so oft versucht.“ Er trank einen Schluck von seinem Kaffee, und fügte hinzu: „Selbst, wenn ich sie erreichen würde, glaube ich nicht, dass sie in den Zeugenstand ginge.“

„Oh? Und wer wäre das?“ Ich rückte näher und wartete gespannt auf die Antwort. Hatte er sie nicht ernst genommen? Ich hätte mir gewünscht, er wäre früher mit dieser Info herausgerückt.

Als er dann sprach, hielt er es offensichtlich immer noch nicht für wichtig. „Michelle Hayes, die Tochter.“

Sofort schlug mein Herz schneller. Konnte Michelle unser dringend benötigtes Mosaiksteinchen sein?

„Werde nicht gleich aufgeregt“, warnte er sofort. „Ich sage dir doch, man erreicht sie einfach nicht.“

„Soll das etwa heißen, dass man diesen Fall einfach nicht lösen kann? Hast du schon aufgegeben?“, zog ich ihn auf und schenkte ihm ein verächtliches Grinsen. Auf einmal kam mir ein furchtbarer Gedanke. „Du glaubst doch nicht, dass sie etwas mit dem Verbrechen zu tun hat und deshalb untergetaucht ist?“

„Auf gar keinen Fall. Sie hat ihre Eltern geliebt, und umgekehrt war das genauso. Die Hayes haben große finanzielle Opfer gebracht, um sie auf ein privates College schicken zu können. Fast an jedem Wochenende wurde sie zu Hause gesehen, obwohl ihre Schule beinahe drei Autostunden entfernt liegt.“

„Hast du nicht gerade gesagt, du hättest sie nicht erreicht?“, forschte ich nach. Für meinen Geschmack hatte er Michelle etwas zu übereifrig verteidigt. War es möglich, dass er mir etwas verheimlichen wollte? Und, falls ja, was konnte der Grund dafür sein?

Aber Charles blieb ungerührt bei meiner Frage, nahm den

Kaffee wieder fest in die Hände und sagte nur: „Die Info stammt aus der Polizeiakte."

„Hast du ihre Nummer da?", fragte ich und griff schon nach dem Telefon. Derek hatte sich diese Woche großzügig dazu bereit erklärt, die Arbeitsplätze zu tauschen, damit Charles und ich effektiver zusammenarbeiten konnten, solange ich am Fall Brock dran war. Das war eine große Hilfe.

Charles riss mir den Hörer aus der Hand. „Es ist noch bei Weitem zu früh, um eine neunzehnjährige Studentin anzurufen. Glaubst du ernsthaft, sie wäre freundlich bereit, mit uns zu plaudern, wenn du sie aus dem Bett schmeißt?"

Mir gefiel sein Ton zwar nicht, aber ich sah sofort ein, dass er recht hatte. „Also gut. Dann eben später."

„Was meinst du – ob wir es heute nochmal mit den Tieren versuchen können?" Jetzt hatte er den gleichen Hundeblick drauf, wie ich ihn bei unserer ersten Begegnung bei Yo-Yo gesehen hatte.

„Sicher. Warum nicht?", fand ich. „Irgendwie müssen wir ja vorwärtskommen." Trotzdem nahm mir vor, in einem unbeobachteten Moment Michelle anzurufen.

„Prima. Dann lass uns gehen", meinte Charles mit einem Aufatmen.

„Nicht so schnell", rief ich hinterher. Er hatte schon den Mantel in der Hand und war halb aus dem Zimmer. Wenn das kein Arbeitseinsatz war.

Mein Ruf zeigte Wirkung. „Was ist denn noch?"

„Zuallererst brauchen wir einen guten Plan." Ich kehrte zum Stuhl zurück und schlug eine jungfräuliche Seite meines gelben Notizblocks auf. Notgedrungen setzte auch er sich wieder, begann jedoch, nervös mit den Beinen zu wippen.

Als ich sicher war, dass er mir wieder zuhörte, fuhr ich fort. „Wir müssen die Tiere genau so behandeln wie unsere menschlichen Zeugen. Bei Yo-Yo sogar noch mit besonderem Mitgefühl. Du hast ja erlebt, wie verletzlich er reagiert hat. Durch die letzte Befragung müssen wir davon ausgehen, dass er traumatisiert ist, selbst durch diese kleinste Erwähnung des Mordes an seinen Besitzern. Noch einmal können wir das nicht mit ihm machen – sonst weigert er sich womöglich für immer, unsere Fragen zu beantworten. Sowieso kann es sein, dass er bleibende gesundheitliche Schäden davonträgt, wenn wir ihn zu sehr aufregen."

Darüber dachte Charles kurz nach und hörte endlich auf, mit den Beinen zu wippen. „Was

meinst du? Ob er den Mord beobachtet hat?"

„Möglich wäre das auf alle Fälle."

„Das würde auch seine harsche Reaktion auf unsere Fragen erklären. Er könnte es gesehen haben und die Erinnerung jetzt verdrängen, um sich selbst zu schützen", stimmte er nickend zu.

„So in etwa stelle ich mir das auch vor." Ich hatte schon fast den Stift wieder an den Lippen, hielt jedoch inne, bevor ich anfangen konnte, darauf herumzukauen. Das war keine schöne Angewohnheit. Sie zeigte einfach, dass auch ich nervös war. Charles musste das nicht mitkriegen ...

Aber glücklicherweise schien er nicht darauf zu achten. „Also, was können wir tun, damit er diese Erinnerungen rechtzeitig wieder zulässt, um Brock zu retten?"

„Gar nichts. Aber vielleicht ist das auch nicht nötig." Damit legte ich endgültig den Stift zurück, um mich selbst von weiteren Kauversuchen abzuhalten. „Ich meine, Yo-Yo kann uns sogar ohne diese Erinnerungen helfen. Wer kennt den Menschen besser als sein Hund? Er hat jahrelang bei den Hayes gelebt, kennt alles im Umfeld und weiß genau, ob sich kurz vor deren Tod etwas verändert hat."

„Ziemlich clever", stimmte Charles mir zu, und mein Herz machte aufgrund des Kompliments einen kleinen Sprung. „Willst du die Befragung übernehmen?"

„Das wird wohl das Beste sein." Es musste ja einen Grund geben, warum ausgerechnet ich mit Katzen reden konnte. Als Octocat mithilfe meiner Begabung den Mord an Ethel melden und klären konnte, dachte ich noch an eine Ausnahme. Nun aber sah es so aus, als würde es zu meiner Bestimmung, mit Hilfe von flauschigen Tierchen der Gerechtigkeit zum Sieg zu verhelfen.

Ein paar Stunden später waren wir gut vorbereitet und hatten eine Liste mit Fragen und Anforderungen erstellt. Sogar Rollenspiele hatten wir hinter uns, um bei dem Gespräch mit Yo-Yo nichts falsch zu machen. Es gab nur noch eine Unbekannte in unserer Rechnung: Octocat.

Seine Stimmungsschwankungen konnte man im Voraus nicht abschätzen. Wir mussten einfach hoffen, dass er einen guten Tag hatte und zur Mitarbeit bereit war. Außerdem war es mir peinlich, Charles gegenüber zuzugeben, dass mein eigenes Haustier mich jeden Tag aufs Neue demütigte. Also beschlossen wir, es darauf ankommen zu lassen. Wir würden einfach hinfahren und ihn geradeheraus fragen, ob er bereit war zu helfen.

Oh, mir war klar, dass er einen Weg finden würde, sich an mir zu rächen. Aber etwas Katzenkotze oder eine Schramme – verursacht durch ein paar Krallen – würde ich in Kauf nehmen. Zumindest, wenn es half, einen unschuldigen Mann vor einem Leben im Gefängnis zu bewahren und einen unschuldigen, kleinen Terrier zu schützen.

Unterwegs hielten wir bei den Cliffside-Apartments an, um Yo-Yo aufzulesen; dann fuhren wir noch zum Zoogeschäft und erstanden eine nagelneue Leine mit Geschirr für Octocat. Leider hatten sie in der passenden Größe nur ein grell neongrünes Teil mit fluoreszierendem Knochenmuster.

Vermutlich würde das bereits seinen Widerstand herausfordern, aber wir hatten schlichtweg keine Zeit, um die Stadt nach passenderen Modellen abzugrasen, nur um die Eitelkeit meines Katers zu befriedigen.

Genau wie erwartet protestierte Octocat, als ich ihm seine neue, glänzende Ausgehuniform anlegte. „Nur um das mal festzuhalten: Du willst nicht nur, dass ich mich wieder mit dem blöden Köter abgebe, während du Kotzkarli schöne Augen machst? Nein, du erwartest auch noch von mir, dass ich diese lächerliche Montur trage? *Madame, ich bin eine Katze* – und nicht so ein gewöhnlicher, dummer Hund mit Mundgeruch."

Ich setzte mich zu ihm auf den Boden und überkreuzte die Beine. Dann versuchte ich mich an dem treuesten Hundeblick, den Menschen zustande bringen können. „*Bitte.* Es ist ja nur für ein paar Minuten. Und ich würde dich bestimmt nicht so anbetteln, wenn es nicht wirklich wichtig wäre."

Er klopfte mit dem Schwanz auf den Boden. „Also ist das hier eine Bitte? Die ich ablehnen kann? Na gut. Dann sage ich *Nein.*"

Ich gab Charles das vereinbarte Signal für diesen Fall. Schließlich hatten wir nichts anderes erwartet. Gespannt sah ich zu, wie er seine Hände in ein paar dicke Topflappen steckte und sich auf Zehenspitzen Octocat von hinten näherte.

„Ich möchte nur, dass du weißt, ich wünschte, es hätte nicht so weit kommen müssen", sagte ich noch zu meinem wütenden, pelzigen Feind.

Octocats Augen wurden groß, als er verstand, dass ich ihn verraten hatte. Zur gleichen Zeit rief ich *Jetzt!*

Ein furioser Schrei hallte durch die Wohnung, als Charles den Kater gegen seinen Willen einfing und festhielt.

„Lass gefälligst deine schmutzigen Finger von mir, Kotzkarli“, brüllte er und versuchte, ihn mit den Krallen zu erwischen. „Ich werde dich Respekt lehren!“

„Psst“, sagte ich in einem vergeblichen Versuch, ihn zu beruhigen und steckte seine Beine durch die Schlaufen des Geschirrs. „Denk daran – du tust das für mich, um den Mörder zu finden, der Yo-Yos Besitzer getötet hat. Und danach hast du einen Wunsch frei, egal was es ist, ich schwöre es. Sei also nicht so stur und hilf uns lieber. Wir brauchen dich. Vielleicht weißt du ja noch, dass ich vor nicht allzu langer Zeit mein Leben riskiert habe, um dir zu helfen, damit Ethels Tod gesühnt werden konnte.“

Bei diesen Worten schien er endlich einzulenken. Der Kampf des kleinen Wollknäuels war vorbei. Heftig schnaufend meinte er nur noch: „Na gut“, und ließ zu, dass ich den Gurt unter seinem Bauch schloss.

Charles setzte ihn vorsichtig auf den Boden, und Octocat machte einige tapsige Schritte. Vom Kämpfen stand sein Fell nach allen Seiten ab. Er zuckte krampfartig und blieb in Verteidigungshaltung.

„Vergiss nicht, dass du mir jetzt etwas wirklich Großes schuldest“, schrie er in meine Richtung. „Den größten Gefallen, den du je jemandem in deinen sieben Leben getan hast!“

Ich stimmte erneut zu, schon um diese Diskussion zu Ende zu bringen, und bereitete mich auf den nächsten Wutanfall vor. Das konnte hier alles noch schiefgehen, wenn wir uns nicht geschickt verhielten. „Keine Sorge. Du kannst dich auf mich verlassen. Was immer du willst.“

Octocat fing an, wie ein Verrückter zu kichern. Mir schwante nichts Gutes, und ich bekam Gänsehaut.

„Was sollte das denn nun wieder?", fragte ich mit unsicherer Stimme.

„Oh, das siehst du schon noch. Hab nur Geduld. Habt alle Geduld." Er drohte Charles mit der Pfote, und das schien ebenfalls nichts Gutes zu bedeuten. Aber darum wollten wir uns später kümmern. Wenn ich recht darüber nachdachte – es konnte auch nichts schaden, dem Kater später die Fernbedienung für den TV wegzunehmen, um ihn künftig etwas Disziplin zu lehren. Aber jetzt mussten wir endlich weiterkommen, bevor er seine Zusage zurückzog.

„Nichts wie raus hier", sagte ich deshalb und beugte mich hinunter, um die Leine an seinem neuen Geschirr festzumachen.

„Völlig unnötig", schimpfte er. „Wieso glaubst du, ich könnte wegrennen? Noch bin ich freiwillig bei dir. Obwohl du mir das wirklich nicht leicht machst."

„Es geht auch mehr um deine Sicherheit anstatt darum, dich festzuhalten."

Obwohl Octocat jetzt wohl ehrlich zur Kooperation bereit war, veränderte sich sein Verhalten, sobald er die erste Pfote auf die Straße setzte. Solange er im Haus war, kannte ich ihn als intellektuellen Stänkerer, der ungefragt ständig an mir herummäkelte. Einmal draußen im Freien wurde er höchst aufgeregt und unberechenbar wie ein Kleinkind. Er konnte urplötzlich hinter einem Schmetterling herrennen, bevor ihm auffiel, dass wir an der Jagd nicht teilnahmen.

Jawohl, so sehr er mich manchmal auch ärgerte, im Grunde liebte ich ihn und wollte ihn nie mehr hergeben.

Sein Pech war, dass das jetzt bedeutete, dass er dieses Gurtzeug tragen musste.

Ich hoffte nur, dass ich ihm seinen großen Wunsch erfüllen konnte, ohne gegen ein Gesetz zu verstoßen. Und natürlich musste ich auch körperlich dazu in der Lage sein. Bei dem Kerlchen wusste man ja nie, was er ausheckte. Genau das machte das Zusammenleben mit ihm ja so reizvoll.

Und dann waren da noch Tage wie heute ...

Ich wusste einfach – das Schlimmste ihn Bezug auf ihn lag noch vor uns.

Flugs schnappte ich mir eine warme, langärmelige Jacke aus dem Schrank, nahm einen tiefen Atemzug und führte unsere bunt zusammengewürfelte Truppe zu Charles‘ wartendem Auto.

Es war Zeit für Phase zwei unseres Plans.

9

Weniger als zehn Minuten später kamen wir in der alten Nachbarschaft des Ehepaars Hayes an. Yo-Yo erkannte die altbekannten Straßen und Gerüche als Erster. Er bellte, wimmerte und winselte, noch bevor wir einen Parkplatz finden konnten.

„Was sagt er denn?“, fragte ich Octocat, der zusammengerollt in meinem Schoß auf dem Beifahrersitz lag. Da ich dieses Mal nicht selbst fahren musste, kam ich auf die glorreiche Idee, zwischen mir und dem Kater durch ein Kissen einen Sicherheitsabstand herstellen. Auf diese Weise war ich geschützt vor den Krallen, und selten habe ich eine Autofahrt mit ihm so genossen.

Octocat war natürlich keineswegs so glücklich, sich mit mir im fahrenden Wagen zu befinden. Er ließ sich Zeit mit seiner Antwort. „Er ruft nach seinen Herrchen und will ihnen sagen, dass er wieder nach Hause kommt“, übersetzte er, zwischendurch nervös schnaufend.

„Ach du meine Güte. Das klingt ja richtig traurig“, gab ich

zurück und gab seine Worte an Charles weiter. Auch wenn die Situation durchaus ernst war – irgendwie erinnerte mich das an eines der alten Spiele auf dem Pausenhof meiner Schule – Flüsterpost. Wie krass musste sich das alles erst für meinen Kollegen anhören?

„Ohne Zweifel, ein verwundbarer Zeuge", stimmte Charles mit meiner früheren Meinung überein, dass der Terrier psychische Probleme haben könnte. Er ließ das Auto am Seitenstreifen ausrollen und stellte den Motor ab. „Der arme Kerl kann einem leidtun."

„Es wird Zeit, dass ihr mich in euren Plan einweiht", kam es von Octocat, während ich seine Klauen vorsichtig aus dem Stoff des Kissens löste und ihn auf dem Gehsteig absetzte.

Charles schnappte sich Yo-Yos Leine und kam an unsere Seite. Der aufgeregte Vierbeiner zog mit solcher Kraft an seinem Halsband, bis er zu keuchen und zu röcheln anfing.

„Yup. Dumm-Dumm ist garantiert ein besserer Name für diesen Hund", konnte sich Octocat wieder nicht verkneifen, mit einem versteckten Grinsen anzumerken. Nachdem wir ausgestiegen waren, kehrte ganz offensichtlich seine Selbstsicherheit zurück. „Und Kotzkarli für den anderen Typen passt auch!"

„Schon klar, du großer Experte für Spitznamen", sagte ich, nur um ihn zu besänftigen. Allerdings, ohne dabei die Augen zu verdrehen, wie er es gewohnt war. Stattdessen nahm ich mir vor, seine Frage von soeben zu beantworten. „Der Plan sieht vor, dass wir einfach mal um die Häuser ziehen, und Yo-Yo uns aus seinem früheren Leben hier erzählt. Es kann gut sein, dass wir dadurch Hinweise auf einen anderen Mordverdächtigen als Brock bekommen."

„Wäre es denn nicht einfacher, dem Dummkopf die Wahrheit zu

beichten und ihn direkt zu fragen?“ Fast hätte man glauben können, Octocat strengte sich wirklich an mitzuarbeiten, aber ich kannte ihn besser. Bestimmt wollte er die Sache – egoistisch, wie er war – nur so schnell wie möglich hinter sich bringen.

„Nein!“, schrie ich, als Yo-Yo anfing zu kreischen und versuchte, seine Leine loszuwerden. Jeder zufällige Beobachter musste glauben, wir würden den armen Yorkie foltern. Glücklicherweise war gerade niemand in unserer Nähe.

„Dumm–Dumm will jetzt die Wahrheit erfahren“, ließ Octocat uns an seinem Wissen teilhaben. Viel Mitgefühl zeigte er dabei nicht – er sah eher gelangweilt aus und gähnte.

„Hör schon auf, die Dinge für uns noch schlimmer zu machen!“, schimpfte ich ihn aus. „Und sei nicht so hochnäsig. Sein Name ist Yo-Yo, wie du sehr wohl weißt.“

„Ja, natürlich. Ich bin hier derjenige, der schwierig ist.“ Dabei blickte er vorwurfsvoll auf die neonfarbene Leine, die uns beide verband. Noch ein kurzes Schnaufen – dann schaute er beleidigt weg.

Ich hatte inzwischen genug von seinem Benehmen. Zu allem Überfluss hörte auch der Hund nicht auf, verrücktzuspielen, und zwar lautstark. Also kniete ich mich vor meinen widerspenstigen Kater und gab ihm ernst einen gutgemeinten Rat: „Hör zu. Wenn du möchtest, dass ich dir einen großen Wunsch erfülle, machst du ab sofort auch das, was ich von dir erwarte. Und zwar so, wie ich es dir sage. Hast du mich verstanden?“

Nun wirkte er doch zerknirscht. „Ist ja gut. Sag es einfach, ohne mich anzuspucken. Und du musst mich auch nicht so anschreien ...“

Okay, das reichte. Ich würde seinen Zugang zum Fernseher definitiv einschränken. Schlimm genug, dass er den lieben langen Tag mit dem Konsum von Comics verbrachte, aber dadurch benahm er sich auch noch wie ein renitenter Teenager. Zusätzlich zu seinen ohnehin schon unmöglichen, normalen Allüren war das nicht mehr tolerierbar. Außerdem musste er lernen, dass seine Aktionen auch Konsequenzen nach sich zogen!

„Oh je. Hier war ich, gerade mal knapp über zwanzig, und fühlte mich wie eine alleinerziehende Mutter mit einem verzogenen Teenager. Im Stillen leistete ich Abbitte für all die kleinen Sünden, die ich meinen Eltern und meiner Oma früher angetan hatte.

„Also wir verstehen uns jetzt?“, sagte ich nochmal scharf, während ich aufstand. Charles nahm inzwischen den Terrier auf den Arm, damit der sich nicht noch versehentlich selbst stranguliere.

„Leg schon los. Was soll ich ihm sagen?“, spie Octocat aus.

Na endlich. Er konnte auch anders. Und das belohnte ich sofort mit einem breiten Lächeln. Mehr war jetzt in Gesellschaft der anderen nicht angebracht, auch wenn ich wusste, dass er es zu Hause, wenn wir allein waren, liebte, diese Worte zu hören. „Sag ihm, dass sein Papa und seine Mama momentan unterwegs sind. Wir möchten aber mit ihm hier Gassi gehen und dabei gerne mehr über sein Leben hier mit ihnen erfahren.“

„Dir ist schon klar, was du da von mir verlangst?“

„Du wirst es überleben“, versicherte ich ihm.

Octocat übermittelte ihm die Nachricht und Yo-Yo hörte kurz auf zu keuchen und ließ seine Zunge wieder im Maul verschwinden. Wenig später kehrte sein Enthusiasmus jedoch zurück und er wollte, dass Charles ihn wieder aus der Umarmung entließ.

„Können wir?“, fragte Charles.

Als ich zustimmte, setzte er den Terrier auf den Boden und wir begannen unseren Spaziergang, mit einem stolzen Yo-Yo an der Spitze.

„Muss ich jetzt wirklich alles übersetzen, was der von sich gibt?“, jammerte Octocat, kaum dass wir unterwegs waren.

„Selbstverständlich. Jedes Wort“, gab ich ihm zu verstehen.

Charles hielt sich derweil ruhig und ein wenig verloren abseits, während die Tiere miteinander kommunizierten. Wenn uns jemand entgegenkam, redete er mit mir, um die Situation nicht ganz so verrückt aussehen zu lassen. Trotzdem konnte man meiner Katze an ihrer Leine ansehen, dass sie wütend war.

„Lieber nicht. Er beißt“, warnte mein Kollege zwei ältere Damen mit blaugrauen Haaren in Jogginganzügen, als sie Anstalten machten, Octocat zu streicheln.

Dieser zischte und krümmte den Rücken zur Bestätigung, lachte dann jedoch, als sie ihr Tempo beschleunigen und an uns vorbeihasteten „Das war jetzt richtig lustig“, meinte er und schüttelte sich.

„Schön zu sehen, dass du dich amüsierst. Also, was erzählt Yo-Yo denn nun so?“ Ich war froh, dass er unser Experiment mittlerweile besser aufnahm, aber jetzt galt es, ihn konzentriert bei der Stange zu halten und das Ziel nicht aus dem Auge zu verlieren.

Octocat seufzte wieder, fuhr sich mit der Pfote über seine Schnurrhaare und wackelte mit den Ohren. „Lass mich nur meine Lauscher wieder auf die Dumm-Dumm-Frequenz einstellen ...

So, bereit.“

„Wirklich zu komisch. Jetzt hör auf, den Clown zu spielen und fang an zu übersetzen.“

„*Na klaaaar.*“ Er zog das Wort fürchterlich in die Länge, und gehorchte endlich. Seufzend meinte er dann: „Wir sind gerade an seinem Lieblingsplatz zum Pinkeln vorbeigekommen. Der kleine Felsen hinter uns. Er erinnert sich noch an ein Eichhörnchen, das er hier mal fangen wollte, als es die Straße überquerte. Hat er aber nicht geschafft. In dem Baum da drüben sitzen oft und gerne Vögel und bauen jeden Frühling ihre Nester. Auch eine beliebte Straßentoilette für ihn. In dem Haus vor uns spielen im Sommer nette Kinder. Sie rennen dann durch die Sprinkleranlage und laden ihn ein, mit ihnen zu toben."

Ich fing an zu bereuen, ihn aufgefordert zu haben, wirklich *alles* zu erzählen, was Yo-Yo so von sich gab. Es kam so schnell, dass ich auch Charles nur entschuldigend zunicken konnte. Also fragte ich nun: „Denkst du, du könntest ihn gezielt etwas von mir fragen?"

Er lief einfach weiter, ohne darauf zu reagieren. Ich deutete das als ein „Ja". „Erkundige dich doch mal, ob er alle Nachbarn hier gut leiden kann."

„Er meint, ja, alle seien freundlich zu ihm. Gerade redet er davon, dass er einmal zwei rote Autos hintereinander hier stehen sah."

Ich war ja froh, dass die beiden ihre Unterhaltung fortsetzten, aber gleichzeitig musste ich dafür sorgen, dass wir beim Thema blieben. „Hatten Bill und Ruth hier in der Nähe enge Freunde?"

„Wie es aussieht, mochten sie jeden – und jeder mochte sie", gab Octocat zurück. So allmählich begann ich, mir Sorgen zu machen, ob unser Terrier-Freund die Welt nicht etwas zu rosig betrachtete und somit als Zeuge komplett unbrauchbar war. Alle und alles waren für ihn anscheinend ganz reizend.

„Hast du schon etwas Brauchbares erfahren?", wollte Charles wissen.

Das musste ich mit einem Kopfschütteln verneinen, während ich mit dem Schuh ein Steinchen aus dem Weg kickte. „Leider nein. Aber ich kenne jetzt die besten Plätze in der Gegend, um mein Territorium zu markieren."

Charles lachte zwar, aber es klang irgendwie enttäuscht. Gerade wollte ich vorschlagen, zurückzulaufen, als Yo-Yo zu bellen anfing.

Er blieb stehen, wurde ganz steif und deutete mit der Nase auf das nächste Grundstück.

„Was ist los?", fragte ich meinen Kater hoffnungsvoll. Das Blut rauschte vor Aufregung in meinen Adern.

„Er sagt, das ist die böse Frau. Sie soll verschwinden."

Ich folgte Yo-Yos Blick und entdeckte das Schild „Zu verkaufen". Ein weiß–blaues Plakat verriet, dass das Haus veräußert werden sollte, und zwar durch die Maklerfirma Calhoun. Sogar ein Foto von Brock war darauf, zusammen mit seiner Zwillingsschwester, Breanne, die beide freundlich in die Kamera grüßten.

„Er sagte deutlich Frau. Ist das richtig? Nicht Mann?", hakte ich nach, um sicherzugehen.

„Kein Zweifel. Ganz bestimmt Frau", stimmte Octocat zu. „Er meint, sie hätte ihn jedes Mal, wenn Besuch kam, im Schrank eingesperrt. Das machte ihn traurig und er hat sich in der Dunkelheit gefürchtet."

“Hmm, vielleicht war das ja sogar der gleiche Schrank, in dem später die Leichen gefunden wurden."

Octocat atmete tief ein und drehte sich zu Yo-Yo um.

„Das darfst du jetzt nicht übersetzen!", schrie ich.

„Und was war das jetzt? Hast du etwas entdeckt? Was reden sie die ganze Zeit?", fragte Charles gespannt. „Haben wir eine Spur?"

Meine Blicke wanderten von dem Hund über Charles zu dem Plakat. Ausgerechnet der kleine Terrier, der die ganze Welt liebte, konnte Breanne Calhoun nicht ausstehen. Es schien, als müssten wir der Dame einen Besuch abstatten.

* * *

Während wir zurück zum Auto liefen, versuchte Charles, Breanne per Handy zu erreichen, aber es ging nur der Anrufbeantworter dran. Frustriert sah er mich an.

„Versuche es doch mit einer SMS", schlug ich vor.

Gesagt, getan. Und tatsächlich meldete sie sich kurz darauf zurück. Er gab mir das Gerät, so dass ich die Nachricht selbst lesen konnte:

Bin gerade bei einer Hausbesichtigung. Was gibt es Neues?

Ich reichte es ihm zurück und er verfasste seine Antwort, diesmal in Form einer Sprachnachricht, laut und deutlich, so dass ich gleich mithören konnte. „Ich müsste Sie nochmal wegen der Verhandlung sprechen. Wann wäre das möglich?"

Die Antwort wurde erneut mit akustischen Piepsignalen eingeleitet: „Sie sagt, heute geht es nicht mehr, aber wir können jederzeit morgen am Nachmittag vorbeikommen."

„Das ist ärgerlich", meckerte ich. Morgen war bereits Donnerstag, und am Tag darauf würde meine Mutter sich nicht mehr stoppen lassen mit ihrer Reportage. Die Zeit lief uns davon, vor allem, wenn sich der Hinweis auf Breanne auch nur als weitere falsche Spur erweisen sollte.

„Was machen wir jetzt?", war meine nächste Frage.

„Ich könnte etwas zu essen vertragen. Kennst du hier ein Lokal, in dem wir gute Hummerbrötchen bekommen könnten? Darauf habe ich schon Heißhunger, seit ich hierhergezogen bin."

Ich blieb wie angewurzelt stehen. „Das ist jetzt nicht Ihr Ernst, Mr. Charles Longfellow, der Dritte?"

„Wieso? Was habe ich denn getan?"

„Du bist jetzt genau wie lange hier in Maine und hast immer noch nicht unsere berühmten Hummerbrötchen probiert?"

Er lachte. „Habe ich schon erwähnt, dass ich vor lauter Arbeit zu nichts anderem komme?"

„So kommst du mir nicht davon, Karli", sagte ich und benutzte zum ersten Mal seinen Spitznamen. „Du hast jetzt so lange gewartet. Da darf es nicht irgendeines sein. Nur das Beste zählt jetzt."

„Das klingt wunderbar. Wo sollen wir also hin?"

„Lass uns nach Misty Harbor fahren. Dort gibt es das Lokal „Zum kleinen Hund". Ich bin sicher, du wirst es lieben."

10

Unser Restaurantbesuch in der nahen Ortschaft Misty Harbor war jetzt genau das Richtige, um uns wieder zu entspannen. Vorher taten wir Octocat noch den Gefallen, ihn zu Hause abzusetzen, eine Geste, für die er außerordentlich dankbar war. Yo-Yo jedoch nahmen wir mit an unseren Tisch auf der Außenterrasse mit Blick auf die ganze Bucht. Wir bestellten ihm sogar sein eigenes, kleines Menü in einer Plastikschüssel, das er mit Begeisterung vertilgte. Als Dank für Octocats heutige Hilfe zweigte ich auch für ihn ein wenig von meinem Teller ab und ließ es einpacken. Es konnte nichts schaden, ihn wieder etwas freundlicher zu stimmen. Noch hatte ich ja keine Ahnung, welchen Gefallen er von mir einzufordern gedachte.

Charles und ich saßen und plauderten, bis es dunkel und der Tisch für einen anderen Gast gebraucht wurde. Mir war so, als hätte ich die Dame mit den roten Haaren, die unseren Tisch reserviert hatte, schon einmal getroffen, aber mir wollte partout nicht einfallen, wo das gewesen sein könnte. Jedenfalls sah sie sehr beschäftigt aus. Im selben Moment, als wir unsere Stühle freimachten, setzte sie sich und packte ihren Laptop aus, noch bevor der Kellner die Chance hatte, abzuräumen.

Sie tat mir etwas leid, weil sie wohl keine Begleitung hatte beim Essen. Obwohl es mir ja normalerweise auch nicht anders ging. Um diese Zeit war ich für gewöhnlich schon im Pyjama und stritt mich mit Octocat. Nur dem Umstand der unerwarteten Essenseinladung von Charles hatte ich es zu verdanken, dass es heute Abend anders lief.

„Schau", meinte er, „zumindest kannst du dich nicht beklagen, dass ich den Hummer mit meiner Arbeit vermische". Und dabei drückte er mich leicht.

Arbeit. Welch hässliches Wort. Ja, unsere Pause war wohl zu Ende. Wir durften keine Zeit verplempern.

„Meinst du, wir könnten es jetzt nochmal bei Michelle versuchen?", schlug ich vor, als wir zum Parkplatz liefen.

„Klar. Nimm mein Telefon. Die Nummer ist gespeichert."

Also versuchte ich mein Glück, aber es war vergebliche Mühe. Man wurde direkt zur Aufzeichnung durchgestellt und erfuhr, dass das Band zu voll war für weitere Nachrichten.

Enttäuscht gab ich ihm das Handy zurück.

„Hey. Morgen ist auch noch ein Tag", tröstete er mich.

Da mochte er zwar recht haben – aber es war auch schon die letzte Möglichkeit, um ungestört an Brocks Verteidigung arbeiten zu dürfen. Einen Tag später saß uns Mama mit ihrer Sendung im Nacken. Auch mit Hilfe der Tiere blieb die Geschichte schwieriger als erwartet.

Konnten wir wirklich hoffen, dass dieser eine Tag den Durchbruch bringen würde?

* * *

DONNERSTAG

Charles und ich arbeiteten den ganzen Vormittag in der Firma, bevor wir gegen Mittag zum Maklerbüro Calhoun fuhren. Zuerst wollte er darauf bestehen, die Tiere mitzunehmen, aber ich konnte ihm das ausreden. Ich fand es besser, damit zu warten, auch weil wir nicht wissen konnten, wie Yo-Yo auf das Erscheinen von Breanne reagieren würde. Wenn sie unsere Mörderin war, könnte die Hölle losbrechen, falls der Terrier seine Erinnerung wiedererlangte. Ausgehend von seinem gestrigen Verhalten beim Anblick des Plakats war praktisch alles möglich.

Breanne ließ uns noch eine gute halbe Stunde warten, bevor sie Zeit für uns fand. Mag ja sein, dass sie wirklich so beschäftigt war – aber ich wurde dadurch ziemlich sauer. Wenn ich etwas hasste, dann Leute, denen die Zeit anderer völlig egal zu sein schien. War ihr nicht klar, dass die Freiheit ihres Bruders auf dem Spiel stand?

„Tut mir leid“, meinte sie, als sie uns schließlich in ihr privates Büro winkte.“ Sehr ehrlich schien das aber nicht gemeint zu sein.

Charles und ich nahmen auf zwei identischen Stühlen Platz, die vor ihrem Schreibtisch standen und warteten ab, bis auch Breanne sich gesetzt hatte. Obwohl sie uns ja erwartet hatte, schien sie nicht gerade erfreut über unser Kommen.

„Wie geht es Ihnen?“, fragte Charles höflich. Den gleichen Ausdruck hatte er gezeigt, als wir Brock im Gefängnis besucht hatten.

„Den Umständen entsprechend“ gab sie zu und band ihr braunes Haar im Nacken zu einem Knoten zusammen. Erst dadurch fiel mir auf, wie sehr sie ihrem Bruder ähnelte. Eigentlich kein Wunder. Sie waren ja Zwillinge. Trotzdem überraschte mich diese frappierende Ähnlichkeit. Nur die Haarfarbe war anders, und vielleicht die Gesichtszüge etwas weicher und weiblicher.

Sie versuchte, einen betroffenen Ausdruck zu machen, bevor sie zu einer längeren Erklärung ansetzte. „Die Hälfte der Leute, die momentan zu mir kommen, wollen gar kein Haus kaufen, sondern mich nur in ihr Getratsche über meinen Bruder verwickeln. Oder, noch schlimmer, mich über ihn ausquetschen. Aber mir bleibt nichts anderes übrig, als Überstunden zu schieben und sie zu sehen. Die laufenden Kosten für die Firma sind nicht gerade niedrig und wollen verdient sein. Selbst das wird nicht reichen, falls mein Bruder verurteilt wird. Dann kann ich das Büro gleich schließen und mir einen neuen Job suchen.“ Es folgte ein sarkastisches, kurzes Lachen sowie ein langer Seufzer. „Also nochmal: Nein – so toll sind die Zeiten nicht gerade“.

„Umso mehr bedauern wir, Sie noch einmal stören zu müssen“, meinte Charles, aber auch er wirkte dabei nicht wirklich aufrichtig. „Leider ist es unsere Pflicht, wirklich alles zu tun und jedem Hinweis nachzugehen, der Ihren Bruder entlasten könnte. Gleichzeitig hat er darum gebeten, Sie ständig auf dem Laufenden zu halten.“

Ich rutschte unbehaglich auf meinem Stuhl hin und her und befürchtete beinahe, dass sie meine Abneigung gegen sie spüren könnte. Eines hatte ich von Octocat gelernt, nämlich, dass man den Worten von Tieren viel mehr vertrauen konnte als denen eines Menschen. Für mich war das hier nur Schauspielerei. Sie wollte wohl die vergrämte Schwester vorgeben, gleichzeitig aber auch ihren Bruder im Gefängnis sehen – für ein Verbrechen, das sie vermutlich selbst begangen hatte. Das war jedenfalls mein Eindruck.

Den einzigen Beweis für diese Theorie lieferte natürlich unser sonst so glücklicher Terrier, der jeden mochte, aber bei ihrem bloßen Anblick richtig böse wurde.

Was sonst hätte das bedeuten können?

Schade, dass Charles nicht zugestimmt hatte, Großmutter mitzunehmen. Sie hätte wieder etwas herumspionieren können, während wir Breanne in ein Gespräch verwickelten. Obwohl ich diese Maklerin gerade erst kennengelernt hatte, wusste ich genau, dass man kein Wort glauben durfte, das zwischen diesen grell geschminkten Lippen hervorkam.

„Gibt es denn etwas Neues?“, wollte sie nun wissen, überkreuzte die Beine und blickte Charles herausfordernd an. „Nur zu, erzählen Sie es mir.“

Mein Kollege drehte sich kurz zu mir um und atmete schwer. Du meine Güte, er wird ihr doch jetzt nichts von sprechenden Tieren oder unserem Verdacht gegen sie erzählen, dachte ich noch, aber er stellte mich nur vor.

„Das ist Angie Russo.“ Folgsam lächelte ich und winkte ihr unbeholfen zu.

„Sie ist die beste Rechtsanwaltsfachangestellte in Blueberry Bay und unterstützt uns jetzt ebenfalls bei der Verteidigung Ihres Bruders.“

„Das mag ja stimmen, aber ich habe einen Anwalt damit betraut. Und bei den Sätzen, die uns berechnet werden, darf man eigentlich erwarten, dass sich Ihr Chef, Mr. Thompson, persönlich um den Fall kümmert“, meinte sie anklagend. „Bitte sagen Sie mir nicht, dass Sie um dieses Treffen gebeten haben, nur um eine neue Assistentin vorzustellen. Das ist nicht die Art Nachricht, für die ich bereit bin, 275.–$ pro Stunde zu bezahlen!“

„Keine Sorge. Dieser Besuch wird Ihnen natürlich nicht in Rechnung gestellt." Charles stellte ein einschmeichelndes Lächeln zur Schau, das seine Wirkung nicht zu verfehlen schien.

„Oh?" Sofort verbesserte sich die Laune unserer hübschen Maklerin. „Wenn das so ist, was kann ich denn heute für Sie tun?", erkundigte sie sich und setzte sich aufrecht hin.

„Als wir gemeinsam unsere bisherigen Ergebnisse durchgingen, haben sich noch Fragen zum Tatort ergeben. Wäre es wohl möglich, sich irgendwann am Nachmittag dort noch einmal umzusehen?"

„Also Sie möchten nochmal ins Haus?", sagte sie und schien nicht gerade begeistert. „Das geht natürlich."

„Sehr gut. Wir bedanken uns." Charles stand auf und reichte ihr über den Schreibtisch hinweg die Hand. „Wenn Sie uns jetzt den Schlüssel geben könnten, stören wir auch nicht länger."

„Nicht so schnell", meinte Breanne und trat neben uns. „Ich werde bereits vom staatlichen Lizenzbüro ständig mit Adleraugen kontrolliert. Selbst wenn Brock entlastet wird, besteht die Möglichkeit, dass der Täter sich mit einem Schlüssel aus meinem Schließfach Zugang verschafft hat. Man hat sogar schon angedeutet, ich hätte die Tür am Vorabend nicht richtig abgeschlossen und wollte mir damit eine Mitschuld an den Morden in die Schuhe schieben. Ist das zu glauben?"

„Unschön", murmelte ich, aber das hätte ich mir wohl verkneifen sollen.

Breannes Augen zogen sich zusammen und sie spitzte die Lippen, um etwas zu sagen, bevor sie es sich doch anders überlegte. Sie wandte sich wieder an Charles, zeigte aber auf mich: „Wie sagten Sie, war ihr Name gleich noch mal?"

„Angie Russo", antwortete ich an seiner Stelle und verzichtete provozierend darauf, ihr erneut die Hand zum Abschied zu reichen. „Könnten wir jetzt bitte ins Haus?"

Ihre Augen richteten sich gezwungenermaßen wieder auf mich, und dieses Mal war die Abneigung nicht zu übersehen. Die Spannung im Raum war greifbar, während wir uns anstarrten. Schließlich gab sie nach und führte uns hinaus.

„Wir treffen Sie dann in fünfzehn Minuten dort, okay?", schlug Charles vor. „Wir müssen vorher nur noch kurz etwas erledigen."

„Soll mir recht sein, aber bitte nicht später. Ich muss heute noch jede Menge Papiere durchgehen und will ausnahmsweise einmal pünktlich Schluss machen."

Ich enthielt mich einer Antwort und fing erst wieder zu sprechen an, als wir, sicher angegurtet, im Wagen saßen. „Na, ist das nicht ein echtes Schätzchen?", fragte ich ihn.

Er blickte nachdenklich drein, während er zusah, wie Breanne in ihrem großen, kirschroten SUV wegfuhr. „Nun ja – sie steht ziemlich unter Druck momentan. Vielleicht sogar mehr als ihr Bruder." Ich konnte nicht glauben, dass sein Gesicht dabei einen fast zärtlichen Ausdruck annahm."

„Aber deswegen muss man ja nicht unhöflich sein", gab ich schroff zurück. „Haben wir überhaupt einen Plan, um das Haus durchzuchecken? Die Grundidee für unseren Besuch war doch, herauszufinden, ob Breanne ihren eigenen Bruder in diese Lage gebracht hat."

„Wir können sie ja wohl schlecht direkt fragen, ob sie eine Mörderin ist. Noch dazu ist nicht sie unsere Mandantin, sondern er. Ich schlage vor, wir schnappen uns die Tiere und sehen uns dort nochmal gründlich um. Mir ist zwar dabei nichts aufgefallen, aber du hast ja die Räume noch nie gesehen. Vielleicht entdeckst du etwas, das ich übersehen habe. Oder Yo-Yo erinnert sich an etwas, wenn er erst einmal wieder dort ist."

„Gestern jedenfalls hat der Kleine von der bösen Frau gesprochen und meinte damit eindeutig Breanne“, gab ich zu bedenken.

Charles sah ausdruckslos in die Ferne. Ihm ging wohl so einiges im Kopf herum und ich hatte den Eindruck, dass er das noch nicht mit mir teilen wollte. „Das weiß ich, aber ich kenne sie besser als du und bin noch längst nicht überzeugt, dass sie schuldig ist.“

„Ich schon“, erwiderte ich patzig und verschränkte die Arme vor der Brust wie ein trotziges Kleinkind. Wenn sie mich auch vorher kaltgelassen hatte, so war ich jetzt doch endgültig gegen sie, nachdem Charles sie trotz der Beweislage auch noch verteidigte. Es hörte sich fast an, als hegte er für Breanne die gleichen romantischen Gefühle wie ich für ihn?

Vielleicht hatte Octocat doch recht. Ich sollte mir statt Karli einen Katzenliebhaber suchen und mit ihm sesshaft werden.

Dann jedoch kehrte dieses breite Lächeln zurück, bei dem man seine schönen Zähne sah, und er drückte mir die Hand. „Es gibt einen Weg, die Wahrheit herauszufinden. Lass uns losfahren.“

Ich atmete schwer auf. Meine Gedanken von soeben waren schon wieder überholt. Natürlich würde ich diesem Mann überallhin folgen. Nicht nur wegen seines guten Aussehens. Nein, darüber hinaus war er auch noch clever, nett und freundlich und wollte Gerechtigkeit.

Alles keine schlechten Voraussetzungen, wenn man unterwegs war zu einem Haus, in dem kürzlich zwei Menschen ermordet wurden.

11

Etwa zwanzig Minuten später erreichten wir das Heim der Hayes. Breanne wartete schon in ihrem SUV auf der Zufahrt. Als sie sah, dass jeder von uns einen tierischen Begleiter dabeihatte, knallte sie beim Aussteigen die Autotür mit einer Kraft zu, die ich ihr nicht zugetraut hätte.

Yo-Yo knurrte und fletschte seine winzigen Schneidezähne, machte aber keine Anstalten, sich aus Charles‘ Armen zu befreien. Obwohl er sich doch riesig freuen sollte, in sein Haus zu kommen, hielt ihn die Furcht, hier wieder Zeit mit einer gehassten Person verbringen zu müssen, klar davon ab.

„Warum haben Sie diese Tiere dabei?“, wollte Breanne auch sofort wissen und versperrte uns den Gehweg zum Eingang.

Also liefen Octocat und ich quer über den Rasen und betraten das Haus. Charles konnte die verärgerte Maklerin mit seinem Charme sicher auch ohne unsere Hilfe beruhigen?

Sofort beim Eintreten empfing uns der scharfe Geruch von Chemikalien.

Mein Kater begann sogleich, sich mit den Pfoten über die empfindliche Nase zu streichen. „*Ew, ew, ew*“, beschwerte er sich bei jedem weiteren Schritt ins Innere. „Ihr Menschen habt wirklich ein Talent, eure Umwelt zu versauen. Ich weiß nicht, wie lange ich das aushalten kann.“

„Mir geht es nicht anders“, meinte ich, während ich den Kragen meiner Bluse hochzog und als behelfsmäßigen Filter benutzte. „Ich nehme an, dass man das Haus extra gründlich gereinigt hat nach ...“

Octocat griff den Faden ungerührt auf. „Du meinst, nach dem brutalen Doppelmord? Schon möglich.“ Seine Sätze kamen etwas gedämpft unter den Pfoten hervor.

Ich sah ihn an und überlegte gerade, wo wir anfangen sollten, aber er ignorierte mich. Stattdessen fing er an zu schnüffeln, verfiel dann in einen raschen Trott und rannte schließlich, ohne zu zögern, über die Treppe hinauf in den ersten Stock.

„Warte doch auf mich!“, rief ich ihm hinterher, halb fallend in dem Versuch, mit ihm Schritt zu halten. „Wohin willst du denn?“

Natürlich bekam ich keine Antwort, aber als ich dann ebenfalls oben ankam, fand ich ihn in einem Schlafzimmer am Ende des langen Flurs. Dieser Raum war als einziger schon komplett leergeräumt. Dem Geruch nach war hier auch die Quelle für den Einsatz der Chemikalien, aber ansonsten waren die Wände und der Fußboden unberührt.

Irgendwie fühlte ich mich ein wenig schuldig, als ich durch das Zimmer schritt. Schließlich gelang es mir, die Fenster zu öffnen und etwas frische, ungiftige Luft hereinzulassen, die dieses Gefühl wieder vertrieb.

Octocat hüpfte dankbar auf das Fensterbrett. „Endlich kann ich wieder atmen“, stieß er mit einem tiefen, zufriedenen Schnaufer hervor. „Dachte schon, *ich* muss auch noch hier sterben.“

Ich stemmte bedeutungsschwer die Hände in die Hüften und versicherte ihm, dass seine Zeit noch nicht gekommen sei. „Das ist noch viel zu früh, keine Angst, Octo."

Die Anrede regte ihn aber schon wieder auf. „Werde ich schon wieder bestraft? Diesmal mit dem Verlust meines vollen Namens? Was ist mit der Bezeichnung *Cat* in Octocat passiert? Hmm?"

„Keine Ahnung", antwortete ich wahrheitsgemäß, während ein schelmisches Lächeln über mein Gesicht glitt. „Vermutlich hast du mich angesteckt mit deinen ständigen Versuchen, anderen einen Spitznamen zu verpassen. Nebenbei versuche ich, anders als du, die Stimmung etwas zu lockern. Ich bin mir nämlich ziemlich sicher, dass Bill und Ruth hier in diesem Raum gestorben sind."

„Du meinst wohl eher *ermordet*", korrigierte er mich. Dabei legte er großen Wert auf eine schaurige Betonung des Wortes. „Und bitte vergiss zukünftig nicht wieder das *Cat*. Es ist schließlich der wichtigste Teil meines Namens."

„Schon gut. Aber jetzt lass uns mal zur Sache kommen, okay? Schließlich wurden hier zwei Menschen getötet." Ich senkte meine Stimme, als könnte Breanne draußen etwas mitbekommen. Im Augenblick konnte ich sie weder hören noch sehen. Keine Ahnung, wo sie, Charles und der Hund abgeblieben waren. Aber das war uns nur recht. „Wir müssen die Zeit nutzen, um uns ungestört nach möglichen Hinweisen umzusehen."

"Yes, Boss", entgegnete mein Gefährte von schräg unten und klopfte energisch mit dem Schwanz.

Vor dem Fenster fing ein Vogel an zu zirpen, und vorbei war es mit Octocats Konzentration. Er brachte sich in Jagdstellung und versuchte, das Gezwitscher mit einer lächerlichen Version der Vogelstimme nachzuahmen.

Statt ihn zu hänseln, verzog ich nur das Gesicht, und wanderte durchs Zimmer. Zumindest einer von uns musste etwas zur Aufklärung beitragen. So wie es aussah, fiel dieser Job mir zu.

In einer kleinen Ecke fand ich die Tür zu einem Einbauschrank, der innen überraschend großzügig war. Hier wurden anscheinend die Leichen der beiden gefunden. Gott sei Dank wies nichts mehr auf diese grausame und schockierende Tatsache hin – wenn man einmal von dem aufdringlichen Geruch der Chemikalien absah. Es war nur noch ein schlichter, leerer Raum.

„Hier wurden sie gefunden." Plötzlich stand Charles hinter mir und ich erschrak.

„Man schleicht sich an einem Tatort nicht von hinten an Leute an." Mein Tonfall drückte deutlich meinen Unmut aus.

Er zog die Augenbrauen hoch und seine Mundwinkel fielen herab. Offenbar hatte er meine Anspielung verstanden. „Tut mir sehr leid. Ich wollte dich nicht erschrecken. Wir haben leider nicht viel Zeit. Breanne ist ziemlich aufgebracht und droht sogar damit, sich bei Thompson zu beschweren."

Ich schüttelte missbilligend den Kopf und trat einen Schritt zurück, als mir auffiel, dass ich ihm wohl etwas zu nahegekommen war. Trotz meiner Sympathie für ihn – jetzt war nicht der richtige Moment für Zärtlichkeiten. „Nur weil wir die Tiere mitgebracht haben? Hat sie Yo-Yo überhaupt erkannt?"

Als dieser seinen Namen hörte, kam er ins Zimmer gesaust und fing an, im Kreis zu rennen. Und zwar so schnell, dass man praktisch nur ein fliegendes, braun-graues Wollbündel erkennen konnte.

„Aha. Da ist wohl jemand ausgeflippt", stellte Octocat fest, als er vom Fenster heruntersprang und sich zu uns an den Eingang des

Schrankes stellte. „Mein Vögelchen hat er auch verscheucht. Gerade war ich dabei, es zu kriegen.“

Ich beschloss, nicht zu erwähnen, dass auch er manchmal ganz ähnlich durchdrehte. Und den Vogel hätte er sowieso nicht erwischt – von seinen bescheidenen Jagdfähigkeiten einmal ganz abgesehen, befand sich schließlich auch noch ein Moskitonetz zwischen ihm und seiner Beute. Zu guter Letzt konnte er ja wohl auch nicht fliegen? Damit hatte sich zumindest das erledigt.

Der Yorkie rannte weiter glücklich im Kreis herum, bis er auf einmal in der Mitte des Raums erschöpft zusammenbrach und nur noch nach Luft japste.

Ich erkundigte mich bei Charles erneut nach Breanne, während sich Octocat pflichtbewusst mit Yo-Yo unterhielt.

„Sie meint, wir übertreiben, und zweifelt an unserem Verstand.“ Seinem Gesicht konnte man bei dieser schlechten Nachricht nichts anmerken, aber ich wusste auch so, wie er sich gerade fühlte.

Mein Herz begann zu rasen. Schlimm genug, dass er mein Geheimnis kannte, aber er hatte doch wohl nicht etwa ...? „Du hast ihr aber nichts über ...?“

„Nein, natürlich nicht.“ Er schnitt mir das Wort ab. „Aber irgendetwas musste ich ihr schließlich sagen. Also erklärte ich ihr, die Tiere wären zu unserer emotionalen Unterstützung dabei.“

Nun, kein Wunder, dass sie uns für verrückt hielt. Charles hatte ihr das ja de facto bestätigt.

„Wie lange gibt sie uns noch?“, fragte ich. Dabei musste ich mich zurückhalten, um nicht

erneut anzufangen, auf meinen langen Fingernägeln herumzukauen. Ich nahm mir vor, demnächst wieder mal zur Maniküre zu gehen.

„Höchstens eine halbe Stunde“, kam es zurück. Man konnte ihm seine Sorge direkt ansehen.

„Dann sollten wir die jetzt nutzen.“ Ich setzte mich zu den Tieren. Hoffentlich würde der chemische Geruch des Teppichs nicht auf meine Kleidung abfärben, aber selbst das wäre ein kleiner Preis für die richtigen Infos. Am wichtigsten war, dass wir Brock retten konnten.

„Hat er schon etwas gesagt?“, fing ich an, Octocat zu befragen und deutete in Richtung unseres vierbeinigen Zeugen.

„Jede Menge. Viel zu viel“, antwortete dieser, während er sich auf den Rücken drehte und seinen Bauch in Richtung Decke streckte. Er sah völlig erschöpft aus, dabei waren doch noch nicht einmal zwei Minuten vergangen, seit er mit Yo-Yo gesprochen hatte.

„Würde es dir etwas ausmachen, mir darüber zu berichten?“, fragte ich. Nur zu gerne hätte ich ihn dabei gestreichelt, aber irgendwie hatte ich das Gefühl, dass er mich aufgrund seiner momentanen Verfassung beißen könnte. Und das brauchten wir jetzt wirklich nicht.

Er gähnte, und der Geruch seines Thunfisch-Frühstücks mischte sich mit den Gasen, die der Teppichboden ausströmte. Das war gar nicht gut für meinen protestierenden Magen. „Wieder etwas über seine Herrchen, und dass er gerne wieder hier mit ihnen leben würde. Außerdem war er im Einbauschrank. Genau wie sie. Jabba dabba du.“

„Wie bitte? Kein *jabba dabba du*. Was genau hat er gesagt?“ Ich stupste ihn, bis er wieder auf der Seite lag und meinem Blick nicht mehr ausweichen konnte.

Octocat knurrte, kam auf die Beine und entfernte sich ein paar

Schritte, um aus meiner Reichweite zu kommen. „Ich habe dir alles übersetzt, woran ich mich erinnere. Der spricht einfach zu schnell, ohne Punkt und Komma, und dazu noch undeutlich. Nach einer Weile hört sich alles gleich an."

Hmm, das traf auch gut auf ihn selbst zu.

Ich stöhnte auf und Yo-Yo nutzte den Moment, um auf meinen Schoß zu springen und mir das Gesicht zu lecken. „Das kaufe ich dir nicht ab", erklärte ich meiner aufmüpfigen Katze. „Wir kommen extra hier her, um nach Spuren des Mordes zu suchen, und du schaffst es nicht einmal, zwei Minuten aufmerksam zuzuhören?"

„Ich muss mir das hier nicht länger antun", kam zur Antwort. Mit theatralischer Gestik erhob er sich und verließ den Raum.

Yo-Yo in meinem Schoß rührte sich und sprang ihm hinterher.

„Puh, ich schätze mal, die Zeit läuft uns davon", sagte ich zu Charles und erhob mich ebenfalls. „Wo ist denn übrigens Breanne abgeblieben?"

Er stand derweil in dem großen Schrank und studierte die Wände, als ob die mit ihm sprechen könnten. „In ihrem Wagen", kam es zögernd zurück. „Sie meinte, sie müsste ein paar Anrufe erledigen."

Ich schluckte hart, wussten wir doch beide, dass einer dieser Anrufe unserem Chef gelten könnte. So sehr diese Aktion hier auch wichtig war, mit ihm durfte ich es mir nicht verscherzen. Mr. Fulton war nett gewesen und hatte meine Arbeit geschätzt, aber bei Mr. Thompson war das leider nicht immer so. Und im Augenblick hatte er, als einziger Partner der Kanzlei, nun einmal das Sagen.

Falls Bethany recht damit hatte, dass Thompson nicht zögern würde Charles zu entlassen, wenn wir hier versagten, konnte mich das ebenso gut treffen.

Shit. Warum musste immer alles so kompliziert sein?

„Sollen wir ihnen folgen?“, fragte ich und deutete mit dem Kinn in Richtung der Tür, durch die soeben unsere lauten Lieblinge verschwunden waren.

Charles blickte von mir zum Flur und zurück. Dann schüttelte er verneinend den Kopf. „Warte noch. Da gibt es noch etwas, aus dem ich nicht ganz schlau werde. Vielleicht kannst du mir ja dabei helfen.“ Er griff in seine große Tasche und zog den dicken Ordner mit den Anklageschriften heraus.

Genau wie ich befürchtet hatte, blätterte er geradewegs zu den Fotos, die die leblosen Körper von Bill und Ruth zeigten. Die hatte ich schon vorher nur mit viel Überwindung ansehen können, und das war diesmal nicht anders.

Dann jedoch hatte ich auch wieder das Bild von einem unschuldigen Brock im Kopf, der vielleicht mit einem Leben hinter Gittern dafür büßen musste. Also überwand ich mich, holte eine Pille gegen zu viel Magensäure aus meiner Handtasche und zwang mich, die Aufnahmen zu betrachten, die Charles mir reichte.

Heute sah ich genauer hin als neulich im Büro, und was soll ich sagen? Da war tatsächlich eine Spur, die uns weiterhelfen könnte.

12

Ich mochte vielleicht nicht so viel Erfahrung mit Tatorten habe, aber etwas an diesen Fotos machte mich sofort stutzig.

„Können wir die mal im Schrank auslegen?“, bat ich Charles und gab ihm die Aufnahmen zurück.

Er stimmte zu und verteilte die Bilder in den entsprechenden Ecken, in denen sie aufgenommen wurden. Zusammen überprüften wir, dass alle am richtigen Platz lagen.

„Okay, dann überlegen wir einmal gemeinsam.“ Mit dem Zeigefinger strich ich mir nachdenklich übers Kinn. „Was genau zeigen uns die Fotos?“

Charles deutete auf eines ganz links von uns. „Aus dem Winkel der Blutflecken können wir schließen, dass der Täter von rechts kam.“

Wir verglichen es mit der Wand, die damals mit Blut besudelt war, inzwischen jedoch in reinem Weiß erstrahlte.

„Schön und gut. Was noch?“, fragte ich, und jetzt, wo die

Tabletten wirkten, fing ich doch an, an meinen Nägeln zu kauen. Irgendwie beruhigte mich das.

Er ließ den Blick über die gesamte Szene schweifen und meinte: „Nun, wir nehmen an, dass Bill zuerst getötet wurde und Ruth kurz danach, als sie ihn vermisste und nach ihm zu suchen begann."

Das war mir neu, aber ich hatte ja auch noch nicht nach so vielen Details zum Tathergang gefragt. Eines jedoch wurde mir direkt klar: Ich musste mir schnellstens eine dickere Haut zulegen, was diese Dinge betraf, sonst würde mein Magen jedes Mal rebellieren. Immerhin schien es ja in letzter Zeit zu einer lieben Gewohnheit zu werden, Tötungsdelikte zu untersuchen.

Also nickte ich. „Okay. Was bringt dich zu der Annahme?"

„Bills Blut hat den Teppichboden stärker getränkt und war auch auf einer größeren Fläche verteilt. Allerdings geschahen die Morde kurz hintereinander, also kann man da auch nicht sicher sein", erklärte Charles. Ich fragte mich, ob er genauso aufgewühlt war über die brutalen Morde wie ich. Falls ja, wusste er das gut zu verbergen.

„Hmm", sagte ich nur und ließ mir die Information meines Partners durch den Kopf gehen. Dann zog ich einen Stift aus meiner Tasche und versuchte, so gut ich konnte, die Blutflecken auf der Wand nachzuzeichnen. Im Fach Kunst war ich zwar nie besonders gut gewesen, aber für unsere Zwecke sollte es reichen.

Charles geriet in Panik und wollte mir den Stift wegnehmen. „Was glaubst du, was du hier tust?", meinte er mit Furcht in der Stimme. Irgendwie sah er heute nicht mehr ganz so attraktiv aus wie zu Wochenbeginn. Vielleicht hatte ich unbewusst begonnen, ihn mit den Morden in Verbindung zu bringen – nicht gerade hilfreich für eine aufkeimende Romanze.

„Ich versuche lediglich, mit Hilfe von Beweisen zu einer Schlussfolgerung zu gelangen“, erklärte ich ihm. Ein klein wenig fühlte ich mich wohl gerade wie in den Fußstapfen von Sherlock Holmes. Auch Holmes hatte sich ja gelegentlich Watson gegenüber sehr eng verbunden gefühlt. Na gut – wir hatten den großen Durchbruch noch nicht geschafft, aber es konnte nicht mehr lange dauern, wenn wir nur so weitermachten und durchhielten.

Mein persönlicher Watson hatte leider seine eigene Vorstellung, was unsere Taktik anbelangte. Er fing wieder an, mich an Breanne zu erinnern.

„Die kannst du vergessen“, stieß ich zwischen zusammengebissenen Zähnen hervor. „Die ist doch auf jeden Fall nicht mehr ganz dicht. Sie kann uns jetzt auch nicht mehr aufhalten.“

Er stöhnte, ließ mich jedoch weitermachen.

Ich ignorierte die kleinen Blutspritzer, aber im Großen und Ganzen hielt ich die Flecken an der Wand realistisch fest. Einige Minuten später trat ich zurück und war mit dem Ergebnis meiner Zeichnung sehr zufrieden.

„Na bitte“, sagte ich und rieb meine Hände an den Hosenbeinen ab, obwohl sie überhaupt nicht schmutzig geworden waren. „Jetzt müssen wir das nur noch mit unseren Körpern zum Leben erwecken. Du bist jetzt Bill und ich spiele den Mörder. Haben wir irgendetwas, das wir als Hammer benutzen können?“

„Ähm …“ Charles war sichtlich nicht wohl bei der Vorstellung und er wusste auch überhaupt nicht, worauf ich hinauswollte. Aber ich wollte jetzt nicht groß Zeit für Erklärungen verschwenden, schon gar nicht, wenn Breanne jeden Moment erscheinen und uns verscheuchen konnte.

„Na bitte, da haben wir doch etwas.“ Ich nahm Octocats Leine und faltete sie mehrmals, bis sie die Länge eines handelsüblichen

Hammers hatte. Die Enden fixierte ich mit meinen Haarnadeln. „Hast du zufällig auch ein paar Haftnotizen dabei?"

Er fing an, in der großen Tasche herumzuwühlen und fand tatsächlich einen kleinen Block dieser farbigen Zettelchen. „Man weiß ja nie, wann einem die Dinger einmal helfen können. Wozu brauchst du die denn jetzt " Mit diesen Worten reichte er sie mir.

„Sehr gut", lobte ich ihn, und dabei kreuzten sich wieder einmal unsere Blicke. Statt eine Grimasse zu ziehen, schien er offen zu lächeln. Das nahm ich schon einmal als gutes Zeichen. „Jetzt leg dich genauso hin, wie Bill den Aufnahmen nach gefunden wurde."

Folgsam ließ er sich entsprechend nieder und ahmte auch die seltsame Armstellung nach. Als ich ihn so liegen sah, genau wie das Opfer auf den Fotos, erschauderte ich. Meine Fantasie tat ihr Übriges, um die blutigen Details und Verletzungen als Bild in meinem Kopf auszufüllen.

Ich riss mich gedanklich davon los und befestigte einige der Notizblätter an den Stellen bei Charles, an denen auf den Fotos von Bill die Wunden der Hammerschläge zu sehen waren. Insgesamt gab es drei davon – eine nahe am Hals, eine an der Seite des Gesichts und schließlich noch hinten am Rücken, in der Nähe der Schulter.

„So. Fertig. Du kannst wieder aufstehen", wies ich ihn an und trat einen großen Schritt zurück, um ihm mehr Platz zu verschaffen.

Er tat, wie ihm geheißen, blieb aber stumm. Mir war klar, dass er jetzt auf meine Erklärung wartete.

„Wie groß war Bill?", fragte ich, während ich ihn um die eigene Achse drehte, damit ich seinen Rücken von hinten studieren konnte.

„Knapp einen Meter achtzig", erklärte er nach kurzem Nachdenken.

„Und wie groß bist du?"

„Einen Meter dreiundachtzig."

„Und jetzt: Wie groß ist Brock?"

„Einen Meter fünfundneunzig."

Ich merkte mir die Zahlen gut und verglich sie mit meiner eigenen Größe von einem Meter vierundsiebzig. Dann schlug ich mit meiner behelfsmäßigen Mordwaffe auf die bunten Zettelchen. Mit der freien Hand knipste ich jeden Schlag mit dem Handy.

„Fertig. Du kannst dich jetzt umdrehen." Ich öffnete eine App auf meinem Telefon und erklärte Charles, was ich damit bezweckte: „Brock ist gut fünfzehn Zentimeter größer als Bill es war. Wir tun jetzt einmal so, als wäre ich auch fünfzehn Zentimeter größer als du. Kannst du einmal etwas in die Hocke gehen bis ... ja genau, so."

Ich nahm das Handy vom Fußboden etwa auf meine Schulterhöhe und wartete, bis Charles die richtige Position gefunden hatte. Er stand etwas wackelig, aber ich überprüfte meine Vermutung und die jeweiligen Maße und schoss Fotos aus allen Winkeln.

„Nun lass uns das gemeinsam durchgehen", bat ich, während ich ihm aus seiner unbequemen Stellung aufhalf, sodass wir zusammen die sechs neuen Fotos studieren konnten. „Die ersten drei Bilder zeigen uns in realer Größe. Auf den drei anderen haben wir künstlich den Größenunterschied zwischen Bill und Brock nachgestellt. Was fällt dir auf?"

Charles nahm mir aufgeregt das Handy aus der Hand und scrollte vor und zurück. Dann legte er das Gerät neben die anderen Aufnahmen vom Tatort auf den Fußboden und verglich sorgfältig die Fotos mit den von mir markierten Flecken an der Wand.

„Also, wenn man die Winkel der Blutspritzer mit der Position der Wunden vergleicht, sind die ersten drei Bilder eindeutig wahrscheinlicher."

Ich nickte. „Wenn Brock diese Schläge ausgeführt hätte, hätte er seine Handgelenke unnatürlich verdrehen und, ähnlich wie beim Golf, in einem Bogen auf ihn einschlagen müssen. Der normale Schlag – und auch der effektivste – wäre aber direkt von oben gewesen."

„Also denkst du, dass es jemand gewesen sein muss, der um einiges kleiner war?"

„Ganz recht. Aber, um sicherzugehen, lass uns das zusätzlich noch einmal mit den Fakten über Ruths Tod nachstellen."

Wir wiederholten alles wie zuvor, nur dass dieses Mal ich das Opfer mimte. Bei Ruth hatte ein einziger Schlag auf den Kopf ausgereicht, um sie zu töten, und der kam direkt von oben auf den Schädel.

„Schau", forderte ich Charles auf, als wir die Fotos der zweiten Serie verglichen. „Warum sollte der Mörder Ruth auf den Kopf schlagen, Bill aber nicht?"

„Weil Bill zu groß für ihn war." Charles war begeistert über unsere Entdeckung.

Natürlich freute es auch mich, dass mein Kollege meine Theorie sowohl verstand als auch unterstützte. „Was mich angeht, so bin ich ziemlich sicher, dass es eine Täterin war, oder ein vergleichsweise kleiner Mann. Brock jedenfalls scheidet definitiv aus."

„Also suchen wir nach jemandem ..." Seine Augen fokussierten sich auf mich.

„In meiner Größe. Stimmt genau", bestätigte ich ihm.

Charles nahm wieder den dicken Ordner zu Hilfe, ging die Namen aller in Frage kommenden Personen durch und meinte dann: „Brock können wir mit Bestimmtheit ausschließen. Das gilt auch für seinen Chef. Beide sind zu groß."

Ich war bereits weiter und wusste genau, wohin die neue Spur führte, aber er musste selbst darauf kommen.

„Irgendwie ist jeder als möglicher Täter entweder zu klein oder zu groß." Mit dieser Schlussfolgerung wanderte der Ordner schließlich zurück in die Tasche.

„Na ja – eine Person mit exakt meiner Größe kennen wir schon", gab ich zu bedenken.

„Breanne", seufzte Charles nun. „Das hatte ich befürchtet."

Von der Treppe näherten sich deutlich vernehmbare Schritte. Wir sahen uns angespannt an und wussten beide genau, wer uns da jetzt aufsuchte.

„Also gut, Sie hatten Ihre Chance! Machen Sie Schluss." Ihre bereits ärgerlich klingende Stimme wurde noch wütender, als sie uns am Boden sitzend und mit den Fotos vom Tatort vorfand. Unsere schuldbewussten Mienen taten ihr Übriges.

„Was machen Sie denn noch hier? Und wo sind überhaupt Ihre Tiere abgeblieben?" *Ihre Körpersprache war eine einzige Anklage.*

Oh-oh. Das verhieß nichts Gutes.

13

Ich schoss so schnell aus dem Raum, dass mich Breanne, selbst wenn sie gewollt hätte, nicht hätte stoppen können. Vielleicht reagierte ich etwas zu drastisch, aber die Vorstellung, auf engstem Raum mit einer Mörderin zu sein, versetzte mich in Panik. Außerdem wurde mir klar, dass es inzwischen schon eine ganze Weile her war, seit wir die Tiere zuletzt gesehen hatten. Hatten die zwei es geschafft, irgendwie nach draußen zu gelangen?

Glücklicherweise fand ich Octocat fast auf Anhieb. Er war auf den Kühlschrank gesprungen und das aufgeplusterte Fell zeigte, genau wie sein Fauchen, dass er wütend war. Der Grund dafür war nicht zu übersehen. Yo-Yo winselte, zerkratzte mit den Pfoten den Lack des Aggregats und versuchte, sich so lang wie möglich zu machen, hatte aber trotz aller Anstrengung keine Chance, die Katze zu erreichen.

„Warum hast du mich verlassen?“, zischte Octocat böse.

Ich hob abwehrend die Arme. “Hey, schon vergessen? Du warst

derjenige, der abgehauen ist. Was hat dich daran gehindert, zurückzukommen?"

„Dumme Frage. Natürlich der blöde Köter hier", fuhr er mich an.

Schon klar, dass er verärgert war, aber mir ging es ja nicht anders. Ich hatte von ihm erwartet, dass er einen Weg finden würde, aus unserem Hundezeugen ein paar nützliche Informationen herauszuquetschen. Ganz offensichtlich hatte das nicht funktioniert.

„Dann muss ich wohl annehmen, dass du in der ganzen Zeit nichts Vernünftiges erreicht hast?" Meiner Stimme war die Frustration nun auch deutlich anzumerken.

Seine Augen sprühten vor Zorn, als er antwortete: „Immerhin konnte ich mein Leben und meine Ehre retten. Was gibt es Wichtigeres?"

Kopfschüttelnd schnappte ich mir Yo-Yo und flüstere Octocat zu: „Wir müssen jetzt gehen. Und wenn uns jemand auf dem Weg nach unten begegnet, denke daran, dass niemand uns beim Sprechen erwischen darf."

„Was sollte das jetzt?", fragte Breanne, die unvermittelt am Fuß der Treppe auftauchte. Wieso mussten sich in diesem Haus die Leute immer so anschleichen? Dadurch bekam ich jedes Mal einen Schock.

„Oh, nichts weiter. Ich habe ihnen nur gesagt, dass wir jetzt gehen müssen."

Und das war ja noch nicht einmal gelogen.

Charles stieß kurz darauf zu uns. „Ich musste nur noch aufräumen", erklärte er und reichte mir die gebündelte Leine. „Breanne musste ich versprechen, persönlich für einen neuen Anstrich im Wandschrank zu sorgen."

Na klar. Meine leichten Bleistiftstriche hatten ja auch einen großen Schaden angerichtet.

„Ich habe Sie engagiert, um mir zu helfen und nicht, um alles noch schlimmer zu machen“, mischte sich diese wieder ein.

„Tut mir leid. Ich übernehme die volle Verantwortung.“

Sie sah mich abweisend an. „Das war mir klar. Ich wünsche, dass Sie sofort von dem Fall meines Bruders abgezogen werden.“

Das machte mir nun doch zu schaffen. So durfte es nicht enden. Charles und ich mussten einen Weg finden, unser neues Wissen über die Größe des Killers dazu einzusetzen, um Brock zu entlasten. Seine Schwester konnte uns dabei ernstlich schaden.

Wie konnte ich ihr das erklären, ohne sie noch mehr gegen uns aufzubringen? Ich hatte keine große Hoffnung, aber versuchen musste ich es wohl. „Aber ...“

„Kein Aber. Sie lenken hier nur meinen Anwalt von der Arbeit ab und ruinieren das Haus.“

„Brocks Anwalt“, verbesserte ich, ohne nachzudenken.

Breanne steigerte sich weiter in Rage. Ein kräftiges Stampfen mit ihren hohen Absätzen auf dem gefliesten Küchenboden unterstrich ihren Befehl. „Von mir aus. Ich jedenfalls will Sie und Ihre therapeutische Menagerie hier nie wiedersehen. Und mit Mr. Thompson werde ich auch ein Wörtchen reden und zum Ausdruck bringen, wie sehr ich bisher von der Arbeit seiner Kanzlei enttäuscht bin.“

Ich schluckte und zwang mich, ruhig zu bleiben, obwohl ich ihr am liebsten meinen Verdacht ins Gesicht geschrien oder mich wenigstens verteidigen hätte können und sollen... Yo-Yo spürte die Spannung und fing in meinen Armen an, Breanne anzuknurren.

„Wieso glauben sämtliche kleinen Kläffer, sie müssten mich angreifen?“, fragte sie noch, als sie uns alle zur Tür hinausschob.

„Die Hausbesitzer hatten einen, der genauso war. Ein fürchterlicher Kerl. Ich weiß schon, warum ich nur Katzen mag."

„Hat sie jetzt wirklich gesagt, dass sie Katzen liebt?", hakte Octocat nach und beschleunigte seinen Schritt, um sich einschmeichelnd an den Knöcheln der Maklerin zu reiben. Mich überraschte dieses eindeutige Flirtverhalten völlig. „Ich glaube, ich mag sie", schnurrte er dabei wie ein gut geölter Motor.

Breanne bückte sich zu seinem gestreiften Köpfchen hinab und fing an, sein seidig glänzendes Fell zu streicheln, was sie offenbar auch selbst etwas beruhigte.

„Oh, ja! Ich mag sie sogar sehr!", bekräftigte er und legte sich auf die Seite, um ihr den Bauch entgegenzustrecken. So ein verdammter Verräter!

Sie seufzte. „Nun – vielleicht überlege ich mir das mit meiner Beschwerde bei Mr. Thompson noch einmal. Aber nur wegen diesem kleinen Schatz hier. Das ändert aber nichts daran, dass ich nicht will, dass Sie weiter an dem Fall arbeiten."

„Ich habe schon verstanden", war alles, was ich herausbringen konnte.

„Was ist da denn gerade abgelaufen?", wollte ich von Octocat wissen, nachdem wir alle wieder sicher im Auto saßen."

„Wieso?" Er zuckte mit unschuldiger Miene mit den Schultern. Solange das Fahrzeug stand, war er die Ruhe selbst. „Manchmal braucht ein junger Mann eben etwas Aufmerksamkeit von einer attraktiven Dame. Ganz nebenbei habe ich dir damit den Hintern gerettet. Stimmt doch, oder? Also sei einfach froh und beschwere dich nicht."

Ich ächzte und konnte nur noch den Kopf schütteln. Wenn ich nicht aufpasste, kam da eine gewaltige Migräne auf mich zu.

„Was hat er denn?“, meinte Charles mit einem Seitenblick auf den Kater.

„Vergiss es“, konnte ich nur noch murmeln.

Glücklicherweise verfolgte er das Thema nicht weiter, fragte dann jedoch: „Was jetzt? Wo sollen wir hin? Ich finde, wir sollten ein letztes Mal mit den Tieren reden, aber im Büro geht das ja wohl schlecht.“

„Da hast du recht, aber ich kenne einen besseren Platz. Bieg da vorne bitte links ab.“

* * *

Großmutter trug einen mit Rosen bedruckten Kimono, der ihr bis zu den Füßen reichte, als sie die Tür öffnete. Ihr schlohweißes Haar lief an der Kieferlinie in einem modischen Bob aus.

„Du siehst gut aus.“ Mit diesem Kompliment drängte ich sie zurück ins Haus. Bis vor sechs Monaten war das hier auch einmal mein Heim gewesen, aber dann hatte sie mich vor die Tür gesetzt und gemeint, es wäre höchste Zeit für mich, meinen eigenen Weg zu finden. Aber auch danach habe ich sie ständig besucht. Sie war nicht nur die Person, die mich aufgezogen hatte, sondern bis heute auch noch meine beste Freundin und der Mensch, dem ich auf der ganzen Welt am meisten vertraute.

Und aus exakt diesem Grund waren wir jetzt alle hier.

Beide Tiere folgten mir und ich stellte ihr Charles kurz vor, indem ich auf ihn zeigte: „Er ist der verantwortliche Anwalt für den Fall, bei dem du mir gestern geholfen hast.“

Wow, konnte es wirklich sein, dass unser Besuch in der Druckerei erst so kurz zurücklag? *Unglaublich.*

„Er ist süß“, fällte sie ihr Urteil und klimperte mit den Wimpern.

Charles blickte verschämt drein und wusste nicht recht, wo er hinschauen sollte, und das brachte mich zum Lachen. Großmutter war ja immer sehr direkt bei Männern, aber mehr aus Spaß und nicht wirklich, um mit jemandem anzubändeln. Seit Großvater vor mehr als zehn Jahren gestorben war und seinen Frieden gefunden hatte, war sie allein. Seitdem gab es in ihrem Leben keinen Mann mehr und es sollte mich sehr wundern, wenn sie für Charles da eine Ausnahme machen würde, egal wie umwerfend wir beide ihn auch fanden. Außerdem würde es wohl nicht lange dauern und sie brachte ihn, genau wie ich heute, gedanklich mit diesen Morden in Verbindung.

Sie schaute wieder mich an. „Also seid ihr sozusagen geschäftlich hier?"

„Allerdings. Bist du bereit, uns nochmals zu helfen?" Ich führte das Grüppchen ins Esszimmer, weil wir uns dort alle setzen konnten.

„Das musst du doch nicht extra fragen, Liebes, du kennst mich doch." Sie antwortete mir, machte dabei Charles aber immer noch schöne Augen. „Ich bin allzeit bereit für eine Schandtat."

Dieser wurde rot und hatte dem offensichtlichen Flirtversuch einer alten Dame nichts entgegenzusetzen. Von daher versuchte er abzulenken und zu unserem Thema zu finden: „Also, ich bin nicht sicher, aber ..."

„Du kannst Oma vertrauen", insistierte ich.

„Wenn ihr wollt, unterschreibe ich, dass ich nichts weitererzähle", fügte sie hinzu.

Charles fühlte sich kurz unsicher, gab aber schließlich nach. „Das wäre eine Möglichkeit. Haben Sie einen Drucker, wo ich ein paar entsprechende Zeilen rauslassen könnte?"

Großmutter führte ihn in ihr kleines Büro im ersten Stock. Dann kam sie zurück und wollte wissen: „Hast du ihm schon dein kleines Geheimnis verraten?" Dabei zeigten ihre Augen auf Octocat.

„Das war leider unvermeidlich", gab ich seufzend zu. Ein weiterer Punkt, weshalb eine engere Beziehung zu diesem Mann wohl nicht ratsam war.

Sie holte vorwurfsvoll tief Luft. „Das enttäuscht mich aber. Du solltest das nicht einfach so ausplaudern, Liebes. Ich hätte dich für klüger gehalten."

„Glaub mir, das war nicht freiwillig." Und dann erzählte ich ihr kurz, wie es dazu gekommen war, einschließlich des ganzen Erpressungsszenariums.

Als Charles mit dem Formular zurückkam, erhielt er von Großmutter einen heftigen Stoß gegen die Brust.

„Autsch", sagte er erstaunt. „Wofür war das denn nun?"

„Sie können froh sein, dass meine Enkelin so leicht vergibt. Wenn Sie bei ihr je wieder so eine Erpressung versuchen, bekommen Sie es aber mit jemandem zu tun, der das nicht so schnell vergisst – nämlich mit mir!" Sie stellte sich auf Zehenspitzen und starrte ihm, trotz ihrer kleinen Statur, drohend direkt in die Augen.

„Wird nicht mehr vorkommen, gnädige Frau", beeilte er sich zu versichern und umklammerte jetzt vorsorglich das gedruckte Papier. Man hätte fast glauben können, dass diese kleine Person ihm tatsächlich Angst eingeflößt hatte.

Ich wollte jetzt endlich weiterkommen. „Genug davon. Lasst uns mit der Arbeit beginnen. Schließlich haben wir nicht unbegrenzt Zeit."

Charles leerte seine Tasche vor uns aus und sortierte die Papiere auf dem Tisch, während Großmutter sich daran machte, frischen Kaffee für uns zu brühen. Ich nutzte die Zeit, um in ihrem Büro schnell die Fotos auszudrucken, die wir im Haus der Hayes gemacht hatten.

Als ich zurückkam, saß Octocat mitten auf dem Tisch und hatte mit seinem zuckenden Schwanz bereits ein heilloses Durcheinander veranstaltet.

„Von mir lässt er sich nicht anfassen“, sagte Charles stirnrunzelnd.

„Ich muss das tun, um dich dazu zu bringen, mich vor Dumm-Dumm zu beschützen“, erklärte mein Kater. „Ich will nicht, dass du vor lauter Arbeit völlig die liebenswerte Katze vergisst, die das alles hier überhaupt erst möglich gemacht hat.“

Ach ja. Er war ja so bescheiden. Und stur natürlich sogar noch mehr.

„Was habe ich dir gesagt, was passiert, wenn du Yo-Yo weiterhin dumm nennst?“

Er wehrte nur müde ab. Keine Spur einer Entschuldigung. „Hey, ich kann doch nichts dafür, dass er so ist, wie er heißt?“

„Ganz wie du meinst. Wenn du uns nicht hilfst, helfen wir dir eben auch nicht. Hey, Yo-Yo!“, rief ich, nahm den Kater hoch und setzte ihn auf den Fußboden, damit ihm der Terrier noch ein paar nasse Schmatzer aufdrücken konnte.

Octocat kreischte entsetzt, stellte den Schwanz auf und floh in die Küche, wobei er fürchterlich fluchte.

Ein paar Minuten später kam er auf Großmutters Armen zurück. Sie streichelte ihn und fragte mich vorwurfsvoll: „Was habt ihr denn mit dem armen Tierchen gemacht?“

„Mit dem musst du kein Mitleid haben“, versicherte ich ihr. „Er ist nicht das arme Opfer, wie er dich gerne glauben machen möchte.“

„Also weißt du … er ist doch nur ein unschuldiges, kleines Kätzchen", verteidigte sie ihn und überhäufte ihn mit Küssen. Obwohl sie nicht wirklich mit ihm reden konnte, so wie ich, verstanden sich die beiden meistens prächtig. Wie jetzt zum Beispiel.

Charles konnte ein Kichern nicht unterdrücken. „Wie fühlt man sich, wenn der Spieß umgedreht wird, *hmm*?"

Octocat lachte mit – aber es klang nicht freundlich. „Deine Oma mag mich mehr als du", zog er mich auf. Und besaß sogar noch die Frechheit, mir dabei seine kleine, rosa Zunge herauszustrecken.

Großmutter setzte ihn wieder auf dem Tisch ab und ging zurück in die Küche, um den Kaffee zu holen.

„Merkst du was?", fragte er. „Wenn du mich nicht mehr zu schätzen weißt, finde ich schon jemanden, der es tut."

Ich hob ihn erneut auf, um ihn wieder Yo-Yo auszuliefern, aber Großmutter kam dazwischen. Sie schimpfte mich aus. „Du lässt diesen lieben Kerl jetzt in Ruhe. Er ist doch so ein guter Kater."

Octocat grinste nur und lief sofort wieder zu ihr, wo er sich an ihre Brust drückte und unerträglich laut schnurrte.

„Und übrigens, das hier habe ich unterschrieben". Damit gab sie Charles das Dokument mit der Verschwiegenheitserklärung zurück. „Jetzt können Sie mich ja wohl in die Details des Falles einweihen."

Ich atmete noch einmal tief durch und übernahm es, sie ins Bild zu setzen.

„*Oha*", meinte sie, als ich fertig war. „Da habt ihr euch ja echt was eingebrockt, aber vielleicht habe ich eine hilfreiche Idee."

Ich konnte kaum erwarten zu hören, worum es sich dabei handelte.

14

Alle Augen waren auf Großmutter gerichtet, selbst die von Yo-Yo, obwohl ich mir nicht vorstellen konnte, dass er überhaupt begriff, worum es hier ging.

„Nun, ich denke mir das so …", sagte meine exzentrische Oma und nahm auch noch den Yorkie auf ihren Schoß, sehr zum Missfallen meiner Katze.

Er schlitterte auf dem Tisch zurück zu mir. „Igitt. Hundebazillen", warnte er mich mit übertriebener Geste.

„Ich glaube", fuhr sie fort, während sie sich in einer Art Baby-Sprache dem Terrier zuwandte, „dass noch niemand sich ernsthaft um diesen kleinen Kerl hier Gedanken gemacht hat. Ihr bringt ihn in die unmöglichsten Situationen und erwartet, dass er abliefert. Hat schon mal einer versucht, sich in seine Lage zu versetzen? Was ist Schlimmes dabei, erst einmal ein wenig auf ihn einzugehen, um ihn aufzubauen? Danach wäre er bestimmt auch in der Lage …"

Bevor sie den Satz zu Ende brachte, dachte sie über die beste

Formulierung nach. „Euch das zu erzählen, was ihr wissen wollt?“, schlug sie dann mit einem seltsamen Lächeln vor.

Charles und ich sahen einander an. Schließlich sagte ich „Schaden kann ein Versuch jedenfalls nicht.“ Eigentlich hätte ich es vorgezogen, Großmutter hätte sich mehr mit uns auf die Fotos und Akten konzentriert, aber wenn sie es anders haben wollte, mussten wir das akzeptieren. Ihr Verhalten erinnerte mich fast an Yo-Yo selbst.

„Fein.“ Meine Oma hielt den Terrier immer noch zärtlich an sich gepresst. „Also ihr kümmert euch wieder um eure scheußlichen Fotos, und ich werde das Gleiche mit unserem Hauptzeugen tun.“

„Nun, genau genommen wissen wir gar nicht, ob er etwas gesehen hat. Es wäre durchaus möglich, dass ...“, korrigierte Charles sie, gab jedoch schnell auf, als ich nach seinem Handgelenk griff und stumm den Kopf schüttelte.

„Lass sie einfach ihr Ding machen, und wir machen unseres“, bat ich ihn. „Jetzt hilf mir einmal, die Zeugenaussagen aller weiblichen Beteiligten herauszusuchen – Polizistinnen, Augenzeugen, Freunde, Nachbarn, Kolleginnen – alles, was wir haben.“

Wir wühlten uns durch die Unterlagen. Nicht einmal fünf Minuten später fanden wir, was wir suchten.

„Super“, lobte ich uns. „Gibt es bei den Männern in diesem Umfeld nachweislich welche mit meiner Größe oder sogar noch kleiner?“

Charles dachte nach und reichte mir dann noch ein paar Blätter. „Der hier könnte passen. Er war ein Kollege von Bill in der Druckerei. Und eventuell auch dieser hier, ein angeblicher Interessent bei der Hausbesichtigung.

Alle Papiere wurden jetzt abschließend von mir nach Gruppen sortiert. Da gab es einen Stapel mit Kollegen, einen mit Leuten, die das Haus von innen gesehen hatten und einen weiteren, der die Familienmitglieder umfasste. Und schließlich noch die Gruppe „Gemischtes". Das konnten Polizisten, Spurensicherer oder Nachbarn sein, die befragt worden waren – oder eben jeder, der nicht in die anderen Kategorien passte. Bei den meisten handelte es sich nicht um offizielle Dokumente, sondern eher um Notizen, die Charles selbst nach eigenen Recherchen zusammengestellt hatte, noch bevor ich involviert war.

„Zeit für Tabula rasa", sagte Charles schließlich. „Jetzt gilt es, die Stecknadel im Heuhaufen zu finden". Er nahm sich zuerst den Stapel „Kollegen" vor. In der nächsten Stunde wurde jede Person von uns nach möglichem Motiv, Gelegenheit, Alibi, Körpergröße usw. abgecheckt. Diejenigen, die dabei in mehr als einem Punkt auffällig waren, markierten wir mit einem Sternchen für die zweite Runde.

Schließlich blieben genau zwei Personen als Hauptverdächtige übrig: die Tochter, Michelle, und die Maklerin, Breanne Calhoun.

Ich stöhnte leise auf und lehnte mich auf meinem Stuhl zurück. „Ich hätte mir ja auch ein anderes Ergebnis gewünscht, aber so wie die Dinge nun mal stehen, kommen nur diese beiden in Frage", fasste ich unsere mühevolle Arbeit zusammen.

Charles verschränkte die Arme, schüttelte den Kopf und sah mir direkt in die Augen, bevor er unsere – wohl eher meine – Hauptverdächtige verteidigte. „Das kann nicht sein. Ich weiß auch, dass Breanne manchmal ein Biest ist, aber einen Doppelmord traue ich ihr einfach nicht zu. Keine Chance."

„Wenn du meinst", entgegnete ich nur. Für mich blieb sie verdächtig. Andererseits hatte ich bei meinem letzten Fall schmerzlich lernen müssen, dass man sich nicht einfach festbeißen darf. Beim Mord an Ethel Fulton war ich so fest überzeugt davon gewesen, den Killer zu kennen, dass ich nicht mehr nach links oder rechts sah. Am Schluss brachte mich das damals in Lebensgefahr.

Aber auch, wenn man stur neutral und ergebnisoffen urteilte, passte alles, was ich gesehen oder gehört hatte, zu einer Verurteilung Breannes. Vielleicht musste ich Charles nur etwas mehr Zeit lassen, sein Zögern aufzugeben und die Dinge aus meiner Warte zu sehen.

„Okay, also lass uns nochmals die Tochter durchleuchten. Wie erklärst du dir, dass sie mehr oder weniger komplett vom Radar verschwunden ist?"

„Verschwunden ist der falsche Ausdruck." Schon wieder wehrte er sich gegen seine eigenen Suchergebnisse. Wenn das so weiterging, konnten wir auch gleich alles hinschmeißen.

„Sie antwortet einfach nicht auf unsere Anrufe." Nun begann er auch noch, mit dem Stift auf den Tisch zu trommeln. Das ging mir schnell auf die Nerven.

„Meinetwegen auch das. Also – wo steckt sie dann?" Ich nahm ihm den Stift weg und legte ihn außerhalb seiner Reichweite ab.

Er stöhnte leicht und verschränkte die Hände. „Na, in ihrem College im Norden des Landes".

„Dann schätze ich mal, wir haben eine längere Autofahrt vor uns? Oder fällt dir sonst noch etwas ein, um hier weiterzukommen?"

„Das wäre doch pure Zeitverschwendung", erwiderte er nur, begleitet von einem weiteren, leisen Stöhnen."

„Charles, wir haben zu diesem Zeitpunkt nichts anderes in der Hand; wir müssen einfach fahren. Für Brock." Meine Worte waren so eindringlich, dass er nicht anders konnte, als zuzustimmen.

„Na gut. Für Brock", gab er sich geschlagen.

„Fein." Wirklich überzeugt klang das allerdings nicht. Etwas mehr Enthusiasmus hätte auch mir gutgetan. „Ich schaue mal, was Großmutter und Yo-Yo so treiben. Aufstehen, Octocat“, stupste ich meinen Kater an und unterbrach dadurch sein Schläfchen. „Komm mit“.

„Sind wir bei all dem Durcheinander endlich weiter?“, wollte er laut gähnend wissen.

„Kann nicht mehr lange dauern“, antwortete ich vorsichtshalber diplomatisch.

Charles war auch schon müde und legte die Stirn auf den Tisch, während wir uns entfernten.

„Oh, Hi, meine Lieben!“, rief im Vergleich dazu sehr munter meine Oma, als wir uns zu ihr gesellten. „Yo–Yo und ich haben uns prächtig amüsiert und gut kennengelernt, nicht wahr, mein Junge?“

Der Terrier bellte zur Bestätigung und wurde sofort überschwänglich von ihr gelobt.

„Jetzt ist sie aber in meiner Achtung ziemlich weit abgerutscht“, kommentierte Octocat träge die Szene. „Es ist immer ein Jammer, wenn ein guter Mensch der Hundefalle zum Opfer fällt. Ich muss schon sagen, gerade von ihr hätte ich diesen Verrat am wenigsten erwartet. Von dir vielleicht, aber niemals von deiner Großmutter.“

„Sie hat nicht die Seiten gewechselt“, versicherte ich ihm. „Sie versucht lediglich, uns zu helfen.“

„Das sagst du nur, um sie zu verteidigen“, beschwerte er sich weiter und schüttelte angewidert den Kopf.

„Ist alles okay?“ Oma hatte wohl mitbekommen, dass der Kater verstört war.

„Keine Sorge. Das renkt sich bald wieder ein.“ Um seine Aufmerksamkeit wiederzubekommen, rief ich etwas lauter als nötig: „Stimmt doch, Octocat, oder?“

„Was ist los?“, jammerte er zurück und leckte sich die Pfoten.

„Du musst dein Bad verschieben“, schimpfte ich. „Schließlich sind wir hierhergekommen,

um herauszufinden, ob Yo-Yo uns noch etwas sagen kann. Kannst du ihn das jetzt bitte fragen? Ob er sich an irgendetwas Neues erinnert?“

„Nein. So nicht!“, mischte sich Großmutter wieder ein und fuhr fort, den Terrier zu tätscheln. „Sag ihm, seine neue Freundin, nämlich ich, möchte gerne wissen, ob jemand seiner Familie etwas angetan hat und ob er uns etwas darüber erzählen kann.“

„Ich kotze gleich!“ Octocat schüttelte sich, bevor er unserer Aufforderung nachkam und laut rief: „Hey, Dumm-Dumm!“

Sofort wollte der Yorkie wieder nach ihm schnappen. Es war keine gute Idee, ihn mit diesem scheußlichen Spitznamen zu bedenken.

Octocat wiederholte unbeeindruckt exakt die Worte meiner Großmutter. Das brachte das Tierchen dazu, sich erneut winselnd in deren Schoß zu flüchten, immerhin dieses Mal, ohne zu kläffen. Das schien mir ein gutes Zeichen dafür zu sein, dass wir Fortschritte machten.

Meine Katze nickte gelangweilt, während sie Yo-Yo zuhörte, der, offenbar traurig, zu erzählen anfing.

Als die Unterhaltung beendet schien, war Octocat selbst überrascht. „Wow, ich hätte nicht gedacht, dass das wirklich funktioniert.“

Ich setzte mich vor Aufregung noch gerader hin. „Ich bin ganz Ohr?“

„Er behauptet, in dieser Nacht war es ziemlich dunkel, aber er wüsste noch genau, dass die Person, die seinen Papa und seine Mama verletzte, rotes Haar hatte. Außerdem will er wissen, wann er endlich wieder zu seiner Familie darf.“

Der arme Kerl hatte noch immer nicht verstanden, dass es keinen Weg zurückgab. Wir allerdings hatten jetzt alles, um das Puzzle zusammenzusetzen. Rotes Haar konnte nur eines bedeuten …

„Also doch! Es war Breanne! Habe ich es doch gewusst!“, rief ich triumphierend aus.

„Gutes Kätzchen“, lobte ich Octocat noch, bevor ich zu Charles ins Esszimmer ging.

„Nenn mich nicht Kätzchen!“, moserte er noch hinter mir, aber an seinem zufriedenen Tonfall merkte man, dass es ihm nur ums Prinzip ging. Er musste nur einschreiten, um künftige Vergehen dieser unerwünschten Art gleich im Keim zu ersticken.

„Hast du das mitbekommen?“ Ich stützte meine Hände auf dem Tisch ab und blickte Charles herausfordernd an. Dieser lag ja nun scheinbar falsch mit seinem Urteil und machte einen geknickten Eindruck.

„Du bist dir also sicher, dass sie es war. Warum?“ Dabei hob er den Kopf und eine Seite der Dokumente blieb auf seiner Backe kleben.

„Yo-Yo weiß immer noch nicht, dass die Hayes tot sind, aber er hat mitbekommen, dass ihnen etwas zugestoßen ist. Er behauptet, dass es spät in der Nacht war und daher dunkel. Das deckt sich mit unserem Wissen über das Verbrechen.“

Schließlich gelang es mir, seine volle Aufmerksamkeit zu bekommen, und auch er wirkte nun aufgeregt. „Und weiter?“

„Der Terrier gibt zu, dass er nicht viel sehen konnte, aber er ist sich sicher, dass die Person, die es getan hat, rote Haare hatte. Das passt doch eindeutig zu Breanne?“

„Dann sieh mal hier.“ Mit diesen Worten zog er sein Handy heraus und scrollte durch die vielen Fotos. Als er mir dann eine

Aufnahme zeigte, sah ich eine junge Frau, ebenfalls mit roten Locken. Irgendwie kam sie mir bekannt vor, auch wenn ich nicht sicher war, sie jemals zuvor gesehen zu haben.

„Wer soll das sein?“, verlangte ich zu wissen.

„Das ist Michelle Hayes.“

O nein.

Wir starrten uns einen Moment an, dann argumentierte ich stotternd: „Aber die hätte Yo-Yo, der sie regelmäßig sah, doch sicher erkannt?“

Charles runzelte die Stirn. „Nicht zwingend. Schon gar nicht, wenn er selbst sagt, dass es zu dunkel war, um genaueres erkennen zu können.“

„Und was jetzt?“ Ohne es zu merken, kaute ich vor lauter Anspannung schon wieder auf meinen Nägeln herum.

Aus dem anderen Zimmer rief Großmutter herüber: „Also müsst ihr eben hinfahren!“

Charles nickte. „Sie hat recht. Es ist schon deshalb wichtig, weil es die letzte Möglichkeit ist, deine Mutter von der negativen Reportage abzuhalten.“

Dagegen gab es nichts einzuwenden. Obwohl ich selbst noch kurz zuvor darauf bestanden hatte, ihr einen Besuch abzustatten, überkam mich jetzt regelrecht Panik bei dem Gedanken, sie könnte die tatsächliche Mörderin sein.

15

Am nächsten Morgen wachte ich noch vor Octocat auf. Ich konnte mich nicht erinnern, dass das schon jemals passiert war. Der Alarm meines Telefons schmiss mich pünktlich um sechs Uhr dreißig raus und ich weckte ihn sanft, damit wir uns beide für die lange Reise fertigmachen konnten.

Rückblickend hätte ich mir gewünscht, wir wären die Nacht vorher früher zu Bett gegangen. Aber dann war noch meine Mutter bei Großmutter aufgetaucht und wir wollten, dass sie schon einmal alles erfuhr, was wir bis jetzt herausgefunden hatten. Und natürlich ihre Meinung dazu hören.

Schließlich meinte auch sie: „Ich muss zugeben, es sieht wirklich danach aus, als ob ihr recht hättet und Brock es vielleicht doch nicht gewesen ist."

Sie bot an, die Story nochmals zurückzustellen, aber ich versicherte ihr, dass das nicht nötig sei. Wir würden dieses Rätsel noch vor Ausstrahlung der Sechs-Uhr-Nachrichten gelöst haben. Und sie sollte dann grünes Licht bekommen, als Erste darüber zu berichten.

Charles war nicht bereit, meinen Optimismus zu teilen. Immerhin kamen wir überein, dass auch er schon im Morgengrauen zur Abfahrt bereitstand. Der Weg zu Michelles College war lang, jedoch notwendig, wenn wir sie persönlich befragen wollten. Nur so konnten wir hoffen, endlich Antworten auf die noch offenen Fragen zu bekommen.

Wie vorauszusehen war, war Yo-Yo der Einzige, der frisch und gut gelaunt die Reise antrat. Wir hatten ihn aber zur Sicherheit noch gar nicht eingeweiht, dass wir zu seiner menschlichen Schwester wollten.

Octocat hatte ich angeboten, zu Hause auf uns zu warten. Komischerweise bestand er darauf, an der Aktion teilzunehmen. Mir war das eigentlich nicht recht – schließlich wusste ich ja, dass er keine langen Autofahrten vertrug, aber auf dieses Argument würde er wohl nicht hören. Also griff ich zu einer kleinen Notfallmaßnahme und mischte ihm, mit seiner Einwilligung, ein paar Beruhigungstabletten unter sein Frühstück. Der Tierarzt hatte ihm die einmal verschrieben und wir alle waren dankbar, dass er damit die meiste Zeit im Auto ruhiggestellt war.

Wenn er nicht gerade damit beschäftigt war, mich zu beleidigen, mit den Krallen zu verletzen oder mein Leben generell zu kritisieren, sah er wie ein richtiger kleiner Engel aus. Ich hatte ihn im Verdacht, dass er inzwischen unsere kriminalistische Detektivarbeit sogar genoss. Abgesehen vermutlich von den Aktionen, an denen ein Hund beteiligt war.

Sogar Großmutter bestand darauf mitzukommen. Zum einen war sie neugierig, zum anderen wollte sie Yo-Yo zur Seite stehen – falls dieser einen Freund bräuchte. Ich fing an, mich zu wundern, weshalb ich die Fähigkeit hatte, mit Tieren zu sprechen, wo sie doch offensichtlich so viel besser verstand, wie sie tickten.

Obwohl ich mich aufrichtig bemühte, schnarchte ich einen guten Teil der Fahrt mit Octocat um die Wette. Mir fehlte Bethanys Kaffee. Meine eigene Maschine hatte ich nach dem Stromschlag damals entsorgt, aus Angst, etwas Ähnliches könne wieder passieren. Wer weiß? Vielleicht wäre ich beim nächsten Mal als „Miss Superwoman" aufgewacht? Glücklicherweise brauchten Charles und Großmutter mich gar nicht. Sie schienen sich auch ohne mich blendend zu unterhalten und so konnten sich Octocat und ich gemeinsam auf der Rückbank ungestört unserem Schönheitsschlaf hingeben.

„Aufwachen, du Schlafmütze!", hieß es dann aber irgendwann doch. Großmutter schüttelte mich sanft. Als ich die Augen öffnete, stand die Sonne, die bei der Abfahrt noch nicht zu sehen gewesen war, schon ziemlich hoch am Firmament.

„Wir sind da", meinte Charles lakonisch, während er den Wagen in die Parkbucht vor dem College lenkte.

„Was genau habt ihr denn jetzt vor?", wollte Großmutter wissen und hielt sich an unseren Sitzen fest.

„Habt ihr das während der Fahrt noch gar nicht geklärt?" Ihre Frage irritierte mich. Wenn ich gewusst hätte, dass sie nur Smalltalk machen, hätte ich mir nie erlaubt einzunicken und stattdessen lieber meinen Job erledigt.

„Diese Strecke ist um die Jahreszeit wunderschön", stellte Oma fest. „Wir haben die Fahrt so genossen, dass wir ganz vergessen haben, warum wir eigentlich unterwegs sind. Außerdem bist du doch diejenige, die sich eh ständig Sorgen macht? Also solltest du einen Plan ausarbeiten."

Ich schlug mir mit der Hand auf die Stirn. „Das habe ich jetzt davon. Ich hätte wohl nicht schlafen dürfen".

Octocat erwachte ebenfalls und gähnte mir voll ins Gesicht.

Dabei stieg mir sein Thunfischatem direkt in die Nase – und das war mindestens so effektiv wie ein doppelter Espresso, um mich hellwach zu kriegen.

„Das College ist nicht groß. Ich schätze mal, wir fragen uns einfach durch", beschloss ich. Als Plan konnte man das wohl kaum bezeichnen? Dann fiel mir ein, dass wir ja einen kleinen Joker dabeihatten. „Vielleicht kann Yo-Yo mit seiner feinen Nase sie ja für uns finden? Ihren Geruch kennt er ja bestens."

Bevor Charles sich dazu äußern konnte, hatte mein Kater die Frage schon an den Terrier weitergegeben, der diese Idee mit Begeisterung aufgriff.

„Er freut sich darauf", verriet mir Octocat, während er Beine und Wirbelsäule nochmals dehnte, um richtig wach zu werden. Erstaunlicherweise beließ er es bei einem einzigen Fauchen, als ich ihm wieder das ungeliebte Geschirr anlegte. Da hatte Großmutter mit Yo-Yo schon mehr Probleme. Der schmiss sich unaufhörlich von innen gegen die Autotür, weil er wollte, dass es endlich losging. Er freute sich darauf, Michelle zu sehen, so viel war klar.

Nachdem beide Tiere fest angeleint waren, stiegen wir aus. Während wir über den Campus marschierten, ging mir durch den Kopf, dass wir wohl auf diesem Gelände ein sehr seltsames Grüppchen abgaben. Es war gerade erst neun Uhr und wir waren noch so ziemlich unter uns, aber die paar Leute, die uns begegneten, schauten uns verblüfft hinterher.

Ich lächelte jeden entgegenkommenden Fußgänger an, aber nach der vierten oder fünften Person, die uns grußlos anstarrte, hatte ich genug.

„Was ist schon dabei, wenn ich meine Katze an der Leine ausführe?", rief ich selbstbewusst. Mir kam unser Aufzug ja selbst sonderbar vor; da brauchte es gar keine weiteren stummen

Kommentare der anderen. „Sie will eben auch an die frische Luft. Warum sollen das nur Hunde dürfen?“

Octocat war begeistert und machte ein paar Freudensprünge, während er neben mir herlief. „Ja! Ja! Jetzt zeig es ihnen. Endlich hast du es begriffen!“

Yo-Yo dagegen stoppte abrupt und nahm Witterung auf. Wie ein Jagdhund stellte er die Nase in eine bestimmte Richtung. Das hatte ich schon einmal erlebt, nämlich als er das Schild der Maklerin entdeckt hatte. Dieses Mal nahm er ein dreistöckiges Wohngebäude ins Visier, das gegenüber von einem gepflegten Rasenstück stand.

Dann bellte er zweimal kurz und wartete.

„Er meint, Michelle wäre in diesem Gebäude“, klärte uns Octocat auf. Ausnahmsweise hätten wir das auch einmal ohne seine Hilfe verstanden.

Ich fragte die anderen: „Könnte das ein Studentenwohnheim sein?“

Charles joggte an die Vorderseite, kam zurück und bestätigte meine Vermutung. „Ja, du hast recht.“ Dabei merkte man ihm keinerlei Anstrengung von dem schnellen Lauf an.

Als der Yorkie anfing zu wimmern und ungeduldig an der Leine zu ziehen, war klar, dass er es eilig hatte, zu seiner Menschenschwester zu kommen.

„Also gut. Ich gehe mit Yo-Yo“, erklärte Großmutter bestimmt und wollte schon losmarschieren.

„Moment bitte. Warum Sie?“, verlangte Charles zu wissen.

„Ganz einfach. Keiner von uns ist verwandt mit ihr. Wir können aber annehmen, dass die Sicherheitsleute, die hier bestimmt auf dem Gelände patrouillieren, am ehesten noch eine freundliche, alte Dame tolerieren. Euch dagegen würde man sicher fragen, was ihr hier zu suchen habt“. Als keiner ihr widersprach, ging sie einfach los und stellte nur noch kurz sicher: „Unsere Zielperson heißt Michelle Hayes, richtig?"

Die Zielperson? Was sollte das denn? Hatte sie zu viele Krimis geschaut? Sie wurde ja zu einem richtigen Profi.

Jetzt, nachdem ich wach genug war, um wieder klar denken zu können, fiel mir auch auf, dass sie sich offenbar auf diese Aufgabe richtig gut vorbereitet hatte. Es war bestimmt kein Zufall, dass sie heute ein altbackenes, unscheinbares Kostüm mit dazu passendem, gehäkelten Schal und einer hochgeschlossener Bluse gewählt hatte. Ihre Garderobe war was dermaßen altmodisch, dass ich ihre pure Absicht dahinter leicht erkennen konnte. Sie hatte das schon zu Hause sorgfältig geplant, ohne uns einzuweihen, damit wir ihr nicht da schon den Alleingang verbieten konnten.

Aber genau das wollte ich jetzt auch tun.

„Kommt nicht in Frage. Ich gehe mit." Damit drückte ich Charles Octocats Leine in die Hand und wollte ihr nachlaufen. Er jedoch hielt mich an der Schulter zurück.

„Sie hat völlig recht. Wir warten hier auf ihre Rückkehr oder bis wir gerufen werden."

Meine Oma nickte ihm zu, und er erwiderte die Geste.

Da blieb mir dann auch nichts anderes mehr übrig, als zuzusehen, wie sie sich endgültig auf den Weg machte. „Bist du sicher, dass sie dich mit dem Hund durchlassen?", rief ich ihr noch nach.

„Das werden wir gleich wissen", kam es zurück. Dann war sie auch schon hinter der Hausecke in Richtung Eingang verschwunden.

„Das Ganze gefällt mir einfach nicht", schmollte ich. „Und sowieso glaube ich nicht, dass Michelle etwas damit zu tun hat."

„Das musst du nicht dauernd erwähnen. Deine Meinung kenne ich ja schon," entgegnete er mit leichtem Unmut.

„Es geht nicht darum, dass ich es unbedingt Breanne in die Schuhe schieben will. Aber das hier ist doch verrückt. Wer würde denn seine eigenen Eltern töten? Und hätte Yo-Yo dann nicht seine eigene Schwester erkannt?"

„Das kann ich dir nicht beantworten, aber vielleicht denkst du mal daran, dass du auf diesem Trip bestanden hast", entgegnete er kühl.

„Weil wir nur so Michelle eventuell von der Liste der Verdächtigen streichen können. Vielleicht kann sie uns sogar Hinweise geben, die auf Breanne hindeuten", verteidigte ich mich. Ja, ich wusste, dass ich nicht schon wieder voreilig urteilen durfte. Das letzte Mal, als ich das tat, kam ich schwer in Bedrängnis und schwor mir, daraus zu lernen. Aber das hier war doch jetzt etwas anderes? Yo-Yo hatte die Maklerin schon mehr oder weniger identifiziert, und sie war außerdem die einzige Person auf der ganzen Welt, die er nicht leiden konnte. Das musste mehr als nur Zufall sein.

Trotzdem war Charles noch keineswegs überzeugt. „Wir werden ja sehen", meinte er mit einem Achselzucken."

„Allerdings. Und zwar bald."

Danach waren wir ziemlich schweigsam, während wir auf Großmutters Rückkehr warteten. Ich konnte nur beten, dass Michelle sich kooperativ zeigte und wir diesen Fall endgültig lösen würden.

Uns lief die Zeit davon …

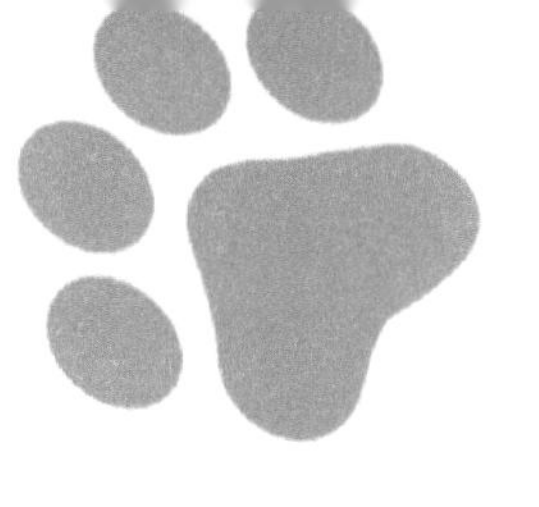

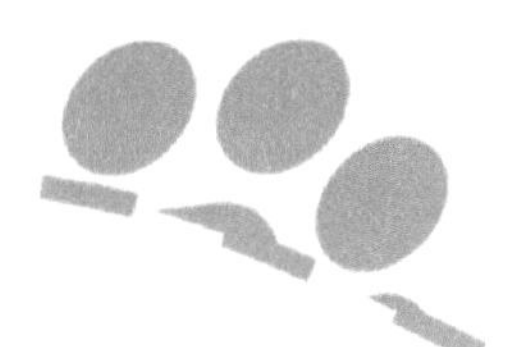

16

Großmutter ließ uns nicht lange warten. Als sie zurückkam, war sie in Begleitung einer sommersprossigen, jungen Dame, die einen mit Cartoon-Gesichtern bedruckten Pyjama trug. Die feuerroten Haare standen ihr wild zu Berge.

„Hallo meine Lieben. Darf ich vorstellen? Das ist Michelle Hayes“, erklärte sie stolz.

„Ja. Stimmt. Allerdings hat mich seit der Grundschulzeit niemand mehr Michelle gerufen“, bestätigte die Studentin, bevor sie Yo-Yo einen kleinen Kuss auf sein strubbeliges Haupt gab. Der kleine Hund war deutlich sichtbar im siebten Himmel, als Mitch weiter mit ihm schmuste.

„Danke erst einmal, dass du herausgekommen bist, um mit uns zu reden“, sagte Charles, und begrüßte sie per Handschlag. Die hatte große Mühe, mit dem aufgeregten Hund auf dem Arm die Geste zu erwidern.

„Warum hast du denn unsere Anrufe nicht angenommen?“,

wollte ich jetzt trotzdem gleich einmal wissen. Das war vielleicht ein wenig unfreundlich von mir, aber keiner von uns konnte darauf jetzt noch Rücksicht nehmen. Schließlich hatten wir keine Zeit zu verschwenden und mussten auf den Punkt kommen. Uns saß nach wie vor der Sendetermin meiner Mutter im Nacken.

Das Mädchen hob entschuldigend die Schultern. „Ich habe mein Telefon vor ein paar Wochen versehentlich in die Toilette fallen lassen. Nachdem ich sowieso fast immer mit meinem Computer oder dem Tablet arbeite, war es mir bisher nicht wichtig, es zu ersetzen."

„Aber seitdem haben doch bestimmt sehr viele Leute versucht, dich zu erreichen?" Charles ließ nicht locker.

„Ehrlich gesagt hatte ich es satt, dauernd von Leuten mit Beileidsbekundungen bombardiert zu werden. Dadurch wurde ich nur ständig daran erinnert, dass meine Eltern tot sind." Sie vergrub ihr Gesicht in Yo-Yos Fell und murmelte: „Ich will wohl einfach nichts mehr über den kaltblütigen Mord hören."

„Großmutter nahm sie in den Arm und zog sie an sich. Zu uns meinte sie: „Ihr könnt die Daumenschrauben jetzt wieder einpacken. Michelle muss uns nicht helfen, aber hat sich trotzdem freiwillig angeboten, es zu tun."

„Das wissen wir ja auch zu schätzen. Vielen Dank, Mitch." Ich setzte mein schönstes Lächeln auf, um ihre Sympathie zu gewinnen.

Sie senkte den Blick auf den Boden. „Also glauben Sie wirklich, dass dieser Brock unschuldig sein könnte?"

Ich legte ihr vorsichtig die Hand auf die Schulter und wartete ab, bis sie mich ansah. „Inzwischen ist das keine Frage des Glaubens mehr. Wir sind uns sicher."

Sie zitterte unter meiner Hand und ihr Gesicht wurde blass.

„Aber das würde ja bedeuten, dass, wer immer es war, noch frei draußen herumläuft."

Ich ließ sie los und stimmte ihr zu. „Davon gehen wir aus."

„Wie kann ich Ihnen denn dann helfen?" Mitch hatte sich wieder gefasst.

„Lasst uns alle hier hinsetzen." Charles deutete auf eine halbhohe Mauer. „Wir hoffen einfach, dass du uns noch weitere Hinweise auf eine bestimmte Person geben kannst, um den Killer festzunageln."

Die arme Mitch wirkte jetzt etwas verloren. „Aber meine Aussagen kennen Sie doch längst, oder? Ich habe der Polizei bereits wirklich alles erzählt, was mir dazu einfiel."

„Das glauben wir dir, aber seitdem haben wir ja auch wieder einiges herausgefunden. Können wir dir bitte dazu noch ein paar gezielte Fragen stellen?" Jetzt ging auch er behutsamer vor. Ich hoffte nur, dass er nicht vorhatte, ihr die Tatortfotos zu zeigen, als er jetzt in seine Tasche griff. Das durfte er ihr nicht antun.

Aber noch bevor er fand, wonach er suchte, füllten sich die großen blauen Augen des Mädchens mit dicken Tränen.

Das rief erneut Großmutter auf den Plan, in ihrer Beschützerrolle. „O mein Gott, jetzt lasst ihr doch Zeit. Ihr seht doch, wie sie das alles mitnimmt." Dabei drückte sie den Kopf von Mitch fest an ihre Schulter. „Du darfst hier so lange weinen, wie du willst. Das verstehen wir doch alle. Ich passe auch auf dich auf."

Yo-Yo winselte, leckte seiner Schwester übers Gesicht und wedelte zögerlich mit dem Schwanz.

Ich war noch dabei, mir zu überlegen, welche Fragen wir stellen konnten – und vor allem wie am besten –, da machte Octocat auf sich aufmerksam, indem er mich mit der Pfote antippte.

„Entschuldige bitte." Die ungewohnt höfliche Ansprache verriet mir gleich, dass er etwas Wichtiges vorbringen wollte. „Dumm-Du … – ich meine, *der Hund* – sagt, er wüsste nun wieder, wer seine Eltern angegriffen hat. Und er glaubt jetzt auch, dass sie vielleicht sogar tot sein könnten."

„Er erinnert sich?", fragte ich laut und hastig, ohne daran zu denken, dass Mitch uns neugierig beobachtete. „Er meinte doch, es war viel zu dunkel."

„Stimmt schon, aber riechen konnte er ja trotzdem. Und jetzt ist ihm wieder eingefallen, zu wem der Geruch passt", erklärte Octocat weiter.

Yo-Yo sah mir ebenfalls direkt in die Augen und gab ein bestätigendes, dringendes Bellen von sich.

„Also was jetzt? Kann ich ihm endlich die traurige Wahrheit mitteilen?", flüsterte mir mein Kater nun zu.

„Welche Wahrheit? Ach so, du meinst, dass die Hayes tot sind. Ja, ich denke, das sollten wir ihm jetzt schonend beibringen."

Octocat sprach sehr ruhig und mitfühlend mit dem kleinen Hund. Danach erwartete ich wieder das unvermeidliche Kreischen und die verrückten Fluchtversuche, aber diesmal gab er nur ein leises Wimmern von sich und suchte Trost bei Mitch.

„Wieso dreht er nicht wieder durch?", fragte ich meine Katze.

Octocat hatte eine fast respektvolle Haltung angenommen. Dessen konnte ich mir zwar nicht sicher sein, da ich das so noch nie bei ihm erlebt hatte und vermutlich auch nie wieder erleben würde, aber so deutete ich zumindest seinen Gesichtsausdruck.

„Er will sich zusammenreißen, um das Mädchen nicht weiter zu belasten", verriet er mir.

Ich legte eine Hand auf meine Brust und war gerührt. „Ach nein. Das ist ja so lieb von ihm."

Octocat zog seine kleinen Schultern hoch. „Ja, Hunde sind

bestimmt nicht die schlauesten Tiere, aber dafür sehr loyal. Das muss man wohl oder übel anerkennen."

Yo-Yo schleckte Michelle noch ein paar Mal tröstlich ab, bevor er sich wieder aus ihren Armen befreite und neben mich setzte. Eine kurze Kaskade mit Bellen folgte, und danach sah er mich erwartungsvoll an, während er weitersprach.

„Nochmal. Viel gesehen hat er nicht, aber ihr Geruch hat sie verraten", half Octocat wieder aus. Schon wollte er anfangen, sich zu putzen, überlegte es sich aber rechtzeitig anders. Die Pfoten blieben am Boden.

„Es war eine Frau." Also doch. Alles schien jetzt zusammenzupassen mit dem, was Charles und ich bereits eruiert hatten. Die Dinge sahen nicht gut aus für unsere Freundin, die Maklerin. „Also – wer war sie?"

Und tatsächlich, Octocat bestätigte meinen Verdacht. „Er sagt, es war die Frau, die das Haus verkauft."

Triumphierend drehte ich mich zu Charles um. "Breanne, ich hab's doch die ganze Zeit gewusst! Gib mir bitte mal den Werbeprospekt mit dem Foto von ihr", forderte ich ihn auf.

Wortlos tat er wie geheißen. Ich hielt dem Terrier das Papier vor die Nase und wollte eine letzte Bestätigung. Und richtig, der stieß bei ihrem Anblick ein Bellen aus, das schnell in ein Knurren überging.

„Hast du das gesehen?", fragte ich ihn und gab ihm den Flyer zurück. „Deine Sympathie Breanne gegenüber lässt dich auf einem Auge blind werden. Ich war längst von ihrer Schuld überzeugt."

Octocat wollte noch etwas sagen und tippte mich erneut mit der Pfote an. Dieses Mal konnte ich sogar eine Kralle spüren?

„Du tust mir weh! Was gibt es denn noch?“

„Ich muss dich enttäuschen – aber das ist nicht das, was Yo-Yo gesagt hat“, meinte er mit einem süffisanten Lächeln.

Wie bitte? Nicht Breanne? Wie konnte das denn sein? Wir hatten doch bereits Mitch ausgeschlossen, und so viele Einwohner hatte Glendale nun auch wieder nicht. Auf wie viele davon konnte die Beschreibung „Rothaarige Killerin, circa einen Meter fünfundsiebzig groß“ da überhaupt zutreffen?

Meine Augen weiteten sich ungläubig, während ich auf eine Erklärung wartete.

„Er besteht darauf, dass es nicht die Frau vom Prospekt war, sondern die andere.“ So langsam schien Octocat mit seiner Geduld am Ende.

„Ja, welche soll es denn dann gewesen sein?“ Ich war ratlos. Wir waren so weit gekommen – mussten wir am Ende doch noch herausfinden, dass es die ganze Zeit über Brock gewesen war?

Octocat ließ mich stehen und befragte erneut den Terrier. Die beiden ließen sich reichlich Zeit, bevor er wieder zu mir sprach.

„Definitiv nicht der Mann. Die andere Frau.“

„Charles“, bat ich und streckte erneut die Hand aus. „Gib mir ein Foto von Brock, um es Yo-Yo zu zeigen.“

Mitch, die bis jetzt dieses Geplänkel stumm verfolgt hatte, wollte plötzlich wissen: „Sag mal, sprichst du etwa wirklich mit dieser Katze?“

„Je öfter du das mitbekommst, desto weniger verrückt wird es dir vorkommen“, lachte Großmutter als Antwort.

„Sieht ganz so aus, als wäre der Geist aus der Flasche.“ Auch Charles stimmte nun in das Lachen ein.“

Ich hatte gerade wirklich keine Zeit, mich deswegen auch noch zu sorgen. Im Moment fand ich es wichtiger, den Fall abzuschließen. Schließlich blieben uns nur noch zehn Stunden, bevor Mama mit ihrer Sensationsgeschichte auf Sendung ging. Wir waren jetzt so nah dran an der Lösung und vielleicht gerade noch rechtzeitig, um verhindern zu können, dass sie falsche Fakten verbreitet.

Charles hielt das Foto von Brock hoch und Yo-Yo gab als Antwort ein jaulendes Geräusch von sich.

„Der war es nicht“, übersetzte Octocat.

„Wer soll es denn dann gewesen sein?“ Irgendwie stand ich auf dem Schlauch. Es war Zeit für eine göttliche Eingebung. Womöglich konnten wir doch nicht auf die Hilfe des Hundes bauen.

„Uns bleibt doch nur Brock.“ Ich sprach zu Octocat, ließ aber den Yorkie ebenfalls nicht aus den Augen. „Wen haben wir denn sonst noch?“

„Ich rufe jetzt Breanne an“, verkündete Charles, während er schon mitten beim Wählen war.

„Gib mir das Telefon“, fuhr ich ihn an und nahm ihm das Handy ab.

„Hallo?“ Breanne antwortete voller Energie und freundlicher, als ich sie je erlebt hatte.

Ich gab meinen Freunden mit dem Finger an den Lippen ein Zeichen, dass sie sich absolut still verhalten sollten. „Hallo, Breanne, hier spricht Angie Russo, die Anwaltsgehilfin, die am Fall Ihres Bruders mitarbeitet.“

„Ich dachte, wir hätten vereinbart, dass Sie an der Verteidigung nicht mehr mitwirken?“, kam es grob zurück. Keine Spur mehr von fröhlicher Freundlichkeit.

„Heute ist mein letzter Tag“, beruhigte ich sie, „aber Charles hat mich noch gebeten, zu Michel Hayes ins College zu fahren und ihr ein paar Fragen zu stellen. Ich konnte sie zwar nur kurz sprechen, aber immerhin hat sie gesagt, es wäre der Makler gewesen, der ihre Eltern auf dem Gewissen hätte.“

Ja, genau so musste man mit Leuten umgehen, die einen sowieso schon auf dem Kieker hatten. Psychologie war eh nicht meine Stärke.

„So ein Quatsch! Ich war es nicht, genau so wenig wie mein Bruder. Wie kommt sie dazu, mich jetzt zu beschuldigen? Bei der Polizei hat sie noch ausgesagt, dass sie keinen blassen Schimmer hätte, wer ihre Eltern getötet haben könnte.“

Ich griff jetzt zum Äußersten und machte mich innerlich bereit für ihren Wutausbruch. „Wenn Sie es nicht waren, wen könnte sie sonst gemeint haben?“

Breanne reagierte erwartungsgemäß mit einer Serie wütender Schnaufer und brüllte schließlich in den Apparat: „Jetzt reicht es! Ich werde mich definitiv schriftlich bei Ihrem Vorgesetzten beschweren!“

„Das kann ich nicht verhindern, aber bitte beantworten Sie noch meine Frage.“ Wenn sie jetzt auflegte, bevor sie mir einen brauchbaren Hinweis lieferte, war das Spiel verloren.

„Der Makler“, schrie sie mir ins Ohr. „Das kann jede oder jeder sein. Ist Ihnen klar, dass es allein im Staat Maine dreitausend registrierte Kollegen gibt? Vielleicht war einer davon bei der Besichtigung dabei oder hatte den Hayes beim Kauf des neuen Objekts geholfen? Sie alle hatten Zugang zu den Schlüsseln und kommen als Täter in Frage.“

„Warten Sie.“ Plötzlich hatte ich einen Einfall. „Können wir nochmal zurückgehen?“

„Ich sagte, dass jeder an die Schlüssel rankam. Und ich lasse mich nicht länger von Ihnen beschuldigen. Schließlich bezahle ich …“

Inzwischen hatte ich mich an ihr Brüllen fast gewöhnt. Es war aber wichtig, dass sie jetzt mitarbeitete. „Das meine ich nicht! Vorher!“, bettelte ich.

„Von Ihrer Vorliebe, mich anzuschwärzen, einmal abgesehen – sie hätte jede andere Maklerin meinen können. Hat sie meinen Namen genannt?“

„Lassen wir das jetzt einmal beiseite. Sie sprachen von einer anderen Maklerin. Waren Sie beim Kauf des neuen Hauses nicht dabei?“

Breanne holte tief Luft. Vielleicht hatte sie die Bedeutung unseres Dialogs jetzt auch verstanden. „Leider nicht. Natürlich wäre ich gerne da auch tätig geworden, aber die Entscheidung schien bereits gefällt, bevor ich die Hayes traf.“

„Wissen Sie, welche Firma die beiden beauftragten?“ Jetzt hielt ich den Atem an vor lauter Spannung.

Von ihrer Antwort hing alles ab.

17

Alle Augen ruhten auf mir, während ich auf Breannes telefonische Antwort wartete. Für einen Moment wurden alle total still, um nur ja kein Wort zu verpassen.

„Warum sollte das wichtig sein?", sagte sie schließlich. Damit konnten wir uns natürlich nicht zufriedengeben. Es war enttäuschend festzustellen, dass sie offenbar immer noch nicht begriffen hatte, was auf dem Spiel stand.

Charles riss mir jetzt praktisch den Hörer aus der Hand und mischte sich lautstark ein: „Breanne, hier spricht Charles. Wir glauben, dass der andere Makler der Schlüssel zur Entlastung Ihres Bruders ist. Können Sie uns bitte den Namen nennen?"

Er lief ein paar Schritte auf und ab, aber ich wich ihm nicht von der Seite, damit mir auch wirklich nichts von dem Gespräch entging.

Überraschenderweise war sie bei ihm jetzt fast genauso abweisend, wie sie es vorher bei mir gewesen war.

„Ach wirklich? Vor ein paar Minuten hat Ihre Assistentin noch mich beschuldigt, die Hayes getötet zu haben“, kam es mit sarkastischem Unterton zurück.

Er warf mir wütende Blicke zu, bemühte sich jedoch, in ruhigem Tonfall weiterzusprechen. „Ich versichere Ihnen, dass sie das so nicht gemeint hat. Es ist nur ... manchmal hat sie Probleme, sich richtig auszudrücken.“

„Es bleibt dabei – ich will nichts mehr mit ihr zu tun haben. An Ihrer Stelle würde ich mich nach einem Ersatz umsehen.“

Charles’ Stimme klang nun ebenfalls angespannt. „Könnten Sie bitte einfach ...“

„Ach, verdammt nochmal!“, schrie Großmutter jetzt, nahm ihm das Handy ab und drückte es Michelle in die Hand. Die wusste einen Moment lang überhaupt nicht, was von ihr erwartet wurde.

„Na los, Liebling. Sag ihr, wer du bist und was sie für dich tun soll.“

„Hi, hier spricht Michelle Hayes“, stotterte diese folgsam ins Telefon.

Wir anderen waren wieder mucksmäuschenstill, um ja nichts zu verpassen.

„Könnten Sie mir bitte sagen, welcher Makler meinen Eltern beim Kauf des neuen Hauses geholfen hat?“, fragte Mitch jetzt. Ich konnte nicht beurteilen, ob die frischen Tränen in ihrer Stimme echt waren oder nur dafür sorgen sollten, endlich Antworten zu bekommen. Das war auch egal – Hauptsache, diese grobe Frau am anderen Ende der Leitung würde endlich einlenken.

War ja klar, dass ich ausgerechnet jetzt zu weit weg war, um richtig mitzubekommen, was genau sie darauf antwortete. Jedenfalls nickte Mitch immer wieder bei den Ausführungen der Maklerin. Sie bekniete sie mit brechender Stimme und bettelte förmlich um Verständnis. „Ich will ja nur Gerechtigkeit für meine Eltern, und natürlich auch für Ihren Bruder. Würden Sie uns bitte helfen?“

Die Unterhaltung ging noch ein wenig hin und her, aber schließlich hob Mitch erleichtert die Daumen und beendete den Anruf mit einem großen Dankeschön.

„Also, sag schon, wer war es denn nun?“ Großmutter hielt die Spannung nicht mehr aus und wurde vor Aufregung richtig laut.

Das Mädchen jedenfalls sah zufrieden aus, als sie Charles sein Telefon zurückgab. „Sie meinte, aus dem Stand könne sie das jetzt nicht sagen, versprach aber, in der Makler-Datenbank nachzusehen und ihm eine Nachricht zu schicken. Und – die Assistentin sollte sie auf keinen Fall nochmal anrufen.“

Das war ja klar. Ich wusste jetzt, dass Breanne ein echtes Problem mit mir hatte. Vermutlich ging ich ihr in Zukunft wirklich besser aus dem Weg. Im Moment spielte das aber, ehrlich gesagt, auch keine große Rolle mehr. Vorrangig war, einen Doppelmord aufzuklären.

Wenigstens schenkte Charles mir ein mitfühlendes Lächeln. Im selben Moment poppte auch schon die sehnsüchtig erwartete Nachricht auf dem Display des Handys auf: Sandra Lynn, Lighthouse Realty & Brokerage. „Sagt das irgendjemandem von euch etwas?“, blickte er fragend in die Runde.

Wir alle schüttelten den Kopf und warteten, während er sich nochmal mit dem Telefon beschäftigte. „Wartet.“ Als wollte Gott selbst diesen Moment hervorheben, durchbrach ein kräftiger Sonnenstrahl die Wolkendecke und erleuchtete den Campus.

„Da ist noch ein Anhang dabei.“ Flink huschten seine Finger über die kleine Tastatur.

Ich trat näher und starrte auf den Schirm. Als die Seite endlich geladen war, erkannte ich die Frau, die auf der Titelseite abgebildet war, sofort wieder. Sie stand vor einem spiralförmig bemalten, schwarz-weißen Leuchtturm, und ihr welliges rotes Haar wehte sanft in der Brise, während sie lächelnd ein großes, sperriges Schild in die Kamera hielt: VERKAUFT!

„Ist das nicht die Frau, die wir in dem Lokal „Zum kleinen Hund“ getroffen haben und wegen der wir unseren Tisch räumen mussten?“ Auch Charles hatte sich sofort wieder an sie erinnert.

Ich schaute noch einmal ganz genau hin. Kein Zweifel, das war sie. Allerdings hatte ich sie auch vorher schon einmal gesehen. „Als ich mit Großmutter bei Bills Arbeitgeber, der Druckerei war, habe ich sie zum ersten Mal getroffen. Sie behauptete, noch einen Auftrag abholen zu wollen und war auch der Grund, weshalb ich nicht mehr im Eingangsbüro herumschnüffeln konnte.“

Charles verstand sofort. „Das heißt, dass sie zumindest Bill von früher her kannte. Möglicherweise auch seine Frau“, folgerte er.

Ich hatte zwar bisher immer nur gemietet, fragte mich aber dennoch: „Eines verstehe ich trotzdem nicht. Wenn sie sie gut genug kannten, um das neue Objekt über sie zu kaufen – warum haben sie sich dann nicht auch beim Verkauf des alten Hauses von ihr vertreten lassen? Das wäre doch üblich, oder?“

Darauf hatte auch er keine Antwort. „Das muss nichts bedeuten. Es kommt öfter vor, dass Leute sich an verschiedene Immobilienfirmen wenden. Seltsam finde ich nur, dass sie in den Protokollen über die Tat nirgends aufgetaucht ist.“

„Hier steht, dass ihr Büro in Misty Harbor ist. Das erklärt auch, warum wir ihr im Lokal begegnet sind. Das befindet sich ja ebenfalls dort.“

Charles überlegte und fragte mich dann „Meinst du, wir sollten sie anrufen?“

„Damit sie gleich weiß, dass wir hinter ihr her sind? Auf keinen

Fall!“ Das war wieder Großmutter, die sich nochmal sein Handy auslieh. Sie wollte dem Yorkie ebenfalls das Bild zeigen und hielt es ihm direkt vor sein Gesichtchen.

Er reagierte sofort und bellte wütend. Fast hätte er in seinem Ärger auch noch Oma gebissen.

Octocat kam zu mir herüber. „Er sagt …“

„Ja, ich weiß. Bemüh dich nicht. Das haben wir selbst verstanden.“ Endlich konnte ich befreit aufatmen. Wir hatten es wirklich geschafft … Und gerade noch rechtzeitig.

„Lasst uns die Schlinge zuziehen! Jetzt kriegen wir die Verbrecherin.“ Großmutter war schon auf dem Weg zum Parkplatz, schaute aber nochmal über die Schulter zurück und meinte: „Kommst du mit, Michelle?“

Das Mädchen hüpfte von der Mauer. „Ich bin dabei! Allerdings müsst ihr mir ein paar Minuten geben, damit ich mich anziehen kann. Bin sofort bei euch!“ Wir anderen liefen schon einmal zum Auto. Unsere bunte Crew verlor wirklich keine Zeit.

„Jetzt haben wir wirklich alle Puzzleteilchen beisammen“, stellte ich fest. Es war die Ähnlichkeit zwischen Breanne und Sandra, die Yo-Yo verwirrt hatte, zumal beide Frauen bei den Hayes als Maklerinnen vorstellig geworden waren. Kein Wunder, dass er sie nicht auseinanderhalten konnte.

„Vergiss nicht, dass für uns die Gesichter der Menschen sowieso gleich aussehen.“ erinnerte mich Octocat.

„Das kommt noch erschwerend hinzu“, pflichtete ich ihm lachend bei. Als letzte Hürde mussten wir nun aber alles auch noch im Prozess hieb- und stichfest beweisen können, um Brock freizubekommen.

„Überlasst das nur mir,“ meinte Oma kämpferisch und ballte die Hände zu Fäusten. Sie war für den Krieg bereit.

„Kommt nicht in Frage! Sie haben bereits mehr als genug geholfen!“, antwortete Charles an meiner statt.

„Jetzt wartet mal.“ Ich wurde wieder ganz ruhig. „Vor uns liegt eine lange Fahrt. Da bleibt viel Zeit, um uns Gedanken zu machen, welches mögliche Motiv Sandra für die Tat gehabt haben könnte.“

„Durchaus, wenn nicht wieder alle einschlafen“, meinte Charles mit schelmischem Grinsen.“

„Selten so gelacht ... Jetzt ist nicht die Zeit, zum Witze reißen. Wir müssen das Puzzle vervollständigen.“

In diesem Moment schloss auch Michelle wieder zu uns auf. „Das ging ja schnell. Dann lass dich mal auf den neuesten Stand bringen, Mitch“, erklang Omas Stimme vom Rücksitz, während wir uns alle anschnallten. „Wo ist Ihre Tasche, Charles?“

„Die habe ich hier.“ Damit bückte ich mich zum Fußraum. „Ich muss nur kurz wieder alles sortieren, dann kannst du sie haben.“ In Wahrheit ging es mir darum, die scheußlichen Fotos vom Tatort schnell im Handschuhfach zu verstecken.

Unsere betagte Chefin begann dann mit einer Zusammenfassung aller bereits bekannten Details, und wir als ihr Publikum lauschten konzentriert.

„Schließlich wurde Octocat ungeduldig und richtete sich auf dem Kissen auf meinem Schoß auf. „War es das jetzt endlich? Ist der Fall abgeschlossen?“

„Wir haben es fast geschafft“, tröstete ich ihn und streichelte ihm das Köpfchen.

„Ohne das *Fast* würde mir deine Antwort wesentlich besser gefallen“, resignierte er mit einem leisen Knurren. Ich nahm das nicht persönlich, denn ich wusste ja, dass er Autofahrten hasste und nicht gut vertrug. Leider hatte ich vergessen, auch für den Heimweg ein paar seiner Tabletten bereitzuhalten.

„Wenn wir erst wieder zu Hause sind, wirst du mich die nächsten sechs oder sieben Tage nicht mehr wach kriegen“, stellte er müde seufzend fest.

„Nach allem, was Yo-Yo uns verraten hat, gibt es für uns ja keinen Zweifel mehr an Sandras Schuld. Die Sache hat aber noch immer einen großen Haken“, gab ich zu bedenken. „Vor Gericht können wir diesen Beweis schlecht verwenden.“

„Weil er ein Hund ist?“, fragte Octocat unschuldig.

Ich verdrehte genervt die Augen. „Jetzt stell dich nicht dumm. Du weißt genau, was ich meine. Sei nicht so vorlaut.“

„Schon gut. Also wie geht es weiter?“ Er ließ nicht locker.

„Es muss so vorgetragen werden, dass man uns nicht für verrückt erklärt. Die Antworten haben wir bereits alle. Jetzt müssen wir das Pferd von hinten aufzäumen, um die passenden Fragen dazu zu bekommen, verstehst du?“

„Ich denke schon, aber da hast du noch viel Arbeit vor dir“, bedauerte mich meine Katze, während sie sich in einer scharfen Kurve an mich klammerte. „Dir ist schon klar, dass es noch eine Alternative gibt, oder?“

„Ach, tatsächlich? Und wie lautet die? Lässt du mich an deiner Weisheit teilhaben?“ Dabei musste ich ihn festhalten, damit er nicht herunterfiel.

Er schlug mit dem Schwanz um sich, bevor er damit rausrückte: „Sieh einfach zu, dass du ein Geständnis aus ihr herauslockst.“

Am Ende hatte sich sein Fernsehkonsum doch noch ausgezahlt. Ich war froh, dass er sich, von Unterhaltungssendungen wie *Dora the Explorer* bis hin zu *Law and Order* hinaufgearbeitet hatte, um diesen nützlichen Beitrag leisten zu können.

Charles drehte sich kurz um und musterte mich. „Was hat er gesagt?“

Nun, diese Antwort brachte mich in eine Zwickmühle. Ich wollte ihn nicht anlügen, wusste aber auch, dass er von erzwungenen Geständnissen als Mittel zur Aufklärung nichts hielt.

Bei meinem letzten Fall wollte ich alles ganz allein schaffen, und das hätte mich beinahe Kopf und Kragen gekostet. Damals hatte ich mir geschworen, so etwas nie wieder zu riskieren.

Ganz sicher nicht.

Dieses Mal würde ich sicherstellen, dass mein Kater dabei war, wenn ich direkt in das Büro von Sandra Lynn stürmte und eine Erklärung forderte.

18

Als wir wieder zurück in Glendale waren, stand die Sonne schon hoch im Zenit. Großmutter lud uns alle ein, bei ihr zu Mittag zu essen. Natürlich gingen unsere Gespräche und Überlegungen zum Fall immer noch weiter. Diesmal wollten wir die Aussagen von Yo-Yo überprüfen, die er am Morgen geliefert hatte.

Ich fand eine einleuchtende Ausrede, um mich davonzustehlen. Octocat musste dringend nach Hause, um seine Katzentoilette zu benutzen. Was ich danach geplant hatte, ging zunächst einmal niemanden etwas an.

„Also raus mit deinem Plan – wie willst du es anstellen?", meinte er, als er fertig war und die Pfoten auf der extra neu für diesen Zweck gekauften Matte säuberte.

„Was meinst du?", fragte ich scheinheilig, während ich den Kühlschrank nach etwas Essbarem durchwühlte, um meinen knurrenden Magen zu befriedigen.

Er schenkte mir einen mitleidigen Blick und ließ sich nicht

täuschen. „Was ich damit meine? Was meinst du denn damit? Ist doch völlig klar? *Ich meine, wir zwei* müssen dieses Geständnis irgendwie kriegen, richtig? Als du das Thema im Auto vermieden hast, war mir schon klar, dass Kotzkarli nichts davon wissen sollte. Was aber nicht heißt, dass du die Idee aufgegeben hast. Ich kenne dich doch."

Während er noch mit seiner Ansprache beschäftigt war, fand ich eine alte, aber noch nicht abgelaufene Packung Schmelzkäse, die sich in der hintersten Schublade meines Gemüsefachs versteckt hatte. Da ich ausgehungert war, schlang ich ein großes Stück in mich hinein.

Danach konnte ich mich wieder den Bedenken meiner Katze widmen. „Natürlich werden wir dieses Geständnis bekommen. Ich habe mir überlegt, ich könnte als interessierte Kundin auftreten, während du dich erst einmal in deiner Korbtasche versteckst."

Octocat verzog sofort das Gesicht. „Ich hasse diese Tasche. Sie stinkt."

„Irgendwelche andere Vorschläge?", forderte ich ihn heraus, während ich mir ein weiteres, dickes Stück Käse genehmigte.

Frustriert lief er auf dem Küchentisch hin und her. „Ideen hätte ich genug, aber alle sind gefährlich und könnten mich eins meiner sieben Leben kosten. Trotzdem würde ich das Risiko im Interesse des Teams eingehen – aber du ja wohl nicht?"

„Ich habe ja auch nur eines, schon vergessen?" Ein anderes Mal wäre ich wohl sauer geworden, dass er diese Kleinigkeit übersah – oder zumindest ignorierte. Aber jetzt war ich zu aufgedreht, um mich auch noch auf diese Diskussion einzulassen."

„Natürlich. Unsere zerbrechliche Prinzessin", musste ich mir dann auch noch anhören.

Stöhnend widmete ich mich lieber weiter meinem Käse, und

auch eine zweite Packung musste daran glauben. „Alles gut und schön. Ich mag ja verletzlich sein, aber wenn wir dich eine halbe Stunde in den Korb stecken, ist das immer noch besser, als wenn ich sterben muss. Kannst du mir soweit folgen?“

Octocat ließ sich nicht anmerken, ob er mir überhaupt zugehört hatte, sondern leckte weiter sorgfältig sein Fell.

„Halloooo? Entschuldige? Ich rede mit dir!“ So langsam verging mir der Appetit.

„Reg dich nicht auf. Ich denke bloß nach. Gib mir einfach eine Minute.“ Und dabei machte er ungestört mit seiner Körperpflege weiter. Wie nett zu sehen, dass der Schutz meines Lebens einen vergleichbaren Stellenwert hatte wie das Vermeiden einer normal riechenden Weidentasche. Das ganze Gerede über den Gestank des Korbs war nur eine Farce. Ich wusste genau, dass den versnobten Kater nur störte, dass ich das Teil in einem Second-Hand-Laden erstanden hatte.

„Na gut. Ich füge mich. Aber diese Aktion erhöht schon wieder deine Schulden mir gegenüber“, meinte er schließlich.

„Kommt alles auf die gleiche Rechnung, zusammen mit der Strafe für das Geschirr.“ Aber sofort bereute ich meinen flapsigen Ton. Ein weiteres Stück Käse sollte verhindern, dass ich mich selbst noch mehr in die Bredouille brachte.

Und prompt breitete sich ein Lächeln über sein struppiges Gesicht aus, das ich nur als teuflisch bezeichnen konnte. „Allerdings“, kam auch sofort die Bestätigung, begleitet von einem hinterlistigen Lachen. „Und die Größe deines Gefallens wächst kontinuierlich. Aber mach ruhig weiter so, Schätzchen, mir soll das recht sein. Leider wirst du es noch bereuen.“

Uck. Ich wusste nicht, ob es die Art der Drohung war, mit der er mich an seine Wünsche erinnerte – oder die Wünsche selbst, die mich langsam ängstigten. Aber die Ablenkung genügte vollauf, damit mir das letzte, große Stück Käse im Halse stecken blieb. Einige Sekunden lang fürchtete ich sogar ernsthaft, daran zu ersticken.

Octocat sah ungerührt zu, als ich mir erschrocken an den Hals fasste. Er rührte keine Pfote, während ich mich verzweifelt bemühte, durch Schlagen auf die Brust und Würgen den gefährlichen Brocken die Kehle wieder hoch- oder runter zu bekommen. Schließlich gelang mir das auch.

„Was hättest du getan, wenn ich erstickt wäre?“, wollte ich wütend wissen. „Du hast ja nicht einmal versucht, mir zu helfen.“

Er gähnte nur. „Ach, das war es also. Ich hatte angenommen, du wolltest nur Zeit schinden. Wenn ich dich erinnern darf – es wird wohl nicht mehr lange dauern, bis der Rest der Gang mit Kotzkarli an der Spitze hier auftaucht, um nach uns zu suchen. Ist es das, was du willst?“

Bäh. Ich hasste zwar seine Unfähigkeit, Mitgefühl zu zeigen, aber in dem Punkt hatte er völlig recht.

„Denen müssen wir allerdings aus dem Weg gehen. Also nichts wie raus hier“, sagte ich, während ich noch schnell meine Wasserflasche am Hahn in der Küche auffüllte.

Octocat folgte mir zögernd. „Kein Geschirr dieses Mal?“

„Dieses Mal nicht.“ Aber ich musste ihn trotzdem ein wenig ärgern und hielt ihm den Korb vor die Nase, den ich aus dem Mantelschrank geholt hatte. Mir war klar, dass ihm auch der die gute Laune verderben konnte. „Heute nehmen wir stattdessen den.“

Er hob die Pfote auf eine Art und Weise, wie ich es noch nie an ihm gesehen hatte. Vermutlich hatte er sich diese Geste aus einem Kinderfilm im Fernsehen abgeschaut.

„Äh, ich hätte da noch eine letzte Frage. Was genau erwartest du von mir, wenn ich dabei bin?"

„Wenn irgendetwas schief geht, musst du dein iPad benutzen und Hilfe anfordern. Im schlimmsten Fall hoffe ich, dass du deine Krallen ausfährst und dich wie ein Tiger in den Kampf schmeißt. Meinst du, du bekommst das hin?"

Er nickte. „Dann vergiss aber auch nicht, mein iPad einzupacken."

Ich stöhnte, ging aber sofort los, um sein Lieblingsspielzeug aus dem Schlafzimmer zu holen. „Gut so?", fragte ich und versteckte es im hinteren Bereich der Tasche. Im Grunde eine lächerliche Maßnahme als Vorbereitung auf unsere riskante Mission, aber eine angemessene Darstellung dessen, wie mein Leben aktuell aussah.

„Noch eine letzte Sache. Ich muss meine Mutter anrufen", verriet ich ihm auf dem Weg zum Auto.

„Warum das denn? Hast du kein Vertrauen mehr in mich?"

„Vertrauen?", lachte ich. „Meistens kann man darauf vertrauen, dass du einem zu viel wirst. Nein – es geht um etwas anderes. Ich habe ihr versprochen, dass sie eine exklusive Story bekommt, und die muss ich jetzt liefern."

Man sah ihm seine Zweifel deutlich an. „Aber wird sie nicht versuchen, dich aufzuhalten? Ich dachte, deshalb hättest du schon Charles und Großmutter nichts davon erzählt?"

„Stimmt, was die beiden anbelangt, aber meine Mutter ist anders veranlagt. Die macht sich so schnell keine Sorgen und tut selbst auch alles, was getan werden muss, um an eine gute Geschichte zu bekommen."

Octocat kletterte auf meinen Schoß und vergrub seine Krallen in meinem Oberschenkel. „Kein Problem für mich – es geht ja nur um dein Leben", meinte er, als ich den Motor startete.

Was für eine beruhigende Einstellung für einen Begleiter, der mich ihm Notfall retten sollte. Vielleicht sollte ich besser beten? Mein Vertrauen in seine Retterqualitäten war eh schon erschüttert worden, als ich an meinem Käsestück zu ersticken drohte.

Wieder einmal beschloss ich, für einen noblen Zweck ein hohes Risiko einzugehen, nämlich das, Brock vor dem Gefängnis zu bewahren. Die Dinge schienen sich zu wiederholen. Schon beim letzten Mal war ich nur mit großem Glück davongekommen. Andererseits wusste ich diesmal genau, worauf ich mich einließ, und vorbereitet hatte ich mich auch besser. Das musste reichen.

Also schnallte ich mich an und verband Octocats iPad über die Bluetooth-Schnittstelle meines Wagens mit der Rufnummer meiner Mutter.

Sie war sofort am Apparat. Vermutlich hatte sie schon eine Weile auf meinen Anruf gewartet. „Hallo Angie. Glück gehabt heute?"

„In der Tat. So könnte man sagen." Ich musste lauter sprechen, um die Geräusche des Fahrzeugs zu übertönen, damit sie mich auch verstand. „Ich bin auf dem Weg nach Misty Harbor. Meinst du, du könntest ebenfalls dorthin kommen und ein Kamerateam mitbringen?"

„Prinzipiell schon, aber darauf sind wir in Glendale nicht wirklich vorbereitet. Es kann etwas dauern, selbst wenn ich mich beeile. Wohin genau sollen wir denn kommen?"

„Lighthouse Realty & Brokerage", verriet ich ihr und rasselte die Adresse herunter.

„Da sieh mal an. Ich bin beeindruckt. Wie hast du denn herausgefunden, wer das Verbrechen verübt hat?"

Das waren ungewohnt anerkennende Worte aus ihrem Mund. Irgendwie machte mich das stolz – aber ich wusste ja auch, dass sie von meiner speziellen Begabung keine Ahnung hatte, und jetzt schien auch wieder nicht der richtige Zeitpunkt, um auf Einzelheiten einzugehen.

„Eine lange Geschichte. Lass sie uns mit der Kamera festhalten", forderte ich sie auf. Natürlich würde ich den Lokalnachrichten nie und nimmer auch nur ein Sterbenswörtchen über meine außergewöhnlichen Kräfte verraten. Vor meiner Mutter jedoch konnte ich das vielleicht nicht mehr lange geheim halten. Noch vor Ablauf des Tages musste ich sie vermutlich einweihen.

„Schau, schau. Meine schlaue Tochter. Vermutlich hat sich dein Studium für Kommunikation ja doch ausgezahlt. Willst du es nicht noch einmal in meiner Branche versuchen? Wir zwei würden bestimmt ein großartiges Team abgeben."

„Man soll niemals nie sagen." Aber schon beim Antworten wusste ich genau, dass mich ihr Job nicht reizen konnte. Allein die Vorstellung, mit meiner eigenen, ehrgeizigen Mutter konkurrieren zu müssen, war abschreckend. Unser Verhältnis war, obwohl wir uns liebten, meist nur in homöopathischen Dosen zu ertragen.

Sie hatte mich wohl schon am Tonfall durchschaut, lachte aber darüber. „Alles klar. Ich weiß, wie du das meinst, und vermutlich hast du recht. Lass uns jetzt erst einmal auf diese Story konzentrieren."

Den nächsten Satz auszusprechen, fürchtete ich am meisten. Aber es musste sein: „Mom? Falls ich dich in der nächsten Stunde anrufen sollte – und selbst wenn oder gerade, wenn ich stumm bleibe am Telefon – musst du dringend die Polizei verständigen. Versprichst du mir das?"

Sie sog hörbar die Luft ein. „Das klingt gefährlich. Auf was hast du dich da eingelassen?"

Ich konnte nur hoffen, dass sie übertrieb.

„Keine Sorge. Es ist eine reine Vorsichtsmaßnahme", log ich.

Immerhin war mir klar, dass Sandra mindestens schon zwei Menschen auf dem Gewissen hatte. Wenn sie herausfand, dass ich ihr Verbrechen aufgedeckt hatte, gab es keine Garantie, dass sie nicht auch versuchen würde, mich zu beseitigen.

„Es hat noch nie geschadet, sich den Rücken frei zu halten. Ich beeile mich“, erwiderte Mutter resigniert.

„Perfekt. Melde dich, wenn du dort bist. Mein Handy werde ich wohl stumm schalten, aber vibrieren lassen. Dann rufe ich dich zurück, sobald ich kann. Und Mama – bist du noch dran? “

„Ja – was noch?“

„Ich liebe dich.“

„Ich dich auch, mein Schatz.“ Damit legte sie auf.

Ich holte tief Luft und wandte mich wieder Octocat zu. „Also, die Taste Eins bei der Zielwahl ist jetzt auf die Handynummer meiner Mutter programmiert. Wenn es Ärger gibt, musst du nur diesen einen Knopf drücken, okay?“

Er machte ein mürrisches Gesicht. Ob das daran lag, dass ihm langsam dämmerte, wie gefährlich die Situation werden konnte, wusste ich nicht. Vielleicht hatte es einfach auch nur wieder mit seiner Abneigung gegen das Autofahren zu tun.

Eins allerdings wusste ich. Wir würden heute eine Mörderin überführen.

Koste es, was es wolle.

19

„Jetzt gilt es!“, murmelte ich mehr zu mir selbst, als der kleine Wagen sicher auf dem Grundstück der Maklerfirma Lighthouse Realty geparkt war. Meine Hände zitterten, während ich den gestreiften Korb für Octocat aufhielt, damit er sich darin verstecken konnte. Ausnahmsweise fiel sein Protest sehr schwach aus.

„Denk daran, dein iPad steckt in der hinteren Tasche. Im Notfall springst du raus und schmeißt die Tasche von meinem Schoß. Dadurch wird es herausfallen und du kannst auf die Eins drücken.“

„Das habe ich alles verstanden, aber was, wenn es auf dem Rücken landet?“

„Lass uns einfach hoffen, dass das nicht passiert.“ Ich ärgerte mich, diesen Punkt nicht früher bedacht zu haben. Jetzt allerdings waren wir hier und es gab kein Zurück mehr.

„Dann leg es doch besser gleich direkt neben mich“, meinte er und steckte kurz den Kopf aus dem Korb.

Das wunderte mich. „Ich dachte immer, du kannst es nicht leiden, wenn dir Gegenstände zu nahekommen?"

„Das ist in der Tat unangenehm, stimmt. Aber wenn du stirbst, muss ich erneut einem fremden Menschen beibringen, wie er mich zu behandeln hat, was ich mag und was nicht. Das wäre noch unangenehmer."

„Aha, also liebst du mich doch?", zog ich ihn auf, folgte aber seinem Rat.

„Genug gequatscht. Geh jetzt rein und schnapp sie dir." Eine Sekunde später war er in den Tiefen seines Verstecks verschwunden.

Richtig. Mit einem Stoßseufzer stieg ich aus dem Auto, die Tasche locker über der Schulter. Hoffentlich traf ich Sandra überhaupt an. Schließlich hatte ich ja extra keinen Termin vereinbart, um den Überraschungsmoment zu nutzen. Auch einen Plan hatte ich nicht wirklich vorzuweisen, hoffte aber, die Schauspiel-Gene in meiner Familie würden sich als nützlich erweisen.

Beim Eintreten durch die Glastüre erklang eine Glocke, um mich anzukündigen. Das Büro machte einen freundlichen Eindruck. Es roch angenehm nach Vanille, und neben Sitzgelegenheiten im Wartebereich waren einladend Illustrierte ausgelegt. Sogar ein kleiner Kühlschrank war vorhanden, mit einer Auswahl an alkoholfreien Getränken.

Nachdem der Empfangsschalter leer war und ich somit niemand fragen konnte, verhalf ich mir selbst schnell zu einem Kaffee, den ich genauso zügig und mit großen Schlucken austrank. Ob mir das half, all meinen Mut zusammenzunehmen? Konnte man nur hoffen.

„Hallo, schön, dass Sie uns hier bei Lighthouse Realty besuchen kommen. Was kann ich für Sie tun?", wurde ich von einer Frauenstimme von der anderen Seite des Raumes begrüßt.

Kein Zweifel – das war Sandra Lynn höchstpersönlich, mit ihrer roten Haarpracht und dem breiten Lächeln. Mich konnte sie damit jedoch nicht mehr täuschen – jetzt, da ich ihre dunklen Machenschaften kannte. Ich klammerte mich an den Riemen meiner Tasche und vergewisserte mich, dass ich Verbindung zu Octocat hielt. Nun galt es, die kleinen grauen Zellen im Hirn richtig einzusetzen.

„Guten Tag", gab ich mit einem ähnlichen Lächeln zurück. „Ich bin auf Haussuche."

Sandra lachte belustigt auf. „Wenn es weiter nichts ist? Zufällig kann ich Ihnen genau dabei behilflich sein." Wenn ich nichts von ihren kriminellen Taten gewusst hätte, wäre sie mir sicher sympathisch gewesen. „Am besten reden wir in meinem Büro?" Selbstbewusst lief sie den Gang hinunter vor mir her.

„Sie haben Glück. Normalerweise schicke ich neue Kunden erst einmal zu einem unserer Nachwuchsagenten, aber gerade eben hat jemand einen Termin bei mir stornieren müssen."

Dies Info kam schon einmal auf dem Flur zustande. „Ich als Inhaberin dieser Agentur bin natürlich auch die erfahrenste Person in diesem Geschäft. Gehen Sie ruhig davon aus, dass wir Ihr Traumhaus in kürzester Zeit für Sie finden werden."

Sie zwinkerte mir zu, hielt inne und ließ mich in ihr schwach beleuchtetes Büro eintreten.

„Das nenne ich wirklich Glück", entgegnete ich mit einem ähnlich höflichen Lächeln.

„Darf ich Ihren Namen erfahren, Liebes? Und haben Sie schon einmal eine Immobilie gekauft?" Sandra nahm hinter ihrem Schreibtisch Platz, lehnte sich jedoch zu mir nach vorne, um mir zu zeigen, dass ich ihre volle Aufmerksamkeit hatte.

„Ich bin Angela“, antwortete ich und tauschte mit ihr den obligatorischen Handschlag. Das war zwar nicht gelogen, aber auch nicht wirklich richtig. Außer Octocat gab es niemand, der mich so nannte, und selbst der hob sich diesen Namen für besondere Gelegenheiten auf. „Und ja, ich suche zum ersten Mal und befürchte, ich habe darin noch keine Erfahrung“, behauptete ich.

„Wenn es so ist, mache ich Sie am besten erst einmal mit ein paar grundsätzlichen Regeln beim Kauf vertraut?“, begann sie und fiel in einen langen Monolog, der mir erlaubte, das Büro genauer in Augenschein zu nehmen. Dabei fiel mir nichts wirklich Besonderes auf, aber ich konnte ja wohl auch schlecht erwarten, einen blutigen Hammer auf ihrem Schreibtisch vorzufinden.

Nachdem sie mit ihrer Rede erst einmal durch war, erwartete sie wohl, dass ich ihr dazu Fragen stellte. Das konnte ich allerdings nicht – weil ich ihr schlichtweg nicht richtig zugehört hatte.

Folglich hakte sie nach: „Was genau suchen Sie denn nun, meine Liebe?“ Ich fing bestimmt an, sie zu irritieren, wenn ich nicht bald etwas zum Gespräch beitrug.

In Gedanken ging ich rasend schnell nochmal durch, was Charles, Großmutter, Mitch und ich uns im Auto auf dem Weg nach Glendale überlegt hatten. Im Grunde drehte sich alles um eine entscheidende Frage: *Welches Motiv konnte es für eine Maklerin geben, ihre Kunden zu ermorden?* Meistens drehte sich ja alles um Geld. Noch kam ich nicht dahinter, aber tastete mich einfach mal behutsam in diese Richtung vor.

„Am liebsten wäre mir ein hübsches Haus mit drei Schlafzimmern. Das könnte aber finanziell eng werden.“

Erwartungsgemäß freute sie sich nicht sonderlich über diese

Einleitung, machte jedoch gute Miene zum bösen Spiel. Gleich hatte sie sich wieder gefangen und setzte ihr übliches Lächeln auf. „Das lassen wir erst einmal auf uns zukommen. Wie steht es denn mit Ihrer Kreditwürdigkeit?"

„Ehrlich gesagt, auch nicht berauschend." Dummerweise war das jetzt wirklich die Wahrheit.

Sie presste die roten Lippen zu einer schmalen Linie zusammen. „Hmm."

Scheinbar verzweifelt, flehte ich sie an. „Meinen Sie, Sie könnten da irgendwie trotzdem helfen? Es muss ja auch kein neues Haus sein."

Sandras Enthusiasmus hatte spürbar nachgelassen, aber als Profi gab sie noch nicht auf. „Nun – es gibt bestimmte staatliche Darlehen für Leute wie Sie, die zum ersten Mal eine Immobilie kaufen wollen. Sie müssten natürlich mit einem höheren Zinssatz rechnen, aber das geht in dem Fall leider nicht anders."

„Okay", sagte ich ergeben, „wenn ich es dadurch nur schaffen kann."

„Weshalb wollen Sie denn unbedingt kaufen, wenn Ihr Budget so knapp ist?", fragte sie.

Jetzt musste eine plausible Erklärung her, um sie nicht misstrauisch zu machen. „Meine jetzige Mietwohnung ist einfach zu klein geworden. Ich habe Tiere – eine Katze und auch einen Hund, einen Yorkie. Wir brauchen einfach alle etwas mehr Platz, um den täglichen Zusammenstößen ausweichen zu können."

Sie wurde blass und schluckte, bevor sie ein kurzes Lachen ausstieß. „Das klingt wirklich so, als müssten wir da unbedingt helfen."

Vielleicht war es Einbildung, aber ich glaubte, bei der Erwähnung des Yorkies eine Reaktion bemerkt zu haben. In diese Kerbe wollte ich gleich noch einmal schlagen: „Sind Sie zufällig auch Hundeliebhaberin?“ Dabei klopfte ich sanft auf den Weidenkorb, um Octocat zu beruhigen. Der war bestimmt schon sauer, dass er gerade bei diesem Thema nicht an der Unterhaltung teilnehmen durfte. Seit er Yo-Yo getroffen hatte, hatte er hunderte von Argumenten, mit denen er beweisen wollte, dass Katzen den Hunden weit überlegen waren.

„Nicht wirklich, auch wenn ich einmal für einen Freund auf seinen Vierbeiner aufgepasst habe. Ich bin wohl eher nicht geeignet als Hundehalterin“, kam als Antwort, während sie ein paar Papiere auf dem Tisch sortierte. „Aber nachdem Sie ja nun einmal einen haben, suchen wir am besten gleich nach einem eingezäunten Objekt, oder?“ Mit diesen Worten drückte sie mir stolz eine ausgedruckte Liste in die Hand.

Ich rätselte über ihre Worte nach, während ich vorgab, das Exposé zu studieren. Sie hatte auf einen Hund aufgepasst? Konnte damit der kleine Terrier gemeint sein? War das die Erklärung für sein damaliges Verschwinden, bevor Charles ihn wieder beim Haus der Hayes auflas? Und falls ja, warum hatte Yo-Yo uns das nicht längst erzählt?

Nach dem Treffen mit Michelle war ich eigentlich zuversichtlich gewesen, dass er seinen traumatischen Gedächtnisverlust überwunden hatte. Vielleicht hatte er sich aber auch ganz bewusst entschieden, sich nicht an alles erinnern zu wollen. Wer konnte das schon sagen?

„Das hier kommt für mich eher nicht in Frage.“ Mit diesen Worten legte ich das Papier zurück auf Ihren Schreibtisch. „Trotzdem, vielen herzlichen Dank.“

„Haben Sie sich bereits im Internet umgesehen? Die Einträge

dort sind zwar nicht immer aktuell, aber es könnte uns helfen, unsere Suche einzugrenzen.“

Sie war wirklich ein Profi in ihrem Job und ließ nicht locker. Um sie aus dem Gleichgewicht zu bringen, musste ich mir etwas Drastisches einfallen lassen. Glücklicherweise hatte ich ja noch ein Ass im Ärmel. Mit einer Hand hielt ich den Korb ganz fest.

„Na ja...“, traute ich mich jetzt aus der Deckung, „ein Objekt, das mir gefallen könnte, habe ich schon gefunden. Draußen in Glendale. Vermutlich zu teuer für mich, aber trotzdem würde ich es mir gerne einmal ansehen.“

„Ich kann Ihnen gerne anbieten, einmal unverbindlich mit den Besitzern zu verhandeln“, meinte Sandra einschmeichelnd. „Erfüllt es alle Ihre Wünsche? Haben Sie vielleicht sogar schon überlegt, was es Ihnen wert wäre?“

„Ich versuchte, unentschlossen zu wirken und machte weiter mit der Scharade.

„Also gefallen würde es mir schon sehr. Vielleicht wäre es wirklich einen Versuch wert?“

Sie stimmte mir begeistert zu. Es musste toll sein, mit so wenig Arbeit eine dicke Provision einzustreichen. Inzwischen sah sie auf meiner Stirn bestimmt schon ein großes, blinkendes Dollar-Zeichen. „Wunderbar. Wie lautet denn die Adresse?“

Ich zog mein Handy heraus und tat so, als würde ich danach suchen. In Wahrheit wusste ich die Adresse selbstverständlich längst auswendig. Dann las ich sie scheinbar ab.

Sandra verstummte urplötzlich und starrte mich nur noch an. „Meine Hoffnung auf ein Schnäppchen gründet sich auf die Tatsache, dass dort ein Doppelmord geschah, wie ich erfahren habe.“

Schließlich versuchte sie, mich abzuwimmeln. „Ich glaube kaum, dass es das richtige Haus für Sie wäre, Liebes."

„Warum nicht? Die Lage ist gut und ich hätte jede Menge Platz für mich und die Tiere. Könnten wir nicht zumindest herausfinden, was es kosten soll? Durch das Verbrechen sollte sicher ein hoher Nachlass möglich sein, meinen Sie nicht auch?"

„Ich kann Ihnen wirklich nur raten, die Finger von solch einem gebrandmarkten Objekt zu lassen." Damit zog sie scheinbar wahllos ein weiteres Angebot mit Bild aus ihrem Stapel. „Schauen Sie sich doch das hier einmal an. Das sieht doch hübsch aus. Was halten Sie davon?"

Ich warf keinen Blick darauf, sondern sah ihr direkt in die Augen. „Sie meinten doch eben noch selbst, für mich verhandeln zu können, wenn ich mir sicher bin. Und das bin ich. Können wir das jetzt bitte machen?"

Sie schüttelte den Kopf. „Ich sollte das jetzt vielleicht nicht sagen, weil es seltsam klingen mag, aber in dem Haus spukt es. Und zwar so richtig." Sie versuchte zu lachen dabei, hielt jedoch inne, als sie merkte, dass ich ihr das nicht abnahm.

„Oh, tatsächlich? Nur eine Sekunde bitte." Ich stellte den Korb mit Octocat auf dem Boden vor ihrem übergroßen Schreibtisch ab. So konnte sie nicht sehen, was ich vorhatte, sofern sie nicht extra dazu aufstand. Dann holte ich das iPad heraus und deutete ihm an, ebenfalls aus seinem Versteck zu kommen. Beruhigt sah ich, dass er den Notruf an meine Mama tatsächlich absetzte, und so konnte ich mich jetzt leichter wieder auf die zunehmend nervöser wirkende Sandra konzentrieren.

„Es spukt also wirklich, meinen Sie? Wer hätte das gedacht?" Ungläubig schüttelte ich den Kopf.

Sie nickte heftig und glaubte sich schon vom Haken, wenn ich die Erleichterung in ihrem Ausdruck richtig deutete. „Ich weiß wohl, dass viele Leute nicht an Geister glauben, aber seien Sie versichert, es gibt sie, und sie sind böse und gefährlich. Man sollte sich nicht mit ihnen anlegen."

„Wow. Hmm." Mehr fiel mir dazu momentan auch nicht ein. Ich wollte ja nur ein wenig Zeit schinden und tat so, als würde ich ihre Worte abwägen. Falls Octocat die Verbindung schon hergestellt hatte, konnte meine Mutter jetzt jedes Wort mithören. Vom Boden drangen Stimmen zu mir herauf. Das musste sie sein.

„Was war das?", fragte Sandra und wollte sich gerade erheben, um die Quelle der Geräusche zu suchen."

„Warten Sie", rief ich laut. „Ich habe eine wichtige Frage. Sie behaupten, die Geister sind böse. Kann das daran liegen, dass Sie die Hayes ermordet haben?"

20

Jetzt war die Katze endlich aus dem Sack. Oder besser gesagt, aus der Korbtasche. „Was fällt Ihnen ein, mich in meinem eigenen Büro derart zu beleidigen! Verschwinden Sie von hier, und zwar schnellstens!“, schrie die Maklerin mich an. Keine Spur mehr von ihrem Standardlächeln. Wütend kam sie auf mich zu und ich ging instinktiv ängstlich in Deckung.

Zu allem Übel kam auch noch hinzu, dass ich bei meinem Versuch, auf die Füße zu kommen, Octocat versehentlich auf den Schwanz trat. Der ließ einen fürchterlichen Schmerzensschrei los und sprang auf den Schreibtisch, genau zwischen Sandra und mich.

„Was ist das denn jetzt? Wo zum Teufel kommt der denn her?“ Ihr Gesicht ähnelte langsam einer überreifen Tomate.

„Warum beantworten Sie nicht erst einmal meine Frage?“, schrie ich sie an. „Ich weiß, dass Sie eine Mörderin sind, und kann das auch beweisen!“

„Beweisen? Lächerlich. Sehen Sie endlich zu, dass Sie von hier verschwinden“, fuhr sie mich an.

Ich verschränkte die Arme vor der Brust, sah ihr in die Augen und versuchte, cool dreinzublicken. In Wahrheit rutschte mir das Herz gerade vor Angst in die Hose – aber das durfte sie natürlich nicht merken. „Ich gehe hier nicht eher raus, bevor Sie die Morde gestanden haben."

„Ich habe nichts getan!", sagte sie und betonte dabei jede einzelne Silbe, freilich, ohne mich überzeugen zu können."

„Sie haben die Hayes kaltblütig ermordet. Ihnen mit einem Hammer ihre Schädel eingeschlagen, und es dem Handwerker angehängt." Ich ließ nicht locker. „Wahrscheinlich würden Sie mich jetzt auch gerne aus dem Weg räumen, oder?"

Sandra stieß einen lauten Fluch aus und versuchte, mich zu packen, aber ich war schneller. Ich rannte aus dem Büro, den Flur entlang in Richtung Eingangshalle und rief laut um Hilfe, aber niemand antwortete.

„Dein Pech. Hier hilft dir jetzt keiner – es ist nämlich niemand hier." Mit einem grausamen Funkeln in den Augen kam sie mir immer näher."

Doch ich sah meine Chance. Als der Weg zum Flur kurz wieder frei war, quetschte ich mich an ihr vorbei, rannte so schnell ich konnte zurück in ihr Büro und schloss hinter mir ab.

„Das wirst du bereuen!", schrie sie und hämmerte wie wild gegen die Tür.

Ich ignorierte ihre Flüche erst einmal und begann, die Schubladen und Schränke nach Beweisen zu durchwühlen. Octocat leckte seinen schmerzenden Schwanz. Ich fuhr ihn an, mir bei der Suche zu helfen.

Bald war in ihrem Büro kein Stein mehr auf dem anderen.

Irgendwo musste sich doch etwas Belastendes finden lassen.

„Deine Mutter habe ich wie aufgetragen angerufen", beruhigte mich mein Kater.

„Ich verständige jetzt die Polizei!", schrie Sandra durch die Tür.

„Perfekt. Die können dich dann gleich festnehmen", brüllte ich zurück und warf Octocat einen dankbaren Blick zu. „Das hast du gut gemacht. Danke nochmals."

Immer noch hatten wir keinen Hinweis, dem wir nachgehen konnten, und meine Verzweiflung wuchs von Sekunde zu Sekunde.

„Was ist das denn hier?", meinte mein Helferlein plötzlich, nachdem er einen Stapel Post auf der Kommode angestupst hatte, bis er herunterfiel und alle Briefe auf dem Boden verstreut lagen. „Das kommt mir bekannt vor." Er konnte zwar noch immer nicht lesen, fing aber bereits an, bestimmte Nummern und Buchstaben zu erkennen.

Und tatsächlich, ich fand einen geschlossenen Umschlag, der an Charles, und unsere Firma adressiert war.

„Oh! Glaubst du, du könntest ungestraft meine Kollegen erpressen?", rief ich nach draußen zu Sandra und wedelte mit dem Brief, wohl wissend, dass sie das nicht sehen konnte. „Aber was soll das bringen, wo du doch genau weißt, dass Brock Calhoun nicht der Mörder des Ehepaars Hayes ist?"

Die erwarteten Flüche blieben aus. Plötzlich herrschte wieder Stille im Gebäude. Alles, was ich hören konnte, war mein eigenes Blut, wie es mir in rasendem Tempo durch die Adern rauschte. Ich schickte ein Stoßgebet zum Himmel, dass Sandra keine Waffe im Haus haben möge, womit sie uns selbst durch die verschlossene Tür erwischen konnte.

Einen kurzen Augenblick später nahte endlich Hilfe. Die

Fronttür wurde kräftig aufgestoßen, und das kleine Glöckchen mutierte zur Alarmsirene.

„Laura Lee, Nachrichten Kanal 7. Könnten Sie unseren Zuschauern bitte erklären, was hier los ist?“ Eindeutig meine Mutter auf dem Kriegspfad. Auch wenn ich sie nicht sehen konnte, wusste ich, dass sie ihr Mikrofon gerade wie ein Schwert einsetzte.

Das gab mir Sicherheit und deshalb traute ich mich nun auch, die Tür zu öffnen, gerade rechtzeitig, um zu sehen, wie Sandra Lynn sich aus dem Staub zu machen versuchte.

„Mom! Halt sie auf!“, rief ich und rannte der Flüchtenden hinterher. Ich hatte zwar keine Ahnung, was ich tun würde, wenn ich sie wirklich erwischte, musste es aber zumindest versuchen.

„Du bleibst schön hier“, befahl mir meine Mutter, ließ ihr Mikrofon sinken und nahm mich in die Arme. Statt meiner nahm ihr Kameramann die Verfolgung auf, aber mit der schweren Ausrüstung auf den Schultern hatte er natürlich keine Chance.

Durch die Glastür konnte ich erkennen, dass inzwischen auch ein Streifenwagen eingetroffen war. Zwei bewaffnete Polizisten beteiligten sich an der Jagd.

Plötzlich drang Charles‘ Stimme an mein Ohr, ohne dass ich ihn sehen konnte. „Ich habe sie!“

Mutter ließ mich umgehend los, und sofort rannte ich ebenfalls nach draußen, um nicht zu verpassen, was sich dort abspielte. Wie erhofft hatte Charles tatsächlich die verstörte Mörderin fest im Griff.

„Ihr habt keinerlei Beweise!“, schrie sie.

„Das stimmt nicht ganz“, widersprach ich und wedelte mit dem Umschlag, den ich dem am nächsten stehenden Polizisten übergab. „Der war in der Ausgangspost“

„Ein Drohbrief?“, meinte der Beamte, als er den Inhalt überflog. „Danke. Der wird sicher helfen, die Anklage wegen Doppelmord zu festigen. So schnell kommt die Dame nicht mehr aus unserem Gewahrsam."

„Mir stehen Rechte zu!", brüllte Sandra verzweifelt.

„Völlig richtig", meinte der Polizist, „und deshalb lese ich Ihnen die jetzt vor: Sie haben das Recht zu schweigen ..."

Charles schien ein wenig zu humpeln, als er zu mir herüberkam. Vielleicht wurde er verletzt, als er Sandra festhielt? Aber seine Sorge galt eher mir. "Bist du okay?"

„Absolut. Kein Problem."

Nachdem er sich überzeugt hatte, dass das stimmte, verzog er ärgerlich das Gesicht. „Was hast du dir dabei gedacht, das ohne uns durchzuziehen?"

„Ich musste einfach einen praktikablen Weg finden, Brocks Unschuld zu beweisen. Und so schien es mir am wirkungsvollsten."

„Es war der denkbar dümmste Weg. Und der gefährlichste obendrein", murrte er.

Ich schüttelte den Kopf und erinnerte ihn an die Worte des Polizisten. „Hast du vielleicht eine andere Möglichkeit gesehen, es zu beweisen?"

Er fuhr sich mit der Hand durchs Haar und seufzte. "Allerdings. Und wenn du zurück zum Haus gekommen wärst, hätte ich dir die auch persönlich erklärt."

„Dann leg doch jetzt los", wollte ich logischerweise nun wissen. Mir war immer noch schleierhaft, warum die Maklerin ihre Kunden umgebracht hatte, und das machte mich verrückt.

„Mitch", entgegnete Charles. „Während unserer Fahrt hat sie Mails an einige wichtige Leute geschickt."

„Aber sie hat doch behauptet, ihr Handy ..."

Er schnitt mir das Wort ab. „Stimmt auch. Sie hat Großmutters Telefon benutzt. Jedenfalls warst du mit der Druckerei auf der richtigen Spur, aber dir fehlte der passende Zugang. Bills früherem Arbeitgeber, Mr. Weber, ist es gelungen, ein paar gelöschte Daten wiederherzustellen. Als er von uns erfuhr, wonach exakt er suchen musste – nämlich nach den Aufträgen von Lighthouse Realty –, war es ihm möglich, das richtige Material zusammenzustellen."

Das freute mich natürlich, aber ich hatte immer noch keine Ahnung, worauf Charles hinauswollte. „Und das war was genau?"

„Das Motiv", erklärte er mit einem gewinnenden Lächeln. „Der Beweis war klein und schwer zu entdecken, aber bei ihrem letzten Druckauftrag machte Sandra einen entscheidenden Fehler.

„Nämlich? Nun lass dir doch nicht alles einzeln aus der Nase ziehen!"

„Sie gab Bill versehentlich eine Seite zu viel. Aus der gingen dummerweise Infos über illegale Geschäfte und ihre Offshore-Konten hervor."

„Also hatte sie Angst, er könnte sie anzeigen? Deswegen mussten er und Ruth sterben?"

Sandra hatte im Hintergrund mitgehört. „Er hat mich erpresst! Das Schwein wollte, dass ich ihm kostenlos ein neues Haus besorge. Weil ich doch angeblich genau wüsste, wie man die Gesetze etwas verbiegen könne. Dass auch ich keine halbe Million so einfach herumliegen habe, hat ihn nicht interessiert. Was blieb mir also anderes übrig, als bis zum Äußersten zu gehen?"

„Erst mal gar nicht mit den Betrügereien anfangen", antwortete ihr einer der Polizisten, drückte ihren Kopf nach unten und schob sie in den Streifenwagen.

„Und selbst danach hätten Sie niemand ermorden sollen – egal weshalb", mischte sich sein Kollege ein.

„Das waren die Nachrichten auf Ihrem Kanal 7." Mutter startete gerade in ihre neue Karriere. „Brock Calhoun ist unschuldig. Die wahre Mörderin wurde festgenommen und hat gestanden. Und Sie waren dank uns exklusiv und live mit dabei!"

Als sie dann auch noch anfing, Charles zu interviewen, stahl ich mich heimlich davon, um meinen Kater samt iPad einzusammeln.

Octocat hatte es sich auf Sandras Schreibtisch gemütlich gemacht und schnarchte vor sich hin. Wie er es geschafft hatte, bei diesem ganzen Wirbel einzuschlafen, war mir ein Rätsel.

„Hey." Ich stupste ihn sanft an. „Wach auf. Wir haben den Fall endgültig gelöst."

Er blinzelte mich an, gähnte, und fragte müde: „Na endlich. Kann ich jetzt nach Hause?"

„Wenn du das möchtest. Aber was hältst du denn davon, vorher im Lokal *Zum kleinen Hund* Hummerbrötchen zu fressen? Verzeihung, ich meinte natürlich, zu verspeisen …"

* * *

Charles ließ es sich nicht nehmen mitzukommen und alle zu der Spezialität einzuladen. Unsere Truppe war nach der Verhaftung von Sandra wieder komplett versammelt: Mitch, Großmutter mit Yo-Yo, Octocat, Charles und ich genossen ein delikates Mahl. So nebenbei informierte ich die anderen auch über die Details meines Besuchs im Maklerbüro.

Gegen Ende meines Berichts schlug meine Oma mir auf den Hinterkopf, und beinahe hätte ich mich wieder verschluckt. „Was?", jammerte ich mit vollem Mund.

„Wenn du je wieder so etwas Dummes im Alleingang durchziehst, bringe ich dich höchstpersönlich um", drohte sie. Dabei blickte sie so böse drein, dass man ihr das beinahe abgenommen hätte.

„Schon gut. Tut mir leid“, versuchte ich sie zu besänftigen. „Was ist denn nun mit Brock? Hat man es ihm schon gesagt?“ Ich wollte schnell das Thema wechseln ...

Charles leckte etwas Mayo von seinem Daumen. „Sie machen gerade die Papiere für die Entlassung fertig. Heute Abend ist er wieder ein freier Mann.“

Diese Nachricht war doch alle Mühen wert gewesen. Mit Freude stürzte ich mich auf ein weiteres Hummerbrötchen.

Mitch war als Erste mit dem Essen fertig und nahm Yo-Yo hoch auf ihren Schoß. Da fiel mir noch etwas ein: „Als ich bei Sandra war, hat sie erwähnt, sie hätte einmal für einen Freund längere Zeit auf einen Hund aufgepasst. Meint ihr, das war er?“

„Also ich kann mir nicht vorstellen, dass sie ihn gestohlen und ein paar Wochen als Geisel behalten hat, nur um ihn dann wieder freizulassen“, meinte Charles „Was hätte ihr das bringen sollen?“

„Warum fragen wir den Hund nicht selbst?“, meinte Octocat. Er war kaum zu verstehen, weil er sich selbst beim Sprechen nicht davon abhalten ließ, auf einem Shrimps herumzukauen.

„Würdest du das für uns tun?“ Sicherheitshalber schob ich schnell noch ein kleines „Bitte“ hinterher.

Charles wollte die Frage präzisieren, aber ich schnitt ihm das Wort ab. So schlau war Octocat selbst. Wir mussten ihm nur etwas Zeit geben.

„Dein Verdacht hat sich bestätigt. Sie hat ihn in der Mordnacht mitgenommen, weil er nicht aufhören wollte zu bellen. Später gelang es ihm zu entkommen. Und dann hat es noch eine Weile gedauert, bis er den Weg von Misty Harbor zurückfand, aber er wollte um jeden Preis nach Hause.“

Auf Octocat war eben Verlass. Ich gab seine Erklärung auch gleich wörtlich an die Gruppe weiter.

„Warum hat sie ihn nicht einfach auch getötet?“, wollte Charles nun wissen. Wir dachten eigentlich das Gleiche, nur Großmutter konnte sich vorstellen, dass selbst Sandra das nicht übers Herz brachte.

„Außerdem möchte er sich dafür entschuldigen, dass er sich erst so spät erinnert hat. Und uns allen für die Hilfe danken.“ Jetzt war die Übersetzung wohl vollständig, und ich gab auch das noch weiter.

Dann fragte ich die anderen auch gleich noch, wie es jetzt mit ihm weitergehen würde. Wo sollte er hin?

„Charles hilft mir dabei, bei der Schule eine Ausnahmegenehmigung zu beantragen, damit er bei mir bleiben kann. Sozusagen als moralische Unterstützung. Ich könnte es nicht ertragen, ihn gleich wieder zu verlieren. Mehr ist von meiner Familie ja leider nicht übriggeblieben“, erklärte Mitch mit einem traurigen Lächeln.

„Und bis das durch ist, kann er bei mir bleiben“, sagte Charles. „Das wird schon klappen. Schließlich wurden ...“ Er brach mitten im Satz ab, aber Mitch hatte ihn schon verstanden.

„...meine Eltern kürzlich ermordet.“

„Was für ein Tag“, lenkte Großmutter schnell ab. „Also vor unserem nächsten großen Fall sollten wir uns alle eine Pause gönnen. Ich hoffe, du hast da nichts dagegen?“ Dabei schaute sie mich an.

„Wie kommst du darauf, dass es einen nächsten Fall geben wird?“, fragte ich verblüfft.

„Weil du, mein Liebling, dich zwar dabei immer wieder leichtsinnig in Schwierigkeiten bringst, aber letztlich anscheinend deine wahre Berufung gefunden hast.“

„Die da wäre?“

„Du bist die beste Privatdetektivin von ganz Maine“, gab sie mit einem stolzen Lächeln zur Antwort.

„Darauf trinken wir“, forderte Charles uns auf und erhob sein Glas mit Mineralwasser.

„Ich bin dabei“, machte Mitch es ihm nach.

In diesem Moment kam Mutter ins Restaurant gestürzt. „Wartet auf mich! Was habe ich alles verpasst?“

„Nichts“, beruhigte Großmutter sie, „wirklich überhaupt nichts.“

Was mich betraf, konnte ich jetzt auch noch etwas warten mit meinen Erklärungen in Sachen Octocat. Für heute hatten wir alle genug erlebt.

Wie aufs Stichwort machte sich dieser wieder mit einem Kratzen seiner Pfote bemerkbar.

„Also, wenn wir das jetzt abschließen, wäre es doch an der Zeit, mir meinen großen Wunsch zu erfüllen? Was meinst du?“

Da meine Mutter gerade mit ihrer Bestellung und der Kellnerin beschäftigt war, beugte ich mich zu ihm hinunter und flüsterte: „Und was soll es denn nun sein?“

„Nichts Besonderes. Ich will nur, dass du mir ein Haus kaufst.“ Sein Gesicht war ein einziges Grinsen.“

„Ein Haus?“ Das war doch der Gipfel.

Er nickte aufgeregt. „Jawohl. Und zwar nicht irgendeines. *Mein* Heim. Ich will wieder nach Hause.“

Mir blieb der Mund offenstehen, während ich noch nach der passenden Antwort suchte, aber die wollte mir einfach nicht einfallen.

„Keine Bange, du darfst auch mitkommen!“, schob Octocat nach, im vergeblichen Versuch, meine Zweifel zu zerstreuen. Er hatte inzwischen gut gelernt, die menschliche Rasse einzuschätzen und ihre Handlungsweisen richtig vorherzusehen, das musste man ihm lassen. Aber einige kleine, unwichtige Dinge spielten für ihn wohl keine Rolle, zum Beispiel, dass wir Menschen zur Erfüllung unserer Wünsche in der Regel Geld brauchten.

„Du willst, dass ich Ethels Haus kaufe? Diesen Palast kann ich mir nie im Leben leisten", zischte ich ihm zu.

„Ganz ruhig. Darüber reden wir später", meinte er, während er sich wieder seinen Shrimps widmete.

Als ich mich aufrichtete und wieder zu meinen Gefährten schaute, merkte ich, wie Mutter mich anstarrte. Diesen Blick kannte ich nur zu genau.

Sie hatte es die ganze Zeit über gewusst!

SAMTPFOTEN-SCHIKANE

Diese beiden Katzen sind nackt und verängstigt ... Aber haben sie auch ihre Besitzerin getötet?

Ich habe mich nie bewusst dazu entschieden, Privatdetektivin zu werden, schon gar nicht mit einem überheblichen, sprechenden Kater als Co-Ermittler, aber jetzt gibt es kein Zurück mehr. Vor allem nicht in Anbetracht der Tatsache, dass eine prominente Politikerin direkt bei mir nebenan ermordet wurde.

Die einzigen Zeugen sind die beiden Nacktkatzen der Senatorin, Jacques und Jillianne. Normalerweise wollen uns Haustiere dabei helfen, die Morde ihrer Besitzer aufzuklären, aber dieses Mal scheint es, als ob die beiden verschlagenen Sphynx-Katzen tatsächlich diejenigen sein könnten, die den Mord begangen haben ...

. . .

Überraschenderweise will mein vierbeiniger Detektivpartner Octocat mich dieses Mal sogar unterstützen, allerdings kann er unsere beiden Hauptverdächtigen wegen ihrer seltsamen Ausdrucksweise kaum verstehen. Und ich hatte gedacht, wir könnten das Ding schnell aufklären!

So, da stehe ich nun, und obwohl ich schon zwei Fälle erfolgreich gelöst habe, weiß ich diesmal wirklich nicht, wie ich das anstellen soll. Vielleicht sollte ich mir doch besser einen anderen Job suchen?

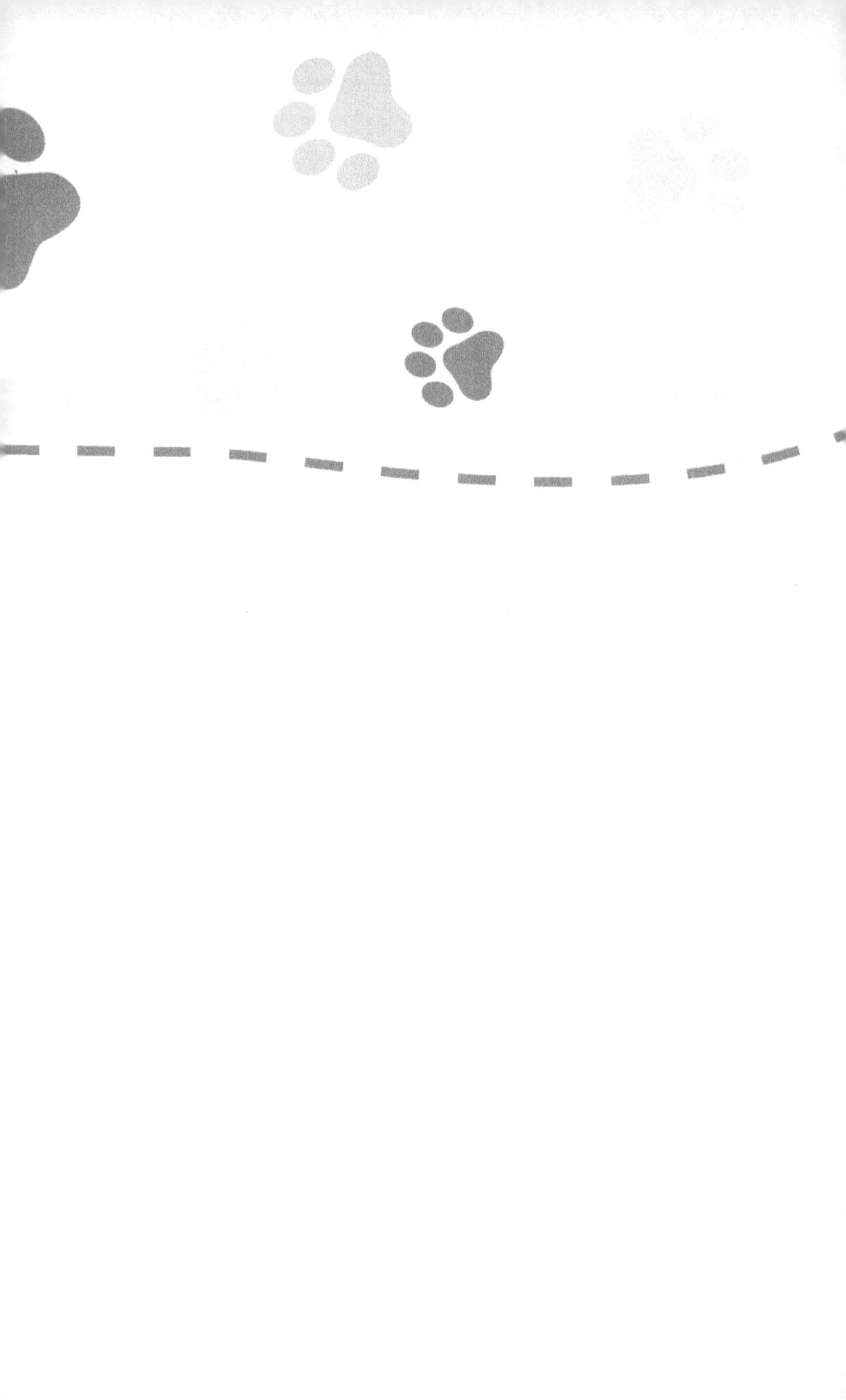

1

Hallo, ich bin Angie Russo, und mein Hauskater quasselt in einer Tour. Nein, nein, er maunzt und miaut nicht nur, sondern gibt richtige Worte von sich, die ich verstehen kann. Allerdings bin ich bislang die Einzige, die diese Fähigkeit zu haben scheint, und ich habe immer noch absolut keine Ahnung, warum.

Alles begann, als mir in der Rechtsanwaltskanzlei, in der ich als Assistentin arbeite, ein heftiger Stromschlag von einer defekten Kaffeemaschine verpasst wurde. Seitdem haben Octocat und ich unsere besonderen kommunikativen Fähigkeiten dazu genutzt, um zwei Mordfälle gemeinsam aufzuklären. Und eines steht fest: Wir sind ein ziemlich gutes Team.

Erst vor ein paar Wochen haben wir mit unserer cleveren Detektivarbeit den örtlichen Handwerker Brock Calhoun aus dem Knast gerettet – er war unschuldig. Doch schon kann mein Katzenkumpel es kaum erwarten, einen neuen Fall zu lösen. Offensichtlich ist ihm ein Leben, in dem er den ganzen Tag nur chillt und sich zwischendurch über alles Mögliche beschwert, nicht mehr aufregend genug.

Ich für meinen Teil war mein Leben lang auf der Suche nach dem einen besonderen Supertalent gewesen, das mich richtig erfüllen würde. Grandma hingegen war in ihrer Blütezeit ein Star am Broadway, und meine Eltern arbeiten beide mit Hingabe für den lokalen Nachrichtensender.

Sie alle waren sich ihrer Talente schon früh im Leben bewusst, aber ich habe mich wirklich immer schwergetan, meine wahre Leidenschaft herauszufinden. Ich konnte mich noch nicht einmal für einen bestimmten Uni-Abschluss entscheiden, weshalb ich jetzt sieben verschiedene Associate Degrees habe, also praktisch sieben halbe Bachelor-Abschlüsse.

Ich hätte definitiv nie erwartet, meine wahre Berufung als Anwaltsgehilfin zu finden, besonders wenn man bedenkt, wie sehr ich Anwälte immer gehasst habe. Aber jetzt, wo ich Octocat und meine spezielle Fähigkeit habe, finde ich, dass die Arbeit in der Kanzlei Thompson, Longfellow & Partner die perfekte Möglichkeit ist, mein neu entdecktes Talent sinnvoll einzusetzen. Außerdem hat der neueste Partner der Kanzlei, Charles Longfellow III. (der Dritte!), schon live mitbekommen, dass ich mit Tieren sprechen kann.

Oh Mann, der Fall war heikel! Charles wurde aber nicht gefeuert. Stattdessen wurde er sogar befördert. Ich war so stolz auf ihn, dass ich ihm noch am selben Tag vorschlug, mit mir ins Lokal „Zum kleinen Hund“ in Misty Harbor zu gehen, um das Ereignis mit den weltbesten Hummerbrötchen gebührend zu feiern. Er meinte jedoch, das müssten wir verschieben, weil er schon etwas mit seiner neuen Freundin, Breanne Calhoun, geplant habe.

Ja, das ist so eine Sache, die mir nicht in den Kopf will.

Als ich erfuhr, dass Charles sich jetzt mit der kühlen, schnippischen Maklerin trifft, die wir erst kürzlich des Mordes verdächtigt hatten, war ich schlagartig nicht mehr in ihn verschossen –das musste ein für alle Mal ein Ende haben. Außerdem beschloss ich, Octocat von nun an nicht mehr zu korrigieren, wenn er ihn wieder als „Kotzbrocken" bezeichnen würde.

Der Gedanke an ihn und Breanne zusammen macht mich krank.

Aber vielleicht ist es besser so. Ich muss mich wirklich auf meine neuen Tierflüsterer-Fähigkeiten konzentrieren, und Octocat und ich müssen beide besser darin werden, Fälle zu untersuchen, ohne dass irgendwer Verdacht schöpft. Ich habe also im Grunde gar keine Zeit mehr zum Verliebt- oder Vernarrtsein oder was auch immer ich für Charles empfunden hatte.

Wie dem auch sei, wer braucht schon einen Freund, wenn man eine sprechende Katze hat?

Ich nicht. Also, zumindest im Moment nicht.

In den vergangenen Wochen habe ich viel mehr Zeit mit meiner Mutter verbracht. Seit sie uns bei unserem letzten Fall geholfen hat, den wahren Mörder zu schnappen, ist sie auf einer Art Karrierehoch. Sie konnte damals mit einer Sensationsnachricht aufwarten und schaffte es sogar, bei unserem Showdown mit dem Mörder live mit der Kamera dabei zu sein. Der Beitrag wurde landesweit ausgestrahlt, und sie und mein Vater erhielten daraufhin Jobangebote aus dem ganzen Land.

Zuletzt kam eines aus Texas, glaube ich.

Sie hat jedoch alle abgelehnt, denn sie will nicht weg von hier, solange ich nicht mit umziehe. Aber ich würde meine Grandma nie allein lassen, und Grandma will nicht weg aus der Blueberry Bay.

Wir bleiben also vorerst alle genau da, wo wir sind.

Klar, wenn noch viel mehr Leute von meinem Geheimnis erfahren, werde ich wahrscheinlich irgendwann gehen müssen. Im

Moment wissen es insgesamt fünf – meine Großmutter und meine Eltern, denen ich es bewusst erzählt habe, sowie Charles und eine College-Studentin namens Mitch. Letztere haben es beide durch Zufall mitbekommen. Hoffentlich kann ich verhindern, dass es noch mehr werden, aber anscheinend ahnen einige Leute schon etwas.

Und das macht mir definitiv Sorgen.

Besonders, weil meine Mutter mich gerade dazu überredet hat, ihr bei ihren neuesten journalistischen Recherchen zu helfen …

Ich hatte endlich nur noch eine Teilzeitstelle in der Firma, und heute war einer meiner freien Tage. Allerdings war „frei" heute relativ, denn mir stand zu Hause eine größere Aufgabe bevor: Ich musste sämtliche Siebensachen in meinem kleinen Häuschen, das ich gemietet hatte, zusammenzupacken, und zwar unter der Aufsicht eines sehr anspruchsvollen Katers.

Nicht nur musste ich mich von einer Reihe meiner Habseligkeiten trennen, die er als unpassend empfand, er war auch der Grund, warum ich überhaupt umziehen musste. Zugegeben, ich selbst hatte ihm zuvor versprochen, ihm einen großen Gefallen zu schulden. Dafür durfte ich ihn in ein Katzengeschirr stecken und ihn damit ausführen. Ich hatte allerdings nicht damit gerechnet, dass dieser Gefallen über fünfhundert Quadratmeter groß sein würde.

Er verlangte von mir, das alte Herrenhaus zu kaufen, in dem er mit Ethel Fulton gelebt hatte, bevor sie ermordet wurde und bevor er durch eine wirklich unglaubliche Folge von Ereignissen zu mir kam. Jetzt kostete mich ein Zwölf-Dollar-Katzengeschirr den Großteil der fünftausend Dollar, die ich monatlich für seine Pflege erhielt. Das war mir eine Lehre, und ich habe mir geschworen, dem gnädigen Herrn nichts mehr ohne eine konkrete Abmachung zu versprechen.

Ja gut, mein ehemaliger Chef, Richard Fulton, hat mir wirklich einen großzügigen Preisnachlass angeboten. Außerdem gab es nicht so viele Interessenten für das Haus, als bekannt wurde, dass die frühere Hausbesitzerin dort ermordet worden war. *Aber trotzdem!* „Fulton Manor“ würde mich eine hübsche Stange Geld kosten, nicht nur die Hypothek, sondern auch die vielen Reparaturen, von denen die meisten allein schon aus Sicherheitsgründen unbedingt notwendig erschienen.

Zumindest hatte das der Gutachter so gesagt.

Es ging irgendwie alles wahnsinnig schnell – plötzlich war der Kaufvertrag unterschrieben, und jetzt werden Octocat und ich dort einzuziehen. Es ist schon komisch, wie die Bürokratie die Dinge manchmal extrem verlangsamt, und dann wiederum gibt es Situationen, da sieht man den Amtsschimmel auf einmal davongaloppieren und findet sich in einem neuen Leben wieder. In der Umgebung von Blueberry Bay hielten die Fultons die Zügel jenes Schimmels jedoch fest in der Hand, was für mich von Vorteil war, da ich mit sehr wenig Aufwand an diese Villa kam.

Meine Großmutter, die in meine Katze und mich gleichermaßen vernarrt ist, hatte beschlossen, uns zu unterstützen. Obwohl sie ihr charmantes kleines Haus im Cape-Cod-Stil seit mehr als fünfunddreißig Jahren besaß, meinte sie, es sei nun an der Zeit, es zu verkaufen und mit zu mir in mein neues Heim direkt an der Ostküste zu ziehen.

„Der Unterschied ist“, erklärte sie, „dass ich dieses Mal mit dir zusammenlebe und nicht umgekehrt.“ Dabei hatte sie mich vor weniger als einem Jahr quasi rausgeworfen – nur um jetzt bei mir einzuziehen.

Ehrlich gesagt, ich freue mich total, jemanden zu haben, der die üblichen Spannungen zwischen Octocat und mir zwischendurch etwas abfedern kann. Ich liebe ihn mehr als alles andere, aber er bringt mich auch regelmäßig zur Weißglut, weil er ständig neue, überraschende Wege findet, um die Grenzen auszutesten, die ich ihm zu setzen versuche.

Und so ziehen wir alle dieses Wochenende dort ein, obwohl Grandma noch nicht einmal einen echten Interessenten für ihr Haus hat. Breanne meinte, dass es sich besser verkaufen ließe, wenn niemand mehr darin wohne. Ja, ich konnte auch nicht glauben, dass Grandma ausgerechnet das Maklerbüro Calhoun mit dem Verkauf ihres Hauses beauftragt hatte. Ich sollte dringend mal ein ernsthaftes Gespräch mit ihr in puncto Familienloyalität führen.

Aber zuerst müssen wir den großen Umzug hinter uns bringen.

„Draußen ist gerade jemand vorgefahren“, informierte mich Octocat und hüpfte auf das Ende des Bettes, wo sich gerade der größte Teil meiner Garderobe zum Sortieren befand. Ich nutze den Umzug als eine gute Gelegenheit, Ballast abzuwerfen, auch wenn sich meine Wohnfläche jetzt fast verzehnfachen würde.

Einen Moment später hämmerte jemand an die Haustür und ich vernahm die Stimme meiner Mutter: „Angie? Angie, bist du da?“

„Ich komme!“, brüllte ich und ließ einen halbvollen Karton zu Boden fallen.

Ich schob den Riegel zurück, und meine Mutter kam hereingeschossen. „Du errätst nie, was passiert ist!“, rief sie und griff sich eine meiner Jacken aus dem Schrank, die sie mir dann aufgeregt zuwarf.

„Was?“, fragte ich, noch etwas schläfrig und noch nicht wirklich bereit für einen derartigen Begeisterungsausbruch.

Sie folgte mir in die Küche, wo ich mir eine Dose Diätlimo schnappte und den Deckel zischend öffnete – mein neuester, kläglicher Kaffee-Ersatz-Versuch.

„Lou Harlow wurde ermordet!“, kreischte sie entzückt.

„Ähm, Mom. Wie wäre es mit etwas weniger Begeisterung über den Tod von jemandem, bitte?“ Lou Harlow war tatsächlich nicht nur irgendjemand. Als Senatorin, also eine der beiden Abgeordneten, die unseren wunderbaren Bundesstaat Maine im Kongress repräsentierten, war sie eine der berühmtesten Personen der Blueberry Bay.

Und jetzt war sie tot. Und aus irgendeinem Grund versetzte meine Mutter das in Ekstase.

„Es tut mir leid. Ich weiß, es ist traurig, dass sie gestorben ist und alles, aber rate mal, wer gebeten wurde, darüber zu berichten?“ Sie biss sich auf die Unterlippe und deutete mit beiden Daumen auf ihre Brust, während sie ihre Augen komisch weit aufriss.

„Glückwunsch“, murmelte ich, immer noch mit einem mulmigen Gefühl ob ihrer Reaktion auf diese ganze Sache.

„Danke“, sagte sie mit einem strahlenden Lächeln. „Die fanden meine Berichterstattung über die Hayes-Morde wohl so gut, dass der Sender jetzt gerne wieder einen investigativen Beitrag von mir hätte.“

„Ich freue mich wirklich für dich, Mom.“ Und das meinte ich auch so. Sie hatte hart gearbeitet, um an diesen Punkt zu gelangen, und jetzt schien es sich endlich auszuzahlen …

„Gut, denn ich brauche deine Hilfe.“

„Was? Nein, nein, nein, nein.“ Auch wenn ich ihr zugearbeitet hatte, um den wahren Mörder der Hayes zu finden und Brock

Calhouns Namen aus dem Dreck zu ziehen, bedeutete das aber noch lange nicht, dass ich mich direkt in eine weitere Mordermittlung stürzen wollte, vor allem nicht in eine, bei der es um eine so prominente Persönlichkeit ging.

„Angie, du hast gar keine andere Wahl."

Ich stöhnte und schüttelte den Kopf. „Ja klar, das ist natürlich ein überzeugendes Argument."

„Die Senatorin wurde in ihrem Haus getötet", verriet sie. „Und weißt du, wo sich dieses Haus befindet?"

„Irgendwo in Glendale?", seufzte ich.

„Nicht nur irgendwo", korrigierte mich meine Mutter mit einem Leuchten in ihren braunen Augen. „Direkt neben deinem neuen Domizil."

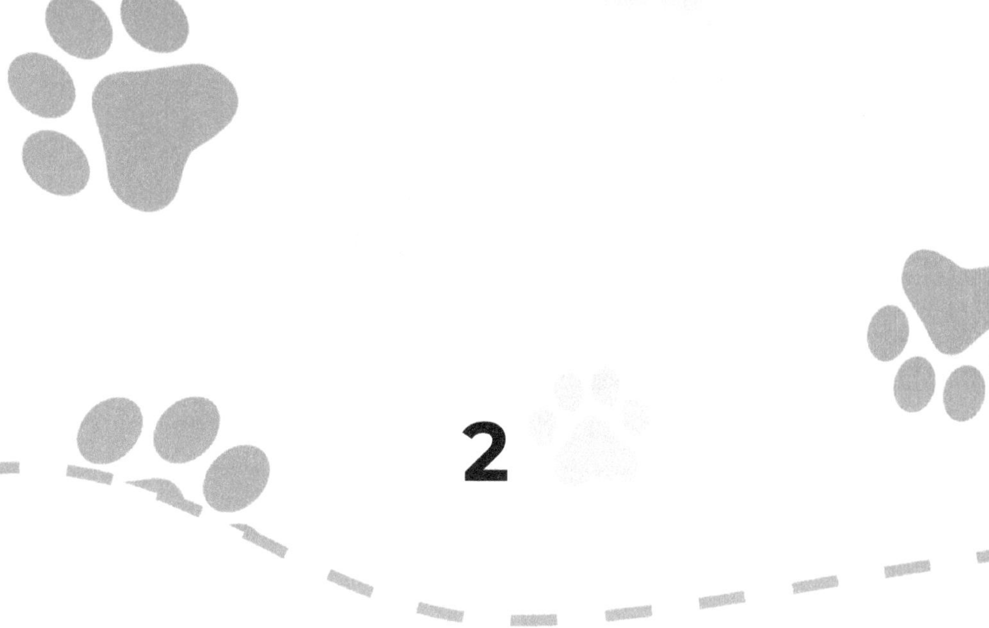

2

Oh nein, das war genau das, was ich an meinem Umzugstag *nicht* brauchte. Meinem neuen Zuhause haftete bereits eine Mordgeschichte an, und nun war das Haus nebenan auch noch zu einem Tatort geworden.

Meine Mutter starrte mich mit großen, funkelnden Augen an. „Und?" Sie stupste mich mit dem Ellbogen an, als ob wir über eine harmlose Reality-Show im Fernsehen tratschen würden. Das war aber kein Reality-TV. Es war tatsächlich das echte Leben. *Mein Leben.*

„Ich kenne diesen Blick", verkündete Octocat von seinem Platz neben mir. „Genauso guckst du, kurz bevor du dich entschließt, etwas Dummes zu tun."

„Na dann, viel Glück bei den Ermittlungen", murmelte ich und hoffte, die beiden zum Schweigen zu bringen, damit ich mich wieder dem Packen widmen konnte.

Das funktionierte aber nicht.

Sie ergriff meine Handgelenke und versuchte, mich von meinem

Stuhl zu zerren. „Komm mit mir. Ich brauche dich“, jammerte sie, wobei sie jedes Wort dramatisch in die Länge zog. Kein Wunder, dass sie zur Top-Reporterin von Blueberry Bay geworden war. Selbst ich war jetzt gespannt, was als Nächstes passieren würde, gleichzeitig graute es mir aber auch davor.

Ich entzog mich ihrem Griff und verschränkte die Arme vor der Brust. „Falls du es vergessen haben solltest, ich ziehe heute um und habe noch viel zu tun, bevor die Möbelpacker hier in ein paar Stunden aufschlagen.“

Meine Mutter ließ diese Ausrede nicht gelten. Sie trat hinter meinen Stuhl und legte mir die Hände auf die Schultern, was mich zusammenzucken ließ. „Ein paar Stunden? Das ist doch mehr als genug Zeit, um dort mal kurz vorbeizuschauen. Außerdem, bist du nicht neugierig?“

Ich biss mir auf die Lippe und bemühte mich sehr, nichts zu sagen. In Wahrheit verspürte ich in der Tat schon einen gewissen angenehmen Nervenkitzel angesichts der Ermittlungen, die sich da anbahnten. Und obwohl ich heute andere Prioritäten hatte, war ich definitiv fasziniert von dem neuesten Mord in der Stadt, der direkt neben meinem neuen Zuhause geschehen war.

Eine frische Leiche nebenan. Was für ein Willkommensgeschenk!

Als sie merkte, dass sie mich am Haken hatte, machte sie einen auf zuckersüß. Sie legte ihre Wange an meine und kippte meinen Stuhl zurück. „Ich sag dir was: Wie wäre es, wenn du jetzt mit mir kommst, wir sehen uns kurz um, und dann komme ich mit dir hierher zurück und helfe dir beim Packen. Abgemacht?“

Ich seufzte und ließ meine Stirn auf den Tisch sinken. Die Vorderbeine des Stuhls landeten mit einem dumpfen Aufprall wieder auf dem Boden. „Abgemacht“, murmelte ich.

„Mittendrin statt nur dabei. Warum überrascht mich das jetzt nicht?" kommentierte Octocat mürrisch, bevor er davontrabte, ohne mich auch nur eines Blickes zu würdigen.

„Juhu!" Meine Mutter klatschte mehrmals in die Hände und begann wieder, an meinem Arm zu zerren. Manchmal habe ich das Gefühl, die erwachsenste Person in meiner ganzen Familie zu sein, was etwas heißen will, denn meine Mutter war Anfang fünfzig, und Großmutter hat die siebzig schon weit überschritten.

Mit einem „Lass uns gehen" rupfte sie noch einmal an meinem Arm. Diesmal stand ich auf und folgte ihr. „Ich erzähle dir auf der Fahrt alles, was ich weiß."

Wir hatten die Autotüren kaum geschlossen, da brauste Mom auch schon los und fing sofort an zu quasseln: „Ich weiß, dass du dich nie sonderlich für Politik interessiert hast, aber Lou Harlow war als Senatorin bereits in ihrer vierten Amtszeit. Jede der Wahlen hat sie mit sehr großer Mehrheit gewonnen und wäre wahrscheinlich auch beim nächsten Mal wiedergewählt worden. Sie war eine äußerst geschätzte und geliebte Persönlichkeit hier in der Gegend, was ihren Tod umso schockierender macht."

Während sie sprach, kaute ich auf meinem Daumennagel. Eine schlechte Angewohnheit, die in letzter Zeit mehr und mehr außer Kontrolle geraten war.

Meine Mutter versetzte mir einen leichten Klaps mit einer ihrer perfekt manikürten Hände. „Hör auf damit. Das ist eklig!"

„Sorry", murmelte ich und fuhr mir mit dem Zeigefinger über meinen zerklüfteten Daumennagel, während ich mich wieder auf die Sache konzentrierte. Ich überlegte: „Also, ein politischer Rivale wollte ihren Sitz im Senat, und es war einfacher, sie zu ermorden, als zu versuchen, fair und anständig gegen sie zu gewinnen?"

„Vielleicht", sagte meine Mutter und legte beide Hände wieder aufs Lenkrad. Sie hatte wohl beschlossen, mir nicht erneut auf die

Finger hauen zu müssen. „Wir werden dem definitiv nachgehen. Mal schauen, was wir herausfinden können."

Ich witterte ein *Aber*. Doch meine Mutter fuhr nicht fort, also hakte ich nach. „Aber?"

„Warum wurde sie zu Hause umgebracht, wenn sie doch die meiste Zeit in Washington verbringt?", fragte sie, als ob ich tatsächlich die Antwort wüsste.

Ich zuckte mit den Schultern. „Vielleicht war es einfacher so."

„Es ist aber zu offensichtlich. Meinst du nicht?" Sie runzelte grübelnd die Stirn.

„Nun, vielleicht ist unser Killer nicht sehr clever. Wie ist die Senatorin überhaupt gestorben?" Meiner Erfahrung nach waren Mörder meist ziemlich schlau. Schlau und gleichzeitig aufgeblasen und ohne Moral. Eine unheilvolle Kombination – sowohl für ihre Opfer als auch für mich, die eifrige Jungdetektivin, die ihr Bestes gab, um sie vor Gericht zu bringen.

Nun, neuerdings zumindest.

Würde ich für den Rest meines Lebens Killer in Blueberry Bay jagen?

Das würde sich erst mit der Zeit herausstellen, aber ich hatte den leisen Verdacht, dass die Antwort *„Oh ja, auf jeden Fall"* lauten könnte.

Meine Mutter hielt an einem Stoppschild, schaltete den Blinker ein und drehte sich dann zu mir um. Schon wieder sah sie völlig verzückt aus, als sie mir verriet: „Jemand hat sie die Treppe hinuntergestoßen!"

Oh, um Himmels willen …

„Woher wissen sie dann, dass es nicht nur ein unglücklicher Unfall war?" Man könnte meinen, dass wir uns hier ziemlich weit aus dem Fenster lehnten und ich mich schon für die

Detektivin des Jahrhunderts hielt, oder zumindest von Glendale.

Meine Mutter erwiderte aufgeregt: „*Sie?* Was meinst du mit sie? Wir sind doch diejenigen, die in dieser Sache ermitteln, und auch wenn wir es nicht genau wissen, aber wir sind uns doch ziemlich sicher, dass hier etwas faul ist."

Ich biss mir auf die Zunge und verkniff mir zu erwähnen, dass die Polizei hier immer noch die wahren Ermittler waren und dass der Fall für mich völlig neu war, so dass von *wir* gar keine Rede sein konnte. Da lag wohl noch einiges im Argen zwischen uns.

Ich schüttelte diesen Gedanken ab, drehte den Kopf zur Seite und betrachtete die Landschaft, die an meinem Fenster vorbeiflog. Grün, so weit das Auge reichte – Bäume, Blumen, Gras, überall Leben. Nur Lou Harlow war tot.

Möwen ließen sich im Wind treiben und erinnerten mich daran, dass die herrliche Blueberry Bay direkt hinter dem Horizont lag. Wir wohnten so nah am Meer, dass die Luft immer leicht salzig schmeckte. Mein neues Haus befand sich sogar so nah an der Küste, dass ich in zehn Minuten zu Fuß am Wasser sein konnte.

„Ich wünschte wirklich, es würden keine Toten mehr hier auftauchen", sagte ich seufzend zu meiner Mutter. Unsere Stadt war nur klein, und wenn die Morde in dem Tempo weitergingen, hätte sich bis Ende nächsten Jahres die Einwohnerzahl halbiert.

„Findest du das nicht auch irgendwie total spannend?", fragte Mom, als sie in die Privatstraße einbog. Die vornehmen Herrenhäuser Glendales lagen fast alle an einer solchen – und jetzt, ziemlich unerklärlicherweise, auch *meins.*

Ich konnte den Enthusiasmus meiner Mutter aber auch verstehen. Jahrelang hatte sie ihr journalistisches Talent mit lokalen Klatsch- und Tratschgeschichten vergeudet. Doch jetzt sorgten die jüngsten kriminellen Ereignisse hier für viel Rummel, und ihr Job war dadurch viel spannender geworden.

Nichtsdestotrotz war es tragisch, dass Menschen gewaltsam starben.

Plötzlich tauchten Blaulichter oben auf dem Hügel auf, sodass ich mir die Antwort auf ihre Frage getrost sparen konnte. Meine Mutter fuhr an der Einfahrt zu meinem neuen Haus vorbei und nahm die nächste zum Anwesen der verstorbenen Lou Harlow. Überall waren Polizisten, eindeutig mehr, als in unserer verschlafenen Kleinstadt überhaupt arbeiteten. Es schien, als seien sämtliche Ordnungshüter unseres Landkreises hier versammelt – ob, um bei den Ermittlungen zu helfen oder nur, um zu gaffen, sei dahingestellt.

Ein paar Beamte standen am Eingang und plauderten bei einem To-go-Kaffee. Andere stolzierten auf dem Grundstück herum, sprachen in ihre Funkgeräte und blickten wichtig drein. Ein weiterer war damit beschäftigt, leuchtend gelbes Tatortband um die Veranda zu spannen.

Ich hasste es. Ich hasste es so sehr. Die gute Senatorin hatte das nicht verdient.

Mom parkte direkt hinter dem nächstbesten Polizeiauto und stellte den Motor ab. „Fertig?“, fragte sie und musterte mich kurz, bevor sie aus dem Auto stieg und direkt zu der Gruppe von Polizisten hinüberging, die sich beim Haus versammelt hatte.

„Das ist ja eine spektakuläre Szene hier“, hörte ich sie jovial sagen, während ich Mühe hatte, sie einzuholen. Obwohl ich größer war als sie und einen flotteren Schritt hätte haben müssen, schwirrte sie immer herum wie eine Biene und bewegte sich manchmal so schnell, dass man kaum hinterherkam.

„Ja, und zwar eine private“, informierte uns eine Kommunalbeamtin und machte eine kleine, abweisende Handbewegung.

„Laura Lee, Channel 7 News“, antwortete meine Mutter stolz und streckte ihr die Hand zur Begrüßung hin.

Dafür hatte die Polizeibeamtin jedoch nur ein höhnisches Lächeln übrig. „Oh, dann wollen wir Sie definitiv nicht hier haben.“

In diesem Moment entdeckte uns ein Polizist aus unserer Stadt, der sich auf der anderen Seite des Grundstücks befand, und rief zu uns herüber: „Es ist okay. Sie gehört zu uns.“ Officer Bouchard kam zu herübergejoggt. „Sie hat eine Erlaubnis dafür“, informierte er die Beamtin.

„Danke“, sagte meine Mutter und lächelte dann die Frau an, die versucht hatte, uns den Zugang zu verweigern. „Und jetzt seien Sie so gut und erzählen Sie uns, was hier los ist.“

Ich seufzte und machte eine gedankliche Notiz, dass das Buch *Wie man Freunde gewinnt: Die Kunst, beliebt und einflussreich zu werden* das perfekte Geschenk für meine Mutter sein könnte, vielleicht für ihren nächsten Urlaub.

„Officer Raines?“, las meine Mutter von der Dienstmarke der wütenden Polizistin ab. „Ich möchte nur helfen.“

„Ja klar, wer’s glaubt“, geiferte sie zurück.

Ich versuchte, ihr Gezänk auszublenden und betrachtete die massive Steinfassade vor uns. Genau wie mein neues Haus – Fulton Manor – war auch dieses mindestens fünfhundert Quadratmeter groß und wahrscheinlich so alt wie der Staat Maine selbst. Im ersten Stock zierten in unregelmäßigen Abständen wunderschöne Erkerfenster das Bauwerk, die offenbar erst kürzlich neu gemacht worden waren. Ich fragte mich, ob man von dort oben das Meer sehen konnte. Auf jeden Fall schienen es kuschelige Eckchen zu sein, in denen man es sich mit einem guten Buch gemütlich machen konnte. Vielleicht würde ich im Rahmen meiner Umgestaltung auch so einen schönen Fensterplatz einbauen lassen.

Ich war schon ganz in meine Bücherwurmträume versunken, als ich eine rasche Bewegung dort oben wahrnahm, die mich in die Realität zurückholte. Ich blinzelte und versuchte, etwas zu erkennen, konnte aber nur flatternde Vorhänge ausmachen. Wer oder was auch immer die chaotische Szene um mich herum von dort beobachtet hatte, war nun verschwunden.

Da sich meine Mutter immer noch ein Wortgefecht mit der Polizistin lieferte, bewegte ich mich langsam in Richtung Eingang. Während sie ihre Untersuchungen am liebsten mündlich durchführte, hatte ich es immer vorgezogen, mir ein direktes Bild zu machen und die Lage vor Ort zu erkunden.

Falls ich da drinnen in Schwierigkeiten geraten sollte, standen zumindest mehr als ein Dutzend Polizisten ums Haus herum, die mir im Notfall helfen könnten.

Was sollte schon passieren?

Ich hatte nichts zu befürchten. Also schlich ich auf Zehenspitzen mitten hinein in diesen frischen Tatort.

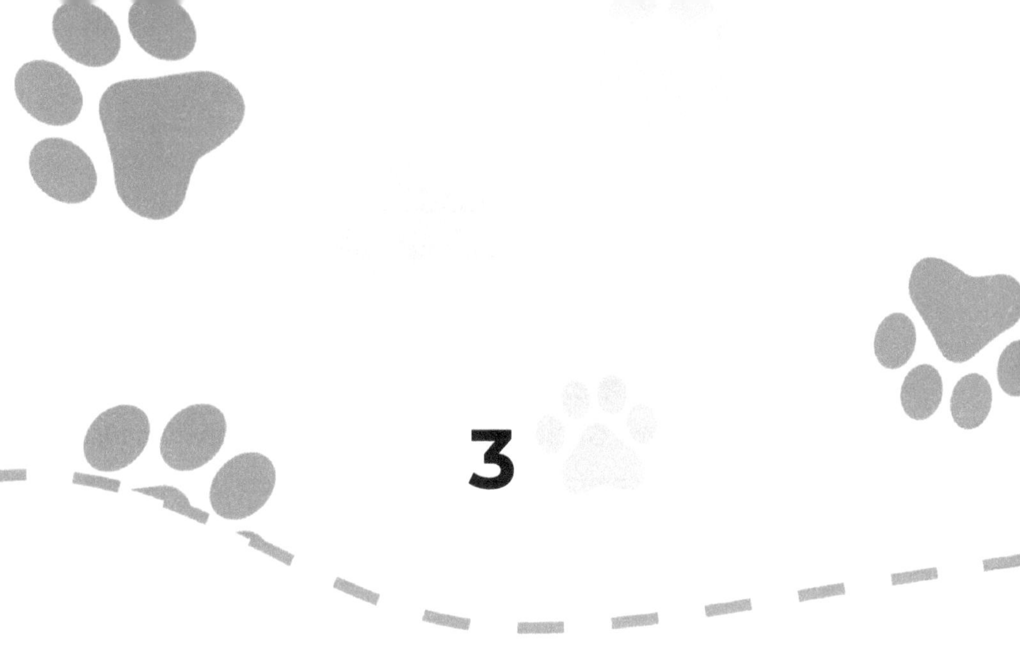

3

Trotz des geschäftigen Treibens draußen war das Innere des Herrenhauses leer – unheimlich leer. Als ich reinkam, lag die große Treppe direkt vor mir. Sie war abgesperrt und der Bereich bereits gereinigt worden, doch das jüngste Geschehen hatte sichtbare Spuren hinterlassen.

Eine der unteren Stufen war in sich zusammengebrochen. Fraglich, ob die ganze Konstruktion jetzt noch stabil war. Ein paar Meter vom Treppenabsatz entfernt hatte man die Position der Leiche mit einem leuchtend weißen Umriss aufgezeichnet. *Die arme Senatorin.* Zu Lebzeiten hatte sie eine solche Größe und Kraft ausgestrahlt, aber der Umriss, der ihren Tod markierte, schien unfassbar klein zu sein.

Meine Mutter glaubte zwar, dass ich keine Ahnung vom politischen Geschehen oder von aktuellen Ereignissen im Allgemeinen hätte, aber ich hatte bei den letzten beiden Wahlen tatsächlich für die Senatorin gestimmt. Sie hatte hart dafür gekämpft, die landschaftliche Schönheit unseres Staates und seine Bürger zu schützen.

Obwohl ich mich aus politischen Dingen in der Regel lieber raushielt, hatte Senatorin Lou Harlow mir mehr als einmal aus der Seele gesprochen.

Ein paar Fernsehinterviews mit ihr hatte ich auch mitbekommen und einige Artikel im Netz über sie gelesen – ich mochte sie. Sie erinnerte mich an meine Grandma, nur dass sie meist einen maßgeschneiderten Hosenanzug trug und keinen wallenden Seidenkimono.

Sie hatte so viel unermüdliche Arbeit für die Menschen hier geleistet, und nun hatte einer von ihnen sie ermordet. Ich senkte den Kopf und sprach ein kurzes Gebet, in der Hoffnung, dass ihr Tod schnell und schmerzlos eingetreten sein mochte und dass der Mörder bald zur Rechenschaft gezogen werden würde.

Ich hatte in letzter Zeit viel mit Morden zu tun gehabt, aber dieser fühlte sich irgendwie persönlicher an. Lou Harlow war keine Fremde. Sie war jemand, den ich im Fernsehen, im Internet und sogar in der ein oder anderen gedruckten Zeitung gesehen hatte, die in meiner Firma tatsächlich immer noch gelesen wurden.

„Da bist du ja!", rief meine Mutter laut und störte meinen andächtigen Moment, als sie durch die offene Haustür hereinflitzte.

Ich hielt meinen Blick starr geradeaus auf die Treppe gerichtet. Gab es einen wichtigen Hinweis, den ich übersehen hatte, weil meine Emotionen mein Urteilsvermögen vernebelten?

„So ein Jammer", entfuhr es meiner Mutter. Endlich zeigte sie ein wenig Mitgefühl.

Wir standen Seite an Seite und studierten die Szene. Ein gelblich-grüner Schimmer am oberen Ende der Treppe zog meine Aufmerksamkeit auf sich, und ich trat vor, um besser erkennen zu können, was es war.

„Was ist da? Was siehst du?“ fragte Mom in einem aufgeregten Flüsterton.

Ich hatte keine Ahnung, zeigte nur mit dem Finger dorthin.

Wir reckten die Hälse und versuchten, aus verschiedenen Winkeln mehr zu erkennen, bis ich schließlich ein gruseliges, mumienhaftes Gesicht entdeckte, das mich von oben beobachtete. „Es ist irgendein Tier, glaube ich“, wenngleich es keinem Tier glich, dem ich je begegnet war. Vielleicht in einem Zoo, aber hier draußen in Maine? Ich war ratlos.

„Die Senatorin hatte zwei Hauskatzen“, merkte meine Mutter an, die die Gestalt immer noch nicht ausmachen konnte.

„Was auch immer da oben ist, ich bin mir nicht sicher, ob es eine Katze ist.“ Ich machte noch einen Schritt nach vorne und legte den Kopf in den Nacken, um eine neue Perspektive zu bekommen. Das tat allerdings nur weh. „*Mist.* Wenn es doch nur nicht so dunkel hier drin wäre“, seufzte ich.

Mom hob ihr Handy hoch und machte ein Foto mit Blitz von dem Bereich oben. Das helle Licht genügte, um das kleine Tier, das mir zuerst aufgefallen war, vollständig zu beleuchten. Ein zweites, größeres Exemplar der gleichen Art saß ein Stück dahinter. Sie wirkten wie direkt aus einem Horrorfilm entsprungene Kreaturen, aber jetzt konnte ich zumindest klar erkennen, dass es Katzen waren.

Katzen ohne Fell und mit vielen Falten. Igitt.

Ich stellte mir Octocat so geschoren vor und schauderte, denn dieses Bild war noch erschreckender als die beiden seltsamen Sphynx-Katzen, die vor mir saßen.

Mom zeigte mir das Foto auf ihrem Handy. „Das sind Nacktkatzen“, stellte sie nüchtern fest.

Mir lief ein weiterer Schauer über den Rücken. „Wie kann man denn eine Katze ohne Fell haben wollen?"

„Allergien? Aufmerksamkeit?", spekulierte meine Mutter und zuckte gleichgültig mit den Achseln. „Könnte bei der Senatorin beides der Fall gewesen sein."

Ein Knurren ertönte von oben, und ich schwöre, mir standen die Nackenhärchen zu Berge. Ich war doch seit Kurzem selbst ein Katzenmensch, also warum hatte ich vor diesen beiden solch einen Schiss? Lag es daran, dass sie kein Fell hatten, oder weil sie hier am Tatort aufgetaucht waren? Beides?

Nach einem weiteren eindringlichen Knurren erschien die größere der beiden am oberen Ende der Treppe und blickte auf uns herab wie eine unzufriedene Herrscherin. Oder ein Gefängniswärter. Oder ein Killer.

„Hi", sagte ich, obwohl ich wusste, dass er oder sie mich ohne Octocat als Dolmetscher nicht verstehen konnte.

Sie riss ihr Maul weit auf und stieß ein schreckliches Fauchen aus, bevor sie sich umdrehte und sich mit der kleineren Katze im Schlepptau davonmachte.

„Ich habe offiziell Angst vor diesen Viechern", sagte ich.

Meine Mutter schob ihr Telefon zurück in ihre Tasche und drehte sich zu mir um, mit dem gleichen aufgeregten Gesichtsausdruck, mit dem sie schon die ganze Zeit heute herumlief. „Weißt du, was ich gerade denke?"

„Ich bin mir nicht sicher, ob ich das wissen will", gab ich zu. Ich sollte jetzt eigentlich zu Hause sein, um die letzten Kisten für den großen Umzug zu packen, und nicht in Flipflops hier zitternd rumstehen, weil mir zwei bizarre Katzen einen Riesenschrecken eingejagt hatten. Es gab absolut keinen Grund, warum unsere kleine Ermittlung hier nicht hätte warten können.

Mom ergriff meine Hand und drückte sie. Offensichtlich war sie gerade ganz anderer Auffassung. „Ich denke“, quietschte sie freudig, „dass das hier nach einem Job für Miss Doolittle, die Tierflüsterer-Detektivin, aussieht.“

„Miss Doolittle?“ Ich schüttelte den Kopf und gab mir große Mühe, nicht die Augen zu verdrehen. Natürlich hatte sie mir schon einen besonderen, schlagzeilenträchtigen Spitznamen verpasst. Wahrscheinlich hatte sie die Story in ihrem Kopf schon fertig geschrieben.

„Das ist dein neuer Name“, sagte sie und drückte erneut meine Hand. „Gefällt er dir?“

„Ähm, es genügt mir eigentlich, einfach nur Angie zu sein.“ *Ich darf das nicht zulassen.* Ich wollte, dass meine besondere Fähigkeit ein Geheimnis bleibt und nicht auf die Titelseite kommt.

„Das ist nicht dein persönlicher neuer Name“, sagte sie mit einem Seufzer. „Das ist der neue Name deines Unternehmens.“

„Ich habe kein Unternehmen“, betonte ich. Mir gefiel das ganz und gar nicht, worauf sie mit all dem hinauswollte.

„Wieder falsch“, säuselte sie. „Du bist doch schon dabei und machst die Arbeit. Du könntest das genauso offiziell anbieten und dich dafür bezahlen lassen.“

„Interessante Idee, aber ich möchte nicht, dass die Leute wissen, dass ich mit Tieren sprechen kann“, erinnerte ich sie. Außerdem hatte ich immer noch meinen Teilzeitjob in der Anwaltskanzlei und meinen Vollzeitjob als Octocats offizieller Vormund und Verwalterin seines Treuhandfonds.

„Jeder wird es für einen Scherz halten“, konterte meine Mutter mit einem Augenzwinkern. „Nur wir kennen die Wahrheit. Außerdem hast du dann eine Ausrede, deinen Kater zu den Ermittlungen mitzunehmen, was ja gar nicht anders geht, oder? Ich meine, wenn er heute Morgen hier gewesen wäre, hätten wir den ganzen Fall schon längst geknackt. Diese Katzen wissen definitiv, was passiert ist. Da bin ich mir ganz sicher."

„Warum begeistert dich das so?", fragte ich, resigniert angesichts der Tatsache, dass ich jetzt offenbar eine Detektei eröffnete – und, noch schlimmer, dass mein Kater mein neuer Geschäftspartner sein würde.

„Das ist Branding, Baby, du bist jetzt eine Marke", antwortete meine Mutter und warf ihre Haare mit einer glamourösen Geste zurück.

Oh, Mann. Oder besser gesagt – *oh, Mom.*

Ich trat vorsichtig zurück, um nichts am Tatort zu berühren, und ging mit großen Schritten hinaus, weg von der verrückten Frau, die zufällig meine Mutter ist. Als ich die Tür erreichte, drehte ich mich nochmals zu ihr um: „Okay, toll. Also, ich gehe jetzt und sorge dafür, dass die Polizei weiß, dass da oben zwei Katzen sind. Und da die Treppe abgesperrt ist, könnte es nicht so einfach werden, sie herunterzuholen."

Mom folgte mir. Die Welt draußen wirkte mit einem Mal viel heller. Ich blinzelte, da mich die Sonne blendete, und ließ meinen Blick über das Gelände schweifen, auf der Suche nach dem Polizeibeamten, den wir schon ganz gut kannten. Als sich meine Augen wieder an das Licht gewöhnt hatten, entdeckte ich Officer Bouchard am Rande des Grundstücks. Er untersuchte das kleine, dichte Wäldchen, das sich am Rand des noch viel größeren Laubwalds befand, der Harlows Grundstück von meinem trennte.

Ich trabte zu ihm hinüber. Mom konnte ja mitkommen, wenn sie wollte. Sie hätte sicher locker mit mir Schritt halten können.

„Wussten Sie, dass sich im Haus Katzen befinden?", fragte ich ihn ziemlich außer Atem. Es war mir peinlich, dass mir schon nach dieser kurzen Laufstrecke beinahe die Puste ausging.

„Das dürften Jacques und Jillianne sein“, antwortete er mit einem leisen Lachen. „Hässliche kleine Dinger, oder?“

„Sie sind ... süß. Ähm, auf eine besondere Art und Weise“, beharrte ich. Auf eine *ganz* besondere Art und Weise. Und obwohl ich eben noch wie Bouchard gedacht hatte, verspürte ich jetzt plötzlich das Gefühl, sie verteidigen zu müssen.

Meine Mutter gesellte sich zu uns. Sie war elegant über das Feld geschlendert anstatt so zu rennen, wie ich es tat. Ich schätze, das gehörte jetzt zu ihrem Status als Top-Journalistin. Sie musste sich nicht mehr beeilen – die News warteten neuerdings auf sie.

Bouchard lächelte sie freundlich an. „Ja. Die Senatorin hat sie von einem Züchter in Frankreich, daher die ausgefallenen Namen. Es sind gerissene kleine Biester. Ich habe den ganzen Morgen versucht, sie zu fangen, aber bisher erfolglos. Aber jetzt, wo der nächste Angehörige der Senatorin auf dem Weg hierher ist, kann er sich um die Katzen kümmern. Nicht mehr mein Problem.“

„Der nächste Angehörige?“, hakte meine Mutter nach und drängte sich zwischen mich und ihn. Sie hatte bereits ihr Telefon aus ihrer Tasche gefischt und die Sprachmemo-App gestartet. Nun hielt sie Bouchard ihr Handy wie ein Mikrofon entgegen. „Und wer ist das?“

Er starrte auf das Gerät, dann räusperte er sich und antwortete mit klarer und bestimmter Stimme: „Ihr Sohn, Matthew Harlow. Lebt in Chicago. Sollte bei Einbruch der Dunkelheit hier sein.“

„Und wer, glauben Sie, hat Lou Harlow umgebracht?“, fragte Mom und rückte mit dem Handy noch näher an sein Gesicht.

Er seufzte und schob ihre Hand beiseite. „Ich denke, es ist zu früh, um dazu etwas zu sagen. Wir haben noch nicht einmal die Möglichkeit ausgeschlossen, dass es ein Unfall war."

Bis zum heutigen Tag hatte ich nur einen einzigen Tatort gesehen – den von Bill und Ruth Hayes, die in ihrem eigenen Haus ermordet wurden. Jetzt wurde mir klar, dass ich heute hier das gleiche Gefühl wie damals hatte.

Vielleicht war es mein Bauchgefühl.

Vielleicht auch Intuition.

Möglicherweise auch reines Glück.

Wie auch immer, ich wusste einfach, dass Lou Harlow nicht durch einen Unfall gestorben war. Jemand hatte ihren Tod gewollt und beschlossen, die Sache selbst in die Hand zu nehmen.

Jetzt mussten wir nur noch herausfinden, wer.

Miss Doolittle – die Tierflüsterer-Detektivin – war offiziell an dem Fall dran.

4

Wie versprochen blieb Mom noch, um mir beim Packen zu helfen, doch insgeheim wünschte ich mir eigentlich, sie wäre gegangen. Erstens hatte sie zu *allem* eine Meinung.

Und das ist nicht übertrieben. *Zu allem.*

Sie nahm alle meine Sachen Stück für Stück theatralisch in die Hand und betrachtete sie stirnrunzelnd von allen Seiten, als würden sie sich dadurch auf wundersame Weise in etwas verwandeln, das ihren Vorstellungen entsprach.

Als ich klein war, habe ich mich oft gefragt, ob sie genauso über mich dachte, aber jetzt wusste ich es besser. Mom war ein guter Mensch und sie liebte mich, aber eine Bilderbuchmutter war sie nie gewesen.

„Willst du das wirklich mitnehmen?", fragte sie mich jetzt. „Ich kann dir einen neueren besorgen. Einen besseren."

So ging das die ganze Zeit. Nach etwa einer Stunde hatte sie mir im Grunde versprochen, mir zur Hauseinweihung ein neues Leben zu kaufen. Wir hatten definitiv nicht den gleichen Geschmack – meine Mutter war weitaus vornehmer als ich es je sein würde –, trotzdem wäre es nett gewesen, wenn sie nicht ständig darauf rumgehackt hätte.

Außerdem hatte ich gerade noch ein anderes Problem: Ich wollte unbedingt mit Octocat über den Tatort und diese seltsamen Sphynx-Katzen sprechen. Obwohl meine Mutter wusste, dass ich mit ihm reden kann, fühlte es sich trotzdem komisch an, dieses Gespräch mit ihm direkt vor ihr zu führen.

Unsere Geschmäcker waren nicht das Einzige, was Mom und mich unterschied. Ihr ging es um kalte, harte Fakten und Beweise. Sie stellte zig Fragen, auf die ich häufig keine Antwort wusste. Zum Beispiel, *wie kommt es, dass ihr beide miteinander reden könnt?*

Mir war immer noch schleierhaft, warum Octocat und ich diese besondere Verbindung hatten und wie das möglich war. Eines Tages würde ich das schon noch herausfinden, aber im Moment war ich einfach zu sehr mit meinem Umzug beschäftigt, um mit meiner Mutter herumzusitzen und über all die vielen Möglichkeiten zu spekulieren.

„Weißt du“, sagte sie, während sie die Teller und Schüsseln inspizierte, die sich in einem meiner Küchenschränke stapelten, „du wirst jetzt in einer Villa leben. Viele deiner Sachen passen nicht wirklich zu diesem Ambiente. Für Besucher könnte das irritierend sein.“

„Das passt schon, Mom“, sagte ich und stupste sie mit der Hüfte zur Seite, um das anrüchige Geschirr selbst wegzupacken. „Ich habe nicht wirklich vor, viel Besuch zu empfangen, und ich bin auch nicht wirklich so etepetete. Das weißt du doch.“

Sie trat zur Seite und öffnete einen weiteren Schrank. „Vielleicht finden wir ja einen Kompromiss“, beharrte sie. „Grandma hat ein schönes Service. Du könntest dein Geschirr wegtun und stattdessen ihres nehmen. Oh! Oder du könntest deines spenden. Du liebst doch diese Charity-Läden, oder?"

„Vielleicht", erwiderte ich, um das Thema zu beenden, damit wir weitermachen konnten. Ja, ich mochte Secondhand-Geschäfte, aber eigentlich kaufte ich dort lieber ein, anstatt meine eigenen Sachen zu spenden.

Meine Mutter runzelte die Stirn, und ich drückte einen meiner farbenfrohen, roten Teller an meine Brust. Ich mochte meine Teller, und mein Leben mochte ich auch. Warum konnte Mom nicht einfach akzeptieren, dass wir nie einer Meinung sein würden, was bestimmte Dinge betraf? Was war schon dabei, wenn die meisten Dinge in meiner Küche aus dem Billigladen stammten? Sie erfüllten alle ihren Zweck und das genauso gut wie die hundertmal teureren Sachen meiner Mutter, die sie in ihren Edelboutiquen kaufte.

„Oh, die finde ich schön", sagte sie beim Blick in einen weiteren Schrank, aus dem sie eine Teetasse mit Blumenmuster der Traditionsmarke Lenox hervorholte und sie begeistert betrachtete.

„Ich will nicht, dass sie mit meinen Sachen herumspielt", informierte mich Octocat und sprang auf die Küchenarbeitsplatte. Meine Mutter bekam einen solchen Schreck, dass sie die gerade noch bewunderte Teetasse fallen ließ.

Die filigrane Tasse schien wie in Zeitlupe zu Boden zu segeln und zersprang in tausend Stücke. Wir konnten nur noch zusehen. Octocat stieß einen ohrenbetäubenden Schrei aus. „Mein Evian-Gefäß!"

Mom trat einen Schritt zurück. „Es tut mir so leid", sagte sie zu mir, und ich merkte, dass es ihr wirklich leidtat. Vielleicht meinte sie es gar nicht so, wenn sie auf mir herumhackte, und es fiel ihr einfach nur manchmal schwer, andere Gesprächsthemen zu finden.

Möglicherweise war sie deshalb so begeistert darüber, den Mordfall Lou Harlow mit mir gemeinsam anzugehen.

„Ich werde dir ein neues Service besorgen, versprochen“, meinte sie, wobei ihr fast die Tränen kamen. Plötzlich fühlte ich mich wie die absolut schlechteste Tochter der Welt. Warum fiel es mir nur so schwer, mehr als ein paar Minuten am Stück in ihrer Gesellschaft zu verbringen? Ich würde mich ab sofort mehr anstrengen.

Natürlich brachte ich es nicht übers Herz, ihr zu sagen, dass dieses spezielle Service unersetzlich war. Es hatte Octocats früherer Besitzerin, der verstorbenen Ethel Fulton, gehört, und es war eines der wenigen Dinge, die er noch von ihr besaß. Zugegeben, wir würden bald in ihre Villa einziehen, die größtenteils immer noch so möbliert war wie damals, aber trotzdem. Dieses Teeservice war etwas Besonderes für Octocat. Von einem anderen Geschirr nahm er sein Essen oder Wasser nicht zu sich, und jetzt, da er eine Tasse weniger davon hatte, musste ich wohl öfters abwaschen.

„Hör mal“, sagte ich und versuchte, so sanft wie möglich zu klingen. „Ich denke, ich kriege das hier schon allein geregelt. Mach dich doch ruhig auf und schau, was du noch über den Harlow-Mord herausfinden kannst.“

Sie wirkte angespannt. „Bist du sicher?“ Trotz ihres Zögerns merkte ich, dass sie im Grunde nur darauf hoffte, bald gehen zu können, genauso wie ich hoffte, dass sie bald gehen würde.

War das meine Schuld? *Ja, war es.* Ich würde wahrscheinlich nie aufhören, mich schuldig zu fühlen, was meine angespannte Beziehung zu ihr und meinem Vater betraf.

Mom und ich hatten uns immer am besten in homöopathischen Dosen verstanden, wenn wir nur kurz, aber intensiv Zeit miteinander verbrachten. Ich fand es toll, dass wir uns in den letzten Wochen nähergekommen waren, jedoch brauchten wir wohl noch eine Weile, um uns an diese neue Situation zu gewöhnen – und heute war wirklich nicht der richtige Tag, um an unserer Beziehung zu arbeiten, auch wenn das hart klingen mag.

Heute hatte ich andere Prioritäten und noch einen Haufen Dinge zu erledigen.

Ich machte einen Bogen um die Scherben und umarmte sie fest. „Ja, ganz sicher. Ich sehe dir doch an, dass du darauf brennst, dich wieder mit dem Fall zu befassen. Ich komme schon klar hier."

Mom seufzte erleichtert auf. „*Hmm,* du kennst mich einfach zu gut", sagte sie, suchte rasch ihre Sachen zusammen und eilte zur Tür. „Ich schreibe dir eine Nachricht, wenn es Neuigkeiten gibt. Bis dann!"

Und zack, weg war sie.

Octocat nahm sein gequältes Miauen wieder auf. Obwohl wir miteinander sprechen konnten, griff er manchmal immer noch auf die klassischen Katzenlaute zurück – meist in Phasen intensiver Emotionen, wie jetzt.

„Es tut mir leid", beschwichtigte ich ihn und streichelte vorsichtig über seinen Kopf. Ich hoffte, dass ich ihn damit trösten konnte und er mich nicht beißen würde. Bei Octocat konnte schnell mal etwas nach hinten losgehen, und man wusste es irgendwie nie so genau.

„Es ist, als ob Ethel gerade noch einmal gestorben wäre", jammerte er. Seine Ohren zuckten und dann legte er sie flach an seinen Kopf. Sein Schwanz schwang hin und her wie ein Metronom, und seine Augen wurden so groß und dunkel, dass ich mir sicher war, er würde gleich losheulen, wenn das biologisch möglich gewesen wäre.

„Es tut mir wirklich leid", betonte ich erneut, ratlos, was ich noch tun könnte.

Er starrte auf die vielen kleinen, auf dem Küchenboden verstreuten Überreste seiner geliebten Tasse. Sein früheres Leben lag in weiß-roséfarbenen Scherben mit Goldrand vor uns. Na super. Jetzt hatte ich auch Tränen in den Augen.

„Ich hole nur schnell den Besen", murmelte ich, damit er nicht sah, wie bewegt ich jetzt seinetwegen war.

Doch bevor ich auch nur einen Schritt getan hatte, schoss Octocat los, baute sich vor mir auf und schrie: „Nein!"

Das Herz schlug mir bis zum Hals, und ich fragte mich, welche verrückte Aktion meine Katze wohl als Nächstes vorhatte. „Hey, langsam, was ist los?"

„Ich bin einfach noch nicht so weit", klagte er. „Ich brauche noch etwas Zeit."

„Mit der zerbrochenen Tasse?", fragte ich ihn sanft. Inzwischen kannte er mich aber schon so gut, dass er leicht sarkastische Anspielungen an meinem Tonfall oder Gesichtsausdruck bemerkte, und jedes Mal bestrafte er mich dafür. Er hingegen durfte natürlich mit mir reden, wie es ihm gefiel, während ich ihm den größtmöglichen Respekt zu zollen hatte.

Auch in einem solchen Moment.

Octocat schnupperte und zog die Nase hoch, wie er es immer tat, wenn er überlegen wirken wollte, und antwortete mit einem einsilbigen „Ja".

„Leider haben wir nicht wirklich Zeit." Ich schaute ihn ruhig und verständnisvoll an. „Die Möbelpacker werden in etwa einer Stunde hier sein. Und wir können nicht weiter in den Scherben herumlaufen. Es ist gefährlich. Am Ende schneidet sich einer von uns daran."

Er stieß ein klägliches Miauen aus und wandte sich ab. „Tu, was du tun musst."

Ich ging also Besen und Kehrschaufel holen und fühlte mich wie die schlechteste Katzenmutter der Welt. Jetzt war ich also nicht nur die schlimmste Tochter, sondern auch die schlimmste Katzenmutter *ever*, und das alles innerhalb von etwa zehn Minuten. Es sah nicht gut für mich aus.

Als ich zurückkam, stand Octocat immer noch wie erstarrt in seiner dramatischen Pose. Normalerweise nervten mich seine Mätzchen, aber in diesem Moment tat es mir wirklich leid, dass er einen solchen Verlust verkraften musste.

„Würde es dir helfen, wenn wir ein paar Worte sagen?", schlug ich vor.

Der mürrische Kater wandte leicht den Kopf und schaute mich aus den Augenwinkeln an. „Wie bei einer Beerdigung?"

„Ja", antworte ich achselzuckend. „Wie bei einer Beerdigung."

Er drehte sich ganz zu mir um und blickte mir direkt in die Augen. Sein Gesicht erhellte sich ein wenig, als hätte er sich schon ein bisschen damit abgefunden. „Wo werden wir sie begraben?", wollte er wissen.

„Oh. *Ähm.*" Ich hatte jetzt keine Zeit für sowas, aber ihm schien das sehr wichtig zu sein, also machte ich ihm einen Vorschlag, der ihm hoffentlich auch gefallen würde. „Wir sollten sie heute Abend bei Ethel im Garten begraben." Das würde mir zumindest etwas Zeit verschaffen, damit ich weiter packen konnte, und hoffentlich hätte er sich nach der ganzen Aufregung dann wieder beruhigt.

„Das ist eine gute Idee, Angela", meinte Octocat und schenkte mir Lächeln – das passierte selten.

Ich freute mich über sein nettes Lob, denn für ein solches musste man sich bei ihm immer echt anstrengen. Er war eine Diva, ganz klar, aber trotzdem fühlte es sich gut an, ihn glücklich zu machen, besonders wenn man bedenkt, dass er ansonsten an fast allem, das ich tat, etwas auszusetzen hatte.

„Heute Abend", rief er feierlich. „Dann kann ich mir noch in Ruhe überlegen, was ich sagen werde." Daraufhin trabte er davon und ließ mich in dem Chaos zurück. Jetzt musste ich auch noch eine Beerdigung vorbereiten.

Uff. So froh ich auch war, dass es ihm wieder besser ging ..., doch eigentlich hatte ich mit ihm über den Mord an Lou Harlow und ihre seltsamen Katzen sprechen wollen.

Nun, das würde warten müssen.

Wie konnte es sein, dass meine To-do-Liste heute immer länger wurde, je mehr ich mich abrackerte?

5

Octocats ganzer Schmerz verflog in dem Moment, als wir in die lange, gewundene Auffahrt zu Fulton Manor einbogen.

„Zuhause!", jubelte er und fand sogar den Mut seine Krallen von meinem Oberschenkel zu lösen, damit er sich aufsetzen und aus dem Fenster schauen konnte. „Oh, es fühlt sich so gut an, zu Hause zu sein!"

Ich parkte, öffnete meine Tür, und er sprang sofort über mich hinweg, um wieder heimischen Boden unter den Füßen zu haben. „Zuhause!", rief er immer wieder, während er sich wie verrückt im Gras hin und her rollte.

Ich wollte ihn gerade bitten, sich zu beruhigen, als er die Verandastufen hinauf und durch seine Spezialkatzenklappe rannte, die sich auf ein besonderes Signal hin, das von seinem Halsband ausgesendet wurde, öffnete. In all der Zeit hatte ich sein Halsband nie ersetzt, und er hatte mich nie darum gebeten. Wahrscheinlich hatte er immer gewusst, dass wir eines Tages hier landen würden. Und schließlich hatte er die ganze Sache so ausgeklügelt.

Octocat war jetzt eindeutig beschäftigt. Da die Möbelpacker noch dabei waren, die Sachen in unserem alten Zuhause zu verstauen und einzuladen, verschaffte mir das nun ein wenig Zeit allein mit meiner neuen Villa.

Eine Villa! Und sie gehörte mir!

Das ist lächerlich.

Aber, okay, auch supercool.

Meine Augen wanderten die beiden Stockwerke hinauf bis zu dem Türmchen, das sich auf der anderen Seite des Daches erhob. Ich hatte bereits beschlossen, mir dort im Obergeschoss mein Schlafzimmer einzurichten, wie eine Art verrückte moderne Prinzessin. Grandma hatte das große Schlafzimmer für sich beansprucht, das Ethel gehört hatte, bevor sie ermordet wurde. Dort war sie auch gestorben. Mir war noch nicht recht wohl bei dem Gedanken, im selben Haus zu sein, geschweige denn im selben Schlafzimmer.

Großmutter jedoch lachte nur und meinte: „Oh Schätzchen. Der Tod ist Teil des Lebens.“ Ich vermutete, dass es sie in ihrem fortgeschrittenen Alter einfach nicht mehr so sehr beunruhigte wie mich. Ich persönlich hoffte, dass es mir niemals im Leben egal sein würde, auf demselben Fleck zu schlafen, auf dem nur wenige Monate zuvor eine Leiche gelegen hatte.

Es war schon unheimlich genug, in ein Haus zu ziehen, wo ein Mord verübt worden war. De facto war ich immer noch dabei, mich damit abzufinden. Meine erste Stromrechnung würde garantiert mehrere hundert Dollar betragen, denn ich hatte vor, nachts jedes einzelne Licht anzulassen, bis ich keine Angst mehr vor meinem eigenen Haus hatte.

Wäre es nach mir gegangen, hätte ich mich nie für so eine Riesenvilla entschieden. Aber Octocat hatte darauf bestanden. Sogar Mr. Fulton – mein früherer Chef – schien froh zu sein, das Haus schnell loszuwerden, wenngleich es einen erheblichen finanziellen Verlust für ihn und die anderen Erben bedeutete.

Als ich Octocat dabei beobachtete, wie er durch die Katzentür hinein- und hinauslief und jedes Mal vor Vergnügen juchzte, musste ich wirklich zugeben, dass es eine gute Entscheidung gewesen war. Das Haus passte einfach zu ihm. Er sah zwar wie eine gewöhnliche Hauskatze aus, doch durch seine Adern floss eindeutig tiefblaues Blut.

Ich überließ ihn seinem fröhlichen Treiben und schnappte mir eine der leichteren Kisten aus meinem Kofferraum. Im Inneren des Hauses lag ein Staubschleier auf nahezu allen Oberflächen. Ich hätte wohl vor dem Einzug ein Putzkommando engagieren sollen, aber dafür fehlte mir momentan die Kohle. Außerdem kam der Umzug so plötzlich, dass ich kaum Zeit zum Packen gehabt hatte, geschweige denn, mich noch um hundert andere Dinge zu kümmern.

Wir würden das schon hinkriegen. Irgendwann.

Setz es einfach noch ans Ende deiner schier endlosen To-do-Liste. Oder vielleicht irgendwo in die Mitte.

Mein Ziel war es, das Haus halbwegs wohnlich herzurichten, bevor Großmutter Ende des Monats bei uns einzog. Sie brauchte mehr Zeit, ihr gesamtes Hab und Gut, ihr ganzes Leben quasi, das sie in Blueberry Bay verbracht hatte, zusammenzupacken, darunter auch zahlreiche Erinnerungsstücke aus ihrer Zeit am Broadway.

Dafür hatte ich absolut Verständnis. Also verriet ich ihr auch nicht, dass ich einen wahren Horror davor hatte, allein in dieser gigantischen Hütte zu schlafen. Ach was, Octocat war ja auch noch da, um mich im Falle einer Gefahr zu beschützen. Oder eben auch nicht. Zumindest war eine fifty-fifty Chance immer noch besser als gar keine, falls ich tatsächlich einen Retter brauchen sollte.

Beunruhigte mich das? Irgendwie schon.

Fulton Manor und das Gebäude nebenan, Harlow Manor, schienen nach dem nahezu gleichen Bauplan errichtet worden zu sein. Obwohl es damals noch keine protzigen und völlig fehlkonstruierten Billigvillen gab, hatte wohl jemand die erste so sehr gemocht, dass er beschloss, eine zweite im identischen Stil danebenzusetzen.

Ein ums andere Mal zog es mich zu der großen Treppe, wie eine verirrte Motte, die dem Feuer immer wieder gefährlich nah kam. Die Treppe glich der Konstruktion von nebenan dermaßen, dass es mich jedes Mal erschaudern ließ, wenn ich daran vorbeiging.

„Was ist los mit dir?", fragte mein Kater, der mich nach seinem ganzen Gerenne durch die Katzentür nun müde beäugte.

Ich zuckte mit den Schultern. „Ich bin nur ein bisschen beunruhigt über den Mord nebenan."

Er blieb wie angewurzelt stehen und setzte nicht einmal seine linke Vorderpfote ganz ab, starrte mich nur an. „Warte, *was?* Jemand hat die nette alte Dame umgebracht? Wann?"

Endlich kamen wir zur Sache. Ich hatte noch keine Gelegenheit gehabt, mit ihm darüber zu sprechen, nach dem ganzen Tamtam mit der Teetasse. „Heute Morgen", sagte ich und beobachtete ihn genau, um zu sehen, wie er reagieren würde. „Oder möglicherweise ist es schon letzte Nacht passiert."

Er schnappte nach Luft und stampfte mit der Pfote auf den Holzboden. „Und du hast es mir nicht gesagt?"

„Da war diese ganze Geschichte mit der Teetasse, und ich ... tut mir leid." Ich entschuldigte mich, weil ich wusste, so am ehesten eine Auseinandersetzung vermeiden zu können. Octocat liebte unsere Reibereien und hasste es zu verlieren, weshalb ich ständig die Arschkarte zog.

Er schüttelte bestürzt den Kopf und fixierte mich unangenehm lange, bevor er ein paar Stufen emporklomm und sich dort in Positur brachte. „Na los. Jetzt erzähl schon", forderte er mich auf. „Ich muss genau wissen, was passiert ist."

Sein bohrender Blick machte mich nervös, aber ich tat, wie mir geheißen. Er hatte mich schon ziemlich gut erzogen, dabei hätte es doch eigentlich umgekehrt sein sollen ... „Die Senatorin wurde ermordet. Jemand hat sie die Treppe hinuntergestoßen", setzte ich ihn ins Bild.

„Die Treppe!", rief Octocat aus, hob eine Pfote und dann die andere, während er die Stufen unter sich fixierte.

Ich nickte stumm, unfähig, noch ein Wort rauszubringen.

„Jacques und Jillianne", zischte er zwischen zusammengebissenen Zähnen hervor. „Ich werde sie bei lebendigem Leib häuten, diese Taugenichtse." Er rannte die Treppe hinunter und wollte geradewegs durch die Katzentür verschwinden, als ich ihn aufhielt.

„Warte!", rief ich. „Du kennst Jacques und Jillianne?" Ich kam mir jedes Mal blöd vor, wenn ich versuchte, ihre Namen möglichst französisch auszusprechen. Warum hatten Katzen so ausgefallene Namen? Octocat war mit seinen ursprünglichen acht Stück zwar auch ein sehr ausgefallener Vertreter, aber wenigstens waren die alle auf Englisch. Moment, stimmte das auch? Es war, ehrlich gesagt, ziemlich schwer, sich alle zu merken, weshalb ich ihm seinen neuen, besseren – und viel, viel kürzeren – Spitznamen verpasst hatte.

Er seufzte, drehte mir aber immer noch den Rücken zu und ließ die Schultern hängen. Es schien, als lastete die Enttäuschung über mich schwer auf ihm. „Natürlich kenne ich sie. Schließlich haben wir mal nebeneinander gewohnt, und jetzt – man glaubt es kaum – sind wir wieder Nachbarn."

„Bist du mit ihnen befreundet?", fragte ich neugierig und lief einen Halbkreis um ihn herum, sodass wir uns wieder von Angesicht zu Angesicht gegenüberstanden.

Er sah aus, als würde er gleich niesen, tat es aber nicht. Stattdessen sagte er: „Mit diesen Spinnern? Auf keinen Fall!"

„Ich meine, sie sehen ein bisschen anders aus, aber das ist ja kein Grund, um …"

„Es ist nicht ihr Aussehen, Angela. Es ist die Art, wie sie reden." Er knurrte mich an, ähnlich wie es die große der beiden Nacktkatzen heute Morgen getan hatte.

Ich war mir nicht sicher, welches Spiel wir hier spielten. Ich schüttelte den Kopf und sah ihn finster an. „Das klingt jetzt aber auch ganz schön rassistisch. Finde ich nicht nett von dir."

Er lachte in sich hinein. „Oh, du wirst schon merken, was ich meine, wart's ab. Es wird sicher nicht allzu lange dauern."

Er machte ein paar Schritte, drehte sich dann aber wieder zu mir um, wobei in seinen Augen etwas aufblitzte, das ich nicht recht deuten konnte. „Übrigens", sagte er, als ob er gerade einen Geistesblitz gehabt hätte.

„Tod durch Treppensturz? Yeah, das ist ein klassischer Katzenschachzug."

„Was willst du damit …?"

Er unterbrach mich mit einem fiesen Lachen, das er gerne einsetzte, wenn er besonders theatralisch sein wollte. Offenbar war dies einer dieser gesegneten Momente.

„Ich glaube", sagte er, und schnappte dramatisch nach Luft, „Jacques und Jillianne haben die Senatorin getötet. Die Katzen sind schuldig. Der Fall ist abgeschlossen." Und schmollend schlich er von dannen, immer noch in sich hineinlachend.

Ich trat zwei Riesenschritte zurück und fühlte mich, als hätte ich gerade in einen Abgrund geschaut und meinen Tod vor Augen gehabt. Was auch immer als Nächstes passierte, ich würde auf jeden Fall aufpassen, wenn ich die große Treppe benutzte, die ich unlängst noch als das absolute Highlight meines neuen Zuhauses betrachtet hatte.

Octocats Lachen hallte durchs Haus. Warum fand er das so lustig? Warum lachte er immer noch? Es war mir ein Rätsel.

Offenbar teilten er und meine Mutter die gleiche morbide Faszination, was den Tod der Senatorin anbelangte. Zu schade, dass sie nicht miteinander reden konnten und stattdessen ich das ausbaden musste.

Das ist eben seine Art, versuchte ich mich zu beruhigen. *Er mag es einfach, im Mittelpunkt zu stehen. Er würde dir nie wirklich wehtun.*

Aber dann stellte ich mir die ganzen alten Omis vor, die sterben mussten, weil sie zum Opfer ihrer geliebten Samtpfoten wurden, und ein Schauer lief mir über den Rücken ...

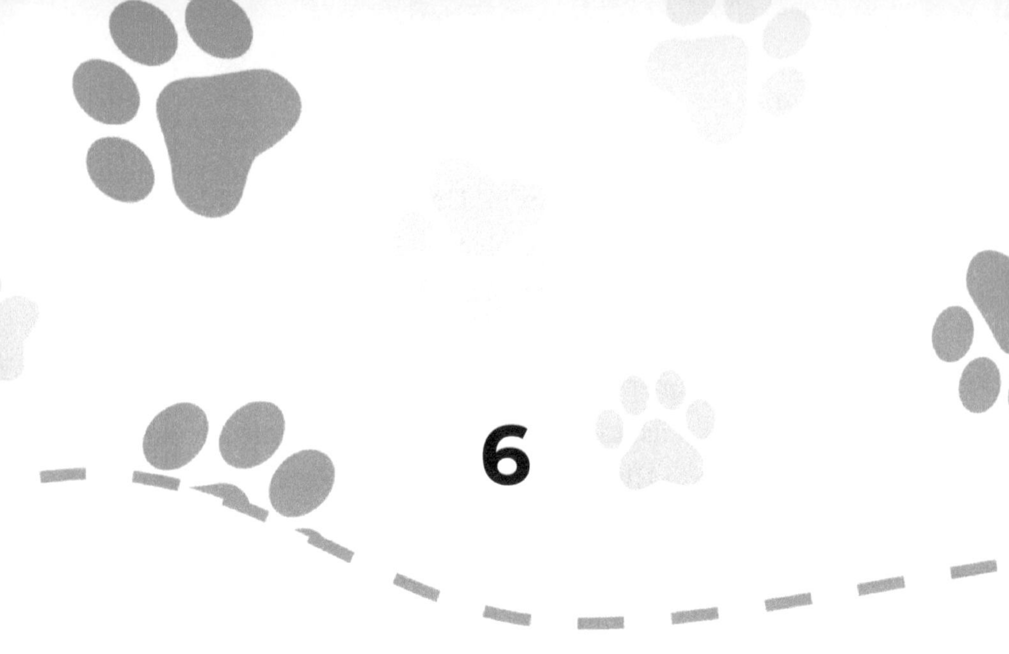

6

Obwohl ich eigentlich einige Sachen nach oben hätte bringen müssen, beschloss ich, im Erdgeschoss zu bleiben, während die Möbelpacker alle schweren Teile hineinschleppten. Ich würde noch etwas Zeit brauchen, um zu verdauen, was Octocat mir eben darüber verraten hatte, wie Katzen einen Menschen vorzugsweise umbringen.

Ich hätte niemals gedacht, dass so etwas Horrormäßiges überhaupt passierte. *Ich Dummerchen.*

Ich hatte, ehrlich gesagt, gar nicht viel aus meiner alten Wohnung mitgebracht, und so war das Auspacken der wichtigsten Dinge schnell erledigt. Da mir immer noch jedes Mal mulmig zumute war, wenn ich an der Treppe vorbeikam, beschloss ich, nach draußen zu gehen und einen Spaziergang um das Grundstück zu machen.

Wunderschöne, aufwendig angelegte Blumenbeete umgaben das Haus zu drei Seiten hin, und auf der Rückseite befand sich eine herrliche Terrasse, bestehend aus zwei Ebenen, komplett mit Feuerstelle und Hollywoodschaukel. Ein Stück weiter säumte ein dichter Wald das Grundstück und sorgte für absolute Privatsphäre. Was wollte man mehr!

Okay, die Hälfte meiner Zeit würde ich ab jetzt wahrscheinlich mit der Pflege des Gartens verbringen, aber selbst ich musste zugeben, dass das gut investierte Zeit sein würde.

Von etwas weiter weg nahm ich ein leises Brummen wahr, und etwas Rotes blitzte zwischen den Bäumen auf. Ich stapfte durch das Gras, um nachzusehen. Offenbar konnte ich von einem bestimmten Blickwinkel aus direkt in den Garten der verstorbenen Senatorin spähen. Ein knallroter Sportwagen hatte gerade in der Einfahrt angehalten, und ich erkannte ihn sofort. Schließlich gab es in ganz Glendale nur zwei Leute, die so einen schicken Flitzer besaßen – Großmutter und Thompson.

Ich beobachtete entsetzt, wie mein Chef, der Seniorpartner unserer Kanzlei, Mr. Richard Thompson, aus seinem Auto stieg und die Stufen zum Haus hinaufging. Untypischerweise kam er ohne seine Aktentasche, die normalerweise wie festgeklebt unter seinem Arm klemmte. Er wirkte nervös, lockerte seine Krawatte und ließ seinen Blick umherschweifen, wohl um festzustellen, ob jemand in der Nähe war. Die Polizei hatte sich inzwischen größtenteils verzogen oder ihre Versammlung woanders hin verlagert. Und, Gott sei Dank, hatte er keine Ahnung, dass ich auf der anderen Seite des Wäldchens stand.

Ich blieb wie angewurzelt stehen, als Officer Bouchard aus dem Haus kam und auf Mr. Thompson zuging, um ihn zu begrüßen. Seine metallene Dienstmarke glänzte im Sonnenlicht. „Richard, kann ich Ihnen irgendwie helfen?“

Ich verrenkte mir fast den Hals, um Mr. Thompsons Gesichtsausdruck zu erkennen, aber ein tief hängender Ast versperrte mir die Sicht.

„Ich habe gehört, was passiert ist", sagte Thompson. Seine tiefe Stimme hallte durch die Bäume. „Dachte, ich komme vorbei, um meinen Respekt zu erweisen."

Officer Bouchard joggte die Treppe hinunter und gab ihm ein Zeichen, ihm zu folgen. „Ich muss Ihnen sicher nicht sagen, dass dies weder die richtige Zeit noch der richtige Ort ist."

„Ich weiß", pflichtete mein Chef ihm bei. Er schien nicht zu wissen, was er mit seinen Händen machen sollte. „Es kam nur so ... so unerwartet."

Der Polizist seufzte und fuhr sich mit der Hand durch die Haare. „Ja, wir sind alle ziemlich geschockt wegen dieser Sache. Aber das ändert nichts an den Bestimmungen."

Sie wechselten noch leise ein paar Worte, die nicht bei mir ankamen, und dann stieg Thompson wieder in sein Auto und fuhr davon.

„Was sollte *das denn*?", fragte Octocat genau in diesen Moment und rieb sich dabei an meinem Bein, womit er mir den Schreck meines Lebens einjagte.

„Ich habe keine Ahnung", erwiderte ich ehrlich. Es kam mir merkwürdig vor, dass sowohl ich als auch meine komplette Firma jetzt anscheinend in jeden einzelnen Mord der Stadt verwickelt wurden. Also, bis zu Ethel Fulton Anfang des Jahres gab es hier genau genommen gar keine Morde – oder zumindest keine, von denen ich wusste.

„Ich hoffe, dass als Nächstes jemand ohne Haustiere einzieht", informierte er mich mit einem gelangweilten Gähnen, während wir beide gedankenverloren Richtung Nachbarhaus starrten.

Diese Aussage von ihm überraschte mich, und ich riskierte

einen Blick in seine Richtung. In Harlow Manor schien nichts mehr los zu sein. Selbst Officer Bouchard war inzwischen aus meinem Blickfeld verschwunden.

„Magst du keine anderen Katzen?“, fragte ich ihn.

“In *meinem* Revier?“ Ihm entfuhr ein sarkastisches „Pah!“, und dann meinte er: „Ich würde das lieber *nicht* teilen, wenn ich die Wahl hätte. Das ist mein Land. Das sind meine Kletterbäume, und in ihren Ästen? Das sind meine Vögel, die ich verspeise – oder die ich dir zumindest ans Fußende deines Bettes liefere, wenn du brav warst.“

Bei der Erinnerung an sein jüngstes *Geschenk* lief es mir kalt den Rücken runter. „Ich schätze, dann werde ich mich bemühen, nicht brav zu sein.“

Er knabberte an den Grashalmen vor seinen Pfoten, schluckte ein paar Bissen hinunter und kicherte dann. „Nur dass du es weißt, meine Kotze wird jetzt grün sein.“

„Ähm, okay“, sagte ich und zuckte mit den Achseln. Das sollte wohl eine Bestrafung sein, aber das war ja wirklich noch harmlos, denn offen gestanden waren seine Belohnungen und Geschenke für mich oftmals auch nicht besser.

„Das wird dich den ganzen Tag aus dem Konzept bringen“, meinte er grinsend. Als er danach wieder so teuflisch lachte, war mir klar, dass er glaubte, ihm sei ein weiterer Geniestreich geglückt. Das einzige Problem dabei war, dass unsere Definitionen eines *Genies* sehr weit auseinanderklafften.

Als er sich wieder eingekriegt hatte, holte er tief Luft und blickte zu mir auf. „Du verstehst es nicht, oder?“, fragte er mich frustriert, halb seufzend, halb knurrend.

Ich schüttelte den Kopf. In diesem Augenblick tauchte Officer

Bouchard vor dem Haus der Harlows auf. Warum war er noch da? Was tat er da?

„Du musst zur Abwechslung mal grüne und nicht braune Kotze wegputzen“, erklärte mein Kater zwischen Lachern, die allmählich verebbten. „Verstehst du? So fängt dein Tag gleich mal ganz anders an. Du wirst begeistert sein!“

„Okay, du hast gewonnen“, seufzte ich resigniert. Sollte er doch glauben, ein neues Mittel gefunden zu haben, mich zu bestrafen. Er hatte eine solche Freude daran, derartige Erziehungsmethoden an mir auszuprobieren, dass ich es nicht fertigbrachte, ihm zu erklären, dass diese bei mir nicht zogen.

„Bist du jetzt fertig mit der Nummer?“, fragte ich und musterte ihn mit einem skeptischen Lächeln.

„Für den Moment ja“, antwortete er. „Wirst schon sehen morgen früh!“

„Okay, super.“ Ich spähte nochmals zu Officer Bouchards unbeweglicher Gestalt hinüber und wurde immer neugieriger. Wer würde eine Senatorin umbringen, die sich bereits in ihrer vierten Amtszeit befand und bei ihren Wählern äußerst beliebt war? Warum hielt es die Polizei für nötig, den Tatort zu bewachen? Und was, wenn überhaupt, hatten ihre seltsamen, haarlosen Katzen mit all dem zu tun?

„Hey, bist du gerade beschäftigt?“, fragte ich meinen Kater. Vielleicht könnte er sich durch den Wald schleichen und das Ganze aus der Nähe ansehen.

Er hob die Nase und antwortete lapidar: „Ja.“ Dann drehte er mir sein Hinterteil zu und streckte den Schwanz so hoch in die Luft, dass mir ein gewisser Anblick nicht erspart blieb.

„Na, vielen Dank“, rief ich ihm hinterher.

Ich versuchte erneut, durch die Bäume nach drüben zu spähen, entschied mich aber dann, die Sache fürs Erste auf sich beruhen zu lassen. Vielleicht hatte die Polizei bereits herausgefunden, wer der Übeltäter war, und deshalb bewachten sie den Tatort. Auch wenn ich dank der Marketing-Nachhilfestunde meiner Mutter heute Morgen jetzt einen offiziellen Geschäftsnamen hatte, war ich immer noch unerfahren in diesen Dingen.

Die Polizisten waren die Profis, und ich musste darauf vertrauen, dass sie ihre Arbeit richtigmachten. Doch noch während ich das dachte, wusste ich, dass es nur eine Frage der Zeit sein würde, bis ich mich selbst durch das Wäldchen schleichen würde, um den Tatort aus nächster Nähe zu untersuchen.

7

Als die Leute von der Umzugsfirma wieder wegfuhren, wurde es schon dunkel. Sie hatten mir nicht nur geholfen, mein spärliches Hab und Gut einzuräumen, sondern auch die schon im Haus vorhandenen Möbel umzustellen. Einige Teile des Mobiliars, die ich nicht benötigte, hatten sie in ihren großen Transporter geladen, um sie gleich noch schnell bei einer Wohltätigkeitsorganisation im Ort abzugeben.

Okay, ganz so schnell würde das wohl nicht gehen, denn sie hatten jetzt deutlich mehr auf dem Wagen, als sie zuvor heute aus der alten Wohnung bei mir herausgeholt hatten. Aber ich wollte auf keinen Fall das Bett behalten, in dem Ethel gestorben war, oder irgendetwas anderes ihrer Schlafzimmereinrichtung. Es war mir egal, dass es Grandma nichts ausmachte, diese Möbel selbst weiter zu benutzen. Ich fand es unheimlich, und auf keinen Fall wollte ich irgendetwas davon in meinem Haus haben. Es war schon schlimm genug, dass Octocat sich standhaft weigerte, sich von dem Geschirr zu trennen, von dem Ethel damals bei der Dinnerparty die vergiftete

Mahlzeit zu sich genommen hatte. Da musste ich nicht noch zusehen, wie meine Großmutter sich in das Totenbett einer anderen alten Dame legte.

„Ich bin froh, dass sie endlich weg sind“, bekundete Octocat. Dabei stand er mit seinen Vorderpfoten auf dem Rahmen eines der großen Fensters und blickte dem Umzugswagen hinterher. „Sie rochen übel, nach menschlichem Schweiß. *Bäh*“.

Ich verdrehte die Augen, aber zum Glück war er zu abgelenkt, um es zu bemerken. „Das liegt wahrscheinlich daran, dass sie fast den ganzen Nachmittag schwere Sachen für uns geschleppt haben.“

„Trotzdem eklig. Ich habe sehr empfindliche Geruchsnerven“, entgegnete er mir und rümpfte demonstrativ die Nase. Nun, in diesem Punkt konnte ich ihm nicht wirklich widersprechen.

„Alles in Ordnung bei dir?“, fragte ich, um ihn zu besänftigten, obwohl ich schon fast damit rechnete, dass er mich die ganze Nacht durchs Haus scheuchen würde, bis wir für alle seine Habseligkeiten den perfekten Platz gefunden hatten.

„Mir geht's gut“, antwortete er und überraschte mich damit völlig. Würde er sich jetzt, wo wir hier lebten, zu einer zufriedeneren, weniger anspruchsvollen Katze entwickeln? Man konnte es nur hoffen.

„Ich bin bereit für die Beerdigung, wann immer du bereit bist“, sagte er und ließ seinen Hintern auf den abgenutzten Orientteppich plumpsen. Dann musterte er mich mit großen Augen.

Die Teetasse – richtig. „Okay, ich hole die Schachtel.“ Ich versuchte, mich zu erinnern, ob ich sie im Auto gelassen oder irgendwo in der Küche verstaut hatte.

Octocat spurtete voraus und versperrte mir den Weg. „Ich sagte, wenn du bereit bist.“

„Ich bin bereit. Wir können das jetzt machen.“ *Ach*, wie süß von ihm, zur Abwechslung mal meine Bedürfnisse zu berücksichtigen. Vielleicht war ihm durch den Verlust seiner Teetasse bewusst geworden, wie wertvoll die Freunde waren, die er noch hatte. Vielleicht hatten wir wirklich einen Wendepunkt in unserer Beziehung erreicht.

Er schüttelte den Kopf und erwiderte mit einem herablassenden Ton in der Stimme: „Nein, Angela. Das bist du *nicht.* Ich wollte nichts sagen, weil ich annahm, dass es dir selbst auffallen müsste, aber …“ Er hielt dramatisch inne und atmete betont tief ein. „Auch du riechst nach menschlichem Schweiß.“

… Vielleicht hatte sich ja auch überhaupt nichts geändert.

Ich stemmte meine Hände in die Hüfte und starrte ihn an. „Ja, und? Möchtest du, dass ich erst dusche, oder was?“

„Ich möchte es nicht nur“, korrigierte er mich und betrachtete nonchalant seine Pfote. „Ich verlange es.“

Eigentlich wollte ich diese ganze lächerliche Teetassenbeerdigung unbedingt abblasen, aber stattdessen machte ich auf dem Absatz kehrt und ging in Richtung Badezimmer. Verflixt, er hatte mich wirklich gut im Griff.

Auch wenn es mich auch ärgerte, von meinem Kater diktiert zu bekommen, was ich zu tun hatte, war die heiße Dusche eine Wohltat für meine schmerzenden Muskeln, und ich fühlte mich wieder mehr wie ich selbst, nachdem ich in meine Lieblingsjeans geschlüpft war, um mich nun wieder zu Octocat zu gesellen.

„Fertig!“, trällerte ich und wollte eben noch die Teetasse holen.

Ich bekam einen ziemlichen Schreck, als seine pelzige Gestalt am oberen Ende der Treppe erschien. „Ich glaube nicht“, meinte er trocken.

„Was stimmt denn jetzt schon wieder nicht?“, wollte ich wissen und tippte ungeduldig mit dem Fuß auf den Boden. Das war eine Geste, die er gut verstand, da er das so ähnlich auch oft machte, indem er mit dem Schwanz zuckte.

„Ist es nicht üblich, dass Menschen Schwarz tragen, wenn sie an einer Beerdigung teilnehmen?“ Er neigte den Kopf zur Seite, als täte es ihm regelrecht weh, mir so etwas Banales erklären zu müssen. Immerhin sollte ich doch hier die Expertin für menschliche Sitten sein.

„Ja, aber …“

Er hielt eine Pfote hoch, um mich zum Schweigen zu bringen. „Das habe ich mir gedacht. Also, hopp, hopp, mach schon.“

Ich seufzte, zog aber trotzdem los, um das Kleid zu suchen, das ich vor ein paar Monaten zu Ethels Beerdigung getragen hatte. Ich war jetzt so verärgert, dass mein Kater froh sein konnte, wenn *er* nicht bald selbst beerdigt würde.

Er trauert. Er trauert, sagte ich mir immer wieder. Aber die Wahrheit war, selbst wenn er den besten Tag seines Lebens hätte, würde er mich wohl immer noch so behandeln. Die meisten Menschen hatten zwar durchaus ein Gespür für die Hochnäsigkeit und die Ansprüche ihrer Katzen, aber sie wussten nicht, wie weit das in Wahrheit ging, weil sie nicht so wie ich mit ihren geliebten tierischen Gebietern sprechen konnten. Und obwohl Octocat ständig rummotzte, meistens vergab er mir meine Fehler ja. Also bemühte ich mich auch nach Kräften, seine Macken zu ertragen.

Als ich kurze Zeit später die Treppe hinunterkam, klammerte ich mich nervös an das Geländer, nur für den Fall, dass eine aufgeregte Katze mir zwischen die Füße springen würde.

Octocat bedachte mich mit einem zustimmenden Schnurren, als er das lange schwarze Kleid und meine ordentlich zurückgekämmten Haare sah. „Endlich. Jetzt komm." Er schritt durch seine elektronische Katzentür und wartete auf der Veranda auf mich. Ich holte den kleinen improvisierten Schuhkarton-Sarg aus dem Handschuhfach meines Autos und folgte ihm zur Seite des Hauses.

Er blieb am Ende einer kleinen Mauer stehen, an die sich wunderschöne rosa Azaleen schmiegten. „Ich habe diesen Platz gewählt", informierte mich der Kater, „weil mich die Blüten an die hübschen kleinen Blumen erinnern, die einst unsere geliebte verstorbene Teetasse schmückten."

Mein Blick wanderte zwischen den Blumen und den Porzellanscherben in dem Karton hin und her, und mir wurde klar, dass er absolut recht hatte. Es war wirklich sehr aufmerksam von ihm, dass er sich darüber so viele Gedanken gemacht hatte. Ich fragte mich, ob er sich auch bei der Planung meiner Beerdigung so viel Mühe geben würde, sollte er mich überleben. Ein morbider Gedanke, aber bei all den Morden in letzter Zeit, durchaus ein berechtigter.

„Soll ich eine Schaufel holen gehen?", fragte ich, als er keine Anstalten machte, ein Loch in die weiche Erde zu graben.

„Das wäre wohl das Beste, Angela." Er senkte ehrfürchtig den Kopf. Betete er etwa? Wenn ja, zu welchem Gott betete er? Hatten wir denselben Gott? Und wie schickte man ein seelenloses Objekt in den Himmel? Fragen über Fragen, obwohl ich ehrlich gesagt immer angenommen hatte, dass mein Kater nur sich selbst anbetete und von mir erwartete, dass ich seiner seltsamen Religion ebenfalls beitrete.

Ich ließ ihn mit seinem merkwürdigen Ritual allein. Für Fragen war das jetzt nicht der richtige Zeitpunkt. Auch wenn ich es nicht richtig nachvollziehen konnte, hatte ich schon verstanden, dass es ihm extrem wichtig war und dass wir das jetzt durchziehen mussten.

Glücklicherweise brauchte ich nicht lange, bis ich eine kleine Handschaufel in Ethels Gartenschuppen fand. Während ich schnellen Schrittes zur designierten Grabstätte zurückkehrte, fragte ich mich, ob Ethel sich jemals selbst um die Gartenarbeit gekümmert hatte oder ob sie jemanden hatte, der das für sie erledigte. Ich fragte mich auch, wie lange ich wohl brauchen würde, um zu lernen, wie die vielen Pflanzen, die das Grundstück säumten, jeweils gepflegt werden wollten. Hoffentlich nicht so lange, dass ich einige von ihnen in der Zwischenzeit umbrachte, ungeschickt wie ich war. Ich wollte wirklich nicht noch mehr Beerdigungen von materiellen Dingen abhalten müssen. Sicher, Pflanzen waren genau genommen auch Lebewesen, aber deswegen musste man sie ja nicht gleich auch bestatten. Offensichtlich war die Teetasse ein besonderer Fall. Hoffentlich war das auch meiner Katze klar.

Als ich zu Octocat zurückkehrte, ließ ich mich auf die Knie nieder und begann, an der Stelle zu graben, die er mir gezeigt hatte. Währenddessen stand er daneben und setzte zu einer langen Rede über das Leben seiner guten Freundin, der Teetasse, an.

„Sie hat mir immer Wasser gegeben, wenn ich durstig war", jammerte er. Ich verkniff mir, ihn darauf hinzuweisen, dass dies daran lag, dass er partout aus keinem anderen Gefäß trinken wollte.

„Und im Gegensatz zu ihrer Schwester", fuhr Octocat fort, „ließ sie nie zu, dass eine Fliege an mein Evian kam." Seine Stimme zitterte. „Nein, das hätte sie nie getan. Sie hielt das Wasser rein und die Fliegen fern, genau wie es sich für eine gute Tasse gehört. Ich werde dich vermissen, Teetasse. Mein Frühstück wird ohne dich nicht mehr dasselbe sein. Und mein Abendessen auch nicht."

Ich bemühte mich sehr, an mich zu halten, und das war auch gut so, denn nun wandte er sich mit ernster Miene zu mir um: „Jetzt bist du dran, ein paar Worte zu sagen."

Tja, Mist. Warum hatte ich mir nichts überlegt? Das hätte ich doch kommen sehen müssen. Ich war ratlos. Also sagte ich das Erste, was mir in den Sinn kam, in der Hoffnung, es würde ihm gefallen. „Es war eine gute Teetasse. Eine hübsche. Und sie passte so schön zu den anderen."

„Genau! So war es!", rief Octocat. Er verstummte wieder, und in dem Moment schallte das dumpfe Geräusch eines Aufpralls von der anderen Seite des Wäldchens zu uns herüber.

„Was war das?", flüsterte ich meinem Kater zu.

Er stand reglos da und starrte hinunter in das offene Grab, das ich für die Teetasse und ihren Sarg ausgehoben hatte.

„Hast du dieses Krachen gehört?", fragte ich ihn erneut, diesmal deutlich angespannter. Was, wenn der Mörder zurück war? Was, wenn er hinter uns her war und wir standen hier draußen rum und bekämen es nicht mit?

Meine Handflächen begannen zu schwitzen. Zum Glück hielt ich die Teetasse nicht mehr fest, sonst wäre sie wahrscheinlich ein weiteres Mal in den Tod gestürzt.

Octocat schien das nicht zu interessieren. Er hielt seinen Blick andächtig nach unten gerichtet und blieb ungerührt. „Ich denke, wir können hier nun zum Ende kommen", sagte er traurig. „Angela, würdest du bitte die Erde in das Grab schaufeln?"

Ich nickte und schob vorsichtig die Erde um den Schuhkarton herum, während Octocat ein Klagelied miaute. Es hätte ein schöner Moment sein können, wenn ich mir dabei nicht solche Sorgen gemacht hätte, dass es einen Killer direkt zu uns führen könnte. Glücklicherweise schloss mein Kater die Augen, während er sang, sodass ich hin und wieder einen Blick über die Schulter in Richtung der Bäume werfen konnte.

Es dauerte etwa fünf Minuten, bis er seinen wortlosen Gesang beendet hatte. Unser seltsames Ritual war nun offensichtlich zu seiner Zufriedenheit vollzogen, denn er neigte noch einmal den Kopf und verkündete dann: „Okay, Zeit, Detektiv zu spielen“, woraufhin er in Richtung Wäldchen davonsauste.

8

Ich konnte kaum mithalten, als Octocat sich seinen Weg durch das dichte Unterholz bahnte. Äste flitschten gegen meine Brust, je weiter wir vordrangen. Der Streifen Wald, der die beiden Grundstücke trennte, war zwar nicht sehr breit, doch da es keinen Weg hindurch gab, fühlte er sich ziemlich tief und düster an.

Obwohl ich mich vorsichtig bewegte, blieb ich mit dem Fuß an einer verschlungenen Wurzel hängen, stieß mir übel die Zehen und stürzte bäuchlings zu Boden. Natürlich hatte ich für die Beerdigung der Teetasse blöderweise offene Schuhe angezogen, was die Sache besonders schmerzhaft machte.

Stöhnend rollte ich mich auf die Seite. Meine armen Zehen! Ich umklammerte sie und hielt dabei nach Octocat Ausschau. Wahrscheinlich war er schon längst an der Harlow-Villa angekommen. Ich war also in diesem unheimlichen Wald allein, und mit diesen verdammten Prellungen würde ich auch nicht so schnell entkommen können, sollte es nötig sein.

Ein unheilvolles Knistern ein paar Meter von mir entfernt

verhieß nichts Gutes. Etwas pirschte sich mit vorsichtigen Schritten über den laubbedeckten Boden an mich heran.

Bitte sei kein Wolf. Bitte sei kein Wolf, flehte ich innerlich. Wagten sich Wölfe so nah an ein Wohngebiet heran? Ich hatte keine Ahnung, aber dieser Wald zog sich extrem weit hin, durch die ganze vornehme Nachbarschaft. Es war durchaus möglich, dass er einigen größeren Tieren als Revier diente, die sich nun über mich als leichte Beute für ihr Abendessen freuten.

„Hallo?“ rief ich in die Dunkelheit, denn einfach stumm darauf zu warten, dass etwas passierte, fühlte sich noch schrecklicher an. Vielleicht stand Officer Bouchard immer noch auf Harlow Manor Wache und würde in den Wald gerannt kommen, um mich zu retten. Hoffentlich würde er wenigstens einen Tick vorsichtiger sein, als ich es gewesen war.

Das Knistern der Blätter war verstummt. Nur noch der Wind heulte unheilvoll durch die Bäume. Eines war gewiss: Wenn ich hier lebend rauskäme, würde ich diesen Wald nie wieder bei Dunkelheit betreten, egal wie neugierig mich irgendetwas machte.

Nie wieder, das schwor ich mir.

Ich drehte mich auf den Rücken und setzte mich auf. Mir tat alles weh, und ich würde definitiv eine weitere Dusche brauchen. Zum Glück schien nichts gebrochen zu sein, also stützte ich mich mit meinen schmutzigen Händen am Boden ab, um aufzustehen. Die eine Seite tat mir so weh, dass ich schwankte und sie kaum belasten konnte. Also humpelte ich wie ein Zombie davon, kam aber durch das Gestrüpp nur sehr langsam voran.

Ich war erst ein paar Meter weit gekommen, als das Knirschen wieder einsetzte.

Ich wollte rennen, wusste aber, dass es mit meiner Verletzung keinen Zweck hatte und ich nur erneut stürzen würde. Also stapfte ich langsam weiter, während mir ein unbekanntes Tier dicht auf den Fersen war. Ich hatte die Hälfte der Strecke zwischen dem Haus der Senatorin und meinem geschafft, als ich Octocat schreien hörte: „Oh, wenn du Ärger suchst, dann hast du ihn gefunden!"

„Octocat?", rief ich und drehte mich um und suchte den Wald nach seinem kleinen, gestreiften Körper ab. Noch nie im Leben war ich so froh gewesen, seine krakeelige Stimme zu hören.

Leider war es nicht er, den ich jetzt vor mir stehen sah. Stattdessen wurde ich von zwei gelb-grünen Augenpaaren fixiert, die immer näherkamen, bis wir nur noch wenige Meter voneinander entfernt waren. Die weißen Flecken am Körper der kleineren Katze machten es einfacher, sie zu erkennen, aber die deutlich größere schwarze Sphynx blieb nahezu im Schatten verborgen, nur ihre großen Augen leuchteten.

Octocat tauchte ein paar Sekunden später neben mir auf und musterte mich von oben bis unten. „Was ist denn mit dir passiert?"

„Ich bin gefallen", sagte ich nüchtern, wobei ich unsere beiden seltsamen Besucher nicht aus den Augen ließ. Obwohl dieser Wald ihnen wahrscheinlich genauso gehörte wie uns.

„Haben sie dich zu Fall gebracht?" Er stellte sich zwischen mich und die beiden Katzen und knurrte, wodurch ich mich schon etwas sicherer fühlte. Er mochte mich also doch noch.

„Nein, so war es nicht", versicherte ich.

„Na ja, hätte ich ihnen schon zugetraut", murmelte er.

Die größere Sphynx trat vor und gab mehrere tiefe Miau-Laute von sich.

„Oh Gott, nicht das schon wieder", zischte mein Kater daraufhin.

„Was hat sie gesagt?", fragte ich, humpelte zum nächstgelegenen

Baum hinüber und stützte mich mit einer Hand an dessen Stamm ab, weil ich kaum noch länger auf dem einen Fuß stehen konnte.

Bei unserem letzten Fall hatte er sich mit einem traumatisierten Yorkie unterhalten müssen, und er hatte es gehasst. Mit den Sphynx-Katzen zu sprechen, schien allerdings ein noch viel größeres Ärgernis für ihn zu sein. Octocat holte tief Luft, bevor er übersetzte: *„Die Eule ruft geheimnisvoll bei Nacht, sodass die Neugierde in uns erwacht."*

Nun, das war nicht das, was ich erwartet hatte. „Ähm, was?", fragte ich und stützte mich noch mehr gegen den Baum.

„Nicht was", korrigierte Octocat mich mit einem tiefen Seufzer. *„Wer?"*

„Hä?" Ich kratzte mich mit der freien Hand am Kopf, jetzt völlig verwirrt.

Er seufzte wieder. „Weißt du noch, als ich dir gesagt habe, dass ich ihre Art nicht mag? *Das* ist der Grund. Es liegt nicht daran, dass sie komisch aussehen, sondern weil sie komisch reden. Sie sprechen immer in Rätseln. Deshalb nennt man sie Sphynx-Katzen. Verstehst du es jetzt?"

„Du meinst, wie die mythische Kreatur, die die Geheimnisse der Götter bewachte?" Ich fand es total verrückt und gleichermaßen faszinierend, dass eine alte Sage, an die ich mich kaum erinnerte, tatsächlich etwas mit unserer modernen Welt zu tun haben sollte.

„Oh, jene Sphinx tat das nicht aus Selbstlosigkeit", erklärte Octocat weiter, als hätte er die Sphinx der alten griechischen Mythologie persönlich gekannt. „Sie war ein böser Dämon, der alle völlig grundlos peinigte." Er spuckte in Richtung unserer beiden unbehaarten Besucher und stellte die Haare auf seinem Rücken bedrohlich auf.

„Wow", flüsterte ich.

Mein Kater drehte sich wieder zu mir um, irgendwie noch angespannter als eben. „Jetzt verstehst du, warum ich nicht so scharf darauf war, mich mit diesen Typen zu unterhalten. Die Große ist übrigens Jillianne, und der Kleine ist Jacques.“

„Ich weiß, dass du dich im Moment etwas unwohl fühlst“, sagte ich beschwichtigend. Auch mir war nicht wohl. Während die drei Katzen jeweils vier gesunde, kräftige Beine besaßen, hatte ich nur eines. Wenigstens war Octocat an meiner Seite geblieben, trotz seiner Frustration. „Aber wir könnten ihre Hilfe wirklich gut gebrauchen“, fuhr ich fort. „Könntest du ihnen bitte nur noch sagen, dass ich ihre neue Nachbarin bin und dass ich mich sehr freue, sie kennenzulernen?“

„Weißt du, dass die Sphinx der Sage nach auch gerne Menschen tötete?“ Octocat leckte sich eine Pfote, während er sprach, vielleicht, weil er nicht gerne auf dem schmutzigen Waldboden saß, oder aber, um demonstrativ zu zeigen, dass er im Gegensatz zu unseren beiden Gesprächspartnern ein Fell hatte.

Nach einigem Hin und Her teilte er mir mit: „Sie sagen, und ich zitiere: *Ob geschrieben auf Papier mit Hand oder Tatze, dies ist unser Gruß an den Menschen der Katze.*“

„Ha, sie haben mich willkommen geheißen!“, rief ich erfreut und bekam langsam Spaß an der Sache. „Wie kommen die so schnell auf so was? Das müssen Genies sein.“

Mein armer, leidgeprüfter Kater und ich waren wohl wieder einmal, so schien es, ganz unterschiedlicher Auffassung. „Ich muss mir das nicht gefallen lassen“, grummelte er. „Wenn du meine Hilfe willst, dann hör bitte auf, ihr unhöfliches Verhalten zu unterstützen.“

Hatte er nicht gesagt, dass sie immer so reden? Ich verkniff mir, ihn zu korrigieren, sonst würde er sofort nach Hause abdampfen.

Dabei gab es noch so viele Dinge, die ich über die beiden wundersamen Katzen in Erfahrung bringen wollte. „Kannst du sie bitte fragen, ob sie wissen, wer ihre Besitzerin getötet hat?", bat ich ihn stattdessen.

Octocat sah mich prüfend an. Seinem Blick nicht auszuweichen war eine Herausforderung. „Das wird mir jetzt zu bunt hier. Ich schlage vor, du überlegst dir jede Frage genau, denn ich spiele bestimmt nicht die ganze Nacht den Dolmetscher für dich", warnte er mich.

„Okay, okay, ist ja gut", murmelte ich. „Also, erzähl mal bitte, was haben sie gesagt?"

Er legte die Ohren an und schüttelte den Kopf. „Ja klar, du hast Spaß hier. Und zwar eindeutig zu viel. Ich sage dir gleich, dass wir sie *nicht* adoptieren werden."

Jetzt reichte es. Ich wollte ihn gerade anmotzen, als er in einem gelangweilten Tonfall das nächste Rätsel vortrug: *„Was wir bestätigen heut Nacht, auch wenn es einen schwindlig macht."*

„Ja!" rief ich entzückt. „Das heißt ja, oder? Sie wissen es!" Dieser Fall könnte wirklich schnell gelöst sein, denn wir hatten zwei wichtige Zeugen hier, die bereit waren, mit uns zu reden.

Octocat stieß ein grässliches Stöhnen aus, drehte sich abrupt um und verschwand zwischen den Bäumen.

„Hey, warte!", rief ich ihm hinterher und versuchte, ihm zu folgen. Ich hoffte, die Sphynx-Katzen würden uns auch folgen. Ich konnte es kaum erwarten, sie nach dem Mörder zu fragen. Nur noch diese eine Frage, mehr müssten wir gar nicht wissen. Kapierte Octocat das denn nicht?

„Sie wissen, wer die Senatorin getötet hat", rief ich ihm hinterher. „Jetzt müssen wir sie nur noch fragen, wer das getan hat, und der Fall ist in Rekordzeit gelöst!"

Ich konnte ihn nirgends sehen. War er wirklich einfach weggelaufen und hatte mich im Stich gelassen? Und ich dachte tatsächlich, er würde sich Sorgen machen. Nun, er würde schon sehen, was er davon hatte. Das würde ich nicht auf sich beruhen lassen.

„Oh, Octocat!", rief ich betont freundlich, doch im Grunde war es mein letzter verzweifelter Versuch, ihn umzustimmen. „Wo bist du?"

Nichts. Sogar der Wind hatte aufgehört zu heulen.

Großartig. Einfach großartig. Er haute ab und ließ mich verletzt allein in diesem gruseligen Wald zurück. Es sei denn ...

Ob die Sphynx-Katzen noch da waren? Ich drehte mich um und prallte gegen einen tonnenförmigen Körper. Einen menschlichen Körper mit einer breiten Brust.

Ich schaute mir noch nicht mal an, mit wem ich es da zu tun hatte, sondern versuchte, sofort loszurennen. Verletzter Fuß hin oder her, ich musste zurück zum Haus und mich in Sicherheit bringen. Ich musste weg aus diesem verfluchten Wald. Mein Leben stand auf dem Spiel.

Doch schon nach einem Schritt kam ich nicht mehr weiter. Dieser Jemand packte mich am Arm, zog mich zurück und drückte mich mit festem Griff gegen seine Brust.

„Hey, was soll ...?", schrie ich, während ich verzweifelt versuchte, von ihm wegzukommen.

Er drückte mir eine verschwitzte Hand auf den Mund, bevor ich um Hilfe rufen konnte.

Okay, das war's jetzt also. Hier würde ich sterben – nicht auf der Treppe meines Hauses, sondern im Wald, nur ein paar Meter von meinem neuen Zuhause entfernt.

Das war kein besonders guter Umzugstag.

Ganz und gar nicht.

9

Das war's jetzt wohl mit mir. Oder? Nein, kampflos aufgeben würde ich nicht!

Ich war schon einmal von einem Mörder festgehalten und gefesselt ins Hafenbecken geworfen worden, damit ich dort krepiere, aber ich habe überlebt. Also hatte ich auch jetzt noch eine Chance! Ich nahm all meine Kraft zusammen und biss in die fleischige Hand, die meinen Mund bedeckte.

Ja! Strike!

Mein Angreifer schrie vor Schmerz auf, ließ mich los und umklammerte seine verletzte Hand. „Aua, was soll das?" Seine Stimme klang für einen Mann etwas zu schrill – und dann auch noch recht nasal.

„Hey, geht's noch? Sie haben mich angegriffen!", entgegnete ich und musterte sein rotes Gesicht und seine ähnlich rote Flanell-Schlafanzugshose. Er wirkte weitaus weniger furchteinflößend, jetzt, wo ich ihn besser sehen konnte, aber das änderte nichts an der Tatsache, dass er mir größen- und kräftemäßig überlegen war.

„Wer sind Sie?“, fragte ich ihn nachdrücklich. „Was machen Sie in meinem Wald?“ Er brauchte ja nicht zu wissen, dass ich erst seit heute Nachmittag hier wohnte.

Zumindest sah er nun richtig zerknirscht aus. Er hielt immer noch seine schmerzende Hand fest, während er mir erklärte: „Ich habe Geräusche gehört, also bin ich raus, um zu sehen, was da los ist, und dann sind Sie direkt in mich reingerannt.“

„Was?“ War das denn zu fassen? Ich verschränkte die Arme vor der Brust. Es musste schön sein, ein Mann zu sein und völlig unbesorgt in den dunklen Wald zu marschieren, ohne Angst, dass irgendwelche Serienkiller dort auftauchen könnten. Andererseits hatte ich mich ja auch nicht zum ersten Mal in eine gefährliche Situation gebracht, nur mit einer temperamentvollen Katze als Rückendeckung. Ich schätze, ich konnte jetzt nicht allzu hart mit ihm ins Gericht gehen. „Und würden Sie mir denn jetzt verraten, wer Sie sind.“

„Ich bin Matt Harlow“, sagte er und streckte mir zur Begrüßung seine unverletzte Hand entgegen.

„Sie wollen mir wirklich die Hand reichen, obwohl ich in Ihre andere gebissen habe?“, fragte ich und weitete herausfordernd die Augen, so wie es meine Katze oft mir gegenüber tat. Ich fühlte mich immer noch nicht sicher und wollte nur raus aus diesem Wald. Hier im Dunkeln, verletzt, und mit diesem Unbekannten, das war einfach nicht gut.

Matt trat zurück und lachte nervös. Immerhin war ihm das hier auch nicht geheuer. „Gutes Argument“, erwiderte er. „Ist bei Ihnen denn alles in Ordnung?“

„Ja, alles gut“, gab ich zurück, auch wenn das Pochen in meinen Zehen immer stärker wurde.

„Gut, mehr wollte ich nicht wissen.“ Er hob den Arm zum Gruß und entschwand in die Richtung, aus der er gekommen. „Ich wünsche Ihnen eine angenehme Nacht.“

Ich sah ihm nach, bis er außer Sichtweite war, dann machte ich mich auf den Weg zurück zum Haus. Das war also Matt Harlow, der nächste Angehörige der Senatorin. Wären wir uns unter anderen Umständen begegnet, hätte ich ihn ein wenig ausfragen können, um herauszufinden, was er wusste. So aber war es definitiv besser, auf eine Gelegenheit bei Tageslicht und mit einem zuverlässigen Handysignal zu warten, bevor ich ihn möglicherweise des Mordes beschuldigte.

Okay, er schien ein ganz netter Kerl zu sein – groß und kräftig, ein Teddybärtyp, aber das änderte nichts an der Tatsache, dass er mich im Wald direkt gepackt und mir den Mund zugehalten hatte. Und das war viel unheimlicher, als es diese haarlosen, rätselhaften Katzen jemals sein würden.

„Ich bin wieder da“, rief ich, als ich mich endlich durch die Tür geschleppt hatte. Ach, warum machte ich mir überhaupt die Mühe, ihm das mitzuteilen? Meinen Kater kümmerte meine Sicherheit ja offensichtlich herzlich wenig.

Octocat hielt sich schlauerweise versteckt. Andernfalls hätte ich ihm bestimmt eine Standpauke gehalten, weil er mich im Wald im Stich gelassen hatte, gerade als die Sphynx-Katzen kurz davor waren, uns etwas Entscheidendes mitzuteilen. Nun, wenn er sich vor mir verstecken wollte, konnte er von mir aus ohne Abendessen ins Bett gehen.

Ich stampfte durch das Haus, nur um sicherzustellen, dass er wusste, wie wütend ich auf ihn war. Bei meiner dritten Runde durch das offen gestaltete Erdgeschoss legte ich einen Stopp in der Küche ein, um Octocat eine frische Portion seines bevorzugten Premiumkatzenfutters in den Napf zu füllen. So sehr ich ihm auch eine

Lektion erteilen wollte, hatte ich trotzdem keine Lust, mich die ganze Nacht über sein Gejaule ärgern müssen.

Aber eine kleine Rache musste sein. Deshalb tischte ich ihm die Geschmacksrichtung auf, die er am wenigsten mochte – Hühnchen. Das hatten wir auch nur da, weil die Dose in dem Multipack war, den es in unserem Tierfutterladen im Ort deutlich günstiger gab. Normalerweise sammelte ich diese Dosen, bis ich ein paar Dutzend zusammenhatte, und gab sie dann als Spende an das örtliche Tierheim, aber heute kam es mir sehr gelegen, dass ich davon eine nehmen konnte.

Dann hoppelte ich frustriert die Treppe zu meinem Turmzimmer hinauf und verriegelte die Tür hinter mir. Erst morgen würde eine Firma vorbeikommen, um das Internet anzuschließen, also musste ich mich vorerst auf die mobile Verbindung meines Telefons verlassen, um mir vor dem Schlafengehen noch ein paar Sachen im Netz anzuschauen. Obwohl es ewig dauerte, bis die Seiten richtig luden, weil wir hier durch den nahen Wald wohl kein gutes Signal hatten, wollte ich ein paar schnelle Recherchen über die Aktivitäten der Senatorin anstellen, um zu sehen, ob es in letzter Zeit irgendetwas gab, das ein Hinweis auf ihren Mord sein könnte.

Wo ich schon dabei war, schaute ich mir auch gleich an, was es über Matt Harlow gab. Soweit ich das beurteilen konnte, war er ein ganz normaler Typ mittleren Alters, ein Stadtmensch, der kürzlich geschieden worden war und einen Job im Verkauf hatte. Nichts stach mir ins Auge, nichts das vermuten ließ, er könne ein Serienmörder sein. Aber möglicherweise hatte er bisher nur einmal getötet, sollte Lou Harlows vorzeitiges Ableben auf sein Konto gehen.

Ehrlich gesagt, ich war ratlos.

Ein ungeduldiges Kratzen außen an meiner Tür ließ mich aufhorchen.

„Geh weg!“, rief ich, weil ich gerade keine Lust hatte, mich mit meiner Diva-Katze auseinanderzusetzen.

Octocat murmelte irgendetwas vor sich hin, das nicht bei mir ankam. Er schien mit sich selbst zu hadern. „Es tut mir leid!“, rief er dann klar und deutlich nach kurzem Zögern.

Ich war so schockiert, dass ich mein Handy aufs Bett fallen ließ. Ich konnte mich nicht erinnern, jemals diese spezielle Kombination von Worten über seine Lippen kommen gehört zu haben, höchstens ein *„Das wir dir noch leidtun“*, sicher, aber eine echte, von Herzen kommende Entschuldigung? Noch nie.

Ich lächelte in mich hinein. Diesen Moment musste ich auskosten, genau wie Octocat das oft mit mir machte. „Was hast du gesagt?“, fragte ich und tat so, als hätte ich es nicht verstanden.

Ob er echt ein schlechtes Gewissen hatte? Oder war er in Wirklichkeit nur gekommen, um eine andere Katzenfuttersorte zu verlangen? Ich war mir nicht sicher. Aber immerhin.

Seine Stimme wirkte angespannt, und mir wurde klar, dass dieser Moment Strafe genug für ihn war. „Du weißt, was ich gesagt habe. Du bist einfach – *aah, menno!* Es tut mir leid, okay? Es tut mir leid!“

So schnell ich denn konnte, rannte ich zur Tür. Es fühlte sich wie so eine Zeitlupenszene im Film an, wenn die Heldin durch ein Feld voller leuchtender Blumen schwebt, um zu ihrem Helden zu gelangen. Ja, ich liebte meine Katze, und dieser Moment war definitiv etwas Besonderes für mich.

Als ich die Tür öffnete, lächelte ich ihn an und sagte: „Ich verzeihe dir.“

„Toll“, sagte er mit einem frechen Grinsen. „Übrigens, unten an der Treppe wartet eine schöne, grüne Kotzlache auf dich.“ Er trottete davon und ließ dabei triumphierend die Hüften schwingen.

Offen gestanden, konnte ich mich nicht einmal daran erinnern, wofür er mich mit der grünen Kotze bestrafen wollte, aber ich hatte Wichtigeres zu tun.

Ich ließ meine Tür offen, für den Fall, dass er zurückkommen wollte, damit wir unseren Frieden mit einer Kuscheleinheit besiegeln konnten. Dann machte ich es mir wieder auf dem Bett bequem und setzte meine Nachforschungen über die verstorbene Senatorin und ihren Sohn fort.

Zuerst las ich alle Nachrichtenartikel aus dem letzten Monat, in denen sie erwähnt wurde. Das langweilte mich jedoch so sehr, dass ich mich lieber darauf konzentrierte, was ich schon persönlich herausgefunden hatte.

Ich öffnete die Notizen-App auf meinem Handy und tippte alles ein, was ich schon wusste:

War in ihrer 4. Amtszeit, wäre wahrscheinlich wiedergewählt worden.

Starb durch einen Treppensturz.

Untere Treppenstufe eingebrochen.

Mom bat mich, mit ihr für ihren Sender zu recherchieren.

Mulmiges Bauchgefühl am Tatort.

Zwei Sphynx-Katzen von französischem Züchter.

Officer Bouchard stand fast den ganzen Tag draußen Wache.

Mr. Thompson kam vorbei und wurde abgewiesen.

Nächster Angehöriger ist Matt Harlow. Hat mich im Wald überrumpelt und mir den Mund zugehalten, als ich schreien wollte.

So, das war alles bis jetzt, oder? Wenn alle Personen auf meiner Liste als Verdächtige in Betracht kamen, hätten wir also Officer

Bouchard, Matt Harlow, Mr. Thompson, meine Mutter und irgendeinen Katzenzüchter in Frankreich. Und, ach so ja, noch dazu die beiden Katzen. Ich hätte wahrscheinlich auch jede Person hinzufügen sollen, die bei den nächsten Zwischenwahlen für den Sitz der Senatorin kandidieren würde. Bis dahin waren es aber noch mehr als zwei Jahre, weshalb ich einen politischen Gegner für eher unwahrscheinlich hielt.

Das führte mich zu einer weiteren entscheidenden Frage: Woher kannte die Senatorin Mr. Thompson? Sicher, ich könnte ihn einfach fragen, wenn ich das nächste Mal wieder in die Kanzlei zur Arbeit musste, aber würde er mir dann die Wahrheit sagen oder mich nur weiter in die Irre führen?

Ich googelte fast eine Stunde lang, um irgendeine Verbindung zwischen Harlow und Thompson zu finden, konnte aber nichts entdecken. Da ich für den Rest der Woche noch frei hatte, beschloss ich, jemanden um Unterstützung zu bitten.

„Hallo?", flüsterte Charles, der Juniorpartner der Kanzlei und mein Ex-Schwarm, ins Telefon.

„Charles, könntest du mir einen Gefallen tun?"

„Ich bin mit Breanne im Kino, warte einen Moment." Im Hintergrund vernahm ich einige genervte Laute der anderen Kinobesucher. Es dauerte etwa eine Minute, bis er sich mit kräftiger Stimme zurückmeldete. „Bin jetzt in der Lobby. Was gibt's?"

„Die Senatorin wurde heute ermordet", informierte ich ihn, falls er es noch nicht gehört haben sollte.

Aber er wusste es schon. Natürlich wusste er es. „Es wurde nicht ausgeschlossen, dass es ein Unfall gewesen sein könnte", korrigierte er mich.

„Aber *das* habe ich ausgeschlossen", entgegnete ich, worauf er wohl bewusst nicht antwortete. „Wie auch immer, aber jetzt wird's interessant: Thompson ist heute Nachmittag bei Harlows aufgekreuzt und wollte ins Haus, aber die Polizisten haben ihn abgewiesen.“

„Das ist seltsam. Warte mal, woher weißt du das?“

„Ich wohne jetzt nebenan. Schon vergessen?“, antwortete ich trocken.

„Du kannst dich einfach nicht von einem guten Kriminalfall fernhalten, nicht wahr, Russo?“, sagte er lachend, obwohl es hier um einen Mord ging. Mein Herz fing schon wieder ein wenig an zu schmelzen, aber da er mittlerweile vergeben war, unterdrückte ich dieses Schmetterlingsgefühl und konzentrierte mich wieder auf die harten Fakten.

„Könntest du Thompson für mich genauer unter die Lupe nehmen? Ich würde gerne wissen, woher er die Senatorin kannte. Und warum ist er heute da aufgetaucht?“

„Geht klar“, versicherte er mir. „Sonst noch was?“

„Nee, geh ruhig zurück zu deinem Date, Loverboy.“ Ich hoffte, er bemerkte den Sarkasmus in meiner Stimme nicht. Wie dem auch war, er beendete das Gespräch umgehend und ließ mich wieder allein in meinem riesigen Haus zurück – und möglicherweise mit einem Mörder nebenan.

Vielleicht könnte ich Großmutter überreden, früher einzuziehen? Dann hätte ich immerhin nicht nur eine temperamentvolle Katze, sondern auch eine resolute alte Dame zu meinem Schutz, sollte etwas passieren.

10

Ich verbrachte noch einige Stunden damit, das Leben, die Geschichte und die politischen Positionen der verstorbenen Senatorin zu recherchieren, fühlte mich am nächsten Morgen der Lösung des Mordes dennoch keinen Schritt näher. Klar, das Erbe könnte ein Motiv gewesen sein, wie es bei dem Mord an Ethel Fulton der Fall gewesen war, aber irgendwie bezweifelte ich das.

So beängstigend er mir gestern Abend auch vorkam, ihr höflicher Teddybärsohn aus dem Mittleren Westen erschien mir nicht wie ein Killer – es fehlte ihm wohl nur etwas an Sozialkompetenz. Trotzdem konnte ich ihn nicht völlig ausschließen. Ansonsten kamen nur noch die beiden Katzen und möglicherweise auch mein Chef als Verdächtige infrage.

Hoffentlich würde Charles heute herausfinden, was ich über Thompson wissen musste. Ich hatte damals zu Charles gehalten und ihm geholfen, als niemand sonst bereit war, ihn bei seinem „nicht zu gewinnenden“ Doppelmordfall zu unterstützen. Trotz aller Widrigkeiten hatten wir es geschafft, und ich wusste, dass uns das wieder gelingen konnte. Zwar gab es keinen offiziellen Fall für die Kanzlei, aber ich fand, wir waren der Welt zumindest die Wahrheit über Lou Harlows Tod schuldig.

Nach einem schnellen Frühstück bestehend aus trockenen Cornflakes, band ich mir die Haare zurück, schlüpfte ich in mein leicht gewagtes Retro-Sommerkleid und stieg in mein Auto. Ich wollte diese Sache so schnell wie möglich lösen – nicht nur für die Senatorin und den Rest der Welt, sondern auch für mich selbst. Letzte Nacht hatte ich kaum schlafen können, und ich war überzeugt, das würde sich auch nicht ändern, solange ich mich in meinem neuen Zuhause nicht wirklich sicher fühlen konnte.

„Hey, wo fährst du denn hin?“, fragte Octocat missbilligend, sprang auf die Motorhaube und starrte mich durch die Windschutzscheibe hindurch an.

„Nach nebenan“, teilte ich ihm mit. Durch den Wald kriegten mich im Moment keine zehn Pferde mehr, egal ob es jetzt helllichter Tag war oder nicht. „Und jetzt runter von meinem Auto, ich will losfahren.“

„Ich komme mit!“, rief er und sprintete in Richtung Wald. Das überraschte mich nicht im Geringsten. Er bevorzugte eben diese Fortbewegungsmethode.

Ich steuerte den Wagen die lange, kurvige Auffahrt hinunter, ein kleines Stück die Straße entlang und bog dann in die lange, kurvige Auffahrt von Harlow Manor ein. Mein armer Fuß tat immer noch weh, sonst hätte ich sicher schneller durch den Wald nach drüben gelangen können, aber manchmal hat Schnelligkeit eben keine Priorität, wenn man etwas erreichen wollte.

Zum Beispiel, wenn es darum ging, einen rätselhaften Mord aufzuklären.

Diese Lektion hatte ich nun verinnerlicht. Denn bei meinem

ersten Fall war ich einfach losgerast, ohne mir überhaupt die Zeit zu nehmen, mich auf das Rennen vorzubereiten. Das hatte mich am Ende beinahe das Leben gekostet.

Wenn ich es recht bedenke, hatte ich mich auch bei der Lösung meines zweiten Falles in Lebensgefahr begeben. Dieses Mal wäre ich wirklich froh, wenn ich dem Tod nicht erneut ins Auge sehen müsste, um Harlows Mörder dingfest zu machen. Ich würde mich sicher auch mehr wie ein Profi fühlen, wenn ich das Verbrechen aufklären könnte, ohne dabei das Leben von *irgendwem* zu gefährden.

Vielleicht war ja heute mein großer Tag – ein Wendepunkt im Leben der Tierflüsterer-Detektivin, Miss Doolittle. Ich kicherte bei dem Gedanken, musste aber schon zugeben, dass mir der Spitzname, den mir meine Mutter verpasst hatte, inzwischen ganz gut gefiel.

Als ich nebenan vorfuhr, war ich überrascht, dass weder Polizeiautos und noch ein Sportwagen vor der Harlow-Villa standen. Stattdessen parkte dort ein rostiger alter Pick-up direkt vor dem Haupteingang. Die Haustür stand weit offen, aber ich konnte niemanden drinnen sehen, geschweige denn die mystischen Katzen.

„Ich bin hier!", raunte Octocat aus Richtung Wald. „Und ich habe dir etwas mitgebracht." Er erschien mit einem toten Nagetier im Maul.

„Bäh!", fuhr ich ihn an und bereitete mich innerlich schon darauf vor, dass die Katzenkotze morgen früh besonders ekelhaft sein würde.

„Ist da jemand?", rief eine tiefe Stimme aus dem Inneren des Hauses.

Ich stellte mich neben mein Auto und wartete darauf, dass derjenige, dem diese Stimme gehörte, herauskam. Als er dann tatsächlich auf der Veranda auftauchte, ließ ich einen kleinen Freudenschrei los und rannte zu ihm, um ihn zu umarmen. „Brock! Es ist so schön, dich in Freiheit zu sehen." Hoffentlich war ich ihm durch meine Wortwahl jetzt nicht zu nah getreten, aber die letzten Male, die ich ihn gesehen hatte, waren im Gefängnis beziehungsweise vor Gericht gewesen.

„Angie, richtig?", fragte er und erwiderte mein breites Grinsen. „Danke, dass du mir aus der Sache rausgeholfen hast."

Ups. Natürlich kannte er mich nicht so gut wie ich ihn. Ich hatte fast eine ganze Woche wie besessen an seinem Fall gearbeitet, während er mich immer nur ganz kurz zu Gesicht bekommen hatte, mitten in der wohl stressigsten Zeit seines Lebens.

„Jederzeit wieder", witzelte ich mit einem spielerischen Faustschlag gegen seine Schulter.

„Nun, hoffentlich nie wieder", erwiderte Brock lachend. „Aber ich weiß es zu schätzen."

Er sah gut aus. Wirklich gut. Sein zuletzt langes, dunkles Haar war jetzt viel kürzer, gerade noch lang genug, dass man mit den Fingern schön hindurchfahren konnte.

Wer? Ich? *Nein.* Mein letzter Schwarm hatte sich schließlich erst vor Kurzem eine andere geschnappt. Das reichte mir vorerst. Außerdem konnte sich der gute Brock kaum an meinen Namen erinnern. Diese romantischen Fantasien schlug ich mir besser sofort wieder aus dem Kopf.

Andererseits – er lächelte so nett und offenherzig. Unfassbar, dass diese fiese rothaarige Maklerin seine Zwillingsschwester war. Abgesehen von ihrem Nachnamen hatten sie fast nichts gemeinsam. Zumindest soweit ich das erkennen konnte.

Brock machte eine einladende Handbewegung, und ich folgte

ihm ins Haus. Dann kniete er sich hin und setzte seine Arbeit an der kaputten Treppe fort.

Diese Hose. Dieses Hemd. Seine Muskeln. Und die Art, wie er mit dem Hammer umging … *Wow.*

In diesem Moment schien Charles Longfellow III., in den ich ziemlich verschossen gewesen war, schon fast vergessen. Ich fragte mich, ob Großmutter es gutheißen würde, wenn ich mit einem Ex-Häftling ausging, obwohl er ja zu Unrecht eingesessen hatte. Verdammt, sie fände es wahrscheinlich noch aufregender als ich.

Nein, nein, nein. Böse Angie! Ich hatte jetzt keine Zeit, jemanden zu daten – noch nicht einmal, um darüber nachzudenken, wo doch ein Mörder frei herumlief.

„Sie haben dich also beauftragt, die Treppe zu reparieren?“, fragte ich, um etwas halbwegs Sinnvolles von mir zu geben.

Seine dunklen, funkelnden Augen waren so schön, als er sich mir zuwandte und mich interessiert ansah. „Ja genau“, antwortete er. „Und ich bin dankbar dafür. Obwohl ich freigesprochen wurde, haben viele Leute hier anscheinend immer noch Hemmungen, mich anzuheuern.“

„Oh, ich hätte da ein paar Sachen, die du bei mir machen könntest.“ Ich starrte fasziniert auf die Muskeln, sie sich unter seiner Jeans abzeichneten. Moment, hatte ich das laut gesagt?

„Was hast du gesagt?“, fragte er, drehte sich zu mir um und fuhr sich mit dem Unterarm über den Kopf.

„*Äh* …“ Ich konnte gerade nicht klar denken. Was hatte ich gesagt? Dann wurde mir alles klar: Kaffee! Mein verwirrter geistiger Zustand lag gar nicht an ihm. Ich hatte heute noch kein bisschen Koffein intus und brauchte dringend eine Tasse meines persönlichen Zaubertranks. Kein Wunder, dass mein Gehirn noch nicht auf Kurs war. In Zukunft würde ich besser aufpassen, was das betraf.

Ich kniff mich in die Innenseite meines Arms, um mich aus meinen Träumen zu holen und lächelte ihn an: „Ich hätte ein paar Jobs für dich in meinem neuen Haus, wenn du Zeit hast. Also eigentlich wohne ich direkt nebenan."

Er stand auf und blickte in Richtung meines Hauses, als könnte er es irgendwie durch die massiven Steinmauern von Harlow Manor sehen. „Ja gern, das wäre super."

Octocat erschien in der Tür, mit Spuren frischen Blutes im Gesicht, aber zum Glück waren die Überreste seines Vormittagssnacks nirgends zu sehen. „Kein Wunder, dass du keinen Freund hast", murmelte er, während er begann, sich zu putzen.

Meine Güte, sogar mein Kater hatte kapiert, mit welchen Gedanken ich spielte. Das fing ja gut an heute.

Octocats unmittelbares Auftauchen erinnerte mich daran, dass ich aus einem ganz bestimmten Grund hierhergekommen war, und zwar nicht, um mit dem Handwerker zu flirten. „Eigentlich bin ich nur vorbeigekommen, um mit Matt Harlow zu sprechen. Ist er hier?"

Brock wühlte in einem Behälter mit Nägeln, bis er die gewünschten gefunden hatte: „Nö, er war nur ganz kurz hier, als ich ankam, und ist dann direkt wieder gefahren. Zur Testamentseröffnung", erklärte er, während er sich auf seine Arbeit konzentrierte. „Soll ich ihm ausrichten, dass du hier warst?"

„Das wäre nett, danke." Da ich hier jetzt nicht weiterkam, machte ich mich wieder auf und warf Octocat einen bösen Blick zu, als ich an ihm vorbei in Richtung Tür ging. Er behauptete zwar immer noch, alle Menschen sähen gleich aus, doch zumindest hatte er eine Trefferquote von etwa neunzig Prozent, wenn es darum ging, das Geschlecht einer Person zu erkennen. Ich fragte mich, ob das bei den Sphynx-Katzen genauso war. Wenn sie den Mörder gesehen hatten, würden sie in der Lage sein, ihn zu identifizieren?

„Oh, warte. Ich hab' noch was vergessen“, rief Brock mir nach.

Ich drehte mich so schnell um, dass mein Kleid schwungvoll um mich herumwirbelte, beinahe wie in einem alten Film, und Brock kicherte.

„Ich wollte dir nur sagen, dass wir ein offizielles Angebot für das Haus deiner Großmutter haben. Sieht so aus, als hättest du schon bald eine neue Mitbewohnerin.“

Hey, cool. Er und seine Schwester waren für den Verkauf von Grandmas Haus zuständig. Damit holte er mich wieder in die Realität zurück, und das war gut so. Schließlich gab es noch andere wichtige Dinge, nicht nur ihn und meinen unhöflichen Kater.

„Danke! Das sind gute Neuigkeiten.“

Ich ging langsam zu meinem Auto zurück, wobei ich darauf achtete, meinen verletzten Fuß nicht zu sehr zu belasten. Jetzt, da Grandma einen Käufer für ihr Haus hatte, konnte sie sicher schon viel früher zu mir ziehen, als wir ursprünglich gedacht hatten.

Ich fand, es war keine Schande zuzugeben, dass ich ein kleiner Angsthase war, der seine Großmutter in der Nähe brauchte, um nachts schlafen zu können. Zumindest bis Glendales neuester Mörder gefasst und hinter Gitter gebracht worden war. Vielleicht könnte ich sie heute sogar einladen, um ihren bevorstehenden Hausverkauf zu feiern und sie bitten, über Nacht zu bleiben.

Ich wusste, dass sie nicht widerstehen könnte, wenn sie erfuhr, was sich nebenan ereignet hatte.

11

Natürlich stimmte Großmutter zu, heute Nachmittag vorbeizukommen und sich *aus erster Hand* über den Stand unserer Ermittlungen informieren zu lassen – so ihre Worte. Vielleicht hätte ich stattdessen meine Mutter anrufen sollen, da die ja ohnehin schon mit der Sache zu tun hatte. Aber Großmutter war mir bei meinem letzten Fall eine große Hilfe gewesen, und ich mochte ihre weniger direkte Art, wenn es um die Befragung von Zeugen ging.

Hätte Mom nicht als Journalistin Karriere gemacht, hätte sie zweifelsohne auch eine fantastische Gefängniswärterin abgegeben. Grandma hingegen war Schauspielerin durch und durch. Obwohl ihre Zeit am Broadway schon fast fünfzig Jahren zurücklag, zog sie immer noch gerne Kostüme an und schlüpfte direkt in jede neue Rolle, die wir ihr für unsere Ermittlungen zuteilten.

Und meine Rolle? Ich schätze, ich war der Kopf unserer kleinen Impro-Detektei. Wie auch immer, im Moment waren wir nur selbsternannte Schnüffler, die ein Händchen für entscheidende Hinweise und einen Haufen Ärger hatten. Natürlich, wenn es nach meiner Mutter ginge, würde ich mir bald ein Schild in den Vorgarten stellen und meine Dienste als Privatdetektivin offiziell anbieten.

Grandma war die Schauspielerin, der Freund-und-Helfer-Typ. Mom war die verbissene Reporterin, mehr der kühle Kripo-Typ, und ich war diejenige, die alles recherchierte und sich dann ohne Rücksicht auf Verluste mitten ins Geschehen stürzte.

Vielleicht war ich also doch nicht nur der Kopf unserer „Spezialeinheit".

Ich packte noch ein paar Kisten aus, während ich darüber sinnierte – die ganze Geschichte erschien mir wie der Plot für einen Kriminalroman oder eine Fernsehserie. So weit kommt's noch! Klar, Mom und Grandma hätten ihren Spaß. Die fänden das wahrscheinlich mega. Ich für meinen Teil wollte im Moment eigentlich nur meine Klamotten in meinem neuen Schrank untergebracht und alles wegsortiert bekommen.

Ich hatte mir das kleinste Schlafzimmer der ganzen Villa ausgesucht, nicht nur, weil mich die Idee reizte, in einem Turmzimmer zu wohnen, sondern auch, weil es sich heimeliger anfühlte. Trotz ihres Hangs zum Drama hatte Großmutter mich dazu erzogen, bescheiden zu sein und mein Glück stets im Hier und Jetzt zu suchen. An den Besitz einer ganzen Villa musste ich mich daher definitiv erst noch gewöhnen.

Ich stieß einen frustrierten Seufzer aus, als ich feststellte, dass weniger als die Hälfte meiner Garderobe in den winzigen Schrank im Turmzimmer passte. Meine Sachen bestanden zwar größtenteils aus Fundstücken, die ich in Secondhand-Shops entdeckt hatte, aber ich liebte jedes einzelne davon, und es fiel mir schwer, mich auch nur von einem davon zu trennen. Hochwertige Kleidung, wie es sie in den Achtzigern und Neunzigern gab, wurde einfach nicht mehr hergestellt. Ja gut, zugegeben, da war ich noch gar nicht auf der Welt, aber trotzdem hatte ich ein absolutes Faible für die kräftigen Farben und mutigen Muster von damals.

„Welche Maus ist dir denn über die Leber gelaufen?“ Mit dieser Frage kroch Octocat unter meinem Bett hervor. Ich hatte nicht einmal bemerkt, dass er sich da versteckt hielt.

„Du hast wirklich seltsame Sprüche drauf“, entgegnete ich stirnrunzelnd, bevor ich mich wieder meinem akuten Problem zuwendete. „Meine Klamotten passen nicht alle in diesen Schrank.“

„Also erstens, deine Sprüche sind auch nicht besser.“ Octocat holte tief Luft und verschwand im Schrank, um sich die Sache genauer anzuschauen. Als er wieder herauskam, meinte er: „Und zweitens verstehe ich wirklich nicht, warum ihr Menschen so viele Outfits braucht. Dir ist schon bewusst, dass wir sechs Schlafzimmer in diesem Haus haben, oder? Sechs! Das ist eines mehr als die Anzahl der Leben, die ich noch habe, was mir mehr als genug erscheint. Such dir einfach eines der anderen Zimmer aus und pack deine Sachen dort hinein.“

Ich schüttelte den Kopf und fragte mich, wie er seine ersten zwei Leben wohl verloren hatte und was das überhaupt genau bedeutete. Soweit ich wusste, hatte ich nur ein Leben zur Verfügung – und nur eines zu verlieren. Deshalb konnte unsere Detektivarbeit, so spannend sie auch war, eben auch sehr gefährlich sein. Ich setzte alles aufs Spiel.

„Komm mal mit“, raunte Octocat mir zu. „Ich glaube, ich kenne den perfekten Raum dafür, wenn du mir folgen würdest.“

Mit einem Stapel Kleiderbügel in der Hand folgte ich ihm die Wendeltreppe hinunter, und wir durchquerten den ersten Stock unseres neuen Zuhauses. Also, für mich war es ja zumindest neu. Mein Kater hingegen musste sich kaum einleben. Er hatte einfach nur sein altes Territorium sofort wieder voll in Beschlag genommen. Ich hatte ihn in meiner alten Wohnung noch nie so entspannt gesehen wie hier in dieser extravaganten Umgebung. Die Nobelkatze schien ihm wirklich im Blut zu liegen.

„Das hier“, sagte er, als er vor einer geschlossenen Tür am Ende des Flurs stehenblieb. Dabei tippte er mit der Pfote auf den Lichtstreifen, der unter der Tür hindurchkam.

Ich öffnete sie und war so überrascht, dass mir der Stapel Kleiderbügel krachend aus der Hand fiel. Irgendwie hatte ich dieses Zimmer völlig vergessen. Sicher, ich hatte das Haus ein paar Mal besichtigt, bevor ich den Kaufvertrag unterschrieb, aber damals war ich noch so überwältigt von der ganzen Sache, dass ich mir nicht alles im Detail merken konnte.

Und, oh, dieses Zimmer war wirklich schön.

Vor allem, weil es eine große, breite Fensternische zum Sitzen hatte, wie sie mir schon drüben in Harlow Manor aufgefallen war. Herrlich! Die gemütliche Fensterbank war an die zwei Meter lang, sodass ich dort sogar ein Nickerchen machen könnte. Schwere Verdunkelungsvorhänge flankierten sie auf beiden Seiten. Bestimmt waren sie geschlossen gewesen, als ich die ersten Male hier war, sonst wäre mir dieses wichtige Detail sicher aufgefallen.

Von der gewölbten Decke hing ein opulenter, antiker Kristallkronleuchter, der das Sonnenlicht einfing und winzige Regenbögen in den Raum warf. Die meisten Glühbirnen waren durchgebrannt, aber das tat seiner Wirkung keinen Abbruch. Der robuste, honigfarbene Hartholzboden war zwar zerkratzt, aber immer noch in Ordnung. Es würde nicht allzu viel Arbeit machen, ihn abzuschleifen und zu polieren, wenn ich das Geld und die Zeit hätte – oder vielleicht könnte das auch der sexy Handwerker für mich erledigen.

„Also, geht das als dein neuer Kleiderschrank?“, wollte Octocat wissen und sprang auf den Sitzplatz am Fenster. Er warf einen kurzen Blick nach draußen, bevor er sich wieder zu mir umdrehte. „Der Raum ist recht klein, also dachte ich, er würde dir gefallen.“

„Kleiderschrank?“, japste ich. „Kommt gar nicht infrage! Das wird meine neue Bibliothek.“

Tränen stiegen mir in die Augen und liefen über mein Gesicht und T-Shirt, aber das war mir sowas von egal. Sollte sich Octocat doch über mich lustig machen, so viel er wollte, aber ich hatte endlich etwas in diesem Haus gefunden, das mich über alle Maße begeisterte.

Ich fühlte mich wie im Märchen, doch war das verwunderlich, jetzt, wo ich wie Rapunzel in einem Turm schlief und sogar meine eigene persönliche Bibliothek haben würde wie Belle? Sicher, das Haus verwandelte sich nachts in ein Spukschloss, aber ... aber ...

Ich würde meine eigene Bibliothek haben!

Ein lautes Klopfen unten an der Haustür riss mich aus meinen Träumen. Ansonsten hätte ich womöglich noch stundenlang Pläne für mein neues Projekt geschmiedet und entsprechende Skizzen angefertigt.

„Haben wir denn keine Türklingel?“, fragte ich Octocat, schloss seufzend die Tür hinter mir und ging die Treppe hinunter.

Er zuckte mit den Schultern und flitze voraus, um herauszufinden, wer da geklopft hatte.

So schön es auch gewesen wäre, mir das alles weiter auszumalen ... vielleicht war es ja Großmutter, und sie mochte es gar nicht, wenn man sie warten ließ.

„Hallo?“, rief eine nasale, maskuline Stimme.

Es klopfte erneut, diesmal etwas nachdrücklicher.

Ich spähte durch die Buntglasscheiben, die die Eingangstür an beiden Seiten zierten, und sofort erkannte ich die Gestalt von Matt Harlow. Ich öffnete und postierte mich so, dass er nicht direkt eintreten konnte. Auch wenn ich ihm heute Morgen einen Besuch abstatten wollte, war ich immer noch unglaublich nervös in seiner Nähe – und das würde auch so bleiben, bis ich mir ganz sicher sein konnte, dass er nicht der Mörder war.

„Hi", grüßte er mich, eine Hand in der Hosentasche und mit der anderen freundlich winkend. War das echt derselbe Mann, den ich am Abend zuvor gebissen hatte? „Du bist vorhin bei mir vorbeigekommen?", fragte er, als würden wir uns schon ewig kennen.

Ich tastete nach meinem Handy, um mich zu vergewissern, dass ich es sicherheitshalber bei mir hatte, dann trat ich zurück und machte eine einladende Handbewegung. „Möchtest du einen Tee mit mir trinken?", fragte ich ihn. Schließlich waren wir jetzt Nachbarn und da war das doch so üblich, oder?

Octocat rannte durch die Eingangshalle und gab schreckliche, ohrenbetäubende Geräusche von sich. „Zu früh! Zu früh!", schrie er.

„Ist mit deiner Katze alles in Ordnung?", fragte Matt und reckte den Hals, um Octocat besser sehen zu können.

Ich zuckte mit den Schultern. „Äh, ja, alles okay, das hat er schon mal. Tee?"

„Ja, gern." Ein echtes Lächeln huschte über Matts Gesicht, und zum ersten Mal fiel mir auf, dass er seiner verstorbenen Mutter ähnlichsah.

Ich führte ihn in den Salon, der für förmlichere Anlässe vorgesehen war, und deutete ihm an, sich auf die alte, mit dunklem Kirschholz verkleidete viktorianische Couch zu setzen. Im ganzen Haus gab es viele verschiedene Holzarten, und ich war mir nicht sicher, ob das das Ergebnis einer schlechten Planung oder eines jahrzehntealten Einrichtungsstils war, den ich nicht ganz verstand.

Auf halbem Weg zur Küche drehte ich mich um und spürte, dass ich jetzt die perfekte Gelegenheit hatte, Matt ein paar sehr wichtige Fragen zu stellen.

„Du hast auch Katzen, oder?" Ich hoffte, es war nicht zu offensichtlich, dass mich die Sphynx-Katzen brennend interessierten. Vorausgesetzt, Matt war nicht der Mörder, könnte ich seine Hilfe gut gebrauchen.

Er verschränkte die Arme vor der Brust. Es wirkte etwas unbeholfen, wie er so dasaß. „Ich? Nein, aber meine Mutter hatte immer welche, seit ich denken kann."

„Was willst du denn jetzt mit den beiden machen?", fragte ich beiläufig.

Er zuckte mit den Schultern und versuchte, es sich auf dem extrem harten Sofa bequem zu machen. „Keine Ahnung", gab er zu. „Sie verstecken sich schon die ganze Zeit vor mir, seit ich angekommen bin. Ich dachte, ich könnte sie vielleicht mit nach Hause nehmen und sie meinen Kindern geben, dann wären sie das Problem meiner Ex-Frau und nicht mehr meines. Aber ich fürchte, die beiden könnten meinen Kindern Albträume bereiten, wie ich sie als Kind auch hatte."

„Albträume? Warum?", fragte ich, obwohl mir klar war, was er meinte. Aber ich wollte, dass er weitererzählte.

„Hast du jemals eine Katze ohne Fell gesehen?", fragte er mit einem Schaudern. „Die sehen furchteinflößend aus, als läge ihr Gehirn frei."

Wir lachten beide. Diese Beschreibung traf es ziemlich genau. Trotzdem hatte ich angefangen, Jacques und Jillianne zu mögen, jetzt, wo ich die Gelegenheit gehabt hatte, ein wenig mit ihnen zu reden. Sicher, sie waren ein bisschen anders, aber trotzdem verdammt cool. „Du meintest, dass sie dir als Kind Albträume bereitet haben. Hattest du schon immer Angst vor Katzen?“

Er räusperte sich und hustete in seine Faust. „Ich habe keine Angst vor Katzen. Früher mochte ich sie, aber dann lernte Mom diesen französischen Züchter kennen, und seitdem wollte sie nur noch Sphynx-Katzen haben und wenn möglich, die Besten der Besten.“

Wie es schien, hatte ich das Glück auf meiner Seite. Das war die perfekte Gelegenheit, mit der ich so gar nicht gerechnet hatte: „Wenn du möchtest, kann ich auf sie aufpassen, bis du dich entschieden hast, was mit ihnen passieren soll. Das wäre kein Problem, ich würde mich freuen“, bot ich ihm mit einem einschmeichelnden Lächeln an.

In diesem Moment raste Octocat durch den Raum. „*Was?*“, schrie er entsetzt und sprang neben Matt auf das Sofa. „Das kann nicht dein Ernst sein! Das werde ich auf keinen Fall zulassen.“

„Ja, gern“, sagte Matt und unterbrach die ihm unverständliche Tirade meiner Katze. „Das wäre klasse. Das heißt, wenn es dir wirklich nichts ausmacht.“

„Oh, es macht mir überhaupt nichts aus“, versicherte ich mit einem breiten Lächeln, während ich den Ausdruck des Entsetzens auf dem Gesicht meiner Katze genoss.

„Verräter“, murmelte Octocat atemlos.

Matt streckte die Hand aus, um ihn zu streicheln, wurde aber kurzerhand von meinem sehr launischen Mitbewohner gekratzt. „Autsch“, jammerte er. „Und das war auch noch meine gute Hand.“

Octocat rannte laut fauchend hinaus, um sich zu verstecken, wobei er die übelsten Flüche von sich gab.

„Tut mir leid“, sagte ich leicht verlegen. Hoffentlich würde er mir immer noch zutrauen, auf die Katzen seiner Mutter aufzupassen, nachdem er nun mitbekommen hatte, wie verrückt sich mein eigenes Katzenvieh benahm.

„Also, jetzt einen Tee?“ Damit er nicht doch noch ablehnen konnte, huschte ich in die Küche. Gut, dass ich jetzt einen Moment für mich allein hatte, um mir meine Fragen zu überlegen. Wenn ich es richtig anstellte, würde ich vielleicht die fehlenden Puzzleteile finden, die ich brauchte, um Lou Harlows Mord ein für alle Mal aufzuklären.

12

Ich brachte Matt eine Tasse einfachen Earl-Grey-Tee, ohne Milch und ohne Zucker – nicht wirklich gut, aber es musste reichen, da ich seit meinem Einzug gestern Nachmittag noch keine Zeit zum Einkaufen gehabt hatte. Es grenzte schon an ein Wunder, dass ich überhaupt diesen Tee dahatte.

„Danke", sagte er mit einem freundlichen Lächeln, nahm die warme Tasse entgegen und umfasste sie mit beiden Händen. „Hör mal, wegen gestern Abend, ich wollte mich entschuldigen für ... Nun, ich bin sicher, du erinnerst dich."

„Schnee von gestern." Ich machte eine wegwerfende Handbewegung, auch wenn ich froh über seine Entschuldigung war. Ich musste ihn auf meiner Seite haben, wenn ich erfahren wollte, was er über den Mord an seiner Mutter wusste.

„Du bist einfach so gastfreundlich und bietest dann auch noch an, die Katzen zu nehmen. Ich habe echt ein schlechtes Gewissen, weil ich mich so verhalten habe. Es ist nur ..." Er seufzte schwer und drehte die Tasse in seinen Händen hin und her, und da fiel mir erst auf, welche es war. Darauf stand nämlich in kunstvollen Lettern: *Crazy Cat Lady*. Großmutter hatte sie mir vor ein paar Monaten geschenkt, nachdem ich Octocat offiziell adoptiert hatte, und sie war schnell zu meinem Lieblingskaffeebecher geworden. Ich verrückte Katzenlady.

Matt seufzte und starrte zu Boden. „Es ist wohl nicht gerade männlich, das zuzugeben, aber ich hatte schreckliche Angst."

„Das ist doch verständlich", versicherte ich ihm. „Immerhin hat gerade jemand deine Mutter umgebracht."

„Genau!" Matt trank einen kleinen Schluck von dem Tee und stellte die Tasse dann auf dem abgenutzten Couchtisch ab. Das alte Möbelstück musste schon einiges erlebt haben, also war es mir auch egal, dass ich gerade keine Untersetzer hatte. Das war auch kein Problem, über das ich mir jetzt Gedanken machen musste. „Ich wohne im Moment auch in ihrem Haus. Klar, es ist mein Elternhaus, in dem ich aufgewachsen bin, aber es ist mir einfach unheimlich."

„Ich weiß genau, was du meinst." Mit gruseligen Häusern hatte ich ja nun auch schon meine Erfahrungen gemacht, und so streckte ich meinen Arm zu ihm rüber für ein sportliches Faust-an-Faust. Er verstand jedoch nicht, was ich meinte, also gaben wir uns stattdessen die Hand.

„Du bist also hier in der Gegend aufgewachsen?", fragte ich und nahm einen Schluck aus meiner Tasse. Tee ohne mindestens zwei Löffel Zucker war mir ein Graus, also hatte ich meine heimlich einfach nur heißes Wasser gefüllt, um ein Tässchen mit ihm trinken zu können. So wirkte unser Gespräch eher wie ein Plausch unter Nachbarn. Er sollte nicht den Eindruck bekommen, ich wolle ihn verhören.

„Nicht hier in der Gegend.“ Er hielt inne und schüttelte den Kopf. „*Hier*. Gleich nebenan.“

„Darf ich fragen, warum du weggegangen bist?“ Bis jetzt war ich sehr zufrieden mit dem Verlauf unserer Unterhaltung. Matt erzählte mir bereitwillig aus seinem Leben, ohne auch nur das geringste Zögern. Was würde er mir noch alles verraten, bevor die Tasse leer war?

„*Liebe.*“ Er schnaubte und verdrehte die Augen. „Die hat mich ganz schön aus der Bahn geworfen.“

Ich zuckte mitfühlend zusammen, denn ich wusste ja, dass er frisch geschieden war. Obwohl ich bisher noch keine große Liebe erlebt hatte, tat er mir leid. Alles musste noch sehr ungewohnt für ihn sein, und jetzt hatte er obendrein noch seine Mutter verloren. „Also, warum kommst du nicht zurück? Ich nehme an, deine Mutter hat dir das Haus hinterlassen.“

„Das hat sie, aber ich weiß nicht.“ Er trommelte mit den Fingern auf den Rand seiner Tasse und runzelte die Stirn. „Es wäre nicht einfach, hier zu leben, ohne ständig an sie zu denken.“

„War sie eine gute Mutter?“, fragte ich ihn beiläufig und nippte an meinem heißen Wasser.

Matt schien nicht das Gefühl zu haben, von mir ausgequetscht zu werden, trotz all meiner Fragen. Vielmehr schien er froh zu sein, mit jemandem darüber reden zu können oder zumindest jemanden zum Reden zu haben. Armer Kerl.

„Sie war die Beste“, versicherte er mir mit einem nostalgischen Seufzer. „Alles, was man über sie in den Zeitungen lesen kann, ist übrigens wahr. Sie hatte wirklich das gütigste Herz, das man sich vorstellen kann. Schon bevor sie gewählt wurde, war sie immer irgendwo ehrenamtlich tätig. Tatsächlich haben wir mehr Weihnachten damit verbracht, bei der Tafel warme Mahlzeiten zu verteilen, als zu Hause Geschenke auszupacken."

„Das ist echt bewundernswert. Ich bin sicher, viele Leute werden sie sehr vermissen. Ich auf jeden Fall." Ich wusste natürlich schon, dass sie so engagiert war, aber es direkt von ihrem Sohn zu hören, berührte mich noch viel mehr und machte mich noch wütender, dass jemand dem Leben dieser Frau ein jähes, gewaltsames Ende gesetzt hatte.

Matts Augen leuchteten auf. „Kanntest du sie gut?"

Ich lächelte. „Nun, ich habe sie immer gewählt, und bei ihr war ich mir immer sicher, dass sie hinter den Dingen stand, die sie sagte. Das fand ich sehr erfrischend."

Er nahm einen langsamen Schluck aus seiner Tasse. „Ich verstehe einfach nicht, warum ihr jemand das angetan hat", sagte er kopfschüttelnd. „Es ergibt einfach keinen Sinn."

„Vielleicht war es doch ein Unfall", erwiderte ich, obwohl ich es selbst nicht glaubte.

„Vielleicht", räumte er ein.

Für einen kurzen Moment saßen wir schweigend da. Er ging nicht weiter darauf ein, aber ich merkte, dass er noch nicht gehen wollte, also stellte ich ihm eine weitere Frage.

„Als ich heute Morgen bei dir vorbeikam, warst du bei der Testamentseröffnung. Ist alles gut gelaufen?" Ich dachte zurück an die erste und einzige Testamentseröffnung, an der ich je teilgenommen hatte. Es war dieselbe, bei der ich durch den Stromschlag einer alten Kaffeemaschine fast gestorben wäre, bei der ich meine Tierflüsterer-Fähigkeiten entdeckte und bei der ich Octocat zum ersten Mal traf. Meiner Erfahrung nach konnten Testamentseröffnungen also eine echte Herausforderung darstellen.

„Es war in Ordnung“, antwortete Matt gedankenverloren. „Keine wirklichen Überraschungen. Ich habe das Haus geerbt. Meine Kinder die beiden Sparkonten, die sie ohnehin bekommen sollten, wenn sie achtzehn sind. Der Rest geht größtenteils an einen Stipendienfond, von dem meine Mutter schon seit Jahren immer wieder sprach, aber sie hatte es nie geschafft, ihn zu verwirklichen.“

„Ein Stipendium? Das ist ja toll“, sagte ich nickend. „Für Politikstudenten?“

„Ganz und gar nicht“, antwortete er spöttisch. „Mom hat Politiker immer gehasst. Sogar noch mehr, nachdem sie selbst einer geworden war. Sie sagte immer, es seien zwar kluge Leute, deren gute Absichten aber meist auf der Strecke blieben. Bei ihr war das zum Glück nie so. Gott hab sie selig.“

„Darf ich fragen, wofür das Stipendium dann ist?“ Hoffentlich war es nicht zu unsensibel, das zu fragen, nachdem er sich so liebevoll über seine Mutter geäußert hatte. „Ich, also, ich denke darüber nach, noch mal zu studieren, also vielleicht könnte ich mich dafür bewerben.“ Im Moment spielte ich zwar nicht wirklich mit dem Gedanken, erneut die Schulbank zu drücken, aber ich kannte mich ja – vom Lernen konnte ich nie genug kriegen, also war es wohl nur eine Frage der Zeit.

Matt schaute sich in meiner protzigen Hütte um, und was er dachte, war offensichtlich – warum solltest *du* ein Stipendium brauchen? Er sprach es jedoch nicht aus. Auch wenn ich ihn bei unserem ersten Aufeinandertreffen alles andere als nett erlebt hatte, merkte ich dennoch, dass er ein guter Kerl war, und genau so hatte ihn seine Mutter erzogen. „Biologie. Oder, genauer gesagt, Meeresbiologie“, antwortete er. Damit hatte ich nun gar nicht gerechnet.

Ich musste verwirrt dreingeschaut haben, denn er erklärte

sogleich: „Ich weiß, es scheint nicht so recht zu einer Senatorin zu passen, nicht wahr? Aber damals in den Siebzigern, als sie mich gerade bekommen hatte, wollte mein Vater, dass sie zu Hause bleibt, um mich großzuziehen. Ich schätze, das gefiel ihr nicht, und sie ließ sich schließlich von ihm scheiden. Aber bis es so weit kam, engagierte sie sich in der damals neuen Bewegung zur Rettung der Wale – *Save the Whales*. Das gab ihr den ersten Vorgeschmack auf politischen Aktivismus, und es muss sie sehr gefesselt haben."

Er hielt inne und trank einen weiteren Schluck Earl Grey, bevor er fortfuhr. „Das ist auch der Grund, warum sie all die Jahre allein in dem großen Haus geblieben ist. Sie wollte das Meer und alles, was es für sie bedeutete, nicht verlassen. Ich schätze, ich komme selbst ein bisschen nach ihr, denn ich habe mir in Chicago ein Haus mit Blick auf den Lake Michigan gekauft. Selbst jetzt kann ich mir nicht vorstellen, aus meinem Fenster zu schauen und etwas anderes als Wasser zu sehen."

„Sie wollte also mit ihrem Stipendienfond weiterhin Wale retten", fasste ich mit einem verträumten Lächeln zusammen. „Das finde ich total schön."

Es klopfte erneut an der Haustür, dieses Mal schnell und leicht.

„Ich komme!", rief ich, sprang auf und quietschte vor Freude, als ich Grandma durch die Glasfenster sah.

„Okay, ich bin da", sagte sie und trat ein. Sie trug knallgrüne Galoschen und Leggings mit einem Regenbogenmuster, dazu ein altes, verwaschenes T-Shirt, dessen ursprüngliche Farbe kaum noch erkennbar war. „Und jetzt erzähl mir alles über diese rätselhaften Katzen."

Ich drehte mich zu Matt um und zog eine Grimasse. „Es geht um dieses Buch, das wir beide lesen", erklärte ich schnell. Bücher waren wirklich eine prima Ausrede, denn nur wenige Leute interessierten sich so sehr dafür, dass sie sich weiter danach erkundigten. Das war zwar traurig, aber trotzdem praktisch. „Wie dem auch sei, das ist meine Großmutter. Grandma, das ist Matt Harlow. Die Senatorin war seine Mutter."

„Ach, das tut mir so leid, Sie Ärmster." Großmutter setzte sich eilig neben ihn und drückte ihren Handrücken gegen seine Stirn. „Wie geht es Ihnen?"

„Gut", antwortete Matt, obwohl es eher wie eine Frage klang.

„Ich habe jedes Mal für Ihre liebe Mutter gestimmt", verkündete Großmutter stolz. „Es gab keine Bessere als sie."

Matt hielt seine Tasse hoch: „Darauf trinke ich."

Ich ließ mich wieder im Ohrensessel ihnen gegenüber nieder. „Matt hat mir eben ein bisschen über seine Mutter erzählt. Außerdem habe ich ihm angeboten, auf die Katzen der Senatorin aufzupassen, während er den Nachlass regelt."

„Man kann nie zu viele Meinungen oder zu viele Katzen haben", meinte Großmutter. Dabei nickte sie und kicherte leise. Ich konnte weder dem einen noch dem anderen zustimmen, sagte aber nichts dazu.

Matt trank noch einen letzten Schluck Tee, dann stellte er die leere Tasse zurück auf den Couchtisch. „Ich muss los", sagte er und stand auf. „Nochmals vielen Dank für die freundliche Einladung und die netten Worte über meine Mutter."

Grandma stand ebenfalls auf und umarmte ihn herzlich. Sie sah winzig aus neben seiner großen, bärenartigen Gestalt, doch ich sah ihm an, dass er die Geste zu schätzen wusste.

Nachdem sie ihn losgelassen hatte, stand ich auf und folgte Matt zur Tür, wo wir stehenblieben. „Sag mir Bescheid, wenn ich wegen der Katzen vorbeikommen soll", erinnerte ich ihn.

„Oh, richtig." Es klang als hätte er es bereits vergessen – oder er tat nur so. Octocats kleiner Wutanfall von vorhin war sicher kein überzeugender Auftritt. „Bist du sicher, dass es dir nicht zu viele Umstände macht?“

„Ich bin sicher“, erwiderte ich, vielleicht etwas zu hastig. In Wahrheit brauchte ich diese Katzen dringend als Zeugen. Sie waren der Schlüssel, um den Mord aufzuklären, und ich wollte unbedingt wissen, was sie zu sagen hatten. „Vielleicht sollte ich jetzt einfach mit dir mitkommen und sie abholen? Dann hätten die beiden noch etwas Zeit, um sich vor Einbruch der Dunkelheit bei mir einzugewöhnen.“

Und er hätte keine Zeit mehr, um seine Meinung zu ändern. Das durfte nicht passieren. Jetzt, wo ich Großmutter hier hatte, konnte sie mir helfen und Octocat bei Laune halten, sonst würde er womöglich nicht bereit sein, uns zu unterstützen. Obwohl ich angeblich sein bester Freund war, zog er ihre Gesellschaft eindeutig der meinen vor. Toll. Ich versuchte trotzdem, mir davon nicht die Stimmung verderben zu lassen.

Matt zog die Brauen hoch und schaute mich prüfend an: „Bist du sicher, dass du dir sicher bist?“

„Je mehr, desto besser!“, funkte uns Großmutter dazwischen, legte jedem von uns einen Arm um die Hüften und zog uns näher zu sich heran. „Jetzt lasst uns unsere Gäste holen.“

Matt sagte nichts mehr, als wir drei auf die Veranda hinausgingen. Ich schaute mich um, sah aber keine weiteren Fahrzeuge, außer Grandmas aufgemotztem Sportcoupé. Er musste also zu Fuß durch den Wald gekommen sein, um mich zu besuchen.

Und obwohl er bei unserem Nachmittagstee ein sehr angenehmer Gesprächspartner gewesen war, gefiel mir diese Vorstellung nicht. Wenn es ihm nach unserer unsanften Begegnung letzte Nacht nichts ausmachte, durch den Wald zu trappen, würde er das auch wieder bei Dunkelheit tun?

Vielleicht sollte ich mich doch nicht zu sehr in Sicherheit wiegen.

13

In Harlow Manor angekommen, verschwand Matt, um einen Anruf zu tätigen und überließ es Grandma und mir, die beiden Sphynx-Katzen einzufangen. Trotz unserer Bemühungen brauchten wir fast eine Stunde, um Jacques und Jillianne zu finden, ins Auto zu laden und sie dann zu mir nach Hause zu bringen. Offenbar waren sie nicht nur gut darin, in Rätseln zu sprechen, sondern auch im Verstecken. Um nicht zu riskieren, dass sie sich wieder davonschlichen, trugen Großmutter und ich sie direkt nach oben in den Raum, den ich als meine zukünftige Bibliothek auserkoren hatte, und schlossen die Tür fest zu, bevor wir sie aus ihren Transportboxen ließen.

Ich hatte auch Octocat mit dazu geholt, wofür ich sogleich ein paar frische Kratzer kassierte, mit denen er mir demonstrieren wollte, wie *wenig* begeistert er über die ganze Sache war.

„Ich erhebe Einspruch!", rief er und warf sich unter Protest gegen die geschlossene Tür.

„Oh, sei still, oder ich gebe dir etwas, gegen das du wirklich

Einspruch erheben kannst." Ich hatte keine Ahnung, was das sein könnte, aber zum Glück funktionierte meine leere Drohung.

„Komm her, mein süßes Kätzchen!", gurrte Großmutter und tippte mit den Fingern auf den Holzboden, wo wir beide im Schneidersitz saßen.

Octocat hasste es, *Kätzchen* genannt zu werden, aber er liebte Grandma, also trottete er hinüber und kletterte auf ihren Schoß. Sie begann gleich, ihn zu betüdeln und jene spezielle Stelle direkt unter seinem Kinn zu kraulen. Ich konnte ihm ansehen, wie seine Wut dahinschmolz. Gott sei Dank.

Er schielte zu mir herüber und meinte dann mit verdrossener Miene: „Hoffentlich sind wir hier schnell fertig." Zum Glück war ich an seine Theatralik und seine enttäuschten Blicke gewöhnt. Ich würde mir jetzt auf keinen Fall von ihm meine Pläne durchkreuzen lassen.

Die beiden Sphynx-Katzen hatten sich in die hinterste Ecke des Raums zurückgezogen und saßen schlotternd nahe dem Auslass der zentralen Klimaanlage. Sie sahen so unglücklich aus, dass ich schon fast ein schlechtes Gewissen hatte, sie hier einzusperren. Aber wir brauchten entscheidende Informationen von ihnen, und schließlich hatten sie sich freiwillig direkt unter den kalten Luftstrom gesetzt.

Der Kleine gab ein krächzendes Miauen von sich, und Octocat seufzte. Natürlich würde ich mein Bestes geben, damit wir das hier möglichst schnell und schmerzlos hinter uns bringen könnten. Zumindest unseren beiden Gästen war ich das schuldig.

„Lass uns loslegen", meinte Großmutter. Ihre Augen funkelten. „Ich kann es kaum erwarten, ein paar Rätsel zu lösen." Ich hatte ihr heute Morgen am Telefon schon alles Wichtige erzählt und sie damit wohl ziemlich angefixt. Sie war eindeutig im Action-Modus.

„Okay." Ich richtete meinen Blick auf Octocat, der bewusst

wegschaute. „Octocat“, sagte ich erneut, um seine Aufmerksamkeit zu bekommen. „Wenn du willst, dass es schnell geht, dann pass jetzt bitte auf.“

Er drehte sich mit angelegten Ohren und eingezogenem Schwanz zu mir um. „Gut. Was soll ich die beiden nackten Wunderkatzen fragen?“

„Frag sie, wer ihre Besitzerin getötet hat“, forderte ich ihn auf und klang dabei wie ein ungeduldiger Teenager. Das hatte ich immer noch sehr gut drauf.

Grandma kicherte vergnügt, und Octocat blieb auf ihrem Schoß sitzen, während er sich an die Sphynx-Katzen wandte.

Sie blieben wie festgeklebt in ihrer dunklen Ecke hocken. Der Dialog der Vierbeiner dauerte viel länger als damals mit dem Terrier, der auch ein Zeuge gewesen war. Ich begann, mich ein wenig zu langweilen, als die Minuten ohne weitere Antworten verstrichen.

Plötzlich starrte mich Octocat entsetzt und mit weit aufgerissenen Augen an, und seine Schnurrhaare zuckten: „Ich wusste es!“, rief er. „Du dachtest, ich sei rassistisch oder was auch immer, aber mein erster Instinkt war absolut richtig.“

„Was meinst du?“ Meine Beine waren eingeschlafen und ich versuchte, sie wieder wach zu rubbeln.

Großmutter betrachtete ihn mit Bewunderung, als er verkündete: „*Sie* haben die Senatorin getötet.“

„Ach, komm schon!“, rief ich. *Das* konnte jetzt nicht sein Ernst sein.

Er blieb ungerührt und beharrte auf ihrer Schuld. „Nein, wirklich. Sie haben es gerade zugegeben.“

„Ja? Dann sag mir, was sie gesagt haben“, verlangte ich und wünschte, ich wäre nicht auf ihn als Dolmetscher angewiesen, denn er war eindeutig voreingenommen.

„Es wäre deutlich einfacher, wenn du mich beim Wort nehmen würdest, weißt du? Aber gut.“ Er seufzte und zitierte ihr letztes Rätsel: *„Verzeiht uns, wenn wir euch dies gestehen, denn die Schuld liegt bei denen, die ihr hier könnt sehen.“*

Er hatte natürlich recht. Die Antwort war offensichtlich, aber …

„Das ist noch nicht mal ein echtes Rätsel“, sagte ich beinahe enttäuscht. „Es ist einfach nur ein Reim.“

„Sag mal, geht's noch? Sie haben dir gerade ein Geständnis abgeliefert, und ein ziemlich direktes für ihre Verhältnisse. Was willst du denn noch?“

„Frag sie noch einmal auf eine andere Art und Weise“, forderte ich ihn auf. Dann flüsterte ich Großmutter zu, was er gesagt hatte, während Octocat sich weiter mit den Sphynx-Katzen unterhielt.

Wieder vergingen einige Minuten, bevor mein Kater sich erneut zu mir umdrehte: „Nun, Angela. Sie sagten: *Du hast uns beim ersten Mal nicht geglaubt, aber du weißt bereits, wer ihr das Leben geraubt.“*

Octocat peitschte mit seinem Schwanz gegen Großmutters Bein, und sie hörte abrupt auf, ihn zu streicheln. „Reicht dir das jetzt?“, blaffte er mich mit aufgerissenen Augen an.

„Nicht ganz“, erwiderte ich, was ihn noch mürrischer dreinschauen ließ. „Sie haben gesagt, ich wüsste es schon, aber ich habe eine ganze Liste von Verdächtigen. Es könnte Mr. Thompson sein oder Matt oder sogar Officer Bouchard.“

„Oder es könnten diese beiden Freaks sein, die buchstäblich gerade einen Mord gestanden haben“, geiferte er und warf ihnen einen kalten Blick zu, gefolgt von einem zischenden Fauchen.

„Was denkst du, Grandma?“ fragte ich sie, nachdem ich ihr auch die letzte Äußerung der Sphinx-Katzen mitgeteilt hatte.

„Puh“, stöhnte sie und massierte sich die Schläfen. „Ich war noch nie eine Rätseltante. Ihr könntet beide recht haben, das ist nicht eindeutig.“

Ich kaute auf meiner Unterlippe, während ich überlegte, was ich als Nächstes tun sollte. „Okay, wie wäre es damit?“, sagte ich und wartete darauf, dass Octocat mir wieder seine Aufmerksamkeit schenkte. „Frag sie, wie sie sie getötet haben. Nicht, wie sie gestorben ist, sondern wie *sie* die Senatorin getötet haben.“

„Das wissen wir doch schon“, antwortete er in einem Tonfall, der nicht herablassender hätte sein können.

Ich erhob warnend meine Faust und knurrte ihn an, was ausreichte, um ihn zur weiteren Kooperation zu bewegen.

Die nächste Botschaft überbrachte er mir klar und deutlich, ohne weiteren Kommentar: „*Dort, wo es rauf- und runtergeht, das Rätsel vor der Lösung steht.*“

„Treppe!“ Das klang für mich einleuchtend. „Okay, das war also das *Wo*. Aber ich musste noch wissen, *wie es passiert war.*“

Er schlug mit einer Pfote in meine Richtung. „Du bist unerträglich. Weißt du das?“

Sein Geduldsfaden war drauf und dran zu reißen, das merkte ich – meiner aber auch. Und wir waren noch nicht fertig. „Oh, meine Güte, bitte frag sie doch einfach!“, platzte es aus mir heraus. Ich hatte fälschlicherweise angenommen, dass er sich kooperativer zeigen würde, da ihm die Senatorin auch etwas bedeutet hatte. Andererseits war er sich die ganze Zeit über sicher gewesen, den Fall längst im Alleingang gelöst zu haben. Wer brauchte schon Fakten und Zeugenaussagen, wenn man ein Ego wie ein König hatte?

Octocat stöhnte und meinte dann vorwurfsvoll: „Du schuldest mir was. Du schuldest mir einen Gefallen. Aber *sowas von.*“

„Was hätte der Herr denn diesmal gerne? Noch eine größere

Villa vielleicht?“, schoss ich zurück. Ich konnte mich doch nicht von meiner Katze derart unterbuttern lassen … nicht schon wieder.

Er verdrehte genervt die Augen, gab aber trotzdem das nächste Rätsel der beiden preis. *„Mit festem Tritt und leichtem Herz, so fiel sie in den letzten Schmerz.“*

„Jetzt habe ich das Gefühl, dass sie meiner Frage nur ausweichen wollen. Das wird ewig dauern“, jammerte ich und setzte mich wieder auf den unbequemen Boden. Ich konnte es kaum erwarten, diesen Raum mit gemütlichen Möbeln und wandfüllenden Bücherregalen einzurichten. Ich hätte mich für unser Interview lieber auf die Fensterbank gesetzt, wenn Großmutter sich nicht zuvor für den Boden entschieden hätte. Da ich mehr als fünfundvierzig Jahre jünger war als sie, hätte das eigentlich kein Problem sein dürfen.

Sie lehnte sich zu mir rüber und legte ihre Hand auf mein Knie. „Schatz, wenn du deinem Kater vertraust, dann überlass ihm doch einfach das Reden. Das dürfte für alle Beteiligten einfacher sein.“

Wenn ich ihm vertraute. Das war ein großes *Wenn*. Super.

Octocat hatte sich ja schon klar festgelegt, bevor er auch nur ein einziges Detail über Harlows Tod erfahren hatte. Dennoch konnte ich nicht leugnen, dass die Sphynx-Katzen das Verbrechen auf ihre eigene Art und Weise zu gestehen schienen.

„Du hast recht“, sagte ich zu Großmutter mit einem kleinen Lächeln, und dann an Octocat gewandt: „Du brauchst nichts mehr für mich zu übersetzen. Sprich einfach mit ihnen und erzähl’s mir nachher.“

Er beäugte mich missmutig, dann hüpfte er aus Grandmas Schoß und gesellte sich zu unseren beiden haarlosen Zeugen in der Ecke. Nach einigen Minuten regen Miauens trottete er zurück und nahm wieder seinen Platz auf Grandmas Schoß ein.

„Sie haben es getan. Sie haben sie getötet, indem sie ihr auf der

Treppe zwischen die Füße liefen und sie dadurch zu Fall brachten. Es tut ihnen leid und sie sagen, dass sie sich deswegen sehr schlecht fühlen. Auch wenn ich sie verachte, scheint es nicht so, als hätten sie es mit Absicht getan, aber wer weiß?“

„Danke“, murmelte ich. Es war schon gut zu hören, dass er einräumte, sich in einem Punkt vielleicht geirrt zu haben. Zuvor war er sich sicher gewesen, dass sie ihre eigene Besitzerin kaltblütig ermordet hatten. Jetzt sagte er, dass sie es womöglich aus Versehen getan hätten. War diese ganze Detektivarbeit also wirklich umsonst gewesen? Lag ich so falsch mit meinem Bauchgefühl? Ich müsste doch eigentlich mit jedem Fall besser werden, nicht schlechter.

In diesem Moment brummte das Telefon in meiner Tasche. Ich fischte es heraus und las eine Textnachricht von meiner Mutter:

Die Polizei hält Hs Tod für einen Unfall. Ich komme vorbei.

Nun, soviel dazu.

Ich reichte das Telefon an Großmutter weiter, damit auch sie die Nachricht lesen konnte.

„Das glaubst du doch nicht wirklich, Liebes“, meinte sie und setzte Octocat auf den Boden, um dann in einer geschmeidigen, flüssigen Bewegung aufzustehen.

Ich erhob mich ebenfalls, allerdings weit weniger graziös. „Ich weiß nicht mehr, was ich glauben soll“, gab ich zu. Die letzten paar Tage waren in einem schwindelerregenden Tempo vergangen – der Umzug, unsere Ermittlungen und alles. Mein Kopf und mein Körper fühlten sich erschöpft an. War es möglich, dass ich Hinweise sah, wo gar keine waren?

Doch ein Blick hinüber zu Großmutter reichte mir, um zu wissen, dass sie die Sache noch nicht aufgegeben hatte.

Grund genug, um weiterzumachen.

14

Meine Mutter traf nach etwa zehn Minuten ein. Das war das Schöne an Kleinstädten wie Glendale – es dauerte nie lange, bis man sein Ziel erreicht hatte. Ich wohnte zwar jetzt auf der protzigen Ostseite der Stadt und damit etwas abseits vom trubeligen Zentrum, aber trotzdem lag alles noch sehr nah und meistens gab es nur wenig Verkehr.

Grandma tänzelte durch die Eingangshalle, um sie hereinzulassen, worüber Mom nicht erfreut zu sein schien.

„Angie?", rief sie und stürmte ins Wohnzimmer, wo sie mich mit meinem Smartphone sitzen sah. „Was macht sie denn hier?", fragte sie nicht gerade höflich.

Typisch meine Mutter. Sie und Grandma kamen auch am besten in homöopathischen Dosen miteinander klar. Mom war von der Persönlichkeit her ganz anders als Grandma und ich. In meiner Familie schien es von Generation zu Generation einen Umschwung zu geben. Sollte ich also jemals eine eigene Tochter haben, würde die dann wahrscheinlich auch extrem überschäumend und ehrgeizig werden. Grandma und ich hatten das Spinner-Gen gemein, und darüber war ich sehr froh.

„Wir haben über den Tod der Senatorin gesprochen", antwortete ich und hasste es, wie meine Mutter verdrossen den Mund verzog.

„Ich dachte, wir arbeiten zusammen an dem Fall?", fragte sie und wirkte dabei, anders als sonst, leicht verunsichert. Sie blickte zurück zur Tür, als ob sie darüber nachdachte, ob sie sich besser aus dem Staub machen sollte.

„Das tun wir auch", versicherte ich ihr sanft, da es mir leidtat, schon wieder auf ihren Gefühlen herumgetrampelt zu haben. „Wir arbeiten zusammen, aber ..."

Grandma drängte sich an Mom vorbei und ließ sich auf die Couch plumpsen. „Ach, jetzt komm mal wieder runter, Laura Jean. Wir sitzen doch alle im selben Boot, richtig?" Sie klopfte auf den freien Platz neben sich und signalisierte meiner Mutter, sich zu uns zu setzen.

„Richtig", erwiderte ich und umarmte sie kurz, damit sie sich wieder entspannte. „Außerdem ist Grandma noch gar nicht lange hier. Stimmt's?"

„Stimmt", antwortete diese mit einem Zwinkern, das sicher auch für meine Mutter kaum zu übersehen war. *Seufz.*

„Nun", sagte Mom, wobei sie den Kopf schüttelte und zur Seite neigte – ein nervöser Tick, den sie sich wohl angeeignet hatte, als ich noch im Kindergartenalter war, zumindest wurde es mir so berichtet. „Wenn ich noch zum Team gehöre, habe ich ein paar Neuigkeiten für euch."

Sie griff in ihre Handtasche und zog einen Notizblock heraus. „Zunächst einmal wurde der Tod als Unfall eingestuft. Sie glauben, dass Lou Harlow bei einer Wohltätigkeitsveranstaltung zu viel getrunken haben könnte und dann gestolpert und die Treppe hinuntergefallen ist."

Über ihre Katzen gestolpert, dachte ich, sagte aber nichts. Ich war immer noch nicht so weit, dass ich im Beisein meiner Mutter mit Octocat hätte sprechen können, und ich wollte keine solche Situation provozieren. Am Ende würde es ihre Gefühle noch mehr verletzen, wenn ich ablehnte, das in ihrer Gegenwart zu tun.

„Ihr nächster Angehöriger, ihr Sohn, kam gestern Abend an", fuhr Mom fort. „Matthew Harlow, ein geschiedener Geschäftsmann aus Chicago."

Ich nickte stumm.

„Das Kommissariat hat eine Polizeieinheit beauftragt, das Anwesen zu bewachen, wenn er nicht zu Hause ist."

„Eine Polizeieinheit. Warum?" Ich erinnerte mich, dass ich gestern Nachmittag Officer Bouchard dort gesehen und ein mulmiges Gefühl dabei gehabt hatte. Als ich heute Morgen dort vorbeischaute, war allerdings niemand da gewesen. Also außer Brock, dem Handwerker.

Sie setzte ihren Notizblock ab und sah mich eindringlich an. „Weil die Senatorin so eine prominente Persönlichkeit hier in der Gegend war, dass man befürchtet, es könnten Leute vorbeikommen und sich Zutritt verschaffen, um sich Andenken mitzunehmen. Und obendrein ist ihr Haus eines der schönsten in ganz Glendale."

Die Augen meiner Mutter wurden noch größer und ich konnte nahezu hören, was sie jetzt dachte: *Ebenso wie deines.*

„Also, was jetzt?", fragte ich und spürte wieder das vertraute Gefühl der Enttäuschung in mir hochsteigen. Ich hätte froh sein sollen, dass der Todesfall aufgeklärt war, aber irgendwie fühlte es sich trotzdem nicht richtig an. „Ist die Akte geschlossen?"

„*Ha!*", entfuhr es meiner Mutter. „Wohl kaum! Sollen sie es doch einen Unfall nennen, aber ich bin mir sicher, dass hier etwas faul ist.“

Ich grinste und gab ihr ein High Five. Ich war so froh, dass wir uns zumindest in diesem entscheidenden Punkt einig waren.

„Und wenn die Bullen ihre Pflicht nicht tun, ist es die Aufgabe der Reporterin, die Wahrheit ans Licht zu bringen. Stimmt’s, Liebes?“, sagte Großmutter mit einem beschwichtigenden Lächeln.

„Stimmt genau“, antwortete meine Mutter, auch wenn ich meinte, dabei einen leisen Zweifel herauszuhören.

„Das finde ich auch“, pflichtete ich ihr bei, schnappte mir mein Telefon und reichte es ihr. „Das sind meine Notizen. Allerdings muss ich noch ein paar Dinge hinzufügen, nachdem ich heute Nachmittag mit Matt gesprochen habe.“

„Du hast Matt getroffen? Ohne mich?“ Mom schüttelte den Kopf und starrte weiter auf mein Handy, aber ich konnte sehen, dass sie das jetzt wirklich verletzte.

„Es tut mir leid, Mom.“ Und das meinte ich auch so. Ich musste mir mehr Mühe mit ihr geben, jetzt, wo wir beide mehr Zeit miteinander verbrachten und ein gemeinsames Interesse hatten. „Es war nicht wirklich geplant.“

„Sie ist ihm gestern Abend im Wald begegnet“, sagte Grandma, beugte sich vor und schlug die Hände zusammen.

„*Grandma!*“, rief ich entrüstet. „Wärst du so lieb, uns nicht immer dazwischenzufunken?“

Ich erzählte meiner Mutter alles, was sie in den letzten anderthalb Tagen verpasst hatte. „Tut mir leid, dass ich nicht früher angerufen habe. Es ging hier einfach Schlag auf Schlag“, erklärte ich abschließend.

„Danke, dass du mich in Kenntnis gesetzt hast“, meinte sie mit süffisanter Miene. „Aber ich sollte jetzt wohl gehen. Tschüss, Mom", sagte sie zu Großmutter, die auf der Couch sitzen blieb, während ich meine Mutter zur Tür begleitete und mich verabschiedete.

„Warum tust du das?", fragte ich Großmutter, als ich zurückkam. „Du weißt, dass es sie nervt."

„Deshalb tue ich es ja", antwortete sie mit einem Kichern.

Ich stemmte beide Hände in die Hüften und starrte sie an.

„Was denn? Sie macht das Gleiche mit dir!", entgegnete Großmutter, und damit hatte sie nicht unrecht.

„Vielleicht sollten wir alle ein bisschen mehr daran arbeiten, miteinander auszukommen." Ich ließ mich seufzend in meinen Stuhl zurückfallen. „Ich meine, wir sind doch schließlich alle erwachsene Leute."

„Wie du meinst."

„Super." Nun, da ich Großmutter ordentlich zur Räson gebracht hatte, konnte sie mir meine nächste Bitte sicher nicht abschlagen: „Also, könntest du bitte über Nacht bleiben?"

Ein schelmischer Ausdruck huschte über ihr Gesicht, als sie lachte und fragte: „Um dich vor den Monstern unter deinem Bett zu beschützen?"

Ich warf ihr nur einen ernsten Blick zu, denn auf diese Spielchen hatte ich gerade keine Lust. „Du weißt, warum."

„Ja, klar", sagte sie, nickte nachdenklich und machte ein düsteres Gesicht. „Ich konnte mir diesen Spruch einfach nicht verkneifen. Ab jetzt bin ich brav, versprochen."

„Dann bleibst du also?", wollte ich wissen. Ich machte keinen Hehl daraus, dass mir das wichtig war.

Grandma nickte. „Ich bleibe."

Ich stieß einen lauten Seufzer der Erleichterung aus. In dem

Augenblick kam Octocat um die Ecke, woher auch immer. Er musste sich während des Besuchs meiner Mutter versteckt haben. Wahrscheinlich hatte er ihr den gestrigen Vorfall mit der Teetasse immer noch nicht verziehen.

„Ähm, hallo. Hey, was machen wir mit den beiden Mördern, die du eingeladen hast, bei uns zu wohnen?“, fragte er nachdrücklich und deutete mit dem Kopf in Richtung der oberen Etage.

„Oh, Jacques und Jillianne!“, rief ich aus. „Ich glaube, ich sollte sie jetzt mal aus der Bibliothek lassen. *Oder?*“

Er trat einige Schritte zurück und kniff wütend die Augen zusammen, als hätte ich ihm gerade mit einer Wasserpistole gedroht. Das würde ich natürlich niemals tun – besonders jetzt nicht, wo ich wusste, dass er mich mit Leichtigkeit umbringen könnte, sollte er das jemals beabsichtigen.

„Auf keinen Fall“, sagte er mit Nachdruck.

„Aber du meintest doch, es sei ein Unfall gewesen“, erinnerte ich ihn, während ich langsam aufstand. Meine armen Füße fühlten sich unglaublich schwer an.

Octocats Schwanz zuckte wie verrückt, was ziemlich komisch aussah. „Ja, willst du denn, dass sie dich auch versehentlich umbringen? Du hast doch nur ein Leben, oder?“

„Okay, da hast du recht.“ Der Punkt ging an ihn. Auch wenn mir die beiden Sphynx-Katzen leidtaten, war mir heute wirklich nicht nach Sterben zumute.

Grandma sah uns bei unserer Unterhaltung amüsiert zu, obwohl sie nur meine Worte verstand. „Wenn die beiden Sphynx-Katzen da drinnen bleiben, sollten wir ihnen besser Futter und Wasser hinstellen. Und eine Katzentoilette“, fügte sie hinzu.

„Gutes Argument.“ Sie waren schließlich unsere Gäste. Deshalb sollte ich zumindest versuchen, es ihnen ein bisschen bequemer zu machen. „Octocat, wo haben wir dein Ersatzklo hingetan?“

„Oh, nein. Auf keinen Fall. Auf gar keinen Fall! Du willst mich ja wohl verarschen, oder? Wenn du ihnen mein Katzenklo gibst, benutze ich in Zukunft dein Bett für meine Geschäfte.“ Nun, das war nicht das, was ich hören wollte, aber es erschien mir völlig unnötig, zum Laden zu fahren und eine neue Katzenausstattung zu kaufen, wenn wir alles Nötige hier hatten.

Ich seufzte und stellte ihm eine Frage, die ich kaum ausgesprochen schon bereute: „Was soll ich denn tun?“

„Ich möchte, dass du sie nach Hause schickst. Ich mag es nicht, dass sie hier sind.“ Er stand auf halbem Weg zwischen mir und der Treppe und war immer noch total angespannt.

„Aber willst du denn nicht herausfinden, wer die Senatorin getötet hat?“ Ich ging ein paar Schritte auf ihn zu.

„Äh, hallo? Wir wissen, wer die Senatorin getötet hat.“

Ich dachte darüber nach. Vielleicht konnte ich ihn irgendwie anders überzeugen. „Sollten wir sie dann nicht besser einsperren, bis sie ... ähm, bis sie vor Gericht gestellt werden?“ Ich bewegte mich auf dünnem Eis, das war mir klar. Ich hatte keine Ahnung, wie Tiere normalerweise Gerechtigkeit walten ließen, aber ich wusste, dass Octocat ein großer Fan von diesen Gerichtsshows im Fernsehen war. Hoffentlich würde ihn seine Vorliebe für alles, was mit Verbrechen und Bestrafung zu tun hatte, von meinem Argument überzeugen.

„Oh, Angela, du hast absolut recht“, stieß er hervor, als ob ihn diese Erkenntnis bis ins Mark erschütterte. „Ich werde Wache halten.“

„Er wird Wache halten“, erklärte ich Großmutter und fragte

mich, wie ich es gerade geschafft hatte, ihn so schlagartig zu überreden, und ob ich mich in Zukunft in meinem Lebenslauf tatsächlich auch als Katzenflüsterin bezeichnen sollte.

Nun, wenigstens war Octocat beschäftigt.

Zumindest für den Moment.

15

Mit dem Gefühl, dass Großmutter da war, konnte ich in der folgenden Nacht besser schlafen. Ich schloss zwar immer noch die Tür zu meinem Turmzimmer hinter mir ab, aber so langsam fühlte sich das riesige Herrenhaus mehr wie mein Zuhause an. Wir waren mit dem Einräumen schon gut vorangekommen, und bald würden alle meine Kisten ausgepackt sein. Auch Großmutter würde in nächster Zeit offiziell einziehen, mit all ihrem bunten, alten Schnickschnack, der mich an meine Kindheit erinnerte. Und wir würden hoffentlich auch bald Lou Harlows Killer fangen.

Das war in diesen Tagen der Stoff, aus dem die Träume sind – zumindest meine verrückten.

Am nächsten Morgen erwachte ich wunderbar ausgeruht, und sogleich stieg mir der herrlichste Duft der gesamten Menschheitsgeschichte in die Nase.

Kaffee!

Ich nahm zwei Stufen auf einmal und stürmte in die Küche.

Dort fand ich meine liebe, süße, wunderschöne Großmutter mit einer gepunkteten Schürze um ihre schmale Taille gebunden und einer riesigen, dampfenden Kanne Kaffee in der Hand vor.

„Guten Morgen", trällerte sie.

Ich hätte sie am liebsten gedrückt und geküsst, wenn ich nicht Angst gehabt hätte, sie könnte den Kaffee verschütten. In meinem Umzugswahn hatte ich gar nicht darüber nachgedacht, wie es wohl sein würde, Großmutter als Mitbewohnerin zu haben. Auch wenn ich dank einer alten Kaffeemaschine unlängst eine Nahtoderfahrung und seitdem allgemein Angst vor diesen Geräten hatte, war mir das köstliche, belebende Gebräu immer noch heilig. Und Großmutter versorgte mich jetzt damit.

„Danke, danke, danke", jubelte ich, als sie sich meine frisch gespülte *Crazy Cat Lady*-Tasse griff und mir einschenkte. „Woher haben wir eigentlich diese Kaffeemaschine?", fragte ich nach dem ersten himmlischen Schluck.

„Die habe ich mitgebracht", erklärte sie und bückte sich, um nach irgendetwas im Ofen zu sehen. Ich hatte zunächst nur das berauschende Aroma des Kaffees wahrgenommen, aber jetzt stieg mir eindeutig der herrliche Duft von Bananenbrot in die Nase.

„Du hast immer noch Angst vor Kaffeemaschinen, oder?" Großmutter wandte sich mit einem strahlenden Lächeln wieder mir zu. Sie war schon immer ein Morgenmensch gewesen. Das traf auf mich nicht so ganz zu.

Ich nickte, und meine Phobie war mir in dem Moment noch nicht mal peinlich. Das hier war einfach zu gut. Dankbar nahm ich einen weiteren köstlichen Schluck.

„Nun, dann werde ich wohl von nun an für das Frühstück zuständig sein", meinte sie, während sie weiter in der Küche herumwirbelte, als gehöre ihr der Laden. Ich schätze, in gewisser Weise war das jetzt auch so.

„Hey", sagte ich, nachdem ich genug Koffein intus hatte, um mein Gehirn ans Laufen zu bringen. „Wo hast du letzte Nacht geschlafen?" Ich hatte Ethels gesamte alte Schlafzimmereinrichtung ja abholen lassen, und Großmutter war noch nicht richtig eingezogen, also hatte sie auch noch kein Bett hier.

„Ich habe bei unseren beiden haarlosen Samtpfoten übernachtet", erwiderte sie mit leuchtenden Augen und legte mir dabei die Hand auf den Oberarm. „Der Fensterplatz war echt gemütlich."

„Grandma", schimpfte ich. „Da sollst du doch nicht schlafen."

Sie wischte meine Bedenken beiseite, indem sie mit einem Geschirrtuch in meine Richtung wedelte. „Ich habe sehr gut geschlafen, danke."

„Wie dem auch sei, ich sollte mich besser darum kümmern, dass jemand zumindest schon mal dein Bett hierher transportiert." Ich dachte nach und trank dabei den letzten Schluck Kaffee.

Als Großmutter sah, dass mein Becher leer war, nahm sie ihn mir sofort aus der Hand und füllte ihn auf.

„Oh, ich könnte Brock fragen", fiel mir ein. Mein Gehirn schien jetzt auch wach zu sein. „Er wollte ohnehin heute vorbeikommen wegen einiger Kostenvoranschläge für die Renovierungen hier. Er hat einen Pick-up, und ich bin sicher, er wäre bereit, uns zu helfen, deine wichtigsten Sachen rüberzuholen."

Plötzlich erinnerte ich mich an etwas, das gestern total untergegangen war. Wir hatten noch gar nicht darüber gesprochen. „Als ich ihn gestern traf, sagte er, du hättest ein Angebot für dein Haus?"

Großmutter freute sich offensichtlich über diese Tatsache. „Das stimmt. Und ich wette, du errätst nicht, von wem das Angebot kommt."

Normalerweise mochte ich solche Ratespiele nicht, aber ich war vom Kaffee so euphorisiert, dass ich mitmachte. „Mom und Dad?"

„*Ha!* Als ob die jemals ihr Haus in der Bucht verlassen würden. Rate noch mal." Sie wischte über die Küchenarbeitsplatte und beobachtete, wie mein Kopf rauchte.

„Ist es jemand, mit dem ich zur Schule gegangen bin?", riet ich. Aus meinem Bekanntenkreis fiel mir niemand ein, der sich eine Immobilie zulegen wollte. Ich war völlig ratlos.

Grandma lächelte und schüttelte den Kopf. „Nein, aber es ist jemand, den wir beide kennen. Jemand, der ziemlich gut aussieht."

Ich lehnte mich zurück gegen den Küchentresen, den Becher immer noch in der Hand. „*Hmm*". Für einen kleinen Flirt war Großmutter stets zu haben, und sie fand vermutlich die Hälfte der Männer unserer Stadt attraktiv, wenn ich mir das recht überlegte. Ich wusste, dass sie zuletzt ein Auge auf den deutlich jüngeren Officer Bouchard geworfen hatte, aber er schien mir nicht der Typ zu sein, der sich für ein Landhäuschen im klassischen Cape-Cod-Stil abseits der Küste interessieren könnte.

Jetzt konnte sie nicht mehr länger an sich halten und platzte damit heraus: „Es ist Charles, unser Charles!"

Ich lachte über ihren Witz, aber Großmutter blickte mich unverwandt an. „Warte. Du meinst das ernst?" Ich quietschte vor Freude.

Sie nickte begeistert mit dem Kopf und machte eine ausgelassene, kleine Drehung. „Todernst. Er sagte, es sei an der Zeit, Wurzeln zu schlagen, jetzt, wo er Kanzleipartner geworden ist."

„Grandma, das ist wunderbar!", rief ich und tanzte mit ihr durch die Küche. „Dann kannst du vielleicht sogar von Zeit zu Zeit dein altes Haus besuchen. Wir kennen ihn schließlich gut."

„Oh, das hatte ich mir auch schon so ausgemalt", sagte sie mit einem schelmischen Funkeln in den Augen, während sie zu einem schnellen Foxtrott überging, bei dem ich nicht mithalten konnte. „Ein Happy End für alle."

Ein leises Klopfen an der Eingangstür unterbrach uns.

„Ich mach auf", sagte ich zu Großmutter, die stehen blieb, und legte ihr eine Hand auf die Schulter. „Du bleibst bei dem Bananenbrot. Ich will ein Stück, sobald es aus dem Ofen kommt."

„Jawohl", erwiderte sie und salutierte aus mir unerfindlichen Gründen. Andererseits, ich verstand oft nicht, was in ihr vorging – vielleicht die Hälfte davon an einem guten Tag. Und bis jetzt hatten wir einen super Start in den Tag hingelegt.

Mit nackten Füßen, unordentlichem Haar und einer halbvollen Tasse Kaffee stapfte ich in die Eingangshalle. Als ich durch die Buntglasfenster neben der Tür spähte, erkannte ich, wer da auf der anderen Seite stand, und mir blieb beinahe das Herz stehen. Okay, nicht wirklich, aber es war in dem Moment ein kleiner Schock.

Brock sah mich, bevor ich mich aus dem Blickfeld ducken konnte, und winkte mir freundlich zu. Es gab kein Zurück mehr. *Oh, Mist.*

Ich drehte mich um und wischte mir den Schlaf aus den Augen, dann setzte ich mein freundlichstes Lächeln auf, das mit geschlossenem Mund möglich war, und öffnete ihm, nach wie vor in meiner pinken Pyjamahose und meinem Spaghettiträger-Top, die Tür. „Guten Morgen."

„Ich hoffe, es ist nicht zu früh", sagte er und musterte mich von oben bis unten.

„Nö, du kommst genau richtig. Hereinspaziert. Grandma!", rief ich zurück in Richtung Küche. „Brock ist da, wir gehen nach oben."

„Okay, Boss!", kam von ihr zurück.

Brock runzelte die Stirn, blieb stehen und stützte sich am Treppengeländer ab. „Ähm, ich wollte dir noch was sagen … Könntest du mich bitte nicht mehr Brock nennen?“

Das überraschte mich so sehr, dass mir der Mund offen stehen blieb, obwohl ich ihn eigentlich geschlossen halten wollte, bis ich mir die Zähne geputzt hatte. „Was? Warum denn nicht? Ist das denn nicht dein Name?“

Er sog die Luft durch die Zähne ein, bevor er sagte: „Ja, schon, aber dieser Name steht jetzt so sehr in Verbindung mit dem Prozess, dass ich jedes Mal zusammenzucke, wenn ich ihn höre.“

Das fand ich definitiv verständlich. Der Mann war eines Doppelmordes bezichtigt worden, und monatelang war so ziemlich jeder in Glendale von seiner Schuld überzeugt gewesen. Ich konnte es nachvollziehen, dass er auf diese Weise einen Neuanfang machen wollte.

„Oh, natürlich. Wie soll ich dich denn stattdessen nennen?“, fragte ich lächelnd und achtete dabei wieder auf meinen Mund.

Er seufzte laut und sichtlich erleichtert. „Wie findest du Cal? Kurz für Calhoun. Also, das ist dann ja immer noch mein Name, aber er klingt nicht mehr so nach dieser schrecklichen Geschichte.“

„Klingt gut, Cal.“ Dann schnalzte ich dämlich mit der Zunge und zeigte mit dem Finger auf ihn wie mit einer Pistole. Wirklich cool.

Er schien es aber nett zu finden, denn er lachte. „Danke, Angie.“

Wir gingen nach oben in das Zimmer, das meine zukünftige Bibliothek werden sollte und aktuell noch als provisorisches Katzengefängnis diente. Octocat stand vor der Tür und sah aus, als hätte er die ganze Nacht kein Auge zugetan. Wenn das stimmte, dann wäre das so, als hätte ein Mensch mehrere Tage lang nicht geschlafen. Puh, wenn das so weiterging, würde er unerträglich schlecht gelaunt sein, bis unsere Sphynx-Besucher freigelassen oder zumindest in ein anderes Gefängnis verlegt würden.

„Geh schlafen, du“, sagte ich zu ihm mit betüdelnder Stimme, so wie ein normaler Katzenbesitzer mit einer normalen Katze spricht.

Er gähnte und stolperte davon.

Nachdem wir den Raum vorsichtig betreten hatten, damit auch ja keine der beiden Sphynx-Katzen entkam, erklärte ich Brock beziehungsweise Cal: „Das ist mein Lieblingszimmer im ganzen Haus. Ich möchte die Wände komplett mit Regalen ausstatten, die Böden auf Vordermann bringen und etwas mehr Beleuchtung hier und da haben. Es soll meine Bibliothek werden. Was meinst du?“

„Das ist der perfekte Ort dafür“, bestätigte er und drehte sich langsam in der Mitte des Raums im Kreis. „Hey, sind das nicht die Katzen der Senatorin?“, fragte er, als er Jacques und Jillianne entdeckte, die zitternd in ihrer eisigen Lieblingsecke saßen.

„Das ist eine lange Geschichte“, sagte ich und ging zurück zur Tür. „Könntest du vielleicht rasch ein paar Maße nehmen? Ich bin in fünf Minuten zurück.“

Er nickte, und ich schloss die Tür hinter mir und rannte ins Badezimmer, um mir schnell die Haare zu bürsten und die Zähne zu putzen. Ich spritze mir auch etwas kaltes Wasser ins Gesicht. Das musste reichen. Mehr wäre zu viel des Guten.

„Das kriege ich wahrscheinlich in relativ kurzer Zeit erledigt“, meinte Brock – äh – *Cal*, als ich zurückkam. Er stand vor dem Sitzplatz am Fenster, von dem aus man den schön angelegten Garten sah, und hinter den Baumwipfeln konnte man gerade noch so das Meer erkennen. Es war ein herrlicher Ausblick.

„Klasse!“ Ich gesellte mich zu ihm ans Fenster und spürte, wie mich ein kleiner Schauer der Erregung überkam. Trotz des Koffeins, das mich ordentlich in Schwung gebracht hatte, fand ich irgendwie nicht die richtigen Worte, jetzt, wo ich diesem tollen Mann so nahe war. „Wie viel etwa, und – wann kannst du anfangen?“

Cal nannte mir eine Zahl, bei der mir ein wenig schwindelig wurde, bis er mir erklärte, dass da auch die maßgefertigten Wandregale mit drin seien, die ich haben wollte. Dann war es eigentlich doch ein Schnäppchen. Ich konnte kaum glauben, dass dieser Prinz mir meine Märchen-Bibliothek bauen würde.

Träume konnten wirklich wahr werden.

Darauf gaben wir uns die Hand, und dann meinte er: „Es ist ja noch früh, ich könnte heute schon anfangen. Wie gesagt, die Leute stehen nicht gerade Schlange bei mir nach all dem, was kürzlich passiert ist."

„Wir sind im Geschäft, Cal Calhoun", sagte ich mit einem breiten Lächeln und freute mich, dass wir mehr Zeit miteinander verbringen würden. Zum einen, weil er in der Nähe sein würde, falls Gefahr drohte, und zum anderen, weil ich jetzt ganz sicher auf ihn stand. „Grandma und ich werden heute hier sein und weiter Kisten auspacken. Sag einfach Bescheid, wenn du etwas brauchst."

„Mach ich."

„Oh, und Cal?" Je öfter ich seinen neuen Namen sagte, desto mehr gewöhnte ich mich daran, und desto besser gefiel er mir. Er war unkompliziert und sympathisch, genau wie der Mann selbst.

„Ja?" Er entfernte gerade sein Bandmaß, das sich daraufhin surrend von selbst wieder einrollte.

„Achte auf die Sphynx-Katzen. Das sind gerissene kleine Biester", sagte ich und plapperte damit die Worte Officer Bouchards von vor ein paar Tagen nach.

Sodann schlüpfte ich aus dem Zimmer und lief hoch in meinen Turm, um nach dem perfekten Outfit zu suchen, in dem ich meinem Schwarm später ganz lässig gegenübertreten konnte.

16

Mein Telefon begann vehement zu klingeln, als ich mir gerade unter der Dusche die Haare wusch. Ich stellte das Wasser ab, schnappte mir mein Handtuch und erwischte Charles gerade noch rechtzeitig – sonst wäre er ein zweites Mal in der Mailbox gelandet.

„Hallo?“ Ich tropfte auf den kalten Fliesenboden. Mit einem Knarren stieß ich das alte Fenster auf, um etwas Wärme hereinzulassen.

„Angie, ich bin's“, meldete sich Charles, als ob ich nicht wüsste, wer dran war. Die Rufnummernanzeige war schließlich heutzutage Standard.

„Was ist los?“, fragte ich und zog das Handtuch enger um meinen Körper. Natürlich musste er genau dann anrufen, wenn ich nass und nackt war. Bei meinem Glück würde ich womöglich in einer der vielen Pfützen, die sich unter mir bildeten, ausrutschen, mir den Kopf stoßen, bewusstlos werden, und dann müsste Brock – ich meine Cal – die Tür aufbrechen, um mich zu retten. Vielleicht würde ich sogar mit einer zweiten geheimen Superkraft aufwachen, wenn ich schon dabei war.

Okay, jetzt war ich nass, nackt und in Panik. Vorsichtig hockte ich mich auf den Wannenrand, während Charles mir den Grund für seinen Anruf erklärte. Wenn ich hier runterfallen sollte, wäre es nicht mehr weit bis zum Boden.

„Tut mir leid, dass ich gestern nicht zurückgerufen habe." Ich hörte, wie bei ihm im Hintergrund eine Tür geschlossen wurde. Er hielt inne, bevor er weitersprach: „Thompson hat sich ein paar Tage frei genommen. Um zu trauern."

„Er trauert um die Senatorin?", fragte ich, da ich das von meinem Workaholic-Chef nicht erwartet hätte.

„Ja", bestätigte er mir und klang dabei genauso überrascht, wie ich es war. „Offenbar standen sich die beiden näher, als wir alle je geahnt haben."

Ich schnappte nach Luft, verlor fast das Gleichgewicht und wäre beinahe wirklich von der Wanne gekippt. „Hatten sie eine Affäre?"

„Ach, komm schon", stieß Charles hervor. „Thompson und Harlow, meinst du echt?"

„Nun ja, alles ist möglich", murmelte ich defensiv.

„Da war etwas anderes zwischen den beiden", meinte er ziemlich irritiert.

Ich musste ihn weiter löchern. Er hatte Informationen, die ich so schnell wie möglich brauchte. „Ja, und was war das denn?", fragte ich ungeduldig.

„Pass auf", sagte Charles, und ich konnte mir gut vorstellen, wie er gerade lächelnd in seinem Büro umherwanderte. Ich wusste, dass er es liebte, schockierende Wendungen zu enthüllen oder den entscheidenden Beweis zu liefern. War das jetzt ein solcher Moment? „Harlow wollte zurücktreten und Thompson sollte ihr designierter Nachfolger werden, den sie persönlich auf die Wahl vorbereitete."

„Thompson?" Ich war fassungslos. „Aber er kann überhaupt nicht gut mit Menschen umgehen." Nicht nur, dass er immer sehr förmlich und unpersönlich war, er kritisierte mich und die anderen Mitarbeiter auch häufig offen. Selbst wenn das nur dazu diente, unseren guten Ruf zu wahren, aber trotzdem. Bei dem Gedanken, dass er als Politiker meinen Bundesstaat in der Regierung vertreten könnte, wurde mir ganz übel.

„Kann sein", sagte Charles, der den Seniorpartner offenbar nicht schlecht machen wollte so wie ich. „Aber es lässt sich nicht leugnen, dass er ein kluger Kopf ist und, ob du es glaubst oder nicht, er und Harlow hatten viele gleiche politische Ansichten."

„Zum Beispiel?", rief ich laut. Ich konnte immer noch nicht glauben, was er mir da gerade erzählt hatte.

„Sie sind seit langer Zeit befreundet. De facto haben sie sich vor mehr als fünfunddreißig Jahren kennengelernt, als sie sich beide für die *„Save the Whales"*-Bewegung engagierten. Thompson meinte, dass das einige der besten Jahre seines Lebens gewesen seien."

Da war es wieder, dieses *„Rettet die Wale"*-Ding. Könnte das eine wichtige Rolle spielen? Wichtig genug, um die gute alte Senatorin zu ermorden? Und wenn ja, könnte dann Thompson das nächste Opfer sein?

„Charles?" Ich wusste, dass ich ihm das anvertrauen konnte: „Glaubst du, die Senatorin könnte ermordet worden sein, weil sie eine Umweltaktivistin war?"

„Wegen ihrer Aktivitäten damals oder jetzt?", fragte er zurück, und ich konnte sein Superhirn beinahe rattern hören.

„Sowohl als auch", sagte ich. „Ist dir irgendetwas bekannt, das ein Hinweis darauf sein könnte, warum jemand ihren Tod wollte?"

Er seufzte. „Du weißt doch, dass die Polizei ihren Tod als einen Unfall eingestuft hat."

„Ja, aber das glaubst du doch auch nicht wirklich, oder?"

„Es *ist* verdächtig." Er überlegte einen Moment lang, bevor er fortfuhr: „Wie genau verfolgst du die nationale Politik?"

„Nicht sonderlich", gab ich zu. „Ich habe ein wenig über die Senatorin recherchiert und gegoogelt, hab nach aktuellen Artikeln gesucht, in denen sie erwähnt wird, aber mir ist nichts aufgefallen."

Er lachte leise. „Nun, dann werde ich dich mal auf den neuesten Stand bringen: Letzte Woche wurde bekannt, dass eine große Ölfirma einen Antrag für den Bau einer Zuleitungspipeline gestellt hat. Die Sache ist noch ganz frisch, aber die Leute sind jetzt schon besorgt darüber. Die Pipeline würde größtenteils quer durch unseren Bundesstaat verlaufen und sogar durch einen unserer Nationalparks, von dem dadurch eine Ecke abgeschnitten würde."

Das klang furchtbar. Ich liebte unseren Staat Maine, genauso wie die Senatorin, für die Schönheit seiner Natur und die Nähe zum Ozean. Irgendein Ölgigant wollte sich einen Teil davon einverleiben, und wofür?

„Ich kann verstehen, warum sie das nicht wollte. Die Umwelt und die Natur hier bedeuteten ihr sehr viel", sagte ich zu Charles.

„Es ist noch eine Weile hin, bis darüber entschieden wird, aber Big Oil betreibt krasse Lobbyarbeit, um das durchzusetzen. Sie argumentieren damit, dass es Arbeitsplätze schaffen und uns eine weitere, dringend benötigte lokale Energiequelle bringen würde, wodurch wir weniger von ausländischem Öl abhängig wären." Er erklärte mir das alles sehr sachlich und diplomatisch. Da er erst kürzlich aus Kalifornien hierhergezogen war, fragte ich mich, ob Charles auf der Seite von Big Oil oder den Nationalparks stand. Ich für meinen Teil hatte dazu eine klare Meinung.

„Aber ich gehe davon aus, dass die Senatorin mit der Zerstörung eines unserer Nationalparks nicht einverstanden gewesen wäre."

„Das wäre sie definitiv nicht gewesen, obwohl es sich nur um gut zweitausend Hektar handelt und der Pipeline-Antrag den Bau eines neuen Naturschutzparks weiter nördlich in unserem Bundesstaat vorsieht." Tat er jetzt nur so, als sei das alles gar nicht so dramatisch oder hielt er die Pipeline tatsächlich auch für eine Katastrophe, die uns möglicherweise bevorstand?

Ich fand das total frustrierend und stöhnte demonstrativ auf. „Was nützt es, wenn wir Naturschutzgebiete errichten, wenn jeder, der genug Geld hat, sie nach Belieben wieder zerstören kann?"

„Ich verstehe, was du meinst, Angie, wirklich." Charles seufzte und hielt einen Moment inne. „Aber du musst auch bedenken, dass in unserem politischen System die Mehrheit darüber bestimmt, was gemacht wird, und das funktioniert gut so. Solche Entscheidungen werden nicht aus einer Laune heraus getroffen. Damit die Pipeline genehmigt wird, muss eine Mehrheit des Senats für sie stimmen. Und wie du weißt, war Harlow nur eine von einhundert Senatorinnen und Senatoren."

Ich fuhr mit den Fingern über die weichen Kanten des Handtuchs. Meine Haut war schon fast getrocknet, mein Haar jedoch noch völlig verwuschelt und voller Shampoo. „Warum wurde dann ausgerechnet Harlow getötet?", überlegte ich.

Charles' Stimme wurde leiser. Wahrscheinlich ging gerade jemand im Flur an seiner Tür vorbei, der von unserem Gespräch nichts mitbekommen durfte. „Bitte vergiss nicht, dass wir nicht wissen, ob bei ihrem Tod nachgeholfen wurde, aber wenn dem so war, dann gäbe es verschiedene mögliche Gründe, warum Harlow sterben musste."

Oh, langsam wurde es richtig spannend. Vielleicht hatte Charles ja doch den entscheidenden Hinweis. „Und die wären?“ Ich platzte fast vor Neugier.

„Zum einen hätte ihre Stimme in dieser Sache etwas mehr Gewicht gehabt, da sie eine der beiden Senatoren des Bundesstaats war, in dem die geplante Pipeline gebaut werden soll.“ Er hielt inne und sprach dann in normaler Lautstärke weiter. „Hinzu kommt, dass sie eine überwiegend konservative Politikerin war, bei der man sich ziemlich sicher sein konnte, dass sie bei jedem Thema, das auch nur im Entferntesten mit Umwelt zu tun hat, mit den Demokraten mitgezogen hätte. Bei einem gespaltenen Senat, wie wir ihn aktuell haben, hätte sie bei der entsprechenden Abstimmung sehr wohl das Zünglein an der Waage sein können.“

Ein Klopfen ertönte am anderen Ende der Leitung.

„Eine Sekunde!“, rief Charles und meinte dann zu mir: „Ich muss Schluss machen.“

„Danke, Charles“, sagte ich. „Das war extrem hilfreich – und ganz schön viel Stoff zum Nachdenken.“

„Angie, warte.“ Er hielt inne. Als er wieder sprach, klang seine Stimme tiefer und viel ernster als vorher. „Bitte sei vorsichtig. Wenn du recht hast und da eine riesige politische Verschwörung im Gange ist, könntest du die Nächste auf der Liste des Killers werden. Lass es gut sein. Ich flehe dich an. Lass die Polizei sich darum kümmern, was auch immer dahintersteckt oder auch nicht. Okay?“

„Okay“, sagte ich zustimmend, kreuzte aber meine Finger dabei, nur für den Fall. Ich wollte Charles nicht beunruhigen, auf der anderen Seite war ich so kurz davor, diese Sache zu lösen, dass es keinen Sinn ergeben hätte, jetzt einen Rückzieher zu machen. „Danke für deinen Anruf. Bis bald.“

Ich legte auf, bevor er noch weiter versuchte, mich davon abzubringen, duschte zu Ende, zog mich an und ging nach unten, um nach Großmutter zu sehen.

Mit etwas Glück könnten wir den Fall bis zum Einbruch der Nacht gelöst haben.

Vielleicht war das Glück ja ausnahmsweise wirklich mal auf meiner Seite.

17

Den größten Teil des Nachmittags verbrachte ich damit, mir den Kopf zu zerbrechen. Ich dachte darüber nach, welche Leute von der geplanten Pipeline profitieren könnten. Gab es da so viel herauszuholen, dass man dafür einen Mord in Kauf nahm?

Wer würde zu solch einer drastischen Maßnahme greifen? Außerdem war das Pipeline-Vorhaben noch sehr neu, sodass auch in den Medien noch nicht viel darüber berichtet wurde, was es im Detail bedeutete und welche Auswirkungen es haben könnte. Auch wenn ich das aktuelle Geschehen nicht so genau verfolgte, wie ich es wahrscheinlich hätte tun sollen, erfuhr ich doch über meine verschiedenen Social-Media-Kanäle von den meisten wichtigen Ereignissen.

Das hier hatte noch nicht die Runde gemacht. Zumindest nicht in meinem Netzwerk.

Harlows Mörder musste ein Insider sein. Jemand, der die Nachrichten aufmerksam verfolgte oder der sogar für die Presse arbeitete.

Darüber grübelte ich nach. Ich musste Mom fragen. Ich rief sie an, landete jedoch direkt in der Mailbox. *Menno.*

Also verbrachte ich einige Zeit damit, mehr über die Angelegenheit am Laptop zu recherchieren, kam aber nicht richtig weiter. Wie gerne hätte ich Großmutter erzählt, was ich von Charles erfahren hatte, wusste aber, dass es ihr oft schwerfiel, ruhig zu bleiben, wenn sie aufgeregt war. Ihre Stimme würde schrill durchs ganze Haus hallen, und da Cal immer noch in der Bibliothek arbeitete, würde das Gespräch mit Grandma warten müssen.

Eine Stunde später versuchte ich erneut, Mom zu erreichen. Sie würde niemals eine Story aufgeben, bevor diese nicht ein zufriedenstellendes Ende gefunden hatte, und da sie für die Lokalnachrichten arbeitete, würde sie mit Sicherheit mehr über die Pipeline wissen und möglicherweise sogar, wer davon profitieren könnte.

Immer noch kein Glück. *Grr.* Sie musste ihr Telefon ausgeschaltet haben, was bei ihr fast nie vorkam. Vielleicht gönnten sie und Papa sich gerade einen kleinen Ausflug mit einer Nachmittagsvorstellung im Kino.

Ich konnte nicht länger rumsitzen und warten. Das machte mich ganz kribbelig. Also beschloss ich nachzusehen, wie es in der Bibliothek lief. Vielleicht fiel mir ein gutes Argument ein, Cal früher nach Hause zu schicken, damit ich Großmutter endlich von meinen neuesten Erkenntnissen berichten konnte.

„Klopf, klopf", rief ich, bevor ich hineinhuschte.

In dem Raum war es kühl geworden, sodass ich reflexartig die Arme um mich schlang. Zu dieser Jahreszeit waren die Tage zwar sonnig und warm, aber gegen Abend hin fielen die Temperaturen unangenehm ab. Das große Erkerfenster der Bibliothek stand offen, und der Vorhang flatterte nach innen.

Cal war nicht da, und die beiden Sphynx-Katzen auch nicht.

Oh nein. Das war ganz und gar nicht gut.

Ich rannte die Treppe hinunter, auf der Suche nach jemandem, irgendjemandem.

Cal stand draußen und belud seinen Pick-up. „Ich komme morgen wieder, wenn das okay ist“, sagte er, bevor er meinen panischen Gesichtsausdruck bemerkte. „Äh, ist das nicht okay?“

„Hast du das Fenster oben offengelassen?“ Ich hasste es, dass meine Stimme dabei voll schrill und angespannt klang. „Die Katzen sind weg.“

Er schloss die hintere Klappe der Ladefläche seines Wagens und warf mir einen entsetzten Blick zu. „Verdammt. Tut mir leid. Ich helfe dir, sie zu finden.“

Ich raste wieder los und umkreiste den Garten, in der Hoffnung, die beiden Ausreißer zu entdecken, während Cal näher am Haus suchte. Irgendwann musste er Großmutter informiert haben, denn auch sie kam nach draußen, um uns zu unterstützen.

„Ich habe das Fenster nicht offen gelassen“, sagte er, als sich unsere Wege wieder kreuzten. „Ich habe es kurz geöffnet, um etwas zu lüften, weil es recht staubig war, aber ich habe die Katzen die ganze Zeit im Auge behalten. Als ich es wieder zugemacht habe, waren sie immer noch im Zimmer.“

„Ich glaube dir“, versicherte ich ihm, aber das beruhigte mich trotzdem kein bisschen. Was würde Matt sagen, wenn er erfuhr, dass die Katzen, auf die ich unbedingt aufpassen wollte, ausgebüxt waren? Ob er sie nun behalten wollte oder nicht, er wäre ganz sicher nicht erfreut, dass ich es fertiggebracht hatte, eine der letzten Erinnerungen an seine Mutter zu verlieren.

Ich spähte nervös in den Wald. Würde ich mich noch einmal da hineinwagen müssen? Ob Octocat bereit wäre, mir zu helfen? Und wo war er überhaupt?

Vor dem Haus der Harlows sah ich einen gewissen kleinen roten Sportwagen stehen. Anscheinend war Thompson bei Matt zu Besuch. Hoffentlich war Matt damit lange genug abgelenkt, sodass ich in der Zeit die vermissten Katzen wiederfinden und in Sicherheit bringen konnte. Wir suchten noch eine halbe Stunde lang. Es dämmerte schon, und wir waren immer noch nicht weiter.

„Es tut mir wirklich leid", entschuldigte sich Cal erneut. „Ist es immer noch okay, wenn ich morgen wiederkomme?"

„Natürlich. Und ernsthaft, mach dir keine Vorwürfe deswegen. Ich weiß, dass es nicht deine Schuld war", versicherte ich ihm.

Er nickte betrübt, trottete dann zu seinem Wagen hinüber, und weg war er.

„Ich fange jetzt mit dem Abendessen an", verkündete Großmutter und klopfte mir mitfühlend auf die Schulter. „Mach dir keine Sorgen, Liebes. Ich bin sicher, dass sie bald wieder auftauchen werden."

Äußerst beunruhigt drehte ich eine weitere Runde um das Grundstück. Warum waren diese Sphynx-Katzen so gut im Verstecken? Und warum war Octocat nicht hier, um mir zu helfen?

Schließlich gab ich auf und stapfte die Treppe hinauf, um oben im Haus nach ihnen suchen. Vielleicht waren sie gar nicht nach draußen entwischt. Es war möglich, dass sie sich einfach in eine andere kalte Ecke verkrochen hatten und vor sich hin zitterten. Ernsthaft, was war los mit diesen Katzen, dass sie die ganze Zeit im Kalten saßen?

Und jetzt war es auch noch im ganzen Haus ziemlich kalt, etliche Grad kühler als noch vor ein paar Stunden. Zu meinem Leidwesen stellte ich fest, dass ich das Badezimmerfenster nach meinem Gespräch mit Charles weit offengelassen hatte. Ich schob es wieder zu und beschloss, dass ich mir jetzt erst mal eine Pause verdient hatte. Ich würde später weitersuchen, aber zuerst musste ich mich einfach eine Weile hinsetzen.

Als ich mich der Treppe näherte, nahm ich einen Schatten wahr, der am Ende des Flurs vorbeihuschte. Ich blinzelte, um genauer zu sehen, was da war. Hatte ich die Sphynx-Katzen nun endlich gefunden, jetzt, wo ich gerade aufhören wollte zu suchen? Leider waren es nicht die Katzen – anscheinend spielte mir nur meine arme, überforderte Fantasie einen Streich. Ich ging die Treppe hinunter, und während ich noch die schönen Buntglasfenster im Foyer unten bewunderte, trat ich plötzlich direkt auf Octocat. Ich hätte schwören können, dass er eine Sekunde vorher noch nicht dort saß, denn ich hatte mich kurz zuvor vergewissert, dass da kein Vierbeiner rumsprang.

Er stieß einen schrecklich lauten Jammerschrei aus, und ich versuchte, schnell mein Gewicht zu verlagern, um ihn nicht noch mehr zu verletzen. Das führte dazu, dass ich das Gleichgewicht verlor und mehrere Stufen hinunterstürzte, bevor ich mich auf halber Strecke wieder fangen konnte.

„Willst du mich umbringen?", schrie ich ihn an und hielt mir den schmerzenden Kopf. Den hatte ich mir ordentlich gestoßen – nein, ich hatte mir *alles* gestoßen. „Du hast echt versucht, mich umzubringen!"

Octocat riss entsetzt die Augen auf. „Das war ein Unfall", beharrte er und humpelte zu mir herunter, um genauer zu sehen, was mit mir los war. Er hatte sich offensichtlich auch ordentlich wehgetan, würde es aber wohl überleben.

Und ich? Ich wäre fast von meiner Katze ermordet worden, und ich hatte keine Ahnung, warum.

Grandma kam angestürmt. „Angie, meine Güte! Ist alles in Ordnung?"

„Octocat hat versucht, mich zu töten“, schrie ich wieder und fühlte mich dabei wie im falschen Film.

„Nein, Angela, nein!“, fuhr er fort, ohne auch nur mit dem Schwanz zu zucken oder eine seiner üblichen irritierten Gesten zu machen. „Es war ein unglücklicher Zufall. Da war ein leuchtender roter Punkt. Ich wollte nicht …“

Plötzlich flog die Haustür auf. Ich sah meine Mutter im Gegenlicht der untergehenden Sonne. Ihr Haar wirkte zerzaust, und kleine Zweige schienen darin zu stecken. „Steig sofort ins Auto!“, rief sie zu mir rüber und „Mom, deine Schlüssel!“, zu Großmutter.

„Ich habe das nicht getan! Ich habe das nicht getan!“, heulte Octocat, aber mit ihm würde ich mich später auseinandersetzen. So schnell ich konnte, rannte ich die Treppe hinunter und hüpfte auf den Beifahrersitz von Grandmas sexy rotem Sportcoupé.

„Was ist los?“, rief ich, als auch Mom eingestiegen war und die Schlüssel ins Zündschloss steckte.

Der Motor heulte auf, sie gab Vollgas und hinterließ eine riesige Staubwolke. Wir fuhren so schnell, dass ich richtig in den Sitz gedrückt wurde. Mein Kopf begann wieder zu pochen, aber der körperliche Schmerz war nichts gegen die morbide Neugier auf das, was wohl als Nächstes kam.

„Mom!“, brüllte ich und hielt mich am Armaturenbrett fest, als wir meine Einfahrt hinunterflogen und auf die Straße einbogen. „Was ist los?“

„Ich habe gesehen, wer versucht hat, dich zu töten“, sagte sie, und jetzt erst bemerkte ich, dass sie vor Erschöpfung keuchte. „Ich war im Wald und bin sofort losgespurtet, als ich ihn aus deinem Fenster schlüpfen sah. Er hat Harlow umgebracht, und jetzt hat er versucht, dich zu töten. Mein kleines Mädchen! Wenn ich ihn vor den Bullen erwische, ist er tot.“

„Mom!“ Ich schrie noch einmal, um sicherzugehen, dass sie mich hörte, denn der Motor dröhnte unfassbar laut. Sie bog erneut scharf um die Ecke und Grandmas schicker, kleiner Schlitten schlingerte auf die Hauptstraße, die durch Glendale führte. „Wer? Wer hat versucht, mich umzubringen?“

Sie umklammerte das Lenkrad so fest, dass ihre Knöchel weiß hervortraten, drückte das Gaspedal aber nur noch fester durch. Wir überquerten die Bahngleise, und meine Mutter verlor praktisch die Kontrolle über das Fahrzeug. So schnell, wie wir fuhren, sollte kein Auto überhaupt fahren können.

„Komm schon, komm schon“, murmelte sie mit einem fest entschlossenen, leicht wahnsinnigen Ausdruck im Gesicht.

Hinter uns heulten Sirenen auf und ich erkannte einen Streifenwagen, der hinter uns herfuhr und rasch schneller wurde.

„Mom!“, heulte ich. Ich wusste immer noch nicht, was los war, aber es fühlte sich an, als wäre ich aus einem Mordkomplott gerettet worden, nur um direkt im nächsten zu landen. „Stopp! Die Polizei ist hinter uns her!“

„Gut“, sagte sie, holte noch einmal tief Luft und trat noch mehr aufs Gas. Der Tacho näherte sich bedrohlich der Marke von 250 km/h. Wie war das möglich? Warum taten wir das überhaupt?

Unsere wilde Fahrt ging weiter, und ich bekam eine heftige Panikattacke. O mein Gott, jemand hatte versucht, mich umzubringen, und jetzt würde ich durch die irre Fahrweise meiner Mutter sterben.

„Wo könnte er hin?“, brüllte Mom. „Wo könnte er als Nächstes hinwollen?“

„Wer?“, brüllte ich zurück. Ich verstand immer noch nichts.

„Dein Boss“, stieß sie hervor und wechselte kühn von einer Fahrspur zur anderen. „Richard Thompson.“

18

Mir wurde ganz schummerig, ich sackte zur Seite gegen die Tür und mein Sicherheitsgurt schnitt mir in die Brust. Dachte meine Mutter wirklich, dass mein Chef versucht hatte, mich umzubringen? Das war doch verrückt. Octocat hatte mich zu Fall gebracht. Ich hatte Thompson an dem Tag nicht einmal gesehen.

Mir blieb die Luft weg. „Mom, ich weiß nicht, was du gesehen hast, aber Thompson war nie in meinem Haus."

„Doch, das war er", rief sie und fuhr eine weitere scharfe Kurve.

Wir waren auf dem Weg zur Anwaltskanzlei, das wurde mir jetzt klar. Der Streifenwagen blieb uns dicht auf den Fersen. Ich drehte mich um und sah das entschlossene Gesicht von Officer Raines, die hinter uns her war. Sie und meine Mutter hatten sich ja schon bei unserem ersten Treffen angezickt, und nach dieser rasanten Verfolgungsjagd, die Mom angezettelt hatte, würden sich die beiden sicher für immer spinnefeind sein, egal, was als Nächstes passierte.

„Ich weiß nicht, wie er reingekommen ist“, fuhr Mom fort, „aber er ist durch das Fenster rausgeklettert.“

„Wann?“ Ich verstand die Welt nicht mehr. Wie konnte das möglich sein?

„Ungefähr zwei Minuten, bevor ich bei dir reinkam“, sagte sie und wurde etwas langsamer, als wir an der Anwaltskanzlei vorbeifuhren. Thompsons Auto war nicht da.

Das deckte sich zeitlich ziemlich gut mit den Ereignissen bei mir zu Hause, aber …

„Mom, da waren aber keine Autos. Ich habe niemanden vor uns wegfahren sehen und nichts gehört“, beharrte ich. Selbst wenn Thompson es irgendwie geschafft haben sollte, unbemerkt in mein Haus einzusteigen und sich dann wieder davonzumachen, war er mit seinem kleinen roten Sportwagen nirgendwo hingefahren. Welch Ironie, dass der Verfolger und der Verfolgte genau denselben Fahrzeugtyp hatten. Was für eine Verfolgungsjagd wäre das gewesen, wenn Thompson sich an diesem Rennen beteiligt hätte.

„Natürlich“, schrie Mom und wendete das Auto wie in einem Actionfilm. „Er ist immer noch zu Fuß unterwegs! Wir müssen zurück! Deine Grandma!“

Angst machte sich in mir breit, als ich an meine arme, wehrlose Großmutter dachte, die ganz allein mit einem Mörder war. Sie war zwar tough, aber vor allem im Kopf. Wenn er sie körperlich angreifen würde, hätte sie keine Chance.

Hinter uns heulten die Sirenen. „Fahren Sie rechts ran“, befahl Officer Raines über den Lautsprecher.

„Los, Mom!“ Ich klammerte mich immer noch am Armaturenbrett fest. „Bring uns zurück zu Grandma!“

Keine Ahnung, woher meine Mutter ihre stuntmäßigen Fahrkünste hatte, aber sie brachte uns in Rekordzeit zurück zu meinem Haus, und zwar noch schneller als eben.

Sobald der Wagen zum Stehen kam, sprang ich heraus, rannte zur Tür und wäre beinahe auf der Verandatreppe gestolpert. „Grandma!", rief ich. „Bist du okay? Bitte, bitte!"

Grandma erschien in der offenen Tür. Sie trug ihre gepunktete Schürze und trocknete sich gerade die Hände an einem Geschirrtuch ab. „Natürlich, alles gut, Liebes. Ich bereite nur das Abendessen vor. Hattet ihr Spaß bei eurem rasanten Rennen?"

Ich umarmte sie fest, wurde aber schnell von einer sehr wütenden Polizeibeamtin zurückgezogen. Irgendwie hatte Officer Raines es schon geschafft, Mom in Handschellen zu legen und sie mit dem Gesicht nach unten auf den Boden zu befördern. „Stopp!", schrie ich. „Wir sind nicht die Bösen!"

Officer Raines legte mir trotzdem ebenfalls Handschellen an und begann, mich über meine Rechte zu belehren.

Mom wandte sich am Boden hin und her. „Er ist noch irgendwo hier. Er hat versucht, meine Tochter zu töten!"

Die Polizistin schien wenig beeindruckt. „Ja sicher, wer's glaubt", murmelte sie.

Da schubste Großmutter sie so fest gegen die Schulter, dass wir alle die Luft anhielten. „Jetzt hören Sie mal zu, Fräulein! Wenn meine Tochter sagt, dass hier ein Mörder frei herumläuft, dann sollten Sie glauben, dass hier ein Mörder frei herumläuft. Was soll's, wenn sie etwas schneller gefahren ist als erlaubt? Ist das so schlimm, wie ein Mörder auf freiem Fuß?"

Officer Raines lachte sarkastisch. „*Etwas?* Sie war mindestens 180 Stundenkilometer zu schnell."

„Ich musste irgendwie Ihre Aufmerksamkeit erregen", stöhnte Mom und versuchte verzweifelt, sich umzudrehen.

„Nun, das haben Sie ja geschafft“, erwiderte die Beamtin und drückte mir ihre Hand in den Rücken, während sie mich die Verandastufen hinunterschob. „Meine Aufmerksamkeit und eine einfache Fahrt direkt ins Bezirksgefängnis.“

Nein, nein, nein. Das war alles nicht gut so. Ich hatte noch gar keine Zeit gehabt herauszufinden, warum Thompson erst Harlow und dann mich umbringen wollte. Aber ich vertraute meiner Mutter. Wenn sie sagte, sie habe ihn gesehen, dann war er wahrscheinlich noch irgendwo hier.

„Thompson!“, kreischte ich und versuchte vergeblich, mich aus Officer Raines’ festem Griff zu befreien. „Wir wissen, dass Sie da draußen sind.“

„Hören Sie auf abzulenken“, polterte die Beamtin. Warum wollte sie uns nicht glauben? Wenn sie Mom und mich mit zur Wache nahm, wäre Großmutter definitiv in Gefahr und Thompson würde höchstwahrscheinlich nie vor Gericht gestellt werden.

Officer Raines führte mich zu ihrem Einsatzwagen, wobei Großmutter bei jedem Schritt auf sie eintrommelte: „Sie lassen meine Enkelin jetzt gehen!“

Das ging alles sehr schnell sehr schief. Jetzt gab es nur noch einen, der uns retten konnte …

„Octocat!“, schrie ich und reckte dabei meinen Hals über die Schulter, um einen Blick in Richtung Haus zu erhaschen. „Hilf uns!“

Wie auf Kommando kam mein lieber, süßer Kater durch seine spezielle elektronische Katzenklappe gelaufen und sah mich mit unruhigen Augen an. „Angela, ich würde dir nie und nimmer wehtun.“

„Ich weiß“, sagte ich zärtlich, was schwierig war, da mich die

Polizistin immer noch festhielt. „Hilf uns. Hilf uns, Thompson zu fangen. Er ist der Mörder, nicht die Katzen."

Officer Raines betrachtete mich mit einem mitleidigen Blick. „*Sie* könnten vielleicht davonkommen – wegen Unzurechnungsfähigkeit", meinte sie, was ihr ganz offensichtlich missfiel.

Octocat rannte in den Hof und begann, aus vollem Hals zu brüllen. Wir beobachteten alle das Spektakel. „Jacques! Jillianne! Zeit für euren Einsatz! Lasst uns den Mörder eures Menschen zur Rechenschaft ziehen! Tut, was Katzen tun! Tut es jetzt!"

Ich weiß nicht, ob er tatsächlich wusste, wo sie sich versteckt hatten, aber einen Moment später ertönte ein schreckliches Knurren auf dem Dach, gefolgt von einem Fauchen und …

Thompson taumelte ins Blickfeld. Er musste sich hinter dem Turm versteckt gehalten haben. *Hinter meinem Turm!*

„Da ist er!", rief ich Raines laut zu und drehte mich heftig, um sie zum Hinsehen zu zwingen.

„Sir", rief die Polizistin, die ihn sofort entdeckt hatte. „Warum sind Sie hier unerlaubt eingedrungen?"

„Oh, ähm", stotterte mein Chef und fuhr sich mit den Händen über seine Anzugjacke. Von seinem Gesicht rann frisches Blut, und ich erkannte sofort das Werk einer verärgerten Katze – vielleicht auch von zweien.

Thompson griff unter seine Jacke, dann zog er eine glänzende Pistole heraus. Nun sah ich zum dritten Mal innerhalb von fünfzehn Minuten dem Tod ins Auge. Was für ein Tag!

„Lassen Sie die Waffe fallen!", brüllte Officer Raines und drückte mich zu Boden, vermutlich um mich zu schützen.

Octocat sprintete zu mir herüber und begann, mit seiner Sandpapierzunge den Schmutz von meiner Wange zu lecken. „Es tut mir so leid, Angela. Ich wurde benutzt. Schamlos benutzt. Ich würde dir nie absichtlich wehtun. Du bist mein Mensch, und ich hab' dich ganz doll lieb."

„Ich weiß", sagte ich und wünschte, ich wäre nicht gefesselt, damit ich seinen weichen, flauschigen Kopf hätte streicheln können. „Ich hab' dich auch ganz doll lieb."

Ein schrecklicher Schrei ließ uns hochfahren. Ich sah gerade noch, wie Thompson auf dem Boden aufschlug. Sein Bein war unnatürlich verdreht, und er schrie laut auf vor Schmerzen.

Ich rollte mich auf die Seite und schaute nach oben. Dort saßen unsere beiden Vermissten, Jacques und Jillianne, am Rand des Daches und leckten sich ihre haarlosen Samtpfoten. Und plötzlich passte alles zusammen. Ich wusste immer noch nicht, warum er es getan hatte, aber Thompson hatte die Sphynx-Katzen benutzt, um der Senatorin ein Bein zu stellen, und heute hatte er das Gleiche mit Octocat und mir versucht. Was für eine fiese Schikane! Was für ein Drecksack! Kein Wunder, dass die armen, verzweifelten Tiere das Verbrechen gestanden hatten.

Octocat blickte zu Jacques und Jillianne auf dem Dach und schrie vor Freude. „Sie haben getan, was Katzen tun!", und mit diesen Worten stürzte er sich auf Thompsons am Boden liegende Gestalt.

Was dann passierte, war ein Rachefeldzug. Es war nicht schön. Er kletterte auf Thompsons Rücken und hockte sich direkt hin. Sekunden später verdunkelte ein nasser Fleck die helle Anzugjacke, und der unverkennbare Geruch von Katzenpipi vermischte sich mit der frischen Abendluft ...

„Das ist dafür, dass du versucht hast, meinen Menschen zu töten!", schrie er wütend. Dann scharrte er, immer noch auf Thompsons Rücken thronend, demonstrativ mit den Hinterbeinen und kratzte ihn dabei heftig.

Großmutter lachte und klatschte in die Hände. Ehrlich gesagt, das war auch mein Impuls, wäre ich in diesem Moment nicht gefesselt gewesen. „Herrlich", jubelte sie.

„Officer Raines", murmelte ich. Die Polizeibeamtin presste mein Gesicht immer noch auf den Boden. „Dieser Mann ist in mein Haus eingebrochen und hat versucht, mich umzubringen. Wir sind ziemlich sicher, dass er auch derjenige ist, der Senatorin Harlow getötet hat. Er wollte es wie einen Unfall aussehen lassen."

Thompson stöhnte gequält.

„Sie haben Glück, dass Sie sich bei so einem Sturz nicht das Genick gebrochen haben", meinte die Polizistin, nahm mir und meiner Mutter die Handschellen ab und ging dann hinüber, um sie stattdessen Thompson anzulegen. „Oder vielleicht auch nicht, denn Sie werden eine Menge zu erklären haben, sobald wir Sie auf die Wache gebracht haben."

Sie zwang ihn aufzustehen, und er schrie wieder vor Schmerz auf.

„Geschieht Ihnen recht!", rief Großmutter, als Officer Raines ihn auf den Rücksitz ihres Wagens verfrachtete und in die Nacht entschwand.

Nun wussten wir also, wer der Täter war, jedoch nicht, warum er es getan hatte. Das galt es noch herauszufinden …

19

Mom, Grandma und ich saßen nun um den großen Esstisch versammelt – derselbe Tisch, an dem der verstorbenen Besitzerin dieses Hauses die vergiftete Mahlzeit serviert worden war, die sie das Leben gekostet hatte. Ich versuchte, nicht zu sehr darüber nachzudenken, während ich das köstliche und redlich verdiente Essen in mich hineinschlang.

Nobelhütte hin oder her, wir aßen trotzdem Thunfisch-Nudelauflauf mit Wiener Würstchen und Semmelbröselkruste.

„Ich kann nicht glauben, dass Mr. Thompson seine langjährige Freundin getötet hat. Ich kann nicht glauben, dass er versucht hat, *mich* zu töten", sagte ich und schüttelte traurig den Kopf.

Octocat saß neben mir und schlürfte zufrieden die frische Sahne aus seinem Schälchen. Er hob den Kopf, rülpste und lächelte mich dreist an. Es war erstaunlich, wie schnell die Dinge hier zur Normalität zurückkehrten.

„Nun, du meintest, er sei kein guter Chef", bemerkte Grandma, spießte ein Würstchen auf und biss genussvoll ein Stück davon ab.

„Also, zwischen einem schlechten Chef und einem Mörder liegen ja wohl Welten“, stellte Mom fest. Sie hatte im Keller eine alte Flasche Pinot Noir gefunden, den sie sich nun in großen Schlucken aus einem übervollen Weinglas zu Gemüte führte.

„Du hast den Fall geknackt“, sagte ich und schenkte ihr mein schönstes Lächeln. „Du bist diejenige, die alles herausgefunden hat. *Aber wie?*“

Sie zögerte einen Moment, nahm noch einen Schluck und sagte dann: „Nun, es war nicht einfach, aber als Lou Harlows Tod als Unfall eingestuft wurde, war ich mir trotzdem ganz sicher, dass dies nicht die Wahrheit sein konnte. Und da du und Großmutter anscheinend euren eigenen Detektivclub gegründet hattet, beschloss ich, mich im Wald auf die Lauer zu legen und zu beobachten, was hier passiert. Das würde jeder gute Journalist in meiner Position tun.“

„Und dann hast du gesehen, wie Thompson da herumschlich?“, fragte ich gespannt.

„Ja. Als ich ihn aus einem Fenster im ersten Stock klettern sah, kam mir das schon extrem verdächtig vor. Ich meine, ein normaler Besucher würde so etwas doch nicht machen.“ Sie nahm einen weiteren andächtigen Schluck und seufzte. „Ich weiß allerdings immer noch nicht, warum.“

„Harlow hatte vor, in den Ruhestand zu gehen. Sie wollte Thompson als ihren Nachfolger haben und ihn darauf vorbereiten“, verriet ich. „Charles hat mir das heute früh erzählt.“

„Hey, das hast du mir nie gesagt!“, protestierte Großmutter, legte ihre Gabel weg und wischte sich mit einer Serviette den Mund ab.

„Ich habe es keinem von euch gesagt. Ich hatte noch keine Gelegenheit dazu.“

„Es scheint so“, sagte Mom und fuhr dabei mit dem Finger über den Rand ihres Weinglases, „als habe ihm dieser Charles Thompson einen Tipp gegeben, weshalb er sich hierher geschlichen hat."

„Charles würde mich nie in Gefahr bringen!" Mir wurde schon wieder ganz flau in der Magengegend.

„Nicht absichtlich", stimmte Großmutter zu. „Glaubst du, er wurde reingelegt?"

„Es war meine Schuld", murmelte ich. Mir dämmerte, was geschehen war. „Ich habe Charles gebeten, ihn zu fragen, warum er an jenem Tag am Tatort war."

„Und dadurch hat er Lunte gerochen und wusste, dass du ihm auf der Spur bist", stellte Großmutter mit finsterem Blick fest. „Ich mochte diesen Mann noch nie so richtig."

„Du hast ihn aber doch nie getroffen." Ich war gerührt, wie sowohl meine Mutter als auch meine Großmutter hinter mir standen und mich verteidigten.

Wir schwiegen für eine Weile. „Sie waren befreundet", sagte Mom. „Er hat eine Freundin getötet. Warum und wofür – Macht?"

Es war mir schleierhaft. „Ich weiß es ehrlich gesagt nicht. Aber vielleicht schaffen es die Beamten Raines und Bouchard, es aus ihm herauszubekommen."

„Ich hoffe wirklich, dass das jetzt der letzte Mord in Glendale für die nächsten Jahre war", fügte Großmutter mit einem Seufzer hinzu.

„Ich nicht", meinte Mom und erhob ihr Glas. Als Großmutter und ich uns beide fassungslos zu ihr umdrehten, sagte sie: „Was? Schließlich gibt das gute Storys."

„Das finde ich auch", pflichtete Octocat, der immer noch neben mir saß, ihr bei. „Ich hatte in meinem ganzen Leben noch nie so viel Spaß."

Wir beendeten das Abendessen und Mom machte sich auf den Heimweg. Erst jetzt fiel mir ein, dass wir noch nicht dazu gekommen waren, Nans Bett von Cal hierherholen zu lassen, aber es schien ihr nichts auszumachen.

„Ich schlafe gerne auf dem Fensterplatz“, sagte sie. „Es ist wie ein Abenteuer.“

Ich verdrehte die Augen, wollte jetzt aber nur noch in mein Bett.

Octocat folgte mir mit ein paar Schritten Abstand. „Angela?“, fragte er. „Ist das zwischen uns wieder okay?“

Wir legten uns beide aufs Bett, und ich streichelte seinen Rücken. „Natürlich ist wieder alles okay. Es war nicht deine Schuld.“

Er ließ den Kopf hängen und rückte von mir weg. „Ich hätte mich mehr anstrengen sollen. Ich hätte dir mehr mit den Sphynx-Katzen helfen sollen.“

„Ja, das hättest du“, stimmte ich zu. Das fand ich wirklich und was das betraf, würde ich meine Meinung auch nicht ändern. „Aber wir können die Vergangenheit nicht ändern. Wir können nur versuchen, es in Zukunft besser zu machen.“

Octocat schnurrte und rollte sich auf den Rücken. „Du darfst jetzt meinen Bauch kraulen“, wies er mich gnädig an.

Ich streckte meine Hand zu ihm aus, doch kurz bevor ich sein weiches Fell berührte, hielt ich inne. „Versprichst du, dass du mich nicht beißen wirst?“

„Ich verspreche, dich nie wieder zu beißen“, sagte er. Also, wenn das kein leeres Versprechen war! Da konnte er jetzt noch so euphorisch und verliebt in mich sein, morgen würde er das schon wieder vergessen haben und sich von seiner schlechten Seite präsentieren. An seinen guten Absichten hegte ich jedoch keinen Zweifel.

Ich beschloss, es für heute Abend dabei zu belassen, mich stattdessen einfach nur etwas zu entspannen und mich über meinen unverhofft liebevollen Kater zu freuen. Ich streichelte ihn noch eine Weile, bis mein Telefon neben uns surrte.

„Nur eine Sekunde“, sagte ich und stellte den Anruf auf laut. „Hallo?“

„Hier ist Charles“, hörte ich ihn atemlos sagen.

Ich musste lächeln. „Ich weiß.“

„Ich lass dich dann mal mit deinem Freund allein“, verkündete Octocat, trabte aus meinem Zimmer und verschwand irgendwo im Haus. Ich war froh, dass Charles ihn nicht verstehen konnte, zumal er immer noch mit Breanne Calhoun zusammen war und ich immer noch nicht wusste, was aus mir und meiner neuen Flamme Cal werden würde, der zufällig Breannes Zwillingsbruder war.

„Ich habe von der Sache mit Thompson gehört“, sagte er. Seine Stimme zitterte, als ob er weinen würde. „Die Polizei ist heute Abend bei mir vorbeigekommen, um mich zu befragen. Sie dachten, da ich sein Geschäftspartner bin, könnte ich etwas damit zu tun haben.“

„Aber sie wissen, dass das nicht wahr ist, oder?“, brachte ich stockend hervor. Ich würde nicht zulassen, dass Charles den Kopf dafür hinhalten musste. Überhaupt hatte er ja nur etwas damit zu tun, weil ich ihn um Hilfe gebeten hatte.

„Es ist meine Schuld, dass er hinter dir her war.“ Seine Stimme brach erneut. „Wenn dir etwas zugestoßen wäre, Angie …“

„Stopp mal. Es ist nichts passiert. Mir geht’s gut. Was ist los mit dir? Hat die Polizei dich schon entlastet?“

„Nicht offiziell, aber ich bin sicher, es ist nur eine Frage der Zeit.“

„Ich versuche immer noch herauszufinden, warum Thompson seine alte Freundin getötet hat.“ Ich begann, auf meinen Daumennägeln herumzukauen. Zum Glück konnte Charles das nicht sehen und meine Mutter war nicht hier, um mir wegen dieser fiesen Angewohnheit wieder auf die Finger zu klopfen.

„Ich glaube nicht, dass das seine Absicht war“, antwortete Charles. „Meine Vermutung ist, dass er sie zwar verletzen wollte, aber nur so viel, dass sie vorzeitig zurücktritt, damit er ihren Platz einnehmen kann.“

„Aber warum?“

„Hoffentlich wird er alles gestehen, was auch immer seine Motive waren. Ich könnte mir schon vorstellen, dass er und Harlow geteilter Meinung über die Pipeline waren. Umweltthemen lagen ihnen zwar beiden am Herzen, aber Thompson war vielleicht eher bereit, seine persönlichen Werte über den Haufen zu werfen, wenn es sich für ihn lohnte.“

„Das ist ja widerlich!“ Ich spuckte leicht und wischte mir den Mund mit der Rückseite meines Arms ab.

„Ja, das ist es“, stimmte Charles zu. „Aber dir geht es wirklich gut, ganz sicher?“

„Ganz sicher“, beruhigte ich ihn. „Hey, ich hab dir noch gar nicht gratuliert. Du hast Grandmas Haus gekauft. Glückwunsch!“

Er lachte. „Ach das. Ja, ich habe gute Erinnerungen an unsere gemeinsame Arbeit am Calhoun-Fall dort.“

„Gute Nacht, Charles“, sagte ich und grinste dabei sicher wie ein Honigkuchenpferd. Vielleicht hatte ich ja doch noch eine Chance bei ihm.

„Bist du fertig?“, fragte Octocat, der gerade in der offenen Tür stand.

„Ja. Kuscheln wir jetzt noch eine Runde?“, fragte ich und klopfte auf das Bett neben mir.

Seine Augen funkelten. „Angela, nicht in Gegenwart von Gästen!“ Er trat zur Seite und gab den Blick auf Jacques und Jillianne frei, die hinter ihm warteten. Sie konnten mich nicht so verstehen, wie Octocat mich verstand, aber das war wohl nebensächlich.

„Sorry“, murmelte ich und setzte mich im Bett auf. „Kommt rein.“

Alle drei Katzen gesellten sich zu mir und machten es sich auf meiner Bettdecke gemütlich.

Ich wartete darauf, dass Octocat erklärte, was vor sich ging, und nach einer kurzen, merkwürdigen Stille tat er das auch: „Ich weiß, dass du immer noch Fragen dazu hast, was passiert ist, also bin ich losgezogen und habe die beiden für dich hergebracht.“

„Aber du kannst sie doch nicht leiden“, flüsterte ich und bedeckte meinen Mund, nur für den Fall, dass sie irgendwie meine Lippen lesen konnten.

Er zuckte mit den Schultern. „Sie sind nervig, aber auch irgendwie cool. Hast du gesehen, wie sie den Typen vom Dach gestoßen haben? Das war der Wahnsinn.“

Ich lachte und streckte meine Hand aus, um die kleinere der beiden Nacktkatzen, Jacques, zu berühren. Seine Haut war erstaunlich weich – nicht glitschig und kalt, wie ich erwartet hatte.

Jillianne kam näher, um sich ebenfalls ein paar Streicheleinheiten abzuholen, aber Octocat hüpfte auf meinen Schoß und miaute eine Warnung. „Pfoten weg von meinem Menschen!“, rief er.

Darüber musste ich wieder lachen. Ich liebte es, wenn Octocat stolz auf mich und unsere Beziehung war. Er trug sein Herz einfach auf der Zunge, was mir einerseits schonungslose Beleidigungen, andererseits aber auch sehr süße Komplimente einbrachte.

„Okay“, sagte er, als sie sich beide ans Fußende des Bettes zurückgezogen hatten. „Was willst du wissen?“

„Du hattest erwähnt, dass da ein roter Punkt gewesen sei, als du mich – ich meine, als ich auf der Treppe hinfiel. Haben sie auch einen roten Punkt gesehen?“

Die Katzen tauschten sich miauend aus, und ich lehnte mich

zurück und beobachtete das Spektakel fasziniert. Ein paar Minuten später berichtete mir Octocat: „Ja, ein leuchtender roter Punkt. Ein Laserpointer."

„Aber wenn du weißt, dass es ein Laserpointer ist, warum jagst du ihn dann?" Das war mir nicht klar.

Er wollte sich erneut an die beiden wenden, aber ich hielt ihn zurück. „Nein, das frage ich dich."

„Es steckt keine bewusste Entscheidung dahinter, wenn wir dem leuchtenden roten Punkt hinterherjagen", erklärte er mir mit ernster Miene. „Manche Dinge sind einfach so gegeben. So wie die Sonne aufgeht und der Hahn kräht, jagt eine Katze dem leuchtenden roten Punkt hinterher."

„Wer spricht denn jetzt in Rätseln?", fragte ich schmunzelnd. „Das war unglaublich poetisch."

Er verdrehte die Augen. „Willst du, dass ich dir helfe oder nicht?"

„Ja, bitte." Ich tätschelte ihm entschuldigend den Kopf. „Würdest du sie bitte fragen, warum sie immer in dieser kalten Ecke saßen?"

„Oh, das weiß ich schon", sagte Octocat. „Sie haben sich selbst bestraft."

„Sich selbst bestraft?", fragte ich ungläubig und hatte großes Mitleid mit den armen haarlosen Kätzchen.

Er nickte. „Katzen lieben Wärme, und diese beiden hier brauchen noch mehr Wärme als die meisten von uns. Sie haben sich so schlecht gefühlt, weil sie ihren Menschen getötet haben, dass sie beschlossen, sich selbst dafür zu bestrafen."

„Wissen sie denn, dass es nicht ihre Schuld ist?"

Er schüttelte den Kopf. „Ich bin mir nicht sicher. Ich habe versucht, es ihnen zu erklären, aber sie sind immer noch ziemlich bestürzt."

„Ach, ihr armen Dinger“, gurrte ich und rutschte ans Ende des Bettes, damit ich sie wieder streicheln konnte.

„Angela, wir werden sie nicht behalten“, warnte Octocat.

„Das ist okay“, sagte ich mit einem Lächeln und gab ihm noch eine beruhigende Streicheleinheit. „Ich habe bereits die perfekte Katze, und außerdem habe ich auch schon eine super Idee, wer ein perfekter neuer Mensch für die beiden sein könnte.“

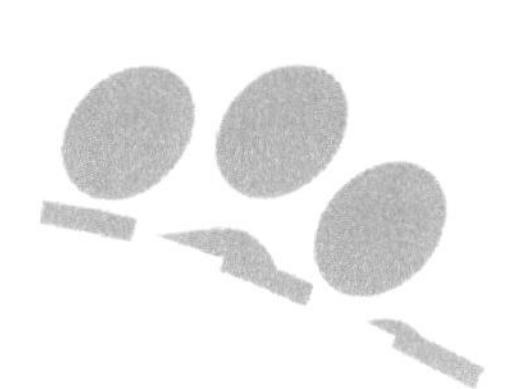

20

Inzwischen ist es schon ein paar Wochen her, seitdem Grandma, Octocat und ich in unser neues Haus eingezogen sind, und mittlerweile fühlt es sich wirklich wie ein Zuhause an. Das Beste daran – abgesehen davon, dass wir alle zusammen sind, natürlich – ist die neue Bibliothek, die Cal für mich gemacht hat. Ich habe meinen Schreibtisch hineingestellt und verbringe nun viel Zeit damit, dort zu lesen, zu recherchieren oder einfach nur in den sozialen Netzwerken unterwegs zu sein. Ich versuche, mich mehr über aktuelle Ereignisse zu informieren, denn schließlich hätte ich aufgrund aktueller Ereignisse beinahe mein Leben gelassen.

Mom könnte nicht stolzer sein.

Mein ehemaliger Boss, Mr. Thompson, bekannte sich des Totschlags schuldig. Wie Charles vermutet hatte, wollte er Lou Harlow nicht umbringen, sondern die Senatorin „nur" ein bisschen außer Gefecht setzen. Er gestand, dass er sich an der Treppe zu schaffen gemacht und ihr bei der Wohltätigkeitsveranstaltung in jener Nacht etwas ins Getränk gemischt hatte. Und ja, er hat ihre eigenen

Katzen gegen sie verwendet. Mit Hilfe eines leuchtenden roten Punkts wurden Jacques und Jillianne zu einer tödlichen Mordwaffe. Thompson wollte das Ganze wie einen Unfall aussehen lassen, aber er hatte nicht damit gerechnet, dass ich und mein Team von Superdetektiven ihm einen Strich durch die Rechnung machen würden.

Er behauptete, er habe auch nicht versucht, *mich* zu töten, sondern wollte mir nur einen Schrecken einjagen, aber das kaufte ich ihm nicht ab. Keiner tat das. Er brauchte allerdings auch niemanden mehr von irgendetwas überzeugen, denn seine Anwaltslizenz war bereits für immer einkassiert worden und er würde nie wieder die Möglichkeit haben, Senator zu werden. Die einzige Frage war jetzt nur noch, wie lange er ins Gefängnis kommen würde. Ich hoffte, lange.

Jacques und Jillianne scheinen sich nun endlich selbst verziehen zu haben, und obwohl sie ihre ehemalige Besitzerin noch immer vermissen, haben sie jetzt einen richtig guten neuen Katzenpapa. Nicht Matt hat die beiden adoptiert, sondern Charles Longfellow III. Ich wusste, dass er sich einsam fühlte, seit Yorkie Yo-Yo ausgezogen ist. Und da er ohnehin gerade dabei war, sich häuslich niederzulassen, hatte ich die perfekte Idee, wie er sich in seinem neuen Heim ganz schnell zuhause fühlen würde: mit zwei neuen, vierbeinigen Mitbewohnern!

Er fand sie nicht einmal unheimlich. Aber schließlich kam er ja auch aus Kalifornien. Ich schätze, deshalb konnte er mit vielen seltsamen Dingen umgehen, ohne mit der Wimper zu zucken.

Der Sohn der Senatorin, Matt, hat sich auch dazu entschieden, in Blueberry Bay zu bleiben. Er sagte, er wolle das Erbe seiner Mutter fortführen und kämpft derzeit mit seiner Ex darum, dass er seine beiden Kinder den Sommer über zu sich holen darf. Er hofft, ihnen damit eine schöne Kindheit bieten zu können, wie er sie selbst hatte – mit dem Meer um die Ecke. Er ist ein netter Nachbar, jetzt, wo ich keine Angst mehr vor ihm habe, obwohl er sein Haus verkaufen und in ein kleineres ziehen will, damit er mehr Geld für den Lou-Harlow-Stipendienfond zur Verfügung hat.

Die verstorbene Senatorin hat auch in Washington ihre Spuren hinterlassen. Als Matt ihre Sachen sortierte, fand er einen weitgehend fertiggestellten Vorschlag für einen neuen Windpark, genau hier in unserem wunderbaren Staat Maine. Sie hatte noch keine Gelegenheit gehabt, ihn dem Senatsausschuss zu präsentieren, aber Matt sorgt dafür, dass er in die richtigen Hände gelangt.

Also, alles hat sich zum Guten gewendet. Zwar nicht gerade mit Glanz und Gloria, aber ... man nimmt, was man kriegen kann.

Jetzt hatten wir nur noch eine wichtige Angelegenheit zu erledigen, und heute war der große Tag gekommen. Meine neue Türklingel bimmelte und spielte eine charmante, altmodische Melodie, für die sich Großmutter nach schier endlosem Hin und Her entschieden hatte.

„Ich komme!", rief ich, rannte die Treppe hinunter und riss die Tür auf.

Meine Mutter sah nervös aus, aber ich war ganz entspannt. Ich umarmte sie fest und führte sie dann nach oben in meine neue Bibliothek, die sie noch nicht gesehen hatte.

„Wow, Angie. Es ist traumhaft", rief sie begeistert.

Ich signalisierte ihr, am Fenster Platz zu nehmen. Ich hatte es bereits weit geöffnet, um die laue Frühlingsluft hineinzulassen. Dieser Raum war längst kein Gefängnis mehr, sondern eher ein Zufluchtsort.

„Das ist es", stimmte ich mit einem glücklichen Seufzer zu.

„Aber das ist nicht der Grund, warum ich dich heute hierher eingeladen habe."

„Oh?" Mom legte die Hände in den Schoß und wartete gespannt.

„Da ist jemand, mit dem ich dich bekannt machen möchte. *Octocat!*", rief ich, und Sekunden später kam mein Katzen-Komplize zu uns gerannt.

Mom lachte. „Aber Octocat kenne ich doch", sagte sie und streckte die Hand aus, um seinen weichen, getigerten Kopf zu streicheln.

Ich lächelte und schüttelte den Kopf. „Nein, das meine ich nicht – willst du mit ihm reden?"

Sie zog die Augenbrauen hoch, und ihr Blick wanderte von mir zu Octocat und wieder zurück. „Wie?"

„Durch mich." Ich legte meine Hand auf ihre, und ihre Augen strahlten vor Freude.

„Wirklich?"

„Wirklich." Ich drückte ihre Hand und ließ sie los.

Mom konnte ihre Aufregung nicht verbergen, selbst wenn sie es versucht hätte. „Ich habe so viele Fragen! Wie funktioniert es? Kann er auch andere Tiere verstehen? Kann er mich verstehen? Was hat die Kaffeemaschine mit all dem zu tun?"

Ich lachte wieder, doch sie wirkte auf einmal ernst und verkrampft. Ich legte einen Arm um sie, um ihr zu zeigen, dass es in Ordnung war.

„Das sind alles gute Fragen", sagte ich. „Lass sie uns ihm der Reihe nach stellen."

Wie geht es weiter?
Finde es schnell heraus ...

***Fellnasen-Verbrecher* ist jetzt erhältlich.**

Sichere dir noch heute dein Exemplar, damit du direkt mit der Fortsetzung dieser verrückten Krimiserie weiterlesen kannst!

* * *

Und vergiss nicht, dich in Mollys Liste einzutragen, damit du über alle Neuerscheinungen, monatlich stattfindende Verlosungen und weitere coole Aktionen (einschließlich jeder Menge Katzenfotos) informiert bleibst.

Dafür musst du nur hier klicken:
Katzengeheimnisse.com/abonnieren

WIE GEHT ES WEITER?

Octocats sieben Leben stehen auf dem Spiel, als er und Angie endlich herausfinden, warum sie miteinander sprechen können …

Offensichtlich habe ich in meinem Job als Anwaltsgehilfin nicht genug rangeklotzt, auch wenn die Kanzlei nicht weiß, dass ich heimlich als die beste und einzige Tierflüsterer-Detektivin der Gegend arbeite und hinter den Kulissen höchst knifflige Fälle löse. Jetzt haben sie einen Praktikanten eingestellt, der mich „unterstützen“ soll, damit ich mein Arbeitspensum schaffe …

Aber meine Chefs haben anscheinend keine Ahnung, dass sie sich einen fiesen Kriminellen mit ins Boot geholt haben. An dem Typen ist etwas faul, das könnte ich schwören, und mein Kater Octocat hat das schon auf einen Kilometer gegen den Wind gewittert. Und das Schlimmste daran? Ich bin mir ziemlich sicher, dass auch er mit Tieren sprechen kann … und dieses Talent ganz sicher nicht dazu nutzt, um Verbrechen aufzuklären und sich für Gerechtigkeit einzusetzen.

Ich habe mich immer gefragt, wie ich durch den Stromschlag einer alten Kaffeemaschine zu übernatürlichen Fähigkeiten gekommen bin. Jetzt ist es an der Zeit, das ein für alle Mal herauszufinden. Denn ich befürchte, dass ich diese Fähigkeiten – und noch dazu meinen treuen sprechenden Katzenkumpel – für immer verlieren könnte.

Hole dir noch heute dein persönliches Exemplar und fange direkt an zu lesen. Oder blättere einfach weiter und stürze dich direkt in das erste Kapitel.

Viel Spaß!

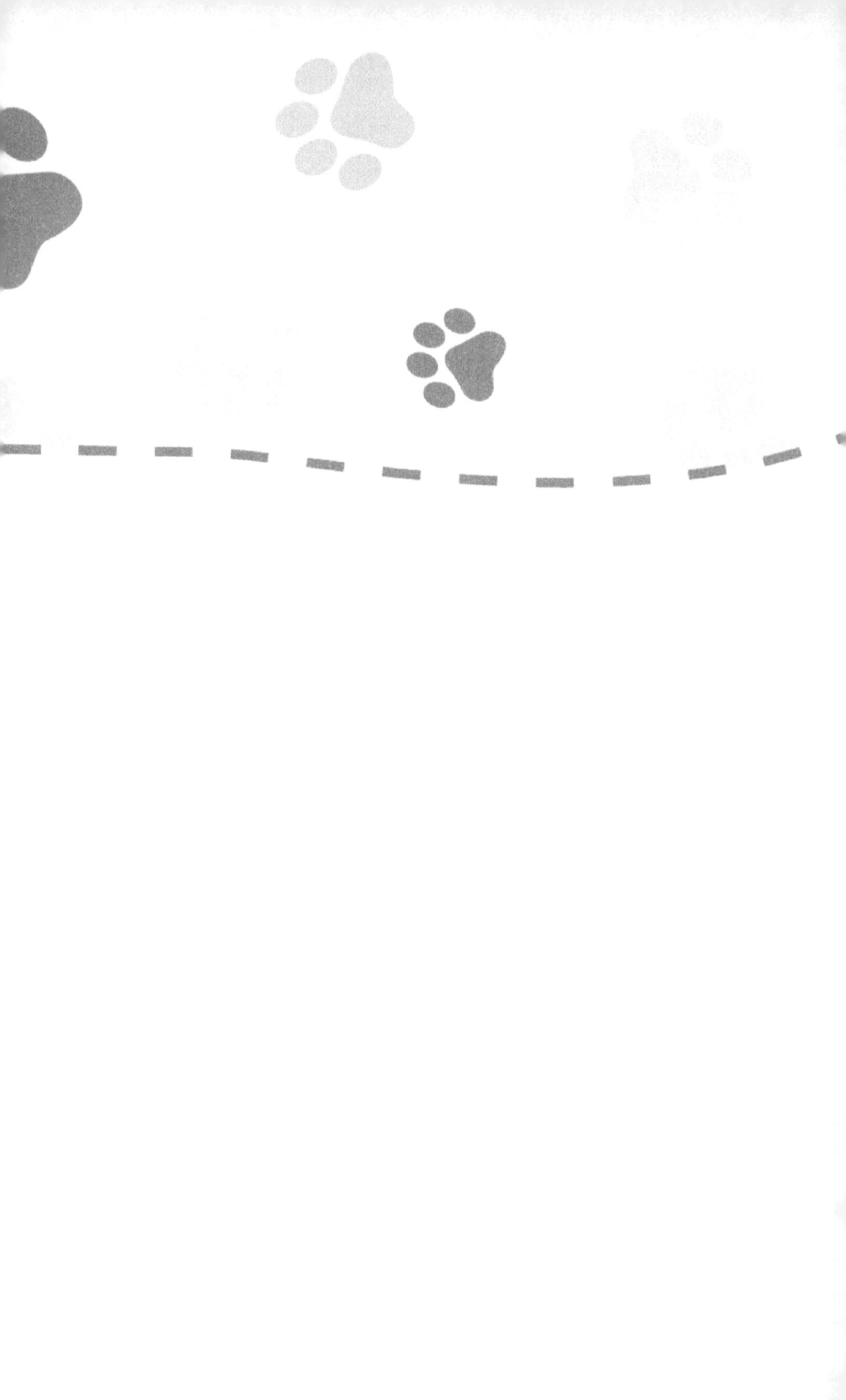

KURZE VORSCHAU

FELLNASEN-VERBRECHER

Hi, ich bin Angie Russo, und ich lebe in einer alten Villa an der US-amerikanischen Ostküste. Das klingt erst mal toll, doch mein Leben ist mitunter ganz schön hart. Und das Haus gehört mir auch nicht wirklich, sondern vielmehr meinem Kater, denn immerhin ist es sein Treuhandfonds, durch den sich die Hütte finanziert.

Das mag wie ein Sechser im Lotto klingen, ich weiß, aber eine sprechende Katze, die dich tagein, tagaus herumkommandiert, kann dir das Leben echt zur Hölle machen.

Ja, das stimmt wirklich:

Meine Katze kann sprechen.

Das heißt, wir verstehen uns gegenseitig und reden miteinander. Ich bin mir nicht sicher, wie oder warum wir diese seltsame Verbindung haben, aber es funktioniert. Und so sehr ich mir auch oft wünsche, eine genaue Erklärung dafür zu bekommen – manchmal muss man die Dinge einfach annehmen, wie sie sind. Es ging alles wahnsinnig schnell damals, als es passierte. Ich fuhr zur Arbeit ohne irgendwelche besonderen Fähigkeiten, was die Kommunikation mit Tieren angeht, wurde durch den Stromschlag einer defekten Kaffeemaschine ausgeknockt, und als ich wieder zu mir kam – *Simsalabim* –, konnte ich mich plötzlich mit diesem Kater unterhalten.

Ich habe beschlossen, es als einen Schicksalsschlag zu betrachten, denn es fühlt sich wirklich so an, als wären Octocat und ich füreinander bestimmt. Allein in den letzten sechs Monaten haben wir durch unsere unglaubliche Teamarbeit drei unterschiedliche Mordfälle aufgeklärt. Ich schätze, das ist auch der Grund, warum ich den Rat meiner Mutter in Betracht ziehe, offiziell eine Detektei zu eröffnen. Sie hat mir den Namen „Miss Doolittle, die Tierflüsterer-Detektivin" verpasst, und zwar nicht, damit die ganze Welt von meinem seltsamen Talent erfährt – das möchte ich ganz und gar nicht –, sondern weil wir eine Ausrede brauchten, damit ich Octocat auf meine Schnüffel-Touren mitnehmen kann.

Schließlich wäre ich kein guter Sherlock ohne meinen Watson. Okay, wahrscheinlich *bin ich* der Watson in unserer Beziehung. Wer jemals eine Katze hatte, wird verstehen, was ich meine.

Trotzdem muss ich zugeben, dass sich mein ganzes Leben zum Besseren gewandelt hat, seit Octocat ein Teil davon ist. Davor war ich recht ziellos unterwegs und ließ mich von einem Studienfach zum nächsten treiben. Mit welchem Ergebnis? Jetzt habe ich sieben Associate Degrees, also sieben halbe Bachelor-Abschlüsse, weil ich mich nicht auf ein Hauptfach festlegen konnte.

Nie fühlte sich etwas wirklich richtig an, als würde es genau zu mir passen, aber ich habe es trotzdem weiter versucht, weil ich wusste, dass irgendwo da draußen mein Traumjob wartete – auch wenn mir noch nicht klar war, was das sein könnte.

Das Streben nach höheren Dingen scheint bei uns wohl in der

Familie zu liegen, allerdings habe ich mir lange Zeit Sorgen gemacht, dass ich völlig aus der Art schlagen und dass es bei mir niemals klappen würde.

Meine Großmutter folgte in jungen Jahren ihrem Traum und wurde ein Star am Broadway, und meine Mutter ist inzwischen zur bekanntesten Nachrichtensprecherin von ganz Blueberry Bay avanciert. Auch mein Vater hat sich selbst verwirklicht: Er ist der Sportmoderator des Fernsehsenders, für den auch meine Mom arbeitet.

Jetzt endlich, nach einer langen, verzweifelten Suche, wurden meine Hoffnungen und Gebete endlich erfüllt, und ich habe den perfekten Beruf für mich gefunden – Privatdetektivin. Was soll's, wenn ich noch nicht dafür bezahlt werde? Das könnte ich wahrscheinlich ändern, wenn ich alles daransetzen würde, mein Business ans Laufen zu kriegen.

Aber ich möchte meine Kanzlei „Longfellow, Peters & Associates" nicht im Stich lassen. Wir sind ein gutes Team, und ich bin richtig stolz, dass meine Kollegin Bethany Peters, mit der mich eine Art Hassliebe verbindet, zur neuen Anwaltspartnerin ernannt wurde. Selbst wenn ich mir sicher bin, dass die Firma mit ihr und Charles jetzt in den besten Händen ist, aber dort aufhören, um sich selbständig zu machen?

Diesen Gedanken finde ich ziemlich beängstigend.

Ich bin zwar im Moment nur in Teilzeit beschäftigt, jedoch sind diese zwanzig Stunden pro Woche gut investierte Zeit, denn ich weiß, dass ich etwas bewirke. Und trotzdem juckt es mich in den Fingern ...

Verflixte Kiste. Es ist mir noch nie so schwergefallen, einen Job aufzugeben. Warum kann ich nicht einfach meine Kündigung einreichen und sagen: „Bis dann mal?"

Vielleicht sehnt sich ein Teil von mir immer noch nach einer Chance bei Charles, natürlich vorausgesetzt, dass er dieser nervigen Immobilienmaklerin, mit der er zusammen ist, den Laufpass gibt. Möglicherweise spielt auch Bethany eine Rolle, wo wir doch so hart daran gearbeitet haben, unsere Differenzen zu überwinden.

Wahrscheinlich ist mir auch nicht wohl bei der Vorstellung, die Tage und Nächte rund um die Uhr zu Hause zu verbringen, in Gesellschaft meines kratzbürstigen Katers. Großmutter lebt zwar jetzt auch bei uns, aber Octocat lässt seine Launen nur an mir aus. Aber das ist wohl kein Wunder, da ich der einzige Mensch bin, der ihn versteht.

Letzten Endes verlangt uns das Leben hin und wieder harte Entscheidungen ab.

Nur war ich noch nie so gut darin, sie zu treffen.

Daher warte ich besser noch ein paar Wochen ab. Vielleicht wird sich der richtige Weg ganz von selbst ergeben. Ja, ich denke, das klingt nach einem Plan.

Und bis es so weit ist, werde ich einfach weiter darauf hoffen, dass ich es irgendwann schaffe, meinen ganzen Mut zusammenzunehmen und meinen Plan in die Tat umzusetzen. Zuerst muss ich mir jedoch absolut sicher sein, dass es wirklich das ist, was ich will, aber dann ...

Nehmt euch in Acht, ihr da draußen, denn hier kommt Angie Russo!

„Ich habe Muffins mitgebracht!“, verkündete ich, als ich an diesem Morgen mit zehn Minuten Verspätung in der Firma eintrudelte. Es fiel mir immer noch schwer, mich auf meinen neuen Arbeitsweg zeitlich einzustellen, aber ich hoffte, dass Grandmas selbstgemachte Küchlein meine Unpünktlichkeit mehr als wettmachen würden.

„*Ähem*“, räusperte sich jemand, der am Schreibtisch neben der Tür saß. An *meinem* Schreibtisch.

Ich wirbelte so schnell herum, dass ich den Korb fallen ließ und die schönen Muffins alle auf den Boden purzelten. Großmutters mühevolle Arbeit war von einem Moment auf den anderen ruiniert. Wie gut, dass sie so gerne backte und wahrscheinlich schon eine neue Ladung zu Hause bereithielt.

„Komm, ich helfe dir“, sagte der fremde Typ und eilte herbei, um die Muffins mit einzusammeln, aber auf diese Hilfe konnte ich wirklich gut verzichten. Der sollte besser verschwinden. Wer war dieser Eindringling überhaupt, und was wollte er hier? Ich beobachtete ihn aus den Augenwinkeln. Er wirkte groß und schlaksig, hatte weißblonde Haare und trug eine betont große, schwarz umrandete Brille.

„Oh, gut“, rief Bethany erfreut und klatschte einmal in die Hände, während sie lächelnd auf uns zukam. „Du hast Peter schon kennengelernt.“

„Peter?“, fragte ich stirnrunzelnd, als er mir zur Begrüßung die Hand entgegenstreckte. Jetzt, wo er mir direkt gegenüberstand, sah ich, dass er ein offenes Hemd trug und darunter ein T-Shirt mit dem Aufdruck: „*Schon wach? Ja. Bereit? Haha!* Wie reizend. Abgerundet wurde sein Outfit durch eine zerknitterte, kakifarbene Cargohose. Meine Ex-Chefs, Fulton und Thompson, hätten das zu ihrer Zeit *niemals* durchgehen lassen. Auch wenn die Firma ohne sie jetzt besser dran war, aber konnten wir nicht wenigstens versuchen, wie Profis auszusehen?

„Du bist Angie, richtig?“, fragte Peter, schnappte sich einen der

Blaubeer-Muffins, die auf dem Boden gelandet waren, und stopfte ihn sich mit großen Augen in den Mund. „*Mmm*“, schmatzte er und zeigte darauf. „Superlecker.“

Ich mochte diesen Kerl von Minute zu Minute weniger, aber Bethany schien so begeistert zu sein, uns einander vorzustellen, dass ich mich zu einem Lächeln zwang und ihm trotz meiner inneren Abneigung die Hand schüttelte.

„Peter ist unser neuer Praktikant“, erklärte sie. „Er wird dich unterstützen, dein Arbeitspensum zu schaffen.“

„Ich brauche keine Hilfe, um mein Pensum zu schaffen“, schoss ich zurück und entzog mich Peters Griff, da er unhöflicherweise immer noch meine Hand festhielt.

Bethany runzelte die Stirn. „Das stimmt so nicht ganz. Es ist für uns alle schwieriger geworden, seitdem du nur noch halbtags arbeitest, aber das ist schon in Ordnung. Peter wird die Dinge wieder ins Lot bringen. Er ist der perfekte Mann dafür.“

Ja klar, also mein Umstieg auf eine Teilzeitstelle war das Problem und nicht die Tatsache, dass in diesem Jahr die Kanzleipartner *Bäumchen wechsle dich* gespielt hatten.

„Was genau sind seine Qualifikationen?“, wollte ich wissen und bedachte ihn mit einem kühlen Blick.

Peter schob sich die restlichen Muffin-Krümel in den Mund und nuschelte: „Ich bin ihr Cousin und arbeite für den Mindestlohn.“

Bethany warf ihm einen bösen Blick zu, der mir bestätigte, dass er sie auch nervte. Immerhin fühlte ich mich jetzt ein bisschen besser bei der ganzen Sache. „Wirklich, Peter. Das geht doch niemanden etwas an, also bitte hör auf, das so herumzuposaunen.“

„Tut mir leid“, murmelte er achselzuckend, doch anscheinend war es ihm in Wirklichkeit völlig egal.

Warum war er hier? Ich bin vielleicht nicht die beste Anwaltsassistentin der Welt, aber sicher um Längen besser als dieser Typ. Er hatte wahrscheinlich nicht mal einen Abschluss. Das konnte doch nicht wahr sein. Ich hasste diesen Peter und alles an ihm, obwohl ich nicht genau wusste, warum.

„Warte mal“, sagte ich, als mir etwas klar wurde. „Dein Name ist Peter Peters? Das klingt wie ein Superheld.“

„Oder ein Superschurke“, konterte er mit einem weiteren Achselzucken und setzte dabei ein seltsames Lächeln auf.

„Wie auch immer“, unterbrach uns Bethany und inspizierte dabei ihre glänzenden Lackpumps, wohl um sich zu vergewissern, dass keine Muffin-Krümel daran klebten. „Heute ist Peters erster Tag, weshalb ich ihn gebeten habe, ein bisschen früher zu kommen. Könntest du ihm helfen, damit er schnell startklar ist? Ihm zeigen, wie hier alles läuft?“

„Wie was läuft?“, erwiderte ich missbilligend. Babysitter für einen nervigen Kerl zu spielen, der hier nur dank reiner Vetternwirtschaft einen Job bekommen hatte, stand normalerweise nicht auf meinem morgendlichen Arbeitsplan.

Nein, eigentlich hätte ich genau in diesem Moment in Bethanys Büro sein sollen, um mich mit einer Tasse ihres köstlichen Kaffee zu stärken, den sie immer für mich aufbrühte. Ich selbst würde nie mehr im Leben eine Kaffeemaschine anfassen, aber es gab mir immer einen Kick, wenn jemand anderes bereit war, den Barista für mich zu spielen.

„Nur die Sachen, die du normalerweise auch machst“, antwortete sie mit einer wegwerfenden Geste und wandte sich ab. „Wenn mich einer von euch braucht, ich bin in meinem Büro. Ich habe fast den ganzen Vormittag Termine mit Mandanten, sollte aber um die Mittagszeit wieder Luft haben.“

„Okay, bis dann“, sagte ich und drehte mich resigniert zu

meinem neuen Praktikanten um. Das dürfte so ziemlich der schlimmste Arbeitstag aller Zeiten werden.

Er lächelte und winkte seiner Cousine hinterher. Mit einem „Tada!“ wandte er sich alsdann zu mir und rief: „Okay, dann zeig mir mal, wie ich du sein kann, wenn ich groß bin.“

Das hat er nicht wirklich gesagt!

Damit war das Thema Kündigung für mich erst mal vom Tisch. Ich konnte die Kanzlei auf keinen Fall mit diesem Trampeltier von Anwaltsgehilfen alleinlassen. Ich wünschte mir, man könnte ihn wie im Film ratzfatz umstylen und einen anderen Menschen aus ihm machen. Die Szenen dazu hatte ich schon im Kopf, untermalt von einem meiner Lieblings-Popsongs aus den 80ern. Job erledigt und weiter geht's! Nur leider funktioniert das im echten Leben nicht.

„Lass uns erst mal dein E-Mail-Konto einrichten“, seufzte ich und ging an meinen Schreibtisch, den wir uns nun anscheinend teilen mussten.

„Ja, cool. Und wann bekomme ich mein Firmen-iPhone?“ Er legte den Kopf schief und watschelte dann hinter mir her wie ein verlorenes kleines Entlein.

„Was? Warum sollten wir dir ein eigenes Handy geben?“

„Äh, hallo. FaceTime.“ Dabei formte er mit seinen Händen ein Rechteck von der Größe eines Smartphones vor seinem Gesicht.

Ab dem Moment fand ich ihn nicht mehr einfach nur nervig, sondern schlichtweg gruselig. FaceTime war genau die App, die ich benutzte, um meinen Kater von der Arbeit aus anzurufen. Unser Seniorpartner Charles hatte es einmal mitbekommen, als er noch ganz neu in der Kanzlei war, und mich dann mehr oder weniger erpresst, ihm mit Octocat bei einem vertrackten Fall zu helfen. War es nur ein Zufall, dass dieser Peter Peters jetzt darauf anspielte?

Oder wusste er etwas, das mich in sehr große Schwierigkeiten bringen könnte?

Oh, das gefiel mir nicht. Das gefiel mir ganz und gar nicht.

Hole dir noch heute dein persönliches Exemplar und fange direkt an zu lesen.

ÜBER MOLLY FITZ

Obwohl USA-Today-Bestsellerautorin Molly Fitz genau genommen nicht mit Tieren sprechen kann, führen sie und ihre drei tierischen Co-Autoren oft tiefgründige und lebhafte Gespräche, während sie den alltäglichen Dingen des Lebens nachgehen.

Molly lebt mit ihrem Kind und ihrem eigenen Privatzoo irgendwo in der Wildnis von Alaska. Gelegentlich wagt sie sich hinaus, um ein exquisites Essen zu genießen, einen guten Kaffee zu trinken oder neue Tierfreunde zu treffen.

Erfahre mehr über Molly und ihre deutschen Veröffentlichungen, indem du dich gleich für ihren Newsletter anmeldest:

www.katzengeheimnisse.com

MISS DOLITTLES GEHEIMNIS

Angie Russo hat sich gerade mit dem ersten sprechenden Katzendetektiv von Blueberry Bay zusammengetan. Gemeinsam mit seiner bunt zusammengewürfelten Schar menschlicher und tierischer Helfer ist Octocat fest entschlossen, jede Situation zu retten – solange sie nicht mit seinem persönlichen Zeitplan kollidiert.

Viel Spaß mit Band 1 – **Kommissar Katerchen**

MERLINS MAGISCHE ABENTEUER

Gracie Springs ist keine Hexe ... ihr Kater hingegen schon. Jetzt muss sie alles in ihrer Macht Stehende tun, um sein Geheimnis zu wahren, oder sie riskiert, den Rest ihres Lebens in einem magischen Gefängnis zu verbringen. Zu dumm, dass sie den Ärger geradezu magnetisch anzuziehen scheint!

Viel Spaß mit Band 1 – **Merlin findet eine Vertraute**

AGENTUR FÜR PARANORMALE ZEITARBEIT

Tawny Bigfords gewöhnlich zu nennendes Leben nimmt eine magische Wendung, als sie über die Leiche ihrer Vermieterin stolpert und von einer sprechenden schwarzen Katze rekrutiert wird, die Rolle der Verstorbenen als offizielle Stadthexe von Beech Grove, Georgia, zu übernehmen.

Viel Spaß mit Band 1 – **Eine Hexe für alle Gelegenheiten**

DAS GEISTERHAFTE GÄSTEHAUS (MIT TRIXIE SILVERTALE)

Sydney Coleman hat alles erreicht – und doch steht sie irgendwann vor dem Nichts. Gerade, als sie ihr neues Bed and Breakfast eröffnen will, stellt sich ihr ein Geistertrio auf Schritt und Tritt in den Weg. Die Geister bestehen darauf, dass sie den Mord an ihrer Herrin aufklärt, aber Sydney braucht dringend Geld. Wenn nicht bald ein paar zahlende Gäste eintreffen, ist ihre Spukvilla dem Untergang geweiht.

Viel Spaß mit Band 1 – ***Mörderischer Mondschein***

VERBINDE DICH MIT MOLLY

Wenn du ebenfalls ein großer Fan von spannenden, schrägen Tierkrimis bist, sollten wir unbedingt Freunde werden.

Wie wäre es, wenn du direkt einmal meine Facebook-Seite besuchst, die ich speziell für meine treuen deutschen Leser eingerichtet habe? Hier der Link dazu:

Facebook.com/Katzengeheimnisse

Oder melde dich für meinen Newsletter an und sichere dir als Abonnent gratis ein digitales Geschenkpaket, einschließlich einer exklusiven Kurzgeschichte über Octocat:

Katzengeheimnisse.com/Abonnieren

www.ingramcontent.com/pod-product-compliance
Lightning Source LLC
Chambersburg PA
CBHW020718310726
48979CB00004B/964
* 9 7 8 1 6 4 4 5 1 5 5 9 4 *